Alexander Ziegler

Reise in Spanien

Erster Band

Alexander Ziegler

Reise in Spanien

Erster Band

Unveränderter Nachdruck der Originalausgabe von 1852.

1. Auflage 2022 | ISBN: 978-3-36827-626-3

Verlag: Outlook Verlag GmbH, Zeilweg 44, 60439 Frankfurt, Deutschland
Vertretungsberechtigt: E. Roepke, Zeilweg 44, 60439 Frankfurt, Deutschland
Druck: Books on Demand GmbH, In de Tarpen 42, 22848 Norderstedt, Deutschland

Reise in Spanien.

Mit Berücksichtigung
der national = ökonomischen Interessen.

Von

Alexander Ziegler.

Erster Band.

Leipzig,
Friedrich Fleischer.
1852.

Seinem hochverehrten Lehrer und Freunde,

Herrn Geh. Hofrath, Professor

Dr. Friedrich G. Schulze,

Director des landwirthschaftlichen Institutes zu Jena,

widmet dies Buch

zum Zeichen aufrichtigster Verehrung

der Verfasser.

Vorwort.

Mein früherer Aufenthalt in den spanischen Colonien West-Indiens hatte in mir den Wunsch erweckt, auch das Mutterland jener kennen zu lernen und ich ging alsbald an die Ausführung desselben. Die Resultate dieser Reise wage ich hiermit dem Publicum mit der Bitte zu übergeben, dieselben nachsichtig aufnehmen und als einen geringen Beitrag zur Kunde von jenem, noch nicht genug gekannten, darum oft falsch beurtheilten Lande betrachten zu wollen.

Durch den jetzt so sehr beschleunigten und wohlfeilen Verkehr der Menschen untereinander hat sich, wie einst durch die Buchdruckerkunst und Reformation, eine neue Aera für den Fortschritt der Menschheit Bahn gebrochen. Eisenbahnen, Dampfschiffe und elektrische Telegraphen — jene noch vor wenigen Decennien fast unbekannten Factoren — haben die Geschichte des Welthandels in eine neue Phase versetzt, haben einen folgereichen Aufschwung im Verkehrs- und Güterleben herbeigeführt. Die elektrische Strömung, mit der Schnelligkeit des Blitzes unsere Gedanken in die fernsten Weiten tragend, kennt keine politische Grenze mehr; die oceanische Dampfschifffahrt umfaßt bereits unseren ganzen Planeten, in drei Monaten umkreist der Schiffer kühn die ganze Erde, die Entfernung des Raumes verschwindet und „neu geschaffen ist die Erde." —

Die Zeit der romantischen Reisen ist daher vorüber und für den Reiseschriftsteller ist es jetzt eine so dringende, als schöne Aufgabe, allenthalben hauptsächlich den praktischen Gesichtspunkt im Auge zu haben und insbesondere diejenigen Wissenschaften zu pflegen, welche das Wesen des Menschen entwickeln, insofern darin die Grundbedingungen des Wohlstandes liegen. Die anthropologischen Grundlehren sind die unerschütterliche Basis der auf Wahrnehmung und Vernunft gegründeten Volkswirthschaftslehre oder Nationalökonomie, die sich mit den großen Factoren der productiven Industrie, des Ackerbaues, des Gewerbfleißes und des Handels beschäftigt. Ich ließ mir daher ganz besonders angelegen sein, auf die Wichtigkeit dieser Erfahrungswissenschaften auch in Bezug auf Spanien hinzuweisen, welches mit solch' reichen Hilfsquellen ausgestattete und doch so sehr vernachlässigte Land ich, um einen allgemeinen Ueberblick zu erlangen, fast in allen seinen Provinzen bereist habe.

Der Genuß, welchen mir die Bearbeitung meiner mit der möglichsten Sorgfalt gesammelten Reisenotizen gewährte, kann auch jetzt, wo das Ganze vollendet ist, nicht durch die Ueberzeugung geschmälert werden, daß mir noch so vieles Wissen mangelt. Möge daher die aus diesem unumwundenen Geständnisse von selbst hervorgehende Anspruchslosigkeit die Aegide sein, unter welcher dieses Buch vor die Oeffentlichkeit zu treten wagt.

Eins aber muß ich dem freundlichen Leser ebenso offenherzig, als freudig bekennen, daß nämlich, wenn auch alle auf meinen ausgedehnten Reisen in Amerika, Indien, Afrika und Europa gesammelten Erfahrungen in Nichts zerfließen sollten, mir doch die beseligende Gewißheit bleibt, auch im Auslande meine Landsleute achten gelernt und an Liebe zu meinem deutschen Vaterlande zugenommen zu haben.

Dresden, im Wonnemonat 1852.

Der Verfasser.

Verzeichniß der benutzten Werke.

Diccinario geográfico - estadístico - histórico de España y sus posesiones de ultramar por Pascual Madoz. Madrid 1846 — 1850.

Estadística de Barcelona en 1849 publícala Don Laureano Figuerola. Barcelona 1849.

Boletin oficial del Ministerio de comercio, instruccion y obras publicas. Madrid 1848 — 1850.

Conde, historia de la dominacion de los Arabes en España. Madrid 1820 — 1822.

Historia de la república de Andorra. Escrita por D. Luis Dalmau de Baquer. Barcelona 1849.

Voyage pittoresque et historique de l'Espagne par Alexandre de Laborde. Paris 1812.

The arabian antiquities of Spain by James Cavanah Murphy. London 1816.

Hand-Book for travellers in Spain. London: John Murray 1847.

Inhalt.

Erster Band.

Zweiter Band.

Erstes Capitel.

Catalonien.

Vor uns lag die Kette der Pyrenäen, dahinter Spanien, das Ziel unserer Reise.

Der Postwagen, der bei Nacht Perpignan verlassen und in Boulou, der letzten französischen Poststation, frische Pferde vorgelegt erhalten hatte, rasselte im Galopp über die über den Fluß Tech führende Drahtbrücke und krächzte dann langsam die schöne Gebirgsstraße hinauf. Der finsteren, unheimlichen Nacht folgte ein herrlicher Frühlingsmorgen; es war der erste April 1850. Die Sonne erhob sich lachend und verbreitete neckisch ihre glühenden Strahlen über die vor uns liegende Bergkette und die zum Theil mit Schnee bedeckten Gipfel und Kegel warfen wieder ihr flammendes Gold schelmisch auf die grü-

nende Ebene von Roussillon zurück, während das Chor
der befiederten Menge aus tausend frischen Kehlen zur
Ehre Gottes Jubelhymnen ertönen ließ.

Die Pyrenäen sind hier nicht sehr hoch, jedoch steil.
Sie sind mehr felsig, als waldig und haben mitunter
schroffe, eigenthümliche Formationen. Sie sind nicht mit
starken, dichten Waldungen besetzt, wie unsere schönen
deutschen Gebirge, allein auch nicht so kahl, wie die meisten
spanischen Berge. Die etwas zerstreut stehenden Feigen-,
Oliven-, Kork- und Eichenbäume, das grüne Gesträppe,
die schroffen Thäler, die hier und da erscheinenden kleinen,
grünen Wiesenflächen, die wohlangelegte, mit einer kleinen Schutzmauer versehene Fahrstraße, die herrlichen Aussichten auf Berg, Thal und Meer geben dem Ganzen ein
reizendes Bild. Der Weg windet sich schlangenförmig
empor und bald erblickt man den bekannten Paß Coll
de Perthus, welcher durch das befestigte französische Fort
Bellegarde beherrscht wird, das auf der Spitze eines
hohen Berges liegt und wie durch Zauberei, je nach den
Windungen der Straße, dem Auge des Reisenden plötzlich
erscheint, plötzlich entschwindet. Bald hatten wir den Kamm
des Gebirges erreicht, die Straße senkte sich bergab, im
frischen Trabe flogen wir, das Dorf Perthus passirend,
über die Grenze Frankreichs, begrüßten die auf dem
Häuschen der **Carabineros** (Douanesoldaten) aufgesteckte,
im Winde flatternde spanische Fahne und hielten bald in
dem von einem engen Thale eingeschlossenen La Jun-
quera, dem ersten, durch Reinlichkeit eben nicht ausgezeichneten, spanischen Städtchen. Spanien hat seine Douane
hier nicht, wie Frankreich, dicht an der Grenze, sondern
in diesem fast eine Legua von derselben entfernten Städtchen, ein Umstand, der wohl dem Schmugglerwesen,
nicht aber den Staatseinnahmen zum Vortheile gereichen
dürfte.

Das Passiren einer Douane bildet immer einen Mo-
ment des Aergers und Verdrusses auf meinen sonst so

stillen Lebenswegen. Die Untersuchung des Gepäckes wurde übrigens in einer Art düsteren Kellergewölbes artig, leicht und schnell vollführt. Der Exquisitor wühlte mit seinen langen Fingern mit einer solchen Emsigkeit und Gewandtheit in meinem Gepäck umher, daß es den Anschein gewann, als sei er überzeugt, durch seinen Amtseifer den zerrütteten Finanzen des Landes aufzuhelfen. Auch bitte ich denselben noch nachträglich um Verzeihung, wenn ich damals das heimliche Gelüst und den verborgenen Gedanken gehabt habe, ihm ein silbernes Geschenk für seine Mühe anzubieten. Die Unbestechlichkeit der spanischen Beamten war mir noch nicht bekannt. Meinen deutschen Paß konnte hier natürlich Niemand lesen und mein engeres deutsches Vaterland war eben so wenig gekannt, wie bei uns die chinesische Stadt Tschangscha-Fu.

Die Spanier wissen jedoch ihre Mängel an Bildung sehr geschickt zu verbergen. Nachdem ich dem freundlichen Wunsche der Paßbehörde folgend, mich im größten Regenwetter durch die sehr kothreiche Straße, bespritzelt und befleckt gleich einem Tiger, nach dem von der Douane etwas entfernten Büreau glücklich durchgearbeitet hatte, ersuchten mich die Herren Beamten den Paß zu übersetzen. Sie schrieben mit außerordentlich unorthographischer Genauigkeit geduldig Alles an den Mann der Nothwendigkeit in Madrid nieder, was ich ihnen in die Feder dictirte und wünschten mir, nachdem ich ihnen, sei es nun für die Mühe der Uebersetzung oder sei es für die Ehre, die Grenze des Landes „des Weins und der Gesänge‟ passiren zu dürfen, acht Realen bezahlt hatte, eine glückliche Reise. **Tempora mutantur!** Als ich im Herbste desselben Jahres von Afrika kommend, dieselbe Grenzlinie noch einmal passirte, hatte ich eine so peinliche Untersuchung nach zollbaren Gegenständen zu bestehen, wie sie kaum irgendwo, selbst gegen den geriebensten Schmuggler oder einen politisch Verfolgten, schlimmer verhängt

1*

werden kann. Veranlaffung dazu mochten wohl meine
in Spanien gekauften Bücher fein. Die Unverfchämtheit
und Habgierde diefer Unterbeamten war grenzenlos und
ich ärgere mich noch heute, daß ich die fpanifche Sprache
foweit gelernt hatte, daß ich Alles das verftehen mußte,
was ich fo gerne nicht gehört hätte.

Nicht eben in der heiterften Laune beftieg ich den
fchlechten Poftwagen wieder und fetzte meine Reife in
Gefellfchaft zweier lieben Landsleute fort. Es ift gewiß
ein feltener Fall, daß drei Deutfche zufammen im Coupé
des Eilwagens über die Pyrenäen nach den hefperifchen Ge=
filden rollen und gewiß ein noch felteneres Glück, es in fo
liebenswürdiger Gefellfchaft zu thun, wie folche mir zu Theil
ward. Der eine Landsmann, aus dem Braunfchweigifchen
gebürtig, der mit einem franzöfifchen Diener nach Spanien
reifte, welcher aber eben fo wenig, wie fein Herr, ein
fpanifches Wort verftand, konnte fich gar nicht beruhigen,
daß ich ihn als „aus dem Hannöverfchen" im Paßbüreau
hatte eintragen laffen und war voller Angft, daß er bei
feiner Ankunft in Barcelona auf Befehl des allmächtigen,
fpanifchen conftitutionellen Dictators in das Gefängniß
geworfen werden würde. Der arme, gute Junge dauerte
mich — allein: alea jacta erat! Wie konnte ich aber
auch fo unverzeihlich leichtfinnig handeln und den fpani=
fchen Behörden vorfpiegeln wollen, daß Braunfchweig
Hannover und Hannover Braunfchweig fei?

Die übrige Gefellfchaft gehörte theils dem weiblichen,
theils dem männlichen Gefchlechte und diefes wieder dem
Lehr= und Nährftande an. Wir waren fo bunt zufam=
mengewürfelt und verftanden uns fo wenig, als wenn wir
alle Handlanger beim Thurmbau von Babel gewefen wären.
Die Franzofen verftanden die Catalonier, diefe die Basken
und diefe die Caftilianer nicht. Von uns armen Deut=
fchen will ich gar nicht reden, wir hatten hier nicht ein=
mal die Ausficht mißverftanden zu werden. Ich machte
gleich Anfangs den Verfuch zur Bekanntfchaft mit einem

alten catalonischen Priester, einem lieben, freundlichen
Manne und mit einem, gleich dem Riesen Gargantua,
stark gewachsenen catalonischen Bauer, welcher mit seiner
rothen Mütze, Leibbinde und Mantel eine stattliche Figur
spielte. Wir verständigten uns anfangs wie Taube, die
sich erst in die Ohren schreien und später ihr Mißgeschick
einsehend, zu Gesticulationen ihre Zuflucht nehmen. Als
ich den Herren auf ihre Frage nach meinem Vaterlande
begreiflich machte, ich sei ein Deutscher, so schüttelten sie
mir die Hände und meinten, daß sie Deutschland sehr
liebten. Ich habe die Gastfreundschaft der Spanier genossen und möchte daher Niemand in ungerechten Verdacht bringen, dennoch kann ich nicht umhin, der Ver-
muthung Raum zu geben, daß mir meine beiden spanischen Reisefährten mit jener Versicherung mehr, als ein
artiges Compliment weder machen wollten, noch — vielleicht konnten.

Der erste Eindruck, welchen Spanien auf uns machte,
war ein sehr günstiger. Die gut bebauten Felder, die
üppigen Saaten, der fette Waizen, die mehre Fuß hohe
Gerste, die Hecken der Cactus opuntia, die kleinen grünen Wiesenflächen und die auf dem Felde arbeitenden
Bauern zeigten uns, daß wir uns in dem an Ackerbau
und Industrie reichen Catalonien, daß wir uns unter
einem fleißigen, arbeitsamen Volke befanden. Catalonien
ist eine der eigenthümlichsten und wichtigsten Provinzen
Spaniens. Man findet hier eine regsame Industrie,
lebendigen Handel, blühende Schifffahrt und vortrefflichen
Ackerbau. Auch bieten der catalonische Volkscharakter und
die catalonische Sprache so viele bemerkenswerthe Eigenthümlichkeiten und Verschiedenheiten, daß diese Provinz
die größte Aufmerksamkeit, keineswegs aber die stiefmütter-
liche Behandlung und Beschreibung verdient, welche ihr
von den meisten Reisenden bis jetzt zu Theil wurde. Die
Cultur des Bodens erstreckt sich bis an die Gipfel der
Berge und an den Saum des Meeres; das Sprüchwort

scheint nicht zu lügen, wenn es sagt, daß der Catalonier im Stande sei aus Stein Brod zu machen. Fast überall erblickt das Auge fruchtbare Felder, lachende Wein= und zahlreiche Obstgärten, herrliche Weiden und schöne Wäl= der. Der Nuß=, Kork=, Mandel=, Maulbeer= und Johan= nißbrodbaum erscheint kräftig und die Oliven und Orangen sind saftiger, als in der Provence.

Die Entfernung von Perpignan nach Barcelona be= trägt 33½ Leguas und wird mit Einschluß eines Nacht= quartieres in Gerona, in ungefähr eben sovielen Stunden zurückgelegt, dabei aber allerdings die seit 1848 eröffnete Eisenbahn zwischen Mataro und Barcelona benutzt. Die ganze Fahrt von Marseille nach Barcelona, die drei Tage und drei Nächte in Anspruch nimmt, ist interessant und an schönen Landschaften sehr reich; allein die Straßen sind schlecht, die Wirthshäuser mangelhaft, die Wagen erbärmlich und die Plackereien mit Gepäck und Paß nicht unbedeutend. Als ich das erste Mal die Pyrenäen überstieg, geschah es mit der Ungeduld und schäumen= den, sprudelnden Phantasie des Jünglings, die dem Verstande kaum die ruhige Betrachtung gönnte. Ich sollte das ritterlich=romantische Spanien, den Tummelplatz der Orientalen und Occidentalen, das Land alten Ruhmes, der Wunder, der Balladen und Serenaden sehen, ich sollte das Land der Geheimnisse und Sonderbarkeiten, die pa= radiesischen Gestade Hesperiens und die wonnigen Gefilde Andalusiens durchstreifen, sollte mich an dem Anblicke eines der reichsten und fruchtbarsten Länder der Erde erfreuen; Alles dies stimmte meine Seele zu den kühnsten Erwar= tungen und regte, gleich einem kreisenden Wirbelwinde, Herz und Gemüth leidenschaftlich auf. Als ich zum zwei= ten Male Spanien bereiste, war diese unnatürliche oder wenigstens einseitige Gemüthsaufregung gedämpft, mein Auge blickte nicht mehr mit dem auflodernden Feuer des enthusiastischen Jünglings, sondern mit dem ruhigen, still beobachtenden, sorgfältig prüfenden Blicke des ernsten

Mannes um sich. Will man aber Land und Volk sehen und genau kennen lernen und besitzt man einen starken Körper, um die mancherlei sich darbietenden Mühseligkeiten ertragen zu können, so wird man jedenfalls statt der kurzen, allein langweiligen Seefahrt, die Landreise wählen müssen.

Um 10 Uhr Vormittags rasselten wir mit Blitzesschnelle durch die enggebauten, düsteren Straßen von Figueras, welches wegen seiner unweit liegenden Citadelle San Fernando für die stärkste Festung in Spanien, ja wie man uns sagte, in ganz Europa gilt. Die strategische Wichtigkeit dieses Punktes möge daher in Folgendem wenigstens eine Andeutung finden. San Fernando, unter Ferdinand **VI.** von dem Ingenieur, Baumeister D. Petro Cermeno in der Form eines unregelmäßigen Fünfeckes erbaut, besteht aus fünf großen Bastionen und einem erhöhten und gebeneten Platze zur Aufpflanzung des groben Geschützes; ferner aus zwei Hornwerken mit krummen Flanken und Bollwerksohren, zwei Verschanzungen, einem Außenwerke und sieben Wallschilden (Vorschanzen), mit den nöthigen Gräben, Brücken, Contre-Escarpen, Glacis, unterirdischen Gängen u. s. w. Der Umfang des Cordon dieser Festung beträgt 2460 Varas und der des bedeckten Weges 6740, die Länge von Norden nach Süden ist 1030 und die Breite von Westen nach Osten 646. Die Festung kann auf zwei Jahre für 20,000 Mann verproviantirt, in den gewölbten Ställen können über 500 Pferde untergebracht und durch die mit sieben Oefen versehene Bäckerei kann wohl ein Heer von obiger Stärke versorgt werden. Die Erbauungskosten dürften sich jetzt auf 28 ½ Million Realen belaufen und sich mit der Vollendung der Außenwerke noch steigern. Die Besatzung hat sehr von bösartigen, dreitägigen Fiebern zu leiden, welche hier besonders in den Monaten Juli, August, September und October mit großer Strenge auftreten und, wenn auch nicht tödtlich, doch eine solche Schwächung des Körpers herbeiführen, daß

die davon Befallenen zum Dienste untauglich werden.
Man glaubt den Grund dieses Uebelstandes in der Aus=
dünstung der Erdmauern, welche die Festungen umgeben
und aus sehr fruchtbarem Boden zusammengesetzt sind, so
wie in den umliegenden Sümpfen und Morästen zu fin=
den. Die gewöhnlichsten Krankheiten im Bezirk Figueras
bestehen aus Fiebern entzündenden und wechselnden (in=
termitentes) Charakters. Letztere treten besonders im
Innern des Landes in denjenigen Gegenden, wo sich
stehende Wasser und Sümpfe befinden, öfter mit solcher
Heftigkeit auf, daß sie sehr traurige Resultate nach sich
ziehen. Die Witterung ist unbeständig und manchem Wech=
sel unterworfen. Wegen der Nähe der im Winter mit
Schnee bedeckten Pyrenäen ist es im Winter und Früh=
ling kalt und rauh und ein gefährlicher Nordwind, Tra=
montana genannt, tritt oft mit Heftigkeit auf. Das Früh=
jahr ist öfter regnerisch, jedoch der Sommer, nachdem
Anfangs Juli und August die Regenzeit nachgelassen hat,
angenehm, die Hitze durch die Nähe des Meeres gemäßigt
und der oft bis zum December anhaltende Herbst sehr
reizend.

Die Stadt Figueras liegt in der Mitte des Ampur=
dan am Fuße eines Hügels, hat an **2000** Häuser, einige
breite gerade Straßen und eine mit stattlichen Bäumen
bepflanzte Alameda, auf der sich die 8352 almas (Seelen)
der Stadt ergehen können. Die Alameda überhaupt ist
so mit dem Leben und Charakter der Spanier verbunden,
daß man sicherlich demselben einen Nerv seines Daseins
nehmen würde, wenn man sie verbannen wollte. Der
Spanier ist ein Freund der Bewegung und liebt seine
Alameda, seine Rambla, seinen Prado und seinen Plaza
de Duque sicherlich mehr, als seine Regierung. In
Figueras verliert sich allmälig der Einfluß der franzö=
sischen Nachbarschaft. Zwar sind die Zubereitungen der
Speisen, die Arbeitsstunden, die Vergnügungen, die Tänze
u. s. w. im Ampurdan wenig verschieden von denen in

Rosillon, jedoch lassen Sprache, wenn auch hin und wieder noch mit französischen Wörtern vermischt, Charakter und Trachten des Volkes auf ein immer kräftigeres und selbstständigeres Hervortreten der spanischen, besonders der catalonischen Nationalität schließen. Die Einwohner der Stadt sind lebensfrohe, muntere, arbeitsame, unternehmende, kriegerische und trotzige Leute. Wenn auch dem Aberglauben und der Zanksucht nicht fremd, üben sie Gastfreundschaft, lieben einen guten Trunk, sind begeistert für Freiheit und Unabhängigkeit und besitzen einen kräftigen, dem Auge wohlgefälligen Körperbau. Die Tracht der Männer ist ihrem Charakter angemessen, leicht, einfach und keck. Die kurze Tuchjacke (chaqueta), die dunkelblaue Hose, die Sammetweste und die aus Esparto gearbeiteten Sandalen kleiden an und für sich gut; denkt man sich aber dazu noch eine wollene, feuerrothe, lange Mütze (gorro), eine rothe Leibbinde (saja) und ein gewöhnlich über die Schultern geworfenes, buntgestreiftes, wollenes Tuch (manta), welches als Mantel oder Ueberwurf benutzt werden kann, so hat man gewiß das Bild einer kräftigen, nationell eigenthümlichen Erscheinung vor sich. Ein solcher Anblick thut dem an Leibröcke, Halscravatte, Manschetten und Glacéhandschuhe gewöhnten Auge wohl — es ist einmal wieder eine sprudelnde, erfrischende Quelle in der großen, trockenen Sandwüste des Lebens.

Die stark und kräftig gewachsenen, mit schönen Zähnen und schwarzen Haaren gezierten Frauen leben auf einem großen Fuße und besitzen im Allgemeinen, wie es überhaupt in Spanien der Fall ist, kein weiches, sanftes Sprachorgan. Sie sind übrigens fleißig, haushälterisch und bescheiden und ihren Kindern mit mütterlicher Liebe zugethan. Ihr Anzug besteht aus einem Spencer von schwarzer Seide, aus dem kleinen schwarzseidenen oder bunten Halstuche, schwarzseidenen, langen, bis an die Ellenbogen gestickten Handschuhen, Ueberröckchen von feinem Kattun, Seide oder feiner Wolle, einem die Schönheit der

schlanken Taille bevormundenden, um die Hüften geschlunge=
nen Gürtel, einem seidenen oder wollenen, weißen, blauen,
schwarzen oder buntfarbigen Schürzchen, Schuhen von
feinem Kalbleder und einem seidenen Tuche, welches drei=
eckig auf dem Kopfe zusammengelegt, mit seinen langen
Zipfeln über den Nacken herabfällt und unter dem Knie
zusammengebunden werden kann. An Fest= und Feiertagen,
sowie zum Kirchenbesuche bedienen sie sich einer Art Man=
tille, die hier Capucha heißt. Es ist dies eine Art in
feinem und weißen Flanell gearbeiteter und mit einem
etwa drei Finger breit gekräuseltem Rande versehener Kopf=
putz (toca), der vermittelst einer Stecknadel am oberen
Theile des Haares befestigt und über die Schultern ge=
worfen, bis an die Hüften herabreicht, so daß damit das
Gesicht und der obere Theil des Körpers verhüllt wer=
den kann. Auch gelten die Frauen in diesem Bezirke
für gute Tänzerinnen und verstehen vortrefflich ihre Ge=
wandtheit und Geschicklichkeit in den Tänzen: Contrapas,
Sardana und im Ballet zu zeigen. Ersterer Tanz ist
der am meisten gebräuchliche und wird oft des Abends
auf den freien Plätzen von vielen Paaren unter Beglei=
tung einer Art Leier, auch eines Dudelsackes oder einer Sack=
pfeife (gaita), eines Tambourin, zweier Guitarren und ei=
nes Basses aufgeführt. Die Musik ist lebendig und harmo=
nisch. Eine Abart des Contrapas ist die Sardana, nur
mit dem Unterschiede, daß letztere schneller und mit küh=
neren Bewegungen und Sprüngen getanzt wird. Unter
den übrigen Volksfesten und Belustigungen nehmen die
Wallfahrten und Spiele den ersten Rang ein. Erstere
fallen oft mit den Feiertagen in den Dörfern zusammen
und dann fehlt es nicht an Gelagen und Tänzen. Ball
und Kartenspiel werden leidenschaftlich, insbesondere von
den jüngeren Männern geliebt. Noch findet man im
Volksleben manche patriarchalische Gewohnheit. So sieht
man auf dem Lande noch hier und da, daß sich die
Frauen nicht zu Tische setzen, um zu essen, sondern

ihre Väter, Gatten, Söhne, welche an der Tafel Platz genommen haben, stehend bedienen.

Die Spanier sind liebenswürdige, aber auch oft sehr neugierige Leute. Der Grund zu letzterer Tugend mag in der geringen Anzahl der Spanien durchreisenden Fremden liegen. Man nimmt lebendigen Antheil an dem Reisenden, man interessirt sich nicht nur für seine Person und insonderheit für seine, von der Polizei aufgezeichnete Lebensbeschreibung, sondern treibt die Theilnahme soweit, daß man sich auch um sein Gepäck bekümmert. In jedem, auch dem kleinsten Orte Spaniens, in dem sich der Reisende eine kurze Zeit aufhalten will, muß pasaporte vorgezeigt und das Gepäck einer Untersuchung unterworfen werden. Man gewöhnt sich am Ende an diese unvermeidliche Wiederkehr aller Langweiligkeit und Verdrießlichkeit und überzeugt sich, daß eine Peseda aus der Tasche eben soviel werth ist, als ein Kofferschlüssel in der Tasche *). Ich habe vorhin den Zollbeamten Ihrer katholischen Majestät Neugierde und Wißbegierde vorgeworfen. Das war unrecht von mir, denn ich will nur, wenn auch mit Schamröthe auf den Wangen, gestehen, daß ich mich desselben Fehlers schuldig machte, muß aber auch zu gleicher

---

*) Bezüglich der spanischen Münzen, Maaße und Gewichte wollen wir hier Folgendes bemerken:

Der Piaster, Peso duro, Peso fuerte oder Duro zu 5 Pesedas à 4 Reales de Vellon à 34 Marvedes = 1 Thlr. 13 Sgr. 4,96 Pf. oder 2 fl. 31 kr. 3,8 pf. 1 Real à 100 Cents — c. 2 sgr. 1½ pf. im 14. Thaler-Fuß.

1 castilianischer Centner à 4 Arrobas oder 100 Pfund = 92,037 deutsche Zollpfund.

Der castilianische Fuß (Pies) à 12 Pulgados = 0,9006 preuß. Fuß.

Die = Elle (Vara) à 3 Fuß à 36 Zoll = 1,2714 = Ellen.

Fanegada . . . . = 1,7996 = Morg.

Aranzada (für Weinberge) . . . . . = 4,5139 = =

Die castilian. Cahiza 12 Fanegas à 12 Almudos à 4 Quartillos; die Fanega . . = 1,0398 = Schfl.

1 catalonisches Pfund . . . . = ⅘ Zollpfund und

100 castilian. Varas . . . . = 125,100 preuß. Ellen.

Zeit zu meiner Entſchuldigung hinzuſetzen, daß meinen eifri=
gen eindringlichen, an die ſpaniſchen Zollbeamten gerichteten
Fragen: „was man denn eigentlich im Innern meines
Koffers, der ſchon an den Grenzen und vielen anderen
Orten ſich neugierigen Augen, der Himmel wiſſe, wie
oft ſchon geöffnet habe, ſuchte‟, nie eine recht befrie=
digende Antwort zu Theil geworden iſt.

Die Beamten zuckten geheimnißvoll mit den Schul=
tern, wühlten aber ebenſo unbarmherzig, wie ihre Collegen
in den Eingeweiden der Koffer und Behältniſſe herum
und geſticulirten zum Schluß lebendig mit den Händen.
Anderswo würde ich mich nicht lange beſinnen und eine
derartige Bewegung in die Worte: „heraus mit dem
Zwanziger‟ überſetzen, allein in Spanien kam mir ein
ſolcher ruchloſer, beſtechlicher Gedanke nicht in den Sinn.
Der Majoral, unſer Roſſebändiger und Wetterprophet,
ein gutmüthiger, wohlthätiger Mann, ſammelte übrigens
von den Reiſenden ein kleines Scherflein zur Unterſtütz=
ung der Armen in Figueras ein, und da wir keine
Zeit hatten uns lange zu verweilen, ſo übergab er
den Douaniers die Summe zur gefälligen Vertheilung.
Dank den braven Männern noch aus der Ferne, die ſich
dieſem Geſchäfte gewiß mit der größten Uneigennützigkeit
unterzogen und den vorlauten, jungen Mitreiſenden Lügen
geſtraft haben, der da von Beſtechlichkeit der ſpaniſchen
Beamten zu ſprechen wagte und wohl nicht wußte, daß
ſchon Philipp **II.** ſeine Unterthanen treffend charakteriſirte
mit den erhabenen Worten: „ſtolz lieb’ ich den Spanier.‟ —

In Figueras hatte ich den erſten Streit mit zwei
Spaniern. Ich hatte nämlich meinen Platz im Coupé
des Eilwagens von Perpignan bis Mataro bezahlt,
folglich auch das Recht, denſelben bis an das Ende der
Reiſe zu beanſpruchen. Zwei Leute aus Figueras, die
nichts weniger, als bei dem Poſtweſen angeſtellt zu ſein
ſchienen, wollten mir aber beweiſen, daß, weil Se. Hoch=
würden aus hieſiger Stadt nach Gerona fahren wolle,

ich bis an letztgenannten Ort auf meinen Platz verzich=
ten, denſelben mit einem auf dem Kutſchdeckel vertauſchen
müſſe und dann wieder meinen erſten Platz einnehmen
könne. Eine ſolche ſchlagende Beweisführung in Ver=
bindung mit meiner ſtillen Hochachtung vor jenen dicken
Herren mit den ſchwarzen Hüten, hätten mich bald be=
wogen auf ihre närriſchen Zumuthungen einzugehen; da
jedoch der eine mir ſein carajo ſo fürchterlich in die Ohren
ſchrie und mich cavalièrement für einen francese aus=
geben wollte, brach ich die Verhandlung raſch ab, ſetzte
mich trotzig auf meinen Platz wie Hagen, der Grimmige,
nieder und hielt das, was ich „gelobt in jenes Augen=
blickes Höllenqualen“. Dies half; die Vertheidiger der
Kirche, beſchämt und bezwungen, grollten mir jedoch nicht
lange wegen ihrer fehlgeſchlagenen Speculation, unter=
hielten ſich ſogar mit mir bis zur Abfahrt ſehr artig
und freundlich und entwickelten eine ſo unerſchöpflich gute
Laune, daß dieſe ſelbſt den Heraklitos zum Lachen ge=
bracht haben würde. So iſt der Spanier — aufbrauſend
und doch bald wieder beſänftigt. Gegen dieſen ächt ſpa=
niſchen Charakterzug blieb ich aber auch nicht kalt; ich
räumte jetzt aus freiem Willen dem alten Manne mit
ſilberweißen Haaren gern meinen Platz ein, ſtieg auf das
Verdeck des Wagens und rollte, neben meinem guten
Freunde, dem cataloniſchen Bauer ſitzend, luſtig immer
tiefer in das ſchöne Spanien hinein.

Der Poſtwagen, beſpannt mit 11 Maulthieren, ſauſte
durch Dick und Dünn, eingehüllt in dichte Staubwolken,
unter fürchterlichem Gebrüll des Zagals und des Majorals
dahin. Ich will einmal meine ganze Kraft und Phantaſie
zuſammennehmen und verſuchen, dem Leſer ein flüchtiges
Bild eines ſpaniſchen Eilwagens zu entwerfen; allein ich
bezweifle im voraus, daß die Copie dem Original ent=
ſprechen wird, da die Erinnerung an jenen Marterkaſten
mich noch mit Angſt und Furcht erfüllt und das Rütteln
und Schütteln deſſelben, im Vereine mit den Staubwolken,

mir den Athem zu benehmen drohen. Der spanische Postwagen hat gewöhnlich drei Abtheilungen, wovon die vorderste **Berlina**, die mittlere **Interiore**, die hinterste **Coupé**,
während der Platz oben auf dem Wagen **Imperiale** genannt wird. Unser catalonischer Postwagen war nun freilich einfacherer Natur und konnte, da er aus einer **Berlina** und einem hinteren Raume bestand, füglich mit einem schlechten deutschen Omnibus verglichen werden, der
vorne drei und hinten zwölf bis funfzehn Personen faßte,
die sämmtlich so schlecht saßen, daß sie Alle schwuren,
nie wieder diese Reise zurücklegen zu wollen. Eine besondere Annehmlichkeit unserer Transportmaschine bestand,
abgesehen von den Staubwolken und dem Wuthgeschrei
unserer Automedons, noch darin, daß es nicht an Luft-
zügen mangelte, daß für Abhärtung des Körpers durch
steinharte Sitzkissen und von Seiten der Landstraßen durch
Rippenstöße bestens gesorgt und daß endlich beim Bau
des Wagens nur auf Unterbringung des menschlichen
Oberkörpers Rücksicht genommen worden zu sein schien.

Auf einem vor der **Berlina** angebrachten Sitze saßen
unsere Rossebändiger, zu denen sich von Zeit zu Zeit auch
noch einzelne Passagiere und Bekannte gesellten, recht
bequem und lustig. Sie hatten eine freiere Aussicht, als
die Passagiere, denen sie dieselbe verdarben. Der Majoral bekleidet die Stelle des Conducteurs und des Wagen-
inspectors, weshalb er auch gewöhnlich die ganze Reise-
tour bis zur Hauptstation zurücklegt, während der Zagal,
jenes leichtfüßige Phantom, bald im sausenden Galopp
neben den Maulthieren herläuft und sie mit lautem Zu-
ruf und Peitschenhieben zu größerer Eile antreibt, bald
sich wieder mitten im Carrière zur Erholung auf den Vor-
dersitz hinaufschwingt und nun mit gewaltigem Geschrei,
in welches der Majoral aus voller Kehle und unter Peit-
schenknall mit einstimmt, sein Geschäft betreibt. Auch bedient er sich zu diesem Zwecke öfter eines kleinen Stachels

oder kleiner Steinchen, welch' letztere er sehr geschickt zu
werfen weiß. Auf den größeren Postrouten im Innern
Spaniens sieht man auch noch auf dem vordersten Maul=
thiere einen jungen Menschen reiten, der Postillon ge=
nannt wird und oft mehre Tage und Nächte hindurch im
Sattel bleibt. Die Maulthiere sind paarweise vor einan=
der gespannt, mit buntem Kopfzeug und Schellengeläuten
geschmückt und durch Riemen und Geschirr mit einan=
der sehr einfach verbunden. Auf dem Rücken bis zur
Hälfte des Bauches sind diese Thiere geschoren, damit,
wie man uns sagte, sie nicht so von Ungeziefer und
Schweiß zu leiden hätten. Die Bespannung ist der Art,
daß die Stränge, an einander ohne Wage geknüpft, bis
unter dem Sitze des Majorals zusammenlaufen und daß
man von Zügeln und Leitseilen, außer bei den Deichsel=
pferden, auch nicht viel gewahr wird. Der Ruf der Führer
und die gute Abrichtung der Thiere ist die Hauptsache,
und man wird es in Deutschland für gar nicht möglich
halten, daß so ein langer Postzug (tiro) vom Bocke
aus im vollsten Trabe und Galopp gelenkt werden kann.
In den engen Straßen der Städte bei schroffen, plötz=
lichen Biegungen und Wendungen oder bei gefährlichen
Stellen rennt dann der Zagal neben den Thieren her,
ergreift mit Blitzesschnelle das vorderste bei der Half=
ter, galoppirt über die gefährliche Stelle weg, schwingt
sich wieder gewandt auf seinen Sitz hinauf und unter
dem Gebrülle: **anda, arriba a la montaña, Cabrera,
Gitana** u. s. w. stürmt der Postwagen dahin. Der Spa=
nier ist ein vortrefflicher Fuhrmann und insbesondere scheint
mir der Catalonier die Kunst zu verstehen, bei schlechten
Wegen schnell und sicher zu fahren. Ich erinnere mich nicht,
jemals so schnell gefahren worden zu sein, als in Catalonien.
Das spanische Fuhrwesen zeigt noch viel Eigenthümliches
und der Fremde wird beim Anblick desselben vielleicht eben
so überrascht, als um Hals und Beine besorgt gemacht.
Auf dem **Imperiale** neben dem catalonischen Bauer

sitzend, hatte ich zur Umschau und Belehrung hinreichende Gelegenheit.

Der Gerichtsdistrict Figueras gehört zu Gerona, was mit Barcelona, Lerida und Tarragona die vier Provinzen Cataloniens bildet. Er ist mehr eben, als gebirgig. Die hier und da erscheinenden Gebirgszüge de la Salinas, de Requesens, de Roda und del Mon sind als Ausläufer der Pyrenäen zu betrachten, mit Ausnahme der beiden in der Mitte des Districts allein stehenden Berge Monroig und St. Magdalena, auf deren einem man noch jetzt die Ruinen eines im Jahr 1814 von den Franzosen gesprengten Forts, so wie auf dem anderen eine Eremitage gewahr werden. Der letztgenannte Berg entbehrt fast allen Wachsthumes, dagegen sind die anderen mit Rotheichen, Steineichen und Korkbäumen bestanden, aus denen viel Kork, Eicheln, Brenn- und Bauholz gewonnen werden. In dem Schooße der Gebirge dieses Districts so wie in den benachbarten Pyrenäen z. B. bei Coll de Bañuls, Portell, de Aly u. s. w. ruht ein reicher Schatz von Mineralien. Bei Espollá kommt Eisen, bei Arnera und Basagoda Kupfer und Blei, bei Massanet de Cabrenis Kohle und in den Gebirgen von Rosas und Salinas Marmor vor. Bei dem Dorfe Culera am Meeresstrande in den orientalischen Pyrenäen sind Goldgänge gefunden worden, welche zu den wichtigsten Entdeckungen gehören sollen, die man in den letzten Jahren in Bezug auf Bergbau in Spanien gemacht hat. Die daselbst brechenden Erze sollen die größte Aehnlichkeit mit den zu Berezow vorkommenden Golderzen haben, jedoch nicht in einem, sondern in mehrern parallel streichenden, mächtigen, mit Schwefel- und Arsenik-Kies, Bleiglanz und Blende durchzogenen Quarzgängen abgebaut werden. Dieser Entdeckung folgte unmittelbar eine andere, nicht minder wichtige Aufschließung von Goldgängen bei dem Dorfe Ribas in den orientalischen Pyrenäen auf dem Fuße. Es sind dieses nämlich compacte, sehr mächtige Arsenik-Kies-Gänge mit einem nicht unbedeutenden Goldgehalte, welche durch den Ingenieur v. Beust entdeckt wurden. Diese Erze werden auf Arsenik-Producte verhüttet und ihr Goldgehalt aus den Abbränden dann durch Goldmühlen ausgezogen. Durch diese Entdeckungen in Culera und Ribas ist in Catalonien ein reges Leben in den Bergbau gekommen.

Die große, von den Pyrenäen und ihren Ausläufern, von dem mittelländischen Meere und dem Fluße Fluvia begrenzte Ebene des genannten Districtes zeigt einen sehr fruchtbaren Boden, auf dem fast alle Pflanzen und Früchte Spaniens gedeihen. Ueppige Waizenfelder, schöne Olivenhaine, reiche Weinberge treten überall hervor und das kräftige Wachsthum des Roggens, des Maises, der weißblühenden Feigbohnen und der Kartoffeln fällt vortheilhaft in die Augen. Die Viehzucht ist bedeutend. In den Gebirgen wird die Schafzucht sorgfältig betrieben und die Schafe, die mir zu Gesichte kamen, waren gut genährt, allein nicht mit feiner Wolle versehen, so daß der feinere, elastische Stapelbau gänzlich fehlte. Die Schäferinnen auf dem Felde spannen mit der Hand und verbrachten ihr Leben statt im süßen Nichtsthun, in zweckmäßiger, nützlicher Thätigkeit. Mit dieser Spinnerei sieht man überhaupt fast alle Frauen bei'm Gehen auf der Landstraße oder beim Sitzen vor der Hausthüre beschäftigt; gewiß ein günstiges Prognostikon für das weibliche Geschlecht in Catalonien.

Der Postwagen hielt am diesseitigen Ufer des Fluvia. Besagter Strom, der bei San Feliu de Pallerols in den Gebirgen von Grau entspringt und bei San Pedro Pescador in das Meer mündet, ist reich an Wasser, Aalen und Barben, aber arm an Brücken. Diesen letzteren Uebelstand indeß empfindet der Spanier nicht sehr. Er haut wie toll auf die Maulthiere, diese sprengen wild in das Wasser, der schwere Wagen sanft nach, als ob Niemand darin säße, das schäumende Wasser sprudelt und zischt an, um und über demselben zusammen, ein Kräch-

zen der Achsen, Stampfen der Rosse, Brüllen der Wa-
genlenker, Sausen der Peitsche wird unter bedenklichen
Besorgnissen der Interessenten um Hals und Beine laut:
doch leicht wie eine Wassernixe schwingt sich der vierrä-
derige Koloß auf das jenseitige Ufer hinauf, die Thiere
schütteln die Mähnen und fort saust es wieder im brausenden Galopp. Demjenigen, der am Schwindel leidet,
ist das Reisen zu Schiffe wegen der gewöhnlich damit
verbundenen Seekrankheit abzurathen. Wir wollen daher auch nicht versäumen, bei dieser Gelegenheit unsere
leidenden Mitmenschen auf die spanischen Postwagen aufmerksam zu machen, damit wir nicht später des Mangels an Mitgefühl oder gar des Hanges zu Menschen-
und Thierquälerei beschuldigt werden.

Dem König Ferdinand **VII.**, als er bei seiner Rückkehr aus der Gefangenschaft in Frankreich, am Morgen
des vierzehnten März 1814 am rechten Ufer des Fluvia,
ganz in der Nähe des so eben von uns besuchten **Salto-
mortale-Platzes**, von seinen Unterthanen feierlich empfangen wurde, kann nicht wohler um das Herz gewesen
sein, als uns, die wir den genannten, seit einigen Tagen
in Folge starker Regengüsse angeschwollenen Fluß hinter
uns hatten, durch das am jenseitigen Ufer liegende Dorf
Bascara jagten, später die Stadt Mujor durchsausten
und gegen Abend auf der, über den Fluß Ter führenden, alterthümlichen Brücke in die ehemalige Residenz
der aragonischen Könige hineinrollten.

In Gerona war unser Aufenthalt von kurzer Dauer.
Früher wurde hier Nachtlager gehalten, wir aber sollten
noch diesen Abend bei rabenschwarzer Finsterniß weiter.
Es blieb mir daher nur soviel Zeit übrig, die Stadt
und die Kathedrale flüchtig zu besichtigen und ein Kaffeehaus zu besuchen.

Das heldenmüthige Gerona, jetzt die Hauptstadt der
Provinz gleichen Namens, mit seinen engen Straßen,
offenen Läden, Werkstätten auf der Straße und altem

Mauerwerk, bietet kaum die Erinnerung noch an seinen
ehemaligen Glanz und die hier geschehenen Thaten der
Tapferkeit. Es steht wie so viele, früher mit Gut und
Blut vertheidigte Plätze Spaniens, verwaist, traurig und
öde da. Die jetzt hier schaffenden und wirkenden 8000
Seelen zehren nur noch von den Reliquien des einstigen
Ansehens und Reichthumes der Stadt. Handel und Industrie sind unbedeutend und dürften auch für die Zukunft
kaum einen glücklichen Aufschwung hoffen, wenn nicht
auch hier, wie fast überall nothwendig, die Regierung für
Anlegung guter Straßen sorgt. Ohne Communication kein
Handel und ohne Handel kein Wohlstand. Die Lage an
der Hauptstraße von Spanien nach Frankreich, der hinreichende Wasservorrath und der fruchtbare Boden dürften wohl geeignet sein, die Aufmerksamkeit der Regierung
und den Fleiß der Einwohner anzuspornen. Zwar sind
auch hier in den letzten Jahren mehre große Fabriken
als: Papierfabriken, Spinnereien und Webereien entstanden und außerdem viele Handwebereien im Gang und
Betrieb, jedoch für die Bevölkerung und für die vielen
umliegenden Ortschaften noch lange nicht genug. Auch der
Handel, früher so stark und ausgedehnt, ist schwach und
viele Colonialwaaren, Kleider, Tücher u. s. w. müssen aus
Barcelona eingeführt werden. Die nach dem nächsten Hafen
Palamo führende Straße bedarf ebenfalls nothwendig der
Ausbesserung und Herstellung.

Zu dem Verfalle der Stadt trug die Vorliebe der
Könige von Aragonien viel bei (daher sie auch ihren Erstge-
borenen den Titel eines Fürsten von Gerona verliehen),
welche sich zu wiederholten Malen bei Kriegszeiten dahin
flüchteten und so Belagerung und unsägliches Elend über
jene brachten. Gerona hat an 23 Belagerungen ausgehalten
und jederzeit glänzende Beweise der Tapferkeit seiner Einwohner gegeben. Im spanischen Successionskriege, der, hervorgerufen durch die dynastischen Interessen zweier Fürsten-
häuser, so unsägliches Unglück über Millionen von Menschen

2*

brachte, entschied sich Gerona nicht so offen, wie andere
Plätze Cataloniens, für das Haus Oestreich. Im August des Jahres 1705 ergab sich die Stadt den Truppen
des Erzherzogs Carl; am 30. December 1710 begann der
Herzog von Noalles die Belagerung und am 25. Februar
1712 fand endlich nach einem blutigen Kampfe die Capitulation statt. Am 20. Juni 1808 versuchte der französische General Duchesne die Stadt zu stürmen. Die 300
Mann starke Besatzung des Regimentes von Ultonia schlug
aber, im Vereine mit der Einwohnerschaft, den Angriff ab
und zwang die Franzosen, nach einem Verlust von 700
Mann, sich wieder nach Barcelona zurückzuziehen. Am 12.
August desselben Jahres stand Duchesne mit 9000 Mann
und den zu einer Belagerung nöthigen Ausrüstungen
wiederum vor der Stadt. Voll Vertrauen zu dieser Expedition hatte er, bevor er am 10. Juli von Barcelona
auszog, öffentlich bekannt gemacht: „el 24 llego, el 25
la ataco, la tomo el 26 y el 27 la arraso" (den 24.
komme ich, den 25. greife ich an, den 26. nehme ich und
den 27. zerstöre ich). Allein auch hier lächelte ihm nicht
der Kriegsgott. Ein spanisches Hülfsheer von 10,000 M.
unter dem Grafen Caldagües zog den Belagerten zu Hilfe
und zwang die Franzosen die Belagerung aufzugeben.
Am 6. Mai 1809 erschien wieder ein neues französisches
Heer vor Gerona. Die Garnison, die Einwohner und
Nachbarn der Stadt, die Geistlichkeit, die Weiber und
Kinder, Alles griff muthig zu den Waffen gegen den
verhaßten Feind. Die Begeisterung war groß und der
ritterliche Commandant D. Mariano Alvarez de Castro
erließ folgende Bekanntmachung: „será pasado por las
armas el que profiera la voz de capitular ó de
rendirse." (Tod demjenigen, der von Capitulation oder
Ergebung spricht.) Die Spanier vertheidigten sich todes-
muthig sieben Monate und fünf Tage lang gegen die an-
stürmenden Feinde und schlossen erst dann mit denselben
eine Capitulation ab, als Hunger und Pest ihre Reihen

gelichtet, sie an 10,000 Mann, worunter 4000 Einwoh=
ner, verloren, und keinen Vorrath von Munition mehr
hatten. Aus den 40 gegen die Stadt errichteten Batte=
rien waren mehr als 60,000 Kanonenkugeln und 20,000
Bomben und Granaten geworfen worden. Der Verlust
der Franzosen während der Zeit der Belagerung, wird
auf 15,000 Mann angegeben.

Die im Jahre 1416 unter Guillermo Boffiy erbaute
Kathedrale gilt hinsichtlich ihrer Architektur und der Feinheit
der Bildhauerarbeiten für eine der ersten in Catalonien.
Sie zeigt ein einziges Schiff, welches unbedingt einen
sehr erhabenen, überraschenden Anblick gewähren würde,
wenn nicht hier, wie in den meisten spanischen Kirchen,
das Chor geschmacklos und störend in der Mitte dessel=
ben angebracht wäre. Die schlanken Pfeiler und die symme=
trisch fein ausgearbeiteten Bogen und Wölbungen gewäh=
ren einen guten Anblick. Der kleine, im gothischen Style
erbaute Hof mit gewölbten Gängen ist ringsum mit nie=
drigen Marmorsäulen eingefaßt und schließt manches Grab=
mal in sich. Die Vorderseite des Gebäudes ist ebenso
breit, wie das Schiff und deutet auf einen, einer späteren
Zeit angehörigen, griechisch = römischen Baustyl. Auch ist
ein Theil derselben noch unvollendet; doch hinreichend ge=
nug weisen die daselbst aufgestellten, sehr schön aus Stein
ausgearbeiteten zwölf Apostel auf die Pracht hin, welche
dem Ganzen bei vollständiger Ausführung des Baues zu
Theil geworden wäre.

Auch die in Gerona lebende Geistlichkeit darf nicht
unerwähnt bleiben. Es besteht hier ein Bischofsstuhl und
ich entsinne mich, nur wenige so kleine Städte mit einer
solchen Unzahl von Männern, mit schwarzen Talaren und
so furchtbar großen breiten Hüten bekleidet, gesehen zu
haben, daß man beim Begegnen einer Person mit sol=
chem Hute in einer engen Gasse, wirklich Angst vor einer
Zerquetschung empfindet. Ich ließ mich mit einem klap=
perdürren, leichenblassen Priester in ein Gespräch über die

Religionsangelegenheiten in Spanien ein und freute mich,
die Bekanntſchaft dieſes toleranten, einſichtsvollen Mannes
gemacht zu haben, der mir mittheilte, daß die kirchlichen Angelegenheiten des Landes ſich in großer Unordnung be-
fänden und die armen Prieſter eine ſchlechte Stellung ein-
nähmen, indem ſie ſelten den ihnen verſprochenen Gehalt
bezögen und meiſtens von den ihnen zuſtehenden Stola-
gebühren lebten. Er meinte, früher hätte die geiſtliche
Laufbahn in Spanien eine glänzende Zukunft und gute
Einnahme gewährt, jetzt aber böte ſie nur Elend, Kum-
mer und hungrigen Magen. Der Mann ſprach gewiß
wahr, wenn er damit ſagen wollte, daß die Geiſtlichkeit
ſeit Aufhebung der Klöſter ihre Macht und ihren früher
ſo gewaltigen Einfluß verloren, daß die Nation durch
Plünderung und Vandalismus dieſer und jener Partei
in den Klöſtern einen unermeßlichen Schatz an Bibliotheken, Bildhauerwerken und Gemälden eingebüßt, daß
das ſpaniſche Volk durch die Niederträchtigkeit vieler ſeiner Beamten dennoch keine materiellen Vortheile durch
dieſe gegen die Kirche gerichtete Bewegung gewonnen habe,
und daß über das Verſchwinden ſo vieler, aus dem Verkaufe der Kirchengüter gelöſter Millionen, keine Rechen-
ſchaft abgelegt worden ſei. Der Reiſende, der jetzt nach
Spanien in der Meinung kommt, Intoleranz, religiöſen
Fanatismus und ſchwärmeriſche Bigoterie zu finden, wird
ſich getäuſcht ſehen. Es iſt in dieſer Beziehung ein gewaltiger Umſchwung erfolgt, ein Umſchwung, der ſich mehr
zu einer ruhigen, vernünftigen Glaubensmeinung hinneigt
und deshalb mit der Zeit die noch klaffende Wunde des
ſpaniſchen Inquiſitionsglaubens zu heilen geeignet ſein
dürfte. Der Spanier hat ſich übrigens trotz aller An-
fechtung, welche die Religion erlitten, doch noch ein ſehr
katholiſches Gemüth und religiöſes Gefühl zu erhalten
gewußt, was ſich bei'm Gottesdienſte jedoch nicht in einem
ſtrengen Formalismus oder ſteifer Gezwungenheit, ſondern in einem Gehenlaſſen, einer gegenſeitigen Nachgiebigkeit

und Regelmäßigkeit der Kirchenbesuche unter sich ausdrückt. Der früher fast bittere Haß der katholischen Kirche gegen andere christliche Secten sowohl, als gegen Mohammedaner und Juden ist fast gänzlich erloschen. Uebrigens ist sehr zu befürchten, daß der Spanier bei dem bevorstehenden Concordat des päpstlichen Stuhles mit Spanien, die Wiederherstellung der aufgehobenen Orden und den gefahrdrohenden Einzug der Jesuiten — Ave Maria purissima! — in pleno zu gewärtigen hat.

Da die posada de la fontana nueva y café, in der ich abgestiegen war, so mit Fracht- und Eilwagen, mit arrieros und carreteros (Fuhrleuten), mit Stroh- und Heuvorräthen, mit tobsüchtigen Passagieren und betriebsamen Thierchen aller Art, von oben bis unten, angefüllt war, so trat ich in eins der naheliegenden, schön ausgeschmückten, mit guten Billards und weißen Marmortischen versehenen Kaffeehäuser. Mein ländlicher Reisegefährte, der hier mit seiner Erdbeermütze im Kreise mehrer seines Gleichen, hinter unzähligen kleinen, geistgefüllten Fläschchen munter Posto gefaßt hatte, räumte, mich bemerkend, mir sogleich freundlich einen Platz an seinem Tische ein und überhäufte mich so mit Aufmerksamkeiten und gemischten Flüssigkeiten, daß ich glaubte dem Tode des Ertrinkens nahe zu kommen. Bei jedem perlenden Gläschen, welches er in die dürstende Kehle hinabgoß, stieg die Begeisterung und der Enthusiasmus für Alemania (Deutschland). Die Bauern — procul negotiis — wurden immer gesprächiger und neugieriger. Sie rückten näher an den Tisch, steckten die rothbemützten Köpfe behutsam zusammen und erzählten mir vorerst mit geheimnißvoller Miene von den Sehenswürdigkeiten, Annehmlichkeiten und Merkwürdigkeiten der großen Stadt Barcelona, nach der ich zu reisen im Begriff stand und fragten mich dann noch einmal mit forschenden Blicken: de questo pais (von welchem Lande) ich sei. Da ich schon früher mein Vaterland genannt und auch gehört hatte, daß sie mit Liebe

und Achtung von Deutschland sprachen und dabei weid=
lich gegen Frankreich und England loszogen, so wurde
mir diese zu wiederholten Malen gestellte Frage erst klar,
als sie der eine Bauer ganz naiv so ausdrückte: Deutschland
wäre wohl ein großes, mächtiges Land und läge hinter
dem Berge. Ich nickte zustimmend mit dem Kopfe; die
Bauern aber füllten noch einmal frisch die Gläschen zum
Abschied, schüttelten mir die Hände und antworteten auf
meine Frage, warum sie Deutschland denn eigentlich so
liebten: „los Alemañes y los Españoles son herma-
nos" (die Deutschen und die Spanier sind Brüder.) Ein
wunderliches Volk diese Spanier, die mir vor meiner
Abreise so wild, rachsüchtig und stolz geschildert worden
waren.

Da ich nun einmal getrunken hatte und auf der
mir bevorstehenden Reise leicht wieder Durst bekommen
konnte, so kaufte ich mir aus Vorsicht in einem Kauf=
laden (tienda) einen aus Ziegenfell verfertigten Wein=
schlauch, den man bota nennt und der an zwei Fla=
schen Wein faßte. Diese Schläuche sind in Form von
Schrotbeuteln gut und dauerhaft zusammen genäht und
laufen in eine Art Hülse aus, die, wie ein Pulver=
horn, mit schraubenartigem Deckel versehen ist. Den
Pfropf zu dieser biegsamen, unzerbrechlichen Flasche bil=
det ein kleiner, zu schwacher Oeffnung ausgehöhlter
Spund von Horn, der wiederum an seiner Mündung
mit einem abdrehbaren Verschluß versehen ist und genau
in den Hals paßt. Will nun der Spanier trinken, so
schraubt er den ersten Deckel ab, hält die Oeffnung des
Schlauches einige Zoll vom Munde weg und spritzt sich
nun den Wein, indem er die bota etwas hoch hält
und noch vermittelst eines schwachen Handdruckes nach=
hilft, in dünnen Strahlen in den Mund hinein. Wie
schön und bedeutungsvoll für die Mäßigkeit, Geschick=
lichkeit und Reinlichkeit des Volkes ist dieser orientalische
Gebrauch!

Doch das Posthorn schmetterte durch die Straßen —
hätte ich beinahe gesagt, wenn es überhaupt in Spanien
Posthörner gäbe, — der Majoral drängte zur Abreise,
das verhängnißvolle „al coche" (zum Wagen) ertönte,
die Passagiere, tief in Mäntel eingehüllt, nahmen bei
schwarzer Nacht schweigend ihre Plätze wieder ein und
auf den Ruf: „anda, anda" trabte die vorgespannte
Maulthierheerde durch die menschenleeren Gassen lustig
davon. —

Die Nacht war dunkel und regnerisch und die Gegend, wie ich bei meiner zweiten Reise, zu bemerken
Gelegenheit hatte, auch nicht so angenehm und unter-
haltend, wie diejenige, welche ich vorher durchreist war.
Da also für diesmal, wegen der eingebrochenen Dunkelheit, auch beim besten Willen hier nichts zu sehen und
zu beobachten war, so muß ich nothgedrungen von einer
Schilderung der Gegend absehen. Damit will ich jedoch
noch nicht sagen, daß wir uns hätten sorglos dem Schlafe
überlassen können, denn daran war wegen des Schüttelns
und Rüttelns des Wagens auf der erbärmlichen Straße,
so wie auch wegen eines möglichen Räuberanfalls nicht
zu denken, für welche letztere Ueberraschung Zeit, Wetter
und Ort eben nicht ungünstig waren. Ich möchte den
in Spanien Reisenden sehen, dem nicht von dort hau-
senden Räubern, von Räuberbanden, Ueberfällen und
Plünderungen, von ladrones und raterillos (Buschklep-
per) erzählt worden wäre. Bevor ich noch an die Pyrenäen kam, wurden mir schon solche Mordgeschichten auf-
getischt, daß ich wirklich mit geheimen Schauder meiner
Weiterreise entgegensah und im Geiste von den Meini-
gen schon auf ewig Abschied nahm. Jetzt, nachdem
ich meine Reise beendigt und Spanien in mannichfachen
Richtungen hin und her durchstreift habe, weiß ich, was
ich von diesen Schreckbildern zu halten habe, weiß, wie
oft ich angefallen und geplündert worden bin, und wie
viel Menschenblut von mir hätte vergossen werden kön-

nen, — wenn ich überhaupt nur eine Waffe, wenigstens einen Dolch, bei mir gehabt hätte. Es würde taktlos von mir sein und einen Mangel an poetischem Sinne verrathen, wenn ich gleich im Anfange meiner Reisebeschreibung der fruchtbaren Phantasie meines Lesers für das ritterlich-romantische Spanien nicht den freiesten Spielraum gewähren, wenn ich ihm gestehen wollte, daß mir in Spanien Niemand etwas Leides gethan, daß ich nicht gleich einem zweiten Gil Blas, von Räubern entführt und in einer schauerlichen Waldhöhle verborgen gehalten worden wäre. Nein, ein solches Geständniß jetzt unverhohlen abzulegen, werde ich mich hüten, wo mancher Leser im stillen Stübchen, am traulichen Ofen, fern von aller Gefahr, sich vielleicht heimlich nach einem ritterlich von mir bestandenen Abentheuer, „nach Stimmengewirr, flüchtigem Hufschlag und Waffengeklirre" sehnt.

Der Leser möge die Schuld davon, daß ich ihn mit einigen solcher wild-romantischen Schreckensscenen nicht unterhalten kann, in dem General Narvaez suchen, oder es mit mir diesem Dank wissen, daß er durch die Errichtung einer tüchtigen Gensd'armerie in den letzten Jahren einigermaßen für die Sicherheit des Landes gesorgt hat. Man sieht auf allen Hauptstraßen Spaniens in gewisser Entfernung Wachtposten, aus zwei wohlbewaffneten und gut uniformirten Männern bestehend, die immer eine bestimmte Strecke Weges zu durchwandern und diese von Räubern und herumstreichendem Gesindel zu säubern haben. Diese „guardias civiles" wurden durch ein Königliches Decret vom 13. April 1844 geschaffen und 1846 und 1848 der noch jetzt bestehenden Organisation unterworfen. Sie bilden zusammen 13 Legionen (tercios) mit 49 Compagnien Infanterie und 11 Compagnien Cavallerie (compañias - escuadrones.) In Catalonien besteht übrigens noch eine Art Gensd'armes (mozos de la Escuadra) aus alter Zeit, die für die Sicherheit des Landes Sorge tragen sollen und die mit

blauen Jacken, rothen Schärpen und Espartosandalen,
sowie der grellfarbigen Manta, bekleidet sind. Es sollen
dies sehr zuverlässige, muthige, gewandte Leute sein und
bei'm Volke in Achtung stehen.

Es war eine rauhe, wilde Nacht. Der Regen goß,
wie sich der Spanier ausdrückt, in Krügen herab, der
Wind heulte, der Weg wurde immer bodenloser und der
Postwagen wälzte sich immer langsamer fort, bis er endlich an einer einsamstehenden Venta, einem Wirthshause
an der Heerstraße bei Granota, stille stand. Der Majoral
erklärte hier den bestürzten Passagieren, daß er, noch einige
Leguas von dem Flusse Tordera entfernt, sich nicht ge-
traue denselben, da er in Folge des Regens bedeutend an-
geschwollen sein dürfte, während der Dunkelheit zu passiren, sondern vorzöge, bis gegen Morgen hier zu bleiben,
um dann den Uebergang bei Tagesanbruch zu versuchen.
Beim Eintritt in das Haus befanden wir uns in einem
großen Raume, in dem wir rechts von der Thüre einen
langen Tisch mit Bänken, über demselben ein düster
brennendes Oellämpchen und links auf dem Boden eine
große Streu, auf der Maulthiertreiber (arrieros) und
Hunde im tiefen Schlafe ausgestreckt lagen, zu Gesicht
bekamen. Die Perspective ging auf den Stall hinaus,
in dem wir bei'm trüben Scheine eines Lichtes die
Thiere fressen sahen und schnaufen hören konnten. In
der neben diesem Schlafsaale befindlichen, gewaltigen Küche
praffelte ein lustiges Feuer und eine kugelrunde, fette
Wirthin rannte geschäftig hin und her. Sie stieg mit
aller Vorsicht über die zu ihren Füßen liegenden Männer hinweg, keifte mit einer alten, häßlichen Magd,
machte mit ihren Gästen hier und da einen derben, aber
gutmüthigen Witz und schien ein strenges Regiment zu
führen. Die Venta hatte übrigens auch noch einige
Seitengemächer, d. h. von vier Mauern umgebene Plätze,
in denen wir anfangs uns dem Schlafe zu überlassen
beabsichtigten; leider aber wurde uns gar bald dieser süße

Wahn durch eine wahre Sündfluth von biſſigen Thier=
chen grauſam zerſtört. Wir brachten daher die Nacht eſſend,
trinkend und plaudernd zu und als wir gegen Morgen auf=
brachen und ich bezahlen wollte, hatte auch ſchon einer
unſerer Reiſegefährten mir dieſe Mühe erſpart — eine
Aufmerkſamkeit, die dem Fremden, ohne daß er ſie viel=
leicht nur im Geringſten verdient hat, von Seiten des
artigen Spaniers ſehr oft zu Theil wird.

„Noch harrte im heimlichen Dämmerlichte die Welt
dem Morgen entgegen" und ſchon ſtürmte luſtig unſer
Wagen dahin. Der Regen hatte etwas nachgelaſſen und
als der Tag anbrach, hielten wir am Tordera, welcher,
außer dem Llobregat und Beſos, einer der bedeutendſten
Flüſſe in Catalonien iſt. Er entſpringt in den ſüdlichen
Waſſerfällen des Monſeny und mündet öſtlich von Mal=
grat, nachdem er viele Nebenflüſſe in ſich aufgenommen
und faſt die ganze Provinz durchſtrömt hat, in das Meer.
Von einer Brücke war hier eben ſo wenig die Rede, als
bei dem Fluſſe Fluvia. Bei niedrigem Waſſerſtande mag
das Durchfahren ohne Gefahr ſein, doch heute, wo der
Fluß ſtark angeſchwollen war, war es ein ſehr mißliches
Unternehmen. Von dieſem Gedanken ſchienen auch unſere
Roſſelenker und Paſſagiere eingenommen zu ſein, wenig=
ſtens konnte ihr Hin= und Herlaufen am Ufer, ihr
Rufen und ihre Beſprechungen darauf hindeuten. Am
jenſeitigen Ufer lag auf einem Hügel der Flecken Tordera
mit ſeinen 500 Häuſern und man ſchien Hilfe und Unter=
ſtützung von dort zu erwarten. Während wir noch hin
und her überlegten, kam der Courier an. Dieſer beſteht
aus einem zweirädrigen hohen Karren, mit einem leichten
Dache, wird von zwei ſchnellen Pferden gezogen und ei=
nem Poſtillon gelenkt. Dieſer Courierwagen läuft ſehr
ſchnell und wird nur zum Transport der Briefe und
Depeſchen, nicht aber zur Beförderung von Paſſagieren be=
nutzt. Der Poſtillon war ein kecker Burſche. Kaum an=
gelangt jagte er, wie toll, mit ſeinem Karren in das Waſſer

hinein und ſuchte das jenſeitige Ufer zu erreichen. Als
er aber in die Mitte des reißenden Stromes kam und
das Waſſer faſt über die hohen Räder wegging, da hätte
er ſeine Tollkühnheit beinahe mit einem plötzlichen Ver=
ſchwinden unter der Fluth büßen können. Trotz des Ge=
ſchreies des Poſtillons und des wackern Widerſtandes der
Roſſe trieb der leichte Wagen unaufhaltſam eine große
Strecke des Stromes hinab und nur einem glücklichen
Umſtande war es zu verdanken, daß die Pferde wieder
Boden faſſen und den Wagen an das jenſeitige Ufer
bringen konnten. Wir, die wir dieſem entſetzlichen Schau=
ſpiele als müßige Zuſchauer beiwohnen mußten, ohne
in irgend einer Beziehung Hilfe leiſten zu können, wur=
den dadurch für unſere bevorſtehende Expedition gerade
nicht ermuthigt. Endlich erſchien jedoch eine Anzahl tüch=
tiger Männer in cataloniſcher Tracht auf dem jenſeitigen
Ufer, welche mit einer Art Fähre zu uns herüberſetzten.
Dieſe beſtand aus einem viereckigen Kaſten mit nicht ſehr
hohen Seitenwänden und wurde der Art in Bewegung
geſetzt, daß ſich einige Männer mit langen Stangen,
vermittelſt deren ſie den richtigen Cours zu halten ſuch=
ten, hineinſtellten, während mehre andere, halb nackt, ſich
mit den Armen an den hinteren Theil derſelben an=
klammerten und die ganze Maſchine fortſchoben, ſo gut
und lange es eben gehen wollte. Unſer Poſtwagen wurde
jetzt von Perſonen und Gepäck ſoviel, als möglich, entleert
und dann unter fürchterlichen Anſtrengungen von den kräf=
tigen Maulthieren an das jenſeitige Ufer gebracht. Uns
aber trugen die ſtämmigen Catalonier auf ihren Schul=
tern durch das ſeichte Waſſer bis an die obengenannte
Fähre und ſpedirten uns, indem ſie dieſelbe theils zogen,
theils ſchoben, nach und nach über den gefährlichen Styx.
Wir hatten zwei Franzöſinnen, eine Mutter mit ihrer
hübſchen Tochter, bei uns, die gegen dieſes Mannoeuvre mit
allen Kräften proteſtirten. Doch endlich — hic **Rhodus,
hic salta!** — bildeten zwei Catalonier, indem ſie ſich bei den

Händen anfaßten, einen natürlichen Armſeſſel, ließen die
Damen darauf ſetzen und trugen ſie auf dieſe proſaiſche
Weiſe nach der Fähre, auf welche Art ſie dann auch unter
Augſt und Lachen das Ziel erreichten. Die hübſche Tochter
hatte aber nahe am Ufer noch einen kleinen Unfall, indem ſie
von den Männerarmen plötzlich in das nicht tiefe Waſſer
herunterglitete. Die Faſſung des Mädchens ging jedoch
dadurch nicht verloren. Furchtlos trabte ſie mit aufgehobenen
Röckchen durch das Waſſer an das trockene Ufer und meinte
unter Lachen, daß ſie noch niemals ſo tief in das Waſſer gegangen ſei. Trotz aller Gefahr gewährte das Ganze eine
ſehr komiſche Scene und die Catalonier mit ihren nackten,
derben Beinen, die Paſſagiere mit ihrer Aengſtlichkeit in den
Mienen und die Damen mit ihrem Geſchrei boten zum
Lachen reichen Stoff. Die Waſſerpartie war glücklich über-
ſtanden, jeder Gerettete zahlte an den Fährmann Charon
ſeinen Obolus, welcher in einer Peſeta beſtand und die
Geſellſchaft nahm wieder, froh der überſtandenen Gefahr,
munter und vergnügt ihre Plätze in dem Poſtwagen ein.
Der Spanier iſt bei derartigen Unfällen und Erlebniſſen
ein prächtiger Reiſegefährte. Er murrt nicht, er ſchimpft
nicht, ſondern fügt ſich geduldig in das Schickſal und
macht zum böſen Spiel eine gute Miene. — Statt Ungeduld, Hitze, Gereiztheit zu zeigen, wie ich vermuthet
hatte, bewieſen dieſe Catalonier einen Humor und eine
Gutmüthigkeit, die mich wirklich überraſchte.

Die Gegend wurde jetzt ſehr reizend und bald breitete
ſich vor unſeren erſtaunten Augen der blitzende Spiegel
des mittelländiſchen Meeres aus. Von Calella, in deſſen
wohleingerichteter Fonda wir Chocolate, das gewöhnliche
Morgengetränk in Spanien, zu uns genommen hatten,
ſetzten wir unſre Reiſe über Areñys de Mar nach Mataro
fort. Erſtgenannte Stadt, dicht am Meeresufer zwiſchen
Bergen liegend, ſoll von den Römern begründet worden
ſein und auch noch mehre römiſche Ueberreſte enthalten.
Es beſtehen hier einige Korkſtöpſel-, Leinwand-, Spiegel-,

Seifen- und Branntweinfabriken, sowie Webereien, Baumwollenspinnereien und über 200 Weberstühle. Die Weiber und Kinder beschäftigen sich mit dem Gewebe der
Maschen, Kanten und Spitzen und überall sieht man
fleißige, rege Hände.

Bevor wir Mataro erreichten, hatten wir noch das
Vergnügen, in der Mitte eines kleinen Flusses, dessen
Name mir entfallen ist, sitzen zu bleiben. Es geschah
dies in Folge des mächtigen, tiefen Flußsandes, in den
sich der Wagen bis an die Achsen hineinwühlte. Her-
zueilende Bauern boten uns ihre breiten Rücken als
Transportmaschinen an und nicht lange dauerte es, so
war die ganze Reisegesellschaft rittlings auf den menschlichen Rückenpolstern, gegen eine kleine Vergütung, an
das jenseitige Ufer gebracht. Ein dicker Spanier jedoch,
der auf seiner Rückkehr aus Frankreich in seine Heimath
auch diese Rückenreise unter Keuchen und Seufzen seines An-
tipoden zurücklegte, zahlte, in Ermangelung kleiner Münze,
mit einigen herzlichen Dankesworten, womit sich auch der
gutmüthige Catalonier zufrieden gab. Wahrlich eine ge-
nügsame Classe von Menschen diese wilden, trotzigen Catalonier! Ohne ihre kräftigen Arme, mit denen sie rasch
in die Speichen des Wagens eingriffen, säße unser Postwagen vielleicht noch heute in dem Flußsande.

Die ganze Fahrt bietet einen großen Genuß; die vielen Städtchen, die Gärten mit ihren hochrothen Orangen
und einzelnen schlanken Dattelpalmen, die gut angebaute
Gegend, die reizenden Blicke auf das Meer mit den hier
und dort im Sonnenlichte weiß leuchtenden Segeln, die
Fischer in ihren Nachen, die hochromantisch dicht an dem
Meeresstrande hinlaufende Fahrstraße, das Zischen und
Brausen der am Ufer sich brechenden Meereswogen und
über Alles dieses ein prachtvolles, blaues Himmelszelt ausgespannt, dies Alles zusammen bildet allerdings ein Bild,
welches sich mehr fühlen, als beschreiben läßt. Waizen,
Mais, Bohnen, Erbsen, Johannisbrod, Wein standen

üppig und Küchenkräuter aller Arten entsproßten reichlich
dem Boden. Die Hafenstadt Mataro hat auf mich einen
viel günstigeren Eindruck gemacht, als die spanischen Städtchen, welche ich vorher sah. Um spanische Land- oder
Provinzialstädte schön und malerisch zu finden, darf man
allerdings keinen nordländischen Maßstab anlegen. Man
muß sich erinnern, daß man sich im Süden befindet, wo
man das freiere, öffentliche Leben liebt, man muß ein-
gedenk sein, daß hier das Leben der Einwohner fast
das Gegentheil von dem im Norden Europa's ist.
Während sich dort die Bewohner mehr außerhalb ihrer
Häuser und Zimmer, so zu sagen, mitten auf der Straße
bewegen, ziehen sich im hohen Norden dieselben in das
Innere ihrer Wohnung zurück, und lassen die Blicke der
Vorübergehenden nicht gerne in dieselben eindringen. In
Folge des wärmeren Klimas legen die Südländer weniger Werth auf wohnlich, traulich eingerichtete Zimmer
und sind überhaupt gegen kleine äußere Unannehmlich-
keiten wie Staub, Schmuz, Ungeziefer weniger empfind-
lich, als der Nordländer.

Mataro ist allerdings keine sehr reinliche, schmuck und
nett aussehende, regelmäßige, jedoch auch keine schlecht gelegene, unbedeutende und todte Stadt. Ihre Lage ist sogar schön zu nennen, denn sie zieht sich am äußersten
Abhange der Gebirgszüge, welche unweit der Seeufer da-
hinlaufen, allmälig bis an die Küste des mittelländischen
Meeres herab. In einiger Entfernung umgeben Weinhü-
gel die Stadt und halten, vermöge ihrer amphitheatrali-
schen Form, die rauhen Nordwinde ab. Die Einwohner
sind fleißig und arbeitsam und beschäftigen sich emsig mit
Handel und Industrie. Durch die Küstenschiffahrt wird
Wein und Branntwein nach Cadix ausgeführt; nach Aragonien, Valencia und anderen Theilen des Königreichs
werden Töpferwaaren, Nägel, Spitzen, Kanten, gegerbte
Felle, Werkholz zum Wagenbau, Ziegelsteine, Sämereien
und Baumwollenwaaren, und nach Frankreich Orangen

und Citronen versendet. Die Einfuhr, nicht nur für
den Bedarf der Stadt, sondern der ganzen Provinz, be=
steht dagegen in Mais, Oel, Johannisbrod, Reis, Eisen,
Stockfisch und Steinkohlen.

Und nun eine Bemerkung über die Industrie. Es
bestehen in Mataro 10 bedeutende Baumwollenspinnereien,
von denen 7 mit Dampfmaschinen betrieben und in de=
nen an 700 Personen beiderlei Geschlechts beschäftigt wer=
den. Der Werth an Gebäuden, Maschinen und Be=
triebscapital wird zu 10,388,400 Realen angenommen.
Es sind ferner 1180 Weberstühle in Arbeit, die 1350
Personen beschäftigen und durch welche monatlich 368,000
Varas von Gespinnsten aller Arten gewonnen werden.
Außerdem finden viele Menschen in den Maschinenbau=
werkstätten und in den Bleich=, Druck= und Walzanstal=
ten für die Baumwolle, eine zweckmäßige und lohnende
Beschäftigung. Die Baumwollen= und Leinwandfabrikate
von Mataro sind wegen ihrer Güte und Wohlfeilheit ge=
schätzt und gesucht. Boden und Klima sind dem Baue
des Hanfes sehr günstig und außerdem kann wegen der
geringen Verarbeitungskosten desselben ein äußerst wohl=
feiles Product geboten werden. In den umliegenden Dör=
fern sind an 4500 Frauen mit dieser Arbeit für den
kargen Tagelohn von 4 bis 6 Quartos beschäftigt. In
den 21 Fabriken, welche ein grobes, baumwollenes Zeug
zu Segeltüchern produciren, sind auch an 201 Weberstühle
in Arbeit und außerdem über 500 Frauen mit der An=
fertigung von Spitzen in unausgesetzter Thätigkeit. Der
Fabrikant Olivet besitzt hier eine Fabrik für die bei den
Schiffspumpen gebräuchlichen Schläuche, die aus einem
baumwollenen Zeuge, ohne Naht verfertigt, sehr gute
Dienste leisten sollen. Durch ein königl. Decret ist dieser
Mann, welcher allein im Besitz des Geheimnisses zur An=
fertigung dieser Schläuche ist, mit einem Privilegium auf
fünf Jahre beschenkt worden. Von den übrigen in Mataro
bestehenden Geschäften und Gewerbsanstalten sind noch

13 bedeutende Töpferwerkstätten, 9 Gerbereien, 3 Leim=
siedereien, 9 Ziegeleien, 7 Brennereien, 4 Färbereien, 20
Nudel=, 3 Seifen= und 2 Unschlittfabriken, so wie schließ=
lich eine Eisengießerei und eine Glasfabrik zu er=
wähnen. —

Mataro besteht aus einer Alt= und Neustadt. Letztere
erstreckt sich bis an das Meer und besitzt viel schönere
und regelmäßigere Straßen, als der andere Theil. Die
Straße Monserrat ist schön und breit genug, um das Auge
des Reisenden zu erfreuen, und der 180 Fuß lange und
96 Fuß breite Constitutionsplatz verdient auch nicht solche
Geringschätzung, wie ihm und der ganzen Stadt von
Seiten mancher neueren Reisenden widerfahren ist. Freilich,
gegen Barcelona ist diese Stadt ein Dorf, allein, suum
cuique — sie zählt doch 3000 Häuser und 13,010 Ein=
wohner. Sie ist mit der fünf Leguas entfernten Haupt=
stadt durch eine Eisenbahn verbunden, welche, 101,300
spanische Fuß (gegen 3¾ deutsche Meilen) lang, am 28.
October 1848 als die erste Eisenbahn auf der pyrenäi=
schen Halbinsel, dem öffentlichen Verkehre übergeben wor=
den ist. In den ersten acht Wochen nach ihrer Er=
öffnung sind täglich 1179 Personen auf derselben be=
fördert worden und sie gewährt 10 % Nettoertrag. Vom
29. October 1849 bis zum 31. August 1850 haben sie
593,746 Personen befahren, unter denen sich 7731 Mili=
tairs befanden. Außer der im Jahre 1850 eröffneten Eisen=
bahn zwischen Aranjuez und Madrid besteht bis jetzt noch
kein anderer Schienenweg der Art in Spanien, obwohl
sonst an Eisenbahnprojecten aller Arten auch in diesem
Lande kein Mangel ist; ja es ist sogar in der letzten
Zeit in dieser Beziehung eine förmliche Manie entstanden,
die durch ein Gesetz, nach welchem dem auf Eisenbahnen
verwendeten Gelde 6 Procent Zinsen zugestanden werden,
noch neuen Zündstoff erhält. Man will das Land mit
Schienenwegen durchschneiden von Ost nach West, man
projectirt Eisenbahnen von Barcelona nach San Juan

de Abudesas, um die dortigen Steinkohlenlager zweck=
mäßiger ausbeuten zu können, von Madrid nach Va=
lencia und von Mataro über Gerona und Figueras nach
der französischen Grenze. Französische und englische In=
genieure suchen von der spanischen Regierung Ermäch=
tigungen zum Bau von Schienenwegen und Canälen nach
diesen und jenen Richtungen zu erlangen; allein eine
Hauptschwierigkeit bei allen diesen und ähnlichen, großar=
tigen Unternehmungen liegt einmal darin, daß es in Spa=
nien an Capitalien dazu fehlt, dann aber auch in dem
natürlichen Hindernisse, welches ihnen die Lage und Rich=
tung der Spanien durchkreuzenden Gebirge entgegen=
stellt. Dessenungeachtet liegt das Heil und die glückliche
Zukunft des Landes gerade in der Ausführung dieser Un=
ternehmungen und es ist in staatswirthschaftlicher Hinsicht
unbezweifelt richtig, daß erst dann Landwirthschaft, In=
dustrie und Handel sich kräftig heben werden. Spanien
besitzt so unendlich reiche, natürliche Hilfsquellen, wie fast
kein Land in Europa; seine Lage, sein Boden, sein Klima
und seine Bewohner sind so tüchtige Factoren eines glück=
lichen Seins, daß es nur der kräftig ordnenden Hand
einer wohlmeinenden Regierung bedarf, um dieses Land
auf den Standpunkt zu stellen, den es einzunehmen be=
rechtigt ist.

Die Begünstigungen, welche die spanische Regierung
dem Eisenbahnwesen zuwendet, sind für den Bau der Bah=
nen nicht ohne erfreuliche Folgen geblieben. Kostenfreie
Ueberlassung des Terrains, soweit die Bahn Staats= oder
Gemeindegrund berührt, zollfreie Einfuhr der Maschinen
und des Materials und Steuerbefreiung der Consumtibilien
der Arbeiter und Angestellten bei der Bahn, sowie außer=
dem eine Zinsgarantie von 6 % und 1 % zur Amor=
tisation, sind die bedeutenden den Eisenbahnunternehmern
von der Regierung gesicherten Vortheile. Wenn der Er=
trag der Bahn um 5 % größer ist, als die bewilligten
Zinsen, so fällt der Regierung die Hälfte dieser 5 % für

3*

ihre Vorschüsse zu. Ein solches Entgegenkommen der Regierung mußte, wie beabsichtigt wurde, fremde Capitalisten bewegen, sich bei'm Baue spanischer Eisenbahnen zu betheiligen, und in der That macht derselbe erfreuliche Fortschritte. Die Bahn von Madrid nach Aranjuez soll einerseits nach Alicante oder Carthagena, andererseits nach Cordoba und Cadix fortgesetzt werden und so den Ocean mit dem Mittelmeere verbinden. Eine andere wichtige Bahn nähert sich ihrer Vollendung. Sie geht von Langres aus durch das reiche Kohlen-Bassin von Asturien nach Gyon. Eine dritte Bahn wird Alar del Rey, den Endpunkt des Canals von Castilien, mit dem Hafen Santander verbinden. Die Erzeugnisse des fruchtbaren Andalusien, welche bis jetzt wegen Mangels an Absatz, verderben mußten, werden durch diese 10 bis 15 Meilen lange Bahn einen Abzug finden. Auch wird eine Eisenbahn projectirt, welche ganz Spanien, von den Pyrenäen bis zu den Herkulessäulen, durchziehen soll. Zur Anlegung dieser, von Irun nach Madrid und von hier nach Cadix führenden Linie, soll sich eine Gesellschaft, zum Kostenpreis von 6 Millionen Realen für die spanische Meile, anheischig gemacht haben. Der Kostenanschlag dieser ganzen Schienenstrecke mit Einschluß des Materials, der Locomotiven, Wagen, soll sich auf ungefähr 600 Millionen Realen belaufen. Endlich soll zwischen Xerez und Cadix eine Bahn gebaut werden.

Die krystallenen Fluthen des Meeres rollten murrend und grollend langsam zum Strande heran und schienen, bevor sie den weißen, trockenen Sand sterbend benetzten, gleichsam neidisch und ihre Ohnmacht fühlend, noch einmal aufzuzischen, als die Locomotive rauchend und sausend nach der Hauptstadt Cataloniens vorbeistürmte. Der Schienenweg bildet hier die eiserne Mauer des Meeres; längs der Seeküste schlängelt sich ein eiserner, kalter Gürtel, der gegen das wüthende Toben oder einschmeichelnde Flüstern der Wasserwogen unempfindlich und theil-

nahmlos bleibt. „Bis hierher und nicht weiter," ruft
das rauhe Metall dem wild heranstürmenden, der Freiheit
gewohnten Elemente unerbittlich zu und das Wasser ge-
horcht der zauberisch-magnetischen Kraft des Eisens.
Vermittelst der Kraft des Feuers durchschnitten wir im
Fluge die Luft, die mit Feldern, Gärten, Dörfern
und Städten geschmückte Erde lachte uns freundlich, wie
der über uns ausgespannte Himmelsbogen, entgegen und
„glänzend, ruhig, ahnungsschwer lagst Du vor uns ausgebreitet, altes, heiliges, ewiges Meer." In einem Zeitraume von ¾ Stunden hatten wir die Fahrt zurückgelegt und hielten auf dem Bahnhofe von Barcelona.

Auf den ersten Blick wird man gewahr, daß man
sich einer großen, an Industrie und Handel reichen Stadt
nähert. Zwar mag der Anblick derselben vom Meere
entschieden großartiger, als vom Lande aus sein, allein die
vielen, ringsum liegenden Ortschaften, die sich immer mehr
bevölkernden Landstraßen, der schon aus großer Entfernung
sichtbare Monjuich, die rauchenden Essen der Fabriken
und endlich der Anblick des reichen Mastenwaldes der
Hafenstadt Barceloneta, der gewaltigen Häusermassen der
Stadt selbst und der Vorstadt Gracia berechtigen zu großen Erwartungen. Da wir unser Gepäck auf der letzten
Douane hatten plombiren lassen, glaubten wir nun ohne
weiteres Hinderniß in die Stadt fahren zu können. Allein
(**difficile est satiram non scribere**), kaum hatten wir
einen Wagen bestiegen und waren durch das See-
thor auf die reizende, von sehr schönen und großartigen
Gebäuden umgebene Plaza del Palacio gelangt, als uns
mitten auf derselben zwei Douaniers förmlich anfielen
und trotz alles Protestirens, das Gepäck zu untersuchen
verlangten. Es mußte diesem Verlangen endlich gewill-
fahrt, das Gepäck abgeladen und den neugierigen Blicken
zugänglich gemacht werden. Man kann wirklich Ihrer
katholischen Majestät zu solchen thätigen und nur auf das
Gemeinwohl bedachten Dienern nicht genug Glück wünschen

und es würde eine große Verleumdung sein, wenn man
ihnen nachsagen wollte, daß sie, wie so viele Beamte
des Königreichs, unzuverlässig, eigennützig und nur auf
das Wohl ihrer Seckel bedacht seien. Als wir nun
den unvermeidlichen Leidenskelch mit christlicher Geduld
geleert hatten und ein einziger plombirter Koffer der Untersuchung deshalb entgangen war, weil der Eigenthümer,
der mit uns in denselben Gasthof fuhr, ganz naiv erklärte, daß derselbe „transito" durch Spanien ginge, so
hatten wir endlich das Vergnügen, nachdem wir vorher noch
einige schön gebaute Straßen durchfahren und die Hauptstraße der Stadt, die breite Rambla herangaloppirt waren,
in den Hafen der Ruhe einzulaufen. Die Fonda del Oriente,
welche neben der, ebenfalls an der Rambla liegenden
Fonda de las cuatro Naciones fast der einzige, ansehn-
liche, gute Gasthof der volkreichen Stadt ist, nahm uns
auf und ließ uns die Beschwerden, den Paß- und Gepäck-
ärger, die Wasserexpeditionen und allen übrigen Reisekum-
mer bald vergessen. Für Zimmer, Frühstück, Mittagessen
nebst Wein wird hier, wie in ganz Spanien, täglich
gewöhnlich 1 bis 1¼ Duro bezahlt; jedoch thut man
wohl, bevor man das Logis bezieht, nach dem Preise zu
fragen und sich über denselben gleich anfangs zu einigen, damit man später keine Verdrießlichkeiten hat. Es ist dies
um so mehr anzurathen, da die meisten Wirthe in den
Seestädten Italiener sind, welche von ihrem Vaterlande
aus an derartige Einrichtungen gewöhnt und auch öfter
nicht unerfahren darin sind, una cuenta del gran Capitan, worunter der Spanier eine theure Rechnung versteht, aufzustellen. Uebrigens sind die Gasthöfe (fondas) in Spanien, insbesondere in den größeren Städten,
wenn auch nicht elegant und ausgezeichnet, doch so eingerichtet, daß ein bescheidener Reisender seine Bedürfnisse
recht gut befriedigen und nicht über zu hohe Preise kla-
gen kann. Das Leben in den deutschen Hotels, z. B.
am Rhein, dürfte unstreitig, wenn auch comfortabler und

feiner, doch viel theurer und kostspieliger fein. Ueberdies
verbeffern fich die spanischen Gasthöfe von Tag zu Tag
und auch hier übt endlich die Concurrenz, wie überall,
einen für das Publicum wohlthätigen Einfluß aus.

Barcelona, Hauptstadt von Catalonien, Sitz eines
General = Capitains der Provinz, eines Bischofs, eines
Handelsgerichtes u. f. w., liegt unter 41° 22′ 12″ nördl.
Breite und 5° 54′ 22″ öftl. Länge vom Madrider Meri=
dian und ist eine der großartigsten und merkwürdigsten
Städte der pyrenäischen Halbinsel. Obschon es fast in glei=
cher Breite mit Neapel liegt, gibt doch der hundertgradige
Thermometer eine mittlere Jahrestemperatur von 17° 0
an, wovon auf das Frühjahr 15° 6, auf den Sommer
24° 8, auf den Herbst 17° 9 und auf den Winter 9° 8
angenommen werden. Die größte Anzahl der heiteren
Tage findet im Herbst nach der Tag= und Nachtgleiche und
die der bewölkten im Frühjahre, sowie im Herbst, vor der
Nachtgleiche, statt. Selten fällt Schnee und wenn dies
geschieht, bleibt er nur einige Stunden liegen; der, für
einige Tage des Winters eintretende Frost ist, wie der
im März und April mitunter einfallende Spätfrost und
Hagel, von keiner Bedeutung und äußert nur geringen
Nachtheil auf die Feldfrüchte.

Während meines öfteren Aufenthaltes in Barcelona
war ich jedesmal vom schönsten Wetter begünstigt. Schon
dies, sowie die freundliche Aufnahme bei mehren da=
selbst wohnenden, wackern deutschen Landsleuten ließen
mich diese Stadt vor allen andern liebgewinnen. Ab=
gesehen aber selbst davon, muß ich auch offen bekennen,
daß mich ihre Lage und Größe, das hier, wie in keiner
andern Stadt der Halbinsel entwickelte, thätige und rege
Gewerbsleben, die mehr oder minder hervortretende Wohl=
habenheit, der gastfreundliche und insbesondere den Deut=
schen so geneigte Sinn der Eingeborenen den daselbst so
zahlreich wohnenden Franzosen gegenüber, sowie über=
haupt der energische, derbe, fleißige, solide, der Frei=

heit und dem Fortschritt huldigende Geist und Charakter
der Bevölkerung sehr angesprochen hat. Auch habe ich
unter einem Theile der Bevölkerung einen regen Sinn für
Beförderung der Wissenschaften und Künste gefunden und
muß gestehen, daß Catalonien bei solchem Interesse für
Handel, Industrie, Ackerbau und Schifffahrt vor den übrigen Provinzen des Königreiches einen großen Vorsprung
gewonnen hat. Madrid, die **Cortes** Spaniens, übertrifft
Barcelona nicht viel an Größe und Einwohnerzahl; und
wenn es auch in geistiger Beziehung die besten und reich-
haltigsten Quellen des Königreiches bietet und vielleicht
auch an Luxus und äußerem Glanz und Reichthum Barcelona voransteht, so nimmt es doch in Bezug auf Lage,
Klima, Handel und Industrie einen weit untergeordneteren
Rang ein. Während das blühende und frische, von den
sprudelnden Wogen des Mittelmeeres bespülte Barcelona
auf reichbeladenen Schiffen Waaren nach allen Welttheilen aussendet und im Innern seiner Festungsmauern
Alles hämmert, scheuert, spinnt und summt, alle Hände
geschäftig sich regen: dehnt sich Madrid mit verdrießlicher,
gelangweilter Miene an den trocknen, sandigen Ufern des
wasserarmen Manzanares aus, der im Sommer nicht so
breit, als sein Name lang ist und der schon von Tirso de Molina mit einer Universität verglichen wird, die im Sommer
„Vacanzas" hat und nur im Winter „Cursus" hält.

Der Catalonier ist, wie bereits angedeutet, ein den-
kender, arbeitsamer, speculativer und praktischer Kopf, er
schafft und wirkt, so viel er kann und sucht sein Ziel
auf dem kürzesten Wege zu erreichen. Hierin, namentlich
in seinem technischen Genie und Berechnungstalent hat er
Aehnlichkeit mit dem Nordamerikaner, nur mit dem Unterschiede, daß bei diesem die unverwüstliche Dollarsmacherlust
noch viel entschiedener und großartiger entwickelt, als bei
ihm, hervortritt. Auch fehlt hier die Charlatanerie, ohne
welche in den Vereinigten Staaten fast kein Geschäft betrieben werden kann. Die Strenge und Rechtlichkeit der

barcelonesischen Kaufleute hat sich trotz der vielen Aufstände, Revolutionen und Belagerungen jederzeit bewährt und ist weltbekannt. Auf dem Fleiße, dem Credit und Reichthume der Barcelonesen beruht aber auch der sich vergrößernde Handel und wachsende Wohlstand Cataloniens. Seine Bewohner gelten, wie schon bemerkt, für die geschicktesten Kaufleute, Fuhrleute und Wirthe Spaniens. Die catalonischen caleseros (Kutscher), carreteros (Fuhrleute), arrieros und venteros (Wirthe), sind weit und breit bekannt.

Die Spanier als ein Gesammtvolk, etwa nach einem Totaleindrucke durch ein einziges, allgemeines Urtheil abschätzen zu wollen, wird Keinem, der Spanien kennt, einfallen, und es würde sich dies auch bei jedem Schritt und Tritt Lügen strafen. Es ist diesem Lande der Charakter der Großartigkeit, allein auch der Verschiedenheit durch und durch aufgeprägt. Man kann bei Beurtheilung des spanischen Nationalcharakters nicht vorsichtig genug zu Werke gehen und darf nie vergessen, daß in Folge der Vermischung des spanischen Vollblutes mit dem Blute vieler anderer Nationen Sprachen, Sitten und Gebräuche oft nach den Provinzen so auffallend verschieden sind, daß der Physiolog von Verwunderung und Staunen ergriffen wird. Auf meinen mannichfaltigen Reisen habe ich nie ein Volk gefunden, welches in seiner Gesammtmasse so schwierig zu beurtheilen ist, als Spanien, und wenn ich z. B. die Vereinigten Staaten von Nordamerika, in denen ich mich zuletzt aufhielt, in dieser Hinsicht mit jenem vergleichen wollte, so würde ich zu dem Resultate gelangen, daß hier gar keine Parallele zu ziehen sei, weil jenseits des Meeres eine große Einförmigkeit der Natur und Menschen, ein ewiges Wiederkehren des langweiligen, ewigen Einerlei, eine gewaltige, prosaische Ebbe des ganzen Lebens stattfindet. Ich glaube, daß die Tugenden der Vaterlandsliebe, Tapferkeit, die Liebe zur Freiheit allen Spaniern gemein, daß denselben aber auch noch die der Gutmüthig-

keit und Genügsamkeit hinzuzufügen sind, die nach meiner
Ueberzeugung als Hauptgrundlage des spanischen Charakters und Gemüthes, wenn auch bald stärker, bald
schwächer hervortretend, betrachtet werden müssen. Raufe-
reien, Schlägereien, Grausamkeiten, Mord, Todtschlag und
Giftmischereien kommen in Spanien seltener vor, als man
zu glauben geneigt ist, und man hat sowohl hiervon, als von
der Rachsucht und Grausamkeit des Spaniers, in Deutschland
im Allgemeinen ganz falsche Begriffe. Der Spanier ist allerdings leicht erregbar und läßt sich im Augenblicke der Hitze
und Wuth, im Momente der Exaltation, der aufs Aeußerste
erregten Leidenschaft zu Handlungen hinreißen, deren er
sich bei ruhigem Blute schämt, allein er besitzt nicht
die Unversöhnlichkeit und Heimtücke des Italieners, sondern
reicht gerne die Hand zur Versöhnung. Als ich zum ersten
Male einen zwischen Spaniern entstandenen Wortwechsel
anhörte, befürchtete ich allen Ernstes, daß die heftigen Gesticulationen, die mit Donnergepolter niederprasselnden
Verwünschungen und Flüche und die entblößten, blitzenden
Navajasklingen ein Blutvergießen herbeiführen würden;
allein das Resultat war in den meisten Fällen gerade das
Gegentheil, nämlich eine friedliche Vermittelung und auf-
richtige Versöhnung.

Des Fleißes, der Thätigkeit und zähen Ausdauer des
Cataloniers in agrarischer, industrieller und commercieller
Beziehung, worin er, mit Ausnahme der Basken, alle
Bewohner der pyrenäischen Halbinsel überflügeln dürfte,
ist bereits gedacht worden. Dazu gesellt sich noch ein
Ernst des Lebens und eine Derbheit und Kürze im Handeln
und Reden, welche erkennen lassen, daß er mehr ein Mann
der That, als des Wortes ist. Sein Benehmen ist kalt,
kurz und bündig; seine Handlungsweise energisch und heftig,
seine Lebensweise mäßig und nüchtern. Er hängt an seinen
Sitten, alten Rechten und Privilegien mit unerschütter-
licher, stolzer Beharrlichkeit und wendet sich mit Haß und
Rache gegen Denjenigen, der sie zu beeinträchtigen versucht.

Noch immer träumt er von der einstigen Größe und Unabhängigkeit seines Landes und ist so sehr für seine Sprache
eingenommen, daß es fast scheint, als wenn er die des
ihm verhaßten Franzosen der der Castilianer vorzöge.
Als geborner Krieger und Seemann entfaltet er einen
trotzigen Muth, kecke Entschlossenheit und schlaue Gewandtheit und hat sich diese Eigenschaften von den ältesten Zeiten,
von der Herrschaft der Grafen von Barcelona und der
Könige von Aragonien bis auf die heutige Stunde bewahrt. Die Catalonier sind wanderungslustig und man
findet sie geschäftsthätig in Indien, Amerika und fast in
allen europäischen Häfen. Sie halten unter sich mehr, als
alle übrigen Spanier gute Landsmannschaft, sind in ihrem
Nationalstolze nicht verblendet gegen die Verdienste fremder
Nationen und kennen keinen Ständeunterschied.

Dieser besteht überhaupt in ganz Spanien nicht, und
man kann sagen, daß hier mehr, als bei irgend einem
andern Volke die Demokratie mit dem Leben und der
Geschichte verschmolzen und so zur wirklichen Thatsache
geworden ist. Das spanische Volk und insbesondere die
unteren Volksclassen sind von einem unabhängigen und
selbstständigen, würdevollen Charakter beseelt, der für den
Fremden sehr überraschend ist. Der Bettler in seinem ab-
geschabten Mantel hält sich dem spanischen Grande für
ebenbürtig und theilt mit ihm, wenn auch natürlich nicht
die Stellung und den Reichthum, doch dieselben nationalen
Tugenden und Fehler. Daher kommt es, daß er gegen
den Adel nicht neidisch, feindselig und gehässig gestimmt,
sondern selbst von dessen ganzem Stolze beseelt ist. Es
kann in Spanien jeder auf Rangordnung und Unterschied
der Stände so viel Gewicht legen, als er will, und
seinem Dünkel und seiner Einbildungskraft soviel Spielraum lassen, als er mag, wenn er nur nicht feindselig
gegen seine Nebenmenschen auftritt und so den jedem Spanier geheiligten Nationalstolz angreift und verletzt. In
Spanien ist jeder von Adel. Hier weiß man nichts von

Anmaßungen der einen, und kriechender Unterwerfung der
andern Partei. Das Zeitalter der bevorzugten Dons,
Caballeros, Grandes und Hidalgos ist in das Meer der
Vergessenheit versunken oder lebt nur noch in den Tradi=
tionen und jeder, auch der geringste, ist von einer erhabenen
Menschenwürde, von einer „Universalität der Bürger"
beseelt und weiß diese Idee auch mit demokratischem Ge=
schick und Anstand überall zu vertreten. Die politischen
Vorrechte und privatrechtlichen Privilegien des spanischen
Adels und der Grandezza sind abgeschafft. Nur bezüglich
der Hofetikette besitzen die spanischen Großen noch mehre
Privilegien, wie dies bei'm Herzog von Medina=Celi, von
Hijar u. s. w. der Fall ist. In den untersten Volksschichten
herrscht ein angeborener Widerwille gegen alles Gemeine
und Rohe, und man vermißt bei denselben jene ekelhaften
und widrigen Begriffe und Bilder von Gesindel und Pöbel,
von Frechheit und roher Plumpheit, die einem so oft auf
Reisen in andern Landen aufstoßen. Die gesellschaftliche
Freiheit und Gleichheit ist in Spanien mehr, als irgendwo
ausgebildet.

Dieser, dem ganzen spanischen Volke eigenthüm=
liche Charakter spiegelt sich auch recht lebendig an den
Cataloniern ab. Bei ihnen ist Arbeit und Thätigkeit
der beste Adel, und keiner hält sich für besser, als der
andere. Der Knecht nennt sich eben so gut **Don**, wie
sein Herr, und dieser betitelt ihn eben so gut mit **Usted**,
wie den feinsten Cavalier *). Der arriero (Maulthier=
treiber) ist ein **caballero** und setzt sich mit demselben
Gleichmuthe neben einen Grafen, wie neben seinen Came=
raden, und der Bauer mit seiner **Manta** brennt mit der=
selben Leichtigkeit und Anmuth seine Cigarre an der eines

---

*) Die allgemein verbreitete Ansicht, daß Usted, aus vuestra merced
zusammengezogen, wörtlich „Ew. Gnaden" bedeute, bedarf insofern einer
Berichtigung, als das Wort „ustäd" arabischen Ursprungs und mit
dem englischen „master", Lehrer oder Herr gleichbedeutend ist.

mit Glacéhandschuhen und Glanzstiefeln bekleideten Herrn an, und spricht sein „Hagame el favor de su candela" zu demselben nicht anders, als zu einem seines Gleichen. Der Bürgerstolz bietet dem Adelstolz Schach und der Bauer behauptet das Feld. Bezüglich der Religionsverhältnisse ist der Catalonier ein frommer und strenger Katholik, und in keiner Provinz Spaniens sind mir mehr Eremitagen und Betkapellen, nach denen die Wallfahrten unternommen werden, vorgekommen, als in dieser. Auch in moralischer Beziehung nimmt der Catalonier einen hohen Standpunkt ein und ich stehe nicht an hier zu bemerken, daß das weibliche Geschlecht z. B. in Barcelona ein ruhmvolleres Bild der Sittenreinheit darstellen dürfte, als dies in dem benachbarten Valencia, der Pflanzschule der Liebe, der Fall ist. Die Statistik lehrt uns, daß in allen civilisirten Ländern bedeutend mehr Kinder männlichen, als weiblichen Geschlechts gezeugt werden, und daß zwischen ehelichen und unehelichen Geburten, insbesondere in den Städten, ein großes Mißverhältniß stattfindet. In Barcelona findet man dies nicht. Von 1836 bis 1847 wurden 24,078 eheliche Kinder männlichen und 23,116 weiblichen Geschlechtes, zusammen 47,194, ferner 2,667 uneheliche Kinder männlichen und 2,644 weiblichen Geschlechtes, zusammen 5,311 geboren. Man muß es den in Fabriken und Geschäften angestellten Barcelonesrinnen zum Ruhme nachsagen, daß sie von ihren europäischen Genossinnen eine rühmliche Ausnahme machen und sich weit mehr der Arbeit und einem strengen, züchtigen Lebenswandel, als dem Müssiggange und der Ausschweifung hingeben.

Wenn auch Catalonien in Bezug auf Sitten und Tracht — die Landbewohner etwa ausgenommen — weniger Nationales, als der tiefere Süden Spaniens aufweist, und wenn auch Barcelona vielleicht mehr das Bild einer Weltstadt, als den echten spanischen Typus darbietet, so gibt doch der so scharf ausgeprägte Charakter des Cataloniers, den ich im Vorhergehenden flüchtig zu zeichnen suchte,

in Verein mit seiner Sprache ein höchst originelles Gemälde. In Catalonien bedient man sich im Allgemeinen
weder des Mantels (capa), noch des runden Hutes. Die
Tracht der Bergbewohner ist verschieden von der der Flach-
länder, eben so, wie die der Einwohner der Pyrenäen
von der in dem Ampurdan oder von der bei Gerona,
und diese wieder von der in Barcelona, an welchem letzteren
Orte natürlich die Pariser Mode die vorherrschende ist.
Man sieht auf der Rambla, diesen barcelonesischen Boule-
vards, zu gewissen Tageszeiten, insbesondere gegen Abend
eine zahlreiche Menge von Damen und Herren in eleganter
Kleidung spazieren gehen und sich an der Luft erfrischen.
Die Damen tragen hier statt der Mantille einen gewöhnlichen, viel kürzern Spitzenschleier, der an seinem unteren
Ende mit seiner Einfassung besetzt ist. Das Tuch, welches
in Gerona die Frauen über den Kopf werfen, sieht man hier
in einen Schleier und später bei'm weitern Vordringen in
das Innere des Landes, in die die Spanierinnen so eigenthümlich und reizend kleidende Mantilla umgewandelt. Ein
kräftiger Körperbau, ein gesundes, frisches Colorit, volle
Wangen, dunkelblitzende Augen und weiches, schwarzes Haar
sind den Barceloneserinnen eigen. Ich hoffte übrigens in
Barcelona im Verhältniß zu der starken Bevölkerung mehr
schöne oder wenigstens hübsche Gesichter zu sehen, als ich
in der That gefunden habe. Die Schönheit ist hier, wie
in ganz Spanien, vielleicht weniger allgemein, wie in England oder Deutschland, allein die schönen Gesichter, welche man
erblickt, sind meist auch bewundernswerth zu nennen. Ich
glaube, in keinem andern Lande ist der Gegensatz von reizend
und häßlich so groß und so häufig, wie in Spanien, wo
ich sagen möchte, daß die den Uebergang bildende Mittelclasse fehlt. Man sieht eine große Masse reizender Gestalten, die auf den ersten Anblick dem an den kalten Norden
gewöhnten Männerauge höchst liebenswürdig und bezaubernd
erscheinen, allein man gewahrt auch oft so wahrhaft häßliche
Gesichter, daß man plötzlich aus dem Himmel seiner Poesie

herabgestürzt wird. Um nun von dieser allgemeinen Be=
merkung wieder auf die Catalonierinnen zurückzukommen,
so muß ich gestehen, daß ich selbst in Catalonien bezüg=
lich der Natur= und Menschenschönheit auf den Süden des
Landes gewiesen und vertröstet und daher höchst neugierig
gemacht wurde, als man mich bei'm Besuch des Lyceo
von der Anwesenheit mehrer Andalusierinnen benachrichtigte.
Meine Phantasie erwachte mit neuem Feuer und trieb
mich sogleich in die Nähe dieser längst ersehnten Erschei=
nungen. Nie aber hat mir meine Wißbegierde einen böseren
Streich gespielt, als hier; mit Ungestüm drängte ich mich
heran, allein niedergeschlagen, gedemüthigt schlich ich von
dannen. Ein Blick, — und die zauberischen Gebilde meiner
Phantasie zerrannen. War es Täuschung, war es Wirklich=
keit, war es Schicksals Tücke oder Zufallsspiel, kurz es war
mir nicht beschieden, die Auserwähltesten der Auserwählten
zu erblicken. Die große Hochachtung, welche ich dem schönen
Geschlecht zolle, bewahrt mich von selbst vor der Indis=
cretion meine innersten Gefühle über diese Beobachtungen
auszuplaudern, das aber mag ich nicht verschweigen, daß
ich, um einen süßen Wahn ärmer, mich in das Men=
schengewühl auf der Alameda verbarg, und erst hier bei'm
Anblicke der vorher fast verkannten Schönheiten der Stadt
mich wieder zu fassen und meinen Gleichmuth wieder zu
gewinnen vermochte. **De gustibus non est disputandum,**
— allein mein glühender Enthusiasmus für den Süden
wäre beinahe erloschen, wenn ihn nicht die Liebens=
würdigkeit und das „ito" der graziösen Malagueñas
später von neuem angeregt, ja zur hellen Flamme ange=
facht hätte.

Im Allgemeinen erscheint mir das männliche Ge=
schlecht in Spanien schöner, als das weibliche. Die
Gestalten der Basken, der Catalonier und der Anda=
lusier suchen, was den starken, verhältnißrichtigen und
schlanken Körperbau betrifft, ihres Gleichen; sie können
dem Künstler Modelle stellen. Den Castilianer finde ich

kleiner und schwächlicher, jedoch dem Basken und Catalonier gegenüber in seinen Körperbewegungen gewandter
und ungezwungener, so wie auch in seinem Benehmen
gefälliger und einnehmender. Der Castilianer ist der glatte,
gewandte Hof= und Weltmann der Halbinsel, der trotz
seines auf die Erinnerungen an die Vorzeit basirten, un=
erschütterlichen Stolzes doch schon, ohne es zu wissen,
manches Nationale mit Fremdem und Ausländischem ver=
tauscht und einer allmäligen Abstreifung seiner Nationalität,
im engern Sinne des Wortes, vor allen übrigen Volksstäm=
men der Halbinsel zuerst entgegengehen dürfte.

Um Barcelona mit seinen Einwohnern und Einwohne=
rinnen angenehm zu finden, muß der Fremde längere Zeit
daselbst verweilen, in Familien eingeführt und der catalo=
nischen Sprache einigermaßen mächtig sein. Ueberall hört
man die Laute dieser Sprache, in den tabernas sowohl, wie
in den höchsten und feinsten Kreisen der Gesellschaft. Zwar
redet jeder gebildete Catalonier auch die castilianische Sprache,
allein, wie es scheint, mit Widerwillen, denn ihr zieht er sogar
die französische Ausdrucksweise vor. Als ich kaum in Barcelona angelangt war, redete ich auf der Rambla einen fein
gekleideten Spanier mit meinem reinsten Castilianisch an;
allein kaum hatte ich die Frage: „donde esta aqui el
teatro?" über die Lippen gebracht, als auch schon ein „ici,
Monsieur", mir ohne Weiteres zur Antwort ward und ich
nach dem vor mir liegenden Theater gewiesen wurde. Als ich
dem Herrn sagte, daß ich als Fremder überrascht wäre,
auf meine spanische Frage eine französische Antwort zu erhalten, meinte er, daß er mir gleich den Franzosen ange=
sehen hätte. Diese Antwort schmerzte mich doppelt. Erstlich
bin ich von ganzer Seele und mit ganzem Stolze das, wozu
mich meine Geburt in dem deutschen Vaterlande macht —
ein schlichter, ehrlicher Deutscher. Stets habe ich mir auf
meinen Reisen mein deutsches Gemüth gewahrt und habe
mich offen und stolz als Deutschen bekannt. Nichts war
mir daher schon von meiner Kindheit an widerlicher und ekel=

hafter, als die äffische Nachahmung des Ausländischen, nichts demüthigender und schmerzlicher, als die Zurück= setzung der eigenen Nationalität. Sodann machte ich aber auch hier, wie schon früher und noch öfter später, die uner= freuliche Erfahrung, daß der Catalonier den Castilianer nicht liebt, daß er sich dem Fremden gegenüber lieber in der Sprache seiner Feinde, als in der, ich will nicht sagen seines Volkes allein, doch seines Königreiches ausdrückt, daß auch er anfängt dem ausländischen Einflusse mehr zu huldigen, als es seiner Nationalität gut ist und daß er endlich, neben= bei bemerkt, bei derartigen Veranlassungen auch seinen geo= graphischen Kenntnissen ein nicht geringes dementi gibt. Unter die beiden Rubriken „Ingleses" und „Franceses" sucht der Spanier nur gar zu oft alle Nationen der Erde zu classificiren.

Der Catalonier besitzt noch eine eigenthümliche Mund= art und Schriftsprache. Auf der Bibliothek in Barcelona kann man sich von der catalonischen, selbstständigen, nicht unbedeutenden Literatur hinreichend überzeugen. Das Ca= talonische stammt aus dem südlichen Frankreich und ist aus einem alten patois zusammengesetzt, einer Sprachmischung, die man lengua limosina nennt und in der ursprüng= lich wohl auch mehr Sanftheit und weniger Härte des Aus= drucks enthalten gewesen sein mag, als es jetzt der Fall ist. Die Valencianer, die auch catalonisch sprechen, reden übrigens weicher und sanfter, als die Catalonier, deren Dialekt weder volltönig, noch wohlklingend genannt wer= den kann. Er mag mit der französischen Sprache noch am meisten, wenigstens weit mehr Aehnlichkeit haben, als mit der Castilianischen, wofür auch einige der folgenden Wörter zeugen dürften:

Castilianisch.		Catalonisch.
mesa	der Tisch	taula
silla	der Stuhl	cadiva
sombrero	der Hut	barret

vaso	das Glas	got
botella	die Flasche	ampolla
vino	der Wein	vi
parecido	ähnlich	semblant
azul	blau	blau.

Neben den bisher angeführten, glänzenden Eigenschaften des catalonischen Volkscharakters darf ich jedoch auch eine Schattenseite nicht unerwähnt lassen, die am Ende weniger dem Catalonier allein, als dem Spanier überhaupt und vielleicht eben so dem Franzosen, Deutschen und Engländer mehr oder minder eigenthümlich ist und die ich nicht etwa deshalb erwähne, um damit auf irgend einen spanischen Volksstamm ein verletzendes Schlaglicht zu werfen, sondern darum, weil ich sie zur wahren Schilderung des Charakters und der Sitten dieses Volkes für nothwendig erachte. Es ist dies nämlich eine überall bemerkbare, kleinliche Eifersucht, ein Hang zu Tadel und Spott, ja, ich glaube nicht zu viel zu sagen, eine gehässige Verleumdungssucht der spanischen Provinzen, Landsmannschaften und Landsleute selbst untereinander sowohl, als auch dem Fremden gegenüber. Wenn auch dieses bunte Colorit des provinzialen Volkscharakters nicht so nachtheilig wie bei andern Völkern, auf die Entwickelung der gemeinschaftlichen Nationalität namentlich dem Auslande gegenüber, einwirkt, und wenn auch Spanien in seiner Regierung und Repräsentation als ein Ganzes dasteht, so ist es doch traurig, im Innern des Reiches selbst diesen nagenden Wurm der landsmannschaftlichen Sonderinteressen, diesen unterirdischen, vulcanischen Krater wahrzunehmen, der am Ende doch verheerend über seinen Umgebungen ausbrechen dürfte. Wenn ich mit dem ernsten, trotzigen Catalonier über den Andalusier sprach, nannte er diesen einen Großsprecher, einen Prahler, der besser mit der Zunge, als mit dem Schwerte zu fechten, besser zu plaudern, als zu arbeiten verstünde. Der Andalusier erwiedert das Compliment und nennt den Catalonier grob, eckig, unbehilflich. Der Aragonese erfreut sich auch keines besonderen

Ruhmes und gilt zwar für tapfer, dagegen aber wieder für ungebildet, unverschämt, ungefällig, schmutzig, gemein; der Valencianer wird der Feigheit, Treulosigkeit, Blutgierigkeit, der Castilianer des vornehmen Nichtsthuns, des Stolzes, der Trägheit, der Galicier des Geizes, der Ungeschicklichkeit und des beschränkten Verstandes, der Asturianer der Bedientennatur beschuldigt. Durch derartige Spöttereien, die sich bis zur Beschimpfung steigern, wird nur gar zu leicht eine gewisse Spannung, eine erbitterte Stimmung, eine feindliche Isolirung herbeigeführt, die dem Ganzen nachtheilig ist, den Fremdling aber unangenehm berührt. Jedoch ist diese, wenn ich sagen darf, Nationaluntugend, nicht den Spaniern allein, sondern, wie schon bemerkt, fast allen civilisirten Nationen gemein. Der ungefällige, mißtrauische Bretagner liebt den Franzosen nicht, ja er ist ihm sogar feindlich gesinnt. Der Engländer haßt den Amerikaner und den Irländer, obgleich sie eine e i n e Muttersprache reden; auch habe ich nie gehört, daß ein Schotte ein Engländer sein will. In Deutschland geifert der Preuße gegen den Oestreicher, der Sachse gegen den Baier, Coburg gegen Gotha, Greiz gegen Schleiz. Ueberall dasselbe blinde Verkennen der Abstammung und der gemeinschaftlichen Interessen.

Ein gerade bei dem Spanier als etwas Eigenthümliches hervortretender Zug ist das Fluchen. Er besitzt eine wahre Pandorabüchse voll der schrecklichsten und gotteslästerlichsten Flüche, die er mit solcher Kraft und Gewandtheit, solcher Gewalt sengend und brennend, rasselnd und prasselnd um sich schleudert, daß man meinen sollte, diese fürchterlichen, mit Donnergebrüll und zuckenden Blitzen begleiteten Verwünschungen müßten zündend und zur auflodernden Feuersäule emporschießend Alles vernichten, was sie mit ihren züngelnden Flammen beleckten; allein der Blitz ist kalt und der Fluch nicht einmal schmerzhaft. Die spanischen Flüche sehen etwas nach „parturiunt montes“ aus und die spanische Zunge, in dieser Beziehung immer auf

4 *

dem qui vive, stößt mit einer zur Gewohnheit gewor-
denen Geläufigkeit ihre: carajo, conjo und puñeta aus,
— welche Laute gegen unsere deutschen, harmlosen Don-
nerwetter, wie die Töne der schmetternden Trompete gegen
das Gesäusel der Aeolsharfe klingen, — so daß der gräß-
liche Klang und die widerwärtige Bedeutung dieser Wörter am Ende durch Gewohnheit an Eindruck verliert und
zur Niemand verletzenden Phrasenmacherei herabsinkt. Der
Spanier ist einmal im Fluchen Virtuos und flucht, ohne
es zu wissen. In dieser Beziehung findet man im ganzen Königreiche eine außerordentliche Aehnlichkeit und
überraschende Uebereinstimmung, welcher auch durch pro-
vinzielle Abweichungen nur wenig Eintrag geschieht.

Wenn ich dem Leser von den geraden oder krummen
Straßen Barcelona's, von den großen Plätzen, von den
Azoteas, d. h. platten Dächern der Häuser, von den
glänzenden Kaffeehäusern, Theatern, von den Balkonen
und den vor jedem Fenster herunterhängenden, flatternden
Vorhängen, die einer Straße bei etwas munterem Winde
ein höchst buntes, lebendiges, zeltartiges Ansehen geben,
breit und weitschweifig erzählen wollte, so würde er mir
wenig Dank wissen und mich nicht mit Unrecht, mit jener kaltblütigen Gleichgültigkeit strafen, die dem heißblü-
tigen Touristen von Seiten des Publicum so leicht zu Theil
wird. Ich will daher nur ganz flüchtig erwähnen, daß
Barcelona zu den regelmäßig gebauten Städten gezählt werden muß, daß es eine Hauptstraße, **Rambla** genannt, **600**
Fuß lang und **80** breit, besitzt, welche die Grenze zwischen der alten und neuen Stadt bildet und welche wegen ihrer Geräumigkeit und schönen Akazienalleen zum
besuchtesten Spaziergange der Einwohner dient; daß es
aber auch noch andere reizende Spaziergänge, wie z. B.
**Muralla del Mar, jardin del General, paseo de
la Barceloneta, paseo de Gracia, de la Esplanata**
u. s. w. und Straßen, wie z. B. de **Ferdinando VII.**,
de **Escudellers** de la **platteria** mit reichen, glänzenden

Gewölben und lebendigem Verkehre aufzuweisen hat. Um
dem Leser die beste An= und Ueberſicht der Stadt und
Umgebung zu geben, lade ich ihn ein, mit mir die im
Süden gelegene Feſtung Monjuich zu beſteigen.

Der Fußweg hinauf iſt ſteil, jedoch führt auch ein be=
quemerer Fahrweg zum Fort. Kaum aus dem Stadtthore
getreten, gingen wir, bevor wir an den eigentlichen Berg
kamen, eine kleine Strecke am Meere hin, an deſſen
ſteilen Ufern ſich noch eine Maſſe menſchlicher Knochenreſte
vorfand, welche in einer Art dreieckigem Ziegelhäuschen
in der Erde verſteckt lagen. Es ſcheint hier früher ein Be=
gräbnißplatz geweſen zu ſein, der jedoch durch die heran=
brauſenden, unabläſſig wegwaſchenden Meereswellen ſeiner
äußeren Schutzmauer beraubt worden ſein mag. Ein=
zelne Knochentheile ließen ſich recht gut herausbrechen und
zeigten noch eine überraſchend harte Subſtanz. Ein mich
begleitender Profeſſor der Univerſität meinte, daß dieſe
Ueberreſte noch aus der Zeit der Römer herſtammten.
Wenn dieſe alten Knochen jetzt erwachen und ſich wie=
der mit Fleiſch und Blut verbinden könnten, ſie wür=
den ſich höchlichſt wundern über die köſtliche Ausſicht
auf den Spiegel des Meeres und auf den zu ihren Fü=
ßen liegenden Badeplatz. Steigt man nun den Berg
hinauf, ſo kommt man ſogleich an mehre **tabernas,** d. h.
Volksſchenken, in denen es bei einem Glaſe Wein und einer
Guitarre mitunter recht luſtig zugeht. Höher hinauf liegt
eine Reſtauration, die wegen ihrer ſchönen Ausſicht auch
vista allegre heißt und in der ein alter Italiener die
Müden und Schmachtenden unter freundlichen Gartenlau=
ben mit Speiſe und Trank erquickt. Die Ausſicht von
hier hat mir faſt beſſer gefallen, als von der Höhe des
Berges, da man die Gegenſtände näher und deutlicher
vor ſich liegen ſieht. Ich ziehe nun einmal der Fern=
ſicht die Nahausſicht vor und zwar mit um ſo mehr Recht,
— meinte mein werther Reiſegefährte, — wenn man zwei
ſchönen, jungen Aragoneſerinnen ſo nahe in die Augen ſchauen

könnte, als dies bei unserer Anwesenheit in der **vista
allegre** zufälligerweise der Fall war. Je höher wir stie=
gen, desto heißer brannte die Sonne. Wir begegneten
einem gemeinen Soldaten aus der Festung, mit dem wir
über seine Uniform, die wir von oben bis unten musterten
und betasteten, ein längeres Gespräch führten. Er trug
einen bis an die Knie gehenden Rock von derbem, blauen
Tuch und meinte, daß er mit demselben schon drei Jahr
bekleidet sei, ohne daß sich jenes abgetragen hätte. Die
Hose bestand ebenfalls aus einem guten Stoffe und das
Schuhwerk war in vortrefflichem Stande. Der Rock kostete
sechs und die Hose drei Duros. Der ganze Kerl sah
wie geleckt aus und schien sich in seiner Gutmüthigkeit
über alle die Manoeuvres zu freuen, die wir mit ihm
anstellten.

Als wir endlich nach unausgesetztem Steigen das
Festungsthor erreichten, verweigerte uns die daselbst auf=
gestellte Schildwache den Eintritt, weil wir den dazu nö=
thigen, vom Commandanten Barcelona's auszustellenden
Erlaubnißschein nicht vorzeigen konnten. Nach einiger Un=
terhandlung erklärte sie sich jedoch bereit, uns in die erste
Festungsmauer eintreten zu lassen und dem wachthabenden
Officier Meldung zu machen. Es erschien sogleich ein Unter=
officier, der nach unserem Begehren fragte und nicht lange
darauf auch ein Officier, der sich sehr artig erkundigte, ob wir
einen Eintrittsschein hätten, welcher Nation wir angehörten
und ob wir an bekannte Häuser in Barcelona empfohlen
seien. Als wir erstere Frage verneint und die anderen
genügend beantwortet hatten, erbot er sich persönlich, un=
ser Gesuch bei'm Festungscommandanten vorbringen zu
wollen. Nach kurzer Abwesenheit erschien er wieder und
bedauerte unendlich, durch die neueste Verordnung ge=
zwungen zu sein, uns den Eintritt versagen zu müssen. Als
wir uns hierauf unter Entschuldigungen zurückgezogen hat=
ten, und eben im Begriff waren, zum Thore hinaus zu tre=
ten, bemerkten wir einen an der Brustwehr lehnenden alten,

ärmlich in Civil gekleideten Mann, der uns französisch
anredete, sich uns als Festungsgefangener vorstellte und
meinte, daß er sich freue Deutsche zu sehen, indem er die
Kriege unter Napoleon in Deutschland und Rußland mit-
gekämpft hätte und in Deutschland sehr gut behandelt
worden sei. Er erzählte uns, daß er **66** Jahre alt sei
und hier deshalb gefangen gehalten würde, weil ihm
eingefallen wäre, in Barcelona bei der letzten Revolution
die Festung erstürmen zu wollen. Der alte Mann schien
frei umhergehen zu dürfen und wollte es sich durchaus nicht
nehmen lassen, mit dem Commandanten, den er seinen
Freund nannte, unsertwegen Rücksprache zu nehmen.
Später habe ich die Festung mit Hilfe eines Erlaubniß-
scheines mehrmals und auch einmal in Gesellschaft von
deutschen Damen besichtigt, und ich stehe daher nicht an,
hier sogleich die nöthige Beschreibung derselben einzuschalten.

Da ich aber einmal von „deutschen Damen" gesprochen,
so will ich die Neugierde des Lesers nicht erst lange auf die
Folter spannen, sondern ihm sogleich einige Aufklärungen
über meine liebenswürdigen Begleiterinnen geben. Als ich
mich in Barcelona aufhielt, wurde ich eines Tages bei'm
Nachhausekommen von meinem italienischen Wirthe mit der
Freudennachricht überrascht, daß mir heute von drei deutschen
Damen ein Besuch zugedacht gewesen sei. Der Ausspruch
Ben Akibas paßte also nicht hierher, denn hier mußte ich
rufen: „noch nicht dagewesen." Mir, dem deutschen Jung-
gesellen, dem im Vaterlande die Ehre eines Damenbesuchs
noch nicht zu Theil geworden, mir in Spanien ein Besuch
von drei deutschen Damen auf einmal zugedacht: das hätte
ich mir nicht im Traume, geschweige in der **Fonda del
Oriente** zu Barcelona einfallen lassen. Und nun noch
das inhaltschwere Wort „drei"; welche Hoffnungen, Erwartungen und Bürgschaften aller guten Dinge knüpften
sich nicht an dieses glückverheißende „drei" und abermals
„drei!" Voll freudiger Hast stülpte ich mir den **Sombrero**
(Hut) auf den Kopf und stürmte von richtigem Instinct ge-

trieben zu der mir befreundeten deutschen Familie v. B...
Kaum hatte ich die Thüre des Gesellschaftszimmers geöffnet,
als das Räthsel gelöst war und ich mein „Heureka" ausrufen
konnte, denn ich stand plötzlich im Kreise von vier deutschen,
mich freundlich bewillkommenden Damen.　Die Familie
v. B...., in deren gastfreundlichem Hause der Sammelplatz
der in der Stadt lebenden wenigen Deutschen, insbesondere
der Vereinigungspunkt der reisenden Landsleute ist, war
auch hier zwei Reisenden schon mit derjenigen deutschen Herz=
lichkeit entgegen gekommen, welche im Auslande so überaus
wohlthut, daher aber auch stets einer freundlichen, dank=
baren Erinnerung gewiß ist.　Frl. v. B...... aus
Berlin und Frl. v. S........ aus Dresden, waren
eben in Barcelona angekommen, da sie Spanien zu ihrem
Vergnügen bereisen wollten.　Nichts hätte mich mehr für
meine lieben Landsleute einnehmen können, als dieser kecke,
abentheuerliche, aber gewiß einer deutschen Frauenseele nicht
unwürdige Entschluß.　Spanien von zarten deutschen Damen
zum Vergnügen bereist!　Wie merkwürdig, wie wunderbar
klingt das für das Ohr desjenigen, der die bei einer Reise
in Spanien zu überwindenden Unbequemlichkeiten, Anstreng=
ungen und Strapazen kennt.　Nun, Glück auf die Reise;
wer das Feuer genießen will, der muß sich auch den
Rauch gefallen lassen!

Mit diesen, unsern liebenswürdigen Landsmänninnen,
die übrigens schon einen großen Theil von Europa
durchstreift hatten und diejenige Reisetournüre besaßen,
die auf größeren Reisen so unumgänglich nöthig ist,
wollen wir also langsam die Festung besichtigen.　Der
von dem General=Capitain von Catalonien eigenhändig
ausgestellte Erlaubnißschein wird uns diesmal wohl Riegel
und Thüren öffnen und eine freundliche Aufnahme ver=
schaffen.　Zu diesem Billet kam ich auf folgende Weise:
Als ich bei'm Frühstücke an der stark besuchten Wirths=
tafel äußerte, daß ich gern einen Erlaubnißschein zum
Eintritte in die Festung Monjuich haben möchte, um

mehren, eben angekommenen deutschen Damen dieselbe zeigen
zu können, erbot sich sehr zuvorkommend ein an der Tafel
sitzender, ganz fremder Officier, der, wie ich später hörte,
mit seinem Regiment nach Cuba einzuschiffen im Begriff
war, mir denselben zu besorgen. Derselbe führte mich dann
zum Generale (capitania general de Cataluña) der mir,
nachdem ich meinen Namen genannt, den gewünschten
Schein mit der größten Bereitwilligkeit und dem Bemerken
ausstellte: „se permitira la entrada en el castillo de
Monjuich a. D. Alejandro Ziegler y personas que
le accompañan." Ob Officiere anderer Länder gegen
Fremde, deren Stand und Namen ihnen fremd ist, wohl
auch so handeln, wie jener nach Westindien bestimmte,
spanische Officier?

Die Aussicht von dem 735 Fuß über dem Meeresspiegel liegenden castillo de Monjuich ist umfassend und
reizend. Die Stadt liegt zu Füßen und sieht, wenn man
an ihre starke Bevölkerung denkt, klein aus, was wohl
in den hohen Häusern und engen Straßen seinen Grund
hat. Nach der einen Seite dehnt sich Barceloneta mit
dem Mastenwald und dem glänzenden Spiegel des mittelländischen Meeres aus, nach der andern Seite umschließt
im Halbkreis eine Kette kahler Gebirge, eine passende
Schlußdecoration, den Horizont. Zwischen den Bergen und
der Stadt breitet sich eine mit freundlichen Ortschaften,
Landhäusern, Fabriken, Gärten und Bäumen geschmückte
Ebene aus, die in Verbindung mit dem Meeresspiegel
ein reiches Panorama gewährt. Der Anblick des Meeres
hat für mich von Kindheit an etwas sehr Anziehendes und
Reizendes gehabt; ich glaube immer in den Spiegel meines eigenen, vielbewegten Lebens zu schauen und in den
anfangs kräuselnden, später wogenden und brausenden,
endlich mit schäumenden Getümmel heranstürmenden Wellen,
die aber gebrochen an den Uferfelsen, murrend und grollend in eiliger Flucht wieder zurückrauschen, mein eigenes
Schicksal zu erkennen.

Monjuich bildet eine unregelmäßige Figur. Seine Befestigungswerke bestehen in einer großen Einschließung und weisen 4 Fronten auf, von denen drei nach dem flachen Lande und eine nach der See zu liegen. Die Brustwehren jener drei Vertheidigungslinien sind von außerordentlicher Festigkeit und mit offenen Batterien, Schießscharten nach allen Richtungen und auch mit einigen nach der Stadt und dem Hafen hin gerichteten Mörsern versehen. Die Mauer zwischen den Bastionen nach der Seeseite besteht in einer einzigen starken Brustwehr, die wegen des hier sehr steilen Felsenabhanges hinreichend sein dürfte. In der wohl eine halbe Stunde im Umkreis einnehmenden Mitte der Festungswerke steht ein massives Gebäude von viereckiger Form, in dem die Wohnungen des Sergeant=Major (estado mayor), der Officiere, der Wachen, die Kirche, die Küche und in deren unterem Theile sich die Casematten befinden, in denen an 3000 Soldaten untergebracht werden können. Nachdem man über den Hof gegangen und eine Treppe hinauf gestiegen ist, gelangt man auf das platte Dach des Hauses, wo sich ein Wacht= und Telegraphenthurm des Hafens, sowie auch noch ein Telegraph für den Privatgebrauch der Kaufleute befindet. Von hier hat man eine großartige Aussicht und bereitwillig steht ein großes Fernrohr dem Fremden zu Gebote. An der südlichen Vorderseite befindet sich eine Vorschanze und ein verdeckter Gang mit Wasserplatz und Flanken eines Bollwerkes, und nicht weit davon ein großes Becken, in dem sich das Regenwasser sammelt. Vor jener Vorderseite ist ein Hornwerk angelegt, welches ein Bollwerk theils nach dem Lande, theils nach dem Meere zu bildet und von dem ein Theil, wegen seiner starken Geschütze in den mit Löchern, zum Hereinlassen des Lichts, versehenen Gewölbbogen la **Lengua de Sierpe** (die Sprache der Schlange) genannt und für einen der stärksten Theile der Festung gehalten wird. Zur rechten und linken Seite des Hauptthores befinden sich die erwähnten bombenfesten, unter-

irdiſchen, zur Unterbringung der Garniſon eingerichteten
Gewölbe. Die Reinlichkeit in denſelben iſt lobenswerth
und Uniform und Gewehr in gutem Zuſtande. Das
Commisbrod ſchmeckte nahrhaft. Es beſtehen außerdem
noch große bombenfeſte Gewölbe für Unterbringung der
Kranken, des Proviants und des Pulvers. Zur Aufbe=
wahrung des letzteren dienen in Friedenszeiten auch zwei
am Fuße des Feſtungsberges gelegene Magazine, die
14 bis 15,000 Centner Pulver faſſen können. Im Innern
der Feſtung ſind ferner zwei große Ciſternen angebracht,
die eine bedeutende Maſſe Waſſer aufnehmen können. Der
Monjuich iſt wegen ſeiner günſtigen Lage, indem er Stadt,
Hafen und Land beherrſcht, ohnfehlbar die wichtigſte Fe=
ſtung Barcelonas und dürfte allen Belagerungen keck Trotz
bieten. Im Jahre 1843 wurde beim Herannahen Eſpar=
teros die Stadt Barcelona, in der trotz aller Feſtungs=
mauern eine (drei Monate andauernde) Revolution aus=
gebrochen war, vom Fort Monjuich und der Citadelle be=
ſchoſſen. Von der Geſchichte der durch Philipp V. be=
gonnenen Feſtung Monjuich iſt ſchon manches Blatt mit
Blut geſchrieben. Auch wollen wir im Intereſſe unſeres
deutſchen Vaterlandes des tapferen, der öſtreichiſchen Par=
tei angehörenden Prinzen Georg von Heſſen=Darmſtadt,
des Eroberers von Gibraltar gedenken, der 1705 hier als
ſiegreicher Held ſein Leben aushauchte. Er war der Vetter
der Pfalzgräfin Maria Anna von Neuburg, der Schwe=
ſter der dritten Gemahlin des Kaiſers Leopold, die im J.
1690 der König Carl II., Sohn Philipp's IV., heirathete.

Barcelona iſt als Feſtung einer der merkwürdigſten
Plätze auf der pyrenäiſchen Halbinſel. Die ſchadhaften
Stellen der Feſtungswerke unterliegen jetzt gründlichen Aus=
beſſerungen und insbeſondere iſt die in der letzten Revo=
lution theilweiſe zerſtörte Citadelle wieder ſo hergeſtellt,
daß ſie dem heftigſten Angriffe Trotz bieten kann. Die
ganze Stadt iſt mit einer Feſtungsmauer von unregel=

mäßiger Form und verschiedenem Baualter umgeben. Mit ihr correspondiren das Fort Atarazanas im Süden, die im Nordosten der Stadt liegende Citadelle, das Fort D. Carlos, Pio im Norden, die Festung Monjuich im Süden und einige Batterien am Hafendamm. Die den Hafen, die Hafenstadt, die Straße nach Frankreich und die Hauptstadt selbst beherrschende Citadelle, in die man uns später den Eintritt gestattete, wurde im Jahre 1715 erbaut, zu welchem Zwecke viele Häuser weggerissen wurden. Sie hat die Figur eines regelmäßigen Fünfeckes mit fünf Bastionen, deren Vorderseite durch Wallschilder oder eine Art Außenwerke gedeckt sind, von denen drei durch Gräben und Gänge und zwei durch Zugbrücken mit den Hauptwerken der Festung in Verbindung stehen. Die im Jahre 1841 zerstörte Vorderseite zweier Bastionen ist wieder errichtet und zeigt, wie sämmtliche Werke, eine erstaunlich schöne und feste Bauart. Von den inneren Baulichkeiten sind nur drei Pulver-, zwei Proviantmagazine und die Casematten bombenfest. Außer den für den Platzmajor und die Casernen bestimmten Gebäuden sieht man eine Kirche, ein Arsenal, eine Brodbäckerei mit drei Oefen, einen Thurm von Quadersteinen, lange Zeit für politische Verbrecher bestimmt, eine gute Quelle, Cisternen und mit Küchenkräutern und Feldfrüchten bebaute Gärten. Mit dem Fort D. Carlos steht die Citadelle durch einen unterirdischen Gang in Verbindung.

Als ich bei meinem ersten Aufenthalt in Barcelona mit meinem Reisegefährten, Herrn Henschel, einem großen Pferdeliebhaber und tüchtigen Reiter, an der Cavalleriecaserne vorbeiging, traten wir, um uns die Pferde genauer anzusehen, hinein. Mehre Officiere, an die ich mich mit der Bitte um Erlaubniß zu Besichtigung der Ställe wendete, begleiteten uns, als sie hörten, daß wir Fremde und Pferdeliebhaber seien, auf die freundlichste Weise durch die ganze Caserne und zeigten uns mit der zuvorkommensten Artig-

keit Alles, was für uns von Interesse sein konnte. Da sie
nur spanisch sprachen, so war die Unterhaltung für uns
etwas schwer, für sie aber jedenfalls noch unverständlicher
und unbequemer; sie setzten sich indeß über diesen Uebelstand
mit christlicher Geduld hinweg. Der Commandant Villacampa
ließ uns die besten Pferde vorführen und zuletzt im großen
Casernenhofe von mehren vollständig uniformirten und be-
waffneten Cavalleristen Evolutionen ausführen, wobei einer
der Reiter durch die Wildheit seines Pferdes, welches mit
ihm durchging, leicht ein Unglück hätte haben können. Die
Pferde sind im Allgemeinen von kleiner Race und andalusischen Geblütes. Sie besitzen ihrem Körper angemessen, starke
und reine Knochen, sind kurz gebaut, und leichten gewandten
Schlages, ausdauernd, namentlich für leichte Cavallerie passend, und dürften in ihren Leistungen den deutschen Pferden
vorzuziehen sein. Die Croupen sind aber, wenn auch kräftig,
doch abschüssig und gebogen, was dem deutschen Pferde-
kenner nicht gefällt. Die Fütterung erschien uns auffallend,
da sie schon jetzt, Anfangs April, aus grünem, drei Fuß
hohem Futter bestand. Der Beschlag war schön und leicht,
die Hufeisen jedoch ohne Stollen. Ein Krippenbeißer soll
sich im ganzen Regiment nicht befinden. Die Ställe waren
schlecht gepflastert; das Sattel- und Riemenzeug jedoch,
wie die Uniformen und Carabiner in sehr gutem, reinlichen,
ja glänzendem Zustande. Das Reitpferd des Commandanten, ein schwarzer, andalusischer Hengst von großer
Schönheit, gleich dem Roß Bavieca, hatte im Ankaufe
200 Duros gekostet. Nach stundenlangem Aufenthalte in
der Caserne sprachen wir den Herren Officieren unsern
verbindlichen Dank gegen die uns, als Fremden, erzeigten
Artigkeiten aus, übergaben unsere Karten nebst Wohnungs-
anzeige und erhielten noch von dem gefälligen Commandanten und mehrern anderen Officieren die Zusage, uns
Empfehlungen nach Castilien und Andalusien mitgeben zu
wollen. Bevor wir die Caserne verließen, lernten wir noch
den **Commandente graduado D. Joaquin Llavanero**

capitan de Estado Mayor kennen, der uns mit seiner
guten französischen Sprache vortreffliche Dienste leistete und
die Güte hatte, uns später im Kaffeehause dem **Coronel
D. Wancisco Alfonso de Villagomez Gefe de la
Brigada de la montaña de 1er Departemento** vorzu=
stellen. Dieser, ein Officier von chevalereskem Anstand,
hatte kaum unsern Wunsch, die spanische Bergartillerie
kennen zu lernen, vernommen, als er uns sogleich auf
den andern Tag in die Artilleriecaserne zur Besichtigung
derselben einlud. Wir machten natürlich von dieser uns
überraschenden Einladung Gebrauch und konnten die Zu=
vorkommenheit des Officiercorps nicht rühmend genug au=
erkennen. Wir besahen die Pferde= und Maulthierställe,
sowie die Caserne und Schlafsäle der Soldaten. Letz=
tere sind außerordentlich reinlich gehalten und dürften in
Deutschland nicht schöner zu finden sein. Die ganze
Mannschaft kam unsertwegen in Bewegung. Mehre der
schönsten Artilleristen mußten sich in Paradeuniform wer=
fen, die aus einem dunkelblauen ausgezeichneten Tuche
besteht und sehr gut aussieht. Das Zaumzeug der Pferde
ließ nichts zu wünschen übrig und war in guter Ord=
nung und reinlichem Zustande. Das vor unsern Augen
von der Bergartillerie ausgeführte, kleine Manoeuvre über=
raschte uns namentlich durch die eigenthümliche Art, mit
welcher die Kanonen gebraucht wurden. Man führte sechs
Maulthiere, 16 Mann und zwei Kanonen vor, zu deren
jeder drei Maulthiere und acht Mann gehörten. Die Ge=
schütze sind natürlich von leichtem Caliber und werden so
auseinandergelegt, daß das eine Thier den Lauf, das andere
die Lafette und Räder, das dritte den Protzkasten mit der
Munition trägt. Es soll in e i n e r Minute sechsmal ge=
schossen, auch im Nothfalle die Kanone von drei Mann be=
dient werden können. Das Exercitium des Abladens, Rich=
tens und Aufsetzens ging leicht und schnell vor sich, und es
ist keine Frage, daß diese Art Artillerie im Gebirge von vor=
trefflicher Wirkung sein muß. Wenigstens besinne ich mich,

während meines Aufenthaltes auf der Insel Cuba gehört
zu haben, daß diese Artillerie gegen die Sklaven im
Gebirge mit großem Erfolge angewendet worden sein soll.
Vor dem Weggehen regalirten uns die Officiere noch mit
einem reichlichen Frühstück und Herr Llavenero hatte die
Güte, uns dann noch das Innere der Citadelle zu zeigen.
Ich erwähne dieses Benehmen der Officiere gegen uns
deutsche Fremdlinge nicht etwa deshalb, um als schlichter,
bürgerlicher Nicht=Militair damit zu prunken, sondern um
zu den unzähligen Beweisen der spanischen Gastfreund=
schaft und Galanterie einen neuen hinzuzufügen, wie er
nur dem liebenswürdigen und chevaleresken Charakter des
Spaniers eigen ist.

Der General Narvaez hat sich großes Verdienst um
die Armee erworben. Das spanische Heer hat an tüch=
tiger Organisation, an militärischer Zucht, an gutem Aus=
sehen, an Haltung und Uniform in den letzten Jahren
außerordentlich gewonnen. Die äußere Erscheinung des
Officiercorps ist eine glänzende. Bei Paraden, Manoeuvres
u. s. w. beobachtet man hier überall ein rücksichtsvolles
Benehmen gegen das trotz aller Säbelherrschaft sich frei
und ruhig bewegende Publicum. Ueber die strategischen
und taktischen Kenntnisse der spanischen Militairs wollen
und können wir uns kein Urtheil erlauben, allein darauf
glauben wir hier noch hinweisen zu dürfen, daß die spani=
schen Truppen theils durch die Eigenthümlichkeit ihres
Landes, theils durch Dienst in vielen Kriegen an eine größere
Beweglichkeit des Körpers und zu stärkerer Marschleistung
gewöhnt sind und in letzterer Beziehung von keiner anderen
Armee Europa's übertroffen werden. Viele Regimenter
sind mit Sandalen (alpargatas) bekleidet, die allerdings
zum Marschiren sehr zweckdienlich sind. Diese Truppen
können, ohne Erschöpfung und ohne Zurücklassung von
Mannschaften, einen gebirgigen Weg von 15 deutschen
Meilen in 36 Stunden zurücklegen und Officiere haben

mir die Versicherung gegeben, daß sie bei großen Märschen im Stande seien, mit ihren Truppen 6 bis 8 deutsche Meilen täglich zurück zu legen.

Es ist sehr schwer, genaue statistische Angaben über Spanien niederzulegen, weil die amtliche Statistik noch sehr unvollkommen ist. Die spanische Regierung hat derselben bis jetzt noch nicht denjenigen Werth beigelegt, der ihr in anderen Ländern, wie Frankreich, England und Nordamerika, mit Recht zuerkannt wird und hat deshalb bis jetzt den wichtigsten Maßstab zur Beurtheilung der nationalen Interessen verkannt. In Spanien beruht Vieles auf ungefährer Schätzung und wir wollen dieß gleich im Voraus bemerken, damit unsre Angaben später nicht etwa ein ungerechter Vorwurf treffen möge. Im Uebrigen haben wir uns bemüht, auf diesem, in Spanien bis jetzt noch nicht gehörig bebauten Felde zuverlässige Sammlungen zu machen und achtbare Quellen zu benutzen, von denen wir hier nur das mit größter Aufmerksamkeit, vortrefflich ausgearbeitete Werk: „Diccionario geografico-estadistico-historico de España y sus possessiones de ultramar por Pascual Madoz" erwähnen wollen, welches in Madrid in 16 großen Foliobänden, vom Jahre 1850 an, vollständig erschienen ist und seinem Verfasser, wie der ganzen spanischen Nation, zur größten Ehre gereicht. Mehre der statistischen Angaben über Barcelona haben wir auch der „Estadistica de Barcelona en 1849 publicala Don Laureano Figuerola profesor de Economia politica" entlehnt, einem Werke, welches klar, einsichtsvoll und übersichtlich geschrieben ist und uns dem geehrten Verfasser ebenfalls zum größten Danke verpflichtet.

Die ganze Bevölkerung von Barcelona, innerhalb und außerhalb der Mauern, dürfte 186,214 Einwohner betragen, wie aus folgender Tabelle (s. Figuerola) erhellt:

	Männer	Frauen	Totalsumme
Einwohner (personas avecindadas)	73,139	77,480	150,619
Dienstboten	552	8751	9303
Durchreisende (transeuntes) . .	8753	3121	11,874
Fremde	2332	1203	3535
In den Wohlthätigkeitsanstalten	968	1550	2518
Klosternonnen	—	270	270
In den Strafanstalten . . .	621	174	795
Garnison	5000	—	5000
Im Hafen	2300	—	2300
Total	93,665	92,549	186,214

Um dieses statistische Bild noch schärfer und bestimmter auszumalen, wollen wir uns erlauben, die Bevölkerung außerhalb der Mauern (extra-muros) genauer zu bezeichnen:

Barceloneta zählt 6367 Männer, 6371 Frauen,
Gracia   =   6276   =   6699   =
San Beltran =   1970   =   1210   =
Puerta Nueva =   60   =   56   =

14,673 Männer, 14,336 Frauen.

Unter den in Barcelona im Jahre 1848 sich aufhaltenden 3535 Fremden befanden sich 1387 französische Männer und 799 Frauen, 531 Italiener und 171 Italienerinnen, 130 Engländer und 67 Engländerinnen. Von den Deutschen, die in Baiern, Sachsen, Hannoveraner, Preußen, Oestreicher, Böhmen, Ungarn ꝛc. unter einer Rubrik eingetheilt sind, finden wir 99 Männer und 47 Frauen aufgezählt. —

Die Deutschen in Barcelona sind fleißig, haushälterisch und bescheiden. Der Kaufmann genießt den Ruf der Solidität und der Handwerker den der Geschicklichkeit. Die Spanier ziehen die Arbeit der Deutschen sehr oft der, der Einheimischen vor und der geschickte Handarbeiter kann wöchentlich 10 bis 12, sowie der Fabrikarbeiter 4 bis 7 Piaster verdienen.

Aehnliches bemerkt Arndt in ſeinen Verſuchen in ver-
gleichender Völkergeſchichte, wenn er ſagt: „Geh' nach
Petersburg und Stockholm oder London, ja geh' in die
geſittete Welt, ſo weit ſie iſt, was findeſt du? Du ſiehſt
die Deutſchen allenthalben, neben und unter den Fremden als Herren, die Franzoſen als Diener. In Petersburg und Moskau leben 40,000 oder 50,000 Deutſche;
in Stockholm und London leben mehre Tauſende derſelben; an denſelben Orten gehen auch die Franzoſen zu
Tauſenden herum. Aber der Deutſche iſt der große Kaufmann, der unabhängige, tüchtige Handwerker, der Arzt,
der Künſtler, der Gelehrte, welcher mitherrſcht und ent-
ſcheidet; der Franzoſe ſpringt faſt durchaus nur in den
kleinen Dienſten und Geſchäften des Lebens, in den untergeordneten Stellen der bürgerlichen Geſellſchaft herum:
Sprachmeiſter, Tanzmeiſter, Haarkräusler, Käſe-, Wurſt-
und Salbenkrämer, kurz Umherträger und Feilſcher von
allerlei Feinerei und Zierlichkeit für den Schein und Putz
des Geiſtes und Leibes."

Von einer großen Theuerung der gewöhnlichen Ge-
werbserzeugniſſe bemerkt man in Barcelona noch nicht
ſehr viel. In den großen eleganten Gewölben und Ver-
kaufsmagazinen findet eine bedeutende Auswahl und ein
lebendiger Verkehr ſtatt. Auf der Rambla, der Fonda
del Oriente gegenüber, wohnen zwei Optiker und Mecha-
niker, Lowe und Tyler, auf deren Schild die großen Buch-
ſtaben „de **Alemania**" das Vaterland bezeichnen. Dieſe
beiden Herren ſind Schüler von Frauenhofer in München
und ſehr geſchickte, thätige Männer. Ein Bruder von
Herrn Lowe iſt ebenfalls Optikus in Madrid; beide Brüder ſind wegen ihrer Arbeiten bekannt und machen auf
der pyrenäiſchen Halbinſel in dieſem Fache die bedeutendſten Geſchäfte. In mehren anderen ſpaniſchen Städten
findet man auch deutſche Optiker. — Auf dem Café de
Rambla, einem der glänzendſten und großartigſten Kaffee-
häuſer, die ich je geſehen, trifft man täglich auch eine

frische, deutsche Landsmännin, die „Augsburgerin" an, die
schnell und geschickt von deutscher Heimath Kunde bringt,
und im Café del Oriente findet man an den Abenden
einen kleinen Kreis deutscher Landsleute, welche nach alter,
deutscher Manier sich die Stunden gemüthlich verkürzen.
Während meiner Anwesenheit habe ich im Kreise der schon
erwähnten Familie v. B.... heitere und gesellige Stunden zugebracht und auch noch die mir liebe Bekanntschaft
eines sächsischen Berg-Ingenieurs, Herrn Meißner, gemacht, der früher in Barbatilla bei Burgos lebend, jetzt
in Barcelona wohnt und eine halbe Stunde vor der Stadt,
hinter dem **Pueblo nuevo** (Neudorf), im Auftrage die
Schmelzhütte San Manuel gebaut hat. In derselben
wird das Erz aus den Gruben bei Culera, durch die
sogenannte Roharbeit, Verbleiung ꝛc. zu gute gemacht
und Zinkblende auf Zink benutzt. Dieses Erz soll sehr
goldhaltig sein und man hat mir einzelne Proben gezeigt, die aus **100** Pfund ½ bis 1 Pfund Gold geben
sollen. Die Schmelzhütte selbst ist massiv erbaut und mit
zwei großartigen Schmelzöfen, sowie einem, durch Pferde
in Bewegung gesetzten Göbelwerk, welches später mit einer Dampfmaschine vertauscht werden soll, eingerichtet.
Als ich mich in San Manuel befand, waren mit dem
Baue an 80 Arbeiter, unter der Leitung des Herrn Meißner beschäftigt, welcher letztere sich rühmend über den
Fleiß und das solide Betragen dieser Leute aussprach, die
einen guten Tagelohn von 1½ bis 2 Piaster verdienten.
Die Backsteine wurden pro Dutzend mit 6 Piaster und
der Schnitt der Breter, welcher hier mit der Hand geschieht, mit 2 Realen bezahlt, mithin in Berücksichtigung
der hier überhaupt hohen Preise, nicht theurer, als in
Sachsen. Die Schmelzhütte selbst hat eine schöne Lage;
im Vordergrund die Eisenbahn und das Meer, im Hintergrund schöne Fluren und Dörfer, begrenzt von den
catalonischen, malerischen Gebirgen.

Die Deutschen stehen hier in großer Achtung und

5*

es ist in Spanien jederzeit eine gute Empfehlung, wenn
man sagt: „soy **Aleman**" (ich bin Deutscher). Wenn
auch hier leider, wie überall, die politische Bedeutung und
thatsächliche Repräsentation des deutschen Elementes fehlt,
so ist es doch jedenfalls ein eitles und ungerechtes Ge=
schwätz, wenn Touristen behaupten wollen, daß die Deut=
schen in Spanien ihre Nationalität verleugnen und lieber
die äffischen Bedienten fremder Nationen, als selbstständige
Charaktere darstellen wollen.   Ich habe Spanien in
einer großen Ausdehnung nach verschiedenen Richtungen
durchstreift und Gelegenheit gehabt, viele meiner deutschen
Landsleute kennen zu lernen, allein es wäre ein gottloses
Unrecht, wenn ich nicht mit Freude und Stolz derselben
gedenken wollte.   Sie alle waren Landsleute von ächtem
Schrot und Korn, die bieder und wacker ihrem Lands=
mann die Hand schütteln und mit Liebe am deutschen
Vaterlande hängen.   Es ist überhaupt lächerlich und ab=
geschmackt, behaupten zu wollen, daß die Deutschen im
Auslande geneigt wären, ihre Nationalität zu verleugnen,
die Liebe zum Mutterlande in ihren Herzen zu ersticken
und abtrünnige, mißrathene Söhne des, in geistiger und
materieller Beziehung, so großen und schönen Vaterlan=
des zu werden.   Ich für meine Person, habe auf meinen
Reisen in drei Welttheilen dergleichen Erfahrungen nicht
gemacht und würde mich in tiefster Seele schämen, ein
solches allgemeines Urtheil über die Deutschen im Aus=
lande zu fällen.   Leute, deren Gesichtskreis nicht über
den engen häuslichen Heerd hinausgeht oder solche, die
mißvergnügt und Alles begeifernd, voll von Hochmuth
oder schmutziger, engherziger Gesinnung in die große Welt
hinausstürmen, sind freilich eines solchen, sich und die
Nation entehrenden Urtheils mitunter leider fähig und
vergessen, daß gerade sie deshalb den Spott und die Ver=
achtung des Ausländers verdienen.   Es ist wahr, daß sich
mancher deutscher Lump im Auslande befindet, und daß
dieser eine Lump mehr schadet, als hundert ehrliche Leute

nützen, allein wegen dieses einzelnen Schurken einen Stein
gegen die ganze, große Nation, die in ihrer Mehrzahl
eben sowohl im Auslande, wie im Inlande, von Vaterlandsliebe, Rechtlichkeitssinn und Treue beseelt ist, werfen
zu wollen, ist eine Schmach und Niederträchtigkeit, die
nicht hart genug zu rügen ist. Ich habe den wohlhabenden,
deutschen Bauer am Ohio und Missouri, den reichen,
deutschen Handelsherrn in Indien, den deutschen Soldaten in Afrika, den geschickten Handwerker an der Themse
und Seine mit eben der Freude, dem Stolze begrüßt, als
meine besten Freunde am Rhein und der Donau. Ich
habe überall deutsche Gastfreundschaft, eine warme Aufnahme, überall deutsche Zungen und Herzen, überall
deutschen Fleiß, Geschicklichkeit und Selbständigkeit gefunden. Auch der in der Heimath allgemein verbreitete
Glaube, daß sich der Deutsche im Auslande, dem Aus-
länder gegenüber, nicht für einen Deutschen, sondern lieber für einen Preußen, Sachsen, Nassauer ꝛc. ausgebe,
ist falsch. Auf meinen größeren Reisen habe ich wenigstens die Erfahrung gemacht, daß der Deutsche dem Aus-
länder gegenüber, sich für einen Deutschen, dem eigenen
Landsmann aber, dessen Sprache er spricht gegenüber,
für einen Preußen, Sachsen u. s. w. ausgibt. Der
Spanier und Franzose wird fragen: „welcher Nation gehören Sie an," und auf die Antwort: soy Aleman oder
je suis un Allemand, die Frage stellen: de questo
punto oder de quelle part. Es wird Niemandem einfallen, zu fragen: „sprechen Sie preußisch, bairisch, säch-
sisch oder schwarzburgisch?" sondern Jedermann wird fragen: „sprechen Sie deutsch?" Die verwirrende Classifi-
cation unserer Duodezstaaterei hat für das Ausland gar
kein Interesse. Das Vaterlandsgefühl des Deutschen
ist stärker, als er selbst glaubt. Man gehe nur in ferne,
fremde Länder, so wird man fühlen, wie mächtig das
Herz für Deutschland schlägt und wie wohlthuend und
wohlklingend die lange nicht gehörte Muttersprache ein-

wirkt. Der Sänger des Buches der Lieder hat Recht, wenn er ausruft: „Es ist eine eigene Sache mit dem Patriotismus, mit der wirklichen Vaterlandsliebe. Man kann sein Vaterland lieben und achtzig Jahre dabei alt werden und es nie gewußt haben; aber man muß dann auch zu Hause geblieben sein. Das Wesen des Frühlings erkennt man erst im Winter und hinter dem Ofen dichtet man die besten Mailieder. Die Freiheitsliebe ist eine Kerkerblume und erst im Gefängnisse fühlt man den Werth der Freiheit. So beginnt auch die deutsche Vaterlandsliebe erst an der Grenze." —

Nach dieser Abschweifung dürfte es wohl zweckmäßig sein, über die Geschichte, Merkwürdigkeiten, über Industrie, Handel, Ackerbau und Schiffahrt der Stadt Barcelona und der ganzen Provinz einige Worte folgen zu lassen, damit der Leser dann mit um so größerer Bereitwilligkeit uns auf der Reise über Tarragona nach Valencia begleite. Wir glauben um so mehr eine Zusammenstellung der industriellen, commerciellen und agrarischen Verhältnisse hier einschalten zu können, da wir Gelegenheit hatten, Catalonien nach verschiedenen Richtungen zu durchstreifen.

Nach der Sage soll Barcelona, etymologisch aus Barcinona, Barca=nona oder Barcanona abgeleitet, von Herkules oder von Hamilkar Barcino, dem Heerführer der Carthager, gegründet worden sein. Dem sei nun, wie ihm wolle, wir wissen gewiß, daß Barcelona unter dem Namen **Barcino Faventia** zur Zeit der Römer als eine Colonie betrachtet, daß es später von den Gothen und Arabern eingenommen wurde und daß es dann wieder abwechselnd in den Besitz der Franken und Araber kam, bis es endlich, sammt Catalonien, an Ludwig von Aquitanien im Jahre 801 gelangte, der das ganze Land in 15 Grafschaften theilte. Die Grafen von Barcelona bemächtigten sich dieser nach und nach und erklärten im Jahre 888 Catalonien als unabhängiges Fürstenthum. Durch die Verheirathung des letzten derselben mit der einzigen Tochter des Königs Ramiros **II.** von Aragonien, wurde bei der Thronverzichtung des letzteren im Jahre **1137** Catalonien seiner Unabhängigkeit beraubt und den Königen von Aragonien unterthan. Die Catalonier blieben jedoch im Besitze einer eigenen freisinnigen Verfassung, eigener Cortes und Privilegien und wußten diese Vorrechte auch noch unter der vereinigten Krone von Castilien und Aragonien zu behaupten, bis sie endlich dieselben nach den östreichschen Erbfolgekriegen durch Philipp **V.** verloren. Die Catalonier haben tapfer für Oestreich, tapfer gegen Frankreich und in der neuesten Zeit tapfer für Don Carlos gestritten, indem sie von dem glühenden Wunsche beseelt waren, ihre alte Verfassung und Vorrechte wiederherzustellen. Dem Catalonier dürfte daher zu diesem Zwecke jede Empörung und Revolution nicht unwillkommen sein; der flammende Gedanke der einstigen Unabhängigkeit ist zu mächtig im Volke, als daß er lautlos erlöschen könnte. Der Catalonier ist daher mehr, als jeder andere Spanier mißtrauisch gegen die Fremden, insofern er von ihnen eine Unterdrückung erlitten hat oder zu erleiden fürchten dürfte. Aus diesem Grunde erklärt sich wohl auch seine Abneigung gegen die Franzosen, und Spanien könnte keine treueren Grenzwächter gegen das vulkanische Frankreich haben, als die Catalonier, wenn diese nicht selbst durch die Castilianer in ihren alten Rechten beeinträchtigt und deshalb auch gegen diese mißtrauisch geworden wären.

Barcelona ist die größte und bedeutendste Handels- und Seestadt der pyrenäischen Halbinsel. Es ist daher natürlich hier das industrielle und commercielle Treiben das vorherrschende Element, jedoch liegt keineswegs die Wissenschaft und das Streben nach einer edleren, geistigen Bildung darnieder. Die Universität, Bibliotheken, Archive, Schulen, Wohlthätigkeitsanstalten aller Arten und der herrschende Sinn für Musik und Kunst sind dafür die sprechendsten Beweise. Außer Madrid gibt es in Spanien keine Stadt, die soviel Unterrichts- und Bildungs-

anstalten in allen Zweigen des menschlichen Wissens be=
sitzt, als Barcelona.

Es bestehen hier als niedere Bildungsanstalten, 9 Schu=
len für Knaben und 4 für Mädchen, die aus der Kasse
der städtischen Verwaltung unterhalten werden. Außerdem
gibt es noch an 75 besondere Schulen für die Jugend
beiderlei Geschlechts. Mein erster Besuch galt der in der
Casa-Lonja oder Börse befindlichen Handelsschule. Die=
ses im vierzehnten Jahrhunderte erbaute, schöne Gebäude
steht am **Plaza de Palacio**, wo sich auch das Königl.
Schloß und der Douanepalast befindet und zeigt ein Viereck
von 270 Fuß Länge, 127 Fuß Breite und 77 Fuß Höhe.
Die vier Façaden sind vom Boden bis zum ersten Stock
mit toskanischen und die übrigen zwei Stockwerke mit
jonischen Säulen verziert. Der im unteren Raume be=
findliche Börsensaal ist 116 Fuß lang und 75 Fuß breit,
und der in der Mitte des Gebäudes angebrachte Hof ein
Viereck von je 60 Fuß Seitenlänge. Auf einer gewal=
tigen, marmornen Treppe gelangt man zu den, im ersten
Stockwerk befindlichen Sälen der Junta del Commercio
und von hier zu der, im dritten Stockwerk gegründeten
Handelsschule. Es wird hier des Abends Zeichnenunter=
richt der Art ertheilt, daß jeder junge Mann neben sei=
nem Platze ein Gaslicht brennen hat und nach Vorlege=
blättern unter Aufsicht der Lehrer arbeitet. Die Classen
der Schule wechseln zu gewissen Zeiten und deshalb sahen
wir bei unserem Besuche nur die ersten Anfänger, von
denen wir jedoch, namentlich in der classe de **Flores**
(Blumen), mehre Künstlertalente, sowie auch in der classe
de **modello y natura** einen jungen Menschen entdeckten,
der mit großem Geschick einen Prometheus aus Thon
zu bilden und an den Felsen zu schmieden wußte. Der
Unterricht wird unentgeldlich ertheilt und außerdem noch
sich hervorthuenden Schülern und Künstlern von Seiten
der Junta Mittel und Unterstützung geboten, sich im Aus=
lande zu vervollkommnen. Die Zahl der eingeschriebenen

Schüler wurde mir zu **2000** und als anderweitige Unter-
richtsgegenstände: Schifffahrtskunde, Bildhauerkunst, Ge-
schwindschreibekunst, Physik, Mathematik, Naturwissenschaften, Erlernung der französischen, italienischen und englischen Sprache u. s. w. angegeben. — Eine anderweitige,
gemeinnützige Lehranstalt ist die fromme Schule der Väter (escolapios), in welcher sich Mönche ausschließlich mit
dem Jugendunterrichte abgeben und in der auch **1000** Schüler im Lesen, Schreiben, im kaufmännischen Rechnen und
Buchhalten, in der französischen, italienischen, lateinischen
und griechischen Sprache u. s. w. unterrichtet werden.
Auch ist hier das Colegio Barcelones zu nennen, in das
ebenfalls eine Anzahl Schüler und insbesondere Waisen,
deren Väter für das Vaterland fielen, unentgeldlich aufgenommen werden.

Unter den höheren Unterrichtsanstalten für Erwerbung
einer wissenschaftlichen Bildung, ist neben dem Seminario
Conciliar, an dem auch **15** Professoren angestellt sind,
vor Allem die Universität zu nennen, deren Gründung
die Barcelonesen in das Jahr **1430** zurückführen wollen.
Es werden hier Vorlesungen über Philosophie, Jurisprudenz, Medicin und Pharmacie gehalten. Zum Studium
der erstern Wissenschaft sind als Cursus fünf, zum Studium der zweiten sieben, zu dem der Medicin sechs und
dem der Pharmacie vier Jahre festgestellt. Die Zahl der
Professoren bei der philosophischen Facultät betrug **21**
und die der Zuhörer **475**; bei der juristischen **10** und
die der Zuhörer **356**. Medicin lasen **12** Professoren für
409 und Pharmacie **7** Professoren für **161** Studirende.
In der Jurisprudenz z. B. hören die Studirenden im
ersten Jahre Institutionen, Geschichte des römischen Rechtes im Vergleich mit dem spanischen Rechte, Staatswirth-
schaft. Im zweiten Jahre folgt Fortsetzung des römischen
Rechtes, im dritten Civil-, Handels- und Criminalrecht
von Spanien, im vierten Geschichte und Institutionen des
canonischen Rechtes, im fünften spanisches Civilgesetzbuch

(codigos civiles espanoles), im ſechsten Kirchenlehre mit beſonderer Beziehung auf Spanien und im ſiebenten ſchrift= liche und mündliche Uebungen vor Gericht. — Der Rec= tor der Univerſität bezieht einen Jahresgehalt von 30,000 Realen; die Profeſſoren der Jurisprudenz 12—15,000, die der Philoſophie 6—12,000 und die der Medicin 6—14,000 Realen. Das Univerſitätsvermögen iſt nicht unbedeutend.

Das Archiv der Krone von Aragonien, welches ſich in Barcelona befindet, dürfte ſeines Gleichen in der Welt ſuchen. Der Reichthum, die Eigenthümlichkeit, die Ord= nung und Erhaltung der Documente iſt hier an und für ſich ausgezeichnet und ſehr lobenswerth, allein mehr noch, als alles dies, iſt der hiſtoriſche Werth und die unge= heure und ununterbrochene, muſterhafte Folgenreihe dieſer Sammlung bis auf zehn Jahrhunderte zurück, zu rühmen. Der Urſprung dieſes merkwürdigen Archivs geht bis zum Vaſallenthum der Barceloneſer unter dem Kaiſer Lud= wig dem Frommen, zurück, dem die erſte Anregung zur Begründung deſſelben zugeſchrieben wird. Die Documente ſind alle chronologiſch ſorgfältig in mehren Sälen geord= net und dürften einen unerſchöpflichen Brunnen der Wiſſen= ſchaft und Geſchichte verbergen und gewiß eine ſehr loh= nende Ausbeute verſprechen, wenn ſich ſachkundige Gelehrte dieſer ſchwierigen, aber dankbaren Arbeit unterziehen möchten. Das cataloniſche Archiv ſoll 15,000 Bücher, Bände und Actenhefte und außerdem noch an 80,000 Briefe, in Pergament uneingebunden, zählen, ohne der großen Menge anderweitiger hiſtoriſcher und archäolo= giſcher Werke zu gedenken.

Die Bibliothek von San Juan, die ich in Geſell= ſchaft meines ehrenwerthen Freundes Profeſſor Allerany und noch einiger anderen Profeſſoren beſuchte, zeigt einen Bücherreichthum von 40,000 Bänden auf, unter denen ſich auch die Bücher der im Jahre 1835 zu Barcelona eingegangenen Klöſter, ſowie andere werthvolle Schriften

der catalonischen Provinz befinden. Das Fach der Geschichte zählt 8328, das der Jurisprudenz 1973, das der
Theologie 4905 u. s. w. Bände auf. Der Besuch dieser
Bibliothek bietet auch insofern Interesse, als man Gelegenheit hat, Einsicht von der catalonischen Literatur zu nehmen.
Unter den vielen Briefen sind die von Zurita, Blancas und
Gomez Miedes eigenhändig geschriebenen zu erwähnen;
ebenso findet man eine Lebensbeschreibung von D. Fernando el de Antepuera von Lorenzo Valla und catalonische Gedichte von Alonso von Cordoba und von Rai-
mundo Lulio. Die Bibliothek ist nicht reich an neuer
Literatur und ebensowenig an ausländischer. Von deutscher Literatur war soviel, als nichts zu finden. Das
Local ließ ebenso, wie die Aufstellung der Bücher, noch
manches zu wünschen übrig, jedoch ist die überall zu fin-
dende Ordnung und gewissenhafte Beaufsichtigung der
Bibliothek, die am Ende doch nur mehr eine provin-
ciale zu nennen ist, rühmenswerth. Sie ist außer der
Ferienzeit alle Vormittage bis ein Uhr dem Publicum
geöffnet.

Iu Barcelona ist außerdem noch die bischöfliche Bibliothek zu erwähnen, welche 1772 gegründet, jetzt über
15000 Bände zählt und auch dem Publicum zur Benutzung
offen steht. Es befindet sich in demselben Gebäude auch
eine Münzsammlung und ein naturgeschichtliches
Cabinet. Eine andere Sammlung der Art ist im Museo
Salvador aufgestellt und dieses, wie die Museen des
Dr. Soler, der Akademie der schönen Wissenschaften und
der Künste des Besuches werth.

Es regt und zeigt sich in der Hauptstadt Cataloniens
immer mehr der Sinn für Wissenschaft und Kunst. Eine
Gesellschaft von Schriftstellern beabsichtigt die größten und
gefeiertesten Heroen der deutschen Literatur durch Uebersetzung der spanischen Nation zugänglich zu machen. Schon
während meiner Anwesenheit wurde mit den Gedichten
Göthe's, Schiller's, Klopstock's u. s. w. ein erfreulicher

Anfang gemacht, und man beabſichtigte auch ſpäter die
ſtaatswirthſchaftlichen Lehren von Rau, Mohl, Börne,
ſowie die philoſophiſchen Werke von Schlegel und Gervinus
folgen zu laſſen. In hiſtoriſcher Beziehung war ſchon eine
Ueberſetzung der Werke von Johannes von Müller und
in chemiſcher der von Juſtus Liebig im Buchhandel erſchienen. Ein derartiges Unternehmen ſpricht gewiß zu
Gunſten der Catalonier. Auch die deutſche Muſik ſteht
hier, wie in ganz Spanien in großem Anſehen. In dem
großen Theater des Lyceo wohnte ich Concerten bei, in
denen Muſikſtücke von Beethoven, Maria von Weber,
Mozart u. a. mit entſchiedenem Beifall aufgeführt wurden.
Die philharmoniſche Geſellſchaft, der die Ausbildung der
Vocal- und Inſtrumentalmuſik obliegt, veranſtaltet von
Zeit zu Zeit Concerte und ſucht durch Aufführung von
fremden und nationalen Muſikwerken den Sinn für Muſik
zu wecken, zu bilden und zu veredeln.

Für das Theater iſt man ſehr eingenommen, und man
wird außer Madrid keine Stadt in Spanien finden, in
der ſo ſchöne, großartige Theatergebäude ſind und ſo gut
beſetzte italieniſche Opern und ſpaniſche Drama's gegeben
werden, als in Barcelona. Am erſten Tage meiner Ankunft
in Barcelona wollte ich mit mehren meiner Reiſegefährten
in das **Teatro principal** gehen. Da daſſelbe zahlreich beſucht war und das zu gebende Drama ſchon begonnen hatte, wir aber doch noch einen guten Platz zu
haben wünſchten, ſo erkundigte ich mich eilig an der Kaſſe,
ob wir noch vier bequeme Plätze erhalten könnten. Da
dies bejaht und ſogleich à Perſon 4 Realen verlangt und
auch von mir bezahlt wurden, ſo wollten wir nun ohne
Weiteres in das Theater eindringen und unſre Plätze
einnehmen, allein ein dicker, freundlicher Herr verweigerte
uns den Eintritt mit dem Bedeuten, daß wir erſt Billets
löſen müßten. Da ich ihm auseinanderſetzte, daß wir
dies ſchon gethan und nicht geſonnen wären noch einmal
zu bezahlen, er uns daher als Fremde gefälligſt ruhig

unsere Wege ziehen lassen möchte, blieb er lachend und
artig bei seiner Weigerung. Unser Dispüt wurde immer
heftiger und je mehr der Umstehenden sich hineinmischten,
desto unverständlicher wurde mir die ganze Verhandlung,
desto hartnäckiger aber bestand ich auch auf meinem guten
Rechte. Gerade diese Verzögerung fachte andrerseits die
Lust, das Theater zu besuchen, immer heftiger in mir an.
Es war ein drolliges Vorspiel, bis es mir endlich klar
wurde, daß wir nicht um des Kaisers Bart, wohl aber
um das Hauptbillet stritten. Es besteht nämlich bei dem
spanischen Theater die Einrichtung, daß die Besucher erst
ein Billet zum Eintritt in das Theatergebäude (una entrada)
und dann erst das Billet für den Platz lösen müssen. Zu
diesem Zwecke sind, gerade nicht zur Bequemlichkeit des
Publicums, gewöhnlich zwei Kassen und oft diese nicht
neben einander, sondern meist, wenn auch nicht in entgegen-
gesetzter, doch in entfernter Richtung angebracht. Der
Fremde muß also hier doppeltes Lehrgeld zahlen. Der
Grund und Zweck dieser Einrichtung ist mir nie einleuchtend
geworden. Doch ländlich, sittlich — mir war auch dieses
Vorspiel als Beitrag zur Kenntniß der catalonischen Gebräuche sehr lehrreich. Die Theaterbeamten haben meiner
Widersetzlichkeit, Schwerhörigkeit und Hastigkeit eine Artig-
keit, Freundlichkeit und Zuvorkommenheit entgegengesetzt,
die ich um so mehr bewundern muß, da sie bei ebenso großen
Theatern in andern Ländern gewiß nicht so leicht vorkommen dürfte. Ende gut, Alles gut — wir lachten tüchtig
über das drollige Mißverständniß, bezahlten unsre vier
Sitzplätze und traten ein. Das Theater ist groß und gut
eingerichtet, das Spiel lobenswerth. Es ging bunt auf
der Bühne her; erst kam eine Liebeserklärung, dann ein
Duell, ein Mord und zum Schluß eine Hochzeit. Das
Publicum schien auf alle Fälle gefaßt und zeigte sich bei
jedem Stück in gleich liebenswürdiger Laune. Ich kam
neben einen, mit einer Nankingweste und blauem Frack
mit blanken Knöpfen bekleideten langen, steifen Mann zu

sitzen, der einen breitkrämpigen Strohhut in der Hand
hielt. Da ich glaubte, hier einen Seemann vor mir zu
haben, knüpfte ich mit ihm ein Gespräch über Wasser,
Meer und Schiffahrt an. Ich hatte mich jedoch getäuscht.
Der fremde Herr war kein Capitain einer schnellsegelnden
Brig, sondern ein Norweger aus Bergen, der Spanien
im Auftrag seiner Regierung bereiste und den ich später
in Valencia noch einmal traf. Derselbe war früher schon
in Spanien gewesen, kam jetzt von Sicilien und sprach
neben andern Sprachen, wie ich später in Valencia erfuhr,
auch gewandt und fertig deutsch. In Barcelona zog er
jedoch vor, von dieser seiner Sprachkenntniß keine Proben
abzulegen.

Das Haupttheater in Barcelona, und wohl ein's der
größten Europas ist aber das an der Rambla gelegene
Liceo, genannt: „Liceo Filarmónico Dramático de
S. M. la Reina Doña Isabel II." Während meiner Anwesenheit hatte die italienische Oper hier noch nicht begonnen und ich kann daher, da ich nur den hier veran-
stalteten Sonntagsconcerten beigewohnt habe, dem Leser
von den Vorstellungen selbst keine, sondern nur über
das Gebäude einige Angaben machen. Dieses enthält
außer dem Theater, welches 4000 Personen fassen kann,
noch eine Anstalt für Bildung junger Künstler, ein ge-
räumiges, glänzendes Casino und gut eingerichtetes Café.
Der Haupteingang ist von der Rambla, jedoch bestehen
noch mehre Eingänge, auch von der Straße San Pablo
aus. In einem Zeitraum von 12 Minuten kann sich das
ganze Theater leeren. Von dem Hauptthor, welches aus
drei geräumigen Arkaden besteht, tritt man in den mit
Säulen geschmückten und und in drei Schiffe eingetheilten
prachtvollen Vestibül, und von hier über drei große Treppen
in das Innere. Die 13 Fuß breite Haupttreppe aus
schönem granadischen Marmor mit Blumenvasen zur Seite
geschmückt, führt zum ersten Stock, die übrigen zwei zu
dem Parterre des Hauses. Der Theatersaal ist 105 Fuß

breit und eben so viel Fuß lang; er soll 4 Fuß größer
sein, als der in der Scala zu Mailand. Die innere Höhe
beträgt 75 Fuß. Von den 4 Balcons sind die beiden
ersten mit Amphitheatern versehen, auf denen wieder Sperrsitze in dreifacher Reihe angebracht sind. Die Zahl der
Logen beträgt zusammen 168, und die der Sperrsitze
(luneta) 1400. Die Bühne ist 8000 Quadratfuß groß.
Der in der Mitte des Theatersaales hängende Kronleuchter
hat 15 Fuß im Durchmesser und 140 Gasflammen. Es
ist eine große Menge von Zimmern für die Garderobe der
Schauspieler angebracht, die Maschinerie ist großartig und
sehenswerth, die Gasbeleuchtung des ganzen Theaters, der
großen Corridors, Foyers prachtvoll und der Anblick des
Ganzen sehr überraschend. An jede Loge stößt ein mit
Divans, Spiegeln, Glasthüren und Bildern ausgeschmücktes
Cabinet, in das man sich, ohne wie in den andern Theatern
den Corridor passiren zu müssen, zur Erholung, Conver-
sation und Abwechselung nach Belieben zurückziehen kann.
Der im ersten Stock befindliche, 4500 Quadratfuß große
Saal, geschmückt mit corinthischen Säulen und einem
prachtvollen getäfelten Fußboden kann auch zu Bällen,
Concerten und anderen Zusammenkünften benutzt werden.
Außer dem Casino, welches sich auch in dieser Etage befindet,
sind noch im untern Theile des Gebäudes, sowie auch
im vierten und fünften Stock des Theatersaales Cafés
und Büffets angebracht, welche letztere wiederum durch
akustische Vorrichtungen mit der, im untern Theil des Gebäudes befindlichen Anstalt, in Verbindung stehen und vermittelst einer Maschinerie mit den nöthigen Speisen und
Getränken versehen werden. Im fünften Stock genießt
man eine prachtvolle Aussicht auf Stadt und Land und
kann sich hier in den Zwischenacten an der frischen Luft
abkühlen. Außer diesem großen Theater bestehen in Barcelona noch mehre, z. B. das neue Theater der Capuziner,
der Union sowie auch in Gracia, die wir jedoch keiner
genauen Beschreibung unterwerfen wollen.

Nun noch etwas über die Wohlthätigkeitsanstalten, sowie über die Kirchen der Stadt. Das Krankenhaus (casa de caridad) verdient wegen seiner zweckmäßigen Bauart und vortrefflichen Einrichtung allgemeine Aufmerksamkeit. Es wird hier eine große Menge Armer aufgenommen und ernährt, jedoch nur solche, die ein Armuthszeugniß beibringen. Jeder Aufgenommene kann wiederum austreten, wenn er will, nur die von der Regierung Geschickten oder zur Heilung Aufgenommenen machen hiervon eine Ausnahme und müssen in einem abgesonderten Raume eine bestimmte Zeit zubringen, bis sie zu den übrigen gelassen werden. Für den Religionsunterricht sind mehre Priester angestellt und für die Kinder der Armen Schulen eingerichtet, in denen sowohl den 250 Knaben, als den 200 Mädchen Lesen, Schreiben, Rechnen, Geographie und spanische Grammatik gelehrt wird. Für Arbeiten und Beschäftigungen der Erwachsenen ist in allen Zweigen gesorgt, z. B. im Weben, Spinnen ꝛc. Für reinliche Wäsche, Kleidung und Bettzeug wird Sorge getragen, weil der Spanier die reinliche Leibwäsche sehr liebt. Die Armen erhalten alle Wochen frische, weiße Leibwäsche und alle Monate frische Bettüberzüge. Die Kleidung besteht aus einer Winter- und Sommerkleidung. Jedes erwachsene Individuum besitzt sein eigenes Bett und erhält als tägliche Portion ein Pfund reines Waizenbrod mit einer Quantität Wein; den Kindern dagegen werden à Person 10 Unzen täglich gereicht. Den schwachen und kranken Personen sind besondere Gemächer angewiesen und werden natürlich auch bessere und zweckmäßigere Speisen und Getränke verabreicht. Das um zwölf Uhr im Krankenhause stattfindende allgemeine Mittagsessen besteht aus einer Reis-, Nudel- oder Brodsuppe, aus Gemüsen und einem Gerichte Rindfleisch, Stockfisch oder geräuchertem Schweinefleisch. Abends wird wieder Suppe, wie zur Mittagszeit oder ein Gericht von Bohnen, Erbsen, Kartoffeln mit einer Zugabe von Fleisch, Speck oder Schweineschmalz verabreicht. Die Ration für jede

Person, mit Ausnahme der für die Arbeiter und Schwer=
kranken ist auf zwei Unzen Reis oder Nudeln, 3 Unzen
Fleisch und 2 Unzen Gemüse festgesetzt. Vermittelst des
Dampfes werden die Speisen gekocht und die Wäsche ge=
reinigt. Eine andere Wohlthätigkeitsanstalt ist die im Jahre
1583 gegründete Casa de Misericordia, ein Asyl für arme
kleine Mädchen, in welchem jetzt über 300 dieser hülfsbedürf=
tigen Kinder erzogen und unterrichtet werden. Im Hos=
pital von St. Cruz, dessen Gründung bis zum Jahre
1229 hinauf reicht, werden Kranke beiderlei Geschlechts
nicht nur der spanischen, sondern aller Nationen aufge=
nommen. Auch verdient das damit in Verbindung stehende
Hospital von San Pablo erwähnt zu werden. — Das
Militair=Hospital kann auch eine große Menge Kranker
aufnehmen. Die Anzahl läßt sich wegen der dem Wechsel
unterworfenen Garnison nicht genau bestimmen und man
kann nur anführen, daß in den gewöhnlichen Zeiten die
durchschnittliche Anzahl der Kranken 600 — 700, in außer=
ordentlichen Zeiten aber auch schon 1600 betragen hat.

In dem Hospital für Waisenkinder werden nur solche
in einem Alter von 7 bis 12 Jahren aufgenommen, die
in der Diöcese Barcelona von ehrlichen, achtbaren Aeltern
geboren sind, niemals in einer anderen Wohlthätigkeits=
anstalt gelebt haben und auch keinen Vormund oder Ver=
sorger besitzen. Die Kinder stehen das ganze Jahr hin=
durch um 6 Uhr auf, waschen sich, hören die Messe, trinken
zum Frühstück Chocolate und beschäftigen sich dann bis
11 Uhr. Um 1 Uhr wird das, aus Suppe, gutem Rind=
fleisch, Brod und Wein bestehende Mittagsessen einge=
nommen und dann wieder bis 7 Uhr Abends gearbeitet.
Um 10 Uhr spätestens geht man schlafen.

In dem Hospital und Hospiz Santa Maria werden
Durchreisende oder in Ermangelung derselben, Arme auf=
genommen und gepflegt; die Casa del Retiro, gegründet
1743 von Señor D. Gaspar de Aytona, bietet denjeni=

gen Frauen einen Zufluchtsort, welche, enttäuscht durch
weltliche Eitelkeiten und Thorheiten, ihre Schwächen durch
Buße sühnen wollen. Das Hospital vom heiligen Severus
nimmt körperlich- und geistigkranke (dementes) Geistliche
und die Casa de la Madre Rita hilfsbedürftige weibliche Dienstboten auf. Unter dem Namen „montes pios"
bestehen noch in Barcelona Gesellschaften, deren Mitglie-
der sich gegenseitig, im Falle von Krankheiten und Noth,
mit einer baaren Einlage unterstützen. —

Von den vielen Kirchen der Stadt haben wir nur
die Kathedrale und die Kirche Santa Maria del Mar
besucht. Der Bau der ersteren wurde im Jahre 1298
im gothischen Styl begonnen und der Theil vom Altar
bis zum Chor 1329 vollendet. Der mit Orangenbäumen,
herrlichem Porticus und verwitterter Säulenhalle versehene
Vorhof hat mich mehr, als die Kirche angesprochen.
Hier ist Frische, Tageshelle und Geschichte. Wenn man
so plötzlich mit Grausen und Schauder an dem naheliegenden, vormaligen Inquisitionsgebäude vorbeigeeilt ist
und rasch durch den Porticus in den Vorhof eintritt, da ergreift Einen ein wohlthuendes, frommes Gefühl, eine
Erinnerung an vergangene, große Zeiten; man blättert
hier gern in dem Buche der Geschichte, liest gern in den
geheimsten Falten des eignen Herzens und überläßt sich
zuletzt der Ruhe und Andacht. Spanien ist so reich an
diesen von der Zeit verwitterten, uralten Vorhöfen, so
reich an Ideen, Gefühlen, so reich an Liebe und Schmerz!
Das aus drei hohen Schiffen und mehren Altären bestehende und mit alten Glasmalereien gezierte Innere
der Kirche, dessen ganzes Zimmerwerk auf acht Pfeilern
ruht, ist finster, dunkel und durch Großartigkeit keineswegs
überraschend. In der Mitte des Sanctuario befindet sich
das Chor, gegenüber der Hochaltar und darunter die Capelle
der heiligen Eulalia, wo in einer prachtvollen Urne
die Asche dieser Heiligen und Schutzpatronin der Stadt
aufbewahrt wird. Am Grabe brennen immer viele Kerzen.

Das Chor iſt wegen ſeines reichen Schnitzwerkes und ſeiner Ausſchmückung, Figuren und Verzierungen beachtenswerth. Der Standpunkt der Kathedrale iſt an und
für ſich kein günſtiger. Sie liegt nicht frei und hat auch
einen Thurm, der noch nicht ausgebaut iſt. Das zu dieſer Kirche gehörige Archiv ſoll ſeltene Documente aus der
Zeit des Almanſor und andere werthvolle Schriften und
Bücher beſitzen. Die Kirche Santa Maria del Mar iſt
kleiner, freundlicher und älter, als die Kathedrale. Der
Körper der heiligen Eulalia hat erſt viele Jahre in dieſer Kirche geruht, ehe er in der Kathedrale beigeſetzt wurde.
Man will behaupten, daß dieſe Kirche von den Gothen
gegründet worden ſei. Sie hat zwei Thürme, von denen
der eine für das Uhrwerk, der andere für die Glocken
beſtimmt iſt. Nach der Kathedrale iſt ſie die größte Kirche
in Barcelona. Sie hat vier Eingänge und im Innern
drei, im gothiſchen Styl erbaute Schiffe, die von ſchlan-
ken, ſchönen Säulen in fünf Reihen, getragen werden.
Im Chor befindet ſich eine Reihe ſchöner Kirchenſtühle
und wie am Hochaltar, ein mit Marmorplatten getäfelter
Fußboden.

Man kann Barcelona das Mancheſter Spaniens nennen; ſchon ſeit vielen Jahrhunderten blühten hier Handel
und Gewerbe. Die Catalonier verſtanden vorzüglich ſchon
im vierzehnten Jahrhunderte die Kunſt die Wolle zu bearbeiten, zu einer Zeit, wo in England dieſer Induſtrie-
zweig noch darnieder lag. Die Regierung begünſtigte dieſen Gewerbszweig auf alle mögliche Weiſe und man kennt
noch eine derartige patriotiſche Verordnung aus dem Jahre
1443, nach der Niemand im Lande Tücher oder Wollen-
ſtoffe, die in fremden Ländern verfertigt, tragen ſoll und
nach der den Handels-Schiffherrn die Einführung, ſowie
den Kaufleuten und Schneidern der Verkauf und Vertrieb
dieſer Stoffe bei Strafe verboten war. Es gibt in Barcelona Eiſen-, Papier-, Glas-, Steingut-, Vitriol-, Sei-

fen=, Leder= und viele andere Fabriken, wir wollen jedoch
hier unſere Blicke vorzüglich auf die Spinnereien, We=
bereien und Druckereien richten und verſuchen, dem Leſer
einen Begriff von der catalonischen Baumwollen=Induſtrie,
Zeug=Druckerei, Wollen=, Leinen=, Hanf= und Seiden=
Manufactur zu geben.   Barcelona muß als der Mittel=
punkt der catalonischen Induſtrie betrachtet werden; von
hier geht der Rohſtoff aus und kommt als Kunſtproduct
wieder zurück; von hier verbreitet ſich der Handel und
von hier ſtrömt das Capital aus. In der Provinz, auf
den Dörfern, konnte anfänglich, wegen der Waſſerkraft,
wegen des wohlfeilen Brenn=Materials und wegen des
niedrigen Arbeitslohnes, ein wohlfeileres Product, als in
der Stadt, geliefert werden und die großen Fabriken be=
ſchränkten ſich daher nur auf die Anfertigung feiner und
farbiger Gewebe. Allein ſeit dem Jahre 1824, wo die
Erfindung der Mull=Jenny=Maſchine mit 120 Stacheln
in Anwendung kam, vermittelſt welcher alle Nummern
der Baumwolle, von 24 bis 80, je nach dem Bedarf,
gewonnen werden können, iſt ein unabſehbarer Fortſchritt
in der Baumwollenfabrikation eingetreten. Es entſtanden
Maſchinenwebereien und Druckereien der bunten Kattune
mit großen Trocken= und Bleichplätzen, die Baumwollen=
färberei wurde vervollkommnet und die Fabrikation der fei=
neren Gewebe, ſowie insbeſondere der ſeidenen und baum=
wollenen Strümpfe ſehr gehoben. An den Krämpelma=
ſchinen wurden große Verbeſſerungen angebracht.

An gebleichtem und ungebleichtem Garn wurden bei
der Douane von Barcelona eingeführt

im Jahre	1841	. .	309,533	Libras,
=	=	1842	. .	357,197	=
=	=	1843	. .	481,400	=
=	=	1844	. .	960,235	=
=	=	1845	. .	1,187,900	=

$$\overline{}$$

3,296,265 Libras.

Die jährliche Production zeigt auf:

Gebleichte, ungebleichte Leinwand, in der Wolle gefärbt,

einfaches Gewebe verſchiedener Breite	2,932,200 Varas	17,286,000 R.
Tiſchzeug von verſchiedener Breite . .	123,000 =	1,318,000 =
Gebleichte (blancas) Ueberzüge . . .	7,000 Dtz.	980,000 =
Taſchentücher	16,000 =	360,000 =
		19,944,000 R.

Die Zahl der Web=Maſchinen, einfacher, mehrſchäftiger und Jacquardſtühle beträgt 1,582, die einen Geſammt=werth von 1,529,000 Realen geben.

Mit Ausnahme der Bleicher, Preſſer, Zimmerleute u. ſ. w. ſind Arbeiter beſchäftigt:

Männer	1600,	à 250 Realen monatlich.	Gehalt =	400,000 R.
Weiber	1200,	à 90 =	= =	108,000 =
Knaben u. Mädchen	400,	à 50 =	= =	20,000 =
	3200			528,000 R.

Die Einfuhr von unverarbeiteter Baumwolle in cata=loniſche Häfen ſtellt ſich in den 7 Jahren, von 1834 bis einſchließlich 1840, wie folgt heraus:

von dem amerikaniſchen Continent	502,353	Centner,
= der Inſel Cuba	96,779	=
= Indien und der Levante . .	14,090	=
= Motril	80,425	=
zuſammen	693,650	Centner.

Hiervon führten ſpaniſche Schiffe 679,758 Centner ein. Verarbeitete Baumwolle wurden von England durch ſpa=niſche Schiffe bezogen 30,068 Centner. Die entrichteten Zölle betrugen die Summe von 14,645,079 Realen, mit=hin kommen auf das Jahr durchſchnittlich 2,092,156 R. Hierbei muß bemerkt werden, daß das Jahr 1840 eine große Hebung dieſes Induſtriezweiges inſofern zeigt, als in dem Zeitraume von 1840 und 1841 an 200 neue Maſchinen=Spinnereien begründet worden ſind. Von den während ſieben Jahren eingeführten 693,650 Centnern Baumwolle müſſen auf das Jahr 1840 allein 184,094 Centner ge=rechnet werden, ſo daß auf die vorhergehenden ſechs Jahre

509,550 Centner, mithin durchſchnittlich auf das Jahr 84,925 Centner, folglich die Hälfte des Imports vom Jahre 1840, kommt. Man darf dabei nicht außer Acht laſſen, daß zu jener Zeit auch die Bürgerkriege in Cata- lonien einen ſehr nachtheiligen Einfluß übten. In den nächſtfolgenden Jahren betrug die Einfuhr:

im Jahre 1841 . . 183,675 Centner,
　=　　=　1842 . . 107,239　=
　=　　=　1843 . .　58,083　=
　=　　=　1844 . . 153,873　=
　=　　=　1845 . . 376,130　=
　　　　zuſammen 879,000 Centner.

Zählen wir dieſe Summe zu der obigen, ſo ſehen wir, daß die Einfuhr an Baumwolle von 1834 bis 1845, mit- hin in 12 Jahren 1,572,650 Centner beträgt und daß die durchſchnittliche Einfuhr des Jahres in dem Zeitraume von 1834 zu 1839 einſchließlich, 84,925 und von 1840 zu 1845 einſchließlich, 177,180 Centner ausmacht. Eine fort- während Hebung und Vermehrung dieſes Geſchäftszweiges iſt einleuchtend.

In dem Zeitraume von 1836 bis 1840 wurden bei den Douanen Cataloniens 1229 Maſchinen und 10,802 Maſchinentheile im Werthe von 4,524,383 Realen einge- führt und dafür 179,649 Realen Zölle entrichtet. Unter den 10,802 Maſchinen befanden ſich 33 Dampfmaſchinen zu 200 Pferdekraft, 17 Krämpel= und 92 Spinnmaſchinen.

Im Jahre 1841 wurden hier über 19 Millionen Pfund Garn geſponnen; im Jahre 1846 ſtieg dieſe Production auf 33 Millionen.

Die Zahl der Spindeln betrug 1,238,440, wozu noch 450 Handräder und 1012 Zwirnmaſchinen kommen. Bei der Baumwollen=Spinnerei und Zwirnerei waren zu- ſammen 49,043 Perſonen beſchäftigt, welche zuſammen einen monatlichen Arbeitslohn von 10,423,840 Realen er- hielten. Das bewegliche Capital in Gebäuden, Maſchinen

und Betriebsſtock betrug im Jahre 1846: 445,662,000 Realen, während es im Jahre 1841 nur 137,849,674 Realen
ausmachte. Um Baumwolle unvermiſcht zu weben, gab
es 37,845 Maſchinen, wodurch 65,600 Arbeiter beſchäftigt
werden, wozu noch die in den 69 Zeugdruckereien ange-
ſtellten 4849 Arbeiter gezählt werden müſſen.

Das bewegliche Capital in Gebäuden, Webſtühlen und
Betrieb beträgt 267,302,811 Realen; im Jahre 1841 da-
gegen 144,725,548 Realen. Man webt glatte Drucktücher,
(Kattun), dicke baumwollne Stoffe, Jeans, Kambriks,
glatte weiße und gemuſterte baumwollne und halbwollne
Zeuge und bunte Weberwaaren für Kleider ꝛc.

Außerdem ſind mit dem Klöppeln und Verfertigen
der Blonden und Spitzen die ganze Küſte entlang
an **30,000** Arbeiterinnen, ſo wie bei der Wollen- und
Seiden-Manufactur noch ſehr viele Menſchen beſchäftigt.
Noch ſind in Catalonien wohl an **3000** Seidenwebſtühle im
Gange *). Die Einfuhr von roher Baumwolle (algodon
en rama) betrug bei der Douane von Barcelona für
dieſe Stadt im J. 1835: 6,331,092, im J. 1840: 18,232,188
und im J. 1849: 26,849,790 Libras; von verarbeiteter
Baumwolle (algodon hilado) im J. 1835: 4,012, im
J. 1840: 7,383 und im J. 1849: 16,412 Libras. — Die
Zahl der in ganz Catalonien aufgeſtellten Maſchinen betrug im J. 1848: 135 mit 2414 Pferdekraft. Hiervon
müſſen 125 Maſchinen mit 2,262 Pferdekraft auf die Provinz Barcelona und dann weiter 69 mit 1,138 Pferdekraft
auf die Stadt gleichen Namens gerechnet werden. Bei

---

*) In den Neu-Engländiſchen Staaten von Nordamerika (Maine,
New-Hampshire, Vermont, Massachusetts, Rhode-Island und Con-
necticut) gibt es 2,475,760 Baumwollenwebſtühle, wovon gegenwärtig
715,300 ſtille ſtehen. Die Zahl der Spindeln in den Vereinigten Staaten wird auf 3,500,000, in Großbritannien auf 17,500,000, in Frankreich auf 4,298,000, in Oeſtreich auf 1,500,000 und im Zollvereine (union
aduanera alemana) auf 815,000 angegeben.

den in Catalonien beſtehenden Baumwollenfabriken ſind
allein 89 große Maſchinen von 1868 Pferdekraft thätig.

Die Zahl der Spindeln (husos) bei der Baumwollenſpinnerei in Catalonien betrug im J. 1835: 810,000,
im J. 1846: 1,000,000 und im J. 1850: 211,580 berg-
adanas, 452,814 mull-jennys, 50,831 throstles und
91,468 self-actings zuſammen 805,893 Spindeln, wovon
aber nur 622,162 in voller Thätigkeit waren. Auf die
Stadt Barcelona müſſen hiervon 251,276 Spindeln gerechnet werden, wovon aber auch nur 236,756 arbeiteten.

Im Jahre 1849 wurde Baumwolle verarbeitet

	in Catalonien u.	in Barcelona
bis **Nr.** 20.	14,122,000	6,788,000
„ „ 30.	14,337,000	6,698,000
„ „ 45.	7,396,000	3,029,000
„ „ 60.	—	—
„ „ 80.	835,000	483,000
„ „ 150.	—	—
unbekannt	115,000	110,000
	36,805,000	17,108,000

Bei der Baumwollenſpinnerei in Catalonien waren
im J. 1849 13,316 Perſonen beſchäftigt, wovon 1,226
Männer, 2,808 Frauen und 1,277 Knaben und Mädchen,
zuſammen 5,311 Perſonen auf Barcelona allein gerechnet
werden müſſen.

In Barcelona ſind in den letzteren Jahren große
Streichgarnſpinnereien mit vorzüglicher Einrichtung gegründet worden, und es verbreitet und vergrößert ſich dieſer In-
duſtriezweig immer mehr. Auch ſind ſchon ſehr großartige
Fabriken außerhalb der Stadt, z. B. die von Santa Maria
de Sans der Gebrüder Muntadas angelegt worden, die
hinſichtlich der Anlage und Neuheit der Maſchine, ſowie
der gewaltigen Production viel Bemerkenswerthes bieten.
Es würde hier zu weit führen, wenn ich dem Leſer von
allen meinen Beſuchen der barceloneſer Fabriken berichten

wollte und ich will daher nur noch flüchtig der großen
Kattunfabrik der Herren Juncadella in der Stadt erwähnen,
welche, wenn auch nicht neu, doch an 6000 Spindeln
besitzt und 300 Personen beschäftigt. Die hier angelegten
60 Webestühle, die Färbereien, Wäschereien, Druckereien
und Trocknenmaschinen liefern, wenn auch eine grobe, doch
eine sehr gute Waare. Die Baumwolle wird aus Amerika
bezogen; auch wurde uns mitgetheilt, daß Wolle von
Sachsen nach Catalonien zur Verarbeitung eingeführt
würde.

Nach der verschiedenen Classeneintheilung der spanischen
Zollstätten findet auch die Verzollung aller oder nur ge=
wisser Güter statt. Von denjenigen Waaren, welche Werth=
zoll bezahlen, wird der Werth derselben nach Vorlage der
Originalfacturen oder wenn nach der Meinung der Beamten
andere Preise nöthig sind, nach Uebereinkunft festgestellt.
Die Zollbeamten können die Waare nach Facturen mit
10 % Zuschlag übernehmen und den Betrag auszahlen.
Die unter spanischer Flagge eingehenden Erzeugnisse der
spanischen Besitzungen, zahlen nur den fünften Theil der
für die gleichen fremden Artikel bestimmten Zölle. Bei
Einführung von Gütern zu Land oder durch fremde Flaggen
werden in der Regel 20 % über die im Tarif angege=
benen Zollsätze erhoben, bei der Einfuhr durch spanische
Flaggen zur See gelten aber die allgemeinen, auf das
Gesetz vom 27. Juli 1849 gegründeten Tariffsätze.

Die spanische Industrie hat gegenüber der englischen
große Hindernisse zu besiegen. Die Maschinen in Eng=
land sind vollkommener, die Arbeiter unterrichteter und
gewandter, der Einkauf der Baumwolle wohlfeiler und der
Fest= und Feiertage weniger. Dessenungeachtet zeigt Cata=
lonien einen großen Fortschritt auf dem Felde der Industrie,
eine von Jahr zu Jahr zunehmende Vermehrung der Ge=
bäude und des Capitals und eine schnelle Hebung des
Nationalreichthums. Mit der Zeit werden die catalonischen
Fabrikate den englischen wenig nachstehen und auch nicht

mehr der Schutzzölle bedürfen, die sie jetzt noch in manchen Beziehungen nicht ganz entbehren können. In Barcelona, Arenys de Mar und Calella werden die besten
Strümpfe gearbeitet. Die Borten= und Fransenwirker=
arbeit steht in Barcelona am höchsten und das Kräm-
peln, Streichen, Kämmen und Kardätschen der Wolle hat
einen hohen Grad von Vervollkommung erreicht. In den
Seiden=Manufacturen werden Sammet, Plüsch, Damast,
geblümter Taffet, Atlas, Sarsche, Westenzeuge, Shawls,
Tücher u. s. w. gut gearbeitet. Im Jahre 1841 bestanden
in Barcelona nach den Angaben des Herrn Sairo über
1300 Seidenwebstühle, von denen ⅔ mit Jacquard=Ma-
schinen versehen sind; in Manresa betrug die Anzahl derselben 700, in Reus über 300. Gegenwärtig mag die
Zahl der Seidenwebstühle in Barcelona über 1400 betragen. In Betreff der Wollen=Manufactur waren 1841
über 2000 Stühle in Bewegung. Die Tuchfabriken in
Manresa, Tarrasa, Sabadell, Igualada, Olesa, Roda
u. s. w. liefern Tuche von solcher Güte und Feinheit, daß
sie die Concurrenz der französischen Waaren in dieser Beziehung nicht zu fürchten brauchen. Auch die Leinen= und
Hanf=Manufactur macht Fortschritte, wenn gleich noch der
hauptsächlichste Bedarf aus Holland, Irland und Deutschland bezogen wird. Für die deutsche und insbesondere
für die niederschlesische Leinenindustrie dürfte mit der Zeit
eine Wiedereröffnung des Verkehrs mit Spanien von der
größten Wichtigkeit werden. Von den übrigen Industrie-
zweigen wollen wir noch die für ganz Catalonien und
insbesondere für die Provinz Gerona wichtigen Korkstöpsel-
fabriken und die sich immer mehr vervollkommnenden Papierfabriken erwähnen. Die Gerbereien erfreuen sich auch eines
tüchtigen Aufschwunges; das catalonische Leder ist wegen
seiner Güte bekannt. Die Eisengießereien und Maschinen-
fabriken gehen trotz aller Schwierigkeiten und hohen Abgaben einer immer größern Vermehrung und Vervoll-
kommnung entgegen.

Die Lage Cataloniens ist dem Handel sehr günstig.
Die Seeküste bietet für den Export und Import einen
weiten Spielraum. Es besaß diese Provinz schon im neunten
Jahrhundert eine kleine Flotte zur Vertheidigung und zum
Schutze der Küsten gegen die Mauern und im elften Jahr-
hundert übte schon Raimund Berenguer II., Graf von
Barcelona das Recht, die ein- und auslaufenden Schiffe
beschützen zu dürfen. Im vierzehnten und funfzehnten
Jahrhundert nahm die Marine einen hohen Standpunkt
ein. Die überseeischen Verbindungen nahmen zu; die
Schiffe fuhren nicht nur nach den catalonischen Inseln
und der nordafrikanischen Küste, sondern dehnten ihre
Fahrten nach überseeischen Colonien, nach Habannah,
Porto-Rico und den Philippinen aus. In den catalonischen Häfen von Barcelona, Mataró, Sitges, Villanueva und Arenys de Mar langen jährlich sehr viele
Schiffe mit Steinkohlen von England und Asturien, mit
Eisenwaaren von England, Biskaya und Malaga, mit
Baumwolle aus den Vereinigten Staaten, von den spanischen Antillen, Brasilien und Motril, mit Leder und
Thierhäuten aus Buenos-Ayres und Montevideo, mit Glaswaaren von Triest, mit Seide von Piemont und Mailand, mit Uhren aus der Schweiz und aus Frankreich,
mit Werkholz aus Holland und Italien u. s. w. an. Aus
den catalonischen Häfen dagegen werden Weine, Spiritus,
Leinenzeuge, wollne und baumwollne Manufacturgegen-
stände, Tücher u. s. w. zum größten Theil in spanischen
Schiffen ausgeführt. Ueberdies bleibt es Thatsache, daß
die Austauschgegenstände mit dem Auslande fehlen, indem
Catalonien, die gewerbfleißigste Provinz Spaniens, nur
darauf angewiesen ist, entweder mit landwirthschaftlichen
Producten oder mit Geld die merkantilischen Verbindungen derjenigen Nation zu bezahlen, die nicht ihre Schiffe
nach den Häfen des Landes schicken.

Catalonien bezieht von Alicante und Murcia: Waizen,
Gerste, Mandeln, Soda, Orangen, Citronen; von Anda-

luſien: Waizen und Gemüſe, Oel, Baumwolle; von Mo=
tril: Bohnen, Feigen, Kupfer, Blei, Wein, Wolle, Eiſen;
von Aragonien: Wolle, Früchte, Oel; von Aſturien:
Steinkohlen; von Alt=Caſtilien: Mehl, Wolle, Waizen;
von den balcariſchen Inſeln: Oel, Früchte, Johannis=
brod, Mandeln; von Galicien: Waizen, Mais, Fiſche;
von Valencia: Wachs, Hanf, Seide, Orangen u. ſ. w.

In den Jahren 1843 und 1844 liefen im Hafen von
Barcelona durchſchnittlich jedes Jahr 3741 ſpaniſche Schiffe
mit 117,284 Tonnengehalt, mithin zuſammen 7184 ein
und 2285 Schiffe mit 81,120 Tonnengehalt, mithin zu=
ſammen 4570 aus. In jedem der eben angegebenen Jahre
liefen durchſchnittlich 633 fremde Schiffe von 84,764 Tonnen,
mithin zuſammen 1267 Schiffe ein und 411 Schiffe von
58,066 Tonnen, mithin zuſammen 823 fremde Schiffe aus.
Der ganze Werth der vom Auslande eingeführten Waaren
betrug in den Jahren 1843 und 1844: 86,422,741 Realen
und die davon erhobenen Zölle 20,749,845 Realen. Die
vorzüglichſten der eingeführten Producte beſtanden in:
Häringen, rothem Weine, Oel, Baumwolle, Stahlſtangen,
Kupfer= und Meſſingdräthen, unverarbeiteter Baumwolle,
Kohlen, ungegerbten Fellen, Porcellan, Eiſenblechen, Werk=
holz, Maſchinen, Pfeffer, chemiſchen und pharmaceutiſchen
Producten und Wollengeſpinnſten. Der ganze Werth der
von dem Hafen von Barcelona in den obengenannten beiden
Jahren ausgeführten Waaren beträgt 26,440,716 Realen
und die davon entrichteten Abgaben 19,329 Realen. Die
vorzüglichſten der ausgeführten Producte waren: Baum=
wollengewebe (tejidos de algodon) Branntwein, Oel,
Kaffee, Habannah=Cigarren, Felle, Wolle, Papier, Gold
u. ſ. w. Der ganze Werth des Imports vom Auslande
beläuft ſich in der angegebenen Zeit auf   43,211,370.
            von Amerika . . . 55,468,599.
        Küſtenſchifffahrt 107,863,410.
            zuſammen 206,543,289.

Der ganze Werth des Exports beträgt nach
      dem Auslande 13,220,358
         Amerika 30,047,014 } 127,302,373.
      der Küste 84,035,001

Ueberschuß zu Gunsten des Imports 79,240,916.

Hierzu kommt noch baares nach dem Aus-
    lande ausgeführtes Geld . . . 6,638,965.

                    zusammen 85,879,881 rs. vn.

Der ganze Küsten-Import von Waaren in Barcelona beträgt später, wenn man den Durchschnitt von den Jahren 1845, 1846 und 1847 nimmt, jährlich 136,084,907 und der Export 133,160,528. Spaniens strenges Schutzsystem war kein Glück für das Land und die Hebung der Industrie begann erst in diesem von der Natur gesegneten Reiche, als eine Zollverminderung eintrat. Trotzdem, daß sich die cata-lonischen Fabrikanten im Jahre 1849 bei Gelegenheit der Tarif-Reform gegen die Zollermäßigung auflehnten, so ist es doch keine Frage, daß seit jener Zeit eine Herab-setzung der Preise, eine Vergrößerung des Verbrauchs, ein Aufschwung der Fabrikation zu bemerken ist, indem hiervon die sich alljährlich vermehrende Einfuhr von einigen Rohmaterialien das deutliche Beispiel gibt. Es war die Einfuhr von

	Kohlen:	Eisen:	Stahl:	Rohe Baumwolle:
1848:	1,178,244 Qs.	64,631 Qs.	518,404 Pf.	23,375,000 Pf.
1849:	1,662,490 „	177,214 „	887,729 „	25,878,100 „
1850:	2,794,879 „	214,849 „	1,391,400 „	34,225,000 „

eine Zunahme, die gegenüber der im J. 1848 zu niedrigen Preisen erfolgten Einfuhr roher Baumwolle um so bedeu-tender erscheint. Ebenso scheint man eine Verdoppelung der Baumwollenfabrikate annehmen zu können. Auch liegt den Cortes gegenwärtig ein Gesetz zur Genehmigung vor, welches die Ermäßigung des Zolles für mehre aus-ländische Waaren, als: Klipp- und Stockfisch, Cacao u. s. w. betrifft. Bereits im J. 1849 wurde der Zoll für diese

Artikel ermäßigt und es ergab sich daraus eine Mehr-Einnahme für die Staatskasse von beinahe 2,000,000 Realen. Da aber noch immer ein starker Schmuggel mit diesen Artikeln getrieben wird, so soll der Zoll dafür noch um 6 Proc. herabgesetzt werden, um den Schmugglern das Handwerk zu legen.

Im Jahre 1845 liefen im Hafen von Barcelona Schiffe ein und aus von

Frankreich zusammen	327	mit	55,601	Tonnengehalt,
Algerien	7	„	482	„
England	163	„	27,855	„
Oestreich	9	„	1,290	„
Brasilien	14	„	1,320	„
Buenos-Ayres	52	„	5,586	„
Vereinigte Staaten	1	„	100	„
Mexiko	5	„	450	„
Montevideo	2	„	220	„
Neapel	30	„	4,496	„
Peru	1	„	100	„
Portugal	13	„	1322	„
Preußen	1	„	80	„
Sardinien	103	„	8,917	„
Schweden	40	„	6,247	„
Toscana	93	„	8,174	„
Türkei	9	„	1,150	„
Rußland	1	„	398	„
Kirchenstaat	1	„	83	„
Guayaquil	1	„	202	„
Chili	3	„	655	„
New-Orleans	26	„	2680	„

Summa 902 mit 127,408 Tonnengehalt.

Nach der „Estadistica de Barcelona en 1849" beträgt die Zahl der im Hafen von Barcelona ein- und

ausgelaufenen Schiffe nach dem durchschnittlichen Maß=
stabe der Jahre 1845, 1846 und 1847 berechnet, jährlich
bezüglich der
Schiffahrt mit
dem Auslande 1,395 Schiffe mit 205,979 Tonnengehalt,
Küstenschifffahrt 8,764 „ „ 328,582 „
zusammen 10,159 Schiffe mit 534,561 Tonnengehalt.

Von deutschen Schiffen liefen in den Jahren 1845,
1846 und 1847 beladen im Hafen von Barcelona ein:
14 hannoversche mit 1611, 20 preußische mit 6742, 2 lü=
becker mit 234, 2 bremenser mit 224, 2 hamburger mit
311, 1 oldenburger mit 77, und 1 mecklenburger mit
177, zusammen 62 Schiffe mit 9386 Tonnengehalt;
von Oestreich 6 Schiffe mit 1942 Tonnengehalt. Die
eingeführten Waaren bestanden aus Garn, Leinewand,
Tapeten, Spitzen, Messerwaaren, Droguerien, Glaswaaren
und Quincaillerien.

Der Hafen mit seinem Mastenwald liegt zwischen Bar=
celona und Barceloneta. Er ist geräumig und nimmt
auch stets eine große Menge von Schiffen auf, allein er
gilt wegen seiner offenen Lage nach Süden nicht für
einen sehr guten und sicheren Hafen. Seit den Kriegen
wurde er von den Franzosen vernachlässigt und zu seiner
Ausbesserung und Reinigung nichts gethan. Gegenwär=
tig werden große Summen darauf verwendet und Ma=
schinen aller Art sind deshalb in Thätigkeit. Er wird
durch die Citadelle, durch das Fort Monjuich und San
Carlos geschützt und bestrichen.

Die Hafenstadt Barceloneta zeigt die Form eines recht=
winkligen Dreieckes mit regelmäßigen Straßen. Die Ein=
wohner= und Häuserzahl ist von uns schon früher ange=
geben worden und wir wollen deshalb hier nur bemer=
ken, daß der Anblick der Stadt der einer Matrosen= und
Fischerstadt ist, welche, gleichförmig gebaut, auf einer Art
Halbinsel gelegen, aus dem Innern ihrer geraden Stra=

ßen freie Blicke auf den wogenden Meeresspiegel gewährt
und im Innern selbst gerade nicht die größte Reinlichkeit,
Sauberkeit und Sittlichkeit aufweist. Gesang, Tanz, Musik,
lärmende Matrosen, Schiffer und Fischer hört und sieht
man überall. Auch befindet sich hier die Gasfabrik, welche
Barcelona mit Gas versieht, ferner der Platz für die
Stiergefechte, mehre Fabriken und die Seebäder, welche
letztere aber sehr schlecht eingerichtet sind und deshalb auch,
trotz der günstigen Lage und des schönen Wellenschlages,
von Fremden sehr wenig besucht werden. Es ist dies
um so auffallender bei einer Stadt, welche so vorzüg=
liche Badegelegenheit besitzt und es ist wirklich zu ver=
wundern, daß nicht mehr dafür gethan wird. — Zwi=
schen Barceloneta und dem Hafendamme ist eine Allee
angelegt, welche aber noch nicht vielen Schatten spendet.
Der Spaziergang nach Barceloneta ist insofern angenehm,
als man eine gute Ansicht des Hafens, der Stadt und
Umgegend genießt; allein bei warmen Tagen ist man we=
gen des geringen Schattens einer großen Hitze ausgesetzt.
Von hier aus unterhalten Dampfschiffe regelmäßige Ver=
bindungen mit den balearischen Inseln, mit Marseille und
mit der Südküste von Spanien. Die spanischen Dampf=
schiffe, welche an der Südküste von Spanien laufen, sind
theuer. So kostete bei meiner Anwesenheit die erste Cajüte
von Marseille bis Barcelona 17 Duros, von Barcelona
nach Valencia 12, nach Malaga 34, nach Cadix 46 Duros.
Die ganze Reise von Marseille bis Cadix kostet die I. Classe
63 Duros und 32 Duros die II. Classe. Auch laufen
französische Dampfschiffe. Wenn ich damit die Preise der
an der afrikanischen Küste laufenden, französischen Kriegs=
dampfschiffe vergleiche, so stellt sich heraus, daß II. Classe
von Tanger nach Oran 63 Francs, von Oran nach Al=
gier 50 Francs, von Algier nach Marseille 60 Francs,
mithin die ganze Reise, natürlich ohne Beköstigung, 173
Francs = 33 Duros kostet. Hierbei muß bemerkt werden,
daß man allerdings die Reise, da der I. Platz für die

Officiere bestimmt ist, mit Ausnahme der Fahrten von Algier nach Marseille auf dem **II.** Platze zurücklegen muß und daß dieser meist sehr schlecht und unbequem ist. Andererseits gewährt die Rückkehr über Afrika nach Marseille statt der schon einmal zurückgelegten Fahrt von Cadix über Valencia, an der spanischen Küste den Vortheil, daß man die nordafrikanische Küste sieht und daß man auch, wenn man will und Alles gut paßt, von Tanger über Algier nach Marseille schneller reisen kann, als von Cadix über Valencia, weil die Schiffe auf letzterer Tour öfter anhalten, mehre Tage liegen bleiben und so **10** bis **12** Tage brauchen. Von Tanger nach Oran läuft das Dampfschiff gewöhnlich **48** Stunden, von Oran nach Algier **36** und von Algier nach Marseille **40** Stunden; mithin kann die Reise in **124** Stunden oder **6** Tagen zurückgelegt werden. Unbequemer bleibt sie aber jederzeit, als auf den an der spanischen Küste laufenden Schiffen.

Fürchte der Leser aber keine Seekrankheit. Meine Reise von Barcelona nach Valencia geht nicht zu Schiffe, sondern zu Lande, weil ich hier mehr zu sehen, zu lernen, und zu genießen hoffe. Möge sich daher der Leser gemüthlich neben mich in einen alten Omnibus setzen und mit mir getrost nach dem 13½ Leguas von Barcelona entfernten, historischen Tarragona fahren. Die meisten Reisenden besuchen Tarragona aus dem Grunde nicht, weil sie erstlich die Reise nach Valencia zu Schiffe zurücklegen, oder wenn sie zu Lande reisen, ihre Plätze in dem spanischen Eilwagen von Barcelona bis Valencia nehmen und somit, da die Straße über Tarragona führt, nur so lange daselbst verweilen, als zum Wechseln der Postpferde oder zum Einnehmen des Abendessens nöthig ist. Das spanische Postwesen ist originell und deshalb gefällt es mir; es bedarf aber allerdings noch einer durchgreifenden Reform, bevor es den Wünschen des reiselustigen Publicums entsprechen wird. Es liegt nun einmal im Argen, das weiß Jeder, der nach Spanien kommt

und deshalb nehme man die Sachen wie sie sind. Wenn
erst einmal ein weichsitziger, bequemer Postwagen auf glat=
ter Straße dahin rollt und allen Ansprüchen der Reisenden
in Bezug auf die vielen Anhaltepunkte und bequemere Gast=
höfe Genüge geleistet und somit ein europäischer Amalga=
mationsproceß eingeleitet werden wird, oder wenn gar
die fauchende Locomotive von den Pyrenäen nach der
Sierra Morena und von hier nach der Sierra Guadar=
rama hin und her eilt, dann ist auch Spanien nicht mehr
Spanien, denn mit dem Dampfe schwinden auch die Na=
tionalitäten, die Sitten und Gebräuche eines einzelnen
Volkes. Ein gewaltiger, dem Reisenden wohlthuender
Fortschritt ist übrigens im spanischen Postwesen mit dem
Jahre **1850** eingetreten. Ich meine nämlich, abgesehen
von den Courierwagen, die große Wohlfeilheit der durch
das Land laufenden Posten, eine Wohlfeilheit, welche nir=
gends in Europa besteht und welche es möglich macht,
daß man z. B. auf dem letzten Platze (**Rotonda** oder
Coupé) die große Entfernung von Bayonna über Madrid
nach Sevilla für **240** Realen = **12** Duros zurücklegen,
mithin die ganze pyrenäische Halbinsel fast in ihrer größ=
ten Ausdehnung für so geringen Preis durchschneiden
kann.

Bei den spanischen Posten findet keine unbeschränkte
Aufnahme statt. Ist der Wagen besetzt, so muß der Rei=
sende geduldig warten, bis ein Platz für die nächsten
Fahrten leer wird. Man ist demnach immer genöthigt,
in Spanien mehre Tage vor der Abfahrt seinen Platz
zu bestellen und zwar wird dann derselbe Platz nur
auf die ganze Fahrt oder nur dann auf eine Station
unterwegs abgegeben, wenn er bis zur Endstation be=
zahlt wird, ein Uebelstand, durch den die große Wohl=
feilheit allerdings etwas paralysirt wird. Der Reisende
muß daher in diesem Lande den Nebenausflügen mehr,
als anderswo, entsagen, weil er, wenn er nur bis auf
eine Zwischenstation mitfährt, gewärtigen muß, hier viele

Tage aufliegen zu müssen, bis sich in den täglich vor-
überfahrenden Postwagen ein leerer Platz findet. Ich besinne mich der Fälle, daß Reisende, welche z. B. von
Sevilla nach Cordoba fahren wollten, um daselbst die
Kathedrale in Augenschein zu nehmen, genöthigt waren,
den ganzen Platz bis Madrid zu bezahlen, um nur mit
fortzukommen. In Cordoba selbst hatten sie dann noch
das Vergnügen, oft mehre Tage zu verweilen, bis sie
endlich auf dem von Madrid kommenden Postwagen wieder nach Sevilla Aufnahme finden konnten. Um nun
Tarragona mit Muße besichtigen und doch seines Platzes
von da nach Valencia sicher sein zu können, rathen wir
jedem Reisenden, der Lust und Zeit dazu hat, auf der
Post einen Platz von Barcelona nach Valencia zu nehmen, ein oder mehrere Tage vor der Abfahrt aber mit
dem regelmäßiglaufenden Omnibus sich nach Tarragona
zu begeben und dann später, nach Erreichung des Zweckes,
seinen bezahlten Platz nach Valencia einzunehmen. Auf
solche Weise lassen sich, mit einem geringen Geldopfer,
beide Zwecke, gewiß zur Befriedigung des Reisenden, um
somehr verbinden, da, wie es wenigstens bei meiner Anwesenheit der Fall war, in Tarragona die Post von Barcelona in der Nacht eintraf und nach kurzem Aufenthalt
auch wieder weiter fuhr. Ich verließ die Hauptstadt Cataloniens in früher Morgenstunde und bin selten so außerordentlich schnell und sicher gefahren, als auf dieser Tour
nach Tarragona. Letztere Stadt erreichten wir gegen
Mittag.

Es ist eine sehr irrthümliche Ansicht, wenn man glaubt,
daß im Süden Europas nur Zephyrlüfte wehen und
weder Kälte, noch Frost oder Frösteln den menschlichen
Körper befallen. Ich kenne Reisende, welche den Winter
in Messina, Malaga und Constantinopel zugebracht hatten, um dem rauhen Winter des Nordens zu entfliehen,
die sich aber oft arg getäuscht fanden. Die Kälte an und
für sich ist natürlich nicht groß und heftig, allein die Vor-

richtungen gegen dieselbe sind auch so schlecht, daß man
hier bei einem höheren Temperaturgrad viel leichter friert,
als dort. Die feuchte Luft, der scharfe Wind, die schlechten
Kamine, die nicht schließbaren Fenster und Thüren, sowie die zum Schutze gegen die Kälte keineswegs eingerichtete
Kleidung sind Uebelstände, von deren Bedeutsamkeit der Reisende leider zu spät überzeugt wird. Ich mache diese Bemerkung, weil sie auch bei mir aus der Erfahrung entspringt.
Es war schon die Hälfte des Monats April verflossen,
als ich von Barcelona nach Tarragona reiste und daher
gewiß zu der Hoffnung berechtigt war, keinen Mantel
oder Pelz zu gebrauchen, allein in den Morgenstunden
fror ich, daß mir die Zähne klapperten. Es war wirklich eine
derbe Kälte, bevor Aurora sich erhob. Sobald aber der
Sonnenwagen des Phoebus seine Reise antrat, verschwand
das kalte Schreckbild und Strahlen, glühende Strahlen
der spanischen Sonne schossen zur Erde. Es ist dies nicht
etwa ein einzeln stehender Fall von Frost in Spanien,
ich kann vielmehr dem Leser versichern, daß man zur Früh-
lingszeit auch auf der Alhambra oder im Escorial von
einem unangenehmen Frösteln befallen und seiner Phantasie
für den warmen Süden entrissen werden kann.

Die Reise geht über Bellirana, Villafranca del Panades, Vendrell, **Torre-den-Barra** nach Tarragona. Die
Straße ist theilweise besser, als im oberen Theile Cataloniens, die Gegend lieblich und reizend. Der Boden ist
auch hier gut bebaut und überall gewahrt man fleißige
und arbeitsame Hände. Bei Ordal passirt man die
Brücke de Aledones, wo, weil dieselbe nicht besetzt worden war, im Monat September 1813 Lord Wm. Bentinck
von Suchet bis Arbos verfolgt wurde und an tausend
Mann und vier Kanonen verlor. In Villafranca del Panades, einer von ungefähr 6000 Seelen bewohnten Stadt,
nahmen wir das Frühstück im Kreise unserer Reisegesellschaft ein. Letztere bestand aus Krämern, Landleuten und
Viehhändlern, kurz aus Leuten von festem, derbem Schlag,

die uns theils hier verließen, theils noch einige Stationen weiter mitfuhren. Das Essen in der Posada bestand aus einem spanischen Nationalgerichte der bekannten
Olla oder **putchero**, welches aus Rindfleisch (**cocida**)
Huhn, zweierlei Wurst, Speck und vielen Gemüsen und
Früchten zusammengesetzt war. Es wurde von der Gesellschaft mit Ausnahme meiner Person, die sich noch nicht
so recht daran gewöhnen konnte, mit großem Wohlgefallen verzehrt, ein herber, catalonischer Rothwein dazu getrunken und die ganze Mahlzeit mit Scherzen und anständiger, lebhafter Unterhaltung gewürzt. In der Küche
schien ein alter Invalide, ein munterer, jugendlicher Greis,
unerschütterlich seinen Posten zu behaupten. Der alte Knabe
hatte Rußland und Deutschland unter Napoleons Panier
gesehen, sprach etwas französisch und war voll von lustigen Kriegsgeschichten. In Deutschland sagte er, hätten
ihm die señoras besser, als alle übrigen Sachen (**cosas**)
gefallen und setzte hinzu, daß sie **la cosa mas sabrosa**
(schmackhaft) **en Alemania** seien. Der alte Geck — als
wenn ihm die kleine **Mariquita** in der Küche, die er immer so schmunzelnd in die Backen kniff, nicht auch gefallen hätte!

Villafranca del Panades, von den Carthagern gegründet, im Jahre **1100** von den Mauern erobert, hat ein
altes, ehrwürdiges, mitunter freilich wüstes Ansehen. Man
muß sich überhaupt erst an den Anblick der spanischen alten Städte gewöhnen, bevor man sie poetisch, historisch,
classisch finden kann; man muß die hier und da hervorragenden verödeten, unbewohnten und unheimlichen Häuser verstehen und den dadurch ringsum verbreiteten, düsteren, stillen, aber eben deshalb geheimnißvollen, großartigen und anziehenden Charakter begreifen lernen. Spanien verbirgt seinen großartigen Zauber vornehmlich in der
Vergangenheit, in der Rückerinnerung, in dem Buche der
Geschichte. Wer aus diesem bei'm Betrachten der zer-
fallenen Ruinen, Trümmer, Mauern und Gebäude zu

lesen versteht, der wird befriedigt von Spanien zurückkehren; wer sich aber nicht in alte, längst vergangene Zeiten zurück zu versetzen, seine Phantasie mit historischen und
poetischen Rückblicken nicht zu erwärmen vermag, wer keinen Sinn und kein empfängliches Gemüth für verflossene
Jahrhunderte in sich fühlt, der steige nicht über die Pyrenäen. Villafranca und noch mehr das nahegelegene Tarragona ist eine solche alte Chronik.

Wie so viele Städte in Spanien, welche Zeugen von
tapferen Thaten in blutigen Treffen gewesen sind, so ist auch
Villafranca reich an dergleichen Erinnerungen und wir
wollen nur aus der neuesten Geschichte der siegreichen Angriffe der Spanier erwähnen, die am 30. März 1809 unter D. Juan Caro gegen 900 die Stadt vertheidigende
Franzosen ausgeführt und wobei über 700 derselben gefangen genommen, die übrigen niedergemetzelt wurden.
Baukünstler werden auch hier einigen gothischen Gebäuden ihre Aufmerksamkeit zu schenken haben. Besonders dürften hierher der der Kirche nahegelegene alte Palast der
aragonischen Könige, dann ein am Constitutionsplatze ge-
legenes, jetzt dem Baron von Rocafort gehöriges Gebäude
und die sogenannte Pia Almoina, eine ehemalige Pilger-
herberge, gerechnet werden. An der ursprünglich wohl auch
im gothischen Geschmacke angelegten Kirche St. Maria
gewahrt man jetzt einen sehr zusammengesetzten, neueren
Baustyl und sie dürfte nur wegen ihres schönen Schiffes und hohen Thurmes Erwähnung verdienen. Früher
bestanden hier Fabriken aller Art, jetzt sind dieselben bis
auf einige kleine Baumwollenspinnereien, Branntweinbrennereien, Gypsöfen und Töpfereien eingegangen. Was den
Handel anlangt, so wird hier Mehl und Waizen aus Castilien und aus anderen Gegenden Reis, Hanf, Bohnen,
Fische, seidene, baumwollene und wollene Stoffe, Colonialwaaren eingeführt, dagegen zahmes Geflügel, Eier,
Schuhe, Handschuhe (alpargatas) und Leder, sowie
Töpferarbeiten ausgeführt. Die Stadt liegt in einer frucht-

baren und gut angebauten Gegend. Weiterhin wird dieselbe
gebirgig, kahl und felsig und zeigt einen Boden, der hauptsächlich aus Kalk besteht. Ein anderer Theil ist aus Thon-
sand und Kalk zusammengesetzt, wobei jedoch stets der
Thon vorherrschend ist. Man sieht in der Nähe hier und
da Wassermaschinen angebracht, welche, **grua** genannt, von
wesentlichem Nutzen sind, indem sie vermittelst eines Schöpf-
rades mit Eimern, welche meist von Pferden, Maulthieren oder Ochsen in Bewegung gesetzt werden, aus tiefen Gruben das Wasser zur Bewässerung der Felder
herausholen. Fruchtbäume sieht man fast nur in Gärten
und der Olivenbaum, der früher hier so üppig gediehen,
ist durch eine Art Insecten (**Kermes**) in seinem Wachs-
thume sehr gehindert, ja an manchen Stellen ganz aus-
gerottet worden. Halmfrüchte, Gemüse, Mandeln, Wein
werden viel gebaut und gedeihen vortrefflich. Viehzucht
wird wegen Mangel an Wiesen wenig getrieben; auch
gibt es nur geringe Jagd.

Die Bevölkerung Cataloniens, welche aus einer Million auf einem Flächenraume von **1000** Qu.-Meilen wohnender Menschen besteht, ist, wie überhaupt in ganz Spanien nicht dicht und es herrscht, obgleich die Industrie
sehr viele Menschen beschäftigt, doch noch kein Mißverhältniß zwischen dieser und dem Ackerbau. Die Seeküste
von Cervera bis zur Mündung des Flusses Cenia, welcher die Grenze zwischen Catalonien und Valencia bildet,
ist etwa 68 2/3 Leg. lang und hat als Haupthäfen: Rosas,
Cadaqués, Palamos, Barcelona, Tarragona, Salou und
Alfaques. — Die Pyrenäen fallen im Süden allmälig
zu einem Hügellande ab, welches sich nach dem Ebro zu
immer mehr verflacht; im Osten dagegen dehnen sie sich
steil bis an die Meeresküste aus und verleihen somit durch
ihre eigenthümlichen kühnen Formen, vorspringenden zackigen Höhen, lachenden Thäler, düsteren Schluchten und
brausenden Waldbäche dem Lande einen, wenn auch nicht
wilden, doch malerischen und landschaftlich schönen Charakter.

Die Landwirthschaft in Catalonien ist nicht wegen des hohen Grades der Vollkommenheit, sondern wegen der Art und Weise, wie sie betrieben wird, merkwürdig. In dem Sprüchworte: los Cataluños de las piedras sacan panes, d. h. „die Catalonier verstehen aus Steinen Brod zu machen," ist der Charakter der Betriebsweise angedeutet. Der Boden Cataloniens ist im Allgemeinen nicht fruchtbar zu nennen. Er besteht, wie wir schon früher angedeutet, meist aus Kalk=Thon oder Gypstheilen, ist oft steinig, von Ausläufern und Verzweigungen der Pyrenäen durchschnitten, uneben und entbehrt zum großen Theile des zum Pflanzenwachsthume so nöthigen Humus. Kurz die Natur hat in dieser Beziehung Catalonien gegen die übrigen Provinzen Spaniens stiefmütterlich behandelt und dem menschlichen Fleiße das von ihr Versäumte nachzuholen und zu verbessern überlassen. Dieser hat sich nun auch auf glänzende Weise entfaltet und bewiesen, daß der regsame Catalonier mit Pflug und Schaar umzugehen, daß er wüste, culturfähige Strecken Landes in tragbare Felder umzuwandeln und so der Natur das abzutrotzen weiß, was diese ihm versagt. Wenn man die Schwierigkeiten und Hindernisse kennt, die der Ausübung eines rationellen Betriebes der Landwirthschaft in Catalonien entgegenstehen, so muß man über die gegenwärtige Ausbildung, den Fortschritt und Aufschwung derselben erstaunen und der unermüdlichen Thätigkeit des Volkes Achtung und Lob zollen. Wohin das Auge blickt, überall begegnet es gut bestellten Feldern, vielen Weinbergen, zahlreichen Oliven=, Mandel= und Nußbäumen, fetten Weiden und gut gehaltenen Wäldern. Der Ackerbau zieht sich nicht nur bis an die Ufer der Ströme und des brausenden Meeres herab, sondern steigt auch bis zum nackten Felsen, bis zum kahlen Gipfel der Gebirge empor.

In den Pyrenäen haust der Bär, der Wolf, das wilde Schwein, und springt flüchtig von Fels zu Fels der Steinbock, wie die Gemse. Der schlaue Fuchs, die wilde Katze und das flinke Wiesel lauern hinterlistig und mordgierig im sicheren, dunklen Versteck harmlos sich nahender Opfer, deren sie sich durch einen kühnen Sprung und tödtlichen Biß zu versichern wissen.

Die hohen Gebirge im Nordwesten sind mit Schnee, die niederen mit Tannen und Eichen, die Thäler mit frischem Grün bedeckt und das Ganze von sprudelnden Quellen, brausenden Bächen und Flüssen bewässert, die sich zum großen Theil in das Meer ergießen. Der größte Fluß ist der Ebro; dann folgt der Fluvia bei Figueras, der Ter bei Gerona, der Llobregat bei Barcelona und der Francoli bei Tarragona.

In den vier Provinzen: Barcelona, Gerona, Lerida und Tarragona, aus denen Catalonien besteht, ist das Klima je nach den Gebirgszügen, dem Meeresstrande und den Ebenen und Flußniederungen verschieden. Im Norden ist es wegen der Nähe der mit Schnee bedeckten Gebirge kalt, im Süden und an der Meeresküste warm, oft heiß, in den Hügelländern und Ebenen gemäßigt. Den Frühling und Herbst an der Küste und den Sommer im Hochgebirge zuzubringen, ist ein großer Genuß. Eine eben so große Verschiedenheit findet bei den Producten statt. Die große und fruchtbare Ebene von Ampurdan ist mit Halmfrüchten, Weinstöcken, Oliven und Fruchtbäumen aller Art gesegnet, die Fluren von Gerona, Vich, Cerdaña, Bages, Panades, Urgel und Tarragona tragen gute Früchte und von der Mündung des Segre bis zur üppigen Huerta von Lerida und den fetten Niederungen des Ebro werden mit Einschluß der Ebene von Tortosa und Umgebung mehrer anderer Dörfer reiche Erndten gewonnen. Der District Tarragona ist noch heute, sowie zu den Zeiten des Plinius wegen seines Weinbaues berühmt und besonders werden der Benicarló und der süße Malvasier von Sitjes, wie auch die Weine von Llansá, Culera, Alella und Porrera wegen ihrer Güte geschätzt. In den Ebenen gedeiht der Maulbeerbaum und erfreut sich bei sorgfältiger Pflege

eines guten Fortkommens. Nüsse werden besonders bei
Barcelona viel gebaut und dienen als Handelsartikel.
Auch sieht man schon viele Johannisbrodbäume, mit deren Früchten die Thiere, vorzüglich Pferde und Maulthiere,
gefüttert werden. Von Feldfrüchten werden in Catalonien
vorzüglich Waizen, Roggen, Gerste, Hafer, Mais, Hirse,
Buchwaizen; von den Hülsenfrüchten mehre Arten Erbsen und Bohnen und von Küchenkräutern eine große Menge
gebaut. Die Korkeiche wächst vorzüglich in dem südlichen
Theile der orientalischen Pyrenäen und in den Bergen
und Thälern südöstlich von Gerona, der Mandel- und
Nußbaum im Priorato, die Olive im Ampurdan und in
der südlichen Gegend von Urgel, der Waizen bei Urgel
und der Weinstock nehmen den vierten Theil des niederen
und flachen Landes zu ihrer Cultur in Anspruch. Die
Viehzucht wird in Catalonien nicht eifrig betrieben und
bedarf noch sehr der Hebung. Aus Aragonien wird in
Ermangelung von Feldfrüchten Schlachtvieh eingeführt.
Der Schaafzucht wendet man in den Pyrenäen, der
Schweinezucht in der Cerdaña, im Ampurdan und in
der Umgegend von Vich und Tortosa einige Aufmerksamkeit zu.

Catalonien ist reich an Mineralien und insbesondere
bergen die Pyrenäen sammt Ausläufern in ihrem Schooße
einen großen Schatz von Eisen, Blei, Kohlen und Salz.
Das Salzgebirge von Cardona ist reichhaltig und liefert
ein Product von vorzüglicher Güte. Das Kohlenlager
von Ripoll ist das bedeutendste und das einzige, welches
bearbeitet wird, doch finden sich auch Kohlen bei Valcebre,
San Pedor, Manresa, Tarrega, Vilella und in den Bergen von Prades vor. Im Ampurdan bei Basagoda, Osó,
Llagostera und anderen Punkten findet sich Blei, Eisen,
Arsenik und Kupfer und mit ihnen verbunden auch Gold,
sowie anderswo Zinn, Zink und Kobalt. An Mineralquellen ist das Land reich. An vulkanischen Gebilden ist Catalonien auch nicht arm und es zeigen sich diesel-

ben vorzüglich bei der Stadt Olot in der Nähe von Gerona. Sie sollen einen Raum von 15 engl. Meilen einnehmen und noch mehre Krater, z. B. Montolwet, Crusca
und besonders der Montsacopa wahrzunehmen sein. Die
erloschenen Vulkane Cataloniens, von denen man keine
Eruption kennt und die man zu der Classe neuerer
Vulkane zählt, sind denen im Süden Frankreichs sehr
ähnlich.

Catalonien bedarf zur Hebung der Landwirthschaft
vor allem guter Straßen, zweckmäßiger Ufer- und Brücken-
bauten und tüchtiger Canäle. Das Terrain des Landes
ist allerdings nicht immer derartigen Unternehmungen günstig. Durch Communicationswege aber wird der Bauer
in den Stand gesetzt, seine Producte leichter auf den Markt
zu bringen und somit zum thätigeren und aufmerksame-
ren Betrieb des Ackerbaues angeregt. Ein schneller Absatz und gute Verkaufspreise sind die Hebel und Magnete
für den Landmann. Statt sich mit intriganten Palast-
fragen, mit ewigen Ministerkrisen, mit Hintertreppen und
Weiberröcken zu beschäftigen, würde die Regierung von
Spanien viel zweckmäßiger und patriotischer handeln, wenn
sie sich mehr um die materiellen Bedürfnisse des Volkes
kümmerte und Anstalten in das Leben riefe, die bei den
unversiegbaren, natürlichen Hilfsquellen des Landes zur
Hebung der Bildung und zur Vermehrung des Wohlstandes unbedingt unendlich viel beitragen würden. In
Catalonien wird übrigens im Gebirge, besonders in den
Pyrenäen eifrig Schmuggelhandel getrieben; die Schmuggler
setzen den Grenzwächtern oft hartnäckigen Widerstand entgegen und dann heißt die Parole: Zahn um Zahn, Auge
um Auge. Von Frankreich wird auf diese Weise jährlich
eine große Menge von Waaren eingeführt und Catalonien
dürfte demnach das für Spanien sein oder werden, was
Gibraltar für England war und wohl noch ist.

Während unserer landwirthschaftlichen Betrachtungen
haben wir uns Tarragona genähert. Wir verlieren den

bis jetzt stets in weiter Ferne hoch hervorragenden Berg
Monserrat immer mehr aus den Augen, passiren Vendrell
mit seinen Windmühlen und fahren unter dem römischen
Triumphbogen **Arco de Sura** oder **Bará** hindurch, der
einsam, aber großartig sich über die unweit der Meeresküste sich hinziehende Landstraße wölbt, und ein, wohl
an **1000** Jahre altes, ehrwürdiges Portal bildet. Seine
von einem edlen Baustyle zeugende Einfachheit macht einen überraschenden Eindruck auf den Beschauer und es
wird dieses Bauwerk, wenn auch vom Zahne der Zeit berührt, doch lange noch als ein Beweis der vortrefflichen
römischen Baukunst zu betrachten sein. Die beiden Haupt-
vorderseiten sind mit je zwei Wandpfeilern versehen, welche
auf einer weit genug vorspringenden Grundmauer ruhen.
An den Nebenseiten sind statt der Oeffnungen zwei Wandpfeiler angebracht, die in ihren oberen Theilen mit einem
geschmackvollen Fries geschmückt sind. Die Höhe bis zum
Fries beträgt **43** Fuß **4** Zoll, die Breite des Bogens im
Lichten **16** Fuß **10** Zoll und das Piedestal, worauf die
Säulen ruhen, **12** Fuß **7** Zoll. Dieses Denkmal scheint
seinen Ursprung der Laune eines Privatmannes zu verdanken, wenigstens deutete die am Fries angebrachte Inschrift,
welche so gelautet haben soll: **Ex. Testamento L. Licini:
L. F. Serg. Svrae consecratum**, darauf hin. Ein
anderes Denkmal des Alterthums ist der nur eine Legua
von der Stadt entfernte **Torre de los Scipiones**. —
Dicht an der Landstraße nämlich erheben sich auf einem
viereckigen Sockel zwei große Würfel von Quadersteinen,
die einem viereckigen, niedrigen, etwa **28** Fuß hohen Thurme
ähneln. Der obere Theil ist meist zerfallen und so be-
schädigt, daß man weder von Figuren, noch Inschriften
etwas gewahr wird. Nur die Spuren einer Art von Bogen
oder Nische scheinen darauf hinzudeuten, daß hier zwei
Figuren angebracht waren. Der untere Theil, in besserem
Zustande, zeigt auf der nach der Landstraße oder dem
Meere zu gelegenen Seite zwei Figuren in flacherhabener

Arbeit, deren Stellung mit übergeschlagenen Beinen und
Armen, gesenkten Augen, Trauer anzudeuten scheint.
Zwischen ihnen sieht man eine Oeffnung, in der früher
jedenfalls ein Stein oder eine Platte mit einer Inschrift
angebracht war. An demselben Sockel über den Figuren
wird man noch die Ueberreste einer Inschrift gewahr, die
aber wegen ihrer Verwitterung keine sichere Erklärung
zulassen. Beim Anlegen der Landstraße wurde am Fuße
des beschriebenen Bauwerkes ein Grab entdeckt, in dem
man eine Glasurne mit Ueberresten eines kleinen Skeletts,
mit einer Münze von Augustus und zwei Thränen-
krüglein von Glas vorfand. Die Zeit der Erbauung und
die Bestimmung dieses Grabmonuments ist unbekannt; im
Volke wird es das Grabmal der Scipionen genannt, weil
man glaubt, daß die Brüder Cajus und Publius Cornelius Scipio, die in Spanien Krieg mit Asdrubal führten und gegen denselben blieben, hier begraben seien. Die
vorderen sichtbaren Buchstaben einer Inschrift gibt **Pons
de Ycart** folio 45 wie folgt, an:

  Orn... te eaqvel.. o. vns.. ver..bvs.. i..
    s.. negl.. **VI**... va.. fl..bvs sibi.. per-
    petvo remane..

deren Entzifferung und Erklärung den Gelehrten anheim-
fallen mag.

    Gegen Mittag galoppirten wir in die alten Festungs-
mauern von Tarragona ein. Ein herrlicher Tag und ein
freundlicher Empfang erwarteten uns hier. Der Commandant der Festung, Herr Ullrich, ein geborner Schweizer,
und der Capitän Metzlar aus Kurhessen, an welche Herren wir von Deutschen aus Barcelona empfohlen waren,
empfingen uns mit derjenigen landsmannschaftlichen Zuvorkommenheit, die im Auslande so wohlthuend und in
späterer Zeit in der Erinnerung unauslöschlich ist. Der
Commandant, schon seit 47 Jahren in spanischen Diensten, ist in seinem Wesen und seiner Einrichtung ein einfacher, anspruchsloser und bei seinen Untergebenen sehr be-

liebter Herr. Das durch Feldzüge, Schlachten und Gefechte, Belagerungen und Erstürmungen von Festungen,
vielbewegte Leben desselben, seine Erfahrung, Kenntnisse
und deutschen Gesinnungen würden der Feder eines Bio-
graphen jedenfalls einen umfassenden und interessanten
Stoff liefern. Mögen die letzten Tage unseres braven
Veteranen noch recht heiter sein und möge der alte Herr
in dem Wiedersehen seiner Kinder, die auf der Insel
Puerto Rico leben, noch denjenigen Lohn finden, den er
so reichlich verdient. Der andere unserer Landsleute —
solche Berichte schreibe ich stets mit großer Liebe und
Freude — steht im kräftigsten, blühendsten Mannesalter,
genießt große Achtung bei'm Regiment und erfreut sich
des Besitzes einer jungen, reizenden Aragoneserin. Herr
Metzlar, ein ächter Deutscher vom Kopf bis zur Zehe,
steht auch schon seit mehren Jahren in spanischen Diensten
und hat wacker gegen die Carlisten gefochten. Mit seinem Commandanten steht er auf dem Fuße der innigsten
Freundschaft und rührend war mir wirklich in weiter
Ferne das harmonische Einverständniß und die Liebe und
Anhänglichkeit dieser beiden Ehrenmänner an deutsche
Sprache und Sitte. Außer diesen beiden Herren lebt nur
noch ein dritter Deutscher in Tarragona. Dieser ist ein
Kaufmann aus Böhmen, Namens Lindemann, der schon
über 57 Jahre in Spanien ist und gegenwärtig hier ein
einträgliches Material-Geschäft besitzt. Als ich den alten
Herrn besuchte, war er leider sehr kränklich; er empfing
mich jedoch sehr freundlich und unterhielt sich mit mir
noch ganz gewandt in deutscher Sprache, während seine
Kinder dieselbe nicht mehr reden konnten.

Da ich einmal von den Deutschen in Tarragona
spreche, so will ich auch erwähnen, daß ich bei meiner Ankunft in der Posada, nachdem ich eine delicate Unterhaltung
mit den Douaniers, wegen der Untersuchung meines Gepäckes, geschlossen hatte, bei'm Hinaufsteigen der Treppe
von einem hübschen, jungen Mädchen auf deutsch gefragt

wurde: „ob ich ein deutscher Herr sei?" Da ich dies
bejahend, mich verwundert nach dem Grunde des Hier=
seins meiner neugierigen Fragerin erkundigte, erfuhr ich,
daß sie im Dienste einer armen, deutschen Familie sei,
die vor wenigen Tagen hier angekommen, nach Deutsch=
land zu reisen gedächte. Da die Leute in der Posada
wohnten, suchte ich sie später in ihrem sehr einfachen
Quartiere auf und erfuhr von ihnen, daß sie mehre Jahre
in Castilien gelebt und sich mit Holzschneiden beschäftigt hät=
ten, allein wegen des geringen Verdienstes wieder in ihr
deutsches Vaterland zurückkehren wollten. Die Eheleute,
im Besitze zahlreicher Kinder, waren sehr arm und bedurf=
ten des Beistandes. Der Mann arbeitete den ganzen Tag
sehr fleißig und schnitzte geschickt in Holz, besonders wußte
er recht nette Figuren, sowie auch Blumen und Früchte
zu bilden und sie mit entsprechenden Farben zu bemalen,
die er dann verkaufte. Des Abends erwarben sich die
Leute noch dadurch einen kleinen Verdienst, daß sie un=
ter Begleitung einer alten Zither in den Schänken und
Kaffeehäusern Gesänge und wohl auch kleine Tänze auf=
führten, wobei vorzüglich meine kleine Fragerin, die Kin=
dermädchen, Tänzerin und Dolmetscherin in einer Person
vereinigte, die Hauptrollen nicht so ganz ungeschickt über=
nahm und ausführte. Der Spanier, Freund der Musik,
des Gesanges und des Tanzes gibt gern den Armen und
die Leute hatten auf diese Weise, da überdies die dorti=
gen Kaffeehäuser sich eines starken Besuches erfreuen, ein
wenn auch nicht reichliches, doch sicheres, kleines Einkom=
men, was sie wenigstens in den Stand setzte, ihre Zeche
in der Posada zu bezahlen und ihre dringendsten Bedürf=
nisse zu befriedigen. Bei dem Wirthe, wo wir logirten,
hätten sie freilich nicht wohnen dürfen, denn dieser war
einer der durchtriebensten und ausgefeimtesten, die man
auf der ganzen pyrenäischen Halbinsel finden kann. Tarra=
gona bietet keine große Auswahl von Gasthöfen und un=
glücklicherweise waren wir jedenfalls in den schlechtesten

von den zweien gerathen, was wenigstens unser Magen und Geldbeutel schnell genug erfahren mußten. An Kaffeehäusern ist die Stadt schon reicher. In einem derselben steht auch ein Flügel, auf dem, wie es in den Kaffeehäusern ersten Ranges in ganz Spanien Gebrauch ist, im Einverständnisse mit den Gästen und zu deren Erheiterung von einem Sachkundigen Musikstücke vorgetragen werden. Diese eigenthümliche Einrichtung beweist einestheils die vorherrschende Liebe der Einwohner zur Musik und anderntheils die nicht unrichtige Speculationsgabe der Wirthe. Eine andere eigenthümliche Volkssitte in ganz Spanien ist die, daß derjenige, auf dessen Aufforderung man in das Kaffeehaus geht oder derjenige, an dessen Tisch man sich setzt und mit dem man nur ein paar Worte wechselt oder derjenige, mit dem man reist, die genossenen Erfrischungen kleinerer Art bezahlt. Es ist Gebrauch, daß an den kleinen Tischen im Kaffeehause, von der Gesellschaft nur einer bezahlt und nicht jeder in seine Geldbörse hineingreift. Besonders übt der Spanier in dieser Beziehung eine großartige Freigebigkeit gegen den Fremden, den er dadurch mitunter allerdings in nicht geringe Verlegenheit setzt. In Tarragona ging diese Aufmerksamkeit noch weiter. Als wir mit dem Commandanten in einem Café auf der im Saale befindlichen, hohen Tribüne neben dem Flügel Platz genommen und einige Erfrischungen genossen hatten und unser freundlicher Wirth die Ausgaben berichtigen wollte, wurde ihm vom mozo (Kellner) mitgetheilt, daß die Sache schon von einem Herren im unteren Raume des Saales bezahlt worden sei. Den Namen unsres Wohlthäters konnten wir leider nicht erfahren, wohl aber konnten wir lernen, daß spanische Galanterie noch nicht erloschen sei.

Tarragona ist ein sehr merkwürdiger Ort. Das graue Alterthum, der classische Boden, die historische Erinnerung, die Ueberreste gothischer, römischer, maurischer Alterthümer, die schöne Kathedrale und Umgebung der Stadt verdienen

große Aufmerksamkeit. Spanien, das Schachbret der Griechen, Phönizier, Römer, Gothen, Mauren, der Tummelplatz der Orientalen und Occidentalen ist reich, sehr
reich an historischer Erinnerung; in Tarragona haftet
diese noch überall an den alten Mauern und Steinen.
Tarragona ist ein Blatt, ein vollgeschriebenes Blatt in
der Geschichte Spaniens. Ob nun freilich Dasjenige,
was ich in Tarragona gedacht und empfunden habe richtig
sei, das bezweifle ich selbst und lasse es darum dahingestellt
sein; ich lebte aber einmal der festen Einbildung, daß ich
auf classischem Boden stünde und habe so im Geiste das
Wirken, Schaffen und Zerstören mehrer Nationen bunt
vorüberziehen lassen und bitte daher im Voraus alle gelehrten und ungelehrten Herren um Verzeihung, die es
besser oder nicht besser wissen sollten, als ich.

Der Name Tarragona reicht in das graue Alterthum
hinauf und wird schon von den alten griechischen Geo-
graphen in Verbindung mit noch mehren Namen anderer
Städte erwähnt, die zwischen Tarragona und dem Fluß
Ebro gelegen haben sollen, allein heutigen Tages gänzlich verschwunden und verschollen sind. Ueber den Ursprung
der Stadt gibt die Geschichte nichts Gewisses an, doch
sind mehre Geschichtschreiber der Meinung, daß dieselbe
von den Celt-Iberiern, den ältesten Einwohnern Spaniens,
gegründet worden sei. Ueberreste von Mauerwerk in der
Nähe der Bastion und des Thores S. Antonio werden
noch jetzt als celtischen Ursprunges bezeichnet. Dieselben
sind von ungleichen Steinen, aber schnurgerade und sym-
metrisch zusammengesetzt und dienen den römischen Mauern
als Grundwerk. Im Jahre 535 nach der Erbauung Roms
und 218 vor Christi Geburt zog unter dem Befehl des
Cornelius Scipio ein römisches Heer nach Spanien, bemächtigte sich, nachdem Sagunt von den Carthaginensern
zerstört war, Tarragonas und verwandelte es in eine römische Colonie. Von nun an wurde diese Stadt ein rö-

mischer Waffenplatz und der Mittelpunkt aller militairischen
Bewegungen gegen die Carthaginenser. Nachdem diese ge=
schlagen und vertrieben worden waren, und die Römer
sich des größten Theiles der pyrenäischen Halbinsel be=
mächtigt hatten, wurde im Jahre 27 vor Chr. G. Spanien
von Augustus in drei Provinzen getheilt. In Tarragona
war auch der Sitz eines römischen Statthalters, unter
dessen Befehl wieder die Vertreter des römischen Ober=
befehlshabers standen. Seine Macht erstreckte sich bis auf
die balearischen Inseln. Zur Zeit des Kaiser Constantin
331 vor Christi Geburt wurden obige drei Provinzen in
fünf eingetheilt. In der ersten römischen Epoche von 218
bis 119 vor Christi Geburt führten die römischen Befehls=
haber die Titel Proconsules und Prätoren; später bis zum
Jahre 27, während der Regierung des Kaisers Augustus,
hießen sie Consules und Proprätoren; dann bis zur Re=
gierung Constantins (306 bis 337 nach Chr. G.) Le=
gaten, Quästoren, Präfecten, kaiserliche Präsidenten und
Procuratoren, und endlich in der letzten Periode bis zur
Vertreibung der Römer, kaiserliche Procuratoren, Cäsaren,
Vicarien. Tarragona war eine der reichsten und blühendsten
römischen Colonien. Die Stadt selbst hatte einen großen
Umfang, viele Tempel und eine starke Bevölkerung, welche
fast über eine Million stark gewesen sein soll. Bei'm
Einbruch der Vandalen, Alanen und Sueven im fünften
Jahrhundert, im Jahre 409, soll Tarragona einen sehr
hartnäckigen Widerstand geleistet haben, bis es endlich im
Jahre 475 dem Gothenkönig Euricus, der schon Pamplona
und Saragossa verbrannt und Lusitanien verheert hatte,
in die Hände fiel, nachdem es 693 Jahre lang im Besitz
der Römer gewesen war. Im achten Jahrhundert wurde
es von den Mauren unter Tarif belagert, erobert und
zerstört und erst im 13. Jahrhundert von dem Grafen von
Barcelona wieder aufgebaut. In der neuen Zeit hat die
Stadt viel gelitten und insbesondere von 1811 bis 1813
hartnäckige Belagerungen von Seiten der Franzosen aus=

stehen und vielfachen Verlust von Menschenleben und Eigenthum erleiden müssen. Es wird derselbe in dem Zeitraume
vom 3. Mai 1811, wo die Franzosen unter Suchet die
Belagerung begannen, bis zum 19. August 1813, wo sie
die Stadt zerstörten, auf **10,150** Todte auf Seiten der
Spanier, auf **8650** Verwundete, von denen **1900** starben,
die in obiger Summe eingeschlossen und auf **8200** Gefangene angegeben, von denen **750** erschossen worden sind.
Die Einbuße an Eigenthum wird auf 88,571,597 Realen
angeschlagen. Am **1.** April **1814** verweilte wieder Ferdinand **VII.** hier. Am 27. August 1823 war Tarragona
vergeblich von den Franzosen angegriffen worden.

Tarragona ist gegenwärtig noch ein **plaza de armas**
mit etwa **11,500** Seelen, zerfällt in eine obere Stadt mit
Festungswerken, die insbesondere nach dem Hafen zu in
gutem Zustande sein dürften, und in eine untere Stadt.
Die obere ist mit Wällen und Außenwerken ganz eingeschlossen und dadurch die untere Stadt oder der Hafen
abgesondert. Die Lage ist nett, ein Spaziergang um die
Wälle belohnend und die Aussichten von einigen Bastionen
vortrefflich. In strategischer und commercieller Beziehung
liegt sie günstig. Durch die Stadt selbst, von Norden nach
Süden, läuft eine lange, breite, mit Bäumen bepflanzte
Straße, die den Namen Rambla führt. Von Sehenswürdigkeiten sind die Kathedrale und die zahlreichen römischen Ueberreste zu nennen. Die Kathedrale hat auf
mich wegen ihres Portals, wegen ihrer Schiffe im Spitzbogenstyl, ihrer fein gegliederten Pfeiler und wegen ihrer
Reichhaltigkeit und Schönheit von plastischen Arbeiten einen
günstigen Eindruck gemacht. Sie soll im Jahre **1120** von
dem Erzbischof San Olegario gegründet worden sein und
liegt auf einem der höchsten Punkte der Stadt; man gelangt zu ihr vom Platz Coles auf einer großen Treppe,
von der man einen malerischen und überraschenden Anblick
genießt. Die große, im gothischen Styl ausgeschmückte

8*

Façade des Doms enthält drei durch Strebepfeiler ein-
getheilte Thore, über denen ſich wiederum ein Fronton
und dann noch der Hauptgiebel mit einem ſchönen, runden
Fenſter befindet. Die am Portal angebrachten 22 Statuen
aus einem dem Marmor ähnlichen Stein ſtellen die zwölf
Apoſtel und verſchiedene Propheten über Lebensgröße dar.
Die erſten acht im Jahre 1274 gearbeiteten Statuen ſind
ſchöner und beſſer, als die übrigen, welche hundert Jahre
ſpäter verfertigt wurden. Das Innere des Doms beſteht
aus drei Schiffen, von denen das mittelſte bis an den
Hochaltar 260 Fuß lang und bis an die Kuppel an
90 Fuß hoch iſt. Der Hochaltar, von Pedro Juan, einem
Tarragonier, und von Guillen de Mota am 4. März 1426
zu arbeiten angefangen, beſteht aus einer Art von Alabaſter
von Sagaró und Beſalú, beide Orte in der Provinz Gerona gelegen. Die denſelben ausſchmückenden Basreliefs
ſtellen Scenen aus dem Leben und Leiden Jeſu und der
heiligen Thekla dar. Das Sacramento iſt von ſarcaliſchem
Marmor vom Erzbiſchof Auguſtin in dem Zeitraume von
1561 — 1586 erbaut und die hier angebrachten Engel,
Seraphim und Blumen ſind aus demſelben Material edel
und geſchmackvoll gearbeitet. Neben dem Altar befindet
ſich das Grab von D. Juan von Aragonien, Erzbiſchof
dieſer Kirche und Sohn des D. Jaime **II.**, geſtorben im
Jahre 1334. Die Statue ſelbſt iſt ſchön aus Marmor
gearbeitet und die Capelle mit einem Eiſengitter an der
Vorderſeite verſehen. Ein anderes Grabmal in der Nähe
der Sacriſtei, iſt das vom Erzbiſchof Alfonſo von Aragonien, der im Jahr 1514 ſtarb. In einer der an den
Seiten der Nebenſchiffe befindlichen Capellen ſieht man
einen großen Taufſtein, der, gefunden in den Ruinen des
Palaſtes von Auguſtus, ohne Zweifel zum Bade eines
alten Kaiſers gedient haben mag. Derſelbe beſteht aus
einem 14 Palmos langen und 8 breiten Stück Marmor.
In dem Zwiſchenraum dieſer und der nächſtfolgenden Capelle ſieht man das Grab des Cardinals Cervantes. Die

dritte, erst im Jahr 1776 vollendete, und aus verschieden=
artigem Marmor erbaute Capelle ist der heiligen Thekla,
der Patronin der Stadt geweiht. Unter den übrigen Ca=
pellen der Kirche sind noch die de la Concepcion, wo sich
die Gräber der Herren Rebolledos befinden, die de los
Sastres und San Juan zu erwähnen. Die im Dome
angebrachten Bilderwerke sollen zur Zeit der Franzosen
vielfältig gelitten haben, theils auch entfernt worden
sein, was jedoch noch der Bestätigung bedarf. Der an
den Dom anstoßende Klosterhof bildet ein vollkommenes
Quadrat, in dessen mit runden Bogen gewölbten Kreuz=
gängen sich auch viele Säulen mit Halbkreisbögen befinden.
In der Mitte dieses Hofes befindet sich ein mit Eisen=
gitter umschlossener Garten und in einem der Winkel dieses,
an zierlichen Capitolen so reichen Klosters die Capelle de
Corpus Christi, wo in einem Holzschrein die Ueberreste des
Körpers des Königs von Aragonien D. Jaime **I.**, des
Eroberers, sowie auch seiner Gemahlin und anderer Könige
aufbewahrt werden. Am den Wänden sind eine Masse
Reliefs, Fragmente, mythologische Figuren, schöne Bild=
werke, Inschriften aus der römischen Zeit, sowie auch
Ueberreste aus der maurischen Zeit bemerkbar, welche theil=
weise aus dem Palaste des Augustus entnommen und hier
angebracht worden sein sollen. —

Von den römischen Alterthümern wollen wir zuerst
des Palastes Augustus gedenken, der vom Palast Pilatus,
welcher einen Theil desselben bildete, bis zum Platze Pallol
in Form eines länglichen Viereckes, einen gewaltigen
Umfang eingenommen und durch seine Haupteingänge
mit dem Forum in Verbindung gestanden haben soll. Im
Jahre 1813 haben die Franzosen unter Suchet einen großen
Theil dieses Gebäudes zerstört, der übriggebliebene, gegen=
wärtig noch sichtbare Thurm ist zu einem Gefängnisse
eingerichtet worden. Pontius Pilatus soll ein Tarragonier
gewesen sein. Das Mauerwerk ist jedenfalls von großer

Stärke gewesen, denn es zeigte jetzt noch an mancher Stelle
eine Dicke von 20 Fuß. Von dem im Osten der Stadt,
nahe am Meeresstrande, bei der Bastion del Toro gelegenen Amphitheater sieht man noch einige Ueberreste des
in den Felsen gehauenen Halbkreises, altes Mauerwerk
und Bogen. Zwischen den Bastionen Carl **V.** und S.
Domingo soll ein 1500 Fuß langer Circus gelegen haben;
auch waren anderswo Theater und Bäder erbaut. Im
Jahre 1843 hat man auch an dem vom Meere hinan-
steigenden Berge, ein kostbares Stück Mosaikboden von vortrefflicher, gut erhaltener Arbeit entdeckt und dasselbe deshalb mit einer kleinen breternen Bude, zum Schutz, über-
baut. In der Mitte dieses Fragmentes sieht man in
einem vollständigen Viereck den Kopf der Medusa und
daneben ein Bild, die Andromeda und Perseus darstellend.
Die Zusammenfügung der Steinchen ist sehr dicht und
das Colorit noch lebendig. Das Ganze gleicht einem, mit
dem Pinsel hergestellten Gemälde und ich entsinne mich kaum,
auf meiner ganzen Reise durch die pyrenäische Halbinsel,
mit Ausnahme der Capelle zum Johannes dem Täufer
in der Kirche St. Roque zu Lissabon, etwas Schöneres
der Art gesehen zu haben. Die auf dem erstgenannten
Mosaikboden angebrachten Blumen, Thiere, Verzierungen
und mythologischen Anspielungen sind sinnreich und
elegant gearbeitet. Die Würfel der Steinchen sind mitunter so klein, daß sie den Reiskörnern gleichen. Das
ganze Fragment ist 8 bis 10 Fuß lang und 12 Fuß breit.
Außer dieser hat man noch mehre Ausgrabungen gemacht,
die aber nicht so günstige Resultate geliefert haben. In
dem archäologischen Museum zu Tarragona findet man sehr
bemerkenswerthe Gegenstände und sehr zu wünschen wäre
es, daß für die Zukunft auf die Nachgrabungen und Aufstellung der gefundenen Gegenstände mehr Eifer und Sorgfalt, als bisher verwendet würde. Die Zahl der lateinischen Inschriften an den Häusern und Steinen ist sehr
groß und ich freue mich, mir eine große Anzahl derselben

abgeschrieben und mitgenommen zu haben. Eins der bedeutendsten römischen Alterthümer ist der von der Stadt etwa eine Meile entfernte, an der Straße nach Lerida liegende Aquaduct, genannt Puente de las Ferreras oder auch beim Volk del Diablo, durch den an 20 Meilen weit von der Brücke Armentara das Wasser nach Tarragona geleitet wurde. Diese römische Wasserleitung überbrückt ein Thal und zeigt an ihrer höchsten Stelle von dem niedrigsten Punkte des Erdbodens eine Höhe von 83½ spanischen Fuß; die inneren Pfeiler haben an ihrer Grundfläche eine Breite von 12 Fuß, welche sich bis zu 6 Fuß vermindert; auf denselben läuft das Gurtgesimse der zweiten Reihe. Die Bogenbreite von Pfeiler zu Pfeiler beträgt 22½ Fuß; das ganze Hauptbauwerk ist 876 Fuß lang. Es ist einfach erbaut und mit wenigen Ausnahmen gut erhalten. Durch die Mauren wurde diese römische Wasserleitung, die längste der Welt, zerstört und blieb an 1000 Jahre lang in diesem Zustande, bis endlich durch den Erzbischof Joaquin de Santipau von Baldivielso, welcher 1783 starb, eine neue angelegt und von dem Señor Armañac vollendet wurde, um wieder von den Franzosen unter Suchet zerstört zu werden.

Der Hafen von Tarragona ist mangelhaft angelegt. Gegenwärtig wird zur größern Sicherung der Schiffe an der Errichtung eines neuen Hafendammes gebaut und es werden dazu die Steine aus dem classischen Boden der Stadt, wo früher ein römischer Stadttheil gelegen haben mag, gebrochen. Zu dieser Arbeit werden die Gefangenen benutzt, die in dem, am Meeresufer gelegenen Gefängniß, genannt el Milagro untergebracht sind. Die Räumlichkeiten dieses Gebäudes sind zweckentsprechend eingerichtet. Die Zimmer und Schlafsäle sind freundlich und luftig, die Küchen geräumig und reinlich, die Nahrung reichlich und gesund.

Am 1. Februar 1848 befanden sich hier 521 Gefangene.
Im Laufe des erwähnten Jahres traten ein 299   =
                            zusammen 820   =
In demselben Zeitraume traten aus . . 346   =
Es befanden sich daher am 1. Februar 1849
                                hier 474   =

Der District Tarragona zeigt einen Gebirgscharakter, wie fast ganz Catalonien. Die hauptsächlichste Gebirgskette mit vielen Verzweigungen ist die von Prades, welche als ein Ausläufer der Pyrenäen zu betrachten ist. Alle diese Gebirgszüge dachen sich nach der Küste sehr ab und schließen oft sehr große und fruchtbare Ebenen ein, wie dies bei Tortosa der Fall ist. In dem gebirgigen Theil gibt es große Fichten= und Eichenwälder von bedeuten= dem Umfang und es verdient hier der Wald von Poblet genannt zu werden, welcher zehn Stunden im Umkreis hat. In den Hügelgegenden sieht man die Anhöhen mit Wein, und die Thäler und Ebenen, die sich meist eines fruchtbaren Bodens erfreuen, mit Getreidearten und Obst= bäumen bepflanzt. Eine dieser fruchtbaren Ebenen ist das **Campo de Tarragona**, welches, durchzogen von vielen kleinen Flüssen und Bächen, von Westen nach Osten 6½ und von Norden nach Süden 4 Leguas lang ist und an 60 Dörfer mit 25,000 Einwohnern in sich schließt. In Folge des fruchtbaren Bodens und vortrefflichen Kli= ma's gedeihen hier fast alle Gewächse und Früchte der pyrenäischen Halbinsel. Die Haupternten bestehen hier vorzüglich in Oel und Nüssen von vorzüglichster Güte, in Johannisbrod, Mandeln, Seide, Hanf, Gerste, Boh= nen und Wein. Das Land ist hier überall gut angebaut und steht bezüglich der Fruchtbarkeit den Flußniederungen des Francoli nicht nach, in denen ebenfalls sehr reiche Ernten gewonnen werden. Die Flüsse Gayá im Osten und Francoli von Norden nach Süden fließend, tragen durch ihre Bewässerung nicht wenig zur Fruchtbarkeit des

Bodens im Tarragoner District bei. Zwischen den Flüssen
Ebro und Francoli zeigt der Boden einen großen Reich=
thum und eine Verschiedenheit von Mineralien. Die dem
Staate zugehörigen Bleiminen von Falset sind seit dem
Jahre 1848 auf zehn Jahre verpachtet und beschäftigen
gegenwärtig im Jahre 1850 über 100 Arbeiter. Die Ko=
balt, Braunstein, Bleiglanz haltenden, sowie die Kupfer=
minen von Aleixar, Voltas, Maspujols u. s. w. bedürfen
noch sehr eines lebendigeren und regeren Betriebes. In
dem Zeitraume von 1839 bis 1849 waren durchschnittlich
jährlich 800 Ctr. Blei und 24,000 Ctr. Braunstein ge=
wonnen und in den 180 in Betrieb gesetzten Minen nur
an 520 Personen beschäftigt gewesen.

Von den Wällen Tarragona's sieht man die gewerb=
reiche Stadt Reus liegen. Die Entfernung beträgt 2
Leguas und Posten und Omnibus fahren regelmäßig da=
hin. Reus gewährt mit seinen 28,000 Einwohnern ganz
den Anblick einer Fabrikstadt. Es sind hier an 80 Baum=
wollenspinnereien in Gang, unter denen die der Herren
Vilá und **Subirá** allein an 600 Arbeiter beschäftigt und
durch eine Dampfmaschine von 75 Pferdekraft in Betrieb
gesetzt wird. Außerdem gibt es hier über 5000 Web=
stühle, sowie viele Seiden=, Band=, Leder= und Seifenfa=
briken. Der mittlere tägliche Arbeitslohn beträgt 5 Re=
alen. Es haben sich hier viele Engländer niedergelassen
und es wird von hier ein lebhafter Handel mit Garn,
Wein, Leder u. s. w. getrieben. Der Hafen von Reus
heißt Salau und von hier wird Spiritus nach dem Nor=
den von Europa, nach Amerika und nach vielen Punkten
Spaniens, rother und weißer Wein nach dem Norden der
pyrenäischen Halbinsel, Nüsse, Mandeln und Anis nach
Amerika und dem Norden von Europa, Oel nach Frank=
reich und Leder nach der Levante ausgeführt. Die Stadt
mit ihren 130 Straßen und 15 Plätzen zerfällt in zwei
Theile; der eine ist in der Bauart alt, der andere neu.
Unter den 4,200 Häusern befinden sich viele von geschmack=

voller, neuer Bauart und von zwei bis fünf Stockwerken.
Das Theater in Reus soll 1500 Personen fassen und
nach dem Barceloneser das beste in Catalonien sein. —
Eine andere Fabrikstadt dieses Districts heißt Valls.

Die Einwohner von Reus, sowie von dem ganzen
District Tarragona sind fleißig und thätig. Für kirch=
liche Feierlichkeiten, Processionen, Wallfahrten, religiöse
Umzüge haben sie regen Sinn und feiern gern die Fest=
tage sowie andere heilige Tage mit pomphaftem Glanz.
Doch sind sie auch Freunde des Tanzes und der Musik
und nirgends fehlt das Tambourin. In Tarragona und
Umgegend weiß man mit Geschick die Tänze zu tanzen,
welche man Valensians nennt und welche darin bestehen,
daß sich Gruppen von Männern bilden, die sich über ein=
ander bis zur Zahl acht stellen und so Pyramiden von
2, 3 und 4 Pfeilern bilden. Auch bildet man öfters nur
einen Pfeiler mit 5 und 6 Männern, welche Anordnung
man ehemals espedat nannte und die sämmtlichen Grup=
pen stellen sich um ein neun= bis zehnjähriges Kind.
Die Einwohner lieben auch das Ballspiel, welches über=
haupt in Spanien gern gespielt wird. Auch besteht hier
die Sitte, daß die jungen Leute an den Feiertagen gern
die Weinkeller (bodegas) ihrer Freunde besuchen, Nüsse
mit sich führen, um ihren Appetit nach den alten und
abgelagerten Weinen zu reizen, allein fast nie im Zu=
stande der Trunkenheit gesehen werden. Der Tarragone=
ser ist auch ein Freund vom Fischefangen und Vogelstellen.
Die Tracht ist die schon beschriebene des Cataloniers.
Nach dem Ebro zu wird sie der der Arbeiter in der Huerta
von Valencia mehr ähnlich. Die Weiber gehen kurz ge=
kleidet, oft ohne Strümpfe und Schuhe; man sieht sie
häufig mit Krügen auf den Köpfen und unter den Ar=
men Wasser holen und wird hierdurch lebhaft an orien=
talische Sitten erinnert, zumal die Form des thönernen
Kruges in Spanien eine sehr alterthümliche, aber sinn=
reiche ist. —

Die Entfernung von Tarragona nach Valencia beträgt 41¾ Leguas und wird von dem Courier (correo) in etwa 32 Stunden zurückgelegt. Da wir schon in Barcelona unsere Plätze nach Valencia bezahlt hatten, so hätten wir, ohne Weiteres nach einigen Tagen Aufenthalt in Tarragona unsere Plätze einnehmen können, wenn wir nicht wegen unseres Gepäckes noch einige erfolglose Verhandlungen gehabt hätten. Auf den gewöhnlichen Diligenceen sind die Ueberfrachtskosten in Spanien unbedeutend, allein die sogenannten correos befolgen hierin einen hohen Tarif. Ich hatte für meinen Platz im Coupé oder wie es hier heißt, in der Berlina, von Barcelona bis Valencia 184 Realen bezahlt und mußte nun noch in Tarragona für 38 Pfd. Gepäck-Ueberfracht bis Valencia 40 Realen entrichten. Auf einigen Hauptstraßen Spaniens sind jetzt correos ganz nach dem Beispiel der malles-postes in Frankreich eingerichtet, und zeichnen sich durch Eilfertigkeit und hohe Fahrpreise aus. Die Wagen selbst sind in Frankreich gebaut und haben nur, wenn ich nicht irre, drei Sitzplätze für die Passagiere. Unser correo nach Valencia gehörte nun freilich nicht dieser Gattung an. Er stand in der Bauart dem gewöhnlichen Omnibus nach und ließ auch bezüglich seiner Fahrschnelligkeit und bequemen inneren Einrichtung viel zu wünschen übrig. Die Sitze waren erbärmlich und nichts weniger, als die Reiselust anregend. Das Postwesen in Spanien geht jedoch in der neueren Zeit mit Riesenschritten einer zweckmäßigeren Reform entgegen und so wollen wir auch hoffen, daß die diligencia, die von Figueras nach Barcelona und der correo, welcher von da nach Valencia immer an der Küste des Meeres läuft, auch von einem tüchtigen Reformationsgeiste ergriffen, mit dem Fortschritte der Zeit dahin rollen.

Zweites Capitel.

Valencia und Murcia.

Spanien, mit einem Flächeninhalt von 8447 Quadratmeilen und einer Bevölkerung von 14,216,219 Seelen in
11,346 Gemeinden (ayuntamientos) nach der letzten
Volkszählung im Jahre 1849 *), ist eins der merkwürdigsten, großartigsten und eigenthümlichsten Länder Europa's. Es ist an Naturerzeugnissen das reichste, daher

---

*) Die Bevölkerung Spaniens wird bei dem Mangel sicherer sta-
tistischer Nachrichten sehr verschieden angegeben. Der Spanier Miñano
berechnet diese im Jahr 1826 mit Ausschluß des Militairs und der

das am günstigsten gelegene unter den europäischen Ländern. Dennoch wird es verhältnißmäßig sehr wenig von
Reisenden besucht und wenige Länder unseres Welttheils
dürfte es geben, hinsichtlich deren so viele Unkenntniß,
falsche Begriffe und starre Vorurtheile existiren, als gerade in Bezug auf Spanien. Wir wollen hier nicht
von den zahlreichen historischen Erinnerungen und von
den großen Eigenthümlichkeiten des spanischen Volkslebens
in bürgerlicher und insbesondere in gesellschaftlicher Beziehung sprechen, sondern wollen uns nur über den land-
schaftlichen Charakter des Landes einige Worte erlauben.

Spanien, fast vier Fünftheile der pyrenäischen Halbinsel oder der westlichen der drei großen südeuropäischen
Halbinseln umfassend, gilt als ein schönes, reizendes, poetisches Land. Für kein Land fast wird mehr geschwärmt,
als gerade für dieses und doch ist es, durchgängig den
Charakter eines Gebirgslandes aufweisend, in landschaftlicher Beziehung im Allgemeinen kein schönes Land zu
nennen. Man trifft hier auf viele häßliche Landschaften, die, abgesehen von der historischen Erinnerung, fast
jeden Reizes und Interesses entbehren und man würde sich
sehr irren, wenn man die großen Ebenen und kahlen
Gebirgsgegenden, denen es auch noch an Wasser und Be-

Geistlichkeit auf 13,698,000, Caballero in späterer Zeit auf 11,900,000,
Francisco de P. Mellado im Jahre 1849 auf 12,134,334 und Pascual
Madoz hält in seinem Diccionario vom Jahre 1849 die Zahl von
15,439,158 Einwohner nicht für übertrieben. Unser deutscher Geograph
Dr. F. G. Ungewitter spricht sich für 12 Millionen Einwohner aus.
Spanien war früher in 17 Landschaften eingetheilt, von denen die
11 ersten Landschaften der Krone Castilien und die übrigen der Krone
Aragonien zugetheilt waren. Im Jahre 1833 wurde es in 49 Pro-
vinzen oder Departements getheilt, welche mit Ausnahme der Ba-
learischen Inseln, nach den Hauptorten genannt wurden und damals
aus 8890 Gemeinden bestanden, die zusammen 300 Millionen Reales
Grundsteuer aufbringen mußten. Die 17 Landschaften haben zum großen
Theil den Titel Königreich aus dem Mittelalter beibehalten.

getation mangelt, wie z. B. die Hoch-Ebenen von Alt-
und Neu-Castilien, von Leon und Estremadura schön nennen wollte, da sie zum großen Theil von der ermüdend-
sten und langweiligsten Gleichförmigkeit und Eintönigkeit
sind. Wir müssen gestehen, daß ein hoher Grad von Selbst-
überwindung und Phantasie dazu gehört, diesen baum-
losen, von den Sonnenstrahlen verbrannten, endlosen Flächen des hohen Tafellandes eine poetische Seite abzuge-
winnen. Manche Reisende haben sich deshalb zu dem
Urtheil verleiten lassen, daß Spanien im Allgemeinen eine
große Wüste sei, welche aber hier und da solche reizende
Oasen besitze, daß deren Schönheit allein die Häßlichkeit
des Ganzen bei Weitem aufwiege. Dem sei nun aber, wie
ihm wolle, soviel müssen auch wir offenherzig bekennen, daß
wir das Pyrenäengebirge und die Küsteneinfassung von
Spanien für das ausgezeichnetste halten, was dieses Land
an landschaftlicher Schönheit bieten kann. Dies gilt
besonders von dem Küstensaume. Ja „Großartigkeit" ist
die Devise der Dame Europa's und mit diesem Worte
ist der Charakter des Landes auch sehr treffend bezeichnet.

Was nun die Bodenbeschaffenheit betrifft, so besitzt
Spanien allerdings, trotz des vorherrschenden Gebirgs-
charakters, im Ganzen einen sehr fruchtbaren Boden und
einen großen, natürlichen Reichthum von Producten aller
Art. In den Hochebenen und Bergen findet man freilich
zum großen Theil bedeutende Dürre und Waldlosigkeit,
allein in den Thälern und Ebenen, wo nur irgend Bewässerung ist, sehr große Fruchtbarkeit.

Wenn sich manche Reisende in ihren Erwartungen
von Spanien getäuscht finden, so mag eben darin der
Grund liegen, daß sie mit Vorurtheilen, ohne Kenntniß
der Landessprache, mit einem, zur Ertragung von Strapazen nicht genug abgehärteten Körper und vielleicht auch
zur ungünstigen Jahreszeit dahin kamen. Die beste
Zeit Spanien zu bereisen, ist das Frühjahr. Man

gehe Anfangs April oder Ende März dahin und lege die Hauptrouten im Innern des Landes im Frühjahre zurück. Auf diese Weise vermeidet man die größte Hitze, den Staub, das Ungeziefer, findet in den Gasthöfen gutes Unterkommen und sieht die Natur im üppigen Wachsthum und grünenden Gedeihen. Ich habe Reisende getroffen, die Andalusien und insbesondere die Gegend von Granada, deren Schönheit doch gewiß nicht nur in Spanien, sondern auf dem ganzen Erdball anerkannt ist, nicht schön, nicht reizend finden und überhaupt nicht begreifen konnten, warum man Spanien zum Vergnügen bereise. Abgesehen von der falschen oder richtigen Ansicht des einzelnen Individuums, so glauben wir doch auch hier bemerken zu müssen, daß Derjenige, welcher Spanien zu seiner Erholung und Erheiterung des Gemüthes bereist und vielleicht seinen Körper durch Bequemlichkeiten zu verweichlichen oder seinen Gaumen mit feinen Speisen zu kitzeln beabsichtigt, sich schwer getäuscht finden wird. Spanien ist allerdings nicht das Land, welches man auf einem weichen Pfühl in der ausgepolsterten Ecke eines bequemen Wagens sitzend, auf glatter Straße ohne alle Schwierigkeit und jeglichen Anstoß, durchrollen kann. Andrerseits sind wir auch der Meinung, daß jene Herren mit ihrem abstracten Urtheile Spanien im Sommer oder im Spätherbst bereist haben, wo Alles von der Hitze des Sommers verdorrt oder wenigstens die Natur sich nicht mehr in ihrem lachenden, grünenden und blühenden Frühlingskleide befand, in dem sie auf den Fremdling einen so unbeschreiblich schönen Eindruck ausübt.

Die Gegend, die man von Tarragona nach Valencia durchfährt, ist nicht so romantisch und mannichfaltig, als die von Perpignan nach Barcelona, sie bietet jedoch immerhin noch einen reichen Stoff von landschaftlicher Schönheit und insbesondere von landwirthschaftlichem Werthe dar, worauf wir später zurückkommen werden. Die Landstraße läuft immer unweit der Meeresküste dahin, ge-

währt manchen freundlichen Blick auf das Meer, läßt
aber außerdem Vieles zu wünschen übrig. Hinter Cam=
brils, wo schon die Palme und Aloe wächst, dehnen sich
große Flächen Landes von 30 Leguas aus, die mit Wein
von vorzüglicher Art bebaut sind. Je mehr man sich
Perillo nähert, desto flacher wird die Gegend; man durch=
fährt Ebenen von bedeutender Ausdehnung, erblickt an
dem Meeresufer hier und da Thürme von eigenthümlicher
Bauart, die wohl einst zum Schutze der Küste angelegt
worden sein mögen, und befindet sich bald an den Ufern
des Ebro. Hier verlassen die Reisenden den Wagen, fahren
in einer schlechten Fähre über den breiten Strom, wenn
es das Wetter erlaubt und Herr Aeolus die Backen nicht
zu sehr aufbläst, verzehren in dem, am jenseitigen Ufer
gelegenen Amposta ein noch schlechteres Frühstück und
setzen dann in einem anderen Wagen ihre Reise nach
Valencia weiter fort.

Der Ebro ist hier bedeutend breit und hat nach sei=
ner nahen Mündung zu flache Ufer. Im Hintergrunde
treten jedoch hohe und schöngeformte, wenn auch kahle
Gebirge hervor, die der Landschaft, zumal bei guter Be=
leuchtung, einen malerischen Anstrich verleihen. Die Stadt
Tortosa liegt etwa eine Legua von der Straße entfernt,
weiter hinauf an dem Ufer des Flusses in einer Ebene,
welche, wie die von Cenia, Uldecona und Alcanar hinreichend
mit Wasser versorgt werden können. Der Ebro ist der
bedeutendste Strom Cataloniens und nimmt während seines
Laufes mehre Flüsse, unter anderen den Segre auf, in
den sich wieder der Noguera Pallaresa, der Ribagorzana
und der Cinca, letzterer von Aragonien kommend, ergießen.
Die Schiffbarmachung dieses Flusses liegt noch sehr im
Argen und es wird hierdurch ein Haupthebel des allge=
meinen Wohlstandes auf eine unverantwortliche Weise un=
berücksichtigt gelassen. Es ist hier nicht der Ort, die
Wichtigkeit des Ebro nachzuweisen, denn diese springt an
und für sich in die Augen. Die Regierung billigt zwar

drauf und drein die Schiffbarmachung dieses Flusses be-
treffende, oder auf Anlegung eines Canals zwischen diesem und dem Duero gerichtete Entwürfe, ernennt auch
in Verbindung mit der portugiesischen Regierung Commissionen, um über die Regelung der Duero-Schiffahrt
zu begutachten u. s. w., allein dabei bleibt's auch. Die zur
Beförderung der Wohlfahrt der Nation so nothwendige
Ausführung läßt auf sich warten und dann ist es Thatsache, daß solche großartige Unternehmungen, wenn sie wirklich in Angriff genommen werden, in Spanien weniger
durch ihre an und für sich nothwendige Kostspieligkeit, als
insbesondere durch die zwecklose Verschleuderung und Be-
trügerei der dabei angestellten Beamten, große Summen
verlangen und dann in der Regel so wenig solid ausgeführt werden, daß sie ihrem Zwecke kaum entsprechen.
Es fehlt in Spanien in dieser Beziehung an einer strengen
Aufsicht und an einer weisen Sparsamkeit; den Unter-
schleifen und Betrügereien ist durch die vielfach verbreitete
Habsucht ein großes Feld eröffnet und leider geben zu
derartigen Mißbräuchen gewisse, sogenannte Staatsmänner
oder vornehme Müssiggänger, die nur darauf bedacht sind
ihre Taschen zu füllen, das schlechteste Beispiel. Die Mo-
ralität vieler hohen Standespersonen und Staatslenker
scheut sich nicht, statt des Heiles der Nation den eigenen
Privatvortheil im Auge zu haben und aus den Taschen
eines stark besteuerten Volkes das Geld zu ziehen, um sich
einen großen Profit zu machen. Das Vertrauen zur Regierung fehlt in Spanien mehr, als in jedem andern Lande
und deshalb können hier große, der Nation zum Heil und
Segen gereichende Unternehmungen wenig oder gar nicht
gedeihen.

Der Ebro verursacht in den Monaten September und
October öfter Ueberschwemmungen, indem sich zu dieser Zeit
die durch starke Regengüsse angeschwellten Gebirgsbäche
in das Flußbett ergießen. Er hat bei seiner Ausmündung
die beiden Häfen: el Fangar und los Alfaques, von wel-

chem letzteren bewohnbaren Punkte Schiffs-Ladungen von
mehr, als 2000 Centner bis Tortosa, und von 800 Ctr.
bis Saragossa gehen können. Bei richtig eingeleiteter
Schiffbarmachung dieses Flusses könnte ein reger Handel
in das Leben gerufen werden. Die Küstenfahrt würde sich
heben und so der Ebro als eine Hauptpulsader des Exports und Imports betrachtet werden können. Der Waizen
von Aragonien, das Bauholz aus den Pyrenäen, Wein,
Oel, Johannisbrod, Gerste, Mehl, Eisen, Mais, Feigen
u. s. w. sind Artikel, welche von Jahr zu Jahr mehr ausgeführt werden könnten. So lange aber keine Leucht-
thürme angelegt, nichts für Wegräumung der an der
Mündung des Flusses sich ansetzenden Sandbänke gethan
und die so wichtigen Canäle von Amposta nach Alfaques
und von Pedrera nach Fangar nicht gebaut werden, so
lange ist auch auf keinen aufblühenden Handel zu hoffen.

Der Ebro, — Ἴβηρ, Ἴβηρος und **Iberus** — der im
Thale von Reinosa entspringt, eine Ausdehnung von 123
Leguas aufweist und 150 Zuströmungen kleiner und großer
Art aufnimmt, besitzt verhältnißmäßig eine sehr geringe
Anzahl von Brücken. Bei Tortosa führte eine Schiff-
brücke über den Ebro, welche, wie mir gesagt wurde, in
der neuen Zeit durch eine gußeiserne ersetzt worden ist;
bei Tudela, Saragossa und Logroña sind über den Ebro
schöne steinerne Brücken gebaut, die, mit Ausnahme der
letzten, aus der Römerzeit stammen sollen. Von den Schiff-
brücken Spaniens sind überhaupt die bedeutendsten: bei
Sevilla über den Guadalquivir, bei Puerto de Santa Maria über den Guadalete und über den Fluß San Pedro.
Ferner bei Tarragona über den Francoli und bei Tortosa über den Ebro. Die größten Holzbrücken sind die
von Fraga über den Segre auf der Straße von Aragonien nach Catalonien und die von San Sebastian über
den Urumea. Von den steinernen Brücken Spaniens sind
vor Allem bezüglich grauen Alterthums und fester Bauart

19 zu nennen. Die bei Martorell über den Llobregat
führende, sogenannte Teufelsbrücke soll aus der Zeit des
Carthaginensers Hannibal stammen und unter Carl **III.**
einer Ausbesserung unterlegen haben; die Alcántara=Brücke
über den Tajo ist im achten Jahre der Herrschaft des
Kaisers Trajan erbaut und unter Carl **V.** wieder ausge=
bessert worden. Die Brücken bei Merida über den Guadiana
auf der Straße nach Estremadura, bei Badajoz über den=
selben Strom, bei Orense über den Miño, bei Cordoba
über den Guadalquivir, bei Tudela und Saragossa über
den Ebro sollen römischen Ursprungs sein. Bei Cadix unter=
hielt die Brücke Zuazo über den Canal von S. Petrus
die einzige Verbindung mit der Insel Gaditana; bei Villa=
franca führt eine Brücke über den Tajo, welche **1338** vom
Bischof Tenorio gebaut wurde; bei Zamora, auf der Straße
von Madrid nach Vigo über den Esla, sowie auch über
den Duero, welche letztere **1012** Fuß lang ist. Die Brücken
bei la Coruña über eine Meeresbucht, bei Almaraz über
den Tajo, bei Aranjuez über den Jarama, bei Molins
de Rey, auf der Straße von Aragonien nach Valencia,
über den Llobregat, bei Salamanca über den Tormes,
bei Toro über den Duero, bei Talavera über den Tajo
u. s. w., sowie der Viaduct zwischen Villafranca del Pa=
nades und Albos auf der Straße von Valencia nach
Barcelona und der Aquaduct des Canals von Aragonien
über den Fluß Jalon sind ebenfalls bemerkenswerth. —
Nun noch eine Bemerkung über die eisernen Brücken in
Spanien. Bilbao war die erste Stadt in Spanien, welche
eine derartige Brücke besaß; bei Burceña soll über den
Nervion auch eine gebaut werden. Bei Aranjuez über den
Tajo, bei Carandia auf der Straße von Santander nach
Burgos über den Fluß Pas, bei Fuentidueña über den
Tajo, bei Arganda über den Jarama, bei Mengivar über
den Guadalquivir, bei Dueñas, bei Saragossa über den
Gallego führen ebenfalls eiserne, solid und gut gebaute
Brücken. Die bei Mengivar über den Guadalquivir ist

die längste; sie ist 400 Fuß lang und im Jahre 1845
vollendet worden.

Dem aus 300 Häusern bestehenden Städtchen Amposta
am rechten Ufer des Ebro, geben der malerische Horizont,
ein reiner Himmel und viele naheliegende Landhäuser eine
freundliche, anmuthige Umgebung. Der Anblick der Stadt
selbst ist ein trauriger, und wir verließen, nachdem wir
daselbst auch ein trauriges Frühstück (almuerzo) zum Preise
von 2½ pesetas eingenommen hatten, diesen Platz, um unsere Reise fortzusetzen. Einen besseren Wagen erhielten
wir nicht, wohl aber wurde unser Tiro (Postzug) ver-
vollständigt. Es wurden acht Maulthiere, mit allen möglichen grellen Farben angeputzt und klingelndem Schellen-
geläute angethan, vorgespannt; auf das vorderste setzte sich
ein junger Postillon und fort ging es in sausendem Galopp. Unser kleiner Vorreiter, ein hübscher, freundlicher
Junge von 16 Jahren, ritt in einer Tour 20 Stunden
lang von Amposta bis Valencia und erzählte uns, daß
er diesen Ritt schon seit langer Zeit fast unaufhörlich hin
und her mache, indem er nur in Valencia und in Amposta
einen Rasttag halte. Während meiner Anwesenheit in Valencia habe ich den kecken Reiter mit seinem heitern, offnen
Sinn und unverwüstlichen, jugendlichen Humor frisch und
munter öfter wieder getroffen und mich jedesmal seiner
Erscheinung gefreut. Die Mäßigkeit, Bescheidenheit und
Gefälligkeit der spanischen Postillone, sowie auch der Ma-
jorale und Zagals sind bemerkenswerth. Durch eine Cigarre kann man sich einen solchen Menschen zum Freunde
machen und wenn man vollends ein kleines Trinkgeld
dazufügt, was übrigens an und für sich in Spanien nicht
gebräuchlich ist, so erreicht diese Freundschaft den Culmi-
nationspunkt. Ueberhaupt findet der Reisende in Spanien
noch nicht die Unverschämtheit, Verschmitztheit, Dreistig-
keit und Geldgierde, wie man sie in Frankreich, der Schweiz
und Italien zu treffen gewohnt ist. Der Zufluß der
Fremden nach Spanien ist noch nicht so stark, daß er

auf die Bevölkerung einen demoralisirenden Einfluß üben
könnte. Der Spanier, seinem Charakter nach ein sehr
gefälliger Mann, nimmt bei kleinen Dienstleistungen mit
einer freundlichen Danksagung, bei einer größern mit einer
unbedeutenden Gabe gern fürlieb und wird sich sehr selten
höhere Forderungen, rohe Aeußerungen oder gar Drohungen gegen den Fremden erlauben. Als ich unserm kleinen
Postillon bei der Ankunft in Valencia mit einem Geld-
stück, ungefähr im Werthe eines Viergroschenstückes, ein
kleines Geschenk machte, sagte er sein „infinitas gracias"
eben so freundlich, als wenn es ein Thaler gewesen wäre.

Die Landstraße, dicht an der Meeresküste sich hin-
ziehend, führt bald zum Grenzfluß Cenia, den man auf
einer hübschen Brücke passirt und somit aus Catalonien
in Valencia eintritt. Einen gewaltigen, auffallenden Unterschied zwischen Natur und Menschen habe ich bei Passirung
dieser Grenze nicht bemerken können, und ich kann eben
so wenig sagen, daß mir die Menschen wild und verwegen
geschienen oder gar etwas Leides gethan hätten. Gegen
Mittag kamen wir nach Vinaroz, einem nahe am Meere
in einer Ebene liegenden, mit 9,000 Einwohnern bevöl-
kerten Städtchen. Der Ursprung desselben soll sehr alt
sein und gegenwärtig ist es noch mit Mauerwerk und
Thürmen, wie eine Festung umgeben, die reich an mancher
historischen Erinnerung sein dürfte. Von den Häusern
sind viele ansehnlich und gut gebaut; man sieht viele von
drei Stockwerken Höhe und die der Reicheren haben meist
große Gärten. Die Kinderwelt scheint hier zahlreich zu sein.
Eine Masse Bettler und viel anderes schmutziges, häßliches
Volk umringte uns auf jedem Tritt und Schritt. In der
Hauptstraße der Stadt, in der calle de Socorro, wurde
eben Wochenmarkt abgehalten, der aber nicht sehr besucht
war. Der Haupthandel dieses Platzes besteht darin, daß
Wein, Bauholz, Branntwein ausgeführt und Cerealien,
Fische und überseeische Früchte eingeführt werden. Da mit
Vinaroz ein kleiner Hafen verbunden ist, so wird hier

natürlich Schiffahrt, Fiſcherei und Schiffbau getrieben.
Der Küſtenhandel iſt nicht ganz unbedeutend; in den Jahren
1844 und 1845 wurden hier nach anderen Häfen des Königreiches Waaren im Werthe von 5,192,187 rs. vn. exportirt
und im Werthe von 9,364,873 importirt. Die Anzahl
der in genanntem Zeitraume eingelaufenen Fahrzeuge betrug
1,203 mit 30,286 Tonnen und die der ausgelaufenen 1,093
mit 26,483 Tonnen Gehalt. Von den Handel mit dem
Auslande vermittelnden Schiffen liefen in demſelben Zeitraume 26 mit 1,166 Tonnen ein und 25 mit 1,130 Tonnen
Gehalt aus. Sie führten Oel, Branntwein, Johannisbrod, Nüſſe, Abgang der Seidenſtoffe und Wein in einem
Werthe von 318,779 rs. vn. aus.

Der Boden des Diſtrictes von Vinaroz theilt ſich in
Flach- und Hügelland und wird durch die Flüſſe Cenia
und Cervol bewäſſert. In der Nähe derſelben werden
Gemüſe, Hirſe, Hanf, Obſt gebaut; weiter entfernt wird
der Boden trockener und ſteiniger und iſt mit Ausnahme
desjenigen Theiles, der mit Halmfrüchten bebaut wird,
mit Wein, Johannisbrodbäumen, Oliven- und Feigen-
bäumen bepflanzt. Das Klima iſt im Allgemeinen geſund
und der Himmel auch einen großen Theil des Jahres heiter.
Die gewöhnlichen Winde ſind die von Süd und Oſt; die
Nordwinde ſind ſelten, allein dann auch ſehr oft den Früchten,
insbeſondere zur Erntezeit nachtheilig. Die Palme er-
ſcheint von nun an häufiger.

Da dieſer Diſtrict durch die Wildheit ſeiner Bewohner
und die allgemeine Unſicherheit der Straßen berüchtigt iſt,
ſo wird es dem Leſer nicht unintereſſant ſein, einen Blick
auf die Verbrecherſtatiſtik deſſelben zu werfen. Er wird
dann ſelbſt urtheilen können, ob das Gerücht wahr iſt
oder ſich Lügen ſtraft. Der genannte Diſtrict, aus Benicarló, Calig, Peñiscola, San Jorge und Vinaroz be-
ſtehend, hatte im Jahre 1843 eine Bevölkerung von
21,169 Seelen. Von dieſen waren im genannten Jahre
40 angeklagt und hiervon 38 beſtraft, 1 freigeſprochen und

1 vor Gericht nicht erschienen. Unter den 40 Angeschul=
digten befanden sich 37 Männer und 3 Frauen; 21 davon
waren ledig und 19 verheirathet; lesen und schreiben konnten
nur 5, die übrigen 35 hatten keinen Schulunterricht ge=
nossen. Sechs derselben standen in einem Alter von 10
bis 20 Jahren, 30 von 20 bis 40, und 4 derselben von
40 und mehr Jahren. In demselben Jahre fielen 8 Mord=
thaten vor.

Das unweit, eine Viertelstunde vom Meere liegende
Städtchen Benicarló mit seinen 6000 Einwohnern ist be=
rühmt wegen seines Weinbaues. Vor Allem wird hier
ein rother Wein gewonnen, welcher nach Frankreich, ins=
besondere nach Bordeaux und auch nach England aus=
geführt und daselbst zum Vermischen mit dem Bordeaux
und Claret verwendet wird. Von diesem Weine gibt es
zwei Arten, eine süße und eine herbe, beide aber gehalt=
reich und stark; die Zubereitung desselben geschieht auf
eine ziemlich schmutzige Art. In den Jahren 1843 und
1844 liefen von hier 29 Schiffe mit 2653 Tonnengehalt
und 106,420 Arrobas Wein, im Werthe von 650,000 Realen
nach dem Ausland aus. Es wird auch hier ein schlechter
Branntwein verfertigt, welcher nach Cadix ausgeführt und
daselbst zur Versetzung des Xeresweines gebraucht wird.
Die wenigen Einwohner der trübseligen, mit Mauern,
Gräben und einem alten Schloß versehenen Stadt Beni=
carló besitzen keine Schiffe; der Export geschieht daher
vermittelst der Schiffe von Vinaroz. In der Nähe liegt
Peñiscola, das Gibraltar en miniature. Es ist eine
kleine Halbinsel, die mit dem Festlande durch einen schma=
len Streifen Land zusammenhängt, über welchen aber sehr
oft die Wellen weggehen. Auf einem an 240 Fuß hohen,
aus dem Wasser hervorspringenden Felsen ist ein Castell
angelegt und um dasselbe liegen noch 440 Häuser, die
wieder mit einer Mauer eingefaßt sind. Das Ganze ist
ein **Plaza de armas**, der merkwürdigerweise gutes Quell=
wasser besitzt, was bei Gibraltar nicht der Fall ist. Früher

war Peñiscola in dem Besitze der Templer; später lebte
hier vom 1. December 1415 bis zum 29. Januar 1423
in Folge des Constanzer Concils der Papst Benedict **XIII.**
unter Philipp **II.** wurde es befestigt und im Jahre **1810**
auf eine verrätherische Weise den Franzosen übergeben.

Ueber Alcala de Chisvert, welches in einer schönen
Ebene liegt und eine im Jahre **1792** schön gebaute
Kirche aufweist, gelangten wir über die Ebene von Torre-
blanca nach der Stadt Castellon de la Plana. Diese, die
Hauptstadt des Districts gleichen Namens, liegt in einer
reizenden Ebene nahe am Meere und am Fluß Mijares.
Das anmuthige und gemäßigte Klima, das üppige Wachsthum und die unendliche Verschiedenheit der Gewächse, die
schönen Gärten, die regelmäßigen Straßen und schönen
Gebäude machen diese Stadt zu einer der schönsten der
ganzen Provinz. Die nächste Umgebung besitzt einen Ueberfluß von fließenden Gewässern, welche die fleißigen Einwohner vortrefflich zur Bewässerung und andern nützlichen
Zwecken zu benutzen wissen; in der Stadt gibt es jedoch
keine Quellen. Die Gründung derselben gehört nicht
dem grauen Alterthume an. Die alte Stadt, genannt
Castalia, lag 1½ Leguas von dem Platze entfernt, auf
dem das heutige Castellon steht. Es wird auch in der
Geschichte berichtet, daß Jaime **I.**, König von Aragonien,
im Jahre **1233** die Stadt von den Sarazenen erobert und
sie acht Jahre darauf an denjenigen Platz verlegt habe,
wo sie sich jetzt befindet. Im letzten Bürgerkriege war
Castellon ein Hauptstützpunkt für die Truppen der Königin
Isabella **II.**, welche in dieser Provinz Krieg führten. Im
Jahre **1837** leistete die Stadt gegen die unter dem Befehl
Cabrera's stehenden Carlisten einen hartnäckigen Widerstand.

Die Umgebung von Castellon ist reizend: im Vordergrunde das Meer, im Hintergrunde das schöne Gebirge.
Die Felder sind mit Maulbeerbäumen eingefaßt und überall
stehen Hirse, Mais, Waizen und Küchenkräuter üppig.
Unzählige Wasserleitungen schlängeln sich durch die Felder

und die Berge sind mit Wein, Feigen, Oliven und Johannisbrodbäumen bewachsen. Das Klima ist, wie bemerkt, sanft und angenehm. Der am Meeresufer aufgeschwemmte Sandboden, der viele Pflanzen und Wurzeln enthält, wird als Düngung für die Felder mit Erfolg benutzt. Früchte aller Art gedeihen hier. Die Haupternte bildet der Hanf, der, wegen seiner Güte weit und breit bekannt, stark ausgeführt wird. Hierauf folgt das Johannisbrod und dann die Seidenernte, welch' letztere sich von Jahr zu Jahr vermehrt, indem das Anpflanzen von Maulbeerbäumen immer mehr überhand nimmt. Früher wurde hier auch viel Zuckerrohr gebaut und aus demselben ein gutes Product gewonnen; später jedoch, als die Cultur desselben auf Candia zunahm und sich vervollkommnete, konnte der Concurrenz nicht mehr Widerstand geleistet werden. Der Wasserreichthum des Flusses Mijares ist der Anpflanzung des Reis günstig, der aber bis jetzt noch nicht, wahrscheinlich aus Furcht vor den daraus so leicht entstehenden Krankheiten, gebaut worden ist. In gewerblicher Beziehung ist hier außer der Verarbeitung des Hanfes z. B. zu Stricken, Strängen u. s. w., mehren hundert Webstühlen, Mühlen und andern Fabriken nicht viel zu erwähnen, da Stadt und Umgebung wegen ihrer Lage besonders auf den Ackerbau angewiesen sind. Auch ist der Handel im Verhältniß zu der Fruchtbarkeit und Reichhaltigkeit des Bodens nicht groß zu nennen, was theilweise wohl auch darin seinen Grund haben mag, daß Castellon eines tüchtigen, sichern Hafens entbehrt, der großartige merkantilische Geschäfte zulassen könnte.

Der District Castellon bildet mit dem von Alicante und Valencia, das ehemalige Königreich Valencia. Dieses wird im Nordosten von dem District Tarragona, im Norden von dem District Teruel, im Osten von dem mittelländischen Meere und im Süden und Westen von den Districten Murcia, Albacete und Cuenca begrenzt, hat einen Flächeninhalt von 651 spanischen Quadratmeilen und eine Bevölkerung von 956,940 Seelen. Der District Castellon de la Plana hat eine Ausdehnung von 158 spanischen Quadratmeilen und Ortschaften, welche nicht so klein, wie in den Gebirgsgegenden, allein auch nicht so groß, wie in Andalusien und in der Mancha sind. Das Klima ist hier so verschieden, wie der Boden. Von dem nördlichen Gebirge her weht oft ein sehr kalter und dem Fruchtbau ungünstiger Nordwind, tremuntána genannt, an der Meeresküste dagegen ist der Himmel heiter und die Luft mild. Im westlichen und nördlichen Theile ist Hügel= und Gebirgsland vorherrschend. Die eine Gebirgskette zieht sich vom Berge Peñagolosa bis an die Ufer des Ebro, die andere bildet die Sierra Espadan. Letztere beginnt bei Almenara, erstreckt sich bis zu den Flüssen Mijares und Villahermosa und vereinigt sich dann mit der von Peñagolosa. An diese beiden Hauptgebirgs= züge reihen sich noch andere, kleine Bergketten an, in denen mehre Flüsse entspringen. Die hauptsächlichsten unter die= sen sind der Mijares, Monleon, Bergantes, Cenia und Cervol. An Mineralquellen ist das Land reich.

Der Boden zeigt im nördlichen Theile und in seiner Ausdehnung nach Westen Gebirgs= und Hügelland und ist daher im Allgemeinen unfruchtbar und der Cultur schwer zugänglich. Als Ausnahmen finden sich jedoch auch frucht= bare kleine Ebenen und Vegas hier, auf denen gute Früchte gezogen und reichliche Ernten gewonnen werden, wie dies z. B. bei den Vegas von Alzaneta, Zucayna, Benasal, Vistabella und Morella der Fall ist. Im östlichen und südlichen Theile sieht man mehr Ebenen und deshalb einen fruchtbareren Boden. Doch findet man auch hier große Verschiedenheit. So trifft man z. B. in der an Tarra= gona anstoßenden und sich bis zum Meere erstreckenden Ebene, in welcher Vinaroz und Benicarló liegen, die mannichfaltigsten Bodenbestandtheile. Bald tritt Humus, bald Thon, bald Kalk als vorherrschend auf. Bei man= chen Ortschaften ist der Boden wenig fruchtbar und selbst bei Vinaroz und Benicarló ist derselbe an und für sich wenig ergiebig und oft sehr steinreich, allein durch den Fleiß der Einwohner und durch die segensreichen Bewässerungen in den besten Stand gesetzt. In anderen Gegenden ist der Boden oft reich mit Thon vermischt und von einer rothen Farbe.

Der fruchtbarste Theil des ganzen Districtes ist der de la Plana selbst, in dem fast alle Producte der pyrenäischen Halbinsel gedeihen. Ein ergiebiger Boden, eine gute Bewässerung, ein schöner Himmel und eine gesunde Luft vereinigen sich hier. Es gedeihen Hanf und Bohnen vorzüglich, ferner Waizen, Johannisbrod, Oel, Wein, Maulbeerblätter, Orangen, Datteln und alle Arten von Obst und Gemüse. Der unglückselige Bürgerkrieg, der mit allen seinen Schreckniffen diesen District heimgesucht, hat auf die früher hier stark getriebene Ziegen=, Schaf=, Schweine=, Maulthier= und Pferdezucht einen sehr nachtheiligen Einfluß geübt, indem sie sich sehr vermindert und nach anderen Gegenden gezogen hat. Die Pferdezucht wird gegenwärtig in Spanien am eifrigsten in Andalusien, Castilien und Galicien, die Ziegen= und Schweinezucht in Estremadura und Castilien, die Schafzucht in Aragonien und Castilien und die Rindviehzucht an der Küste von Valencia und in der Mancha getrieben.

In dem District Castellon de la Plana bildet der Ackerbau mit Einschluß des Handels und der aus= und einzuführenden Früchte die Hauptbeschäftigung der Einwohner. Ein anderer Theil beschäftigt sich mit der Fischerei und ein dritter mit der eigentlichen Industrie. In Morella, Benasal und Castellfort bestehen Tuch= und Wollenfabriken, in Bojar und Ares del Maestro zwei Eisenfabriken. Ferner werden irdene Waaren, ausgezeichnetes Steingut, Seife und Flechtereien aller Art geliefert. In mehren Gebirgsortschaften werden Hanfsandalen angefertigt, deren sich das männliche und weibliche Geschlecht bedient. An Mineralien, Minen und an hieraus folgendem

Minenschwindel ist auch dieser District reich. Man hat
eine gewaltige Masse von Minen entdeckt, sie als sehr
reichhaltig gerühmt, ein großes Minenfieber dadurch hervorgerufen, und am Ende wenige Minen bearbeitet und
ausgebeutet. Am meisten hat man übrigens Eisen, Zinnober, Quecksilber und silberhaltiges Bleierz aufgefunden und
man würde sich bei zweckmäßigerer Betreibung gewiß einer
besseren Ausbeute erfreuen.

Je nach dem Ausfall der Ernte werden aus diesem
Districte Bohnen, Hanf, Leinwand, unverarbeitete Seide,
Steingut, Johannisbrod ausgeführt, dagegen Zucker, Cacao,
Zimmet, Pfeffer, Kabliau, Rindsleder, gegerbtes Schaf-
leder, Baumwollenwaaren, von Catalonien Gerste, Waizen, Stahl, Nägel, eingeführt. Der Verkehr in merkan-
tilischer Beziehung ist im Ganzen unbedeutend.

Die Mannichfaltigkeit des Klimas und des Bodens
zieht auch eine Verschiedenheit in dem Charakter der Ca-
stellonefer nach sich. Im Innern, an der Grenze des
ehemaligen Königreichs Aragonien und der Grafschaft Catalonien, sind die Einwohner von starkem Körperbau, kräftig, ernst, wenig gebildet, aber fromm, mäßig und ihren
alten Vorurtheilen hartnäckig ergeben. Die Küstenbewoh-
ner dagegen zeigen schon mehr den ächten valencianischen
Typus. Sie sind lebendig, freundlich, heiter, vergnügungssüchtig, selten beleidigend, allein sobald sie gekränkt oder
beleidigt werden, rachsüchtig und sogleich mit dem Messer
zum Blutvergießen bereit. Die Sprache theilt sich in diesem Districte in mehre Dialekte. In einem Theile wird
das Valencianische, ein Dialekt der lemosinischen Sprache,
welche reich, kurz, bestimmt und harmonisch klingt, in
einem anderen das Castilianische und in einem dritten
Theile, nach Castilien zu, eine Mundart gesprochen, welche
sich durch ihren rauhen Klang mehr dem Catalonischen
nähert.

Von der Stadt Castellon de la Plana setzen wir unsere Reise nach Valencia fort. Unter unserer Reisegesell-

schaft lernten wir einen jungen Andalusier aus Andujar
kennen, welcher vor mehren Monaten la **Tierra de Dios**
verlassen, in Geschäften über Madrid nach Barcelona ge=
reist und jetzt nach seiner Heimath zurückzugehen im Be=
griff war. Señor José Bianché, dessen Vater aus der
Lombardei stammte, war in Andujar Besitzer eines guten
kaufmännischen Geschäftes und der glückliche Gatte eines
ihn zärtlich liebenden Weibes. Wir wurden bald näher
mit einander bekannt und es macht mir noch heute Ver=
gnügen, mit diesem freundlichen, gefälligen, jungen Manne
mehre Wochen lang gereist zu sein. Er war ein Ca=
ballero im höchsten Sinne des Wortes; derselbe hat sich
während der ganzen Reise so zuvorkommend unserer an=
genommen und uns so wesentliche Dienste geleistet, daß
wir seiner gern im deutschen Vaterlande gedenken. Durch
ihn ist mir die spanische Nation erst verständlich und lieb
geworden, durch ihn habe ich einen tieferen Blick in das
spanische Herz und Gemüth gethan und eine richtige Er=
kenntniß von Land und Volk gewonnen. Der Spanier
pflegt leicht von einem Extrem zum anderen überzugehen,
allein im Vertrauen und in der Freundschaft, sobald er
solche einmal Jemandem geschenkt hat, kennt er kei=
nen Wankelmuth. Für den Reisenden im fremden Lande
gibt es kein schöneres Gefühl, kein dankbareres Geschenk,
als ein solches auf Vertrauen, Achtung und Freundschaft
gegründetes Verhältniß. Da geht das Herz auf und das
Auge schaut fröhlich und heiter um sich, als ob die Welt
nur schön und liebenswürdig wäre.

Ueber Villa Real und Nules gelangten wir in tiefer
Nacht nach Murviedro, dem alten Sagunt. Wir rathen
jedem Reisenden, der für historische Erinnerungen empfäng=
lich ist und der hinreichend Zeit und Muße zum Reisen
hat, hier den Postwagen zu verlassen und erst den an=
deren Tag nach dem 6 Leguas entfernten Valencia zu
fahren. Unsere Einfahrt in Murviedro war reizend. Wir
sahen zwar nichts und hörten auch nichts, allein dafür

kam uns ein solcher lieblicher Orangenduft in der schönen
Mondscheinnacht entgegen, daß wir nicht leicht ein schöneres Willkommen hätten haben können. In solchen Augen-
blicken ist freilich der Süden höchst angenehm und der
Nordländer vergißt gerne seine kalte Zone.

Murviedro liegt am Flusse Palancia am Fuße eines
hohen Berges, auf dessen Scheitel die Ruinen des alten
Castells von Sagunt liegen. Es ist 1 Legua vom Meere
entfernt und steht auf dem classischen Boden des alten
Saguntium, welches 1384 Jahre vor Christi Geburt von
den Griechen unter Zacynthus (Zante) gegründet worden
sein soll. Als reiche Grenzstadt, mit Rom verbündet,
wurde sie von Hannibal erobert und zerstört. Nach seiner
Wiedereroberung im zweiten punischen Kriege, wurden die
Carthager ganz aus Spanien vertrieben. Sagunt wurde
von den Römern aufgebaut und war später der Tummelplatz der Gothen, Mauren und Spanier. Der Name
Murviedro wird von Murbiter und dieser von den lateinischen Worten **Murus vetus** abgeleitet.

Man sieht in Murviedro viele Alterthümer und Ruinen der Vorzeit. Außer den vielen römischen Inschriften,
aufgefundenen Münzen, merkwürdigen Steinen und anderen Gegenständen sind vorzüglich die im Innern des
Castells auf dem Marmorhügel liegenden Reste des Hercules-
tempels, sowie dann die Ruinen des römischen Theaters
und Circus zu erwähnen. Das Castell, noch jetzt als
Festung benutzt, zeigt einen bedeutenden Umfang und hat
eine sehr schöne Lage, vermittelst welcher es Stadt, Fluß
und Straße völlig beherrschen kann. Die Festungsmauern
können als Conglomerat einer Weltgeschichte betrachtet werden, indem auf den saguntischen Grundmauern römische,
und auf diesen wiederum maurische und spanische Bauwerke aufgebaut worden sind. Das römische Theater liegt
am Fuße des Castells am Eingange eines grünen Thales
und zeigt noch sehr wohlerhaltene Treppen und Sitzreihen.
Letztere bestehen aus großen Quadersteinen, während der

übrige Bau aus kleinen blauen Steinen so vortrefflich zusammengesetzt ist, daß der Mauerkalk eine Art fester Kitt
gewesen zu sein scheint. Die Ausdehnung der ganzen Vorderseite beträgt 474 Palmos und soll an 12,000 Personen
gefaßt haben. Auch hat in Sagunt ein Circus von bedeutendem Umfange bestanden; derselbe war im Nordosten
an der Mündung des Flusses Palancia erbaut und hatte
eine ovale Form von 1026 Palmos Länge und 326 Breite.
An dem Platze, wo jetzt das schöne Kloster der Dreieinig-
keit steht, soll der Tempel der Diana gestanden haben
und aus dessen Ueberresten obiges Kloster theilweise erbaut worden sein. Viele der prachtvollen Ruinen Sagunts
sind aus Unwissenheit und Sorglosigkeit zu Grunde gegangen und sehr zu wünschen ist es, daß das Comité,
welches sich zur Erhaltung derselben gebildet hat, in seinen Bemühungen einen glücklichen Erfolg erreichen möge.
So hatte man am 19. April 1745 bei'm Bau einer Straße
ein Stück Mosaikboden von 24 Fuß Länge und 12 Fuß
Breite von vorzüglicher Schönheit aufgefunden, zu dessen
Erhaltung Ferdinand VI. ein kleines Haus erbauen ließ.
Das Ganze ist jedoch später zerstört worden.

Die Gebirge im District Murviedro, welche 1 Stunde
von dem Meeresufer beginnen und an deren Fuß die
Ortschaften Hostalets de Puzol, Murviedro, Benifayró
und Cuart liegen, sind von einer nicht unbedeutenden Höhe
und reich an Kalkbrüchen und kieselsteinartiger Felsfor-
mation. Mit Ausnahme des Fichtenwaldes von Portaceli
sind die Gebirge kahl an Waldungen und in der mit
Heidekraut bewachsenen Gegend tritt nur die Steineiche,
der Ginster und der Rosmarin auf. Die Gipfel und
Seitenabdachungen der Berge, von denen das Regenwasser
den guten Boden abgeschwemmt hat, sind meist kahl;
allein die Thäler und Niederungen, in denen sich der
Boden reichlich absetzte, sind mit Wein, Oliven-, Feigen-
und Johannisbrodbäumen bepflanzt. Der zum großen
Theil kalkartige und mit Kiesel, Sand und Thon ver-

mischte Boden ist im Allgemeinen fruchtbar und dem An=
bau günstig, bedarf aber wegen seiner Trockenheit des
Regens und der Bewässerung. Der einzige Fluß, der sich
in diesem Districte vorfindet, ist der Palancia, doch ist
auch dieser nur in der Regenzeit und zwar auf eine
kurze Dauer wasserreich zu nennen. Durch Schleußen
und Wasserleitungen wird übrigens, so gut wie mög=
lich, für Bewässerung gesorgt. Rother, starker, guter
Wein, Waizen, Mais, Seide, Johannisbrod, Bohnen,
spanischer Klee und Oel sind die vorzüglichsten Producte,
welche hier gebaut werden. Die Gewinnung des Oels,
die früher so sehr bedeutend war, hat sich sehr vermin=
dert. Der Handel ist unbedeutend und der Ackerbau nimmt
die meisten Hände in Anspruch. Der Tagelöhner wird
durchschnittlich täglich mit 4 Realen bezahlt.

In den Jahren 1844 und 1845 liefen für den aus=
ländischen Handel 4 Fahrzeuge von 200 Tonnen ein und
4 aus, welche Branntwein, getrocknete Weinbeeren und Wein,
im Werthe von 194,140 im ersten und von 6440 rs. vn.
im zweiten Jahre exportirten. Aus den anderen Häfen
der Halbinsel wurden im Jahre 1845 Waaren im Werthe
von 160,165 R. ein= und im Werthe von 340,492 rs. vn.
nach anderen spanischen Häfen ausgeführt.

Von den ehrwürdigen Ruinen des alten Sagunts
führte uns unser Weg nach der „Stadt des **Cid Campeador**" durch die berühmte **Huerta de Valencia**, den
Garten oder die elysäischen Felder von Spanien. Diese
von hochromantischen, felsigen Gebirgsketten im Halbkreise
eingeschlossene und nur im Süden von den Wellen des
mittelländischen Meeres bespülte Ebene nimmt einen Flä=
cheninhalt von mehr als 3 Leguas, à 8000 Varas (= 3 Fuß)
ein und faßt in 62 Dörfern, Meierhöfen, Hütten und
Vorstädten eine Bevölkerung von beinahe 72,000 Einwoh=
nern mit Ausnahme der inneren Stadt Valencia.

Der kräuselnde, weißschäumende Wasserstreifen, der
von der azurnen Fläche des Meeres an die Küste mur=

melnd heranrollt, stellt die Sehne des Halbkreises dar,
an dem sich nördlich die anmuthigen Gebirge von Chiva
und Cabrillas, westlich die wilden Bergketten von Sierra
de Cullera und östlich die gezackten Felsenmassen der Ge=
birgszüge von Murviedro und Segorbe emporthürmen.
In der Mitte dieser flachen, am südlichsten Rande von
dem Jucar bespülten und vom Turia in der Mitte quer
durchströmten Ebene liegt die Stadt Valencia — einer
der reizendsten Punkte Spaniens. Die Natur hat hier
aus ihrem Füllhorn freigebig ein günstiges Klima und
einen culturfähigen Boden ausgeschüttet und den Men=
schen die Möglichkeit gegeben, hier durch Fleiß und Thätig=
keit den höchsten Grad der Bebauung erreichen zu können.
Die **Huerta** — **milagro de la naturaleza** — ist mit
ihren Bewässerungsanstalten, strotzenden Feldgärten und
üppigen Früchten ein wahres Meisterstück der Landwirth=
schaft und des künstlichen Gartenbaues, indem hier für
gewöhnlich jährlich zwei, ja auch drei Ernten gewonnen
werden.

In der künstlichen Bewässerung und in dem unermüd=
lichen Fleiße der Menschen liegt der Zauber des Wachs=
thums der Ebene von Valencia. Der an und für sich
zum großen Theile aus Sand oder Gyps bestehende Bo=
den dürfte, wegen seiner geringeren natürlichen Fruchtbar=
keit, unmöglich solche überraschende Resultate liefern. Die
ganze Ebene ist von einem Netze von Canälen und Be=
wässerungsgräben durchschnitten, in denen das Wasser des
an und für sich nicht sehr wasserreichen Flusses Turia
eingelassen und so zur Bewässerung der Felder und
einzelnen Grundstücke vertheilt wird. Der Turia oder
Guadalaviar, arabisch: **Wada-l-abyádh**, der weiße Fluß
genannt, ist, wie der heerdenerquickende Strom **Neilos**
der alten Griechen, wegen seines nahrhaften und frucht=
baren Wassers berühmt. Er entspringt am südlichen Ab=
hange des Muela de San Juan, dringt im Nordwesten
bei Moncada und Manises in die Provinz, bespült die

Mauer der Stadt Valencia und ergießt sich bei Grao in
das mittelländische Meer. Der Lauf dieses Flusses beträgt von seiner Quelle bis Valencia 50 Leguas. Es
sind vorzüglich 8 große Canäle — acequias —, in die
das Wasser aus dem Flusse Turia einströmt und durch
welche es sich vermittelst vieler anderer Canäle und Gräben — sangrias (Aderlässe) —, durch die ganze Huerta
ergießt. Der König D. Jaime von Aragonien hatte im
Jahre 1238 diese großartigen Bewässerungswerke vollendet, deren Anlage den Arabern unter Abderahman Anisir
Ledinala und Alhakem Almostansir Bilah, dessen Sohn,
in dem Zeitraume von 911 bis 976 zugeschrieben wird.
Der aragonische König schenkte den Bewohnern der Huerta
und seinen Kampfgenossen die Bewässerungsanlagen der
Ebene mit der Anweisung: das Wasser auf dieselbe Weise
zu verwenden, wie es zu Zeiten der Sarazenen gebräuchlich war.

Die Araber überhaupt waren in Spanien, abgesehen
von ihrer Gelehrsamkeit, auch Meister des Ackerbaues,
der Mechanik, Optik und Hydrostatik. Sie verstanden die
gegebenen Verhältnisse vortrefflich zu benutzen und den
Ackerbau mit Berücksichtigung und Kenntniß des Bodens,
des Klimas, der Viehzucht und der Pflege der Pflanzen
zu betreiben. Die Eigenschaften und die Verschiedenheit
des Düngers waren ihnen nicht fremd und außerdem der
große Nutzen der Bewässerung nicht unbekannt. Noch
jetzt erinnern viele Spuren des arabischen Ackerbaues und
insbesondere der Bewässerungskunst an die damalige Höhe
und Vollkommenheit der Landwirthschaft. Eine große
Gesetzsammlung über die Bewässerung bei den Arabern,
beweist die hohe Aufmerksamkeit, welche sie diesem Cul-
turzweige widmeten. Es wurden zur Hebung des Ackerbaues Reisen in das Ausland unternommen, Pflanzen
aus den weitesten Gegenden eingeführt und nach der Beschaffenheit des Bodens verwendet. So wuchsen in Andalusien die besten Feigen, Oliven, Orangen und Wein-

sorten, an den Küsten des mittelländischen Meeres Maul=
beerbäume, Baumwollenstauden und Zuckerrohr, um
Valencia die schönsten Palmen und der gesuchteste Reis.
Auch hatten die Araber Kenntniß im Bergwesen, in der
Lederbereitung, in der Kunst den Indigo zu färben und in der
Seiden= und Wollen=Manufactur. Die Eisen= und Blei=
minen Spaniens wurden von ihnen bearbeitet und in
Granada und Toledo vortreffliche Waffen gefertigt. Die
prachtvollen Gärten Rusafa am Alcazar in Sevilla, bei
Azzähra, an der großen Moschee von Cordoba mit ihren
Marmorbädern, Wasserleitungen liefern den Beweis von
der hohen Gartenkunst der Araber.

Dies künstliche, in hydraulischer Beziehung wichtige
Bewässerungssystem, in dem der Reichthum der Huerta
beruht, und durch welches eine gewissenhafte Vertheilung
des Wassers auf jedes Grundstück möglich wird, ruft
natürlich unter den Landleuten öfter Streitigkeiten her=
vor, die dann vor einen eignen Gerichtshof gebracht und
von diesem geschlichtet werden. Diese Centralbehörde be=
steht aus Einwohnern der Huerta, aus Bauern, welche
zu ihrem Präsidenten einen der Dorfrichter erwählen und
sich jeden Donnerstag um 12 Uhr Mittags auf dem Con=
stitutionsplatze oder dem Platze de la Seo in Valencia,
unter dem Portale der Kathedrale — **Puerta de los
Apostoles** — versammeln. Diesem unabhängigen Ge=
richtshofe, bei dem weder Advocaten, noch Feder, Tinte
und Papier verwendet werden, steht die Verwaltung und
Beaufsichtigung der Canäle, die Vertheilung des Wassers
und die Entscheidung der dabei entstehenden Streitigkeiten
zu und dieses **Tribunal de los acequieros** oder **del
riego**, noch in seiner ursprünglichen orientalischen Form
und Kraft erhalten, kennt keine Appellation, sondern nur
unbedingte Unterwerfung und Befolgung der Aussprüche.
Da mit Ausnahme der Bewohner des achten Districts,
der großen **Acequia de Moncada**, die unter der beson=
dern Gerichtsbarkeit eines unmittelbar von der Regierung

10*

gewählten Syndicus gestellt ist, noch sieben Districte,
die **Acequias** von **Tormos, Mestalla, Rascaña, Cuart,
Mislata, Favara** und **Rovella,** sich vorfinden, so wer=
den von den Landsleuten 7 Syndici gewählt und aus
diesen das erwähnte Tribunal gebildet. Beklagter und
Kläger treten hier einander gegenüber und verhandeln ohne
Protokoll in der Volkssprache das Für und das Wider
vor dem Syndicus. Man befolgt dabei die äußerste
Einfachheit und größte Anständigkeit. Nach mündlichem
Vortrag der Klage wird, da nöthig, das Zeugenverhör
vorgenommen und sodann von den Syndicis nach kur=
zer Berathung das Urtheil, welches meist in einer Geld=
strafe besteht, gefällt. Das Landvolk achtet meist diesen
Ausspruch und fügt sich demselben. *)

Die Bewachung der Bewässerungscanäle ist Auf=
sehern anvertraut, die auf das Reinhalten der Schleusen
und auf gewissenhafte Vertheilung des Wassers zu sehen
haben. Der Bauer in der Huerta muß daher nicht nur
fleißig, sondern auch wachsam sein und muß die Schleusen,
sei es bei Tag oder Nacht, pünktlich ziehen, sobald die
Reihe der Bewässerung an sein Feld kommt. Jede Schmäle=
rung des dem Landmann zukommenden Wasserantheiles
wird als Betrug oder Diebstahl betrachtet und bestraft.

---

*) **Madrid,** im Septbr. 1851. Nach Berichten aus **Valencia**
hat die Dürre in der dortigen Gegend in solchem Maße zugenommen,
daß das zur Ueberwachung der bestehenden Bewässerungs=Anstalten und
Verordnungen eingesetzte Gericht, ungeachtet langer Sitzungen, die in
neuerer Zeit vorkommenden Uebertretungsfälle kaum zu erledigen ver=
mag. Die Nothwendigkeit der Bewässerung läßt die Arbeiter mit Gleich=
gültigkeit den zu erwartenden Strafen entgegensehen, wenn sie dafür
nur einigermaßen Aussicht auf einen besseren Ernteertrag von dem in
dortiger Gegend hauptsächlich producirten Saffran erhalten, und sie
bezahlen nicht nur willig die Strafen, sondern erleiden, ohne sich zu
beklagen, die Gefängnißstrafe und kehren aus der Haft zurück mit dem
festen Vorsatze, im Nothfalle wieder zu demselben Mittel zu greifen,
um sich dadurch von dem namenlosen Elend zu befreien, das ihnen sonst
für den nahenden Winter bevorsteht.

Die genannte **Acequia de Moncada** wurde von dem aragonischen Könige bei der damaligen Uebergabe der Bewässerungsanlagen an die Einwohner der Huerta als eine königliche zurückbehalten, allein später im Jahre 1268 auch gegen einen Werthspreis von 5000 valencianischen Sueldos (an 2500 spanische Piaster) den Grundeigenthümern überlassen. Dieser Canal kann, zufolge der Vorschrift des Königs Jaime **II.** vom Mai 1321, bei Wasserüberfluß zur Hälfte oder dem vierten Theil seiner Wassermenge, je nachdem es nöthig ist, an die Canäle von Mestalla, Rascaña, Favara und Rovella abgelassen werden. Diese acequia besitzt einen eigenen, aus 12 Syndicis bestehenden, von den übrigen ganz selbstständigen und unabhängigen Gerichtshof.

Die acht großen Bewässerungsgräben, welche die Huerta von Valencia durchschneiden, empfangen, wie schon bemerkt, ihr Wasser aus dem Fluß Turia und bewässern eine Fläche von 126,416 hanegadas à 200 brazas cuadradas à 81 palmos valencianos, was an 233,000 spanische Morgen Ackerlandes = $3^2/_3$ leguas betragen dürfte. Die Bewässerung jedes Grundstückes geht gewöhnlich alle 14 Tage, im Sommer jedoch zu gewissen Zeiten aller 8 bis 9 Tage regelmäßig vor sich. Die hie und da angebrachten Wasserräder, welche mit Schöpfeimern versehen, das Wasser für das Reservoir aus der Tiefe heraufheben, sind der Beachtung werth und werden norias oder arabisch anaouras genannt. Da die ganze ackerbautreibende Bevölkerung der $3^2/_3$ leg. großen Huerta aus 72,209 Seelen besteht, so leben auf jeder Legua 21,364 Individuen, gewiß im Vergleich zu den übrigen bevölkertsten Punkten Spaniens, eine sehr große Anzahl. Auf jedes Individuum können $1^3/_4$ hanegada oder 1,772 valencianische oder 2,079 castilianische Ellen im Quadrat gerechnet werden.

Wenn auch der Fleiß und die Wohlhabenheit des Cataloniers in der Provinz Valencia im Allgemeinen nicht zu finden ist, so muß man doch gestehen, daß der Bauer

besonders in der Huerta fleißig, thätig und wohlhabend
ist. Die Eigenthümer des Grund und Bodens der Huerta
wohnen meist in Valencia und die Bauern sind Pächter,
in deren Familien jedoch seit langen Zeiten die einzelnen
Grundstücke nach alter Sitte und Herkommen forterben.
Trotz des hohen Pachtzinses gelingt es doch dem Bauer
durch seine Arbeitsamkeit, Mäßigkeit und Einfachheit seinen
Wohlstand zu gründen und zu vermehren. Eine kleine,
aber saubere Wohnung, eine einfache Kleidertracht und eine
geringe Anzahl von Bedürfnissen findet man bei jedem
Bauer. Die Hütten (chozas) der Huerta sind wahre
Schmuckkästchen. Das Grundstück, worauf das freundliche
Häuschen steht, ist meist von der Straße durch einen
Graben und eine Hecke aus riesigen Aloen geschieden. Auf
einem kleinen Stege gelangt man über den Graben, tritt
durch eine mit Epheu und Marienbildern geschmückte Pforte
in einen schattigen, von Weinreben gebildeten Laubgang
ein, und gelangt so zur offenen Thüre der mit einem
leichten Strohdach versehenen Hütte, deren Wände von
Lehm gebaut und weiß angestrichen sind. Die innere Einrichtung ist sehr einfach. Durch die Hausthür tritt man
in die mit blendendem Küchengeschirr, Wassertrögen und
Geräthschaften ausgeschmückte Küche, die zum Hauptaufent-
halte der ganzen Familie, sowie auch meist zum Nachtlager
der Männer dient. Der Heerd, das Küchenbret, ein kleiner Tisch und ein kleiner Schemel bilden den ganzen Haus-
rath. Neben der Küche befindet sich gewöhnlich ein kleines
Gemach, das zur Schlafstube oder zur Rumpelkammer benutzt wird. Die Pferde und die Ackergeräthschaften finden
unter einem an die Hütte anstoßenden Wetterdache Platz.
Unweit der Hütte stehen Orangen-, Feigen-, Johannisbrod-
und Granatbäume, in deren Schatten der Landmann
während der heißen Jahreszeit, mit Ausnahme der Nächte,
sich mehr, als in dem Hause aufhält.

Auf meinen Streifereien in der Ebene von Valencia
bin ich in mehre dieser Bauerhäuser eingetreten. Die Leute

empfingen mich jederzeit freundlich, ließen mich von ihrem
Brod, ihren Erbsen und Melonen mitessen, erzählten treu-
herzig von ihren Haus- und Feldeinrichtungen und gestatteten mir recht gern, dieselben anzusehen und zu prüfen.
Der eine Bauer, der bei meiner Annäherung ein Feld
zu Melonen pflügte, überließ mir bereitwillig den Pflug
zum Gebrauche und zum Abzeichnen. Derselbe war eine
Art leichter Hakenpflug und wurde von einem Pferde,
welches mit einem eigenthümlichen Geschirr in eine Art
Deichsel gespannt war, gezogen. Der Mann erzählte mir,
daß er jährlich meist dreimal, ja noch öfter erntete und
daß die Ernten von Hirse, Bohnen und Melonen in einem
Jahr hinter einander stattfänden. Nach diesen Früchten
folgte Waizen, der bei meiner Anwesenheit in der ganzen
Huerta üppig, an 4 Fuß hoch, wie Pallisaden stand. Um
die Hütte des Landmanns herum wuchsen auf einem kleinen
Revier zusammengedrängt Citronen-, Maulbeer-, Oliven-,
Palm- und Cactusbäume. Die Frauen — unser Wirth
hatte sieben Töchter — beschäftigten sich mit der Haus-
haltung, der Seidenspinnerei und dem Obstverkauf. Butter
und Käse wird wenig gemacht und im Verhältniß auch
nicht viel Vieh gehalten. Der Dünger ist sehr gesucht,
weil ohne denselben nicht so viele und reichhaltige Ernten
erreicht und solcher schneller Fruchtwechsel eingeführt werden
könnte. Der Boden bedarf, da das Wasser nicht fehlt,
niemals der Ruhe oder Brache. Die vorzüglichsten Producte der Huerta bestehen in Halmfrüchten, Obst, Küchenkräutern aller Arten. Gemüse, Mais, Johannisbrod, Seide,
Bohnen, Wein, Hirse und Reis gedeihen üppig und reichlich.
Orangen, Granaten, Datteln, Melonen, Kürbisse, Arti-
schocken und Bataten wetteifern im Wachsthum und Aloe,
Cactus, Pinien, Palmen und Cypressen umgeben die
strotzenden Waizen-, Hanf- und Leinfelder. Auf den Cactus-
plantagen wird die Cochenille gezogen und von dem Maul-
beer-, Mandel- und Feigenbaume ein gutes Product gewonnen.

Die Stadt Valencia, in der wir in der guten Fonda
del Cid, am Platze del Arzobispo, unser Quartier nahmen,
bildet mit ihren schmalen, meist ungepflasterten Straßen,
mit ihren nicht hohen, der Mehrzahl nach aus Lehm gebauten Häusern, mit ihren burgartigen Palästen, kleinen
Gärten und lebendigem Treiben ein Conglomerat von Irr-
gängen und Eigenthümlichkeiten, in dem man lange verweilen muß, um sich zurecht zu finden. Der Unterschied
gegen Barcelona ist in das Auge springend; man hat
eine nördliche Stadt verlassen und ist plötzlich nach dem
Süden, nach einer ächt spanischen Stadt versetzt worden,
deren Geschichte, Vergangenheit und Gegenwart, noch sehr
lebendig an die romantische Herrschaft der Sarazenen erinnert. Valencia zählt eine Bevölkerung von etwa **160,000**
Einwohnern. Der Südländer sehnt sich mit seinem orientalischen Gemüthe nach Schatten, nach Pflanzenduft, nach
Ruhe und Kühlung. Breiter Straßen und großer freier
Plätze bedarf er hierzu nicht; er baut sich seine Hütte
mit einem hübschen innern Hof und einem daran stoßenden
Garten, in dem er frische Luft und kühlenden Schatten
genießen kann, und verschafft sich somit die für sein häus-
liches Leben größten, hauptsächlichsten Bequemlichkeiten.

Von dem **162** Fuß hohen Torre de Miguelete, dem
Hauptthurme der Kathedrale, wo die große Glocke La Vela
aufgehängt ist, gewinnt man den besten Ueberblick über
Stadt und Land, über See und Meer. Ein reizendes
Panorama breitet sich hier dem erstaunten Blicke aus.
Valencia, kreisförmig um die Kathedrale herumgebaut,
gewährt mit seinen vielen Kirchen, Thürmen, Palästen,
Klöstern und Hospitälern, mit seinen mäandrischen Gassen,
mittelalterlichen Ringmauern, Zinnen und Thoren und
seinem labyrinthischen Häusermeere einen eigenthümlichen,
zauberischen Anblick. Um die alten, verwitterten Mauern
schlingt sich im Umkreis von mehren Meilen ein Gürtel
von frischem, lebendigem Grün, aus dem stattliche Dörfer,
Flecken, Weiler, Glockenthürme, Capellen, Klöster hervor-

treten und überall schneeweiße Häuser, Haciendas, Corti=
jos (Gehöfte), Quintas (Villen), Lugares (einzelne Land=
häuser) aus Palmen=, Cypressen= und Aloehainen hervor=
schimmern. Durch diesen gut angebauten Gartenboden der
Huerta schlängeln sich die Wassercanäle, deren blinkende
Wasserärme oft als weiße, glänzende Linien in dem grünen
Teppich erscheinen. Im Hintergrunde nach Osten begrenzt
dieses Blüthenmeer der blendende Wasserspiegel des mittel=
ländischen Meeres und auf den andern Seiten bilden die
Sierras von Chiva, Cullera und Murviedro den male=
rischen Horizont. Ceres und Bachus, Flora und Pomona
scheinen ihre Residenz in der Huerta de Valencia, unter
den Hütten der Menschen aufgeschlagen zu haben und das
schöne Valencia zeigt sich allnächtlich, wie Titania mit
ihren Elfen und Sylphen, in dem Feenmärchen eines ewigen
Sommernachtstraums. Ein stets blauer Himmel bildet
die wölbende Kuppel über diesen lieblichen Erdenpunkt,
von dem die befiederten Sänger mit volltönenden Kehlen
zu singen scheinen:

> Wie schön, o Gott, ist Deine Welt gemacht,
> Wenn sie Dein Licht umfließt,
> Es fehlt an Engeln ihr, und nicht an Pracht,
> Daß sie kein Himmel ist."

Eine ganze Weltgeschichte ist über Valencia, einer der
ältesten Städte auf der ganzen Halbinsel, hinweggerollt.
Im Jahre 140 vor Christi Geburt von Junius Brutus
gegründet, kam sie im Jahre 413 nach Christo in den
Besitz der Gothen und im Jahre 713 unter **Addu - I - 'azíz**,
Sohn des **Musa Ibn Nosseyr**, in den der Sarazenen.
Unter der Regierung der letzteren groß und mächtig ge=
worden, trennte sie sich im J. 1027 von dem Chalifat von
Cordoba und bildete mehre Jahre die Hauptstadt eines
selbstständigen, unabhängigen Königreiches, bis sie im Jahre
1097 von Don Rodrigo Diaz, dem Cid Campeador, nach
langer Belagerung erobert wurde. Dieser Held, dessen
bewunderungswürdige Heldenthaten und große Liebe zu

seiner Gemahlin Ximene zu hochpoetischen Darstellungen und Dichtungen so reichhaltigen Stoff gegeben haben, soll im Jahre 1026 unweit Burgos geboren und im Jahre 1099 zu Valencia gestorben sein. Nach seinem Tode nahmen wiederum die Mauren, im Jahre 1101, Besitz von Valencia, konnten es aber nur bis zum Jahre 1238 behaupten, wo der König von Aragonien D. Jaime, genannt der Eroberer, dieses zeither unabhängige Königreich an sich riß und es mit der Krone von Aragonien vereinigte. Im Jahre 1479 wurde Valencia nebst Königreich mit der castilianischen Monarchie durch die Verheirathung Ferdinands mit Isabella verbunden und unter Philipp II. das Athen der schönen Künste, insbesondere der Malerei und Musik. Im Anfange des siebzehnten Jahrhunderts brachte der Krieg mit den Mauren, die bekehrt werden sollten, eben so großes Unglück und Elend über das Land, als der bei Beginn des nächstfolgenden Jahrhunderts ausgebrochene Successionskrieg, indem Valencia für die Sache Oestreichs zu den Waffen griff. Im neunzehnten Jahrhundert steht die Erhebung des Volkes gegen die Franzosen in den Annalen der Weltgeschichte groß und einzig da. Als am 23. Mai 1808 die Nachricht von der Abdankung des Königs Ferdinand VII. nach Valencia gelangte, ertönte auf dem jetzigen Plaza de la Constitucion der Ruf viva Fernando VII. y mueran los Franceses. Das Volk erhob sich in Masse, erklärte den Franzosen den Krieg und das furchtbare Trauerspiel begann. Ströme von Blut wurden vergossen für den pflichtvergessenen König, aber Alles war umsonst. Der Feind belagerte endlich die Stadt Valencia, bestürmte sie und nahm von derselben auf dem Wege der Capitulation am 9. Febr. 1812 Besitz, in dem er auch bis zum 5. Juli 1813 blieb, wo er durch die Tapferkeit der siegreichen spanischen Waffen zum Abzug gezwungen wurde. Francisco Javier Elio zog mit seinen Truppen ein und bewillkommte Ferdinand VII., welcher am 16. April 1814 aus seinem französischen Exil

hier ankam. Der König Ferdinand hat aber die Treue
und Tapferkeit seines Volkes schlecht belohnt und sich einen
Denkstein in der Erinnerung des Volkes gesetzt, auf dem
nicht einmal nach dem Satze de mortuis nil nisi bene,
dem Verstorbenen Verdienste nachgerühmt werden können,
weil er eben nichts weniger, als solche hatte.

Valencia mit seinen engen, düstern und krummen
Straßen, mit seinen Festungswerken, malerischen Thürmen,
und romantischen Thoren, unter denen vorzüglich die **Puerta
de Serranos** wegen ihres massenhaften Baues und dennoch
geschwungenen Baustyles, sowie die **Puerta de Cuarte**
wegen des am 28. Juni 1808 von Marschall Moncey
auf dasselbe Thor unternommenen Sturmes zu erwähnen ist,
breitet sich, wie schon bemerkt, kreisförmig um die der
heiligen Jungfrau geweihte Kathedrale aus, welche auch unter allen Kirchen der Stadt wegen ihres Bauwerks und ihrer
großen Kunstschätze die bemerkenswertheste ist. Dieses schöne,
im Aeußeren nach der Form eines unregelmäßigen Fünfeckes angelegte und im Innern mit drei großen, wenn
auch nicht sehr hohen Schiffen aufgeführte Gebäude macht,
trotz der verschiedenartigen in demselben wechselnden Baustyle, einen überraschenden Eindruck. Von Baustylen scheint
hier ein ganzes Conglomerat verschwendet zu sein; denn
bald erblickt das Auge den ursprünglichen gothischen Typus,
bald einen späteren Spitzbogen, bald römischen Renaissance-
und Rococostyl. Unter den drei Hauptthoren bildet den
Haupteingang ein römisches Thor, welches mit seinen vielen
Bogen, Säulen, Nischen, Verzierungen, Figuren und
Statuen, letztere von Ignacio Vergara gearbeitet, einen
eigenthümlichen, wenn auch nicht großartigen Anblick ge-
währt. Der Baumeister Conrado Rodulfo, von deutscher
Abstammung, hatte diesen Bau begonnen, jedoch noch vor
Vollendung desselben im Jahre 1707 die Stadt verlassen.
Auch scheint der Baumeister des Thurmes, welcher sich
Juan Franck nannte, deutschen Ursprungs gewesen zu sein.
Das Innere der Kirche besteht aus drei, von 25 Ge-

wölben gebildeten Schiffen, welche auf 42 Strebepfeilern ruhen und nach jeder Fronte hin zwei Wandpfeiler mit corinthischen Knäufen bilden. Die Säulensockel und die Mauern sind von farbigem Jaspis, die Wände, Pfeiler und Wölbungen von marmorartigem Stuck und die Knäufe der Säulen, sowie das Simswerk der Bogen vergoldet. Der Capitularsaal zeichnet sich durch reinen Baustyl, herrliche Deckenwölbung, kunstreiche Bildhauerarbeiten und eine Reihe gutgelungener Bilder, die Erzbischöffe von Valencia darstellend, aus. Die Chorstühle mit ihren vortrefflichen Nußbaumreliefs sind von künstlerischem Werthe. Der Reichthum der Kathedrale an Gold und Silbergeschirr, an Juwelen, an Meßgewändern und Gemälden soll früher viel bedeutender, als gegenwärtig gewesen sein, wo ein großer Theil der Kunstschätze entweder entfernt oder versteckt worden ist. Von den guten, noch vorhandenen Gemälden werden mehre z. B. ein ecco homo, eine Taufe Christi, ein Messias u. s. w. dem Juan de Juanes, andere wieder dem Ribalta, Pedro Orrente, der 1739 in Valencia geboren wurde und Mariano Salvador Maella, sowie auch eine Grablegung Christi dem Murillo zugeschrieben. Ueber die am Hochaltar, angeblich von Pablo de Aregio und Francisco Neapoli gefertigten und von Philipp **IV.** so hoch geschätzten Gemälde herrscht unter den Künstlern noch immer eine Meinungsverschiedenheit. Einige behaupten, daß die beiden obengenannten Maler Schüler des da Vinci gewesen seien, andere wollen diese Gemälde diesem Meister selbst zuschreiben.

Auf die Beschreibung der übrigen 14 Pfarr- und 59 anderen Kirchen, der aufgehobenen Klöster, der bestehenden vielen Wohlthätigkeitsanstalten u. s. w. können wir hier, des beschränkten Raumes wegen, nicht näher eingehen, sondern bemerken nur, daß auch hier die kirchlichen Angelegenheiten noch nicht vollständig geordnet und viele, aus den Klöstern vertriebene Mönche und Nonnen gänzlicher Hilflosigkeit preisgegeben sind, indem die von der

Regierung übernommene Verpflichtung, für ihren Unterhalt zu sorgen, nicht erfüllt worden ist. Der Erlös aus
dem Verkaufe der Klostergüter ward zur Verminderung
der ausländischen Staatsschuld bestimmt, jedoch auch
dieser Bestimmung, obgleich im Juni 1835 559 Klostergüter verkauft und dafür über 16 Millionen Realen gelöst wurden, bis jetzt schlecht nachgekommen. Spanien
seufzt jetzt mehr, als je, unter einer starken Staatsschuld und die Finanzen gerathen immer mehr in Ver-
wirrung. Die Geistlichkeit übte in Spanien allerdings
eine zu große Gewalt und zu mächtigen Einfluß aus,
allein bis jetzt ist das spanische Volk, nachdem es dieses
kirchliche Joch abgeschüttelt, durch die Niederträchtigkeit
der Beamten schlecht dafür entschädigt worden. Um die
Mitte des Jahres 1835 bestanden in Spanien noch 1940
Klöster mit 30,906 Mönchen; außerdem gab es gegen
24,000 Nonnen. Durch ein königl. Decret von 1835
wurden aber alle, nicht über 12 Mönche zählende Klöster,
im Ganzen 884, für aufgehoben erklärt.*)

Valencia, früher der Sitz der Künste und Wissenschaften, hat besonders in erster Beziehung einen sehr hohen
Rang eingenommen. Die Malerschule von Valencia stand
einst mit der von Sevilla auf gleicher Stufe der Berühmt-
heit und noch jetzt zeigt die Stadt, obgleich ihrer werth-
vollsten Werke beraubt, in den Palästen der Großen, in
den Kirchen und auch in dem in neuester Zeit gegründeten Museum noch manche Spuren und werthvolle Ueberreste jener glorreichen Periode. In dem Museo de Pin-

---

*) Ein Blick auf die im vorigen Jahrhundert in Spanien besteh-
ende Geistlichkeit dürfte hier nicht ohne Interesse sein. Wir entnehmen
deshalb aus der europäischen Staatskunde von M. E. Tozen (Schwerin
und Wismar 1785) folgende Stelle: „Im Jahre 1754 waren in dem
Königreich Spanien 2040 Manns- und 1023 Frauenklöster und darin
69,664 Mönche und 38,089 Nonnen, beider Bedienten mit eingerechnet.
Alle Welt- und Ordensgeistlichen zusammen hat man vor 50 Jahren
auf 250,000 geschätzt."

turas sind mehre Säle mit Gemälden angefüllt, die aber zum großen Theil des künstlerischen Werthes, der guten Beleuchtung und Erhaltung entbehren. Man findet jedoch darunter auch Bilder aus der valencianischen Schule, die größere Aufmerksamkeit verdienen und besonders muß ich für meine Person erwähnen, daß auf mich die Gemälde des im Jahre 1579 gestorbenen, spanischen Rafaels, des Juan de Juanes, z. B. der Christuskopf und die Concepcion, wegen der Schönheit des Colorits, einen außerordentlichen Eindruck gemacht haben. Von den übrigen Künstlern verdienen der im Jahre 1597 nahe bei Valencia geborene Juan de Ribalta, Jose Ribera, Jacinto Geronimo de Espinosa, Estaban March und der im Jahre 1772 in Valencia geborene, noch jetzt lebende, Historien-Maler Vicente Lopez genannt zu werden. Jose Ribera, il Spagnoletto, ist Schüler des Ribalta. Er ward zu Xativa bei Valencia im Jahre 1588 geboren und starb zu Neapel im Jahre 1656. Ribera ist der Gründer der spanisch-neapolitanischen Schule und malte Märtyrerscenen in einem entschiedenen Caravaggio = Style. Ein anderer Schüler des Ribalta ist der im Jahre 1600 geborene Jacinto Geronimo Espinosa, welcher mehr die Caracci-Schule nachahmte. Estaban March, der Schlachtenmaler, war ein Schüler des im Jahre 1644 gestorbenen Pedro Orrente, der in seinen Thierzeichnungen dem Bassano sich nachzubilden suchte. Jose Vergara, Jose Comaron, Planes und Maella sind valencianische Maler des achtzehnten Jahrhunderts.

In der Kirche des San Juan sieht man die berühmte, auf Anregung des Jesuiten Martin von Alvaro Juan de Juanes gemalte, großartige Concepcion, in der Kirche von San Martin einen Christus von Ribalta, in der Capelle von San Nicolas, ursprünglich einer maurischen Moschee, ein Abendmahl von Juanes und in der schönen Kirche des früheren Carmeliterinnenklosters von Santa Ana einen Messias von demselben Meister. Außerdem

findet man noch in den Kirchen des ehemaligen Klosters
St. Domingo, von San Felipe Neri, der **Escuelas pias,**
des **Colegio del Patriarca**, der **Nuestra Señora al**
pie de la Cruz u. s. w., sowie auch in den Privat-
sammlungen des Grafen von Parsent (calle de **Carni-**
ceros), des Marquis von Rafol und des Perückenmachers
Pedro Perez eine große Anzahl Gemälde von den Meistern der valencianischen Schule.

In der Fonda del Cid ging es lebendig her. Fremde
strömten ab und zu und Sprachlaute der verschiedenartigsten Nationen summten durcheinander. Engländer,
Franzosen, Deutsche, Portugiesen, Spanier, Russen und
Amerikaner zogen ein und aus, Postwagen rollten ab
und zu, und die regelmäßig ankommenden Dampfschiffe
brachten immer neue, stärkere Zufuhren der wanderungs-
lustigen Menge. Der Cid war besetzt von oben bis unten und glich einem Taubenhaus; ein Schwarm folgte
dem anderen. Auch Deutsche wohnten in ziemlicher Anzahl im genannten Gasthofe, auf die wir später zurückkommen werden. Deutsche Landsleute trifft man außerdem noch in der **calle de Zaragoza**, wo sie die größten
und reichsten Gewölbe der Stadt besitzen. Sie stammen
meist aus Böhmen, machen hier gute Geschäfte und stehen
bei der valencianischen Bevölkerung in Ansehen und Achtung. Das bedeutendste deutsche Haus in Valencia, welches auch in ganz Spanien bekannt ist, führt die Firma
Krysler Kreybing & Comp. Das in der genannten Straße
gelegene, große Café del Siglio ist eins der schönsten in
ganz Spanien und dient den Einheimischen, wie Fremden
zum Sammelplatze. Auch wurden bei meiner Anwesenheit
in Valencia von einer deutschen Bereitergesellschaft Vorstellungen gegeben, die sich eines starken Besuchs und Bei-
falls erfreuten. Der Director war ein junger hübscher
Mann aus der Rheinprovinz, der sich über Spaniens
Hitze und Reichthum, letzteres natürlich nur bezüglich seiner Schatulle, eben nicht sehr geneigt aussprach und mehr

für Nordamerika eingenommen zu sein schien, wohin er
auch später zu gehen beabsichtigte.

Eine andere mir liebe Bekanntschaft war ein Deutscher in der Calle de Union, über dessen Hausthür ein
Schild mit der Aufschrift: „**Fabrica di Cerveza de
Francisco Scherle**" prangte. Wenn man an der schweren Hausthüre anpocht, öffnet einem ein freundlicher, schlichter Mann, mit einer weißen Schürze und mit einem rothen
Mützchen angethan, und führt einen durch die Hausflur
über den kleinen Hof eine Treppe hinauf in ein Zimmer,
wo kleine hölzerne Tischchen und Stühle in Reih' und
Glied, reinlich geputzt neben einander stehen, eine große
schwarzwälder Wanduhr ihren gleichmäßigen Schlag erschallen läßt und Bilder aus dem schönen Schwabenlande
die sonst nackte und weiß angestrichene Wand schmücken.
Wenn man dem Manne sagt: „grüß' dich Gott, Landsmann, gib mir einen Trunk", so setzt er einem eine Flasche Bier à ½ peseta (circa 4 gr.) mit dem Wunsche:
„wohl bekomm's" auf den Tisch. Da sitzt man nun
ganz gemüthlich in Valencia, der Stadt des Cid und ge-
denkt beim Gerstensafte der fernen deutschen Heimath!
Herr Scherle aus Freiburg in Baden ist ein braver schlichter Deutscher, der auf seine Arme und seinen Fleiß ver-
traut und sein Geschäft mit Hilfe eines sechszehnjährigen
Burschen ganz in der Weise betreibt, wie er es in
Deutschland gewohnt war. Er lebt schon 10 Jahre in
Spanien, ist mit einer Spanierin aus Pamplona verheirathet und besitzt in dem ihm zugehörigen, hübschen Hause
eine kleine, recht gut eingerichtete Brauerei mit einem Kessel, einem Maischbottich, einer mit Zinn beschlagenen Bier-
kühle, einer kleinen Malztenne und einer Darre von Eisen-
blech. Die Schrotmühle und die messingene Wasser-
pumpe werden durch ein Pferd in Bewegung gesetzt.
Unser Jünger des Gambrinus bezieht die Gerste aus der
Mancha (1 Sack à 130 Pfd. kostete 2 Duros), den Spal-
ter Hopfen aus Baiern und benutzt zur Kessel- und Malz-

darrfeuerung Kohlen von dem Johannisbrodbaume, von denen er **36** Pfd. mit 5 Realen bezahlt. Er besitzt außer einem Pferde noch einen Maulesel, die er eben- falls mit Johannisbrod füttert und hält sein Geschäft in bester Ordnung. Das Bier selbst wird auf Obergäh- rung gebraut und findet, wenn auch für unsere deutschen Bierzungen noch manches zu wünschen übrig bleibt, gu- ten Absatz; zu berücksichtigen ist allerdings dabei, daß das warme Klima u. s. w. die Bierfabrikation in Spanien bedeutend erschwert. Uebrigens findet man fast in allen größeren Städten der pyrenäischen Halbinsel deutsche Bier- brauereien, die mehr oder minder gute Geschäfte machen.

Indem ich vorhin erwähnte, daß das Johannisbrod hier vorzüglich zur Fütterung der Pferde und Esel diene, fiel mir die originelle Aeußerung eines kleinen valencia- nischen Knaben ein, die ich doch nicht mit Stillschweigen übergehen will, so wenig schmeichelhaft sie auch für mich sein mag. Ich war als Knabe nämlich ein leidenschaft- licher Verehrer und Verzehrer des Johannisbrodes und erinnere mich noch sehr genau der freudigen Hast, mit welcher ich, wenn eine gütige Hand mich mit einem Nasch- pfennige beschenkt hatte, in die Apotheke meines Dorfes eilte, um mir von dieser Lieblingsspeise zu kaufen. Mochte nun dieser Trieb bei'm Anblicke des Johannisbrodes in Spanien wieder von neuem erwacht sein, oder mochten mich andere Gründe der Neu- oder Wißbegierde dazu drängen, kurz ich konnte, als ich einen mit dieser Frucht beladenen Wagen in einer der Straßen Valencias stehen sah, mich nicht enthalten, eine Schote herauszunehmen und sie zum Munde zu führen. Eben als ich mich in süßer Erinnerung verschwundener, genußreicher Zeiten an- schickte, mit vollem Appetite ein lucullisches Mahl zu hal- ten, rief auf einmal ein unweit von mir stehender kleiner Junge ganz laut aus: „es un burro, es un burro" (er ist ein Esel). Der böse Junge! Und doch mußte ich ihm noch dankbar sein, daß er mich nicht gar einen „perro"

nannte. Der Vergleich mit Eseln bleibt zwar immer ein
eselhafter, ist aber lange nicht so entehrend, wie der mit
Hunden. In dem Titel „perro" liegt für den Spanier
die tödtlichste Beleidigung und Hispanien hält in dieser
Beziehung keinen Vergleich mit Hellas aus, wo, wie z. B.
Sophokles' Aias beweist, der Vergleich mit Hunden nicht
beschimpfend war, und man die spartanischen Hunde,
natürlich vorzugsweise wegen ihres scharfen Geruches, schätzte
und sie von Hund und Fuchs abstammen ließ.

Ich muß gestehen, daß ich noch keine Stadt, weder
in der alten, noch neuen Welt gefunden habe, die ein
solches Straßenlabyrinth aufzuweisen hat, als Valencia.
Wer des Abends in dieser Stadt des Cid herumgestreift
ist, der wird mir in dieser Beziehung beistimmen. Ich
kann mich im Allgemeinen eines ziemlich ausgebildeten
Ortssinnes rühmen und war auch in Begleitung einer
Art von Lohndiener von meinem Gasthofe, indem ich
meine Umgebung sorgsam beobachtete, nach dem Theater
gewandert, aus welchem ich mich allein nach Hause zu
finden hoffte, allein o curas hominum, o quantum in
rebus inane! — mein Erinnerungsvermögen war für
Valencia nicht groß genug. War ich entweder von der
Aufführung der neuen Oper Donizetti's hingerissen, oder
von der blendenden Schönheit der Damen „auf hohen
Balconen" bezaubert, oder von dem Anblicke der im Parterre trotz aller Pauken und Trompeten fest eingeschlafe-
nen, fast ganzen Compagnie Soldaten betäubt, kurz ich
lief nach dem Schlusse des Theaters, wie der wüthende
Roland, in der alterthümlichen Stadt einher und je mehr
ich lief, je mehr verirrte ich mich. Da man mir so viel
von den auf den Straßen Valencias häufig vorkommenden Plünderungen und Mordthaten, von den hinterlisti-
gen und dolchliebenden Valencianern und was weiß ich,
von welchen Gefahren und Schrecknissen noch erzählt hatte,
so glaubte ich thörichterweise den Stein der Weisen darin
gefunden zu haben, daß ich, um jeden etwaigen Verdacht

und jedes Aufsehen zu vermeiden, weder fragen, noch
stillestehen dürfte. Ich hatte fast schon die Hoffnung
aufgegeben, meinen Gasthof aufzufinden, als mir noch
zur rechten Zeit Zeus, der schützende, der Abwender alles
Uebels, einen averrúncus in der Gestalt eines zum reinen Himmel (cielo sereno) laut aufrufenden sereno
(Nachtwächters) sandte, der mich, nachdem er sein „Las ..
doce .. y media .. y sereno .. Ave Maria" abgerufen hatte, gefällig zur **Fonda del Cid** geleitete.

Der gran **Funcion Lirica** in Valencia, wo se pondra
en escena la gran ópera nueva, **Maria de Padilla
en tres actos del Maestre Donizetti** will ich gedenken.
Erst eingewiegt von den Klängen der harmonischen Musik,
dann begeistert von den glockenhellen Lauten der Prima-
donna Villo und zuletzt noch mehre Stunden lang aus
Verzweiflung in dem spanischen Babylon umher gerannt,
das ist doch zuviel Genuß auf einmal! Der Leser halte
das Gesagte um Himmelswillen nicht für Ironie, er glaube
ja nicht, als ob ich durch die Einwirkungen dieser Oper
so zerstreut oder begeistert worden, oder in Verzweiflung
gerathen wäre, daß diese Irrfahrten eine ganz natürliche
Folge davon sein mußten. Nein, ein solch boshafter Schalk
bin ich nicht und wenn auch nicht von den Leistungen der
Capelle und des Sängerchors, gleichwie von der Laute des
Orpheus, die wilden Thiere gezähmt, die todte Natur belebt
und der Schattengott selbst besänftigt worden wären, so
muß ich ihren, so wie den Bemühungen des Souffleurs
doch alle Gerechtigkeit widerfahren lassen und die Vorstellung
als eine gelungene bezeichnen. Das Theatergebäude, an
dem damals gebaut wurde und dessen Eingang wegen des
aufgerichteten Baugerüstes etwas schwer zu ermitteln war,
hat im Innern einen großen, jedoch einfach ausgeschmückten
Raum. In den Corridors und Foyers, die viel zu wünschen
übrig lassen, wird geraucht und der Tabakrauch zieht sich
von hier ganz gemüthlich zur starken Schattirung in das
Innere hinein. Die Damenwelt entsprach am heutigen

11*

Abende meinen großen Erwartungen in Bezug auf ihre
Schönheit und Toilette im Allgemeinen nicht. Einzelne
Sterne funkelten zwar mit ihrem strahlenden Schimmer
in das Parterre hinab, allein, wie gesagt, das waren eben
nur einzelne Fixsterne. Eine auffallende Erscheinung waren
mir jedoch mehre Valencianerinnen mit blonden Haaren
und hellblauen Augen, bei deren Anblick mein neben mir
sitzender andalusischer Freund jedesmal keck behauptete:
„es una wapa chica de Alemania" (es ist ein schönes
deutsches Mädchen), da nach seiner und vieler Spanier
Ansicht, blonde Haare und blaue Augen als sichere Merk-
zeichen deutscher Abstammung zu betrachten seien. Der
Spanier spricht überhaupt viel von der Anmuth und Schönheit der deutschen Frauen und denkt sich diese als eine
Art Ideal von Sanftmuth in blonden Haaren. Das spanische Sprichwort: „han de ser muy dulces las Ale-
manas" mögen sich auch unsere deutschen Damen mit Recht,
obschon mit Ausnahme der einzelnen xantippischen Größen
und Kleinigkeiten gefallen lassen und sich bei den galanten
Spaniern selbst dafür bedanken, wenn sie einmal eine Reise
zu denselben machen sollten. *)

Außer dem Theater sucht man in Valencia, wie in
ganz Spanien, noch Zerstreuung und Erholung auf den
Alamedas, in den Tertulias, in den Kaffeehäusern und
in den Stiergefechten. Aber wehe dem Unglücklichen, welcher

---

*) Im Theater war der precio de las localidades

Seitenloge und erster Rang		40	rs.
Idem zweiter Rang		24	=
Idem dritter Rang		14	=
Sperr-Sitze bis zur Bank . . 6 . . .		8	=
= = = = 7 à 10 —		2	=
= = = = 11 à 15 —		2	=
Sitze de palco corrido		2	=
Galeria de Señoras		3	=

Eintrittspreis (entrada) 4 rs. vn.
Anfang 7½ Uhr.

sich in einen valencianischen Fiacre, — genannt Tartana —
wirft mit dem Gedanken, ausgestreckt auf sanften Kissen
und Federn sich durch die Straßen und in der Umgebung
der Stadt umherschaukeln lassen und sich so die Zeit höchst
angenehm zu vertreiben. Ein größerer Marterkasten zum
Vergnügen ist wohl nicht besser und geschickter erfunden
worden. Und denke der Leser ja nicht, daß ich von einigen
oder mehren Tartanen rede, nein, beim Himmel nicht, ich
spreche von Hunderten, von Tausenden. Als ich das erste
Mal die Alameda in Valencia besuchte, sah ich eine end=
lose Reihe von Tartanen sich eine hinter der anderen,
Schritt vor Schritt bewegen und ich glaubte einen feier=
lichen Leichenzug zu erblicken. Ein andermal kam es mir
vor, als wenn ein ganzer Artilleriepark dahinzöge und
da ich in den schwarz oder dunkel angestrichenen Wagen
keine menschlichen Wesen entdecken konnte, so bildete ich mir
ein, Protzkasten zu sehen, in denen die Munition aufbewahrt
wird. Wie ist denn nun eigentlich eine solche Fortbewegungs=
maschine gebaut? wird der Leser neugierig fragen. Dies
ist leicht zu beantworten und ich bitte den Leser nur an
eine Schäferhütte zu denken, welche statt auf Schwung=
federn, gerade auf einer Achse sitzt, im übrigen auf zwei
hohen Rädern ruht, mit Wachstuch überspannt und von
einem in eine Art Gabeldeichsel eingespannten Pferde oder
Maulthiere gezogen wird. Wie der Schäfer von hinten
in seine Behausung einsteigt, ebenso geschieht dies bei der
Tartane, nur mit dem Unterschiede, daß letztere natürlich
etwas bequemer, im Innern oft sehr elegant mit Sitzen,
Tapeten und Teppichen ausgeschmückt ist. Man hat bei
der Tartana durch zwei Oeffnungen eine Vor=- und eine
Rücksicht. Sieht man nach vorne, so wird fast die ganze
Vor= und Aussicht durch die Rückseite des Kutschers
und des Maulthieres verdeckt, sieht man nach hinten, so
erblickt man wieder zunächst der Oeffnung den Kopf des
Maulthieres von der nächstfolgenden Tartane. Denkt man
sich nun hierzu noch eine dichte Umgebung von Staub=

wolken und heißer, dumpfer Luft, so hat man einen un=
gefähren Begriff von dem valencianischen Corso. Die
Alameda selbst, nach der man über die im Spitzbogenstyl
über den Gualaviar oder Guadalaviar oder Turia ge=
baute Brücke gelangt, besteht aus vier ausgedehnten Baum=
reihen von Ulmen, Silberpappeln und Platanen, welche
den ganzen Platz in drei parallele Gänge, zwei für die
Wagen und einen für die Fußgänger eintheilen. Auf der
einen Seite sieht man Gartenanlagen, auf der andern den
trocknen Fluß und jenseits desselben die malerische Stadt.
In den genannten Gängen wogt nun nach der Siesta,
zwischen fünf und sieben Uhr, die Menschen= und Wagen=
menge auf und ab und zieht sich dann auf einmal, wie
auf Commando, nach dem an dem Plaza de St. Do=
mingo noch innerhalb der Stadt gelegenen Garten oder
Paseo de la Glorieta.

Dieser Garten von regelmäßiger Figur, eingeschlossen
von einem hölzernen Gitterwerk, hat in seiner größten
Länge eine Ausdehnung von 600 und in seiner größten
Breite von 480 Fuß. Er ist ein mit schattenspenden=
den Orangenbäumen, Eschen, Hängeweiden, Platanen,
Buschwerk von Pinien, Cedern, Erdbeerbäumen, Mastix,
Rosmarin, Oleander, Lorbeer, Tulpen und Nelken be=
pflanzter, mit Marmorstatuen und steinernen Bänken aus=
geschmückter und zur Zeit des Spazierganges mit vielen
Gasflammen erleuchteter Platz. Hier ist der Sammel=
punkt der fashionablen Gesellschaft Valencia's. Tartanen
auf Tartanen halten vor dem vergoldeten eisernen Gitter=
thor und Damen in feinster Toilette entschlüpfen den=
selben, um sich hier an der frischen Luft zu weiden. Die
Glorieta ist ein poetisches Plätzchen. Manches Auge mag
hier geblitzt, manches Herz ungestüm gepocht haben und man=
ches Geflüster zu den Sternen gedrungen sein. Diesen rei=
zenden Spaziergang legte D. Javier Elio im Jahre 1817
an; im Jahre 1820 wurde der Gründer dieses hesperischen
Gartens von den Constitutionellen in seiner eigenen Schöpf=

ung vom Leben zum Tode befördert. Auf der Plaza de
St. Domingo wurde auch am 4. Juli 1808 der Priester
Balthasar Calvo, dem es gelungen war, sich während der
Revolution auf kurze Zeit zum Dictator von Valencia
zu machen, hingerichtet.

An Spaziergängen und Gärten ist Valencia nicht
arm. Die letzteren können aber mit ihren steifen franzö=
sischen Anlagen und bei einer höchst geschmacklosen Ver=
wendung des gegebenen Raumes in ganz Spanien über=
haupt mit den unsrigen nicht wetteifern. Ich habe nur
sehr wenige Gärten in dem „Garten von Europa" ge=
funden, die ich rücksichtlich der Anlagen, der Formen und
der bunten harmonischen Figuren schön und geschmackvoll
nennen könnte. Der Garten des Vicente Roca in Va=
lencia, den ich in früher Morgenstunde besuchte, ist in
einem großen Maßstabe angelegt, scheint aber mehr zu
einem Nutz=, als zu einem Luxusgarten benutzt zu werden.
Die große Mannichfaltigkeit der Blumen, Gewächse und
Bäume, sowie insbesondere die botanischen Sammlungen
des fleißigen Besitzers bieten übrigens ein großes Interesse
für den Besucher. Als eine große Merkwürdigkeit wurde
mir Ananas in einem Gewächshause gezeigt und ich muß
ganz dem Urtheile meines Begleiters beistimmen, der da
meinte, man brauche nicht erst nach Valencia zu gehen, um
Ananas in Treibhäusern zu sehen, man könne diesen Genuß
im Norden von Europa auch haben. Ein anderer, auch
von der vornehmen Welt in früher Morgenstunde besuchter
Garten ist ein unweit der Alameda gelegener Milchgarten,
wo man Leche (Milch), Chocolate, Erdbeeren u. s. w. in
frischen Rosen= und Myrthenlauben, unter dem Schatten
von Dattelpalmen, Orangen und Cypressen verzehren kann.
Man thut natürlich am besten, wenn man in Spanien
die Morgen= oder Abendstunden zum Spazierengehen benutzt,
weil zur übrigen Tageszeit die Hitze zu drückend ist. Zur
Mittagszeit hält der Spanier, reich oder arm, gern seine
Siesta und nur „un Inglés" (ein Engländer) oder „un

perro" (ein Hund), läuft, wie das Sprichwort sagt, in
der Sonne umher.

Der Marktplatz, den ich an einem Sonntage besuchte,
war sehr belebt. Eine große Menschenmenge drängte,
schrie und handelte hin und her; es waren meist Land=
leute, welche, angethan mit ihrer malerischen Tracht, trotz
aller Sonntagsfeier, die Früchte ihrer Felder darboten.
An der Seite des Marktplatzes sind Arkaden angebracht,
welche gegen die Sonne schützen. Die hier versammelte
Menschenmasse konnte ich im Allgemeinen nicht schön fin=
den und auch unter den jungen Mädchen gelang es mir
nur sehr selten, ein wirklich schönes Gesicht zu erblicken.
Ich muß sogar bekennen, daß ich hier unter den Land=
leuten viel mehr häßliche Gesichter gesehen habe, als
irgendwo. Allein, doch glückte mir's noch in einer klei=
nen Fleischbude eine reizende Nausikaa zu entdecken, die
wirklich als ein Ideal weiblicher Schönheit gelten konnte
und deren Anblick mich mit der ganzen, auf dem valen=
cianischen Marktplatze versammelten Menschheit vollkom=
men aussöhnte. Die schlanke Figur, die anmuthige Hal=
tung und Bewegung, der feine Schnitt des Gesichtes,
das glänzend schwarze Haar, das blitzende Auge und die
niedliche Hand waren wirklich bezaubernd. Um meiner
Touristenpflicht genügen und auch von ihrem Sprachorgane
berichten zu können, fragte ich sie keck: „Como lo pasa
V.", worauf sie mir in wohlklingender Sprache, wenn
auch etwas schnippisch, erwiederte: Si V. esta tan hien
como yo, puede V. estar contento Caballero (wenn
Sie sich so wohl befinden wie ich, so können Sie zufrie=
den sein). Vor der Fleischbude meiner ernsten Niobe
hingen kleine, viereckige, weiße Täfelchen, auf denen zier=
lich geschrieben stand: Ternera (Kalbfleisch) à 38 cuartos
libra de 36 onzas, Carnera (Hammelfleisch) à 40 cuartos. Von den auf dem Marktplatze aufgehäuften Früch=
ten kann ich schweigen, da ich derselben schon früher er=
wähnt habe, jedoch will ich bemerken, daß die ersten Erd=

beeren, welche hier Mitte April verkauft werden, pro
Pfund mit 6 pesetas, später natürlich weit geringer, be=
zahlt wurden. Eine gute, saftige, valencianische Orange
kostete durchschnittlich 1 cuarto.

Die am Plazuela del Mercado liegende Lonja de la
Seda ist ein im gothischen Styl, im Jahre 1482, von
Pedro Compte errichtetes Gebäude, welches ein längliches
Viereck bildet. Schon am Haupteingange kann man auf
die innere Eintheilung des Gebäudes schließen, welches
aus drei scheitelrechten, großen Abtheilungen in Spitz=
bogenstyl besteht, in denen sich die großen, reich und ge=
schmackvoll erbauten Säle für die junta de comercio,
für die Versammlungen der Kaufleute und für die Bälle
in der Carnevalszeit befinden. Der größte Saal, in der
Form eines Parallelogramms von 131 Fuß Länge und
75 Fuß Breite, zeigt drei große Schiffe, welche von 24
gewundenen, sogenannten salomonischen Säulen getragen
werden, von denen 16 in der Wandmauer und 8 in der
Mitte freistehend angebracht sind. In dem unteren Raume
des Gebäudes sah ich große Massen von Seide, welche
von großer Feinheit und Schwere war, zum Verkaufe
ausliegen.

Eine der merkwürdigsten und sehenswerthesten Anstal=
ten in Valencia ist das „presidio" (Gefängniß.)*) Ich
bin erstaunt, im Süden Europa's ein Institut der Art
zu finden, wie ich es besser weder in England, noch in
Amerika gesehen habe. Die Zuvorkommenheit gegen
Fremde, die überall herrschende Ordnung, Reinlichkeit und

---

*) Von den im sechszehnten Jahrhunderte von den Spaniern auf
der afrikanischen Nordküste gewonnenen Besitzungen sind denselben nur
noch einige Presidios geblieben, welche hauptsächlich zur Verbannung
und Einkerkerung von Verbrechern dienen. Diese befestigten Plätze, die,
obschon im Reiche Fez gelegen, den Spaniern gehören, heißen Ceuta, an
der Meerenge von Gibraltar und der Festung gleichen Namens gegen=
über, mit 8000 Einwohnern, Peñon de Velez, Alhucemas mit 600 Ein=
wohnern und Melilla, feste Seestadt, mit 3000 Einwohnern.

Sauberkeit ist rühmenswerth. Es werden gegenwärtig hier
975 Gefangene mit Arbeiten aller Art in großen Sälen
auf eine solche Weise beschäftigt, daß sie mit einander
reden können. Das sogenannte pennsylvanische System
hat man hier anzuwenden nicht für gut befunden, was
wohl auch in der, in südlichen, heißen Ländern größeren
Lebendigkeit des Geistes des Volkes seinen Grund haben
mag. Man sieht hier Kunsttischler-, Zimmermanns- und
Wagnerwerkstätten, Schustereien, Schneidereien, Webereien,
Flechtereien, Klempnereien, Schlossereien, Buchbindereien,
Druckereien u. s. w. Vorzüglich schön gearbeitet sind
die leinenen und seidenen Gewebe. Aus dem Ertrage der
verkauften Waaren wird zur Hälfte der Kostenaufwand
für die Anstalt bestritten. Die Gefangenen werden im
Lesen, Schreiben, Rechnen und in den Dogmen der christlichen Religion unterrichtet. Das Gebäude, nach seiner
früheren Bestimmung ein Kloster, ist sehr groß und die
Räumlichkeiten desselben sind gut und zweckmäßig benutzt
worden. Die großen, reinlichen und luftigen Schlafsäle
gewähren einen freundlichen Anblick. Von den oben angegebenen 975 Gefangenen waren 333 aus der Provinz
Valencia, 157 aus Castellon, 220 aus Alicanta und die
übrigen aus anderen Theilen des Königreiches. 102 befanden sich in einem Alter von 10 zu 20, 651 von 20
zu 40 und mehr Jahren. 433 derselben waren ledig, 542
verheirathet. 197 derselben konnten lesen und schreiben,
778 waren ganz unwissend. Fast alle, mit Ausnahme
von 5 Personen, welche sich wissenschaftlich oder künstle-
risch beschäftigten, betrieben Handwerke. Von den angegebenen 975 Gefangenen oder Sträflingen waren einge-
zogen worden 419 wegen Diebstahls, 273 wegen einfachen
und 17 wegen verrätherischen Todschlages, 65 wegen Verwundungen, 28 wegen des Gebrauchs verbotner Waffen,
27 wegen Landstreicherlebens, 15 wegen Fälschung von
Documenten, 14 wegen Desertion, 12 wegen Gewaltthä-
tigkeiten, 5 wegen Insubordination, 4 wegen Gaunerei,

5 wegen Widersetzlichkeit gegen die Obrigkeit, 3 wegen Nothzucht, 3 wegen Vermögens=Unterschleifungen, 2 wegen Verschwörung, 2 wegen Brandstiftung, 1 wegen Falsch= münzerei, 1 wegen Giftmischerei und 1 wegen Namens= verfälschung.

Das ehemalige Königreich Valencia ist im Allgemei= nen wegen seines heiteren, unbewölkten Himmels und sei= ner Fruchtbarkeit berühmt, weshalb auch die Mauren hier ihren Wohnsitz aufschlugen. Die Luft ist rein und ge= sund, ausgenommen bei den Sümpfen von Oropesa und den Reisfeldern von Jucar, deren Ausdünstungen leicht Fie= ber herbeiführen. Das Klima ist nicht gleich im König= reiche; im Norden ist es kälter, als im Süden und an der Meeresküste kennt man kaum eine rauhe Jahreszeit oder den Frost. Im Sommer tragen die sich um 9 oder 10 Uhr des Morgens erhebenden Seewinde sehr zur Ab= kühlung der Hitze bei. Der Frühling und der Herbst sind unfehlbar die beste Zeit zum Reisen. Das ganze König= reich ist fast mit Gebirgen bekränzt, mit Ausnahme der kleinen Ebenen, in die man nach Villena und Murcia gelangt. Im Innern des Landes erheben sich steile, an Holz, Marmor und Mineralien reiche Berge und Hügel mit tiefen Schluchten, durch die sich schäumende Bäche und Flüsse zur Befruchtung und Bewässerung in die Ebenen ergießen. Die hauptsächlichsten dieser Flüsse heißen: Mi= jares, Palancia, Monleon, Bergantes, Cenia, Cervol, Turia, Jucar, Juanes, Magro, Clariano, Alcoy, Se= gura, Jalon, Castalla u. s. w. Die Häfen an der va= lencianischen Küste sind zahlreich, allein meist nicht sehr sicher. Bei manchen ist die Einfuhr schwierig, jedoch dessen= ungeachtet der Verlust an Schiffen nur selten zu beklagen. Von dem Jahre 1800 bis 1849 litten an der besagten Küste 59 spanische und 20 fremde Schiffe Schiffbruch; in demselben Zeitraume wurden in Grao und Cabañal Fahrzeuge von 603 Tonnengehalt gebaut. In den See= bezirken Grao, Cabañal, Castellon, Cullera, Tortosa und

Vinaroz wurden vom 1. Juni 1848 bis Ende Mai 1849 72,732 Arrobas Fische im Werthe von 825,588 rs. vn. gefangen. Quellsalz und Seesalz findet sich auch vor.

Die Provincia de Valencia, eine der drei Provinzen, in die das ehemalige Königreich gleichen Namens einge= theilt war, hat einen Flächeninhalt von 289 spanischen Quadratmeilen und eine große Fruchtbarkeit und Ergie= bigkeit des Bodens, die noch durch die das Land durch= strömenden Flüsse und Canäle erhöht wird. Die günstige topographische Lage, das herrliche Klima, der Ueberfluß an köstlichen Früchten und landwirthschaftlichen Producten machen diese Provinz zu einer der schönsten und lieblich= sten der ganzen Halbinsel. Den Boden kann man in Sumpf=, Wasser= und Artland eintheilen, welches letztere wieder, theils als Grasland dem Fruchtbau, theils als Bergland dem Waldbau angewiesen ist. Der größte Theil des Sumpflandes ist für den Reisbau bestimmt, der in dieser Provinz die hauptsächlichste Production ausmacht und auch hier mit vielem Eifer und in großer Vollkom= menheit betrieben wird. Als ich von Valencia aus einen Ausflug nach dem See Albufera unternahm, hatte ich, nachdem ich die Huerta passirt, Gelegenheit, die Reisfelder zu sehen. Diese dehnen sich hier fast bis an die Ufer des Sees aus, den zu besuchen ich übrigens jedem Rei= senden rathen möchte, da die als Hintergrund ihn um= gebenden Berge und die im Vordergrunde liegende, viel= thürmige Stadt des Cid mit ihrem warmen Farbenton gegen die blaue Luft und den hellen Wasserspiegel des Sees eine malerische Wirkung hervorbringen. Meine Kahnfahrt auf dem See und das beständige, komische Ge= schrei meines, mich begleitenden Valencianers: „mille pa= jaros, mille pajaros," der mich dadurch auf den En= tenreichthum des Sees aufmerksam machen wollte, werde ich nie vergessen.

Um nun wieder auf den Reisbau zurückzukommen, muß hier bemerkt werden, daß, um die Ländereien, in

denen der Reißsaamen untergebracht ist, gehörig bebauen
zu können, man die Gewächse an den Wässerungsgräben,
den Schlamm am Gestade und den Abzugsgräben, die
Ueberbleibsel der eingesammelten Früchte und Gemüse,
den Pferdedünger, die Abgänge aus Höfen, Häusern und
Gärten u. s. w. sammeln, sie in große Composthaufen
zusammensetzen, mit Straßenstaub und Wasser vermengen
und so die ganze Masse der Gährung und Fäulniß über=
lassen, und dann zur gehörigen Zeit auf die Felder ver=
theilen muß. Diese Zubereitung des Bodens, dann das
Säen des Reis, das Reinigen des Erdbodens von Un=
kraut u. s. w. verlangen viel Arbeit. Der Arbeiter in den
Reisplantagen fällt durch die pestartigen Ausdünstungen
des Schlammes und Sumpfwassers der Krankheit und
dem Tode leichter anheim, als jeder andere ländliche Ar=
beiter. In den Reisgegenden, arrozales, herrscht daher
eine große Sterblichkeit und wenige Einwohner werden
über 60 Jahre alt. In der Provinz Valencia werden
auch verschiedene Arten von Waizen, Bohnen, Mais, so=
wie Hanf gebaut, welcher letztere Anfangs oder Mitte
März gesäet wird. Die Maulbeerbäume werden in großer
Menge gebaut und liefern ein vorzügliches Product. Die
valencianischen, pomeranzenfarbigen Melonen, die Orangen
und Oliven sind wegen ihrer Größe und ihres saftigen,
lieblichen Geschmackes weit und breit berühmt. Die Me=
lonen von den Dörfern Alboraya und Puig, welche Mitte
Juli reifen, die von der Mündung des Jucar mit weißer
Schale und die von Albalat, Mazamagrell und Meliana
sind die berühmtesten und werden nicht nur nach allen
Städten Spaniens, sondern auch nach Frankreich ausge=
führt. Einige der genannten Dörfer liegen in einer gut
bewässerten, fruchtbaren Ebene, die man wohl einen präch=
tigen Garten nennen kann, indem die Ränder der Wege
und Felder, die Ufer der Flüsse und Wassercanäle mit
vielen Maulbeerbäumen und unzähligen Frucht= und Fei=
genbäumen, sowie mit gezogenen Weinstöcken bepflanzt

sind. In dieser Gegend werden die theuren Erdmandeln (chufas) gezogen und man bemüht sich auch den ameri= kanischen Mais, genannt cacagüet, einzuführen. Der Orangenbaum dient der Gegend überall zur höchsten Zierde; im April schlägt er aus und bedeckt sich mit schneeweißen Blüthen und im September trägt er las manzanas de oro (die goldenen Aepfel). Die Dörfer an der Mündung des Jucar, wie Cullera, Alcira, Carcagente und Gandia haben die schönsten Orangengärten, Palmen= und Grana= tenhaine, in denen Schöpfräder das zur Bewässerung nö= thige Wasser oft an **70** Palmos hoch heben. Die Gra= naten von Gandia und Jativa sind vorzüglich weich und ohne Kern. Die Cactuspflanzungen zur Zucht der Co= chenille greifen immer mehr um sich und scheinen nach und nach hier einheimisch zu werden. Cerealien und Oel müssen in manchen Jahren noch eingeführt werden, da die Ernten nicht immer für den Bedarf der Bevölkerung hinreichend sind. Von Bäumen sieht man verschiedene Arten von Erlen, weiße Pappeln, Platanen, unächte Pfef= ferbäume, Linden, Akazien, Gewürzbäume, Eschen, Trauer= weiden, Feigen=, Mandel= und Nußbäume.

Der zwischen den Bergen und Gärten liegende Gürtel trockenen Landes ist mit Oliven=, Johannisbrod=, Feigen=, Mandel= und Steineichenbäumen, sowie mit Weinstöcken bepflanzt. Oliven und Johannisbrod werden reichlich ge= wonnen. Der Wein, der in der ganzen Provinz gebaut wird, ist wegen seiner Lieblichkeit geschätzt und besonders von den Ortschaften Cuarte, Turis, Liria, Murviedro gesucht. In den Gebirgsthälern werden Waizen, Gerste, Mais, Gemüse, Erbsen und Bohnen aller Art gebaut, und auf dem unbebauten Boden wächst Holz, Thymian, Ginster, Rosmarin, Steineiche, Mastir, Weißdorn, Wach= holder, Tamarinde und Spartogras (esparto), welches letztere eine Binsenart ist, aus der Matten, Stränge, so= wie auch feinere Gewebe geflochten werden. In der Um= gegend von Valencia ist, wie schon früher bemerkt, der

Boden von geringerer Güte und oft nur eine dünne Erdſchicht von 8 zu 10 Zoll über dem trockenen Lande, welches auch der Landmann nur mit Pflügen, die man **horcates** nennt, bearbeitet, womit er die erſte oberſte Schicht umwendet. Eine Eigenthümlichkeit der Vega von Valencia beſteht darin, daß dieſe große Ebene in kleine Abtheilungen eingetheilt iſt, deren jede ihre Ernteplätze hat. Die verſchiedenen Ernten folgen aufeinander, ohne den Boden zu entkräften. Durch den Arbeitsgeiſt der ſtarken Bevölkerung iſt die Cultur bis zu den Gipfeln der Berge emporgeſtiegen, welche mit Weinlauben, Feigen=, Oliven=, Mandeln= und Johannisbrodbäumen bepflanzt ſind. In dem ſtädtiſchen Weichbilde (term. municipal) bilden Waizen und Seide die Hauptproducte. Von erſterem wurden in einem Zeitraume von 5 Jahren 36,000 fanegas, von letzterer 4,450 Pfund gewonnen, was aber noch lange nicht für den Conſumo hinreicht, da derſelbe nach Berechnungen 360,000 fanegas Waizen, 200,000 Pfund Seide, 168011 arrobas Reis, 200,000 Wein und 25000 Oelkrüge u. ſ. w. beanſprucht. Die Viehzucht ſteht in dieſer Provinz noch auf einer nicht hohen Stufe; am meiſten wird noch die Rindviehzucht getrieben. Die Jagd iſt auch im Allgemeinen von keiner großen Bedeutung; die Fiſcherei, insbeſondere im See Albufera, iſt noch am einträglichſten. Der Bergbau wird nicht ſchwunghaft betrieben und gibt keine große Ausbeute.

Die Induſtrie in der Provinz Valencia beſchäftigt nicht ſo viele Menſchen und ſetzt auch nicht ſo viele Capitalien um, als der Ackerbau. Deſſenungeachtet findet eine große Anzahl Menſchen ihren Unterhalt in den Seidenſpinnereien und Webereien, welche, wenn auch jetzt nicht mehr in dem blühenden Zuſtande, wie in den Jahren vor 1784, da ſie ſeitdem durch die vielen Kriege und Revolutionen vermindert worden ſind, dennoch ſehr ſchöne Seidenſtoffe und insbeſondere einen reichhaltigen Sammet von verſchiedenen Farben liefern, der mit dem beſten des Auslandes wett-

eifern kann. Außer diesen gibt es noch in der genannten
Provinz eine nicht unbedeutende Anzahl von Leinewand-,
groben Tuch-, Hanf-, Kammgarn-, Kattun-, Fayence-,
Treffen- und Hutfabriken, zu denen noch Branntwein-
brennereien, Seifen-, Wachs- und Talgsiedereien, Guß-
eisenwerke, Glashütten, Töpfereien, Papier-, Mehl- und
Oelmühlen, sowie insbesondere die Fabrikation des aus
der Cochenille gewonnenen Scharlachtuches hinzukommen.
In der Stadt Valencia gibt es einige nach den neuesten
Systemen gebaute und vermittelst Dampfmaschinen in Betrieb gesetzte Seidenspinnereien, in denen an 290,000 Pfd.
Seide jährlich verarbeitet und an 400 Arbeiter beiderlei
Geschlechts beschäftigt werden. Außerdem sind noch im
Gange 11 Spinnereien, welche an 50,800 Pfund im Werthe
von 4,064,000 rs. verarbeiten, 96 Seidenmaschinen, wo
an 137,000 Pfund Seide, im Werthe von 8,607,300 rs.,
im Großen gezwirnt werden, und 174 Seidenwebereien. Im
Ganzen werden durch die Seiden-Industrie an 477,800 Pfd.
in der Stadt gesponnen und gezwirnt und auf den Webstühlen an 1,536,000 Varas von Gewebe (tejido) gewonnen.
In der casa lonja, wo die Seide zum Verkaufe theilweise aufgelagert wird, wurden im Jahre 1848 über
369,843 Pfund, ohne den directen Umsatz zwischen den
Producenten und Fabrikanten, verkauft. Es bestehen auch
in Valencia 3 Fabriken von Hanfgeweben, in denen 16,650
Säcke im Werthe von 99,840 rs. verfertigt werden, ferner
23 Seilerwerkstätten, 9 Hutfabriken, 3 Handschuhfabriken
und 7 große Fächerfabriken, in denen an 9,900 Dutzend
dieser elektrischen Damen-Telegraphen à 24 bis 240 rs.,
im Gesammtwerthe von 320,000 rs. verfertigt werden.
Außerdem bestehen noch an 20 kleine Fabriken, in denen
gegen 5000 Dutzend gewöhnlichere Fächer à 12 bis 144 rs.
gearbeitet werden. Der Fächer ist in Spanien der Mi-
krokosmos aller Leidenschaften, Gefühle und Intriguen
der Damenwelt, er ist der Spiegel der Coquetterie und der
Condensator der Phantasie. In den Händen der Damen

ist er ein unentbehrliches, tonangebendes Instrument, auf dem alle möglichen Adagios und Allegros componirt, musicirt und dirigirt werden. Die Señoritas españolas sind auf diesem Instrumente unübertreffliche Virtuosinnen.

Auf dem **plaza del Conte de Coalet** und außerhalb der Stadt, in dem ehemaligen Kloster San Sebastian, bestehen Eisenfabriken, welche, vermittelst Dampf betrieben, zusammen an **80** Arbeiter beschäftigen. Auch gibt es in Valencia **2** Glashütten, **6** Seifen=, **12** Unschlitt=, **8** Gyps= und **8** Töpferfabriken, in welchen letzteren glasirte irdene Täfelchen zum Auslegen der Wände und der Fußböden gearbeitet werden. Man muß sich freilich von diesen Fabriken keine zu große Vorstellung machen, indem manche derselben unvollkommen eingerichtet und mehr als Werkstätten zu betrachten sein dürften, allein wir haben sie auch nur aus dem Grunde aufgeführt, um überhaupt das Vorhandensein einer valencianischen Industrie nachzuweisen, deren Aufblühen jedoch hier, wie in ganz Spanien, das unglückselige Prohibitivsystem nicht zuläßt. Die großartigste Unternehmung in industrieller Beziehung ist die im Douanengebäude begründete Tabaksfabrik (**Fábrica nacional de tabacos**), in der über **3200** Frauen und Mädchen mit Cigarrenmachen und außerdem noch **200**, sowie **50** Männer mit dem Zerschneiden der Tabaksblätter beschäftigt sind. Es werden monatlich über **80,000** libras Cigarren und mithin, da ein Libra ungefähr **204** Stück hält, an **16,320,000** Cigarren geliefert, zu deren Verarbeitung Tabak von Cuba, Virginia und den Philippinen verwendet wird. Der Tagelohn richtet sich nach der Güte der gearbeiteten Cigarren. Für Habannah, als die erste Sorte werden pr. Pfund 5 rs. 22 mrs., für die Mittelclasse 4 rs. und für die geringste 2 rs. 4 mrs. bezahlt. Im Allgemeinen sind die Cigarren von mittlerer Güte. Obgleich ursprünglich das jetzt zur Fabrik dienende Gebäude nicht zu diesem Zweck gebaut ist, so sind doch die Localitäten sehr geräumig und insbesondere die acht großen

Arbeitssäle recht zweckmäßig eingerichtet. Mir war der Be=
such desselben nicht nur in industrieller, sondern auch in eth=
nographischer Beziehung merkwürdig, indem ich meinen Le=
serinnen nur ganz in geheim gestehen will, daß ich neben
den Cigarren auch nicht die Mädchen anzusehen vergessen
habe. Ich bedaure, gegen ein allgemein verbreitetes Vor=
urtheil anstoßen zu müssen, allein es bleibt Thatsache,
daß, trotz des großen Rufes der valencianischen Schönheit,
in dieser Fabrik, im Verhältniß zu der großen Anzahl der
Mädchen, nur wenige schöne zu erspähen waren. Der
Wuchs vieler war zwar vollkommen und das Benehmen
natürlich und gewandt, allein regelmäßige Schönheit (ich
sage Schönheit) wenig zu finden, wie ich sie doch später,
zu meiner größten Ueberraschung, in der noch viel größeren
Tabakfabrik zu Sevilla angetroffen habe, welche, wie die
in Valencia, dem Fremden mit der größten Bereitwillig=
keit und Zuvorkommenheit gezeigt wird. Die Gesammt=
kosten für die bei der valencianischen Fabrik Angestellten
betragen 92,000 rs. vn., davon erhält der erste Vor=
gesetzte 20,000 rs. vn., der zweite 14,000, der dritte, der
Inspector über die Arbeiter 10,000 rs. vn. u. s. w.
Im Jahre 1847 warf in der Provinz Valencia der Ta=
bakshandel zu Gunsten der Regierung einen reinen Ge=
winn von 4,068,401 rs. vn. ab.

Beide Fabriken, sowohl die in Valencia, als die in
Sevilla, sind königlich. Der ganze Tabakshandel ist in Spa=
nien ein Monopol der Krone. Letzteres wird mitunter
verpachtet. In Folge dieses Monopols, sowie des Pro=
hibitivsystems, demgemäß auch nur die Abfälle der ost=
und westindischen Blätter verarbeitet werden, ferner in
Ermangelung jeglicher Concurrenz, wird im Allgemeinen
ein schlechtes Fabrikat geliefert. Wenn man daher glaubt,
in Spanien sehr gute, wohl die besten Cigarren der Welt
zu finden, so wird man, wenn man das Land selbst be=
sucht hat, bald erkennen, daß dies ein Aberglaube der
gröbsten Art ist.

Der Handel in dieser Provinz ist nicht sehr bedeutend, was wohl, abgesehen von dem nachtheiligen Prohibitivsystem, zum Theil seinen Grund in den schlechten Seehäfen haben mag. Der Hauptimport besteht in Stockfisch, Branntwein, Zucker, Cacao, ungegerbten Fellen, Farbehölzern, Baumwollenwaaren und feinen Tüchern. Der Export umfaßt Reis, Melonen, Orangen, getrocknete Weinbeeren, Nüsse, Mandeln, Oel, Wein und insbesondere Seidenmanufacturen. Der Hafenort von Valencia, Grao genannt, hat einen schlechten Ankergrund und eine heftige, für die Schiffe oft gefährliche Brandung. Man fährt von der Stadt in einem der beschriebenen tartanischen Marterkasten in kurzer Zeit dahin; die Straße, zwischen Alleen führend, ist nicht schlecht gebaut und zieht sich mitten durch die reizenden Felder. Der Staub, den man aber hier, sowie in Valencia, trotz der smaragdenen Gefilde einzuschlucken genöthigt wird, ist eine Zugabe, die der Fremde mit Demuth entgegennehmen muß. Der Werth der von hier in den Jahren 1844 und 1845 nach dem Auslande ausgeführten Waaren betrug zusammen 24,810,923 rs. vn., und der der eingeführten 53,033,659 rs. vn. In diesen beiden Jahren kamen aus dem Auslande, namentlich Amerika, 361 Fahrzeuge an, dagegen liefen 339 aus; anlangend die Küstenschifffahrt, so liefen 2854 Fahrzeuge mit **139,709** Tonnengehalt ein und 2729 mit **134,021** Tonnengehalt aus. Von den verschiedenen Ländern Amerikas wurden hier in den Jahren 1844 und 1845 Zucker, Kaffee, Cacao, Indigo, ungegerbte Thierhäute u. s. w. im Werthe von 10,180,130 rs. vn. eingeführt und davon 1,593,957 rs. vn. Zölle bezahlt. Der Werth der durch den Küstenhandel in den beiden Jahren ein- und ausgeführten Waaren beläuft sich zusammen auf 75,085,304 rs. vn. Die Haupt-Bilanz der Ein- und Ausfuhr stellt sich nach den Douanenberichten auf das Jahr durchschnittlich, wie folgt, dar:

12 *

Der ganze Werth des Imports
vom Auslande . . . . . rs. vn. 26,516,829
von Amerika 5,090,065
durch den Küstenhandel 40,742,546

zusammen 72,349,440.

Der ganze Werth des Exports
nach dem Auslande . . 12,405,461 ⎫
nach Amerika . . . 456,464 ⎬ 50,404,577
durch die Küstenfahrt . 37,542,652 ⎭

Differenz zu Gunsten des Imports 21,944,863.

Eine Einfuhr von Geld oder edlen Metallen hat nicht stattgefunden.

Im Jahre 1848 betrug
der Import vom Auslande 25,029,724 rs. vn. 5,911,906 ℞.
= Export nach dem = 3,630,272 =
= Import von Amerika 4,820,041 = 793,350 =
= Export nach = 673,821 =
die Einfuhr von Waaren
durch die Küstenfahrt 78,346,659 =
die Ausfuhr von Waaren
durch die Küstenfahrt 75,250,113 =

Um nun auch von den Menschen zu reden, wollen wir Folgendes bemerken: Wir haben schon von den allgemeinen Charakterzügen des spanischen Volkes geredet und bitten daher den Leser, sich des im ersten Capitel Gesprochenen gefälligst erinnern zu wollen. Der moralische Charakter der Valencianer richtet sich nach ihrer verschiedenen Abstammung. Da ihr schönes Land früher von Celtiberiern, Phöniziern, Carthaginensern, Römern, Westgothen und Arabern bewohnt ward, so findet man auch analog dieser bunten Völkermischung noch eine unendliche und mannichfache Verschiedenheit der Charaktere. Man trifft im ehemaligen Königreich Valencia noch einfache, schlichte, aber auch rohe und wilde Sitten, man lernt Ortschaften kennen, wo Verbrechen selten und wiederum welche, wo sie häufig und furchtbar sind; man stößt auf Gegenden, die sich durch den Fleiß ihrer Einwohner und wiederum auf solche, die sich durch die Trägheit und Faulheit derselben auszeichnen. Bei genauerer Beobachtung entdeckt man verschiedene Menschenclassen. Bei einer wird man durch ihre dunkle Gesichtsfarbe, schwarzen Haare, orientalischen Gesichtszüge an die Araber, bei der andern durch ihre civilisirten Physiognomieen an die Europäer und bei der dritten an ein von jenen beiden hervorgegangenes Bastardgeschlecht erinnert, welches durch schöne volle Körperform, schwarze Haare und blaue Augen sich insbesondere bei dem weiblichen Geschlechte auszeichnet. Dies mag wohl auch der Grund mit sein, aus welchem den Valencianern viel Böses und Nachtheiliges, zum großen Theil freilich nur aus Mißgunst, Neid, Verleumbung, nachgesagt wird. Die giftigen Sprichwörter

„Las carnes son yerba, las yerbas agua,
 Los hombres mugeres, las mugeres nada";
 (Das Fleisch ist Kraut, das Kraut ist Wasser,
 die Männer sind Weiber, die Weiber gar nichts)
oder
 „un paraiso habitado por demonios"
(ein von Teufeln bewohntes Paradies) u. s. w. beweisen den Standpunkt der Gunst, den die Bewohner dieses Landes bei den übrigen Bewohnern Spaniens einnehmen. Es tritt auch hier wieder die schon erwähnte Verleumbungssucht der Spanier gegen einander schroff genug hervor.

Eine Eigenthümlichkeit der Valencianer besteht darin, daß sie den Vergnügungen, insbesondere dem Gesang, Tanz und Spiel leidenschaftlich ergeben sind und daß sie im Stande sind, diesem Genusse Alles aufzuopfern. Der Nationalgesang wird „la fiera" genannt und der Tanz in Begleitung des starktönenden tamboril und dulzayna, einer Art maurischer Clarinette, sowie der Castañuelas und **Zambomba** ausgeführt. Letzteres, ein aus einer Schweinsblase und einer dicken, auf einen hölzernen Bogen gespannten, starken Darmsaite bestehendes musikalisches Instrument gibt einen schnarrenden, brummenden, unharmonischen, nur für starke Ohren passenden Ton von sich.

Von den Spielen lieben sie vor allen das Ballspiel mit Federbällen (**juego de pelota**) und die Hahnenkämpfe. Letzteren habe ich jenseits des Turia in dem hierzu bestimmten, hübsch gebauten Amphitheater (**Reñidero de Gallos**) öfter mit beigewohnt. Wo man hinblickt, sieht man Hähne. Im Hofe sind die Behälter angebracht, in denen die Kämpfer aufbewahrt, gefüttert, gepflegt und kurz vor dem Kampfe gewogen werden; in der kleinen, mit einer vier Fuß hohen Breterwand eingefaßten Arena stehen sich jene, entweder einander ruhig anglotzend oder mit den Flügeln schlagend oder sich wie toll auf die nackten, blutenden Köpfe hackend, gegenüber. An der Decke des mit amphitheatralisch emporsteigenden Sperrsitzen und oben mit einer Gallerie versehenen Gebäudes sieht man Scenen aus den Hahnenkämpfen abgemalt. An 2000 Menschen schrieen, tobten und wetteten vor dem Kampfe und verfolgten diesen dann mit lautloser Stille. Das erste Paar kämpfte 8 Minuten und der eine Hahn blieb mit zerhacktem Gehirn todt auf dem Platze; das zweite Paar focht 20 und das dritte, bei welchem der Kampf unentschieden blieb, 30 Minuten. Die Wetten beliefen sich im Allgemeinen nicht auf große Summen; Goldstücke wurden nicht in die Arena geworfen. Ich saß neben einer Dame, welche einen sechsjährigen Knaben bei sich hatte und welche mit der gespanntesten Aufmerksamkeit das grausame Spiel verfolgte. Als ich ihr meine Verwunderung hierüber, sowie überhaupt meine Meinung über das blutige, thierquälende Schauspiel aussprach, erwiederte sie ganz kaltblütig: „hoy es nada, he visto mejor" (heute ist es nichts, ich habe es besser gesehen), über welchen

hartherzigen Ausspruch ich meiner Nachbarin fast hätte
gram werden können. Die Hähne, Stiere und Pferde
spielen in Spanien eine bedauernswerthe Rolle und der
Spanier scheut sich nicht, dieselben auf eine grausame
Weise zu quälen oder zu opfern, um sich einen vorübergehenden Genuß zu verschaffen. Die Postpferde und Maulthiere haben insbesondere ein beklagenswerthes Loos; allein eine Thatsache ist es, daß der Spanier und vorzüglich der Valencianer, ein guter Reiter, sowie auch,.
ebenso wie der Catalonier, ein guter Kutscher und Rossebändiger ist.

Der Valencianer ist mäßig, nüchtern, gewandt, abergläubisch, gastfreundlich und insbesondere der gemeine
Mann, gefällig und zuvorkommend. Auch hat er Sinn
für Kunst und Wissenschaft, wenn auch nicht mehr in dem
hohen Grade, wie früher, wo unter den Mauern Valencias der Sitz der Bildung und insbesondere der theolo-
gischen Literatur war. Die Dichter Christobal Virues und
Guillen de Castro, die Maler Juanes, Ribalta, Ribera,
Espinosa, Orrente und March und die Schriftsteller des
vorigen Jahrhunderts Mayans, Sempere, Masdeu, Ca-
vanilles, nennt Valencia stolz die Seinigen. Im Jahre
1474 war hier die erste Buchdruckerpresse in Thätigkeit
und noch jetzt zeugen, trotz der stattgehabten furchtbaren,
inneren Zerrüttungen und Kämpfe, die in literarischer
und artistischer Beziehung wichtigen Institute: Akademie
der schönen Künste, Liceo Valenciano, Universität, Bibliothek u. s. w., dafür, daß sich ein edler Sinn für Kunst
und Wissenschaften erhalten hat, der im Verlaufe von
friedlichen Zeiten auch gewiß immer mehr geweckt und
genährt werden wird. Die Zahl der Anstalten, Institute
und Stiftungen, in denen auch der Aermste Unterricht,
nicht nur in den ersten Elementen, sondern auch in den
weiteren Wissenschaften, erhält, sind in Spanien zahlreicher,
als man vielleicht zu glauben geneigt sein dürfte. Es ist
fast Jedem das Mittel zur Bildung geboten, ob freilich

unter zweckmäßiger Leitung und Aufsicht, ist eine andere
Frage. —

Von kirchlichen Festen, Aufzügen, Processionen, feier=
lichen Umzügen und Wallfahrten ist der Valencianer ein
großer Freund; er liebt sie am Ende weniger aus Fröm=
migkeit und kirchlichem Sinn, sondern mehr, weil sie zu
seiner Unterhaltung, zu seinem Vergnügen beitragen. Der
Eifer für die katholische, dem Gesetze nach, ausschließlich
herrschende Religion hat jetzt insbesondere mehr aus In=
differenz, als aus Toleranz, sehr nachgelassen, was wohl
den vierzigjährigen, politischen Wirren in diesem Lande
und einer hieraus nothwendigerweise folgenden Abspan=
nung zuzuschreiben sein dürfte. Das Himmelfahrtsfest,
das Fest des heiligen Martin, die Corpus Christifeier,
der Tag aller Seelen u. s. w., wo neben der eigentlich
katholischen, kirchlichen Bedeutung auch der Erholung und
Erheiterung, der Putz= und Vergnügungssucht gehuldigt
wird, sind solche Feierlichkeiten, bei denen man jene Eigen=
thümlichkeit des Volkscharakters am besten beobachten kann.
Man sagt den Valencianern nach, daß sie, wie ihre Vor=
fahren, die Carthaginenser, schlau, listig, treulos, streit=
lustig, rachsüchtig, mißtrauisch, veränderlich, verrätherisch,
grausam und blutdürstig seien und daß nirgends so viele
Mordthaten vorfallen, als bei ihnen. Wenn nun auch,
bekannten Erfahrungen nach, die Menschen meist besser
sind, als ihr Ruf, so läßt sich doch nicht verschweigen,
daß auch während unserer Anwesenheit dort mehre Mord=
thaten begangen worden sind. Da übrigens kein Vor=
wurf drückender ist, als der, fremden Nationen Unrecht
gethan zu haben, so wollen auch wir uns unseres Ur=
theils enthalten und statt dessen trockene, statistische Zah=
len folgen lassen, aus denen der Leser sehr bald eine
richtige Ansicht darüber gewinnen wird.

Das aus den Provinzen Alicante, Castellon und Va=
lencia bestehende Königreich Valencia hat einen Flächen=
inhalt von 651 spanischen Quadratmeilen und zählt, wie

schon bemerkt, 956,940 Einwohner. Hiervon waren im genannten Jahre 2928 angeklagt und 284 freigesprochen, sonach 2644 bestraft worden. 879 der Angeklagten standen in einem Alter von 10 bis 20, 1596 von 20 bis 40 und 453 derselben von 40 und mehren Jahren. 1474 derselben waren ledig, 1454 verheirathet. Die Anzahl der 2928 Angeklagten bestand aus 2739 Männern und 189 Frauen, von denen 2603 weder lesen, noch schreiben konnten. Mordthaten und Verwundungen wurden mit Feuergewehren 318, mit blanken Waffen 535, mit anderen Instrumenten 218, mit Gift 2 und mit anderen Mitteln 47 begangen. In dem Territorium des Obergerichtshofes zu Valencia kamen im Jahre 1843 folgende Verbrechen und Verurtheilungen vor:

Von den schon oben erwähnten 2928 Angeklagten waren 211 politischer Verbrechen beschuldigt, 29 hiervon freigesprochen und die übrigen mit Corrections-, Gefängniß-, Festungs- und Geldstrafe belegt worden.

	Angeklagt.	Freigesprochen.	Zum Tode verurtheilt.	Zu Gefängniß, Geld- u. anderen Strafen verurtheilt.
Politische Verbrechen, Verschwörung, Widersetzlichkeit gegen die Obrigkeit, Schmähschriften zc.	211	29	—	182
Unsittliches Betragen, wie: Ehebruch, Lästerung, Nothzucht, Meineid zc. .	117	13	—	104
Polizeivergehen, wie: Reisen ohne oder mit falschem Paß, Gebrauch von Feuergewehren zc.	365	28	—	337
Verbrechen gegen die Person, wie: Drohung, Ausforderung, Vergiftung, Verwundung, Todtschlag, Kindermord, Injurie	1258	108	33	1117
Verbrechen gegen den Staat, Schmuggel, Fälschung von Documenten, Falschmünzerei zc.	416	53	—	363
Verbrechen gegen das Eigenthum, wie Brandstiftung, Diebstahl, Raub, Gaunerei zc.	561	53	2	506
	2928	284	35	2609

Bei Vergleichung der Zahl der Angeklagten mit der
der Einwohner im Territorium, bemerken wir, daß die
Angeklagten von 10 zu 20 Jahren, zu denen von 20 zu
40 Jahren, in einem Verhältnisse wie 0,551 zu 1, und die
letzteren mit denen von 40 Jahren und darüber wie 3,523
zu 1 stehen. Das Verhältniß der Männer zu den Frauen
stellt sich auf 14,492 zu 1, das der Ledigen zu den Ver-
heiratheten wie 1,014 zu 1, und das derjenigen, welche
lesen und schreiben können wie 0,125 zu 1. Letzteres ist
ein trauriger Beweis, in welch' kläglichem Zustande die
Volksbildung und das Schulwesen hier steht. Man sieht
ferner aus vorliegender Tabelle, daß sich das Verhältniß
der Freigesprochenen zu den Angeklagten wie 0,097 zu 1,
das der Bestraften zu den Angeschuldigten wie 0,903 zu 1
und die Zahl der Einwohner des ganzen Territoriums
956,940 zu den 2928 Angeklagten wie 326,823 zu 1 sich
herausstellt. Valencia nimmt, im Vergleich mit den übrigen Theilen der Halbinsel und umliegenden Inseln, in
der Scala der Verbrecherstatistik einen hohen Rang ein.
Die meisten Verbrechen kommen in der Provinz Valencia vor, wo auf 388,759 Einwohner 1513 Angeklagte zu
rechnen sind, welche Erscheinung wohl daraus zu erklären
ist, daß hier wegen des Reis= und Seidenbaues sich die
meisten Handarbeiter und Tagelöhner versammeln und nicht
das ganze Jahr hindurch beschäftigt werden können.

Einige Monate, nachdem ich Valencia verlassen, ent=
standen daselbst wegen eines Regierungsrescriptes, die Circulation einer catalonischen Münze in Valencia betreffend,
Tumulte, bei denen Todtschlägereien vorfielen und welche
die öffentliche Ruhe leicht auf eine bedenkliche Weise hät=
ten gefährden können, wenn dies nicht durch ein energisches
Dazwischentreten der Regierung verhindert worden wäre.
In Catalonien besteht nämlich eine Kupfermünze, die,
wenn auch geringer, als die in den übrigen Theilen des
Königreiches, dennoch in der Circulation doppelten Werth
hat, so daß ein Kupferstück, das in Castilien 2 cuartos

(8 **Maravedis**) gilt, doppelten Werth erhält, sobald es das catalonische Provinzialgepräge aufweist. Dieser Uebelstand, früher nur auf Catalonien beschränkt, hatte sich nun auch allmälig nach Valencia verbreitet, indem obige Kupfermünzen auch hier vorkamen. Da nun die Regierung der Circulation dieser Münzen ein Ende machen wollte und dafür nur noch eine zweimonatliche Frist gestellt hatte: so brachen jene Ruhestörungen aus. Die Gefahr wurde jedoch glücklich beseitigt und es gelang der Regierung, indem sie den Austausch der Münzen erleichterte, weiterem Unfuge vorzubeugen. In wenigen Tagen war alles in Valencia umlaufende catalonische Kupfergeld eingesammelt.

Die Tracht der Valencianer ist einfach, malerisch und dem Klima entsprechend. Sie ist asiatischen Ursprungs und erinnert an das classische Alterthum. An den Arbeitstagen ist der Eingeborene mit einem gorro (einer sackartigen, langen, rothen Mütze von dickem Wollenzeug), einer über die Schultern geworfenen, wollenen, bunten Decke (manta), einem weiten Hemd, Beinkleidern von weißer Leinwand (zaragüelles) und aus Esparto geflochtenen Sandalen (alpargates) bekleidet; an den Feiertagen wird der gorro mit einem breitränderigen Hute vertauscht, eine Sammetjacke angezogen, eine Weste mit Troddelknöpfen beigefügt, ein blauer oder rother Gurt (faja) um den Leib gegürtet, die Waden bis über die Knöchel und unter die nackten Kniee mit blauen Strümpfen bedeckt, Strumpfbänder mit goldenen Franzen umgebunden und die Füße mit Hanfsandalen und buntfarbigen Schnüren bekleidet. Die zaragüelles, oder sarahuells nach dem Arabischen, sind sehr weite, faltenreiche, weiße, leinene Beinkleider, die bis an die Kniee gehen, fast als eine Verlängerung des Hembes erscheinen und zu dem Glauben verleiten können, als ob die Leute gar keine Beinkleider, sondern nur ein Hemd trügen. Statt des gorro oder **sombrero** trägt auch der Eingeborene oft

ein um den Kopf gewundenes seidenes Taschentuch, wel=
ches aus der Entfernung Aehnlichkeit mit einem Turban
hat. Wir sehen somit, daß sich nicht nur in den Sitten
und Gebräuchen, sondern auch in der Tracht der Valen=
cianer das classische Alterthum der Römer, Gothen und
Sarazenen abspiegelt und wollen nur noch darauf auf=
merksam machen, daß manche der oben erwähnten Klei=
dungsstücke, z. B. die Beinkleider und **manta**, die größte
Aehnlichkeit mit denen haben, wie man sie bei Tacitus
und im alten Testamente beschrieben findet.

Die valencianischen Damen gelten für die schönsten
und wollüstigsten in ganz Spanien und ich bedauere un=
endlich mein Mißgeschick, welches mich, wie den Seher
Tiresias, in dieser Beziehung mit Blindheit schlug. Die
Frauen schienen mir im Allgemeinen eine weißere Ge=
sichtsfarbe zu besitzen, als die Männer und zeichnen sich
durch einen schlanken Wuchs und große blitzende Augen
mit gewölbten Augenbraunen aus, die wie abgecirkelt, einen
Halbbogen bilden. Das schöne Haar wissen sie sehr vor=
theilhaft zu tragen und der in einem Schopfe zusammen=
gewirbelte, mit einer silbernen oder goldenen, an beiden
Seiten mit glänzenden Knöpfen versehenen Nadel durch=
stochene Haarwulst (moño) steht ihnen allerliebst. Blu=
men und Federn tragen sie gern in den Haaren und
scheinen überhaupt viel Zeit auf die Herrichtung ihres
Kopfputzes zu verwenden, wovon man sich leicht über=
zeugen kann, wenn man bei'm Umherschlendern in den
Straßen von Valencia die Blicke in die Hausfluren und
Zimmer schweifen läßt. Ihr Charakter ist lebendig, hei=
ter und vergnügt, ihr Benehmen gewandt und liebens=
würdig und ihre Unterhaltung anmuthig. Sie besitzen
viel Mutterwitz, einen zuversichtlichen Blick und in der
Regel, namentlich bei Beurtheilung von Persönlichkeiten,
wie alle Frauen, ein feines und scharfes Auge für cha=
rakteristische Einzelheiten und Detailbeziehungen. Wenn
mir früher vielleicht eine zweideutige Bemerkung bezüg=

lich der Sittlichkeit der ungebildeten Classen der weiblichen Bevölkerung Valencias entfallen sein sollte, so mögen
sich dieselben damit trösten, daß man diese Anspielungen
auch auf viele andere, große Städte der alten und neuen
Welt ganz mit demselben Rechte anwenden kann.

Die limusinische Sprache (la lengua lemosina), von
König Jaime I. eingeführt und früher Volkssprache im
Süden von Frankreich und Spanien, wird in Valencia
vorherrschend gesprochen. Sie ist der catalonischen nahe
verwandt, soll aber reicher, weicher und wohlklingender,
als diese sein. Im Uebrigen findet man in Valencia wohl
keine Ortschaft, in der nicht auch die castilianische Sprache
verstanden und gesprochen würde.

Die edlen Frauen, **Doña Ximena Gomez,** die
Wittwe des berühmten **Cid Campeador, Doña Elvira,**
Königin von Aragon und **Doña Sol,** Königin von Navarra, die Töchter des **Cid,** sowie **Gil Diaz,** der treue
Diener desselben, können nicht wehmüthiger und trauriger
bei'm Tode des großen Helden **Cid Ruy Diaz** gestimmt
gewesen sein, als ich beim Abschiede von Valencia, der
Stadt des **Cid Campeador.** Glücklicherweise sollte bei
mir die Erinnerung an den Cid nicht so schnell verwischt
werden. Ich hatte in der **ciudad del Cid** in der **Fonda
del Cid** gewohnt und hatte mir jetzt auch ein Billet auf
dem Dampfschiffe „Cid" gelöst, womit ich nach Malaga
„dampfen" wollte. Um ein derartiges Billet zu erlangen,
muß der Paß, von dem **Gobierno de la provincia** und
dem betreffenden deutschen Consul visirt, auf dem Büreau
der Dampfschiffe abgegeben werden und man kommt erst
nach zurückgelegter Fahrt, an dem Endpunkte seiner Reise,
wieder in den Besitz desselben. Diese Einrichtung ist insofern eine unzweckmäßige, weil auf die Aufbewahrung
der Pässe nicht immer die gehörige Sorgfalt verwendet
wird und diese öfter verloren gehen, was dann allerdings
in einem Lande, wie Spanien, wo das Wort pasaporte
eine so culturhistorische Bedeutung hat, keine geringe Un-

annehmlichkeit ist. Ein Reisender ohne Paß in Spanien
ist so wenig denkbar, als der gute **Sancho Panza** ohne
Schnappsack. Und nun denke man sich den wohl und
sorgfältig verfaßten, visirten und respectirten Paß in der
Tasche und die für die Visas an die deutschen Consuln
ausgezahlten Pesetas aus der Tasche, aber nicht die ge=
ringste Spur einer Hoffnung auf eine tüchtige, kräftige
Repräsentation Deutschlands, so wird man sich nicht der
Befürchtung erwehren können, daß hier, gleichwie im
Staate Dänemark, „etwas faul ist."

Eine Tartane brachte uns sammt Gepäck im raschen
Trabe nach dem Grao, dem Hafenorte Valencias, wo
unser von Barcelona hergedampfter **Cid** schnaubend vor
Anker lag. Mit den Kutschern, Gepäckträgern, Bettlern
und Kahnführern wechselten wir etwas unempfindlich die
letzten Abschiedsworte. Die guten Leutchen wünschten alle
noch von uns Zeichen der Erinnerung und des Andenkens
zu besitzen und wetteiferten, uns dies durch Gesticulationen,
Raisonniren, Schreien und Brüllen begreiflich zu machen.
Der hier zahlreich versammelte Pöbel der Braunmäntel
(**gente de capa parda**) rechtfertigte übrigens seinen schlech=
ten Ruf nicht und ich muß gestehen, daß ich hier nicht
die cynische Unverschämtheit fand, auf die ich eigentlich
gefaßt war. Aus den malerischen Gruppen der betteln=
den Männer, Weiber und Kinder ertönte zwar das kläg=
liche Geschrei „una limosna por amor de Dios, oder
por la virgen de los desamparados (um der Jung=
frau der Verlassenen willen) und das wehmüthige Echo:
mucha pobreza, muy pobre, pobre schallte überall
nach, allein alles blieb in den Grenzen des Anstandes.
Ein kleiner Junge mit einem Murillokopfe, aus dem ein
Paar dunkelglühende Augen hervorblitzten, hielt mich in
dem Augenblicke, als ich in den Kahn einsteigen wollte,
am Rocke mit der freundlichen Bitte um eine kleine Gabe,
zurück. Als ich dem Jungen in das Gesicht blickte, hätte
ich ihn küssen mögen, denn so viel Schönheit, Regelmäßig=

keit, mit einem Gemisch von Wildheit, Sanftmuth und Schalkhaftigkeit vereint, hatte ich noch nicht so lieblich ge= paart, zusammen gesehen. Als ich meinem Lieblinge ein Paar Quartos darreichte, küßte er die Gabe und während wir nach dem Schiffe zuruderten, hörte ich noch lange sein: „gracias, gracias, **Vaga V. con Dios Caballero**" (Le= bewohl) über den Wasserspiegel herüberschallen.

Der Cid ist eins der größten, reinlichsten und be= quemsten Dampfschiffe, welche die Südküste von Spanien regelmäßig befahren. Eine derartige Fahrt ist bei gutem Wetter eine wahre Vergnügungspartie, die zum erstenmale viel Neues und Schönes darbietet. Am Bord des Schiffes trafen wir mit manchen früheren Bekannten wieder zu= sammen. Die Gesellschaft war zahlreich und aus Ange= hörigen vieler Nationen, Spaniern, Franzosen, Engländern, Arabern, Schweden, Russen und Deutschen zusammenge= setzt. Es fanden sich am Bord des Cid nach und nach viele Passagiere ein, welche ganz geläufig deutsch sprechen konnten. Ein lang aufgeschossener, scheuer, esthländischer Graf mit junger Tochter und einem amerikanischen Hof= meister, eine bejahrte russische Dame mit einem Diener aus der Schweiz, ein junger frankfurter Kaufmann, der mit seiner liebenswürdigen jungen Frau nach Lissabon reiste, ein dicker Hamburger vom Blute Banco's, der schon erwähnte Schwede und zwei Sachsen waren die Reprä= sentanten der deutschen Zunge.

Um 7 Uhr Abends verließen wir Valencia. Der Abend war sehr schön und bis spät in die Nacht blieben wir auf dem Verdecke zusammen. Der prächtige Sternenhimmel mit seinen flammenden Kerzen auf dem dunklen Grunde, der recht eigentlich einem unermeßlichen, sammetnen und mit Brillanten geschmückten Teppich glich, spiegelte sich in den leuchtenden Meereswogen ab und stolz durchschnitt das Schiff die krystallenen Fluthen. Das Meer war glatt und ruhig und nur die von den kreisenden Rädern durch= furchten Wassermassen zischten boshaft auf und warfen

noch lange flammende, leuchtende Blicke hinter dem Kiele
des stolzen Schiffes her.

Als wir früh sechs Uhr erwachten, lag Alicante vor
uns. Die Ansicht ist eigenthümlich und insbesondere die
Gebirgsformation sehr malerisch. Die an und für sich
stärker, als Valencia befestigte, mit schönen Gebäuden ver=
sehene Stadt, an einer weiten, von zwei niedrigen Ge=
birgszügen umgebenen Bai liegend, dehnt sich am Fuße
eines sehr steilen Kalkberges aus und steigt terrassenförmig
an dem unteren Theile desselben empor. Auf der Kuppe
des mauergekrönten Berges thront die Festung; nach der
Stadt zu sieht man abschüssige Felswände, Klüfte und
Klippen. Ein afrikanisches Bild entrollt sich dem Auge,
überall nackte Seeküste mit verbranntem Gestein, kahle
Hügel und Berge, weiße Kalksteine und die Augen schmer=
zende Reflexe des Sonnenlichtes, nirgends Bäume, nirgends
Wald und Wiese, nirgends Kühlung spendender Schatten.

Die Bucht von Alicante ist geräumig und sicher genug,
um die größten Schiffe aufzunehmen, welche auch zu allen
Zeiten leicht ein= und auslaufen können; sie liegt zwischen
dem Cap La Huerta und San Pablo. Von der Spitze
des Hafendammes genießt man eine reizende Aussicht. Die
Stadt mit ihren 19,021 Einwohnern zerfällt in zwei Theile;
der alte, obere Stadttheil hat krumme, winklige, der neue,
untere Stadttheil dagegen neuerbaute, gut gepflasterte,
regelmäßige Straßen, große Verkaufsläden, geräumige
Plätze, hübsche Promenaden und Vorstädte. Die größten
in Form eines Viereckes erbauten Plätze heißen de la
Constitucion, Isabell II., el Barranquet und **Sta
Teresa.** Das Besehen und Umhergehen in der Stadt
wurde uns durch große Hitze, Staub und Mosquitos,
sowie durch Schaaren von Bettlern erschwert. Wir wurden
in das seit drei Jahren neu erbaute Theater geführt,
welches ganz hübsch eingerichtet ist, aber keine großen
Sehenswürdigkeiten bietet, wie deren Alicante überhaupt
wenig enthält. Die mit Ulmen bepflanzte Alameda in=

mitten der breiten Straße de la Reina ist klein, aber
freundlich angelegt und gewährt hübsche Blicke auf das
Meer. Die dem San Nicolas im Jahre 1616 geweihte
Kirche von schönem, weißem Stein, das Rathhaus und
die Bischofswohnung sind wohl die schönsten Gebäude der
Stadt und der Aufmerksamkeit werth. In dem Dom=
capitel befindet sich eine Bibliothek von 2000 Bänden, die
der Einwohnerschaft der Stadt durch ein Vermächtniß des
D. Ignacio Perez de Sarrio im Jahre 1835 zugekommen
ist. Bei'm Marquis de Algorfa ist eine hübsche Münz=
und Gemäldesammlung zu sehen, welch' letztere an 1000
Gemälde, meist Originale aus der spanischen Schule von
Murillo, Velasquez, Rivero, Juannes und Ribalta, so=
wie Bilder von David, Schneider und Dürer (**Alberto
Durero**) enthalten soll.

In der fonda del vapor nahmen wir ein vortreffliches
almuerzo (Frühstück) mit gutem Alicantewein ein. Die
berühmteste Sorte desselben ist der Aloque, der aus der
Monastrell=Traube gewonnen wird. Dieser rothe vino de
Alicante wird von den Kennern für den besten Wein
gehalten, weil er ohne alle Zuthaten und Mischungen
die meisten Elemente eines guten Weines enthält und
eine gute Blume, sowie einen kräftigen, mit Milde gepaarten
Wohlgeschmack aufweist. In den Jahren 1843 und 1844
wurden zusammen **28,370** Arrobas Wein, mithin auf
das Jahr durchschnittlich **19,185** Arrobas exportirt. Der
Verbrauch des Weins in Alicante betrug in der Zeit von
fünf Jahren, von **1835** zu **1839**, über **127,000** Arrobas.
Es leben hier viele Engländer, welche Mandeln, Rosinen
und vor allem Weine ausführen und gute Geschäfte
machen. Die Ausdehnung der Küste und die an derselben
liegende Hauptstadt der Provinz weisen die Einwohner
vorzüglich auf den Handel hin. Alicante ist durchaus eine
Handelsstadt. Der Hafen ist ohne Zweifel bezüglich seines
Exportationsgeschäftes nach dem Auslande einer der ersten
in Spanien. Er wird von den Schiffen vieler Nationen

besucht und mit England, Frankreich, Schweden, Belgien,
Holland, Deutschland und Sardinien ein nicht unbedeu=
tender Handel unterhalten. Vor allem werden Mandeln,
Citronen, Orangen, Datteln, Anis, Feigen, Palmblätter,
Binsenmatten, Espartoflechtereien, Soda, Süßholz, See=
salz und Weine aus=, sowie Zucker, Stockfisch, Cacao,
Specereien und Gewebe eingeführt. In den Jahren 1843
und 1844 sind für den Handel mit Asien und Amerika
zusammen 466 spanische und fremde Schiffe mit 52,786 Ton=
nengehalt ein= und 327 mit 22,079 Tonnen ausgelaufen.
In demselben Zeitraume sind im Interesse des Küsten=
handels 3055 spanische Fahrzeuge mit 116,637 Tonnen=
gehalt ein= und 2865 mit 108,076 Tonnengehalt ausge=
laufen. Der Handelsverkehr war in dem oben angege=
benen Zeitraume nach amtlichen Einträgen bei der „Aduana
de Alicante" folgender:

	vom Auslande 21,097,737			
Import	von Amerika und Asien . 7,034,178	66,634,169	29,864,896	
	durch die Küstenschiffahrt 38,502,254		rs. vn. zu	
	nach dem Auslande . . 9,133,231		Gunsten des	
Export	nach Amerika und Asien 3,220	36,769,273	Import.	
	durch die Küstenschiffahrt 27,632,822			

In dem **Export** ist auch noch inbegriffen baares Geld
6,087,832 rs. vn. Der Unterschied zu Gunsten des **Import**
der Waaren im Hafen von Alicante beträgt im Jahre
durchschnittlich 23,777,078 rs. vn.

Das Territorium der Provinz Alicante wird von hohen
Gebirgen, schauerlichen Schluchten, fruchtbaren Ebenen
und herrlichen Gärten unter einem ewig blauen Himmel
gebildet. Wenn auch das Klima an der Küste heiß und
nach den Gebirgen zu, rauher ist, so dürfte es doch im
Allgemeinen gemäßigt zu nennen sein, was auch daraus
hervorgeht, daß epidemische Krankheiten und Fieber hier
nur selten auftreten. Der Boden ist, wenn ihm die Be=
wässerung nicht gänzlich fehlt, fruchtbar, allein das Sprich=
wort „agua del cielo, el mejor riego" (das Regen=

waſſer iſt die beſte Bewäſſerung) geht leider ſelten in Er-
füllung. Viele Leute wollten uns glauben machen, daß
hier und in Murcia oft mehre Jahre lang kein ſtarker
Regen fiele. Zudem fehlen dem Lande waſſerreiche Flüſſe
und Canäle. Die hierdurch häufig entſtehende Trockenheit
des Bodens führt nicht ſelten Mißernten herbei und nöthigt einen Theil der Bevölkerung, ſich anderswo hin-
reichendere Nahrungsquellen zu ſuchen, ſo daß von hier
und Murcia ſtets eine lebhafte Auswanderung nach der
afrikaniſchen Küſte, insbeſondere nach Oran, ſtattfindet.
Die Arbeitsliebe und Ausdauer der Alicantiner hat zwar
vielfach und energiſch dieſe Ungunſt der Natur zu be-
kämpfen geſucht, allein ſie noch nicht völlig zu beſiegen
gewußt. Ein Beweis für jenes iſt, daß man faſt in keiner Provinz Spaniens eine beſſere landwirthſchaftliche
Bearbeitung des ſo ſehr verſchiedenartigen Bodens findet,
als hier. Die Producte der ſüdlichen Zone wachſen an
der Küſte, die der gemäßigten in den reizenden Thälern
der auslaufenden Gebirgszüge und die der nördlichen an
den Rändern und auf den Gipfeln der Berge ſelbſt. Die
vorzüglichſten Erzeugniſſe ſind: Wein, Waizen, Gerſte,
Seide, Küchenkräuter, Johannisbrod, Oel, Feigen, Roſi-
nen, Paſtinaken, Mandeln, Mais, Hanf, Lein, Esparto,
Pfeffer, Orangen, Datteln, Melonen, Anis und Wolle;
auch werden Maulbeerblätter, wenn auch nicht in großer
Menge, geerntet, ſowie die feinſte Gattung von alicanti-
ſcher Soda gewonnen. Gelänge es den Alicantinern, das
Waſſer des Jucar zur Bewäſſerung benutzen zu können,
ſo würde, wie die Spanier behaupten, dieſe Provinz an
Ergiebigkeit und Mannichfaltigkeit ihrer Erträgniſſe mit
jeder anderen Italiens oder Griechenlands wetteifern
können.

Die huertas oder reizenden Gärten von Denia, Orihuela, Alicante u. ſ. w. ſind bekannt. Ceres ſcheint ſich
hier eine Hütte gebaut zu haben. Von dem von der Natur bevorzugten Orihuela ſagt das Sprichwort: **Llueva**

o no llueva, trigo en **Orihuela** (Regen oder kein
Regen, Waizen in Orihuela.) Die nächste Umgebung der
Stadt Alicante ist dürr und trocken, der Boden aus sal=
peterhaltigem Kalk zusammengesetzt. Im Hochsommer mö=
gen dann allerdings die abgesengten Höhen, die todten
Bäume und ausgetrockneten Brunnen bei dem erstickenden
Staube und der lästigen Tagesgluth nur zu lebhaft an
Phaeton und seine verderbliche Sonnenfahrt erinnern.
Man bemerkt außer einigen Palmen, Feigen= und Oli=
venbäumen, nicht viel Grünes; geht man jedoch etwas wei=
ter nordwestlich von der Stadt, so gelangt man in die gut
bebaute Huerta, wo sich wiederum zweierlei Bodenarten
finden. Die eine besteht aus einer Art Mörtel oder
Nagelflue, die andere aus einer weniger dunklen und mehr
untermischten Zusammensetzung bis zur größten Tiefe und
diese bildet den fruchtbarsten Theil der Huerta, welche mit
dem größten Fleiße bebaut und durch den von Norden
nach Osten strömenden Fluß Montnegre oder Rio Seco be=
wässert wird. Außerdem ist noch das Reservoir von Tibi
und die Wasserleitung von Muchamiel und San Juan
zu nennen, die zur Berieselung der Huerta dienen. Sehr
zu wünschen ist es, daß hier etwas für den Wegebau ge=
schieht. Zwar wird die Anlegung von guten Fahrstraßen,
von denen sich jetzt noch keine einzige vorfindet, durch die
vielen Gebirge, Schluchten und coupirten Terrains sehr
erschwert, allein sie sind für die Förderung der National=
wohlfahrt zu wichtig, als daß man sich durch diese Schwie=
rigkeiten von dem Baue zurückschrecken lassen dürfte.

Die Industrie liegt in der Provinz, wie in ganz Spa=
nien, keineswegs ganz darnieder. Spanien ist zwar seit
Vertreibung der Mauren zu keiner Zeit ein Fabrikland
gewesen und hat sich auch seit dem Beginn dieses Jahr=
hunderts in einem fast ununterbrochenen Zustande des
Krieges, der bürgerlichen Unruhen und der Zerrüttung
befunden, außerdem fast immer tüchtiger, die nationalen
und volkswirthschaftlichen Interessen gehörig würdigender

Staatsmänner entbehrt. Dennoch ist die Fabrikthätigkeit dieses Landes nicht ganz untergegangen und hat sich insbesondere, nachdem die Ruhe zurückgekehrt ist, von neuem gehoben. Die hauptsächlichsten Industriezweige der Alicantiner bestehen in Anfertigung von feinen und groben Tuchen, von Papier, von Leinen-, Wollen- und Hanfwebereien, von feinen Binsenmatten und Espartoflechtereien. Mit Fischerei und Maulthiertreiberei beschäftigen sich viele Menschen. Außerdem werden noch baumwollene und seidene Gewebe, Tischzeuge, Segel, Mantas, Gorros und andere Kleidungsstücke verfertigt, sowie noch viele andere Fabrikate gewonnen. Die hauptsächlichsten Stoffe zur Verarbeitung genannter Producte liefert das Land selbst, mit Ausnahme des zur Färbung der Tücher nöthigen Indigo, des brasilianischen Bauholzes, Vitriols und der Färberröthe. Der Bergbau, wenn auch nicht ganz unbedeutend, wird doch im Verhältnisse zu dem großen Mineralreichthum, allenthalben nicht mit derjenigen Umsicht, Energie und Ausdehnung betrieben, welche er verdient.

Die Alicantiner sind lebhaften Geistes, arbeitsam, heiter, vergnügungssüchtig und der Musik, dem Tanz und Gesang zugethan. Sie sind, wie alle Valencianer, gewandt, eitel, leichtsinnig und leidenschaftlich, außerdem gefällig und zuvorkommend im Umgange. Sie lösen eben so leicht ein Freundschaftsbündniß, wie sie es geschlossen haben, sind unbeständig und dem Wechsel ergeben. Im Allgemeinen ist der Volkscharakter ein ruhiger, aber auch leicht reizbarer und rachsüchtiger. Der Dolch (puñal) und das lange Messer (navaja) sind auch hier oft gebrauchte und gefürchtete Waffen. Im Gerichtsbezirk Alicante, der eine Ausdehnung von 5½ Leguas von Norden nach Süden und 3 Leg. von Osten nach Westen, und eine Bevölkerung von etwa 32,278 Seelen hat, zählt im Jahre 1843 die Criminalstatistik 58 Angeschuldigte auf, wovon 46 zu Galeerenstrafe verurtheilt, 5 vor Gericht freigesprochen und 7 in contumaciam verurtheilt worden

waren. 20 dieser Personen waren 10 bis 20, 31 derselben
20 bis 40 Jahr alt und 7 noch älter. Es befanden sich
unter ihnen 55 Männer und 3 Frauen, wovon 24 verheirathet und 34 ledig waren. 5 davon konnten lesen
und schreiben, 1 nur lesen, 52 hatten keinen Schulunterricht genossen. Die Todtschläge und Verwundungen beliefen sich in genanntem Zeitraume auf 22, hiervon waren 9 mit Feuerwaffen, 10 mit blanken Waffen und 3
mit anderen Instrumenten ausgeübt worden. —

Ich hatte mich darauf gefreut das in der Nähe von
Alicante, etwa 2 Leguas von der Seeküste liegende Städt-
chen Elche mit seinem Palmenwalde — das Palmyra
Europa's — zu sehen, allein contre la force il n'y a
point de resistance, ich mußte es leider unterlassen.
Es geht oft so auf Reisen; man wird sich nach Been-
digung derselben fast immer einen Vorwurf darüber zu
machen haben, daß man diese oder jene Gegend, manche
Stadt und Merkwürdigkeit zu besuchen, verabsäumt hat.
Auf der Reise lernt man die Kunst des Entbehrens und
Verzichtens. Es ist an und für sich sehr schwer, in
einem fernen, fremden Lande, wo man der Oertlichkeiten,
Einrichtungen, Sitten und vielleicht der Sprache nicht
kundig, dazu das Klima nicht gewohnt ist, Erfahrungen
und gewissenhafte Beobachtungen zu machen, allein noch
viel schwerer ist es, z. B. für ein Land wie Spanien,
einen zweckmäßigen, umfassenden Reiseplan der Art zu
entwerfen, daß man keine der Hauptmerkwürdigkeiten über-
sieht. Das ist auch bei mir jetzt der Fall und ich muß
bekennen, daß, obgleich ich Spanien in einer großen Ausdehnung besucht habe, ich doch bei einer zweiten Reise
in meinem Reiseplane mehre Aenderungen eintreten lassen
würde. Doch fata viam invenient, und dabei wollen
auch wir es jetzt bewenden lassen und uns mit unserem
Rückert trösten, der so wahr ausruft:

„Wie ich es auch an mag fangen,
Vorn und hinten will's nicht langen.

Von dem Morgen bis zum Abend
Laufend, rennend, schnaubend, trabend,
Hab' ich doch in manchen Gassen
Manches unbeseh'n gelassen,
Und auch was ich angeschaut
Ist deshalb noch nicht verdaut."

Das Hauptgespräch am Bord unseres Schiffes von
Valencia bis Alicante drehte sich um den Besuch des Pal-
menwaldes bei Elche. Der Capitain wurde mit Vorstellungen, Anträgen und Bitten jeglicher Art bestürmt, in
Alicante so lange anzuhalten, bis wir von dem genannten Palmenwalde, dessen Besuch zu Pferd oder Wagen
höchstens acht Stunden in Anspruch nehmen dürfte, zurückgekehrt wären. Da er sich aber mit seiner Instruc-
tion entschuldigte, die ihm verböte, einige Stunden vor
Alicante anzulegen, so gaben wir leichtsinnigerweise unseren Lieblingsplan auf, was wir, wie wir später in Erfahrung brachten, nicht nöthig gehabt hätten, da der „Cid"
uns ordentlich zum Trotze ganz ruhig an 9 Stunden im
Hafen liegen blieb. Wir wollen daher wohlmeinend den
künftigen Reisenden den Rath geben, sich bei der Ankunft
in Alicante sogleich nach Elche zu Pferde oder Wagen
zu begeben und von da, wenn es noch Zeit, nach Alicante zurückzukehren, wo nicht ihre Reise nach Cartagena
fortzusetzen, wo sie gewiß noch das Dampfschiff antreffen
werden. — Elche liegt in einem Wäldchen von Dattelpalmen, welche hier, sowie im ganzen Königreiche Valencia besser gedeihen, als in irgend einem anderen Theile
Spaniens. Ob nun der Palmenwald aus 10,000 oder
50,000 oder 80,000 Palmen besteht, kann ich dem Leser
nicht sagen, da ich nicht darinnen war, nur soviel kann
ich ihm versichern, daß sich die valencianische Dattelpalme
hinsichtlich des majestätischen Wuchses mit der Kokusnuß-
palme auf der Königin der Antillen, auf dem reizenden
und ruhmbekränzten Cuba nicht vergleichen kann und daß
mir auch die Datteln nicht so süß und angenehm, als
an der afrikanischen Küste geschmeckt haben. Die männ-

lichen Dattelpalmen tragen im Monat Mai weiße Blumen, die weiblichen dagegen tragen Früchte, welche im
Monat November reifen.

Der „Cid" dampfte lustig auf dem blauen Meeresspiegel dahin. Die gebirgige Küste mit ihrer eigenthümlichen Formation verloren wir nicht aus den Augen
und gegen Abend sahen wir Cap Palos, dieses malerische Felsennest mit seinen kahlen Gebirgen im Hintergrunde, prachtvoll beleuchtet von der untergehenden Sonne,
aus den azurnen Wogen des Meeres emportauchen. Die
Sonne drückte eben den letzten flammenden Scheidekuß
auf den bleichen Mund des Horizontes und warf noch
einen schelmisch-blitzenden Blick auf den glitzernden Spiegel des Meeres, als wir singend und spielend vorbei-
tanzten. Eine lustige Schauspielertruppe, die in Alicante
an Bord gestiegen war, ließ nach den Tönen der künst-
lerisch gehandhabten Guitarren fröhliche Lieder erschallen
und sandte dem scheidenden Phöbus wehmüthige Abschieds-
grüße nach. Aber kaum mochten die Sonnenpferde das
Ambrosia geschmeckt und Phöbus sich zur geliebten Leu-
kothea in der Gestalt ihrer Mutter Eurynome begeben
haben, als auch schon zürnend Triton in die Muschel
blies, Neptun den Dreizack schwang und Aeolus die Backen
aufblähte. Auf der Oberfläche des Meeres begannen die
Wogen sich zornig zu kräuseln, „schon kam Leben und
lustiger Spaß und Tanzen in's stille Gewässer" und gewiß hätten wir das Zürnen des tobenden Meeres in voller Kraft genießen müssen, wenn uns nicht der „Cid"
pfeilschnell in den sicheren Hafen von Cartagena geführt
hätte. Die Thurmuhr des Arsenals schlug acht Uhr, als
der schwere Anker rasselnd niederrollte.

Die Gebirgskette, welche viele Leguas lang von Osten
nach Westen an der Seeküste sich hinzieht, bildet 3 Leguas vom Cap Palos ein kleines, von mehren Hügeln
und kleinen Bergen eingeschlossenes Thal. In dem Schooße
desselben liegt Cartagena von vier Hügeln umgeben, die

schon von Polybius Chernonesizo, Phästo, Aleto und Cronio, jetzt aber Molinete, S. José, Despeñaperros und la Concepcion genannt werden. Gegenüber diesem letzteren schneidet die Gebirgskette ab und ein großer Raum breitet sich aus, der, den Meereswogen Platz machend, einen großen tiefen Busen und in der Gestalt eines Huf= eisens einen der besten Häfen an der Küste des mittellän= dischen Meeres bildet. Der Eingang des Hafens wird auf zwei Punkten durch die auf ansehnlichen Bergen lie= genden beiden Castelle de Galeras und San Julian ver= theidigt, auch liegt nahe der Einfahrt eine kleine Insel, die von den Römern Insel des Hercules, auch Scombrária, gegenwärtig aber Escombrera genannt wird. Viele der ehemaligen Vertheidigungswerke sind zerstört worden und es bestehen heute nur noch die Batterien von Podaderas und Navidad, das Arsenal und das Castell von Galeras mit San Julian.

Außer Vigo in Galicien, habe ich keinen größeren, schöneren und sicherern Hafen an der ganzen pyrenäischen Halbinsel gefunden, als den von Cartagena. Derselbe ist fast ringsum, bis auf den Eingang, mit hohen kahlen Bergen und gut befestigten Forts umschlossen und besitzt an gün= stiger Lage, Sicherheit des Fahrwassers, gutem Ankergrund alles, was man nur wünschen kann, bis leider auf die Schiffe, die fast gänzlich fehlen. Cartagena ist sehr stark befestigt und zeigt fünf oder sechs Citadellen auf, welche Stadt, Meer und Land vortrefflich schützen und den Ein= gang zur Stadt fast von allen Seiten wehren können. Bei weitem stärker, als Alicante und Valencia befestigt, ist es weder von den Franzosen belagert, noch erobert worden. Bei dem letzten Aufstande jedoch konnte es von den Insurgenten gegen die königlichen Truppen nicht behauptet werden.

Im Hafen von Cartagena, von Silius Italicus und Virgilius schon so trefflich beschrieben, ist es jetzt still und traurig. Es liegt hier keine achtunggebietende Flotte

mehr. Auch vom Handel ist nicht viel wahrzunehmen,
denn die Handelsschiffe ziehen Alicante vor. Die Ausfuhr,
früher so bedeutend, beschränkt sich bei reichen Ernten auf
Körner, auf Espartoflechtereien, Soda u. s. w., doch hat
der Metall= und Erzhandel dem Verkehre jetzt eine neue
Pulsader geöffnet. Aus den Häfen Andalusiens werden
Körner und Oel, von andern Plätzen Steinkohlen zum
Verbrauch in den Metallschmelzereien und aus Amerika
etwas Zucker, Cacao, Kaffee 2c. eingeführt. Die aus
Amerika in den Jahren 1843 und 1844 eingeführten Waaren
betrugen einen Werth von 6,370,808 rs. vn., wovon
944,681 rs. vn. Steuer bezahlt wurden; die in demselben Zeit=
raume vom übrigen Auslande importirten beliefen sich auf
29,266,404 rs. vn. und die exportirten auf 16,431,482 rs.vn.
Von den ersteren wurden 3,188,833, von den letzteren
409,133 rs. vn. Zölle entrichtet. An Seide sind in den
beiden genannten Jahren nach Amerika nicht mehr, als
88 libras, im Werthe von 8,800 rs. vn. ausgeführt worden.
Die durch die Küstenschifffahrt in den Jahren 1843 und 1844
eingeführten Waaren belaufen sich auf 32,999,072 und
die ausgeführten auf 15,888,041 rs. vn. Die General=
Bilanz der Ein= und Ausfuhr stellt sich nach den offici=
ellen Douaneregistern in einem Jahre durchschnittlich,
wie folgt, heraus:

Der ganze Werth des Imports vom Auslande . 14,633,202 rs. vn.
   „   „   „   „   von Amerika . 3,185,404.
   „   „   „   „   durch die Küstenschifffahrt 16,499,536.
                   Summa 34,318,142.
Der ganze Werth des Exportes nach
            dem Auslande 8,215,741.⎫
   „   „   „   „   von Amerika — ⎬ 16,156,261.
   „   „   durch die Küstenschifffahrt 7,940,520.⎭
     Ueberschuß zu Gunsten des Exports 18,161,881.
An baarem Gelde importirt . . . . 8,678,824.
   „   „   „ exportirt . . . . 12,900.
                Unterschied 8,665,924.
Wirklicher Unterschied zu Gunsten des Imports von
                   Waaren 9,495,957.

Cartagena, von den Carthagern gegründet, war unter den Römern eine blühende Stadt, wurde aber ſpäter von den Gothen zerſtört und iſt jetzt ein **Plaza de Armas.** Murcia war eine ſehr werthvolle Provinz für die Car-thaginenſer und wurde von denſelben wegen ihres großen, natürlichen Reichthumes als ein Erſatz für das verlorne Sicilien betrachtet. Später leiſteten hier, nachdem die ganze Provinz lange Zeit die Römer beſeſſen hatten, die Gothen den Mauren einen hartnäckigen Widerſtand und behaup-teten eine lange Zeit unter Theodimir ein ſelbſtſtändiges Reich. Als nun die Mauren Beſitz nahmen, trugen ſie ſehr viel zur ſorgfältigen Cultur des Landes bei und als das Chalifat der Omaijaden zuſammenbrach, blieb Murcia unter der Familie Beni-Tahir von 1038 bis 1091 ein ſelbſtſtändiges Reich, bis es endlich im Jahr 1266 in den Beſitz der Spanier kam. Die Stadt, umringt von kahlen Felſengebirgen, umgürtet von einem hohen Feſtungswalle und gekrönt von einem auf ſehr ſteilem Berge liegenden, alterthümlichen Caſtell, gewährt durch ihre am Quai erbauten Häuſer und breiten Straßen einen angenehmen Anblick. Die Einwohnerzahl, die unter Carl **III.** 60,000 Seelen aufwies, iſt jetzt bis auf 33,593 Seelen geſunken.

Das Arſenal von Cartagena iſt, wie von Rochau richtig bemerkt, die Schädelſtätte der ſpaniſchen Seemacht. Um es zu beſichtigen, muß man vom Commandanten der Marine einen Erlaubnißſchein vorzeigen. Wir hatten uns zu dieſem Zwecke gleich nach unſerer Landung zum Hauſe des Commandanten begeben, wurden aber von da zum Hauſe des Secretairs und von hier wieder zum Comman-danten, der aber auch nicht zu ſprechen war, geſchickt. Um nicht länger von Pontius zu Pilatus geſandt und den nicht unbedeutenden cartageniſchen Sonnenſtrahlen aus-geſetzt zu ſein, begaben wir uns direct zum Arſenal, wo uns auch von dem wachthabenden Officier, nachdem wir ihm unſern Zweck auseinandergeſetzt und dabei über die ſpaniſche Seemacht und Arſenale einige rühmende Worte

hatten fallen laſſen, bereitwillig der Eintritt geſtattet und
Alles gezeigt wurde. Die Anlage des Arſenals und die
großen Gebäulichkeiten, die unabſehbaren Seilerwerkſtätten,
die großen Baſins und Dockyards, die Zimmerplätze u. ſ. w.
ſind vielverſprechend, allein von einem inneren, geheimen
Schauder und unheimlichen, troſtloſen Gefühle wird man
erfaßt, wenn man die großen, faſt todten und menſchen-
leeren Räume durchwandelt. Kein treueres Bild der Vergänglichkeit und des Verfalles ſpaniſcher Größe, als dies
Arſenal. Dem luſtigen Schaffen und Wirken, dem Häm-
mern, Pochen, Schwirren der 4000 Arbeiter, die früher
hier geweſen, iſt das Schweigen des Todes, die Stille
des Grabes gefolgt. Die wenigen, jetzt noch beſchäftigten
Leute geben dem ganzen traurigen Bilde noch finſtrere und
ödere Conturen; nichts, gar nichts erinnert an die einſtige
Macht Spaniens. Ein kleines, hübſches ſpaniſches Dampf-
kriegsſchiff von 3 Kanonen, welches in einem der Docks,
wenn ich nicht irre zur Ausbeſſerung lag, war der einzige Repräſentant der einſt unüberwindlichen Flotte.

Unter dem Miniſterium Narvaez iſt übrigens zur Hebung des ſpaniſchen Flottenweſens manches Zweckmäßige
geſchehen, wozu freilich vor allem der gegen Cuba von
Privatleuten in Nordamerika aus unternommene Piraten-
und Flibuſtier-Streich Anregung gegeben haben mag. In
den Werkſtätten der Arſenale wurde es lebendiger und
Schiffsbauer und Schiffszimmerleute, die ſich in großer
Noth befanden, erhielten durch den angeordneten Bau neuer
Kriegsſchiffe eine ſehr erwünſchte Beſchäftigung. Die Cortes
votirten Summen zur Herſtellung von Kriegsfregatten,
Brigs und Dampfſchiffen, und die Königin, in der Meinung, daß ſich ſeit jenem Votum der Stand des Staats-
ſchatzes bedeutend verbeſſert habe, ermächtigte den Marine-
miniſter außerdem noch zur Anſchaffung von mehren Kriegs-
dampfſchiffen. Sollte ſpäter, wie es leider ſchon den Au-
ſchein hat, dieſer Flotten-Enthuſiasmus wieder nutzlos
verrauchen und die Arbeiten eingeſtellt, ſowie die Arbeiter

entlassen werden, so würde die spanische Regierung in ihre frühere Antipathie zurückfallen, die dem Lande so verderblich ist. „Das spanische Volk," wie der M. Herald unter Anderem bemerkt, „als ein Ganzes genau betrachtet — wir sprechen von den Mittelclassen in den Städten und den Bauern auf dem Lande —, ist ein ehrenhaftes, redliches und fleißiges Volk, welches an der Mißregierung, Veruntreuung und Verschwendung im Staatshaushalte keinen Antheil hat. Aber es gibt in Spanien eine Menschenclasse, meist geboren in und unter dem Mittelstande, aus welcher in den letzten vierzehn oder funfzehn Jahren die meisten Minister und Beamten emporgekommen sind; diese halbgebildete, verdorbene, grundsatzlose, alles erblichen Vermögens entbehrende Classe hat die öffentlichen Angelegenheiten schlecht verwaltet, des Landes Hilfsquellen vergeudet, den Charakter und Credit Spaniens völlig zu Grunde gerichtet. Mehre der spanischen Minister seit funfzehn Jahren waren träg, unfähig, bestechlich. Narvaez allein hätte die Thatkraft und die Fähigkeit besessen, Spanien wieder groß zu machen. Er war der einzige Mann von Energie, wurde aber, wenn er — was sich leider bezweifeln läßt — den Ehrgeiz hatte wirklich Großes und Gutes zu leisten, in seinem Streben von Schelmen und Narren, von einer unheilvollen, sich in Alles einmischenden Camarilla von Weibern und Pfaffen gehindert und paralysirt. Spanien — es thut Noth zu sagen — muß die Ausgaben seines Hofes und seiner Regierung beschränken, muß aufhören ein Corps von **700** Generalen für eine Armee von **104,000** Mann zu unterhalten, zu einer Zeit, da Frankreich für eine Armee von **587,000** Mann nur **301** Generale, Oestreich für eine Armee von **404,000** Mann nur **332** und Ⅰ England mit den Colonieen in allen Welttheilen nur **348** Generale hat. Die spanischen Minister müssen auch aufhören in Staatspapieren zu speculiren und dafür das A B C der Verwaltungswissenschaften lernen."

Der Himmel war während unserer Anwesenheit in

Cartagena blau, allein der Wind und Staub sehr unangenehm. Wir zogen uns daher, nachdem wir mehre
Kirchen besucht und noch anderweite Merkwürdigkeiten
besichtigt hatten, in eine der wenigen Posadas zurück, um
der schönsten Erfindung der neuen Zeit, wie Altmeister
Göthe in seinen „Wanderjahren" das Essen nach der Karte
nennt, unsere volle Aufmerksamkeit zu widmen. Das Essen
bestand vorzüglich aus einer Composition von Oel und
Fischen, wobei uns eine unzählige Masse Fliegen, trotz
des von der Decke herabhängenden und in beständiger
Bewegung erhaltenen Papierbüschels, mit ihrer lästigen
Gegenwart incommodirte und accompagnirte. Cartagena
besitzt eigentlich nur eine posada, nicht einmal eine fonda,
und diese ist schlecht. Ebenso wird man sich vergebliche
Mühe machen, wenn man hier etwa Zeitungslectüre bean-
spruchen wollte. Der Wirth eines schlechten Kaffeehauses
erzählte uns, daß er sich früher Zeitungen gehalten hätte,
und daß viele Gäste zu ihm gekommen wären, um
diese zu lesen, daß sie aber darüber vergessen hätten, etwas
zu verzehren. Aus diesem Grunde hätte er sie wieder
abgeschafft, indem er nur mit einem consumirenden, nicht
aber mit einem studirenden Publicum Geschäfte machen
könnte.

Ich habe erwähnt, daß in Cartagena nur eine posada, nicht aber eine fonda sei und muß hier dem Leser
zum bessern Verständniß bemerken, daß fonda im Spanischen ein Hotel oder einen Gasthof, in großen Städten
gewöhnlich ohne Stallung für Pferde und Lastvieh, posada dagegen ein Wirthshaus mit Stallung bedeutet,
wo der Reisende Nachtquartier und Kost findet. Venta
dagegen nennt man ein an der Landstraße stehendes ein-
zelnes Wirthshaus, taberna ein Erfrischungshaus, ven-
torilla eine freiliegende Weinschenke und tienta eine in
einem Orte liegende Weinkneipe. Der Spanier unterscheidet die Gastwirthschaften ebenso streng, wie die Land-
güter, Villas, Gehöfte und Landhäuser, die er, wie wir

schon früher angedeutet, haciendas, quintas, cortijos und lugares nennt.

Der Stadt= und Gerichtsbezirk von Cartagena hat, mit Ausnahme der von Osten nach Westen an der Küste und einer zweiten von Westen nach Baldelentisco streichenden Gebirgskette, einen ebenen und auch, wenn kein Mangel an Regen eintritt, sehr fruchtbaren Boden. Das Wasser fehlt jedoch und in dem ganzen Bezirke fließt weder ein Strom, noch ein Bach. Auch regnet es sehr selten und auch hier nimmt die Trockenheit des Bodens zum großen Nachtheile des Landes und der Ernte sehr oft überhand. Die Gebirge sind fast kahl und nackt und nur etwa mit Rosmarin, Ginster, verkrüppelten Palmen, Mastix und anderem bei den Bäckereien, Gyps= und Kalk= brennereien zum Verbrennen zu verwendenden Strauch= werke bewachsen. Das Klima ist zu allen Jahreszeiten sehr mild und nur bei'm Nordwestwind wird es etwas rauher. Die Umgegend von Alicante und Cartagena ist den Erdbeben ausgesetzt und auch wegen der Salzgewin= nung in manchen Theilen ungesund. Salz wird von hier sehr viel ausgeführt. Die Provinz Murcia ist reich an vulkanischen Gebilden und Phänomenen, und die Feuer= gebilde erscheinen hier nicht fern von der Meeresküste. Von Früchten wird vor allem Gerste, dann Waizen, Wein, Esparto gebaut, sowie Soda gewonnen; Olivenbäume gibt es nicht sehr viele, allein das von denselben gewon= nene Oel ist vorzüglich. Die Spartoflechtereien, früher hier ein bedeutendes Gewerbe, haben sich sehr vermindert. Dagegen beschäftigen die Förderung des Erzes aus den Bergwerken, sowie die Eisenwerke und Gießereien von Escombrera und Sta. Lucia von Porman und Alum= bres vorzüglich im Winter einen großen Theil der Ein= wohner dieses Bezirkes. Der Bergbau auf silberhaltige Bleierze wird in der Nähe von Cartagena und insbe= sondere in der wegen ihres Reichthums an Bleierzen rei= chen Sierra de Gador betrieben. Unter den nordöstlich

von Berja auf dem hohen Gebirgskamme sich vorfinden=
den Gruben soll die von Santa Suzanna gegenwärtig
die ergiebigste sein. Die in dem Bergwerke der Sierra
de Gador früher beschäftigte, große Anzahl von Bergleu=
ten, die an **10,000** betrug, hat sich im Jahre **1845**
wegen allmäliger Erschöpfung der Erzlager schon auf
3000 vermindert.

Spanien hat lange Zeit die alte und neue Welt mit
edlem Metalle versehen. Die Phönizier, die zuerst die
Metallreichthümer des Landes entdeckten, suchten dieselben
für sich auszubeuten und den übrigen Nationen die hier
aufgefundenen Schätze zu verheimlichen. Eine Zeit lang
ging das, allein später wurde dieses Gold= und Erzland
der Tummelplatz der streitenden Völker. Durch den Ein=
fall der Mauren und später durch die Entdeckung Ame=
rika's kamen die Minen von Murcia in Verfall und fast
in Vergessenheit. Später als viele der transatlantischen
Colonien verloren gingen, wurde auch wieder den Minen
Spaniens mehr Aufmerksamkeit geschenkt. Während früher
durch ein königl. Decret vom J. 1600 die Minen geschlos=
sen waren, wurden unter der Regierung Fedinand **VII.**
im J. 1823 Gesetze und Verordnungen zur Hebung des
Bergwesens in Spanien erlassen.

Die zwischen Cartagena und Cabo de Palos streichen=
den Gebirgszüge, in denen sich noch jetzt, wie im Alter=
thume, Bergwerke befinden, gehören, mit sehr wenigen
Ausnahmen der Flötz=Formation an. Es finden sich da=
her in derselben vor allem Quarz= und Kalk=Conglo=
merate, Grauwacke, aschgrauer, fester Kalk und mehr oder
weniger feiner Thon, ebenso auch Kreide, Schwerspath u.
s. w. So wie die auszuarbeitenden Minen bezüglich der
Anlage der tiefen und großen Schachten und der Aus=
beute verschieden sind, so werden auch in der Bearbeitung
derselben verschiedene Systeme befolgt. Die Einen glau=
ben, die schon von den Römern angelegten Bergwerke
benutzen und verfolgen zu müssen, während Andere be=

müht sind, neue aufzufinden. Auf welchem Wege das
Ziel zunächst erreicht werden wird, ist bis jetzt noch un=
gewiß, doch scheinen letztere, dem Anscheine nach, bessere
Aussicht auf Ausbeute zu haben, als erstere. Die Be=
arbeitung der Minen fordert Capital, gute Leitung, Kennt=
niß und Beharrlichkeit, und kann nur auf solche Weise
zu einem günstigen Resultate führen. Allein Spanien ist
das Land des Minenschwindels. Gesellschaften treten aus
Speculation zusammen, um sich in kurzer Zeit Reichthümer
zu sammeln und scheuen sich nicht, alle möglichen Specu=
lationen und Operationen auszudenken, um Theilnehmer
herbeizulocken. Die Charlatanerie in Verbindung mit der
Unkenntniß und dem Leichtsinn, hat auf das spanische
Bergwesen einen sehr nachtheiligen Einfluß geübt. Ein
deutliches Beispiel hiervon geben die Minen von Carta=
gena, in denen früher 2000 bis 3000 Arbeiter, jetzt kaum
einige Hundert beschäftigt sind.

In den Minendistricten des Königreichs Murcia und
insbesondere des Bezirks von Cartagena ist ein großer
Metallreichthum verborgen. In den an der Küste des
mittelländischen Meeres hinstreichenden Gebirgen, von Por=
man bis Villaricos und bis zum Flusse Cuevas, wo an
3000 Minen bestehen, wird vor allem Blei und Sil=
ber gewonnen. Auch findet sich in den Metallen dieses
Bodens der Schwefel als Erz (mineralizador), sowie
auch in reiner Gestalt oder krystallisirt, vorzüglich an den
Ufern der zusammenströmenden Flüsse Mundo und Se=
gura vor. In Moratalla und Calasparra befinden sich
zur Gewinnung desselben Fabriken. Es gibt ferner Stein=
brüche von weißem Marmor mit blauen Adern, von Jas=
pis und anderm harten Gestein, welches einer Politur fähig
ist. Der eisenhaltige Schwefelkies ist so vielfach ver=
breitet, daß seine Zersetzung auf die Güte der warmen
Mineralwässer einen entscheidenden Einfluß übt. In den
Bezirken der Dörfer Jumilla, Fortuna und Caravaca
trifft man krystallisirte Soda und Salzquellen, und bei

Alhama und Moratalla mineralische Kohle an. In Mazarran gibt es verschiedene Minen von kupfer-, blei- und silberhaltigen Erzen, jedoch wird vor allem daselbst eine große Masse Alaun und Ocher gewonnen.

Die bedeutendste Fabrik der Art ist die von D. Ignacio Gomez im Bezirke Mazarron, welche seit ihrer Gründung das Privilegium besitzt, keine Abgaben an die Regierung zu zahlen, dafür aber die Verpflichtung übernommen hat, den Ocher zu liefern, den sie gewinnt. Im Jahre 1846 wurden in derselben 8000 Ctr. Alaun und 70,000 Ctr. Ocher, sowie im Jahre 1847: 3587 Ctr. producirt. Der aus Habannahblatt in der Tabaksfabrik von Sevilla verfertigte Schnupftabak wird mit dieser Ochererde vermischt und unter dem Namen Spaniol verkauft. Der Gewinn von sämmtlichen, in der Provinz Murcia liegenden Fabriken dieser Art betrug im Jahre 1846 an Alaun 9214, an Ocher 80,621, im Jahre 1847 dagegen von ersterem Product an 9063 und von letzterem an 2010 Centner. Das meiste Silber wurde in den Jahren 1846 und 1847 in der durch eine Dampfmaschine betriebenen, der Gesellschaft San Jorge zugehörigen, ebenso genannten Fabrik, das meiste Blei dagegen (an 52,287 Centner) im Jahre 1846 in der von D. Blas Requena betriebenen Fabrik San Blas gewonnen. Im J. 1847 erzielte die mit 4 Schmelzöfen versehene und von D. Antonio Campoy geleitete, im District Cartagena gelegene Fabrik Roma 15,921 Centner Blei. —

San Juan de las Aguilas, welche Stadt ich auf meiner Reise von Cartagena nach Almeria besuchte, besitzt mehre große Fabriken, in denen die reichhaltigen Erze aus den zwei Leguas entfernten Sierras Almagrera und Lomo de Bas, geschmolzen und geläutert werden. Der Eigenthümer einer großen Bleischmelzerei, durch dessen Güte wir das Etablissement mit seinen vielen Schmelzöfen besichtigen konnten, theilte uns mit, daß das Bleierz an 34 % Blei und auch einige Procente Silber enthielte.

Aus dem Hafen dieser, 4832 Einwohner zählenden Stadt
wird vor allem Blei, Silber, Marmor ausgeführt. Der
Werth des ausgeführten, geschmolzenen Silbers wird in
den Jahren 1843 und 1844 durchschnittlich auf das Jahr,
bezüglich der Küstenschiffahrt auf 2,264,500 rs. vn. und
bezüglich des Exportes nach dem Auslande auf 17,372,250
rs. vn. angeschlagen.

Das zwischen Andalusien und Valencia, am mittelländischen Meere gelegene, im Nordwesten von Neu-Castilien
begrenzte, kleine Königreich Murcia hat einen Flächen-
raum von etwa 659 spanischen Quadratmeilen mit einer
Bevölkerung von 383,226 Einwohnern. In denjenigen
Gegenden, in welchen es nicht an Wasser fehlt, ist der
Boden fruchtbar und es wächst auf demselben üppig der
Waizen, die Gerste, der Mais, die Palme, Orange, Maul-
beere, Olive, der rothe Pfeffer und der schwere Wein;
in den übrigen, wasserarmen Districten dagegen erblickt
das Auge oft eine Wüste oder ein sehr karges Wachsthum der Pflanzenwelt. Zu diesen trockenen Districten,
die bei hinreichendem Wasservorrathe die fruchtbarsten der
ganzen Halbinsel sein würden, muß ein großer Theil der
Gerichtsbezirke von Murcia, Lorca, Totana und Cartagena gerechnet werden. In den Huertas von Calasparra
wird Reis gebaut, dessen Verbrauch in Murcia nicht unbedeutend ist. Viele Arten der Soda-Pflanzen — bar-
rilla, algazal, losa und salicon — gedeihen vortrefflich.
Die Pflanze selbst bildet einen niedrigen, buschigen Strauch
von grünlicher Farbe, die später beim Reifwerden in das
Bräunliche überspielt; sie wird im getrockneten Zustande
auf eisernen Gittern über Gruben verbrannt und die sali-
nischen Theile fallen dann als eine krystallisirte Masse
herunter. Esparto wird viel gebaut und noch auf dieselbe Art zu Körben, Sandalensohlen, Stricken u. s. w.
verarbeitet, wie es Plinius beschreibt; auch werden aus
demselben die von Horaz beschriebenen iberischen Peitschen
oder Geißeln verfertigt. Der Weinbau in Murcia hat

14*

durch die auf denselben gelegten Abgaben, durch die Concurrenz und starke Einfuhr, insbesondere der alicantini-
schen Weine, sehr gelitten. Die Production des Bodens
steht überhaupt, zumal in trocknen Jahren, zur Consum-
tion in keinem Verhältnisse und hierin mag auch der
Grund zu der starken Auswanderung nach Algerien zu
suchen sein. Von dem Hafen von Torrevieja, von wo
ein bedeutender Salzhandel mit der afrikanischen Nordküste unterhalten wird, schiffen sich jährlich große Schaaren von Auswanderern ein.

Die Murcianer theilen sich in 2 Classen oder Raçen,
in eine, welche den nördlichen oder gebirgigen Theil des
Landes und in eine, welche den südlichen Theil oder die
Küsten bewohnt. Die erstere ist ernsthaft, fast menschen-
scheu und conservativ, letztere dagegen heiterer, umgäng-
licher und neuerungssüchtiger Natur. Wie im Charakter,
so zeigt sich auch in den Trachten, Sitten und Gebräuchen eine nicht unbedeutende Verschiedenheit; erstere kleiden sich mehr ähnlich dem Castilianer, letztere dem Valencianer, nur mit dem Unterschiede, daß sie noch die kurzen, leinenen Beinkleider weiter tragen, als diese. Ein
Theil der Einwohner, insbesondere in der Umgebung von
Murcia, hat sich noch die Physiognomie, Sitten und
Gebräuche der Araber bewahrt. Im Allgemeinen ist der
Charakter dem der Valencianer sehr ähnlich und die Einwohner theilen auch mit denselben insofern das gleiche
Schicksal, daß der Leumund sie nicht schont und ihnen
manches Böse nachzusagen geneigt ist. Namentlich werden die Murcianer als abergläubisch, streit- und rachsüchtig
geschildert und von ihnen gilt vorzugsweise das Sprichwort: El cielo y suelo es bueno — el entre suelo
malo (der Himmel und der Boden ist gut, die Menschen
schlecht).

Drittes Capitel.

Andalusien.

I. Malaga.

Moritz Willkomm. — Sprachstudien. — Almeria. — Ein ehrlicher Mann. — Ein Mordanfall. — Boden- und Handelsverhältnisse. — Malaga. — Spanische Umständlichkeiten bei'm Landen. — Lage und Klima der Stadt. — Straßen und Häuser. — Kathedrale. — Gibralfaro. — Historische Rückblicke. — Umgebung der Stadt. — Malagawein. — Handel. — Industrie. — Beziehung Deutschlands zu Spanien. — Vertretung Deutschlands in Spanien. — Provinz Malaga. —

Auf dem Verdecke des Dampfschiffes, welches von Cartagena nach Almeria fuhr, saß ich im Kreise mehrer Landsleute und las das erste Capitel des zweiten Buches von Moritz Willkomm's Reise in Spanien und Portugal, die gelungene Beschreibung der Alhambra und des Generalife vor. Meine Zuhörer lauschten, in der Erwartung, die „Tierra de Dios" nächstens selbst betreten zu können, aufmerksam meinem Vortrage und spendeten dem geschickten und wahrheitsliebenden Verfasser öfter den aufrichtigsten Beifall. Als ich geendet und die Unterhaltung allgemeiner wurde, trat ein junger Mann heran, der in Cartagena an Bord gekommen war und stellte sich uns als einen Deutschen vor. Herr R..... aus Memel, schon seit längerer Zeit in Spanien, sagte, daß er sich sehr gefreut hätte, als er uns hätte deutsch sprechen hören und daß es ihm ein großes Vergnügen sein würde, wenn wir ihm erlaubten, an unserer Unterhaltung Theil zu nehmen. Wir sind später mit diesem jungen Manne nach Granada gereist und gedenken gern seiner Person und seines wackeren deutschen Sinnes.

Am Bord unseres Schiffes „**Cid**" war eine wahre **Olla potrida** der verschiedenartigsten Sprachidiome. Da ich es mir zum Grundsatze gemacht habe, wo möglich die Sprache des Landes zu reden, in dem ich reise, so hatte ich auch hierzu auf unserer Fahrt nach Andalusien die beste Gelegenheit. Es befanden sich eine Menge junger, liebenswürdiger Andalusier am Bord, die sich keine Mühe verdrießen ließen, mich zu einem echten Spanier zu machen. Kaum, daß mir ein unrichtiger Ausdruck entschlüpfte oder daß ich ein Wort falsch aussprach und betonte, so waren auch schon nicht nur zwei oder drei, sondern wohl ein Dutzend spanischer Zungen bereit, mich von dem Pfade des Irrthums auf den der Wahrheit zu bugsiren. Besonders bot ein Andalusier, gewandt wie der Blitz, seine ganze, von der gütigen Natur nicht stiefmütterlich ausgestattete Zungenfertigkeit zu meiner Civilisation auf und suchte mir unter Anderem den Unterschied zwischen **lengua** (Sprache) und **lengua** (Zunge), oder **cocina** (Küche), **cochina** (Sau) und **cojin** (Kissen), auf die drolligste Art darzulegen. Es war ein lieber, junger Mann von kleiner Figur und dürren Beinen. Dabei aber hatte er eine Nase, eine Nase! Ja, das mußte ein Familien=Erbstück sein; gewöhnliche Menschen tragen keine solche Frontispice umher. — Welcher Unterschied zwischen dem englischen und spanischen Charakter in Bezug auf geselligen Verkehr! Der Spanier, gewandt, freundlich und leutselig, bietet alle Mittel auf, um sich dem Fremden gefällig und zuvorkommend zu zeigen und ich bin gewiß, daß ich einem Spanier vom besten Blute gleich geworden wäre, wenn ich noch längere Zeit in der Gesellschaft meiner angenehmen, flotten Reisegefährten geblieben wäre. Ja,

ihre culturhistorischen Versuche, um diese Metamorphose
meiner Wenigkeit zu Stande zu bringen, gingen soweit,
daß ich, wenn ich kein Deutscher gewesen wäre, gewiß
die Geduld verloren und mich am Ende, hartnäckig und
trotzig geworden, eben so wenig hätte belehren lassen mögen,
wie der Erzbischof von Granada im Gil Blas.

Als wir in den Busen von Almeria einliefen, wurden unsere Sprachstudien unterbrochen und wir setzten,
da wir einige Stunden hier liegen blieben, in einem kleinen
Kahne an das Land. Der Anblick des Busens und der
Stadt ist, wenn auch nicht großartig, doch eigenthümlich.
Unter den Römern und Mauren war Almeria eine reiche
Handelsstadt und der Hafen stark besucht, indem von hier
aus vorzüglich ein lebhafter Handel mit Italien unterhalten wurde. Unter dem maurischen Befehlshaber Ibn
Maymann wurde von hier aus auch stark Seeräuberei
getrieben. Gegenwärtig ist der Handel unbedeutend und
der Hafen nur von wenigen Schiffen besucht. Man spricht
davon, einen neuen Hafendamm und zweckmäßige Dockyards anzulegen. Spuren davon findet man noch aus der
Maurenzeit. Der Golf von Almeria, im Westen von der
punta de Santa-Elena und im Osten von der **cabo
de Gata** gebildet, dehnt sich an 8 spanische Meilen aus,
hat bei einer großen Tiefe weder Klippen, noch Sandbänke und ist reich an Fischen aller Art. Die ihn um-
gebende Küste ist in allen Theilen steil und felsig.

Die in ihrer Anlage und Bauart noch manches arabische Element aufweisende Stadt Almeria liegt am südlichen Abhange der Sierra de Enix in einer schönen und
großen Ebene, ist zum großen Theil mit einer Mauer
umgeben und zeigt im Innern, wie viele andere spanische
Städte einen neuen und alten Stadttheil, welcher letztere
aus niedrigen, weißen Häusern mit ganz flachen Dächern,
engen, schmuzigen, unregelmäßigen und unebenen Straßen
besteht, während der erstere schöne, elegante Gebäude, geräumige große Plätze, liebliche Gärten und Alamedas

und reinliche, regelrecht gebaute Straßen darbietet. Die
neugebauten Häuser mit ihren Balcons sind meist zwei
bis drei Stockwerke hoch und so eingerichtet, daß sie im
Innern einen viereckigen Hofraum (patio) aufweisen, um
den rings herum bequeme Wohnzimmer angebracht sind.
An den vielen Blumen erkennt man, daß man sich in
Andalusien befindet. Ueberall, in den Haaren der Frauen,
in den Händen der Männer, auf den Balcons und in
den Gärten sieht man Blumen. Die Glorieta de Sartorius ist ein freundlicher Blumengarten. Der Vater des
Herrn Sartorius, des jetzigen Gefe politico, dem zu Ehren
man diesen Platz so genannt hat, soll ein Deutscher ge=
wesen sein. Herr Sartorius muß sich großes Verdienst
um Almeria erworben haben, sonst würde man wohl nicht
an die marmorne Brunnenfontaine, in der Mitte des ge=
nannten Platzes, folgende Inschrift gesetzt haben: „El
Señor D. Eugenio Sartorius, gefe politico de la
provincia, mando hacer este fuente y paseo, en
prueba de su afecto a esta capital. Año 1848.

Eine ungeheure Menge Bettler und Diener des dolce
far niente, die von Minute zu Minute anschwoll, gab
sich die Ehre, uns in Almeria herumzuführen. Sie folg=
ten gewissenhaft, wie unsere Schatten, unseren Fußspuren
und bemühten sich, trotz der glühenden Sonnenstrahlen,
ihren Humor und Witz auf alle mögliche Weise glänzen
zu lassen. Dies war natürlich nicht geeignet, unsere so
hochgespannten Erwartungen von Andalusien zu befriedigen,
welche unschicklicherweise auch die uns begleitenden Anda=
lusier, die vorher soviel Rühmens von ihrem Vaterlande,
wo natürlich Alles schöner und besser sei, als anderswo,
gemacht hatten, dadurch herabzustimmen suchten, daß sie
anfingen, die hiesigen Einwohner zu verleumden. So be=
haupteten sie u. A., jene seien noch gar nicht die echten
Andalusier, die man nur im tiefen Innern finden könne.
Ferner scheuten sie sich nicht, dieselben betrügerisch, rachsüch=

tig und spitzbübisch zu nennen, wurden aber zu ihrer Beschämung durch folgenden Vorfall glänzend Lügen gestraft.

Der schon erwähnte Herr R...., kleines Geld be-
dürfend, übergab einem unserer Begleiter, einem etwas
wild und verwegen aussehenden Kerl, ohne weiteres ein
Goldstück von 20 Francs Werth mit der Bitte, es wechseln zu lassen. Dieser rannte hastig davon und nun
hatten die jungen Andalusier nichts Eiligeres zu thun,
als Herrn R.... wegen seines Leichtsinnes Vorwürfe zu
machen, indem sie meinten, daß hier das Volk sehr hab-
süchtig sei und daß der Kerl mit dem Goldstück gewiß
nicht wieder kommen würde. Derselbe blieb auch wirklich sehr lange aus und schon begann Herr R.... seine
Voreiligkeit zu bereuen, die Vorwürfe jener Herren ge-
recht zu finden und sich auf den Verlust seines Napo-
leond'or gefaßt zu machen. Allein unsere schlechte Meinung über den Werth und Charakter jenes Mannes sollte
hier eine tiefe Beschämung erfahren, denn wie ein **Deus
ex machina**, nur etwas bestaubt und schweißtriefend, erschien plötzlich unser ehrlicher Caballero wieder und brachte
den Werth des Goldstücks, in Silbermünzen gewechselt,
so zu sagen bei Heller und Pfennig zurück. Die ihm
zum Danke für seinen Dienst dargereichte Gabe küßte er
freudig und sprach recht herzlich sein **gracias, bon viage
Caballero.** — Wie ich später in Erfahrung gebracht,
war unser „braver Mann" der Kutscher einer von hier
gewöhnlich in 3 Tagen nach Granada fahrenden **galera
cosaria,** auf der man für einen Platz drei Duros oder
Piaster zahlte. Der Weg soll aber schlecht sein, wie dies
nicht anders in einem Lande zu erwarten ist, wo nicht
einmal zwischen den Hauptstädten eine gute Fahrstraße
zu finden ist.

Wenige Tage vor unserer Ankunft war in Almeria
ein großes Verbrechen verübt worden, worüber noch allgemeine Aufregung herrschte. Ein Mann nämlich, mit
Namen D. José von Burgos, der zur Zeit des Abend-

gebetes in Begleitung seiner Frau und vier kleiner Kinder über den Domplatz ging, um sich in seine Wohnung zu begeben, erhielt plötzlich, in der Nähe des bischöflichen Palastes, aus einer kurzen Büchse mit weiter Mündung (trabuco) einen Schuß, der ihn tödtlich verwundete. Glücklicherweise traf keine von den zehn Kugeln, womit das Mordgewehr geladen war, weder die auf den rechten Arm ihres Mannes sich stützende Frau, noch die daneben hergehenden Kinder. Der Mörder entfloh und man konnte seiner trotz der eifrigsten Verfolgung nicht habhaft werden. Das Leben des D. José war noch in großer Gefahr und die Aerzte zweifelten an Erhaltung desselben.

Der Boden von Almeria ist eben und von der Sierra de Enix bis zum Vorgebirge des Capo de Gato zum Theil aus thonigen Bestandtheilen zusammengesetzt. Von Bäumen sieht man nur Feigenbäume und Palmen, auch werden viele italienische Feigen „higos chumbos" gebaut. Das Brennholz fehlt ganz und die Kohlen werden aus den benachbarten Dörfern bezogen. Die Vega der Stadt wird durch den Fluß Andarax, der mitten hindurch fließt, in zwei Theile getheilt und ist öfter schon großen Ueberschwemmungen ausgesetzt gewesen. Das flache Flußbett und die schlechten Abzugscanäle haben bis jetzt jedes Bewässerungssystem zu nichte gemacht.

In den Jahren, wo der Fluß austritt, wird vor allem Mais gebaut, dann folgen Gerste, Waizen, Erbsen, Bohnen u. s. w. Auch werden Oel, Wein, Leinen, Esparto, und vorzüglich Feigen, Granaten und Mandeln gewonnen. Die Eruten, insbesondere des Getreides, sind für den Verbrauch der Stadt nicht hinreichend und müssen daher in dieser Beziehung durch Einführungen aus andern Provinzen Spaniens ersetzt, ebenso müssen Rindvieh, Ziegen und Schafe aus Murcia und Valencia importirt werden. Seide wird gar nicht, Wolle wenig gewonnen.

Bezüglich des Handels muß bemerkt werden, daß vorzüglich Blei nach Marseille, Bordeaux, Havre, Brest,

Esparto nach Lissabon und Oporto, Pottasche nach Malaga und Galicien ausgeführt wird. Die Einfuhr besteht aus Baumwolle und Seide von Catalonien, aus Seidengeweben von Valencia und Murcia, aus Leinewand von Marseille. Auch hier würde sich der Handel bedeutend heben und ver= mehren, wenn für Straßen nach dem Innern des Landes und für einen guten, sicheren Landungsplatz in Almeria gesorgt würde.

Das rücksichtlich der Boden= und Handelsverhältnisse hier Erwähnte läßt sich im Allgemeinen auf die ganze Provinz Almeria anwenden und wir wollen nur noch dazu bemerken, daß fast die ganze Oberfläche derselben mit mehr oder weniger erhöhten Gebirgszügen, Ausläufern und Ver= zweigungen der das Territorium in verschiedenen Richt= ungen durchkreuzenden Sierra bedeckt ist. Die im Westen gelegne Sierra Nevada zieht sich durch den Bezirk Tiñana in besagte Provinz herein und dehnt sich über Abrucena und Alba bis zum Gebirgspaß von Tices aus, von wo der Weg nach den in den Alpujarras gelegenen Ort= schaften führt. Fast in derselben Richtung läuft auch die von Westen kommende Sierra de Bazas, die später Sierra de los Filabres genannt wird und deren höchste Spitzen die Cuatro Puntas und die Tetica de Bacares sind. Von den übrigen Gebirgszügen müssen hier noch die Sierras de Maria, de las Estancias, de Alhamilla, de Cabrera, de Gata, de Gador, Almagrera u. s. w. genannt werden. Letzteres Thonschiefergebirge erhebt sich im äußersten Osten der Provinz in den Bezirken von Vera und Cuevas und ist durch die seit dem Jahre 1835 entdeckten, zahlreichen, silberhaltigen Bleierzminen berühmt. Auch in den übrigen Sierras finden sich silberhaltiges Bleierz, Kupfer und Zinnober, schöne Steinbrüche von Jaspis und Marmor und Mineralquellen, allein keine bedeutenden Flüsse vor. Die dem Staate zugehörigen Salinen von Roquetas können jährlich an **80,000** Fanegas Salz liefern. Die Haupt= beschäftigung der Einwohner bildet die Bearbeitung der

Minen und Bergwerke; auch beſchäftigen ſich viele Menſchen
damit, aus Eſpartogras Arbeiten, z. B. Stricke zu liefern,
womit die Männer täglich 6 bis 8 rs. vn. und die Frauen
etwas weniger verdienen (2 rs. für jede 16 libras). Außer in
den zum gewöhnlichen Lebensunterhalt nöthigen Fabriken
z. B. Mühlen, Färbereien, Bäckereien, Töpfereien u. ſ. w.
finden auch viele Menſchen durch die Fiſcherei einen guten
Verdienſt.

Gegen Abend verließ unſer Schiff Almeria und fuhr
am andern Morgen gegen 10 Uhr in den Hafen von
Malaga ein. Wir hatten eine ſehr langſame Fahrt, indem
es lediglich von der Laune des Capitains abzuhängen
ſchien, ob wir uns an dem einen Orte längere, an dem
anderen kürzere Zeit aufhalten ſollten. Ein anderer Uebel=
ſtand bei dieſen Küſtenfahrten liegt in den Umſtändlich=
keiten wegen des Paſſes, mit der Sanitad und der Douane.
Es ſind dies zum großen Theile einfältige Förmlichkeiten,
welche die Reiſeluſt nur vermindern und verbittern. Auch
wir mußten noch lange am Bord des Schiffes verweilen,
bevor wir an das Land überſetzen konnten. Die Sanitad
fand für gut unſere Geduld dadurch auf die Probe zu
ſtellen, daß ſie ſich nicht gerade beeilte, an Bord zu kommen,
was ſie im Grunde auch nicht nöthig hatte, da wir ge=
zwungen waren ihre Ankunft in Demuth abzuwarten,
denn es darf kein einziger Paſſagier ohne ihre Erlaubniß
das Schiff verlaſſen, wenn er ſich auch einer noch ſo
blühenden Geſundheit erfreut.

Auch beging man die Grauſamkeit, daß man uns von
unſerem Gepäcke, mit dem wir ſo lange vereint geweſen,
ohne alle Berückſichtigung des „viribus unitis“ trennte und
es, nachdem man es genau aufgezeichnet, nach der Douane
bringen ließ, um es ſpäter einer gerade nicht ſehr rück=
ſichtsvollen Unterſuchung zu unterwerfen. Wenn man das
Sprichwort: „Zeit iſt Geld“ in Spanien zu würdigen
verſtände, ſo würde man ſich bemühen, dieſen Koffer= und
Gepäckdouanendienſt zu vereinfachen; ſo aber ſcheint die

Behörde immer noch von einem gewissen Inquisitionstrieb
beseelt und darauf bedacht zu sein, den unschuldigen Rei=
senden mit Umständlichkeiten und Verdrießlichkeiten aller
Art zu martern. Ich habe bereits früher gezeigt, daß ich
ein viel zu loyaler Mann bin, als daß es mir auch nur
im Entferntesten beikommen könnte, mir gegen die hohe
Obrigkeit eine Anklage zu erlauben, und ich würde auch
hier bescheidentlich geschwiegen haben, wenn nicht die Zoll=
behörde so rücksichtsvoll gewesen wäre, mich an drei
Stunden den Zollhof betrachten zu lassen, bis sie es endlich
für gut fand ihre Falkenaugen in die innersten Eingeweide
meines Koffers zu versenken. Wenn ich nicht ein so großer
Bibelheld wäre und nicht an den Apostel Paulus gedacht
hätte, der da schrieb: „Παντοτε Χαιρετε" (freut Euch alle=
zeit), so hätte ich hier in dem poetischen, lustigen Malaga
meine heitere Laune leicht mit einer recht bösen eintauschen
können, was mir um so weniger zu verdenken gewesen
wäre, als sich auch nicht die Kofferträger scheuten, mir
durch ihre unverschämten Forderungen die Laune zu ver=
derben. Gegen meinen andalusischen Freund, der ihnen
klar, wie die Sonne am Firmament bewies, daß sie uns
betrügen wollten, fanden sie für gut furchtbare Drohungen,
sowie auch einige spitzige Redensarten von Dolch und
Messer fallen zu lassen und somit dem Gespräch eine
Wendung zu geben, wo Diplomaten für gut befinden, zu
schweigen. Daß die Andalusier keine bleierne Zunge haben,
wohl aber voll von Witz, Humor und Ironie sind, lernte
ich heute in mehren Beziehungen kennen. Als wir in
einem kleinen Boote von dem Schiffe an das Land über=
setzten, drückte ein Spanier beim Aussteigen dem Fuhr=
manne 6 Quartos in die Hand. Derselbe nahm die kleine
Gabe achselzuckend und stillschweigend in Empfang; ein
alter, nicht weit davon stehender Andalusier aber rief ihm
alsbald auf eine höchst komische und ironische Weise
zu, daß er aus Zartgefühl dem Caballero das Geld zurück=
geben möchte, damit dieser nach überstandener Seereise zu

seiner Erholung und Herzstärkung eine Tasse Kaffee mehr, als gewöhnlich, zu sich nehmen könne.

Malaga liegt nahe dem Meeresufer, am Fuße des mit einem alten maurischen Felsenschlosse gekrönten Berges Gibralfaro, fast in der Mitte eines Halbkreises, der, auf der einen Seite von der Landspitze de los Cantales, auf der anderen von der de la Torre de Pimente gebildet, mit Ausnahme einiger Hügel und Anhöhen und des Berges Gibralfaro, einen ebenen Boden zeigt. Die im Norden und Westen sich erhebenden, hohe Gebirgsketten bilden einen sehr malerischen Hintergrund und schließen in nordwest- licher Richtung die vier spanische Meilen haltende Vega ein. Der Anblick der Stadt selbst ist nicht großartig, allein angenehm und lieblich. Das Klima ist gemäßigt und gesund, der Himmel heiter und rein. Das Queck- silber des reaumur'schen Thermometers fällt durchschnittlich nicht unter 6 Grad über Null im Winter und steigt nicht über 24 Grad im Sommer. Die Bevölkerung soll an 68,577 Seelen betragen und im steten Steigen begriffen sein. Im Jahre 1845 betrug die Zahl der Gebornen 2,993 Kinder, wovon 2,570 ehelicher und 423 unehelicher Geburt waren. Hiervon starben 1,991 und es blieb somit ein Zuwachs von 1,002. Im Jahre 1846 stellt sich das Verhältniß der ehelichen und unehelichen Geburten auf 2,776 zu 435; hiervon starben 1,957 und blieben somit 1,254 übrig. Mithin betrug die Vermehrung in den beiden Jahren zusammen 2,256. Die Stadt wird in 4 Districte eingetheilt und jedem derselben ein Alcalde vorgesetzt. Sie besitzt noch von den Zeiten der Mauren her eine Menge kleiner, enger und krummer Straßen, verschönert sich jedoch von Tag zu Tag und insbesondere wird der dicht am Hafen gelegene Stadttheil mit den schönen neuen Gebäuden, sowie auch die Alameda auf jeden Fremden einen sehr günstigen Eindruck machen. Diese vom Hafen bis an den Guadalmedina sich hinziehende, 500 Ellen lange und 50 Ellen breite Calle de la Alameda besteht aus drei

Straßen, wovon eine für die Fußgänger, die beiden andern für die Wagen bestimmt sind. Die erstere, die Promenade, ist von einer Allee amerikanischer Bäume und schwarzer Pappeln eingefaßt, mit Büsten aus Jaspis, mit Ruhe= bänken, sowie an den beiden Enden mit Brunnen ver= sehen. Vom Hafen aus gewährt insbesondere la Acera de la Marina, Bandal del mar und Cortina del Muelle (Hafenquai) einen entschieden freundlichen Anblick.

Die Häuser, von denen die Stadt nebst Vorstädten an 6,880 enthalten soll, sind nach den Bedürfnissen des Landes eingerichtet und haben je nach ihrem Ursprung und Alter zwei, drei und vier Stockwerke. Gewöhnlich werden sie nur von einer Familie bewohnt, die sich im Sommer den größten Theil des Tages in dem unteren Erdgeschoß und Zimmern aufhält, um hier die kühle, frische Luft zu genießen, die von mehren Seiten Zutritt hat. Das im Parterre liegende Zimmer, versehen mit den wohlriechendsten Blumen und Pflanzen und mit einem aus buntfarbigen Steinen zusammengesetzten Fußboden, ist sehr reinlich gehalten und erhält durch die nur mit einem Gitter versehene Thüre und Fenster frische Luft zugeführt. Den vorübergehenden Personen steht der Blick in diese Räume, wo die Familie ihre Gäste empfängt, meist frei, und Niemand denkt daran, denselben durch Vorhänge oder Jalousien ängstlich abzuhalten. Das Pflaster läßt wie die Beleuchtung der Stadt noch viel zu wünschen übrig. Das treueste Bild einer unregelmäßigen, labyrinthischen Straße gibt im Innern die früher wegen ihrer Unsicher= heit berüchtigte Straße der sieben Zickzacks (Calle de la siete Revueltas).

Die Hauptplätze der Stadt heißen la Major oder de la Constitucion, la de la Merced oder de Riego und la de la Puerta del Mar. Ersterer, fast in der Mitte der Stadt liegend, zeigt die Form eines länglichen Vierecks von 80 Varas Länge und 56 Breite, und ist der Vereinigungspunkt des Stadtlebens. Die Hauptfronte

desselben nimmt die im Jahr 1705 unter **Philipp II.** er=
baute casa de ayuntamiento (Rathhaus) ein. Der Platz
Riego, der größte der Stadt, ist 116 Varas lang und
94 breit, auf drei Seiten mit schönen Gebäuden umgeben
und enthält in seiner Mitte ein, dem für die Freiheit ge=
fallenen General **D. José Mariá Torrijos** und seinen
Gefährten errichtetes Denkmal. Außer dem schon erwähnten
Rathhaus ist von öffentlichen Gebäuden vorzüglich noch
la Aduana nueva (Douane) **el Consulado, la Casa-
Alhóndiga,** der bischöfliche Palast und von Kirchen, die
Kathedrale zu erwähnen. Das neue Douanengebäude auf
jeder Seite 80 Varas haltend, nimmt einen Flächenin=
halt von 6,400 Quadratvaras ein, und ist in einem ita=
lienischen Style aus dem vorigen Jahrhundert gebaut.
Es ist ein solides, starkes, massiv errichtetes Gebäude,
welches in seiner Architektur mit vielen andern, unter der
Regierung **Carl III.** geschaffenen, insbesondere mit dem
Post= und Douanengebäude in Madrid Aehnlichkeit hat.
In dem im Jahre 1782 erbauten **Consulado**, ursprünglich
einer, zur Ermunterung und Unterstützung der Weinbergs=
besitzer errichteten, frommen Stiftung, hält jetzt die **Junta
y Tribunal de Comercio** (Handelsgericht) Sitzungen,
und in der im Jahr 1666 erbauten **Casa Alhóndiga**
sind Getraide=Niederlagen und Verkaufsmagazine ange=
bracht.

Die von der Königin Isabelle gegründete und der
Maria de la Encarnacion geweihte K a t h e d r a l e ge=
hört einem modernen Zeitalter an und zeigt den soge=
nannten Renaissançe=Styl als Grundlage, der aber auch
später nicht mehr rein erhalten worden ist. Der Bau
derselben begann 1538 und wurde 1719 vollendet. Der
Marmorreichthum dieser Kirche ist außerordentlich und der
Anblick derselben großartig. Die palastartige Hauptfaçade
zwischen den beiden Thürmen, wovon nur der eine, wenn
ich mich recht besinne, ausgebaut und 110½ cast. Varas
hoch ist, besteht aus zwei Stockwerken mit acht schön ge=

formten corinthischen Säulen von gesprenkeltem Marmor.
Die Lage des ganzen Gebäudes dürfte etwas freier und
offener sein und das Innere würde eine weit großartigere
Perspective gewähren, wenn nicht das im Mittelschiffe
angebrachte Chor und die, in keinem richtigen Verhältnisse zu den auf ihnen ruhenden, corinthischen Säulen
stehenden Piedestale störend einwirkten. Das Innere besteht aus drei geräumigen, gut erleuchteten Schiffen. Die
Kanzel ist von rothem Marmor erbaut. Die in dem Chor
angebrachte Reihe von Kirchenstühlen, von denen schon Antonio Pinelo sagt, daß sie das achte Wunder der Welt
(la octava maravilla del mundo) genannt werden könnten, bildet ein bewunderungswürdiges Kunstwerk, welches
einzig in Spanien dastehen würde, wenn nicht der Escorial Aehnliches und vielleicht noch Schöneres aufzuweisen hätte. Es sind im Ganzen 103 Betstühle vorhanden,
wovon 40 von dem berühmten Pedro de Mena gearbeitet sein sollen. Auch findet man in der Kathedrale manche
gute Gemälde, von denen vor allen das in der Capelle
Rosario aufgestellte Bild von Alonso Cano, die heilige
Jungfrau mit dem Christuskinde auf dem Arme darstellend, wegen seiner Gruppirung und seines lebendigen
Ausdrucks genannt, sowie noch andere Bilder, z. B. „Concepcionen" von Mateo Cerezo, von Jacobo de Palma
und angeblich auch von Murillo erwähnt werden dürften.
Von dem Thurme, der mit einer vergitterten Plattform
umgeben ist, genießt man auf Stadt, Land und Meer
eine reizende Aussicht. Bei hellem Wetter sieht man von
hier ganz deutlich die gegenüber liegende, wohl aber an
17 deutsche Meilen entfernte Küste des Kaiserthums Fez
und Marocco.

An die maurische Herrschaft erinnern noch vor allem
las Atarazanas, la Alcazaba und el castillo de Gibralfaro. Las Atarazanas, das frühere Arsenal der Mauren, bildet mit seinen Thürmen und Aeußerem eine Art
befestigten Gebäudes, welches von dem Könige der Sara-

zenen Abderahman gebaut, zu ſeiner Zeit eine ſtarke Feſtung
mit Moſchee war, jetzt aber ſehr in Verfall gekommen
iſt. An den Seiten eines von weißem Jaspis gebauten,
kühn geſchwungenen Thores in Hufeiſenbogenform ſieht
man noch die arabiſchen Inſchriften: **Guayla el Gani
Alah** (Nur Gott iſt reich) und **Guayla Galiba Alah**
(Nur Gott iſt mächtig). Der Alcazaba, der zur Maurenzeit wohlbefeſtigte Wohnort der reichſten und angeſehen-
ſten Einwohner, ſowie insbeſondere der Alcalden und Gou-
verneure der Stadt, iſt jetzt von dem ärmſten Volke bewohnt und erinnert nur wenig noch an die alte Maurenzeit. Das **600** Fuß über dem Meeresſpiegel gelegene, hohe
Caſtell Gibralfaro ſoll von einer griechiſchen Colonie begründet ſein und ſchon im zweiten puniſchen Kriege ge-
ſtanden haben. Wenigſtens will man dieſes Alter dem
höchſten Thurme zuſchreiben, der **10** Varas breit iſt und
ſich **22** Varas über dem Boden erhebt. Zur Zeit Abderahman **I.** im Jahre **787** vor Chriſto war der Gibralfaro
ſtark befeſtigt und wird auch jetzt noch mit ſeinen Mauern,
Batterien, Baſtionen, Pulverhaus, Gefängniß von einer
300 Mann ſtarken Garniſon unter einem Commandanten
als ein Fort betrachtet.

Die Gründung Malaga's wird den Phöniziern zugeſchrieben. Später ſollen die Römer für ſeine Erhaltung und Ausdehnung, ſowie für Handel und Induſtrie
vieles gethan haben. Zur Zeit des Marcus Aurelius
erſchienen die Mauren und nahmen nach der für ſie glorreichen Schlacht von Guadalete Beſitz von der Stadt.
Im Jahre **860** wurde das flache Feld von Malaga durch
die Gothen verwüſtet und im Jahre **1009**, nachdem das
Chalifat von Cordoba mit der Dynaſtie der Omaijaden
zu Grunde gegangen war, in Malaga der Thron errichtet.
Ali el Motawakel bemächtigte ſich deſſelben im Jahre
1015 und überließ dann die Regierung ſeinem Bruder **Kasem,** der aber, da er **Abd-el-Rahman** nicht anerkennen wollte, das Chalifat von Jaen begründete. Von

1015 bis 1079 regierten in Malaga folgende 7 Emirs oder Könige:

1) Aly, Sohn des Hamud (el Motawakel) im J. 1015;
2) Kasem, Sohn des Hamud (el Mamun), Bruder des Ali, 1018;
3) Yahyah, Sohn des Ali (el Motali), Neffe des Kasam, 1023;
4) Edris I., Sohn des Ali (el Motayad), Bruder des Yahyah, welcher sich nannte emir el Mumenin, 1026;
5) Edris II., Sohn des Yahyah (el Ali) 1039;
6) Mohamed II., Sohn des Kasem, Abkömmlings von Ali und Hamud, genannt el Mahadi, Neffe des Edris, 1068;
7) Kasem II., Sohn des Mohamed (el Motali) bis zum Jahre 1079.

Für die Jahre von 1080 übergab der Emir von Sevilla, Ebn Abed, die Regierung dem Feldherrn Zakhut, dessen Sohn Abdalá der Eroberungssucht des Alfonso im Jahre 1086 Trotz bot. Die Nachbarn von Malaga erhoben sich im Jahre 1144 gegen die Almoraviden und belagerten dieselben sieben Monate lang im Alcazaba. Alfonso VII. von Castilien kam den Almohaden zu Hilfe und die Almoraviden mußten sich ergeben. Im Jahre 1264 stellte sich Malaga unter den Schutz von Alfonso. Am 18. August 1487 wurde es, obwohl es sich unter einem alten, heldenmüthigen Zegri, Namens Hamet-Zeli, einem Freunde el Zagals, sehr tapfer vertheidigte, nach einer hartnäckigen Belagerung von Ferdinand eingenommen und die Christen kamen in Besitz dieser, so lange Zeit von den Mauren beherrschten Stadt. In den Gewässern von Malaga haben nachher viele Seegefechte stattgefunden, auch ist die Stadt später öfter von großen Unglücksfällen z. B. Pest, Feuersbrünsten, Ueberschwemmungen, Hungersnoth, Explosionen u. s. w. schwer heimgesucht worden. Im Freiheitskriege nahmen nach ei-

15 *

nem lebhaften Widerstande der Einwohner unter dem Commando des Oberst D. Vincente Abello am 5. Februar
1810 die Franzosen unter dem General Sebastiani Malaga ein und legten ihm eine Contribution von 12 Mill.
Realen auf. Am 11. December 1831 wurde auf dem
Platze San Andrés der General Torrijos nebst 49 Gefährten von den Carlisten erschossen.

Die Umgebung bietet viel Interessantes. Ich bin mit
meinen Reisegefährten zu Pferde und zu Fuß viel in derselben umhergeschweift, wobei wir den Jäger Soriaño
zum Begleiter hatten. Diesen trafen wir bei unserem
ersten Ritte in der Vega und haben uns seiner, da er
mit den Oertlichkeiten genau bekannt, ein guter Schütze
und an und für sich ein gefälliger Mensch war, bei den
späteren Ausflügen bedient. Er erzählte uns, daß wir
bei unserem ersten Ritte in der Nähe des Aquaductes
mehrern Räubern begegnet wären, die uns aber deshalb
nicht angefallen hätten, weil er bei uns gewesen und sie
sich vor seinen Waffen gefürchtet hätten. Dieser selbst-
gefälligen Lobrede mag andalusische Prahlerei zu Grunde
liegen, allein so viel steht fest, daß, was die persönliche
Sicherheit anlangt, Stadt und Umgegend noch Manches
zu wünschen übrig lassen dürften, wovon man sich aus
dem avisador malagueña, der soviel von Verwundungen, Todtschlägen und Mordthaten zur Kenntniß des Publicums bringt, überzeugen kann. El campo de los Ingleses ist ein schöner Platz. Die Lage dieses englischen
Gottesackers ist reizend — unten in der Erde die Todten,
oben die Cypressen und Palmen, davor das wogende,
glitzernde Meer mit dem schaukelnden Mastenwalde und
im Hintergrunde hohe Berge. Hier ruhen die Todten,
fern von der Heimath, sanft in spanischer Erde. Der
Platz selbst ist klein, aber reinlich und von Mr. Mark, dem
Vater des jetzigen englischen Consuls, angelegt. Durch ein
hübsches Gärtchen tritt man in den kleinen, mit einer
hohen Mauer umgebenen Kirchhof ein, auf dem sich die

einfachen, mit Muscheln belegten Gräber der jungen See=
leute recht eigenthümlich ausnehmen. — Die Felder der Vega standen lange nicht so üppig,
als bei Valencia und wir stießen sogar auf mehre küm=
merliche Waizen= und Gerstenfelder. Weinberge gibt es
um Malaga sehr viele, die aber selten mit Einzäunun=
gen eingeschlossen sind. Zur Erntezeit besorgt ein mit
einer Flinte versehener Wächter die Aufsicht, der oft, dem
Publicum gegenüber, einen ziemlich gefährlichen Stand=
punkt einnimmt. Von Bäumen sahen wir Cedern und
Granaten, sehr wenig Palmen und Aepfelbäume; die
cactus opuntia dagegen stand sehr üppig. Wir setzten
über den Rio de Malaga, besuchten den, wegen seiner
Citronen berühmten Garten des preußischen Consuls, das
freundlich gelegene Dorf Torremolinos mit seinen Bäcke=
reien und den großen Aquaduct von Churriana, durch
den das Wasser aus der Sierra de Mijos nach der Stadt
geleitet wird. Soriaño, welcher ein altes Gewehr bei
sich führte, was ihn 30 Realen gekostet hatte und
der eine große Fertigkeit im Laden besaß, schoß vor un=
seren Augen mehre buntgefiederte Vögel und ließ uns dann
selbst sein Gewehr gebrauchen. Die Jagd um Malaga
besteht aus Kaninchen, Rebhühnern, Enten, Gänsen, Was=
serhühnern, Haubenlerchen und anderen kleinen Vögeln.
Später ist mein Reisegefährte noch mehre Mal auf die
Jagd gegangen, allein immer mit nur geringer Beute be=
laden zurückgekehrt. — Ein Bauer, der mit zwei Ochsen
und einem erbärmlichen Hakenpfluge ackerte, ließ mich
freundlich gewähren, als ich den Pflug mit eigner Hand
ergriff. Der Boden war schwer zu bearbeiten, zeigte große
Erdschollen und bestand aus Kalk und Thon; er wurde
zu Mais vorbereitet. Die Vega war von Arbeitern be=
lebt; wir sahen viele Pflüge in Bewegung und viele
Menschen in Thätigkeit, welche letztere mit einer Art Hacke
die Erdknollen zerschlugen. Die Bauart des Pfluges läßt,
hinsichtlich der großen Friction an der Pflugscharsohle,

viel zu wünschen übrig und der statt der Rister ange=
brachte, einfache, senkrechte Stock, der mit einer Hand
regiert wird, dient gerade nicht zur sichern Führung, son=
dern erschwert nur das Ackerwerk. — Die Aussicht auf
die Berge, auf die Ebene und das Meer ist reizend,
allein für das deutsche Auge fehlt das frische, lebendige
Grün. Das von der aufgehenden Sonne beleuchtete Meer
warf einen goldnen Schein von sich und die Berge, ins=
besondere in der Richtung nach Ronda zu, zeichneten sich
mit ihren eigenthümlichen Formationen scharf gegen den
Horizont ab. Wir begegneten vielen Landleuten zu Pferde
und zu Esel, die aber fast alle mit langen Flinten (es-
copetas) und Säbeln bewaffnet waren. Die langen Züge
von Eseln und Maulthieren, von denen das vorderste
eine große Glocke trägt, sehen sehr eigenthümlich aus.
Die Leute, die wir sprachen, waren alle freundlich gegen
uns. Von den in der Vega zerstreut liegenden Landsitzen,
Gärten und Sommerwohnungen (casas de recreo y haciendas) müssen noch die des Grafen von **Villaleazar**
mit einer Gemälde=Gallerie und Wasserkünsten, die de **Gri-
vegné**, de **San Andrés** und de **Ordoñez** erwähnt werden.

Der für die Vega einzige bedeutende Fluß ist der
Guadalhorce, sonst gibt es eigentlich nur Flüßchen oder
Regenbäche, die zur Sommerzeit ausgetrocknet und nur
im Winter mit Wasser versehen sind. Von den Feld=
früchten werden vor allem Waizen und auch Gerste, von
den südlichen Früchten insbesondere Oliven, Citronen,
Feigen, Mandeln, Bataten und Wein gewonnen. Die
batata oder süße Kartoffel, von süd=amerikanischer Ab=
kunft, wird fertig gebacken oder gekocht in den Straßen
verkauft. Auch wird hier die aus Süd=Amerika stam=
mende Cochenille, die eine sehr schöne, rothe Farbe liefert,
gewonnen. In den Cactuspflanzungen z. B. in der Nähe
der Fabrik des Herrn Heredia, wo die Cochenille erzeugt
wird, sitzen die Würmchen an den Cactuspflanzen (higo
chumbo), wo sie sich vermehren. Später werden sie ab=

genommen, an der Sonne getrocknet und zuletzt in der
Fabrik verarbeitet. Die im Herbste angesetzten Thier=
chen, von grau=weißlicher Farbe, bedürfen zu ihrer Ver=
vollkommnung an sechs, im Frühjahre dagegen an drei
und später noch weniger Monate.

Früchte und Wein bilden die Stapelproducte Mala=
ga's. Die hier gewonnenen Muskatellerweine sind welt=
berühmt und die sogenannten **Las Lagrimas**, ähnlich
dem **Lacrymae Christi** von Neapel, bilden die vorzüg=
lichsten Sorten. Die Fabrikation der **dry wines** ist be=
deutend und jährlich werden an 40,000 Butten (butt) ge=
wonnen, wovon 30,000 nach Amerika und England aus=
geführt und daselbst als Xeresweine verkauft werden. Die
oben erwähnten grünen Weinbeeren werden nach England
in einer Art von Krügen ausgeführt, nachdem vorher die
Stengel theilweise durchschnitten und die Beeren an der
Sonne getrocknet worden sind. Die Weintraube in grü=
nem Zustande nennt der Spanier, wie der Römer, uva,
die getrocknete Weinbeere dagegen pasa. Die gemeinen
Sorten werden lexias und von diesen wieder die zu=
letzt eingesammelten und an den Cottagen der Landleute
zum Trocknen aufgehängten Beeren colgaderas genannt.

Malaga ist vermittelst seiner Lage und seines sicheren
Hafens, in commercieller Beziehung ein wichtiger Punkt.
Die Aus= und Einfuhr ist das ganze Jahr lebendig, al=
lein vorzüglich von Mitte August bis Ende October, wo
die frischen Früchte, insbesondere die saftigen, wohlschmecken=
den Muskateller=Weintrauben in großer Menge ausge=
führt werden. Diese Zeit heißt la bendeja. In dem
Hafen liefen laut der officiellen Douaneberichte in den
Jahren von 1844 und 1845 von Europa, Asien und
Amerika: 1457 Fahrzeuge von 188,446 Tonnengehalt ein
und 1419 von 177,221 Tonnengehalt aus. Bezüglich der
Küstenschiffahrt liefen in demselben Zeitraume 3151 Fahr=
zeuge von 154,114 Tonnengehalt ein und 3099 von
134,744 Tonnengehalt aus. — Der Export beschränkt

sich auf Oel, Johannisbrod, Reis, Hanf, Gerste, Erbsen,
Bohnen, Eisen, Feigen, Trauben, Rosinen, Mais, chemische Producte, verschiedene Gewebe, Hüte, Waizen und
Wein; der Import dagegen auf Baumwolle, Branntwein,
Pottasche, Waffen, Steinkohlen, Bauholz, Butter, Papier,
Pfeffer, kurze Waaren, verschiedene Webstoffe, Zucker,
Cacao, Kaffee u. s. w. In den Jahren 1844 und 1845
wurden 113,968 Arrobas Weintrauben und 116,908 Arrobas Wein nach dem Auslande, und nach den verschiedenen Ländern von Amerika 52,435 Arrobas Weintrauben
und 702,563 Wein ausgeführt.

Im Durchschnitt eines Jahres betrug:
der ganze Werth des Imports vom Auslande . 15,955,676
" "   "   "   "   " Amerika . 32,202,512
" "   "   "   "   durch die Küstenschiffahrt . 51,625,759

Summa 99,783,947

der ganze Werth des Exports nach
dem Auslande . 29,063,573
" "   " nach Amerika . . 31,521,164   103,628,863
" "   " durch die Küsten-
schifffahrt . . 43,044,126

Unterschied zu Gunsten des Exportes .   . 3,844,916.
Hiervon abgezogen das exportirte baare Geld im
Werthe 2,148,100

bleibt wirklicher Unterschied zu Gunsten des Exports . 1,696,816 rs. vn.

Der unermeßliche, von der Landesgrenze und der Seeküste unter der Aegide eines langjährigen Prohibitiv-
systemes her betriebene, systematisch entwickelte, weitver-
breitete Schmuggelhandel und das schlechte Finanzwesen
Spaniens haben bis jetzt für das fruchtbare Land einen
verhältnißmäßig geringen Handelsverkehr mit dem Auslande zur Folge gehabt. So lange nicht eine Erleichterung
der Einfuhr und überhaupt vollständige Reform des
Handels- und Zollsystemes zur Ausführung kommt, so lange
wird auch an keinen, den Verhältnissen des Landes entsprechenden Handelsumsatz zu denken sein. Wenn im Jahre 1849
nach den Zollregistern der spanischen Regierung der Total-
werth der Einfuhr und Ausfuhr zusammen auf 1,065,334,617
Realen (etwa 140 Mill. Mark Banco) angegeben wird, wäh-

rend im Vergleich z. B. Hamburg einen Werth der Einfuhr
von ungefähr 294 Mill. Mark Banco aufweist, so dürfte
die Aufstellung obiger Behauptungen nicht gewagt erscheinen. Der auswärtige Handelsverkehr Spaniens stellt
sich im Jahre 1849 wie folgt:

	Einfuhr:	Ausfuhr:
Europa und Afrika	286,780,717 Realen.	310,470,386 Realen.
Amerika	294,762,174 „	165,220,922 „
Asien	5,628,904 „	2,471,514 „
Summa	587,171,795 Realen.	478,162,822 Realen.

Da die commerciellen Verbindungen Spaniens und
Deutschlands für uns von Interesse sind, so halten wir
für geeignet, hier eine Tabelle über die Handelsbeziehungen
Hamburgs zu Spanien und Gibraltar im Jahre 1849
einzuschalten:

Einfuhr.	Quantum.	Werth.	Ausfuhr.	Quantum.	Werth.
Wein . . .	B. 137,347	236,890	Butter . . .	Ctr. 6,372	282,610
Sprit . . .	„ 10,733	22,830	Käse . . .	„ 271	7,820
Rosinen . .	Ctr.18,908	299,240	div. Victualien	„ —	20,420
Traub.=Rosin.	Kist. 7,115	45,580	rohe Schafwolle	„ 574	95,000
Orangen und			Flachs . . .	„ 1,294	53,960
Citronen .	„ 3,781	80,470	Bauholz . .	Stck. 610	28,770
Mandeln . .	Ctr. 1,034	44,640	Ceder . . .	Colli 28	8,190
Kastanien .	„ 851	10,080	Kalbfelle . .	St. 33,720	38,970
Feigen . . .	„ 1,144	13,680	Kali . . .	Ctr. 69	7,790
Weintrauben .	Colli 961	8,850	weiße Leinen und		
Tabak . . .	Ctr. 531	28,170	Segel . .	Colli 35	17,710
Salz . . .	Kasten 108	5,040	Manufacturen	„ 57	26,060
Olivenöl . .	Ctr.14,420	386,010	pianofortes .	„ 35	11,740
Kork . . .	Mille 518	1,150	Kurze Waaren	„ 98	17,540
Blei . . .	Ctr. 5,970	60,250	Diverse Metall-		
Orangen und			waaren . .	„ 58	29,290
Citr. Schalen	„ 1,748	21,970	Eiserne Nägel	Ctr. 125	6,880
Süßholz . .	„ 349	4,540	kl. Eisenwaaren	Colli 28	8,950
Hörner und h.			Bücher und Ge-		
Spitzen . .	—	1,910	mälde . . .	„ 9	1,210
And. Artikel .	24,170	30,460	Waffen . . .	„ 7	710
			Glaswaaren .	„ 826	102,780
			Zündhölzer .	„ 17	3,770
			And. Artikel .		33,840
	Bco.Mk.	1,301,760		Bco.Mk.	804,010

(s. Wochenschrift für politische Oekonomie, 1. Jahrg.
2. Heft. 1850. S. 215.)

Die Industrie Südspaniens liegt noch sehr darnieder
und kann mit der des nördlicheren keinen Vergleich aus=
halten. Einestheils mögen die große Fruchtbarkeit des
Bodens, das warme Klima, anderntheils die mangelhaften
Communicationsmittel, die unsicheren Zustände des Landes
und das Prohibitivsystem, wie schon früher bemerkt, die
Hauptursachen dieser Erscheinung sein. Dessenungeachtet
fängt die Industrie an sich zu beleben und jährlich größere
Fortschritte zu machen. In Malaga muß insbesondere
der im großartigen Maßstabe angelegten Eisen=, Baum=
wollen= und Leinenfabriken gedacht werden, mit denen
die Namen der hochverdienten Herren: D. Manuel Agustin
de Heredia, D. Martin, D. Pablo Larios und D. Giro
identisch sind. Die Eisenfabrik la Constancia wurde im
Jahre 1826 zur Verarbeitung der Eisenmineralien, welche
in der Sierra Blanca nahe bei Marbella entdeckt worden
waren, gegründet. Das Unternehmen hatte mit vielen
Schwierigkeiten zu kämpfen und wäre wohl ohne die
außerordentlichen Bemühungen des am 14. August 1846
verstorbenen, genannten Herrn Heredia nie auf den Stand=
punkt gelangt, auf dem es sich gegenwärtig befindet. Die
Läuterung der Metalle von Marbella geht gegenwärtig
mit Hilfe englischer Arbeiter, nach englischer Methode, in
den durch Steinkohlen geheizten, an 50 Fuß hohen drei
Schmelzöfen vor sich, in denen jährlich an 100,000 Ctr.
Eisen geschmolzen werden können. Um den gehörigen Luft=
zug in den Hochöfen hervorzubringen, wird vermittelst
einer Dampfmaschine von 120 Pferdekraft Wind erzeugt
und dieser durch einen großen Cylinder in die Oefen ge=
leitet. Diese Fabrik beschäftigt sehr viele Menschen und
verarbeitet jährlich an 400,000 Centner Kohlen. Am Rio
Verde befindet sich das dazu gehörige Eisenwerk la Con=
cepcion, wo die Schmelzung der Eisenmetalle auch in
drei Oefen vor sich geht. Der in Verbindung mit Kalk
in den Hochöfen geschmolzne Eisenstein ist sehr reichhaltig.
Eine andere bedeutende Eisenfabrik liegt dicht bei Malaga

auf dem Wege nach Velez-Malaga, woselbst auch mehre Schmelzöfen und eine Dampfmaschine von 30 Pferdekraft aufgestellt sind.

Die von den Herren Heredia, Martin und Larios im Jahre 1834 begründete Baumwollenspinnerei wurde später ein Raub der Flammen, ist aber jetzt wieder wie ein Phönix aus der Asche hervorgegangen und hat große, von Backstein errichtete Gebäulichkeiten. Eine Dampfmaschine von etwa 60 Pferdekraft setzt die Maschinen der Baumwollen-, sowie der gegenüber liegenden Leinenfabrik in Bewegung. Die Baumwolle wird zum großen Theil aus Amerika, der Lein aus England bezogen. Die in großen Sälen aufgestellten Baumwollen-Reinigungs-Krempel- (wohl 40 bis 50) und Spinn-Maschinen werden von Mädchen und Knaben bedient. In der mit englischen Maschinen, Spindeln und Webstühlen versehenen Leinenfabrik werden nur gewöhnliche Stoffe fabricirt. — Die von dem Herrn Heredia angelegte, mit einem 280 Fuß hohen Schornsteine versehene Fabrik chemischer Producte beschäftigt auch viele Menschen. Bezüglich des Productenreichthumes wollen wir noch nachträglich bemerken, daß unter Anderm im botanischen Garten das Zuckerrohr, der Kaffee und die Baumwollenstaude wächst und außerdem noch viele exotische Bäume fortkommen.

An guten **fondas** und **casas de pupilos** (Gasthöfen und Logishäusern) ist kein Mangel, und durch Dampfschiffe wird mit den Küstenstädten Spaniens, sowie durch Posten mit dem Innern des Landes, regelmäßige Verbindung unterhalten. Die Einwohner sind im Allgemeinen heiter, lebendig und zuvorkommend und die Damen, von denen man wegen ihrer schönen Körperformen, Grazie und ihres Witzes sagt: **Las Malagueñas muy halagueñas** (sehr einnehmend), sind im Vereine mit den Sevillanerinnen die schönsten, die ich in Spanien gesehen. Wo schöne Natur, starker, feuriger Wein

und reizende Frauen sich vereinigen, da ist man wohl be=
rechtigt, mit dem Dichter auszurufen:

Malaga la hechicera
La del eternal primavera
La que baña dulce el mar
Entre jasmin y azahar.

(Malaga das zauberische mit dem ewigen Frühlinge, welches das Meer
bespült süß zwischen Jasmin und Orangenblüthe).

Ich habe hier das Leben nicht theuer gefunden und
muß sagen, daß ich mich in der, dicht am Hafen reizend
gelegenen und von einer freundlichen, sehr ordentlichen
Wirthin gehaltenen, echt spanischen casa de pupilos
(Hôtel de l'Europe), in der ich täglich für gute Kost
und freundliches Logis nur einen spanischen Piaster zahlte,
recht behaglich gefühlt habe. An guten Gasthöfen ist über=
haupt in Malaga kein Mangel und dem Reisenden wird
jeglicher Comfort geboten. Dem Fremden wird Gelegen=
heit gegeben, seine Zeit, abgesehen von den Ausflügen in
die Umgegend und im Hafen, auf den alamedas, in den
cafés, in den tertulias (Abendgesellschaften), im Thea=
ter und im circulo malagueña, einer Art literarischen
Museums hinzubringen. Das Theater mit seinem un=
reinlichen, unfreundlichen Innern und sehr mittelmäßiger
Schauspielertruppe ist allerdings nicht geeignet, auf den
Fremden einen vortheilhaften Eindruck zu machen und
man thut daher wohl, sich nicht etwa auf Vergleichungen
der jetzigen und früheren spanischen Schauspielkunst ein=
zulassen. Auch die Tänze ließen viel zu wünschen übrig
und ich besinne mich, diese in Deutschland viel besser ge=
sehen zu haben, als hier.

Mehre der angesehensten Kaufleute in Malaga sind
Deutsche. Sie sind wegen ihres Fleißes, ihrer Gewissenhaf=
tigkeit, Rechtlichkeit, Verträglichkeit, Ausdauer und Wohl=
habenheit in ganz Spanien bekannt und geachtet. Ihre
Handelsverbindungen sind von ausgedehnter Art und be=
stehen meist in großartigen Exportgeschäften. Deutschland
hat schon in früher Zeit in commercieller, literarischer

und politischer Beziehung mit Spanien in Verbindung
gestanden und hierin mag wohl auch der Grund zu suchen sein, warum der Spanier von allen Fremden den
Deutschen am meisten liebt. Wir haben schon in einem
früheren Capitel über diese, für uns Deutsche so angenehme Erscheinung gesprochen und wollen versuchen, dem
noch Einiges hinzuzufügen. Schon früher bemerkten wir,
daß die Spanier vielleicht wegen der Blutsverwandtschaft
mit den Westgothen oder wegen der Erinnerung an die
Zeit Carl **V.** oder weil es ihnen an Gelegenheit fehlt,
mit den Deutschen in Collision zu gerathen, denselben
freundlich geneigt sind. Bis zum Anfange des siebzehnten
Jahrhunderts stand Deutschland durch die Hanse-Städte
in schwachem Handelsverkehre, der jedoch während der Kriege
der Spanier mit dem Niederländer und Engländer, insbesondere durch die Erneuerung und Bestätigung der vom
König Emanuel von Portugal den Hansen für Spanien
gestatteten Freiheiten, einen neuen Aufschwung erhielt, bis
er wieder während des dreißigjährigen Krieges durch die
Auflösung des hanseatischen Bundes in's Stocken gerieth.
Was die literarische Verbindung betrifft, so muß hier bemerkt werden, daß die Buchdruckerkunst in Spanien durch
Deutsche eingeführt und später der Buchhandel durch dieselben betrieben worden ist. In politischer Beziehung waren
ebenfalls die Wechselwirkungen zwischen beiden Ländern
nicht gering. Durch die Erwählung König Carl **I.** von
Spanien, Enkels des deutschen Kaisers Maximilian **I.**
im Jahre 1519 zum deutschen Kaiser unter dem Namen
Carl **V.**, übte spanischer Einfluß lange Zeit eine große
Herrschaft in Deutschland aus. Die spanische Politik
brachte auch Jesuiten und im dreißigjährigen Kriege spanische Armeen nach Deutschland. Die Spanier fochten schon
1547 bei Mühlberg mit, fielen 1620 in Böhmen ein und
besetzten im darauf folgenden Jahre einen großen Theil
der Pfalz und Wetterau. Sie belagerten die Festung Jü-
lich, betheiligten sich an den Schlachten und Treffen bei

Wimpfen, Höchst, Fleurus, besetzten 1625 Breda, später Mainz und schlugen sich im December 1631 mit den Schweden. Im niederländischen Kriege nahmen sie unter Don Gonsalvo de Cordoba gegen die Holländer Partei, kämpften 1633 und 1634 in Tyrol für Rettung der östreichischen Vorlande gegen die Schweden, betheiligten sich an der Schlacht bei Nördlingen und machten im Sommer 1636 mit den Kaiserlichen den Zug gegen Paris mit.

Als König Carl **II.**, Sohn Philipp **IV.** und Maria Anna, Tochter des Kaisers Ferdinand **III.**, im Jahre 1700 starb, nachdem er sich 1679 mit der Nichte Ludwig **XIV.**, Maria Louise, Herzogin von Orleans und im Jahre 1690 mit Maria Anna, Tochter des Pfalzgrafen Philipp Wilhelm von Pfalz-Neuburg und Schwester der dritten Gemahlin des Kaisers Leopold, vermählt hatte, brach der spanische Erbfolgekrieg (1700 — 1713) zwischen den Häusern Habsburg und Bourbon aus, der zu Gunsten Frankreichs und des Bourbonen Philipp endete. Die deutschen Feldherren Prinz Georg von Hessen-Darmstadt und Graf von Stahremberg zeichneten sich in dieser Periode durch ihre glänzenden Waffenthaten in Spanien aus, woselbst mehre Provinzen, wie Catalonien, für das Haus Habsburg Partei nahmen. Die noch jetzt hier und da auftauchende Sympathie und Anhänglichkeit an Oestreich resp. Deutschland mag in der erwähnten historischen Erinnerung ihren Stützpunkt finden.

Neben den deutschen Prinzessinnen als Königinnen von Spanien und neben den deutschen Feldherren im spanischen Erbfolgekriege, muß auch der deutschen Ansiedelungen in Spanien, im achtzehnten Jahrhunderte und der Theilnahme deutscher Truppen am spanischen Befreiungskriege, von 1808 bis 1813, gedacht werden. Die alte Erinnerung an Deutschland hat hierdurch bei den Spaniern wieder neue Nahrung erhalten und wenn auch, wie es im Befreiungskriege der Fall war, Deutsche oft gegen spanische Interessen gekämpft und dadurch, daß Deutsche häufig den eigenen Landsleuten gegenüberstanden, nicht nur dem Spanier, sondern auch dem eigenen Vaterlande ein schmachvolles Beispiel unserer inneren Zerrissenheit gaben, so darf man doch auch nicht vergessen, daß viele Deutsche in Verbindung mit den Britten, gemeinsam mit den Spaniern die Franzosen bekämpften; auch mag man des guten Einverständnisses derselben mit den Eingebo= renen vieler Theile Spaniens gedenken.

Die gegenwärtige politische Repräsentation Deutsch= lands in Spanien ist unvollkommen. Wir wollen damit nicht sagen, daß die deutschen Consuln, deren es hier eine ziemliche Anzahl gibt, in irgend einer Beziehung ihre Pflicht vernachlässigten oder nicht von deutschem Sinn und Herz beseelt wären, nein, das sei fern von uns; wir wissen vielmehr recht gut die Verdienste mancher wackeren deutschen Herren zu schätzen und sind von deren redlichem Streben überzeugt. Der deutsche Consul in Spa= nien aber ist in seinem Wirkungskreise durch particulari= stische Interessen beschränkt und da spiegelt sich besonders in den kleinen, untergeordneten Consulaten das treueste Bild der beklagenswerthen Zerrissenheit und Uneinigkeit Deutschlands ab.

Da der Titel unter dem Namen, der Orden auf der Brust und das Wappen über der Thüre nicht allein zur kräftigen Vertretung hinreichen, und außerdem auch noch manche Consulate, die doch meist von reichen, unbesolde= ten Kaufleuten bekleidet werden, als eine Erwerbsquelle angesehen werden, indem man für die Paßvisa nach Will= kühr bald eine größere, bald kleinere Summe erhebt, was man allerdings nicht diesen Handelsherren zur Last legen kann: so würde es das Wünschenswertheste sein, die vielen kleinen Liliput=Consulate im Auslande ganz abzuschaffen, da dieselben in Wirklichkeit von einer fruchtbringenden, nützlichen Thätigkeit doch einmal weder sind, noch sein können, und dafür Gesandte oder Consuln im Namen des deutschen Bundes anzustellen.

Preußen und Oestreich besitzen in Spanien in allen größeren Städten Consulate, und man findet auch hier und da solche von anderen kleinen, deutschen Regierungen. Auch trifft man bisweilen auf deutsche Consuln, welche weder deutsch sprechen, noch schreiben, wohl aber ihre Paß= gebühren gerade nicht nach einem bescheidenen Maßstabe zu erheben wissen. Und wo bleibt nun die Vertretung im Falle der Noth? Wer schützt den Deutschen und sein gutes Recht? Wahrlich, der Deutsche spielt in politischer Beziehung im Auslande eine traurige Rolle. In Spa= nien reiste ich auf einen großen Paß meiner kleinen, herzoglich sächsischen Regierung — allein nirgends kannte man meine Regierung, nirgends fand sich eine Reprä= sentation derselben. Ich mußte jedesmal lachen, wenn ich meinen unschuldigen Paß vorlegen und übersetzen mußte, denn die Uebersetzung half auch nichts. Ich hätte dagegen wieder weinen mögen, wenn ich meinen Reisegefährten seinen, von einer deutschen Regierung in französischer Sprache ausgestellten Paß vorzeigen sah und auch dieser entweder nicht verstanden, oder von einem unangenehmen Lächeln begleitet zurückgegeben wurde. Der sächsischen Consulate bestehen in Spanien wenig und ich habe, mit Ausnahme von Cadix, kein sächsisches Visum auf meinem Passe erhalten. Ich habe mich deshalb ge= nöthigt gesehen, mich in Spanien an preußische und auf meinen späteren Reisen an der Nordküste von Afrika, an englische Consuln mit der Bitte um Vertretung zu wenden. Bei alle dem verschlingt das gegenwärtige deutsche Ge= sandtschafts= und Consulatwesen ungeheure Summen! Da aber die Kräfte der einzelnen deutschen Staaten, bei de= nen die Vertretung im Auslande mehr eine reine Form ist, zur Besetzung der nothwendigen Stationen mit hin= länglich besoldeten Beamten oder Consuln nicht hinreichen, so sehen sich dieselben genöthigt, diese Functionen als Ehrenämter zu übertragen. Eine gründliche Reform und einheitliche Organisation des deutschen Consulatwesens ist zu wünschen, um auch den Angehörigen der mittleren und kleineren Staaten Deutschlands, deren Regierungen eine hinreichende, kräftige Vertretung herzustellen und zu unterhalten nicht vermögen, allenthalben Schutz angedeihen zu lassen. Um aber diesen Zweck zu erreichen, müssen die bis jetzt bei'm Consulatwesen vergeudeten Kräfte an Geld und Personal concentrirt, das System der unbesoldeten Consuln aufgegeben, eine zweckmäßige Auswahl tüchtiger Consulat-Agenten getroffen, und dann der ganzen einheit- lichen Organisation durch eine deutsche Flotte der gehörige Nachdruck gegeben werden. Wie segenbringend würde eine solche kräftige Vertretung auf deutsche Interessen, auf deutschen Handel, Seefahrt, Auswanderung und Patrio- tismus einwirken!

Die 270 spanische Quadratmeilen haltende Provinz Malaga ist eine von den vier Provinzen, in welche das ehemalige Königreich Granada eingetheilt war. Ihre Aus- dehnung von Norden nach Süden, angenommen von der Stadt Alameda bis zum Thurm von Calahonda beträgt 14 Leg. und von Osten nach Westen, von Maró nach Montejaque 18 Leguas. Die Küste dehnt sich 27 Leguas von Cap Sardina bis zur Spitze der Cerro-Redondo aus. Die Entfernung von Malaga bis Madrid beträgt 81 Leg. Das Klima ist im Allgemeinen gesund, und die Einwohner erreichen, ungeachtet ihrer frühzeitigen Entwickelung, ein hohes Alter. Nach den verschiedenen Jahreszeiten steigt das Quecksilber im Thermometer von Reaumur abwech- selnd von 8 auf 27° über 0. Die Einwohnerzahl ist im steten Steigen. Im Jahr 1846 betrug die Anzahl der Geborenen 17,968 (darunter 9174 Knaben und 8794 Mäd- chen) und der Gestorbenen 9136. Von den letzteren starben in dem Zeitraume von der Geburt bis zum fünften Jahre 4654; über 80 bis 100 Jahre alt wurden 429 und über 100 Jahre alt nur 12 Personen.

Mit Ausnahme der reizenden Hoya de Malaga und Vega de Antequera ist die ganze Provinz mit Gebirgen

durchschnitten, in denen fünf Flüsse entspringen, welche zur
Befruchtung und Bewässerung des Landes dienen. Die
Sierra Tejea, auch Sierra Pelada genannt, zieht sich durch
die Hügel der Cuadrillas im Westen von Jatar in die
Provinz und dehnt sich mit ihren Verzweigungen und
Ausläufern in den Gerichtsbezirken von Torrox und Velez-
Malaga aus. Westlich von diesem Gebirgszuge und östlich
vom Gebirgslande von Loja befindet sich die Sierra de
Alhama. An der Spitze der Sierra de Alfarnata erheben
sich die Berge von Archidona, die mit jenen ein schönes,
fruchtbares Thal bilden, welches in Torcal anfängt und
in den Gefilden von Loja aufhört und durch welches die
Straße von Malaga nach Granada führt. Diese genannte
Gebirgskette von Archidona läuft mit der Sierra de las
Cabras und Nebral zusammen und zieht sich unter dem
Namen Chimeneas in den Bezirk von Antequera hinein.
Den Namen Estacada oder Espartales nimmt das Gebirge von Torcal an, sobald es sich in den Bezirk von
Almogia ausdehnt. Alle Ausläufer des Torcal-Gebirges,
von der Sierra de las Nieves, del Burgo und Casa-
rabonela, die sich nach den Gefilden von Ronda hinneigen,
sind Verzweigungen desselben. Südlich von dem Gebirgslande von Ronda dehnen sich die Sierras de Caparain
und del Baño aus, von denen wiederum die Sierras
de Ardales und Cañete la Real, sowie Crestellina und
Berg del Hacho, welch' letztere den Meerbusen von Gibraltar Aljeciras, Tarifa und die Ufer des Oceans begrenzen, Ausläufer sind. Die Sierra Blanca umschließt,
ausgenommen im Süden, die Felder der Stadt Marbella.
Auf den genannten Gebirgen sieht man Eichen, Fichten
und Korkbäume, und stößt auch auf merkwürdige Höhlen.
Auch gibt es viele Mineralquellen, von denen die von
Hedionda, Herrumbrosa, Almográ, Antequera und insbesondere die etwa 7 Leguas von Malaga entfernten und
im Sommer stark besuchten, schwefelhaltigen Bäder von
Carratraca bekannt sind. Die Wege und Fahrstraßen in

der ganzen Provinz sind schlecht, und der schlechteste aller schlechten der von Malaga nach Loja.

In Bezug auf die Producte der Provinz sind nur noch wenige Bemerkungen nachzutragen. Außer der Stein= eiche, dem spanischen stacheligen Ginster, dem Stöchus= kraut, dem Terpentinbaum, Lavendel, Thymian und Ros= marin wachsen auch an der Küste Palmen, Zwergpalmen, Espartogras und in den Sierras von Tejea und Yun= quera vorzüglicher Salbei und der sogenannte unver= brennbare Lein (el amianto oder lino). In der Sierra de Antequera wächst die wilde Ochsenzunge, Rabendistel und dornige Erle. An der ganzen Küste von Torrox bis Velez=Malaga gedeiht das Zuckerrohr und in letzt= genannter Stadt hat sich besonders D. Ramon de la Sagra um dessen Production und Fabrikation große Verdienste erworben. Die schmackhaften Bataten von Malaga, die Orangen von Sayalonga, die Weintraube von Loja, die Bohnen von Colmenar und Riogordo, die Aepfel von Ronda, die Citronen von Velez=Malaga und Estepona sind gesucht. Johannisbrodbäume und Eichen finden sich auf den Bergen von Marbella, Juscar, Montejaque, Benalauria, Fichten als Schiffsbauholz bei Juscar, Estepona, Maniloa, Yun= quera, und Kastanienbäume bei Farajan, Pugerra u. s. w. Wein wird vor allem bei Malaga, an der Küste und bei Colmenar gebaut und hier, sowie an vielen anderen Orten reichliche Ernten gewonnen. Auch erlaubt das Klima und der Boden den Anbau der Baumwolle, der Indigo= pflanze, des Liebes=Lebens und Corallenbaumes, des Cacao, der Cedern, der chinesischen Nelken, des amerikanischen Nußbaumes, des Tabaks und der brasilianischen Tama= rinde.

Die Viehzucht ist von keiner großen Bedeutung. Es wird zwar in den Gebirgsdörfern Rindvieh=, Schaf=, Pferde= und Schweinezucht getrieben, allein lange nicht in einem so ausgedehnten Maße, wie in den übrigen Theilen Andalusiens. Die Jagd ist, wie schon bemerkt,

16*

reich an Hasen, Kaninchen, Rebhühnern, Wasserhühnern, Gänsen und Wachteln. In den Gebirgen halten sich Rehe, wilde Schweine, Wölfe, Füchse, Marder und wilde Katzen mit getigertem Felle auf. Von Schlangen gibt es Nattern und Ottern, und an manchen Stellen sollen Scorpione und Taranteln keine seltene Erscheinung sein. Die Fischerei wird an der Seeküste eifrig betrieben und liefert eine reiche Auswahl von Seefischen aller Art. In Malaga genießt man auch schmackhafte Austern kleiner, saftiger Art.

Abgesehen von der Stadt Malaga selbst, ist die Industrie in der Provinz ziemlich unbedeutend. In mehren Dörfern sind Webstühle im Gange, auf denen die zum Hausbedarf nöthige Leinewand, sowie auch Tischzeug, Bettdecken, Bänder u. s. w. verfertigt werden. Die Frauen beschäftigen sich auch mit Herstellung von Binsenmatten, Palmenhüten und wissen das Espartokraut zu Binsenkörben, Sandalen u. s. w. geschickt zu verarbeiten. Seifenfabriken, Branntweinbrennereien, Gerbereien, Kürschnereien, Eisengießereien am Fluß Verde (la concepcion und del angel), Strumpfwirkereien, Papier-, Zucker-, Gewehrfabriken, Spinnereien und Brodbäckereien, sowie viele andere zum Lebensbedürfniß nöthige Anstalten bestehen hier, wie in jedem andern Lande. Aus den Dörfern Alhaurin de la Torre, Churriana, Torremolinos wird täglich viel Brod nach der Hauptstadt gebracht. — Von den Minen der Provinz, von denen wir auch schon oben gesprochen, wollen wir hier nur noch bemerken, daß sich die meisten Blei- und Eisenminen in dem Bezirk von Ojen und Marbella befinden. Es sind derselben im Verhältniß zu ihrer Anzahl nur sehr wenige in Betrieb, und es wurde uns mitgetheilt, daß nur an 18 bis 20 Bleiminen bearbeitet würden und eine viel größere Menge unbenutzt liegen bliebe. Von den Eisenminen waren im Bezirk von Ojen und ¼ Leg. von Marbella entfernt 4 Eisenminen in Thätigkeit, welche acht Gießereien beschäftigten. Auch bestehen in dem Bezirk von Benahavis

Minen, in denen Wasserblei (Molybdän) in nicht ganz unbedeutender Menge gewonnen wird. In dem Bezirk von Malaga wird Kupfer geringer Menge und Güte, in dem von Carratraca auch etwas Nickel gefunden. An Marmor und Steinbrüchen anderer Art ist das Land reich. In den berühmten Steinbrüchen von Mijas wird eine Art Achat gewonnen, dessen Farben und Zeichnungen dem trüben Wasser gleichen, der zu den Bauten der schönsten Kirchen in Spanien verwendet worden ist. Andere Steinbrüche von vorzüglicher Güte bestehen bei Benalmadena und Almogia.

II. Granada.

Spanien hatte für mich von Jugend auf den höchsten Reiz; schon als Knabe las ich die Kämpfe der Spanier gegen Carthager und Römer gern; es kommt in ihnen eine Kühnheit und Kraft zur Anschauung, welche den höchsten moralischen Eindruck hervorbringt. Später zog mich die Geschichte der Mauren — dieses poetischsten, aller Völker — und ihres ächt tragischen Unterganges ungemein an und ich habe mich Jahre lang mit der Idee getragen, ein großes, episches Gedicht zu schreiben „der Fall Granada's." Unter allen historischen Stoffen für das Epos ist er der schönste und erhabenste. Nach Spanien

stand von jeher meiner Sehnsucht Ziel und glücklich war
ich, daß ich jetzt das liebliche Granada mit dem präch-
tigen Bergsitze seiner Sultane, die hohe Alhambra mit
dem noch höheren Generalife und seinen Marmorhallen,
Gärten und Springbrunnen und den Lieblingsplätzen
des armen, unglücklichen **Boabdil-el-Chiko** — schauen
sollte. —

Von Malaga fährt wöchentlich mehre Male eine Post-
kutsche über Colmenar und Loja nach dem 18½ Leguas
entfernten Granada. Wir benutzten diese Gelegenheit und
ließen uns mehre Tage zuvor einschreiben, um einen Platz
sicher zu haben, weil hier, wie in ganz Spanien, von
unbedingter Aufnahme, von Beichaisen und andern Thurn
und Taxischen Wohlthaten keine Rede ist. Vor unserer
Abreise wurde uns wieder eine solche Menge schauer-
licher Räubergeschichten erzählt und wir vor den auf dem
Wege nach Granada umherschweifenden Räuberbanden so
eindringlich gewarnt, daß wir für gut fanden, bei einem
hiesigen, deutschen Handelsherrn nähere Erkundigungen
einzuziehen und sogleich um einige Wechsel auf Granada
zu bitten. Da uns aber dieser Herr, der sich schon viele
Jahre in Spanien aufhielt, zu unserer Beruhigung mittheilte, daß derartige Gerüchte sehr oft ohne allen Grund
ausgesprengt würden, daß er bei seinen vielen Reisen im
Innern des Landes niemals angefallen und geplündert
worden wäre, und daß der Weg so sicher sei, daß er selbst
mit seiner Tochter, an einem und demselben Tage mit
uns dahin reisen würde, so bestiegen wir mit um so größerer Zuversicht den herzlich schlechten Postwagen, der
uns auf der schlechtesten aller Straßen nach Loja und
dann nach der Chalifenstadt bringen sollte. Allein die soi-
disant spanische Sicherheit hätte uns beinahe schlecht bekommen können, denn zwei Tage nach unserer Ankunft in
Granada wurde derselbe Postwagen bei Nacht im Gebirge
angefallen, die Passagiere geplündert und mehre derselben
durch Schüsse verwundet. Die spanischen Räuber mögen

mitunter großmüthig und liebenswürdig sein, allein ich
danke ergebenst für ihre angenehme Bekanntschaft. **Hic
niger est, hunc tu Romane caveto!**

Wir verließen Malaga Abends 10 Uhr bei rabenschwarzer Nacht und unter schweren Regengüssen. Unmittelbar hinter der Stadt beginnen die kahlen, steinreichen, wild-romantischen Kalkgebirge, an denen wir langsam mit unserem unbehilflichen Omnibus, in dem wir
so eng als möglich eingepfropft waren, an vier Stunden
hinauf krächzten. Je tiefer wir in das Gebirge kamen,
desto ungünstiger tobte das Wetter, desto grundloser und
holpriger wurde die Straße und desto rücksichtsloser das
Rütteln und Schütteln des Wagens. Die Strafe des
Irion, der auf das Rad geflochten wurde „et se sequi-
turque fugitque", mag eine furchtbare gewesen sein, allein
ich bezweifle, ob er dabei mehr Schmerz, ja Todesqual
ausgestanden, als wir in unserem vierräderigen, mit acht
Maulthieren bespannten, bald durch tiefe Löcher hindurch-
sausenden, bald über hohe Felsblöcke unbarmherzig hin-
wegspringenden, spanischen Postwagen. Ein so schlechter,
erbärmlicher, grundloser Weg war mir noch auf keiner
meiner Reisen vorgekommen und diese ebenso neue, als
empfindliche Wahrnehmung hätte mich schier in Verzweiflung bringen können, wenn mich nicht meine schöne, deutsche
Nachbarin, die Tochter des mit uns reisenden Landsman-
nes aus Malaga, davor bewahrt hätte. Ich hätte mir
nicht träumen lassen, von Malaga nach Granada in der
Gesellschaft eines ebenso liebenswürdigen, als anspruchs-
losen, deutschen Mädchens zu reisen, und danke noch heute
meinem fatum für dieses mir so freundlich zugesandte
Glücksloos. Das Mädchen war schlicht und natürlich
und hatte durchaus nichts von jener widerlichen Coquetterie und Prüderie an sich, die man mitunter, aber Gott
Lob selten bei deutschen Mädchen findet, die lange im Auslande gelebt haben oder daselbst von deutschen Aeltern geboren sind. Es schien mir fast, als ob die heftigen Rip-

penstöße, die rücksichtslosen Schwankungen und kühnen
Bewegungen unserer Transportmaschine durch unsere, in
deutscher Sprache gepflogene Unterhaltung besänftigt und
gemildert würden. Die wilde Sturmnacht flog pfeilschnell
dahin und wenige Stunden, nachdem die „Königin des
Tages" uns begrüßt und wir durch gut und sorgfältig
angebaute Gegenden gefahren waren, rollten wir in das
Städtchen Loja ein, in welchem General Narvaez das
Licht der Welt erblickte.

Das alterthümliche Loja liegt in einem schönen und
fruchtbaren Thale, welches von den Sierras Periquetes
und Hacho gebildet, vom Flusse Genil durchströmt wird.
Es bietet jedoch mit seinen 2108 Häusern und den darin
lebenden 14,957 Einwohnern mit den Kirchen de Sta
Maria de la Encarnacion, San Gabriel und Sta
Catalina und drei aufgehobenen und zerstörten Mönchs-
klöstern eben keine besonderen Merkwürdigkeiten dar.

Der Name Loja kommt schon im Jahre 890 in den
arabischen Chroniken vor. Der Bruder von Said ben
Soleiman ben Gudhi hatte sich, nachdem Suar ben
Hambdun in der Schlacht von Elvira geblieben war,
in den Besitz derselben gesetzt. Im Jahre 1226 eroberte
der König D. Fernando III. Loja mit Sturm und zerstörte Stadt und Schloß. Im Jahre 1234 bemächtigte
sich dieses Platzes Ebn el Ahmar und ließ es durch
die Muselmänner wieder in Vertheidigungszustand setzen.
Von 1430 an belagerten es öfter die Christen und
im Jahre 1482 schlug D. Fernando in der Nähe der
Stadt, am Flusse Genil ein Lager auf, wurde jedoch durch
die wiederholten Ausfälle der Belagerten und durch den
hartnäckigen Widerstand derselben unter ihrem Anführer
Alatar gezwungen, die Belagerung aufzugeben und sich
zurückzuziehen. Im Jahre 1484 kehrte er jedoch zurück
und zwang den König Boabdil am 28. Mai die Stadt
durch Capitulation zu übergeben. Die Mauren erhielten
freien Abzug nach Granada. —

Der Boden um Loja, wegen der vorherrschenden Ge=
birge sehr verschieden, ist im Allgemeinen nicht unfrucht=
bar. Der Fluß Genil, über den eine steinerne Brücke
führt, trägt durch Ueberschwemmungen und Bewässerung
zur Fruchtbarkeit des Bodens bei und besonders sind die
Umgebungen der Stadt unter dem Namen „los Infiernos
de Loja" als die fruchtbarsten und ergiebigsten Striche
bekannt. Mehre Bäche und kleine Flüßchen, wie der Fron=
tin, Alfaguara, Plines, Riofrio, Nebli, ergießen sich in
den Genil und viele Quellen sprudeln demselben auch ih=
ren Tribut. Waizen, Gerste, Bohnen, Erbsen, Linsen,
Hafer, Mais, Hanf, Lein, Seide, Oel, Wein und Baum=
früchte aller Art sind die gewöhnlichen Producte. Wein
und Oel wird jedoch für den Verbrauch nicht hinreichend
gewonnen und deshalb von Malaga und Lucena einge=
führt. Die Bienenzucht und der Gewinn an weißem Ho=
nig ist nicht unbedeutend. Die Viehzucht steht im Allge=
meinen auf keiner hohen Stufe. In Betreff der Jagd
gibt es viele Kaninchen, Hasen, Rebhühner, Schnepfen
(chorchas), Turteltauben und Federwildpret aller Art.
Auch kommen Wölfe, Füchse, wilde Katzen, Wiesel, Ad=
ler u. s. w. vor. An Eichen war zum Anfange dieses
Jahrhunderts der Bezirk von Loja nicht arm und bezog
aus diesen Waldungen bedeutende Einnahmen, die aber
jetzt wegen der zu vielen Schläge fast ganz verloren ge=
gangen sind. Ebenso hat sich der Reichthum an Kork=
und Erdbeerbäumen, die früher an den Ufern der Flüsse
und Bäche zahlreich und üppig standen, sehr vermindert.
Ueberhaupt war Andalusien zur Zeit der Mauren ein
baumreiches Land. Während des Kampfes mit den Chri=
sten ließen letztere aber viele Bäume fällen und ganze
Waldungen ausrotten, um dem Feinde den sicheren Ver=
steck zu nehmen.

Die Hauptbeschäftigung der Einwohner bildet der Acker=
bau. Man fängt auch an, sich mit der Zucht der Seidenwür=
mer zu beschäftigen. Nächstdem bestehen in der Stadt Loja

mehre große Posamentiergeschäfte, deren Besitzer die Messen von Ronda, Mairéna beziehen und namentlich durch Verkauf von Schnüren und Borten, ein gutes Geschäft machen. Auch gibt es Tuchfabriken, Leinewebereien, Flechtereien, Seidenspinnereien, Papier=, Mehl= und Chocolatenfabriken. Die Nähe des Hafens von Malaga wird auf die Industrie und den Handel noch vortheilhafter, als zeither, einwirken, sobald von Seiten der Regierung für Herstellung guter Straßen gesorgt wird. In den letzten Tagen des August findet in Loja eine stark besuchte Messe statt, auf der besonders mit dem Viehhandel gute Geschäfte gemacht werden. Auch ist der am San Andreas abzuhaltende Schweinemarkt nicht unbedeutend.

Von Loja nach Granada wird der Fahrweg um ein Bedeutendes besser und lustig rollt der Wagen in die prachtvolle Ebene von Granada ein. Die Fruchtbarkeit und Cultur des Bodens steigert sich, die Waizen=, Lein=, Hanf= und Bohnenfelder erscheinen üppiger und der Blick auf die mit Schnee bedeckte Sierra Nevada und die im Hintergrund sich ausbreitende Stadt Granada, gekrönt mit der Alhambra, wird immer reizender. Vor uns dehnte sich die Vega mit dem grünen Teppich aus und zur Linken thürmte sich das riesige Gebirge mit den zackigen, eisigen Gipfeln zu den grauen Wolken empor. Ein leichter Wolkenschleier schmiegte sich lose an die Bergspitzen an; die smaragdenen Strahlen der Sonne zerrissen dieses Nebelbild, nahten anfangs schüchtern mit glühendem Kuß dem eisigen Gebirgskranze und übergossen endlich mit vollem, strahlenden, zauberischen Glanz die von der gütigen Natur so reich und prächtig ausgestattete Landschaft. Die ruhmgekrönte Sarazenenburg mit dem blendend weißen Generalife, überragt von Cedern, umgeben von Fruchtbäumen und umduftet von Wohlgerüchen, lag ruhig und lachend in dem üppigen Eden wie ein reizendes, von Genieen bewachtes, jungfräuliches Mädchen, bei deren Anblick die herrlichsten Träume, die süßesten Empfindungen erweckt

werden. Das ehrwürdige Granada mit seiner unsterbli=
chen Alhambra gleicht dem Füllhorn des Ueberflusses,
welches nach den Abbildungen der Alten mit saftreichen
Früchten, goldenen Aehren und duftenden Blumen gefüllt
war. Mit Recht kann der Spanier beim Anblick dieses
Zaubergartens Armidens rufen:

> El que no ha visto Granada
> No ha visto nada. —

Rasch, leider zu rasch flogen wir durch die grünende
Vega dahin. Jeder Schritt weiter entrollte vor unseren
trunkenen Blicken ein neues Zauberbild. Wir passirten
das Städtchen Santa Fé, berühmt wegen der im Jahre
1492 unter Isabella von Castilien und Ferdinand von
Aragonien hier unterzeichneten Capitulation von Granada,
wodurch der Herrschaft der Araber in Spanien nach einer
Dauer von 780 Jahren ein Ende gemacht wurde, sowie
wegen des mit Columbus geschlossenen Vertrages, und
rollten bald darauf in die Mauern Granadas ein. Kaum
abgestiegen in der **Fonda de Vigaray** oder **del Leon
de Oro único parador de Diligencias, plaza de Bailen,**
trieb es mich noch vor Sonnenuntergang die ehemalige
Citadelle zu besuchen. Der Ort in Spanien, nach dem
sich schon mein Herz von Kindheit an so heiß gesehnt,
der Ort, von dem ich so oft mit glühender, bilderreicher
Phantasie geträumt, das „liebliche Granada" war erreicht.
Ich sollte noch heute das Heiligthum der schönsten Araber=
zeit mit eigenen Augen schauen, ich sollte mich noch heute
überzeugen, ob Dichtung Wahrheit, ob Phantasie Wirk=
lichkeit, ob „Tausend und eine Nacht" Leben, frisches
Leben sei. Mit freudiger Hast und fieberhafter Ungeduld
durcheilte ich sogleich nach meiner Ankunft die engen,
schmalen Gassen der alten Sarazenenstadt, mit klopfendem
Herzen, mit einem Gefühle von Andacht, Bewunderung,
Stolz und Wehmuth stieg ich durch den schattigen Park
nach der ehemaligen Citadelle, nach der so heiß ersehnten,
so viel besungenen und mannichfach beschriebenen Alhambra

hinauf. Mit großen Erwartungen war ich nach Granada
gekommen und schon beschlich mich eine fast ängstliche
Scheu, ob sich auch Alles so erfüllen werde, wie ich es
geträumt. Ich stand plötzlich vor der **Puerta principal**,
dem Hauptthor der jetzt ganz bedeutungslosen Festung;
rasch trat ich in den Tempel des morgenländischen Mittel=
alters hinein und bald stand ich, stumm vor Entzücken,
auf dem am westlichen Theile des Festungsberges gele=
genen **Torre la Vela**, dem höchsten Thurm der Alhambra.
Ein Bild von unbeschreiblicher Schönheit lag zu meinen
Füßen, ein Bild, das ein Wunder der Schöpfung ge=
nannt zu werden verdient und das auch nur in den schwäch=
sten Umrissen zu malen, keines Menschen Feder im Stande
ist. Man weiß nicht, ob man bei der Alhambra mehr
die ausgezeichnete Lage oder die entzückende Umgebung
derselben bewundern soll. Es war heute zum dritten Male
in meinem Leben, daß meine sprühende, lebendige Phan=
tasie bei'm Anblick der Schöpfung Gottes nichts, auch gar
nichts war; ich hatte die Allmacht Gottes so recht lebendig
am donnernden Niagara und in den tropischen Zonen
Indiens empfunden, heute aber auf dem Thurme der
Alhambra erschien sie mir mächtiger und anbetungswürdiger,
als je, und entzückt rief ich den so vielfach auf der Al=
hambra angeschriebenen Spruch der Araber aus: „**Allah-
Akbar** (Gott ist groß) — **La galibileh Allah**" (Es
gibt keinen Eroberer außer Gott)!

Die 61,600 Einwohner zählende Stadt Granada —
corona de rosas salpicadas de rocio (die Königin der
von Thau benetzten Rosen) — liegt am Anfange des nörd=
lichen Fußes der Sierra Nevada und dehnt sich der Länge
nach in einem reizenden Thale zwischen zwei Bergen aus.
Sie erhebt sich 927 Varas über dem Meeresspiegel, wird
von den beiden Flüssen Genil und Darro oder Dauro
bespült und soll nach der Meinung Vieler, da die Häuser
wie die Stufen eines großen Circus gebaut sind, und
die Hügel eine eigenthümliche Eintheilung haben, mit der

Gestalt einer gespaltenen Granate Aehnlichkeit haben. Die
Stadt Granada — la mas hermosa que el sol alumbra
(„die schönste, die die Sonne bescheint," wie sich der Araber
ausdrückt) — gewährt von allen Seiten einen reizenden
Anblick. Jedoch gibt es zwei Punkte, die wohl die um-
fassendste und vollkommenste Ansicht gewähren; ich meine
den Silla del Moro (Stuhl des Mauren), einen unmittelbar hinter dem Generalife steil emporsteigenden Berg
und den Torre la Vela (Wachthurm) der Alhambra. Auf
der nördlichen Seite dieses Torre steht ein kleines Thürm-
chen mit einer Glocke, campana de la Vela genaunt, die
im Jahre 1773 hier aufgehängt wurde, um die Bewässerungen in der Vega zu reguliren, sowie auch in der Stille
der Nacht die Stunden zu verkündigen. Von dem Abend-
geläute an bis zehn Uhr geschehen in dem Zeitraume von
fünf zu fünf Minuten zwei Glockenschläge, um zehn Uhr
vier und dann zwei bis 11 Uhr, wo dreißig Glockenschläge erschallen; ferner drei bis 12 Uhr. Von Mitternacht an werden von 1 Uhr ein, von 2 Uhr zwei, von
3 Uhr drei Glockenschläge gethan bis zum Anbruch des
Tages, wo es aufhört, indem sich die dreißig Schläge
wiederholen, die es um 11 Uhr gethan hat. Außerdem
ertönt sie alljährlich am 2. Januar zur Erinnerung der
Jahresfeier der Uebergabe Granada's, an welchem Tage
auch viele Bauernburschen herbeieilen, weil nach der Sage
derjenige in der Liebe glücklich ist, der die Glocke an
diesem festlichen Tage geläutet hat.

Von der Plattform dieses 82 Fuß hohen Thurmes
erblickt man zu seinen Füßen die verfallene, ehemals starke
Sarazenenburg Alhambra, mit der einsam trauernden Cy-
presse auf dem alten Gemäuer und dem unvollendeten
Palast von Carl V. in der Mitte, der denselben an der
Stelle des aus Hochmuth und Verblendung von ihm niedergerissenen Winterpalastes der Mauren aufzubauen beabsichtigte. Der Berg, worauf die Alhambra liegt, ist 700 Fuß
hoch und steht isolirt, frei und abschüssig da. Hinter der-

selben, auf der einen Seite durch eine tiefe Schlucht ge=
trennt, erhebt sich el **Generalife**, das Haus der Liebe,
mit seinen vierhundertjährigen Cypressen und dahinter der
steile Silla del Moro. Im Hintergrunde schließt die schnee=
bedeckte Sierra Nevada mit ihrem eisigen Gipfel des Muley=
Hacen und Veleta dieses herrliche Bild. Von dieser scheint
um den ganzen Horizont, soweit das Auge sieht, eine
Gebirgskette auszulaufen, die unter dem Namen Sierras
von Alhama, Loja, Elvira, Jaen u. s. w. das ganze Pano=
rama in seiner weitesten Ausdehnung begrenzt. Die Stadt
zieht sich fast gürtelartig um die romantische Alhambra
herum, kann jedoch wegen ihrer gebirgigen Lage nie ganz
überblickt werden. Nach Norden erhebt sie sich terrassen=
förmig ziemlich steil und heißt hier Albaycin, jetzt den
ärmsten Theil der Einwohner und die Erdwohnungen der
Zigeuner, früher aber den für die Arabergeschichte wich=
tigsten Stadttheil einschließend. Auf der einen Seite lehnt
er sich an den Berg an, auf dem die Capelle des heiligen
Michael steht und hinter dem der steile **Monte claro** empor=
steigt, auf der andern Seite dehnt er sich bis an die Ufer
des romantischen Darro aus, welcher hier am Fuße der
Alhambra die Stadt durchströmt und an dessen Ufern zur
Zeit der Araber der Alcabazar, ein vom maurischen Adel
bewohnter Bezirk lag. Das Thal des goldhaltigen Darro
ist von **Torre la Vela** bis an das **Collegio de Monte**
sacro gut zu übersehen und bietet für das Auge angenehme
Blicke dar. Auf der entgegengesetzten Seite des Alhambra=
berges dehnt sich das grünende Genilthal bis an die Stadt
aus und verläuft sich unterhalb der Capelle zum heiligen
Antonius, nach der Vereinigung der beiden Flüsse Darro
und Genil, in die grünende üppige Vega, welche in einem
gewaltigen Umkreis die noch jetzt fast zwei Stunden im
Umfang haltende Stadt bis an die schon erwähnte Ge=
birgskette umschließt, und in deren Mitte die an historischer
Erinnerung so reichen Dörfer Santa Fé, Armilla, Chur=
riana, la Zubia u. s. w. liegen. Die weißen, durch die

grüne, mit dem üppigsten Wachsthum ausgestattete Vega
laufenden Wege, die kahlen Gebirge im Hintergrund, die
Schneekuppen der Nevada, die prachtvolle Schattirung und
das reiche Farbenspiel geben dem Ganzen einen solchen
Zauber, daß das staunende Auge sich von demselben kaum
loszureißen vermag.

Ich hätte meinen ersten Tag in Granada nicht wür-
diger und nicht glücklicher beschließen können, als mit dem
Besuche des **Torre la Vela.** Als ich auf der Plattform
dieses Thurmes stand, sank die rothglühende Sonne hinter den schneeigen Gipfeln der Alpujarras hinab, vergoldete zum Abschiede die üppige Vega und schmückte mit
purpurrothen Farben die zunächst gelegenen, und mit vio-
letten die entfernten eisigen Gipfel der **Sierra Nevada.**
Das Licht und Farbenspiel der Landschaft hatte sich vollständig, wie im bunten Kaleidoskop umgeändert und das
liebliche, grünende und Rosen- und Orangenduftende Granada schwamm in einem Gluthmeer; noch einmal blitzte
das Purpurauge der scheidenden Sonne auf, noch einmal
strahlte die schöne Landschaft im goldigen Zauberglanze,
bis plötzlich der dunkle Schleier der Nacht das Eden Spaniens mit seinem Schatten umflorte. In süße Gefühle sanft
gewiegt kehrte ich, während der Sternendom in ätherischer
Pracht schimmerte, unter den Toneswogen der Glocken und
dem Gesange der Nachtigallen durch den schattenspendenden, grünenden Park der Alhambra in meine stille Wohnung zurück.

Die aufgehende Sonne fand mich schon wieder im
schattigen Park. Ich hatte mir heute vorgenommen, die
ganze Alhambra genau zu besichtigen und war deßhalb
zur frühen Morgenstunde ausgegangen. Wer im Monat
Mai das Juwel, das Diadem Spaniens — ich meine
das quellensprudelnde Granada, — mit seinen duftenden
Rosenhecken, mit seinen schattigen Alamedas, seinem tö-
nenden Vogelgesang, seinen grünenden, üppigen Fluren,
plätschernden Quellen, rauschenden Bächen, prachtvollen

Sternenzelt und seinen reizenden Mädchen — las Gra-
nadinas son muy finas — gesehen und dabei der an
Stadt und Umgebung haftenden historischen Glanzpunkte
nicht vergessen, der hat einen Blick in das Paradies gethan,
der hat die Wunder der Welt geschaut. Natur und Geschichte,
landschaftliche Schönheit und historischer Werth, liebliche
Gegenwart und große Vergangenheit, Norden und Süden
reichen sich hier zum unauflöslichen Bündniß die Hand.
Das an grüne Berge und Fluren gewöhnte, in Spanien
so oft durch den Anblick dürrer Ebenen und kahler Gebirge verletzte deutsche Auge sieht hier mit Entzücken auf
eine lachende Oase, deren Schönheit die große Allmacht
und tiefe Weisheit des Schöpfers laut und mächtig verkündet.

Am Ende der Straße Gomeles befindet sich la Puerta
de las Granadas, welches Thor den Eingang zu den
Laubgängen und Gärten der Alhambra bildet. Durch
dieses unter der Regierung Carl V. in einer Art toskanischen Styles gebaute und mit dem kaiserlichen Adler
geschmückte Thor tritt man in den mit schönen Pappeln,
Weiden, Ulmen und Gartenlauben von Cypressen, Orangen-,
Zimmet-, Kirsch- und Akazienbäumen geschmückten Alhambrapark ein und wird von Tausenden der gefiederten Sänger
begrüßt. Drei gut gehaltene Wege laufen von hier in verschiedenen Richtungen aus; der eine Fußpfad zur Rechten
führt nach dem campo de los Mártires und leitet auch
auf den Fußsteig, welcher nach den torres Bermejas
sich hinzieht; die mittelste breite Haupt-Allee, die auch
zum Fahren der Wagen geeignet ist und nach dem Garten des Generalife, nach den cerro del Sol und einigen
Dörfern der Sierra läuft, zerfällt in vier Abtheilungen,
von denen die erste von dem genannten Thore bis zu der
mit einem Springbrunnen versehenen, kreisrunden Espla-
nada, die zweite von hier bis zur Vereinigung des von
der Peña-Partida herabkommenden und von der puerta
de la Justicia auslaufenden Weges, die dritte mit zwei

Fontainen und herrlicher Perspective versehene, von hier
nach dem torre de los Siete - Suelos und die vierte
von da nach dem Garten des Generalife führt. Auf dem
zur Linken ziemlich steil emporsteigenden Wege, den der
freundliche Leser mit mir betreten möge, gelangt man bei
dem unter dem Namen „Pilar de Carlos V" bekann=
ten Springbrunnen vorbei nach der Puerta judiciaria, dem
Hauptthore der Festung.

Der „Imperatori Caesari Carolo V. Hispa-
niarum Regi" geweihte und auch unter dessen Regier=
ung von D. Luis de Mendoza im griechisch=römischen
Style angelegte Springbrunnen hat Säulenfüße mit Wap=
pen, Attributen von Flüssen, Blumen, Früchten und alle=
gorische Darstellungen aus der Mythologie. Aus drei die
Flüsse Genil, Darro und Beiro darstellenden, großen stei=
nernen Köpfen sprudelt das Wasser. Die in neuerer Zeit
daran vorgenommenen Ausbesserungen sind im Allgemei=
nen mangelhaft ausgefallen.

Wir stehen plötzlich vor der Puerta judiciaria oder
del tribunal, so genannt, weil der maurische Richter
(cadi) gemäß den patriarchalischen Sitten der Orientalen
hier Recht und Gerechtigkeit handhabte. Dieses Thor,
welches einen der Eingänge an der südwestlichen Seite der
hohen, mit 13 viereckigen Thürmen versehenen, rings um
die eigentliche Alhambra=Festung herumlaufenden Ring=
mauer bildet, befindet sich inmitten zweier aus rothen
Backsteinen erbauter Thürme, die aber beide durch die
äußeren Seitenwände nach der Ringmauer zu vereinigt
sind und so einen Thurm von 18 Varas im Quadrat
und 24½ in der Höhe bilden. Der von der Vorderseite
derselben bis zum Thore 6 Varas haltende Zwischenraum
kann durch die über letzterem befindliche Spalte, durch
welche von oben Wurfgeschütze aller Art auf die Angrei=
fenden geschleudert werden konnten, sehr gut vertheidigt
werden. Das im schönsten gewölbten, kecken Hufeisenbo=
genstyle im Jahre 1308 von Yusuf I., Abu=l=hajaj er=

baute, bis zum Schlußstein des Gewölbes wohl 34 Fuß
hohe starke Thor, in das man durch eine kleine Vorhalle
tritt, zeigt eine reiche Arabeskenarbeit aus Stuck. Am
ersten Bogen der Vorhalle sieht man oben im Schluß=
stein auf einer Steinplatte die Figur einer offenen Hand,
am Bogen der inneren Pforte dagegen die eines Schlüs=
sels eingegraben. Die offene Hand wird bald für das
Sinnbild der Gastfreundschaft und Großmuth der Orien=
talen, bald für einen Inbegriff (compendio) des moha=
medanischen Gesetzes und für die beste Vertheidigung gegen
die Heiden und Ungläubigen, bald für das Bild der fünf
Hauptgebote des Glaubensbekenntnisses des Islam, bald
wieder für die Hand Gottes, das Symbol der Orienta=
len für Macht und Weisheit, bald auch für einen Ta=
lisman gegen böse Geister gehalten. Nach der Tradition
der Araber soll die offene Hand feindliche Heere muthlos
machen und gegen Zaubereien und Hexereien schützen, wes=
halb man derartige Sinnbilder gern über den Thoren der
Festungen anbrachte. Der Schlüssel gilt einigen als das
orientalische Symbol, anderen als der Schlüssel Davids
und wieder anderen als eine Anspielung auf den Schlüs=
sel, mit welchem nach mohamedanischem Glauben der Pro=
phet die Thore des Himmels öffnet. Endlich weiß man
auch, daß die Araber dieses Zeichen auf ihren Fahnen
geführt haben. Dem sei, wie ihm wolle, die Volkssage
legt dieses Zeichen dahin aus, daß die Mauren den Chri=
sten hätten damit andeuten wollen, daß sich ihnen dieses
Thor nicht eher öffnen würde, bis die Hand den Schlüs=
sel erfaßte (cuando la mano se junte con la llave
y abra la puerta entrareis en Granada). Die am
Thore oberhalb der Säulen angebrachten arabischen Zeichen
und Buchstaben bedeuten in der Uebersetzung: „Gott sei
gelobt. Es gibt keinen Gott, außer Gott, und Mohamed
ist sein Prophet. Es gibt keine Kraft (fortaleza) ohne
Gott." Eine andere Inschrift über dem inneren Thor=
weg gibt die Zeit der Gründung und die Namen des

Erbauers an. Man tritt durch ein doppeltes Thor ein,
an dem die Flügel mit Eisenplatten beschlagen sind, und
setzt seinen Weg, nachdem man die hier stationirte blau=
röckige Soldatenwache, die, gutmüthig genug, uns ihre
Waffen zur näheren Untersuchung in die Hände gab, pas=
sirt hat, in einem gewölbten Gange fort, der sich drei=
mal scharf wendet. Bei der letzten Biegung gewahrt man
zu seiner Rechten eine Vertiefung für ein Heiligenbild oder
einen Altar, die mit hölzernen Thüren und Querstangen ver=
schlossen ist, hinter denen eine im siebzehnten Jahrhun=
dert gemalte, angeblich aus deutscher Schule stammende
Jungfrau mit dem Christuskinde sich befinden soll, welches
Bild ehedem von den wachhabenden Invaliden in großer
Verehrung gehalten wurde. Unser Führer Arrabal meinte,
daß hier ein Altar gestanden habe, an welchem nach dem
Einzuge der Christen in Granada die erste Messe gehalten
worden sei. Neben diesem Retablo befindet sich auf einer
in die Mauer eingefügten Marmorplatte eine Inschrift
mit gothischen Buchstaben, die auf die Eroberung Gra=
nadas durch die katholischen Könige Bezug hat.

Von hier gelangt man durch ein schmales Gäßchen,
zwischen zwei Mauern, an einem unter dem Namen la
puerta del vino bekannten Porticus vorbei, nach dem
plaza de los Aljibes, unter dem sich die großen, tiefen
maurischen Cisternen befinden, die, vermittelst einer gro=
ßen, im Jesus del Valle beginnenden Wasserleitung, mit
dem Wasser des Darro gefüllt und jährlich im Januar
gereinigt werden. Das Wasser behält das ganze Jahr
eine gleiche Temperatur und ist besonders im Sommer
frisch und kühlend. Viele Wasserträger (aguadores) ho=
len von hier das Wasser und bieten es unten in der
Stadt zum Verkauf aus. Von den beiden Cisternen ist
nur eine im Gebrauch, da die andere weniger solid ge=
baut und auch überdies kein so großer Vorrath von Was=
ser nothwendig ist. Der über 100 Varas lange und 80
Varas breite plaza de los Aljibes trennt den Palast

von dem jetzt in ein Gefängniß für die Galeerensklaven
umgewandelten Alcazaba, in den man früher durch den
am Ende des unschönen Platzes für das Ballspiel sich
erhebenden torre del Homenaje eintrat. Wenn man
auf den oben genannten Platz gelangt, erblickt man zu
seiner Rechten die elegante Vorderseite des Palastes von
Carl **V.**, zu seiner Linken die starken Thürme de la
Vela und del Homenaje vor sich, in nicht großer Entfernung die Berge San Miguel, Sacro Monte und die
Sierras von Alcafar, Illora und Moclin. Tritt man
näher an die Mauer heran, so erblickt man zur Rechten
einen Theil des von außen ganz unscheinbaren, heute
noch so hoch gefeierten maurischen Palastes, welcher sich
bescheiden an seinen imponirenden Nachbar, den unvollendeten Palast Carl **V.** anlehnt, und zu seinen Füßen
einen großen Theil der Stadt mit der Vega und dem
Thale des Darro. —

Der im Jahre 1526 unter Carl **V.** von Pedro von
Machuca angefangene, allein bis auf den heutigen Tag
unvollendet gebliebene Palast des eitlen Kaisers nimmt
ein Viereck von 220 Fuß an jeder Seite ein und ist im
griechisch-römischen Styl aufgeführt. Drei Fronten desselben sind vollständig ausgebaut, die dritte aber, an den
maurischen Alcazar anstoßende, ist am wenigsten ausgeschmückt. Die nach der plaza de los Aljibes gehende
62 Fuß hohe Hauptfronte ist aus Quadersteinen gebaut,
die, behauen an ihren Fugen, Rinnen zwischen sich lassen
und in ihrem obersten Theile ein durch eine toskanische
Säulenordnung getragenes Hauptgesims aufweisen. Die
zwischen den Säulen zur Beleuchtung des untern Stockes
angebrachten Fenster sind jetzt meist mit Backsteinen versetzt. Das zweite Stockwerk ist mit 25 Fuß hohen jonischen Säulen geschmückt, welche das das Gebände schlie-
ßende Hauptgesims tragen. Man sieht noch den kaiserlichen Adler mit dem Spruche: **Non Plus Ultra**, sowie
auch noch an dem Fries des Eingangsthores die Inschrift:

Imperator Caesar Carl V. angebracht. Das Innere
des Gebäudes nimmt ein kreisrunder Hof ein, der von
einer ringförmigen, gewölbartigen Gallerie umgeben iſt,
welche von 32 doriſchen Säulen von 18 Fuß Höhe und
von an die innere Mauer ſich anlehnenden Pfeilern ge=
tragen wird, zwiſchen denen Niſchen angebracht ſind.
Ueber dem oberſten Theil des doriſchen Hauptgeſimſes an
der Säulenordnung erhebt ſich die Gallerie oder der Cor=
ridor für die Bewohner, über dem ſich wiederum eine
Brüſtung befindet, die wieder 32 joniſchen Säulen zur
Grundlage dient. Die am Hauptportale und Feuſtern
angebrachten Verzierungen, ſowie insbeſondere die Reliefs
an der untern Wand des Palaſtes, nach dem Platze zu,
ſind wegen ihrer genauen und ſorgfältigen Ausarbeitung
beachtenswerth. Zu welchem Zwecke Carl V. dieſes Ge=
bäude anlegen ließ, darüber iſt man bis jetzt noch nicht
gewiß, und es iſt die unglückliche, launenhafte Idee Carl V.
zu beklagen, der in ſeiner Verblendung den prachtvollen
Winterpalaſt der Sarazenen zerſtörte, um an deſſen Stelle
dieſen Palaſt zu ſetzen, der, wenn auch in ſeiner äußern
Form edel gehalten und bei weitem mehr in die Augen
fallend, als der anſtoßende Alcazar, doch im Ganzen ge=
nommen auf den Beſuchenden einen ſtörenden und un=
heimlichen Eindruck ausübt. Die Alhambra würde viel
mehr werth ſein, wenn dieſer Palaſt gar nicht da=
ſtände. —

Mit klopfendem Herzen nähern wir uns dem etwas
abgelegenen Eingange zur eigentlichen Alhambra und mit
freudiger Haſt ziehen wir die Glocke, um den Pförtner
zum Oeffnen des Thores herbeizurufen. Der gegenwär=
tige, einzige Eingang zum arabiſchen Palaſte iſt ſpa=
niſcher Conſtruction und liegt im Nordoſten des Platzes
de los Aljibes. Durch ein enges Pförtchen treten wir
in eine neue Welt und ſtehen plötzlich in dem Patio de
la Alberca oder auch de los Arrayanes, dem ſoge=
nannten Myrtenhofe der Alhambra. Mit dem Aufgehen

des knarrenden Thorflügels schlägt ein neues Blatt in
dem Buche der Geschichte auf, — man tritt von dem
Christenthume zum Islam über und mit Staunen und
Verwunderung erblickt das Auge die Räume, in denen die
Odalisken, die Mauren der Wüste aus dem Hause der
Omaijaden, die **Almoraviden** und **Almohaden** gelebt
und geschaffen haben. Wo aber sind die **Emirs** und **Mu-
leys,** wo die kunst- und prachtliebenden, spanischen Muselmänner, wo die **Mohameds,** wo **Abu-Abdallah, Nazar,
Ismail**; wo die **Yusufs,** wo **Muley - Abdallah - Ali-
Abul - Hassan** und der unglückliche **Mohamed - Abdallah - Abu - Abdile** oder **Boabdil el Chico,** der letzte
König der Mauren? — Das Grab, das stille Grab hat
sie längst in seinen kühlen Schooß aufgenommen und
ihre Gebeine sind längst vermodert, allein ein bis jetzt
lebendiges, unvergängliches, unsterbliches Denkmal erzählt von ihnen — die Alhambra.

Der Palast der muselmännischen Fürsten, der auch
zu gleicher Zeit als Festung diente, nahm ursprünglich mit
seinen fünf Patios, vielen Corridors, Sälen und Gemä-
chern ein Rechteck von 400 Fuß Länge und 250 Fuß Breite
ein. Im Laufe der Zeit geschah viel für die Vergrößerung und Ausdehnung dieses Palastes, der sich zuletzt
mit seinen Gärten, Thürmen und Parks über den ganzen Rücken des auf der einen Seite in das Thal des
Genil steil abfallenden, auf der andern Seite sich etwas
sanfter nach der Vega hinuntersenkenden Berges ausdehnt.
Der ganze Umfang der Alhambra enthielt eine Länge von
2690 Fuß und eine Breite von 730 Fuß und konnte
40,000 Menschen aufnehmen. Die Bestimmung dieser Festung bestand darin, dem Könige zum Aufenthalte und den
Frauen zum Harem zu dienen, die Stadt unten in Furcht
zu halten und die Feinde abzuschrecken. Im Jahre 1248
legte **Ibnu-l-ahmer** den Grundstein zur Alhambra, **Abu-
Abdallah** setzte den Bau eifrig fort und im Jahre 1314
vollendete **Mohamed III.** das Ganze. Nach Delaborde

wurde die Alhambra von **Abu - Abdallah ben Nasser**
erbaut, welcher unter dem Namen **Elgaleb Billah** (Sie=
ger durch die Gnade Gottes) bekannt iſt und von **1231**
bis **1273** in Granada regierte. Zur Zeit der Araber
war Granada eine wohl befeſtigte Stadt, von einer ſtar=
ken Mauer mit vielen Thürmen und **20** Thoren umgeben,
und bewacht und geſchützt von den beiden ſtarken Feſtungen
Alcazaba und Alhambra.

Der Name Alhambra ſoll nach ſpaniſchen Schrift=
ſtellern von **Abu Abdallah Alhamar**, dem angeblichen
Erbauer des Palaſtes, herſtammen, nach arabiſchen Ge=
lehrten aber eine Abkürzung von **Medinat Alhambra**
ſein, was wegen der Farbe des Baumaterials, rothe Stadt
oder rothe Burg bedeutet. Alhamar ſoll auch der ara=
biſche Stamm geheißen haben, aus dem **Elgaleb Billah**
hervorgegangen war. Die prachtvolle Ausſchmückung und
insbeſondere die Farbenmalerei wird **Yusuf I.** zugeſchrie=
ben. Von dieſer Pracht iſt freilich wenig übrig geblieben
und die jetzige Alhambra, die erſt mehre Jahrhunderte
nach ihrer Eroberung die allgemeine Aufmerkſamkeit auf
ſich zog, dürfte überhaupt im Gegenſatze zu dem früher
hier gebauten, mauriſchen Winterpalaſte unbedeutend ſein.
Der Zahn der Zeit, die Furie des Kriegs und die fre=
velnde Hand des Menſchen haben das Prachtgebäude in
ſeinen Grundveſten angegriffen und dem Einſturze nahe
gebracht. Schon gehören die Dächer der ehrwürdigen
Sarazenenburg dem neuen Zeitalter an, ſchon neigen die
ſtolzen Säulen des Löwenhofes müde ihr Haupt, ſchon
nagt tiefer und tiefer der Wurm des Verfalls und der
Zerſtörung.

El Patio de los Arrayanes, 150 Fuß lang, 82 Fuß
breit, iſt an den beiden Seiten im Süden und Norden
mit zwei prachtvollen Gallerien verſehen, von denen die
ſüdliche von acht Säulen aus macaeliſchen Marmor ge=
tragen wird. Der Hof zeigt in ſeiner Mitte ein 124 Fuß
langes, 27 breites und 5 Fuß tiefes Baſſin, was ver=

mittelst eines Canals mit Wasser gespeist wird und mit
Blumen, Rosen, Cypressen und Myrten eingefaßt ist.
Einige nehmen an, daß hier die zu den Kirchengebräu=
chen gehörenden Abwaschungen der königlichen Familie
vorgenommen worden seien, andere glauben wieder, daß
dieser Platz, wegen seines kühlen und reizenden Aufent=
haltes, als Erholungs= oder Vergnügungsort benutzt wor=
den sei. An der südlichen Wand befindet sich ein gewölb=
tes Thor, welches einst den Haupteintritt zum arabischen
Palast bildete, aber durch den Neubau Carl **V.** seine ur=
sprüngliche Bestimmung verloren hat.

Es liegt nicht in meinem Zwecke, über die maurische
Bauart der Alhambra eine Abhandlung zu schreiben, denn
dazu bin ich erstlich zu wenig Sachkenner und zweitens
würden sich auch, wenn ich dies wäre, meine Beschreibungen
über die Filigranverzierungen, eiselirten, mit Arabesken
durchbrochenen Stuccaturen, Lasurmosaiken und Suffitten=
Ornamente gleich den sich überall zeigenden, sich vielfach
unter einander schlängelnden Blumenguirlanden und ewig
neuen Verschlingungen von Linien verwirren, und so anstatt
ein einfaches, edles Bild, ein Zerrbild der widerlichsten
Art von dem arabischen Baustyl liefern. Es genüge deshalb
nur folgende flüchtige Skizze.

Die schlanken, weißen, auf kreisrunden Sockeln ste=
henden, durch cirkelförmige Bögen mit einander verbundenen
Marmorsäulen und die von durchbrochenem Stucco mit
Verzierungen, Mosaiknischen und arabeskengeschmückten
Capitälern versehenen Wände und gewölbten Plafonds
sind bewunderungswürdig. Die kühnen Hufeisenbögen,
die mit durchbrochner Arbeit gleich Sternen besäeten Fenster,
die überall angebrachten Verzierungen und arabischen In=
schriften, deren Hauptsinn immer heißt: „nur Gott ist
Sieger" (solo **Dios** es vencedor), überraschen das darauf
weilende Auge im höchsten Grade. Der ornamenti=
stische Charakter der arabischen Architektur springt überall
in die Augen.

Die acht Säulen, welche die Gallerie tragen, in der
sich die kleine Capelle befindet, sind schlank und leicht
und die Ausschmückung ihrer Capitäler sehr verschieden.
Die in der Mitte bilden kleine Bögen und Stalaktiten
wie in den gewölbten Plafonds, die nach außen künstliche, mit arabischen Buchstaben verflochtene Schlingungen.
Ueber den Säulenknäufen beginnen die Bögen. Ueber
der ersten Gallerie erhebt sich eine zweite, die einzige
Spur und Erinnerung des ehemaligen Winterpalastes.
Sie correspondirt mit der unteren, mußte aber wegen großer
Baufälligkeit im Jahre 1842 eben so, wie die den Patio
umfassenden beiden, 24 Fuß hohen Mauern, einer sehr
bedeutenden Restauration unterworfen werden.

Gegenüber dieser Gallerie steht eine ähnliche, die aber
einer zweiten aufgesetzten Gallerie entbehrt. Sie dient als
Vorsaal zur Sala de Comarech und wird von uns bei'm
spätern Besuche des genannten Saales näher beschrieben
werden. Jetzt möge der Leser mit uns durch ein kleines
Thor in den an den Myrtenhof anstoßenden, weltbe-
rühmten Löwenhof der Alhambra eintreten.

El Patio de los Leones wurde unter der weisen
Regierung Mohameds im Jahre 1377 von dem Architekten Aben-Cencind erbaut. 126 Fuß lang, 73 breit und
22½ hoch, ist derselbe mit einem 7½ Fuß breiten Corridor umgeben, der von 124 weißen Marmorsäulen mit verschiedenen Capitälern getragen wird, von denen jede 10 Fuß
Höhe und 8½ Zoll Durchmesser hat; sie sind in den
Winkeln der Seite, zu der man eintritt, vier zu vier, in
dem gegenüber drei zu drei und in den übrigen Räumen
paarweise oder einzeln gruppirt. Durch den an den Myrtenhof anstoßenden, zu Zeiten Philipp V. fast ganz wieder
aufgebauten Vorsaal kann man durch drei hufeisenähnliche,
arabische Bögen, von denen der mittlere wegen seiner
Nischen, Filigranverzierungen, Lunetten und Arabesken
ausgezeichnet ist, in den eigentlichen Hof eintreten, der ein
Meisterstück der arabischen Kunst, ein Bauwerk des feinsten

Geschmacks und des edelsten Styles ist. Nach dem Innern
des Hofes springen zwei kleine, 29 Fuß hohe Tempel
oder Pavillons hervor, die von Marmorsäulen getragen
und bis zu der aus Holz geschickt eingefügten Kuppel,
mit schwebenden Bögen, Wölbungen, Nischen und Miniatur-
colonaden und Verzierungen der feinsten Art ausgeschmückt
sind. Die Perspective der Bogengänge und der Marmorsäulen ist höchst überraschend. In der Mitte des seines
Marmorpflasters beraubten Hofes findet sich ein schönes
Marmorbecken, getragen von zwölf 2½ Fuß hohen Löwen,
die durch ihre plumpe Arbeit die Ungeschicklichkeit der
Araber in Thierzeichnungen beweisen, die ihnen eben so,
wie die Darstellung menschlicher Figuren nach dem Koran
zu machen verboten waren. Dieses Marmorbecken, bei
dessen Anblick ich bezüglich des kirchlichen Ritus an das
auf 12 Stieren ruhende Taufbecken erinnert wurde, welches
ich in der im obern Mississippithale gelegenen Stadt Nauvoa,
in dem dortigen Mormonentempel gesehen hatte, ist ein
Zwölfeck von 10½ Fuß Durchmesser und 2 Fuß Tiefe,
über dem sich noch ein zweites kleineres von 4 Fuß Durchmesser befindet. Die Seitenwände dieses, jetzt trocken stehenden Beckens sind mit Blumenverzierungen und Inschriften
geschmückt, welche letztere Lobeserhebungen Mohameds
enthalten sollen. Der Löwenhof bietet noch jetzt trotz seines
zunehmenden Verfalles einen feenhaften, zauberischen Anblick, allein welcher Glanz muß hier geherrscht haben,
wenn man sich die ehemalige Farbenpracht, die frühere
vollständige, architektonische Verzierung, das herrliche Mar-
morpflaster, die von schneeweißen Jaspissäulen getragenen
Gallerien und die sprudelnden Springbrunnen und Fontainen zurückdenkt! Die Zierlichkeit, Fülle und Mannichfaltigkeit der noch jetzt die Bogengänge schmückenden Arabeskenarbeiten und Filigranverzierungen, bei deren Anblick
man in ein Netz der feinsten Webereien oder niederländer
Spitzen zu blicken glaubt, schildern zu wollen, dazu versagt mir Schwachen die Feder den Dienst.

In der Mitte des rechten Corridors des Löwenhofes
liegt la **Sala de los Abencerrajes** und diesem gegen=
über, auf der andern Seite la **Sala de las Dos Hermanas.** Zu keinem dieser Säle scheinen Thüren geführt
zu haben, sondern der Eingang entweder offen, oder mit
Vorhängen verhängt gewesen zu sein. Durch einen eirunden
Bogen tritt man in einen sehr kleinen Vorsaal, von dem
man wiederum durch ein niedliches, mit Blättern, Blumen
und Inschriften geschmücktes Thor in den Saal der Aben=
cerragen gelangt. Das Innere dieses Saales ist, nach=
dem derselbe in Folge eines, durch die Explosion eines
Pulvermagazins herbeigeführten Brandes auf der Alhambra
zerstört war, von dem Künstler Alonso Berruguete nach
dem Vorbilde des gegenüberliegenden Saales der beiden
Schwestern hergestellt worden. In diesem Saale befindet
sich ein Becken von schönen Marmorplatten, an welches
nach der Tradition sich folgende historische Erinnerung
knüpft. Die Abencerragen sollen Groll und Feindschaft
gegen die Zegries gehegt haben, weil diese in dem schwachen
und grausamen Könige Chico Boabdil den Verdacht zu
erregen wußten, daß erstere eine Verschwörung gegen seinen
Thron eingeleitet hätten und einer von ihnen mit der
Sultanin ein unerlaubtes Liebesverhältniß unterhielte. Der
König, seinen Zorn verbergend, ließ die vornehmsten der
Abencerragen sammt dem verhaßten Nebenbuhler in den
Palast einladen und sie dann an dem erwähnten Marmor=
becken heimtückisch ermorden, woselbst noch jetzt dem Frem=
den in den röthlichen Marmorplatten die Blutspuren
in natura gezeigt werden. Diese Sage erhält noch dadurch
einen eigenthümlichen Werth, daß mehre der Abencerragen
kurz vor ihrem Tode Jesus Christus angerufen haben
sollen. Es läßt sich zwar mit Gewißheit annehmen, daß
mehre grausame Ermordungen und Hinrichtungen im ara=
bischen Palaste, und auch unter der Regierung des Boabdil
in den Straßen von Granada Ueberfälle und Scharmützel
vorgefallen sind, ob aber diese Sage auf irgend einer

historischen Unterlage beruht, wollen wir der Phantasie
des Lesers anheimstellen, die sich so nicht gern etwas von
den Mährchen, Romanen, Dichtungen und Erzählungen
aus der Alhambra nehmen lassen wird.

Dicht neben diesem so eben beschriebenen Saale befindet sich, gegenüber dem Eingange in den Löwenhof,
innerhalb der Gallerie, **la Sala del Tribunal**, wo
man glaubt, daß der maurische König seinen Vasallen
Gehör ertheilte und Recht sprach. Das Vorhaus oder
der Corridor, durch den man in den Gerichtssaal tritt,
besteht aus mehren Abtheilungen, welche dieselben schon
beschriebenen Verzierungen, Bögen und Säulen enthalten,
von denen mehre im Jahre 1841 einer sehr geschickten
Restauration unterworfen worden sind. Der Saal selbst
ist 95 Fuß lang und 16 Fuß breit; die Höhe nach den
verschiedenen Abtheilungen nicht gleich. Im Hintergrunde
bemerkt man ein gemaltes Kreuz, welches an dem Orte steht,
wo nach der Uebergabe Granada's Messe gehalten worden
sein soll. Die hier angebrachten Verzierungen sind sehr
reich, der coup d'oeil von hier auf diese, auf den Hof
und auf die scheinbar unregelmäßig aufgestellten Säulen reizend. Beim Anblick der Arabeskendraperien und
Höhlungen wird man unwillkührlich an die feinsten und
reichsten Spitzen und Bienenzellengewebe erinnert. Die
Deckenmalereien zeigen frische Farbenpracht, und besonders
hat sich noch das Gold im vollsten Glanze erhalten. Die
drei kleinen, in der Wand nach dem Süden befindlichen
gewölbten, offenen Räume (alcobas, halamies, recintos
oder camarines), deren Verzierungen fast ganz geschwunden
sind, zeigen noch die sinnreichsten und ausgezeichnetsten
Deckenmalereien aus der Zeit der Mauren. Die auf Goldgrund gemalte und mit Sternen gesprenkelte Decke verdient, abgesehen von der Zeichnenkunst, wegen ihrer frischen
Farbenpracht die größte Aufmerksamkeit. In dem einen
Raume sieht man die Figuren von zehn maurischen Königen,
den Nachfolgern von Bulhaxis, in den anderen Räumen

aber ſolche phantaſtiſche Allegorien, Ritter=, Jagd= und
Liebesſcenen dargeſtellt, daß man der letzteren Bedeutung
ſich nicht erklären kann. Die Malereien aber ſind des=
halb von großer Wichtigkeit, weil man die Bekleidung
der Mauren daran erkennen kann. Uebrigens glaubt
Delaborde, daß dieſe Gemälde erſt nach der Einnahme
von Granada durch einen arabiſchen Künſtler hergeſtellt
worden ſeien, der hier die Sitten und Gebräuche beider
Nationen darſtellen wollte. Dieſe Annahme ſcheint um
ſo richtiger, als gerade in dem Mangel aller bildlichen
Darſtellung ein Hauptunterſchied zwiſchen der Kunſt
des Islams und der des chriſtlichen Alterthums zu
ſuchen iſt.

Wir treten jetzt in den Saal der zwei Schweſtern,
la Sala de las Dos Hermanas, ein, ſo genannt nach
den beiden großen macaeliſchen Marmorplatten, die in
den Fußboden eingelegt ſind. Dieſer Saal, an deſſen
Seite ſich die Alkoven oder Schlafzimmer der mauriſchen
Könige befanden, iſt nebſt der **Sala de Comarech** wegen
der architektoniſchen und mauriſchen Arabeskenverzierungen
und Schönheiten der ſchönſte und reichhaltigſte auf der
Alhambra. Die hier dem Auge ſich darſtellenden reichen
und ſymmetriſchen Verzierungen, die Portale, die Säu=
len, die prachtvolle Decke mit ihren Arabesken, Drape=
rien, Niſchen, Höhlungen, Zellen, Zapfen, Inſchriften und
Farbenglanz ſchildern zu wollen, iſt keiner menſchlichen
Feder möglich. Man kann ſich keinen Begriff von die=
ſem feenhaften Gemache bilden, wenn man es nicht ſelbſt
mit eigenen Augen geſehen hat. Wenn man den Blick
zur Decke erhebt, glaubt man Stalaktiten einer Tropf=
ſteinhöhle oder auch in eine Honigſcheibe zu blicken und
iſt nicht im Stande, das Gewirre der Niſchen, Zapfen
und Linien zu verfolgen, die doch alle nach mathemati=
ſchen Grundſätzen gebaut ſind. Die Wirkung dieſes kegel=
förmigen, im Allgemeinen gut erhaltenen Tafelwerkes iſt
außerordentlich. Die von den Mauren angewendeten Far=

ben sind in erster Reihe blau, roth und gold und in zweiter
Reihe purpurfarben, grün, orange. Der untere Besatz
der Wände besteht aus glasirten, irdenen, farbigen Täfel=
chen, welche man azulejos nennt. Nachdem man das ele=
gante Prachtthor passirt, tritt man durch einen schmalen
Gang in die zweite Thüre und kann von hier das ganze
Innere des Saales bis zum **Mirador de Linderaja**,
der sich im Hintergrunde befindet, überblicken. Der Saal
der beiden Schwestern bildet ein Viereck von **29** Fuß an
jeder Seite und **54** Höhe; der obere Theil zeigt ein Achteck
und das Ganze ist mit einer prachtvollen Decke überwölbt.
In der Mitte der vier, mit den Wappen der grana=
dischen Könige geschmückten Wände befinden sich vier dem
Eingangsthore ähnliche Thüren, von denen zwei nach den
Schlafzimmern der Könige führen. Ueber den Thüren sind
eben soviel Fenster (ajimeces) angebracht, welche durch
Jalousien seltener Construction geschlossen sind und den
Frauen des Harems bei Festlichkeiten zum Aufenthalte ge=
dient haben mögen, um von hier ungestört und unbemerkt
ihre Neugierde befriedigen zu können. Ueber diesen wölbt
sich die prachtvolle Decke. Am Ende des Saales befin=
det sich eine Art Alkoven mit drei Fenstern, durch die
man in den kleinen, mit Myrten, Orangen, Citronen,
Jasmin, Akazien und Blumen geschmückten **Patio de Lin=
deraja** oder **jardin** hineinblickt, der in der Mitte mit einem
Wasserbecken, umgeben von schattenspendenden Bäumen
und wohlriechenden Blumen, versehen ist. Besagter Mi=
rador bildet ein Viereck und soll das Boudoir der Sul=
tanin gewesen sein. Die Verzierungen, Ausschmückungen,
Inschriften, welche letztere meist immer nach der Ueber=
setzung heißen: „Nur Gott ist Sieger", „Gott ist all=
mächtig", „Ehre und Ruhm unserm Herrn Abu=Ab=
dallah", sind zahlreich und überraschend. Der Sinn
der angebrachten arabischen Inschriften ist durch fol=
gende spanische Uebersetzung, die wir beifügen wollen,
sehr bezeichnend wiedergegeben:

I.

Has visto mucha grandeza?
pues es major mi belleza.

II.

Y dice al verme la gente
Qué linda! qué clara fuente!

III.

Otro me ve, se recrea
y me llama: Mar que ondea.

———

Sahst du auch Herrlichkeiten hoch,
Die Schönheit mein ist größer doch.

———

Die Leute sahen mich und riefen schnell:
Wie lieblich! Welcher klare Quell!

———

Ein Andrer sieht mich, freut sich sehr
Und nennt mich: wellenkräuselnd Meer.

Von hier gelangt man durch einen einfachen Corridor nach einer, von schlanken Marmorsäulen im Jahre
1842 ausgebesserten Gallerie, die eine herrliche Aussicht
bietet und an deren einem Ende el **Tocador de la Reina**
sich befindet. Dieses Toilettenzimmer der Königin besteht
aus einem kleinen Gemache, das fast ganz frei steht und
sein Licht von allen Seiten empfängt. Von den arabischen Königen scheint es als ein Mirab oder Oratorium
benutzt worden zu sein, wo sie alle Morgen ihr Gebet
verrichteten und sich an der Aussicht erfreuten. Die Fres-
komalereien gehören nicht der arabischen Zeit an. Auf
dem Vorsaale befindet sich eine mit Löchern versehene Marmorplatte, durch welche Wohlgerüche emporgestiegen sein
mögen. Die Aussicht von hier auf das Darrothal, auf
den Albaycin, auf das Generalife und auf die Sierra
Nevada ist unbeschreiblich schön. Der Mirador ist von
einer Säulengallerie umgeben.

Durch den Corridor zurückgekehrt steigt man auf einer
Treppe herunter in den **patio de la reja** und gelangt
über den **patio de Lindaraja** nach der **sala de se-
cretos**, welche wegen ihrer akustischen Wölbung die

Aufmerksamkeit und Neugierde des Volkes erregt. Diese
Art Wispergewölbe ist zur Zeit Carl V. gebaut. Wir
kommen jetzt zu den **Baños reales** (königlichen Bädern),
welche **El Baño del Rey** und **El Baño del Prin-
cipe** heißen. Das Pflaster besteht aus Marmorplatten,
der untere Besatz der Wände aus buntem Ziegelsteine
und das Ganze ist mit feuerfesten Gewölben versehen;
das Licht fällt durch Oeffnungen herein, welche in Form
von Sternen an den Decken angebracht sind. Die beiden
größten Wasserbehälter sind aus macaelischem Marmor
verfertigt und zum Schwimmen nicht zu klein. Auf gute
Bäder halten die Orientalen noch heutigen Tages sehr viel.

Indem man zum zweiten Male den patio de la reja
durchgeht, gelangt man nach der **Sala de las Ninfas.**
Dieser Saal liegt unter dem Vorsaal oder Corridor zur
Sala de Comarech und bietet weiter nichts Besonderes,
als eine Gruppe aus carrarischem Marmor, welche eine
Scene aus der Fabel von Jupiter und Leda darstellt, und
zwei Nymphen aus weißem Marmor, von denen der
Volksglaube wissen will, daß sie einen großen Schatz be=
wachten, den die Mauren in diesen unterirdischen Gewölben
verborgen hätten. Am Ende derselben gelangt man auf
einer Treppe in mehre andere Wohnungen des Palastes,
unter denen sich auch la Capilla Real (die königliche
Capelle) befindet, die zum Gottesdienst der christlichen
Könige während der Zeit, in der sie auf der Alhambra
wohnten, gebaut worden ist. Man tritt in dieselben durch
einen Saal ein, welcher ein längliches Viereck bildet, mit
einem Saume von glasirten irdenen Täfelchen (azulejos)
eingefaßt ist und wenige Spuren arabischer Arbeit zeigt.
Es befindet sich hier eine Fensteröffnung, durch welche die
Königin Aixa, gewöhnlich la Horra genannt, ihren älteren
Sohn Abu Abdilei, el Zogoybi den Unglücklichen, bekannt
unter dem Namen Boabdil el Chico (der Jüngere) an
einem Strick herabgelassen haben soll, um ihn von dem
Tode zu retten, der ihm von seinem grausamen Vater

bestimmt war, und damit er sich an die Spitze der Miß=
vergnügten des Albaycin stellte um dem Reich des Muley=
Abdallah=Ali=Abu=Hassan, seines Vaters, ein Ende zu
machen. Von diesem Platze gelangt man durch eine
Art Vorsaal in die Capelle selbst, die, mit arabischen
und christlichen Verzierungen und Inschriften ausgeschmückt,
gegen die übrigen Säle einen großen Contrast bildet.
Das Altargemälde, die Anbetung der Könige darstellend,
ist von dem Maler Rincon. Von hier gelangt man ver=
mittelst einer Treppe zu einer Gallerie, die zum Saal
der Gesandten führt.

Der Saal des **Comarech**, dessen Wände mit den
feinsten und reichsten orientalischen Tapeten bekleidet zu
sein und dessen grandiose Decke dem Himmel zu gleichen
scheint, ist wegen seines majestätischen Anblickes, der
Feinheit seiner Verzierungen, seiner schönen Holzschnitz=
arbeit, seiner frischen Farbenpracht und zahlreichen Hiero=
glyphen unbeschreiblich schön. Nach dem **patio de los
Arrayanes** zu, wo der Haupteingang ist, befindet sich
eine Vorhalle, deren schwebende Bögen, Nischen, Fenster=
brüstungen, Inschriften und deren in Gold, Silber und
prachtvollen Farben gemaltes Cylinderdach den überra=
schendsten Anblick gewährt. Die Inschriften sind hier, wie
überall, dieselben: „Nur Gott ist Sieger, es ist nur ein
Gott u. s. w." Die Wiederholung des Lotusblattes in
der verschiedenartigsten Weise, die immer neue Verschlin=
gung der Linien, die prachtvolle Marqueterie=Arbeit und
das überall in das Auge fallende Kunsttischlerwerk mit
seinen Quadraten und Sechsecken, mit seinen Würfeln
und Sternen und seinem strahlenden Farbenglanze bieten
jeder Beschreibung Trotz. Das Hauptthor zur **Sala de
Comarech** hält 12 Fuß Weite und 16½ Höhe und ist
mit prachtvollen Verzierungen in Stucco und Malereien
geschmückt. Der Saal selbst, der auch **Sala de Emba-
jadores** genannt wird, weil hier die Gesandten empfan=
gen wurden, zeigt ein vollständiges Quadrat von 40 Fuß

Länge auf jeder Seite und eine Höhe von 68 Fuß. Er
ist mit 9 Fenstern versehen, wovon sich 3 in der Border-
wand und die übrigen an den Seitenwänden befinden.
Der Blick aus denselben ist reizend. Die Mauern sind
an drei Seiten 15 Fuß, an der vierten 9 Fuß stark.
Die Saaldecke aus Holztafeln, ist prachtvoll gemalt und
stellt mit ihren Kreisformen, Sternen, Kronen und Strahlen, wie schon bemerkt, das Bild der Himmelsdecke vor.
Die Fensterböschungen werden von schlanken Säulen getragen.

Das Aeußere dieses großen Thurmes, in dem sich
der beschriebene Saal befindet, steht in grellem Wider-
spruche mit dem Innern. Die Einfachheit und Schmuck-
losigkeit des Baustyles an dem Aeußeren dieses starken
Thurmes läßt nicht die Pracht, den Luxus und den Reichthum im Innern desselben errathen. Der Eigennutz der
Araber spiegelt sich auch hier wieder ab. Der Gründer
dieses Saales war der große und weise **Alhamar el de
Arjona**, welcher vom Jahre 1232 bis 1273 nach Christi
Geburt regierte. Die arabischen Chroniken nennen ihn
Mohamed - Abu - Abdalla ben Jusef - ben - Nazar, den
Neffen des **Yahye - ben Nazar**, und wissen nicht genug
von seinen Tugenden zu erzählen.

Somit hätten wir unsere oberflächliche Beschreibung
der inneren Alhambra beendigt und wollen nur noch einige Worte über die im Kreise der Festungsmauer gelegenen Thürme, Ruinen, Kirchen, sowie über die nächste
Umgebung des Alhambraberges beifügen. Die dem Palast Carl **V.** gegenüber liegenden Ueberreste des **Alcazaba**
bestehen aus drei baufälligen Thürmen, welche durch eine
im sechszehnten Jahrhunderte erbaute Brandmauer vereinigt sind. Zwei dieser Thürme sind unbewohnt und
der dritte, genannt **del Homenage**, wird gegenwärtig
zum Gefängniß benutzt. Von dem unweit davon stehenden **Torre de la Vela**, der nach dem de **Comarech**

der ansehnlichste und auch historisch reichste Thurm der Alhambra ist, und von dem Palast Kaiser Carl **V.** haben wir schon gesprochen und wollen uns deshalb zu der hinter-dem letztgenannten Gebäude gelegenen **Iglesia de Santa Maria** wenden. Diese Kirche soll auf den Trümmern einer arabischen Moschee gebaut sein, gehört aber nicht der maurischen Zeit an. Der Baustyl ist sehr einfach und nicht sehr bemerkenswerth. Bei mir hinterließ diese Kirche einen um so traurigern Eindruck, als ich die in Eisen geschlossenen Sträflinge hier Gottesdienst halten sah. Vor diesem Gebäude beginnt eine schattenspendende Promenade, die mit ihrem Blicke auf den arabischen Palast und mit ihren hübschen Baumalleen und Bänken sehr einladend ist. Der aufmerksame Wanderer auf der Alhambra wird noch auf manche maurische Ruinen und Erinnerungen von nicht geringem Werthe stoßen, obgleich die Franzosen am 15. und 16. September 1812 einen großen Theil der Festungsmauern der Alhambra in die Luft sprengten. Bei dieser Gelegenheit gingen auch **el palacio del Cadi, el de Muza, la torre del agua** zu Grunde. Der durch die Feinheit seiner Verzierungen und durch die geschmackvolle Anordnung der Zimmer bekannte **Torre de los Infantas,** einst die Wohnung einer maurischen Prinzessin, ist gegenwärtig von armen Leuten bewohnt. Anstatt von den Ueberresten eines arabischen Pantheon, von der **Casa del Observatorio,** von der maurischen Moschee mit dem Miras, der heiligen Nische für den Koran, von der im neueren Style als Gartenhaus daneben erbauten Moschee, von dem **Torre de los pieos** und von der zu Zeiten der katholischen Könige restaurirten **puerta de Hierro,** durch welches Thor der König Chico mit seinen Vertrauten in den **Albaycin** flüchtete, um seinem Vater den Krieg anzukündigen, eine nähere Beschreibung zu geben, wollen wir lieber noch einige Worte über die **Torres Bermejas, Campo de los Martires** und **los siete suelos** sagen und dann zum

Palacio de Generalife (dem Hause der Liebe) hinauf=
steigen. —

Die **Torres Bermejas** liegen auf einem Hügel, fast
dem **Torre de la Vela** gegenüber, bestehen aus mehren
Thürmen in Form eines Castelles und haben ihre Na=
men (rothe Thürme) von der Farbe des Baumaterials
erhalten. Sie sollen bald von Phöniziern, bald von den
Römern erbaut worden sein und den Zweck gehabt ha=
ben, die im Stadtviertel des heiligen Cecilio wohnenden
rebellischen Mozaraben im Zaume zu halten. Zur Zeit
des Marquis Mondejar sind sie restaurirt worden und
noch heute, obgleich sehr im Verfall, doch wegen ihrer
eigenthümlichen Bauart der Aufmerksamkeit werth. Un=
weit hiervon gelangt man auf eine Ebene, die von den
Mauren **Campo de Abahul**, jetzt aber **Campo de los
Martires** genannt wird und eine der reizendsten Aussich=
ten auf das Genilthal, auf den südlichen Theil der Stadt,
auf die Vega und auf die Sierras bietet. Nachdem die
katholischen Könige hier eine Capelle zum Andenken an
den Ort, wo der Graf von Tendilla von Aben Comira
die Schlüssel der Stadt am 2. Januar 1492 erhalten, ge=
baut hatten, erhob sich später hier ein Carmeliterkloster, das
aber während meiner Anwesenheit sammt dem Thurme
eingerissen wurde. Im Klostergarten dürften die große
Ceder und die maurischen Wasserleitungen der Erwäh=
nung werth sein. Am 2. Januar 1492 näherten sich die
katholischen Könige mit ihrem Heere der Stadt Granada
und machten an der Brücke über den Genil halt. Der
König D. Fernando, begleitet von den Großen Castiliens,
hielt vor der Thüre einer kleinen Moschee und Doña
Isabel, mit den Prinzen, Prälaten und Rittern, nahe
bei Armilla, um den König Boabdil nebst Familie zu
erwarten, der die schöne Stadt auf immer verlassen sollte.
Der Cardinal von Spanien, **Don Pedro Gonzalez de
Mendoza**, der Erzbischof von Granada, **Don Fernando
de Talavera**, der Herzog von Cadix, Graf von Tendilla

begaben sich mit einem großen, militairischen Gefolge an den Abhang des Berges hinauf, nach dem **Campo de los Martires**, woselbst ihnen die Schlüssel der Festung von Aben Comira eingehändigt wurden. Die Königin Isabel richtete ihre Blicke ungeduldig nach dem **Torre de Vela**, um die daselbst aufgepflanzten, christlichen Fahnen wehen zu sehen. Endlich sank die Fahne des Islam, der Cardinal von Spanien pflanzte das christliche Kreuz auf und sein Bruder, der Graf von Tendilla, entrollte als Gouverneur der Festung und Capitän-General des Königreichs Granada die königliche Fahne. D. Gulierre de Cardenas schwang die Fahne des heiligen Jago und erklärte Granada für erobert von den vereinigten Königen von Castilien, von Don Fernando und Doña Isabel. Das ganze christliche, in der Ebene von Armilla aufgestellte Heer brach bei diesem Zeichen in ein lautes Freudengeschrei aus, die Trompeten schmetterten, das Heer sank auf die Kniee und die Priester feierten durch ein großes **Te-Deum** die Besiegung der Mauren. Als nun **Abu-Abdallah** oder **Boabdil** in Begleitung seiner Ritter und Vezirs die Burg Alhambra zu Pferde verlassend, sich dem an der Genilbrücke haltenden Könige von Castilien näherte und als Zeichen seiner Unterwerfung vom Pferde zu steigen die Absicht kund that, gab der König Ferdinand dies nicht zu. Der letzte Maurenkönig sprach darauf, den Arm des Königs küssend, mit großer Betrübniß: „Wir sind Dein und übergeben Dir mit dieser Stadt das ganze Königreich. Also will es Allah. Mache einen gnädigen und großmüthigen Gebrauch von deinem Glücke." Der trauernde Boabdil eilte hierauf in das Gebirge, wo er einige Jahre mit seiner Familie lebte, verließ dann 1496 Spanien und starb in einer Schlacht in Afrika im Jahre 1536.

Wenn man von dem **Campo de los Martires** wieder in den nahegelegenen Alhambrapark eintritt, gelangt man nach zwei sehr hohen und stark gebauten, viereckigen

Thürmen, die früher zur Vertheidigung des hier befind=
lichen Hauptthores der Festung gedient haben mögen, jetzt
aber unter dem Namen los siete suelos bekannt sind.
Durch dieses Thor soll der König Boabdil el Chico mit
seinen Getreuen zum letzten Male die Alhambra verlassen
haben. Das Volk behauptet, daß obengenannter, ehemals
so starker Festungsthurm sieben Stockwerke enthalte, von
denen fünf, unter der Erde liegend, große Schätze ver=
bergen sollen, welche von Zauberern und Ungeheuern be=
wacht würden. Dieser geheimnißvolle Thurm, der Gegen=
stand vieler Zauber= und Rittergeschichten, ist von Back=
steinen erbaut und soll vermittelst eines unterirdischen
Ganges mit der Alhambra in Verbindung gestanden ha=
ben, sowie auch zum Gefängniß benutzt worden sein. Mit
einem Führer, der mit einem Lichte versehen, kann der
Fremde die zwei oberhalb der Erde gelegenen Stockwerke
durchwandern. In der Nähe dieses Thurmes befinden sich
Belustigungsgärten (carmen), Wein= und Speisehäuser,
sowie auch innerhalb der Festungsmauern posadas, casas de recreo und außerdem noch viele Privatwohnun=
gen. Der Fremde kann auf der Alhambra billige und
angenehme Wohnungen bekommen, und wird erst diesen
Juwel von Spanien in seiner ganzen Pracht und Herr=
lichkeit verstehen und lieb gewinnen, wenn er inmitten
desselben wohnt. Die Abende und Nächte auf der Alham=
bra zuzubringen ist ein großer Genuß, der nicht leicht
seines Gleichen hat. In der Stille der Nacht rauscht der
Genius der Geschichte lauter und stärker über den alten
Trümmern und Ruinen des arabischen Schlosses. —
Bei dem beschriebenen Festungsthurme führt der Weg
vorbei nach dem Garten und dem Palacio de Generalife,
welches nach dem Arabischen Haus der Liebe und des
Vergnügens bedeutet, indem sich hierher die maurischen
Großen zurückzogen, um dem Vergnügen, der Liebe, dem
Tanz, der Musik und anderen Genüssen zu huldigen.
Dieser von dem vergnügungssüchtigen Fürsten Omar er=

baute Palaft hat von feinen fchönen maurifchen Verzierungen faft Alles eingebüßt und ift eigentlich jetzt weiter
nichts mehr, als eine Sommervilla, die in das Privat-
eigenthum des Marquis Campotejar übergegangen ift.
Es fieht jetzt einem modernen Gartenhaus ähnlich, welches
hübfche Gärten, Wafferleitungen, uralte Cedern und eine
reizende Ausficht darbietet. Die Corridors, die den ara-
bifchen Fürften zum Spaziergang gedient haben und an
deren Wänden leider die maurifchen Arabeskenarbeiten dick
übertüncht worden find, bieten herrliche Blicke auf die
Alhambra, auf die Stadt und Umgebung dar. In den
Zimmern fieht man unter mehren die Bildniffe des Boabdil, von Muley Haffan, Ferdinando, Ifabel, Pedro I.,
Alfonfo I. und feiner Gemahlin Doña Juana de Mendoza.
Der mit Blumen, Fontainen, fchattigen Bogengängen,
dunklen Lauben, Cypreffen und Granaten gefchmückte Garten erhält fein Waffer durch einen von dem Fluffe Darro
abgeleiteten Canal und ftellt immer noch ein poetifches
Bild des maurifchen Lebens dar. Unter den uralten Cypreffen vergaß natürlich nicht unfer Führer uns eine als
diejenige zu bezeichnen, unter welcher der Abencerrage Aben-
Hamet in der Dunkelheit der Nacht der Maurenkönigin
Moraïma, der Gemahlin Boabdils feine Liebesfchwüre
darbrachte und das Opfer einer unglückfeligen Verrätherei
wurde. Hinter diefen myfteriöfen Cedern gelangt man auf
der Waffertreppe (escalera de las Aguas), wo zu Zeiten
der Araber Fontainen, fprudelndes und plätfcherndes
Waffer nach allen Seiten hin raufchte, nach einem Pa-
villon, dem fogenannten mirador, und kann von hier auf
den hinter dem Generalife fich erhebenden und mit Höhlen,
altem Mauerwerk und Schanzen verfehenen Berg Silla
del Moro emporfteigen, von wo man für die Mühe des
Aufgangs mit einer überrafchenden Ausficht belohnt wird.
Von hier dürfte die vollftändigfte Anficht des Generalife,
der Alhambra und der Stadt zu gewinnen fein.
    Man muß den Mauren die Gerechtigkeit widerfahren

laffen, daß fie zu ihrem Wohnfitz die fchönften Gegenden
auszuwählen und allen ihren Bauwerken einen guten Ge=
fchmack und eine elegante Ausftattung aufzuprägen wußten.
Die maurifche Architektur hat fich ihre Eigenthümlichkeit
mehr, als jede andere erhalten und möchte bezweifeln laffen,
daß fie ihren Urfprung, wie einige behaupten, in der by=
zantinifchen und römifchen des Mittelalters gefunden hätte.
Zwar zeigt fie in ihrer erften Periode Spuren des by=
zantinifchen Styles, indem diefer mit jenem vermifcht,
befonders zur Zeit des Chalifen Waled I. vorkommt,
fpäter aber vom 11. bis 14. Jahrhundert gewann die=
felbe eine folche felbftändige Richtung, wie der Bau der
Alhambra beweift, daß man eher zu der Annahme be=
rechtigt fein dürfte, daß diefe dem Volkscharakter der Araber
und der Individualität des mohamedanifchen Volkes ent=
fprechende und in der Zeltbaukunft, fowie im Koran der=
felben wurzelnde Architektur eine ganz für fich vollendete
und den anderen Bauftylen widerfprechende Baukunft bildet.
Sie befitzt nicht den Charakter der organifchen Gliederung
und der Großartigkeit, fondern den der Leichtigkeit, Zier=
lichkeit und Prachtliebe, was der unten hufeifenförmig
zufammengezogene, weniger auf Feftigkeit, als auf Schön=
heit berechnete Bogen, die reiche, leichte Säulenzufammen=
ftellung und die große Verfchwendung von Zierrathen
beweifen. Die Araber waren Meifter in der feinen Gyps=
mifchung und verftanden das Bekleiden der Wände mit
Gyps vortrefflich. Die von Ziegeln und runden Bruch=
fteinen erbaute Alhambra, die Schöpfung eines geiftreichen,
kunftliebenden, finnlichen und vergnügungsfüchtigen No=
madenvolkes, liefert den Beweis, daß die Mauren die
Wände mit einer fteinartigen Bekleidung zu überziehen
und in diefer bis noch auf unfere Zeit unbekannten Zu=
fammenfetzung Verzierungen anzubringen wußten, die an
Feinheit und Haltbarkeit unerreichbar daftehen.
Der Architekt Murphy fpricht fich in feinem vor=
trefflichen Werke pag. 285 über den fehr ftarken Kitt der

Araber dahin aus, daß dazu Safne-Leim (es ist unbekannt, was es für ein Cement ist) und Knoblauch, in Mörser wohl gestoßen, genommen wurde, alles mit einander ver= mischt, dann Menning dazu gethan und über einem mäßigen Feuer gekocht wurde, bis der Leim so dünn wie Wasser war. Da der Knoblauch gegen den Wurm ist, so mischten sie ihn mit dem Leim, um der Wurmstichigkeit vorzubeugen. Auch ist es wahrscheinlich, daß er mit dem Stuck ver= mischt war, was Ursache - sein mag, daß die maurische Stuccatur-Arbeit weder von Spinnen, noch andern In= secten litt. (Vergl. Geschichte der Omaijaden v. Joseph Aschbach.)

Neben der Baukunst beschäftigten sich die Araber eifrig mit Ackerbau und Gewerben, und übertrafen vom neunten Jahrhundert bis zur Zeit der Kreuzzüge an Wissenschaft und Künsten die christlichen Völker. Der Höhepunkt der Cultur der Moslems fällt in die Zeit der Omaijaden= Herrschaft in Spanien, und niemals blühte mehr Gelehr= samkeit, Kunst und Poesie in Spanien, als unter dem gelehrten Chalifen Hakem II., der von 949 bis 976 nach Christus regierte. Die Astronomie, Arzneikunde, Chemie, Mathematik, Philosophie, Erdkunde, Geschichte und Poesie wurden von den Arabern eifrig betrieben und insbesondere den Naturwissenschaften eine große Aufmerksamkeit ge= schenkt. Die Einführung der arabischen Zeichen in Spanien, die Erfindung der Algebra und die Entdeckung des Com= passes wird den Arabern zugeschrieben.

Ein kurzer Rückblick auf die Geschichte der Mauren in Spanien dürfte hier passend einzuschalten sein. So wie auf das assyrische Reich das babylonische, auf dieses das persische, das griechisch=macedonische und das römische Reich folgte, so wurde auch letzterem wieder in Spanien, wie in Italien durch die Gothen, und der Herrschaft dieser in Spanien nach 350jährigem Bestehen durch die Araber ein Ende gemacht. Die ältesten Einwohner Spaniens waren die Iberier, die sich später mit den Celten (Celtiberier),

Phöniziern und Carthagern vermischten. Letztere eroberten einen großen Theil Spaniens, wurden aber 201 v. Chr. von den Römern verdrängt. Diesen wurde das Land im J. 409 v. Chr. von den deutschen Völkerstämmen: Vandalen, Alanen, Sueven und Westgothen entrissen, welche letztere im J. 600 im Besitze der pyrenäischen Halbinsel waren. Die Araber erschienen zum ersten Male unter dem Heerführer Tarik im Jahre 710 in Spanien und 782 Jahre später, nach der Eroberung von Granada, verschwand im Jahre 1492 wieder der Halbmond von der pyrenäischen Halbinsel. Die Kämpfe gegen die Christen, die inneren Spaltungen und Parteiungen der spanischen Muselmänner, die immer sich wiederholenden Unruhen und Bürgerkriege, in denen eine Reihe von Regenten mit Gewalt oder List sich der Herrschaft bemächtigte, führten den Untergang des mohamedanischen Spaniens herbei.

Unter der Regierung Roderichs, der nach der Ermordung des grausamen, letzten Gothenkönigs Vitiza und nach der Flucht seiner Söhne zu den Mauren nach Afrika, ganz Spanien, von dem narbonesischen Gallien bis in das Land Mauritanien oder Tanja beherrschte, setzte der arabische Häuptling Tarik ben Zeyad auf Befehl seines Emirs Muza's el Roseir und mit Einwilligung des Chalifen zu Damaskus, von Tanja nach Sebtei über und landete im Einverständniß mit dem Grafen Julian, einem der mächtigsten Vasallen des Königs Roderich, Statthalter von Ceuta und der umliegenden Gegend, in Andalusien am Fuße des Berges Gezina Alhadra. Zu Ehren des arabischen Häuptlings Tarik, der dadurch die glorreiche Eroberung Spaniens begann, wurde dieser Berg Gebel Tarik, d. h. Berg des Tarik oder auch Berg der Landung genannt, woraus später der Name Gibraltar entstand. Die Araber hatten glückliche Kriege gegen die Griechen und Perser geführt, sie hatten Aegypten und die Berberey erobert und wußten auch jetzt durch die siegreiche Schlacht am Guadalete über die Christen ihre Herrschaft in Spa-

nien auf lange Zeit zu begründen und zu befeſtigen. Nach=
dem die Araber nicht nur faſt ganz Spanien erobert,
ſondern auch nach Ueberſteigung der Pyrenäen in Gallien
ihre Herrſchaft auszubreiten geſucht hatten und hier endlich
in ihrem Siegeslaufe unter ihrem Anführer Abdulrahman
von Carl Martel an den Ufern der Loire auf das Haupt
geſchlagen worden waren, und ſpäter viele innere Kriege
in Spanien geführt hatten, gründete der große Emir
Abderrhaman ben Moawijah ben Heſcham ben Abdelmelic
ben Merwan, aus dem Hauſe der Omaijaden, im Jahre
755 nach Chriſti Geburt in Cordoba ein unabhängiges,
mächtiges abendländiſches Chalifat. Dieſes wurde, nachdem
die aus Afrika von den durch Alphons **VI.**, König von
Caſtilien bedrängten Emirs Spaniens gerufenen Almo=
raviden ſich des ganzen mohamedaniſchen Spaniens bis
zum Jahre 1103 bemächtigt hatten, im Jahre 1171 von
den Almohaden beſiegt und dieſe wieder im Jahre 1228
von dem zum Sultan der Mauren ausgerufenen Mohamed=
Aben=Hood geſchlagen worden waren, von Fernando **III.**
König von Caſtilien im Jahre 1236 erobert. Nach dem
Sturze des Chalifats von Cordoba durch Fernando **III.**
und des Königreiches Valencia durch Jayme, König von
Aragonien, begründete Mohamed=Alamahr, General des
Aben=Hood, unter dem Titel „Muley" (König) im Jahre
1236 das noch drittehalb Jahrhunderte beſtehende, allen
Eroberungsgelüſten der Chriſten trotzende und in Land=
wirthſchaft, Gewerben, Künſten und Wiſſenſchaft blühende
Königreich Granada. Die Mauren wurden die Pfleger
und Begünſtiger der Civiliſation und bildeten unter ihren,
den Fürſten von Caſtilien tributpflichtigen Königen von
Granada ein glückliches und zuletzt über 300,000 Seelen
ſtarkes Volk. Unter Muley=Abdallah=Ali=Abu=Haſſan, dem
neunzehnten König von Granada aber begann der ſtolze
Halbmond zu erbleichen, während die Macht der Spanier
durch die Vermählung des Königs Ferdinando von Ara=
gonien mit Iſabella der Katholiſchen an einheitlicher Macht

und Größe zunahm. Die Erstürmung der Stadt Alhama durch die Christen, die Entthronung des Muley=Hassan durch seinen Sohn Abdallah=Abu=Abdilei oder Boabdil, die Streitigkeiten zwischen Vater und Sohn, endlich die Theilung der Regierung, die spätere Gefangennehmung des Königs Boabdil von dem Könige von Castilien, die immer wieder ausbrechenden Empörungen und Bürger= kriege, das fortwährend wachsende Mißtrauen und Miß= vergnügen des Volkes und das stets siegreiche Vordringen der Christen brachten das Reich der Mauren immer mehr in Verfall, bis es endlich durch die Uebergabe von Granada an die Christen ganz erlosch.

Obgleich man in der Capitulation von Granada den Mohamedanern ihre Religionsgebräuche und Gesetzgebung unangetastet zu lassen zugesagt hatte, so kam man doch diesem Versprechen nicht nur nicht nach, sondern trieb auch die armen Mauren durch die Aufhebung ihrer heiligsten Gebräuche, durch gewaltsames Taufenlassen, durch die In= quisition, durch Verfolgungen und Bedrückungen der mannichfaltigsten Art dahin, daß sie einen Aufstand or= ganisirten und im Jahre 1568 einen König von Granada und Cordoba ausriefen. Es brach die blutige Rebellion der Moriscos mit allen Gräueln, Verwüstungen und Schrecken los, und erst nach langen Kämpfen gelang es den Christen unter dem Marquis von Mondejar und dem Infanten Don Juan de Austria, der unter Anderem Galera 1570 mit Sturm nahm, sie mit Hilfe des Verrathes zu ersticken. Aben=Ommeyah, der erwählte König der Mo= riscos, wurde 1569, und dessen Nachfolger, sein Oheim Aben=Aboa 1571 ermordet. Die Verfolgung der Mauren begann wieder von neuem, und endigte endlich damit, daß durch einen auf den Rath des Herzogs Lerma von Philipp III. am 11. September 1609 unterzeichneten Befehl alle Mauren und Juden Spanien verlassen mußten. Dieser unglückseligen Regierungspolitik ist die Verwüstung und Entvölkerung Spaniens bis auf die neueste Zeit zuzu=

schreiben. Im Successionskriege nahm Granada Partei
für Philipp **V.**, welcher König, mit dem Beinamen el
animoso, auch im Jahre 1730 in die Stadt einzog. In
dem Freiheitskriege gegen Napoleon war Granada im
Jahre 1808 eine der ersten Städte, welche den Ruf der
Unabhängigkeit ertönen ließen. Die großartige Erhebung
der Granadiner wurde aber durch einige Mordthaten im
Innern der Stadt befleckt und vereitelt, unter denen vorzüglich die grausame Tödtung des Feldmarschalls D. Pedro
Trujillo, früheren Gouverneurs von Malaga zu nennen
ist. In den Jahren 1820 bis 1823 theilte Granada gleiches
Schicksal mit den übrigen Städten Spaniens, indem es
von den Franzosen besetzt wurde. Im Jahre 1831 er-
lebte die Stadt unter der Regierung des Königs Ferdinando **VII.** das grausame Beispiel, eine ihrer edelsten
Mitbürgerinnen durch den Strang hingerichtet zu sehen.
Es war dies die Doña Mariana de Pineda, welche wegen
ihrer Liebe zur Constitution und weil sie eine National-
fahne verfertigt hatte in ihrer Behausung, auf dem Plaza
del Triunfo in Granada strangulirt wurde. Im Jahre
1843 erhob sich die Stadt gegen den Regenten des Königreiches und erhielt zum Dank für ihre Unterstützung der
Truppen des General Concha gegen die Truppen des
flüchtigen Espartero von der Königin Isabel **II.** den Titel
„la heróica."

Granada, das Bild einer geschwundenen Größe, ist
immer noch reich genug, um den Fremden auf lange Zeit
zu fesseln. Die reizende Lage und die herrliche Umgebung
bieten die mannichfaltigsten Gelegenheiten zu Ausflügen
dar, und keine Stadt Spaniens dürfte in dieser Beziehung
sich mit Granada vergleichen können. Die Stadt selbst
zeigt, mit Ausnahme der Alhambra, nicht sehr viele Sehenswürdigkeiten, jedoch wollen wir auch diese der Vollständigkeit wegen, wenn auch nur flüchtig, berühren und
somit vor Allem die Kathedrale erwähnen. Diese von
dem berühmten Architekten Diego de Siloe am 15. März

1529 angefangene und im florentinischen Baustyl aufge=
führte, an der Hauptfaçade mit einem gothischen Portal
geschmückte Hauptkirche der Stadt übt auf den Eintre=
tenden, trotz der vielleicht nicht ganz symmetrischen Ver=
hältnisse in Höhe und Breite und des im Mittelschiff der
Kirche störenden Chors, dennoch besonders durch ihre Kuppel
eine überraschende Wirkung aus. Die im sogenannten
deutschgothischen Styl geschmackvoll erbaute und von der
Kathedrale getrennte Königscapelle (capilla real) zeigt in
ihrer Mitte zwei aus prachtvollem Alabaster von Peralta
in Genua gearbeitete Sarkophage, auf denen die fein aus=
gearbeiteten Bildsäulen Ferdinands und Isabellas, sowie
Philipps von Burgund und der wahnsinnigen Johanna
zu sehen sind. In der darunter befindlichen Königsgruft,
in die man vermittelst einer kleinen Treppe hinabsteigt,
werden in sehr einfachen, aber echten bleiernen Särgen
die sterblichen Ueberreste der katholischen Fürsten aufbewahrt.
In dem fünften kleinen Sarge, der noch in der Gruft
steht, sollen die Gebeine Michaels, des Sohnes Philipps,
ruhen. Eine Menge prachtvoller Meßgewänder, von denen
einige Isabella selbst gefertigt haben soll, sowie die Krö=
nungsinsignien der katholischen Fürsten, die Krone, das
Scepter und Schwert, werden dem Fremden von dem
herumführenden Küster bereitwillig gezeigt. Es finden sich
hier Gemälde von Alonzo Cano, Spagnoletto Ribera,
Gallegos vor. Eine Inschrift, die an den Wänden im In=
nern der Kathedrale mit großen Buchstaben angeschrieben ist
und besagt, daß Niemand der Eintretenden mit Frauen
reden, und daß man in den Schiffen der Kirche, bei Strafe
der Excommunication und Erlegung zweier Ducaten für
fromme Stiftungen, nicht in Gruppen zusammenstehen darf
(**Nadie se pasée, habla con Mugeres, ni esté en
corillos en estas Naves pena de Excomunion y dos
Ducados para obras pias**), schien mir von einigen, im
Halbdunkel auf den Knieen liegenden und lispelnden
Liebespaaren wenig beachtet zu werden.

Wenn man die Kathedrale verläßt, kommt man zum Zacatin, der Handelsstraße Granada's, wo besonders viele Silberschmiede wohnen, und an deren einem Ende sich der plaza nueva mit der Chancilleria (oberster Gerichtshof) befinden, welches Gebäude eine im Jahre 1584 nach der Zeichnung von Juan de Herrera ausgeführte, schöne Façade aufweist. Zur Linken befindet sich die Alcayseria oder Caizar, welche früher ein maurischer Seidenbazar mit kleinen Verkaufsgewölben war, die des Nachts vermittelst der Thüren geschlossen werden konnten. Im Juli 1843 vernichtete ein Feuer dieses arabische Alterthum, welches jetzt wieder nach der früheren Bauweise restaurirt worden ist. Die zierlichen Gallerien, die wohlgefüllten Verkaufsmagazine, das schöne Pflaster und der wohlthuende Schatten machen diesen modernen Bazar zu einem angenehmen Spaziergange. Durch das eine Thor tritt man auf den 600 Fuß langen und 180 breiten, von arabischen Poeten so vielfach besungenen plaza de Bib Rambla oder Bibarrambla, in der neuen Zeit plaza de la Constitucion genannt. Bib Rambla bedeutet im Arabischen Platz des Sandthores, weil der hier vorüberfließende Darro viel Sand in der Ebene absetzte, wo sich das Hauptthor dieses Platzes befand. Während meiner Anwesenheit war zur bevorstehenden Feier des Frohnleichnamsfestes hier ein großes Gerüste aufgeschlagen, das mit Leinwand überzogen und decorirt werden sollte. Wie mir versichert wurde, sollte es eine bedeutende Summe Geld kosten; ich meine aber, die Granadiner würden besser thun, wenn sie ihr ohnedies zusammengeschmolzenes Geld lieber zu Herstellung von Landstraßen benutzen wollten. Von den übrigen Plätzen ist noch die große, schöne plaza del Triunfo zu erwähnen, in deren Mitte sich das Denkmal der schon erwähnten Doña Mariana de Pineda, sowie an deren einer Seite das Thor von Elvira (la puerta de Elvira) befindet, ehemals von den Arabern Bib Elveira, wegen der davor liegenden

Sierra Elvira, genannt. Es blieb aus der Araberzeit
ein großer, mit Zinnen versehener Thurm übrig, der ein
prachtvolles Thor in gewölbter Hufeisenform aufweist.
Von den übrigen Plätzen Granada's ist nicht viel zu sagen;
der Leser möge uns daher von der plaza del Triunfo
aus, nach dem außerhalb der Stadt gelegenen, ehemali=
gen Kloster la Cartuja begleiten.

Ursprünglich war der Platz, den jetzt la Cartuja
einnimmt, zum Begräbnißplatze des Gran Capitan Gon-
zalo Fernandez de Cordoba bestimmt, dessen sterbliche
Ueberreste aber jetzt in der zum Kloster von San Gero=
nimo gehörigen Kirche ruhen. Im Jahre 1513 wurde
hier ein Gebäude errichtet, dasselbe aber später wieder
zerstört und dann von anderen religiösen Orden das ge=
genwärtige Kloster erbaut, welches im Jahre 1843 auch
wieder zum großen Theil zu Grunde gegangen ist, indem
nichts, als die Klosterwohnung, und die durch ihren Reich=
thum und ihre Ausschmückung berühmte Kirche stehen blieb.
In dem weitläufig gebauten Kloster war ein großer Schatz
von Kostbarkeiten aufgehäuft, der wohl die Raub= und
Plünderungssucht angeregt haben mag und der auch jetzt,
obgleich viel davon verschwunden, noch immer groß ge=
nug ist, um einen Begriff von dem früheren Reichthume
und der Pracht des Klosters zu geben. Wenn auch der
einfache, italienische Baustyl, der zum Anfange des vorigen
Jahrhunderts von D. Francisco Hurtado Izquierdo
solid erbauten Kirche weniger, als die außerordentliche,
überall blitzende und glänzende Marmorpracht, überrascht,
so muß man doch gestehen, daß die schönen Fresken von
Antonio Palomino und José Risueño, die Bildhauer=
werke von José Mora, die Schnitzarbeiten und insbe=
sondere die zur Sacristei und Capelle führenden, mit den
prachtvollsten Mosaiken von Schildkröte, Perlmutter, El=
fenbein, Ebenholz, Gold und Silber und kostbaren Stei=
nen geschmückten Flügelthüren, in Verbindung mit noch
mehren Thüren und Schränken, einen für das Auge über=

raschenden Glanz darbieten. Diese großen Kunstwerke sind von dem im Jahre 1697 geborenen und 1765 gestorbenen Granadiner Fr. Manuel Basquez gefertigt worden. Das Museum der Karthause war früher sehr reich an Gemälden, wovon der größte Theil gestohlen oder verdorben ist, oder jetzt anderswo aufbewahrt wird. Der Anblick der leeren Säle, der todten Klostergänge, der einsamen, leeren Zellen und des verwilderten Klostergartens hinterläßt bei dem Besuchenden einen wehmüthigen Eindruck. Wenn auch vom politischen Standpunkte aus die Aufhebung der Klöster nothwendig war, so hätte doch ein solcher die größten Schätze und Kostbarkeiten verwüstender Klostersturm vermieden werden sollen. Das spanische Volk hat überdies von der Aufhebung der Klöster, wie wir schon bemerkt, nicht den ihm gebührenden Vortheil gehabt. Statt durch Vermehrung der kleinen Grundeigenthümer ein dem Volkswohlstande bezüglich des Grundbesitzes entsprechendes Verhältniß, sowie die Aufhebung des Zehnten herbeizuführen, wurde ersteres nicht sehr gefördert und letztere, wenn auch in Ausführung gebracht, doch durch die eingeführte Cultus= und Clerussteuer, die wiederum das Landvolk und insbesondere die Pächter am meisten belasteten, wieder paralysirt. Die Corruption der Beamtenwelt in Spanien, in Verbindung mit der Verschwendung des Hofes und die Regierungspolitik, welche darin besteht, Bürger und Bauer mittelst der Soldateska niederzuhalten und aus den Taschen des Volks die Fonds zur Bezahlung der letzteren zu schöpfen, haben bis jetzt dem Lande noch nicht den Segen der Revolution schmecken lassen. Hätte die Existenz Spaniens von der Sparsamkeit und Redlichkeit in der Verwaltung und von der Rechtlichkeit der Staatsmänner*) und Beamten abge-

---

*) Madrid, November 1851. Der frühere Director der Bank von San Fernando, Herr von Fagoaga, ist wegen Entwendung von Geldern (8,000,000 Realen) aller seiner Titel und Würden entsetzt und zu einer sechsjährigen Zuchthausstrafe verurtheilt.

hangen, so würde es längst zu Grunde gegangen sein,
aber so hat es in seinem großen Nationalreichthume noch
immer seine Rettung von dieser Gefahr gefunden. Außerdem muß man zwei, der neuen Zeit angehörigen Staats-
männern Spaniens Gerechtigkeit widerfahren lassen, die,
wenn sie auch unter dem Scheine einer Verfassung des-
potisch regierten, doch dadurch, daß sie der Verschwendung
des Hofes Schranken setzten, dann durch bessere Finanz-
operations- und Verwaltungsmaßregeln auf Füllung der
Staatskasse hinwirkten und die Armee besser organisirten,
die Selbstständigkeit Spaniens zu sichern suchten. Diese
Männer waren Narvaez und Mon. —

Die Alamedas in Granada sind reizend, insbesondere
der sogenannte salon, denn man findet hier Schatten,
Springbrunnen, Kühle, Mädchen und ein prachtvolles
Sternenzelt. Auch ist ein Spaziergang nach der fuente
del avellano (Haselnußquelle), deren Schönheit Chateau-
briand rühmt, am Fuße des Silla del more, zu em-
pfehlen. Granada erinnert an einen deutschen Badeort,
der in schöner Gegend liegt und Alleen, Spaziergänge,
Schatten, frisches, üppiges Grün und duftende Rosen aufweist. Ja Rosen sieht man in Granada überall; in den
Gärten der Stadt und in den Haaren der Frauen, überall gewähren sie ein freundliches, heiteres Bild. Die
Granadinerinnen lieben die Rosen nicht weniger, als den
Tanz. Geht man von der Alameda über die Genilbrücke
nach der Capelle des heiligen Antonius, von wo man
eine reizende Aussicht genießt oder steigt man durch die
Gärten der Stadt nach dem Alhambraberg hinauf, so
wird man überall Musik, Gesang und Tanz finden. Die
Mandolina, das Tambourin und Zambomba sind die
Lieblingsinstrumente des Volkes und der Bolero, Fandango, Cachucha die hauptsächlichsten Tänze. Man sieht
öfter in der Mitte einer engen, schlecht gepflasterten, unebenen Straße den Fandango von einem Paare lustig
tanzen, während rings umher sich ein großer Zuschauer-

19 *

kreis bildet. Der Tanz selbst ist so einfach, wie die Musik, und das Mienenspiel, in Verbindung mit den anmuthig= sten Stellungen und Bewegungen des Körpers, sowie die zuletzt von dem tanzenden Mädchen allen gegenwärtigen Männern zu Theil werdende Umarmung, gewähren ein durchaus anmuthiges, liebliches Bild. Auf dem Theater werden diese einfachen Volkstänze natürlich balletmäßiger und kunstreicher ausgeführt. Der Fandango ist viel älter als der Bolero, welcher letztere noch ziemlich neu und nicht so ausdrucksvoll, aber auch nicht so ernst, wie der erstere ist. Zu den ältesten, schon im Mittelalter üblichen, jetzt aber nicht mehr gekannten Tänzen gehören die Alemanda, die Gibadina, die Pavana u. s. w. und im Laufe des sechszehnten Jahrhunderts kamen die üppigen, wollüstigen Tänze z. B. Chacona, Escarraman, Zarabanda u. s. w. auf.

Die Zigeunermädchen gelten in Andalusien für ge= schickte Tänzerinnen, ebenso wie die Männer für tüchtige Reiter. Die Wohnung der Zigeuner in Granada ist der Albaycin, früher, zu den Zeiten der Mauren der vor= nehmste, jetzt der ärmste Theil der Stadt. Sie leben meist in Höhlen, die sie in den Berg gebaut und öfter mit mehren Abtheilungen versehen, reinlich und wohnlich her= gerichtet haben. Da wir so viel von der Tanzfertigkeit der Zigeunermädchen gehört hatten, so ließen wir von solchen in einem gemietheten Locale einige Tänze auf= führen. Unsere Führer, Mateo Jimenez und Francisco Arrabal, hatten zu diesem Zwecke mehre der in Granada anwesenden Engländer, Franzosen und Spanier eingela= den und ich muß immer noch mit Lachen der Scene ge= denken, als ein alter Engländer, der von Gibraltar über Ronda in fünf Tagen hierher geritten war, bei'm Anblicke unseres Führers Arrabal, der mit seinem schönen Ge= sicht, gutem Anstand, weißen Haaren und seinem mit ver= goldetem Knopfe geschmückten Stocke ihm gravitätisch ge= genübersaß, ganz ernsthaft fragte, ob das der Bürger=

meister von Granada sei. Ich erzähle dies deshalb, um einerseits die wunderliche Idee des Engländers hervorzuheben, der die Gegenwart des Bürgermeisters bei den Zigeunertänzen für nothwendig erachtete, andererseits aber auch das wirklich noble Benehmen unseres Führers anzudeuten. Der bekannte Mateo Jimenez, welcher mit seinem Sohne ebenfalls da war, steht an natürlichem Anstande und Sprachkenntnissen weit hinter Arrabal zurück. Letzterer besaß früher ein hübsches Vermögen, wurde aber unter Ferdinand **VII.** auf 10 Jahre aus dem Vaterlande verbannt. Nachdem er die Napoleonischen Kriege mit gefochten hatte und auch in Rußland, Deutschland und England gewesen war, ging er nach Südamerika, wo er ebenfalls lange Zeit als Soldat diente. **Don Francisco Javier Arrabal (Calle de Cervantes plazeta del negro Nr.** 2) ist ein sehr anständiger, rechtlicher, kenntnißvoller Mann und kann daher als Fremdenführer bestens empfohlen werden.

Um wieder auf die Tänze der Gitanas zurückzukommen, so will ich bemerken, daß sechs erwachsene Mädchen mit schmetternden Castañuelas unter der Anführung von drei Männern, von denen der eine die Guitarre, der andere das Tambourin spielte, die Tänze ausführten. Außerdem sangen während des Tanzes und Spieles fünf bis sieben kleine Mädchen. Die Tänzerinnen waren nicht schön; die schwarzen Haare und Augen, der mulattenartige Teint, die dürren Körper und der schlanke Wuchs waren nichts weniger, als verführerisch. Ihr Anzug bestand aus einem hellfarbigen, kurzen Kattunkleid, einer kleinen Schürze und einem seidnen Nackentuch, weißen Strümpfen und reinlicher Wäsche. Einige trugen auch hübsche gestickte Kragen, andere goldne Ketten. Die Männer waren mit der andalusischen Jacke, Hut, Gurt und Hose bekleidet, hatten scharf markirte Gesichtszüge, sowie eine gelbe Gesichtsfarbe. Die Musik war lebendig und kurz, allein nicht abwechselnd, der Gesang bald wehmüthig, traurig, bald kreischend

und oft schleppend, die Körperbewegungen mehr obscön, als
graciös, allein sehr gewandt. Zuerst wurde die Danza
Gitana ausgeführt, indem sich die sechs Mädchen in zwei
parallelen Linien, mit den Männern an der Spitze, auf-
stellten. Dieser Tanz wird mehr gelaufen, als getanzt,
und die bei demselben vorkommenden Wendungen und
Verschlingungen sind eigenthümlich. Dem Auge bietet er
ein überraschendes Bild, indem Alles lebt, springt und
singt. Besonders sah es recht gut aus, wie der alte
Pepo mit der Guitarre im Arme bald an der Spitze der
Tanzenden erschien, bald sehr gewandt durch die Reihen
der Mädchen hindurchschlüpfte. Die Mosca wurde von
zwei Mädchen unter Begleitung der Castagnetten, der
Guitarre, des Tambourins und eines Gesanges im Caló
(besonderer Dialekt), und der Cañeneo von einem Mädchen
und einem Burschen unter Pfeifen und mit der oben angeführten Capelle ausgeführt. Die Cachucha des Garten
Mabile in Paris ist ein Kinderspiel gegen diesen Tanz
der Gitanos. Die kecken Bewegungen und Attitüden des
Körpers sind höchst obscön und erlauben mir keine nähere
Beschreibung. Die übrigen Tänze hießen El Vitor, Chaceo,
La Solidad, El Galo, Bartolo und Chachipeo, welche
letztere vom alten Pepo und einer jungen Frau wirklich
meisterhaft ausgeführt wurden. Die Musik begann wie ein
Seufzer, der sich verlängert, dann ging sie in einen schnellen
Rhythmus über, und fiel zuletzt wieder in das traurige und
melancholische Tempo zurück. So war auch der Charakter
des Tanzes eine seltsame Verschmelzung von Langsamkeit und
Schnelligkeit. Die Paare schienen mehr eine Liebespanto-
mime, als einen Tanz darzustellen; die Darstellenden bewegten dabei mehr ihre Körper, als ihre Füße. Der Tänzer
reißt sich von seiner Geliebten los, berührt sie noch einmal
leicht und versinkt in Nachdenken, plötzlich fährt er auf und
flieht. Die Tänzerin sieht ihm schmachtend nach, folgt
ihm dann schnell und athmet in allen ihren Bewegungen
glühende, feurige Wollust. Jetzt wendet sich das Spiel;

die Tänzerin flieht trotzig den nachfolgenden Liebhaber und weist schelmisch seine Liebeserklärung zurück. Dabei neigt sie ihren Kopf stolz zurück und beschreibt in glühenden Figuren und Kreisen ihre Gefühle, indem sie keine Gelegenheit versäumt durch herausfordernde Blicke, Körperbewegungen der geschmeidigsten Art, durch Grazie und durch die Proportionen ihrer Gestalt die Leidenschaft des Liebhabers zu reizen.

Die Tänze maurischen Ursprungs mit ihrem Gepräge von feiner Anmuth und heißer Leidenschaft sind handelnde Poesien, die die Phantasie aufregen, den Blick bezaubern und die Sinne verwirren. In dem Tanze spiegelt sich der Charakter des Volkes. Ueberall bemerkt man eine lebendige, feurige, sinnliche Vorstellungsweise, die Poesie der Wollust. In den Pantomimen und in den wenigen Berührungen der Tanzenden glaube ich auch in den Spiegel des weiblichen Geschlechtes zu blicken und darin Sanftmuth abwechselnd mit Grausamkeit, bald Schlaffheit, bald höchste Reizbarkeit, kurz große Fertigkeit in der Coquetterie zu lesen. Die Südspanierinnen überhaupt besitzen nicht die reine Weiblichkeit und die kindliche, naive Schüchternheit, wie z. B. die deutschen Mädchen. Eine auf dem Balkon sitzende Granadinerin läßt sich meist starr von dem vorübergehenden Mann ansehen, ohne nur eine Miene zu verändern. Dieses Fixiren und unwiderstehliche Coquettiren der Spanierinnen ist eine Grausamkeit gegen das starke Geschlecht, welches dadurch nur zu leicht zum schwachen wird. Andererseits trägt zur Erhöhung der Reize des weiblichen Geschlechtes in Andalusien die Tracht viel bei. Die Mantilla verleiht einen höchst verführerischen Nimbus. An den auf den Alamedas in Granada herumwandelnden Damen habe ich fast nie einen französischen Hut gesehen; alle trugen die spanische Mantille, die die Spanierinnen viel schöner kleidet, als sie vielleicht selbst glauben.

Die Stadt Granada ist nur schön durch ihre Um=
gebung. Bei schlechtem Wetter gewährt „la heroica"
wenig Genuß, es müßte denn das fast unausgesetzte grelle
Läuten sämmtlicher Stadtglocken, das fürchterliche Brüllen
der Obst= und Wasserverkäufer auf den Straßen oder
das unheimliche Pfeifen der Nachtwächter einigen Ersatz
dafür bieten sollen. Zumal am Sonntag werden die
Glocken in eine so entsetzliche Bewegung gebracht, daß
man glaubt, die ganze Stadt brenne. Im Monat Mai
tragen die Granadiner noch dicke Mäntel, die nach spa=
nischer Weise noch einmal um die Schultern geschla=
gen werden und bei dem eigenthümlichen Geschick, mit
dem man dies thut, auch ganz poetisch kleiden. Man
glaubt sich in ein früheres Jahrhundert zurückversetzt, wenn
man die ernsten, schönen Spanier mit dem Sombrero
und der Capa bekleidet, würdevoll daherschreiten sieht; ja
selbst der Bettler weiß seinen durchlöcherten, zerrissenen
Mantel oder sein Umschlagetuch malerisch um die Schultern
zu werfen. Die Beduinen in Afrika tragen ihre weißen
Mäntel auf eine ähnliche Weise. Bei Regenwetter ist
der Fremde in Granada, da es weder Concerte, Bälle,
öffentliche Vergnügungsorte, noch gute Kaffeehäuser gibt,
auf das Theater angewiesen, welches, wenn auch im In=
nern freundlich, doch von außen häßlich aussieht und
auch hinsichtlich der Darstellung viel zu wünschen übrig
läßt. Sehr schwer ist es in dieser großen Stadt, einige
Zeitungen aufzufinden; diese, sowie Bücher, sind hier
keine gangbaren Artikel. In den Buchhandlungen konnte
ich nicht einmal die Uebersetzung der Werke von Cha=
teaubriand, Washington Irving ꝛc. erhalten. Unser
freundlicher Wirth, kein Verehrer des variatio delectat,
gab uns alle Tage das gleiche Essen und besaß die un=
umstößliche Ueberzeugung, daß die bei ihm einkehrenden
Fremden keine Zeitungen lesen wollten, weshalb er auch
keine einzige mithielt. Dafür war er aber ein tüchtiger
Dialektiker und gab sich alle mögliche Mühe, den Frem=

ben die spanische Sprache geläufig, und sie insbesondere,
wie es bei mir der Fall war, auf den feinen Unterschied
zwischen judias (Erbsen in der Schote) und chicharos
(Erbsen aus der Schote) aufmerksam zu machen, die castilianisch: guisantes, murcianisch: pesoles und grana-
dinisch: frisoles genannt würden. Als Revanche für
diese mir erzeigte Aufmerksamkeit, spielte ich auf dem schlechten Clavier lustige Walzer von Strauß auf, wonach die
ganze dadurch herbeigelockte Dienerschaft durchaus allemal
den Fandango tanzen wollte. Der Gesang des alten
deutschen Studentenliedes: „Der Papst lebt herrlich in
der Welt," mißfiel den streng katholischen Granadinern
auch nicht. Vielleicht wäre die Wirkung anderer Art
gewesen, wenn sie den deutschen Text verstanden hätten.
Das den Spaniern angeborne Talent, die Fremden in
ihrer Ausdrucksweise zu corrigiren, ist wirklich überraschend.
Als ein Engländer mir auf meine Frage, ob er einen
Spaziergang gemacht hätte, antwortete: hemos fatto un
paseo, verbesserte ihn sogleich ein unweit davon stehender junger Andalusier, indem er artig meinte: hemos
hecho un paseo. Der Dialekt in Granada ist ein
eigenthümlicher und ich bezweifle, daß man hier gut castilianisch lernen kann. Als ich in ein Kaffeehaus trat,
wo ich öfter ochatas und barcellos genossen hatte, und
zum Kellner (mozo, criado, cameriero, muchacho)
sagte: quiero helados (ich wünsche Gefrornes), so ver-
stand er es nicht, weil ich mich nicht der Contraction
(helao, in Catalonien chellao) bedient hatte. Eben so
sagt auch der Andalusier statt nada oft nä, statt comido
comio, statt querido: querio. Das c spricht er oft
wie s aus und sagt für ciudad: siudad, todos wie toi-
tos, sanguijuelas wie sanguisuelas u. s. w.
    An der „Mesa redonda" traf ich einen Spanier,
der in seiner Kindheit sich längere Zeit in Tyrol, bei Botzen
aufgehalten hatte und der deutschen Sprache ziemlich mächtig
war. Er war ein Valencianer und der zweite deutsch-

redende Spanier, den ich bis jetzt getroffen hatte. Er lobte
die Deutschen sehr und nannte sie brav und ehrlich. Da
ich ihm hierauf erwiederte, daß auch ich die Spanier für
gute und rechtliche Menschen halte, sagte er mir, daß
dies wohl in einigen Gegenden, allein nicht überall der
Fall sei; es gäbe auch sehr viele böse, falsche und mißtrauische, streitsüchtige und rachgierige unter ihnen. Ein
anderer Spanier, der mit uns in der Fonda war und
als Offizier im Auftrage der Regierung reiste, meinte,
daß in Andalusien viele Spitzbuben, Räuber und Contre-
bandiers lebten und daß man hier lange nicht so sicher
reisen könnte, als in den baskischen Provinzen, wo man
mit Geld in offener Hand keinen Diebstahl zu befürchten
hätte. Ueberall dieselbe Offenherzigkeit, überall dieselbe
Verleumdungssucht! —

Wir machten auch in Granada die Bekanntschaft
eines französischen Ingenieurs S........, der als Berg-
mann oder Bergwerksverständiger sich hier aufhielt und
behauptete, daß Granada ein an Goldminen sehr reiches
Land, und hier noch viel Geld mit der Ausbeutung derselben zu verdienen sei. Derselbe führte uns auf den
zweiten Hügel des Silla del Moro, wo er uns unfern
davon einen durch Regenwasser zerrissenen Feldweg als
sein Besitzthum bezeichnete, welches er wegen des hier sich
vorfindenden Goldreichthums käuflich an sich gebracht hatte.
Eine von da mitgenommene Erdprobe bestätigte auch seine
Behauptung. Der Franzose that etwas von der röthlich aussehenden Erde in ein Gläschen, schüttete Vitriölöl und
Quecksilber hinein und vermengte dies mit Wasser. Die
hierauf mit Erde leicht überzogenen Quecksilberkügelchen
wurden in einen Tiegel gethan und hier vermittelst glühender
Kohlen erhitzt. Beim Steigen der Hitze erfolgte ein immer
größeres Verdunsten und Verschwinden des Quecksilbers,
bis zuletzt eine feste glänzende Masse zurückblieb, welche
reines gutes Gold war. (?) Unser Alchymist wollte mit
seiner selbstständigen und hier aufgestellten Goldwasch-

maschine durchaus ein reicher Mann werden und meinte, wenn er nicht täglich 4000 Reales verdiente, so würde er Granada auf immer verlassen. Ich bezweifle, daß die Granadiner über die Abreise unseres Goldmachers in Verzweiflung gerathen werden.

Daß der Fluß Darro, aus dessen Goldkörnern schon Kaiser Carl **V.** sich eine Krone anfertigen ließ, und die Umgegend von Granada goldhaltig ist, darüber herrscht kein Zweifel, nur ist die Frage, ob nicht die Ausbeutungs= kosten zum reinen Gewinn in einem Mißverhältnisse stehen. Es wurde uns von Bergleuten mitgetheilt, daß die um Granada liegende goldhaltende Erde Diluvial sei, welches aus Feldspath, Glimmer, Quarz und Magneteisenstein bestehe. 100 Pfund Erde sollen an Goldeswerth einen halben Piaster geben und nach Abzug der Ausbeutungs= kosten ein Real reiner Gewinn übrig bleiben. Wir be= suchten die von der Stadt eine Stunde weit entfernten Goldwäschereien von Baranco de Doña Juane, woselbst wir an **30** Personen beiderlei Geschlechts in dem trocknen Flußbette damit beschäftigt fanden, in den kleinen vom Regen und Quellwasser gebildeten Pfützen aus einer röth= lich aussehenden Erde vermittelst schlechter Werkzeuge und Gefäße auf eine ungeschickte Weise Gold zu waschen. Es waren arme, jedoch gutmüthige und reinlich gekleidete Menschen. Wir kauften einige kleine Stückchen, unter Andern auch eins, welches eine Frau gefunden hatte, und wofür sie 4 Piaster verlangte. Die Ausbeute ist unbedeutend, jedoch mögen sich die Leute ihren Tagelohn verdienen. Die Goldkörner glänzen hell und rein aus der gewaschenen Erde hervor und scheinen auch von gutem Gehalt zu sein, allein die Art sie zu gewinnen läßt viel zu wünschen übrig. Das Flußbette liegt in einer wilden romantischen Gegend vielleicht schöner, als das am Sacra= mento in Californien. In dem nahe gelegenen Dorfe Huetor, woselbst die meisten Arbeiter wohnen, wurden uns besonders von den Frauen Goldkörner, sowie auch

im Flußbette aufgefundene arabische Goldmünzen zum Kauf
angeboten.

Die Vega von Granada umfaßt an 40 Ortschaften
und hat von dem Fuße der Sierra Nevada bis zu der
von Loja einen Durchmesser von etwa 8 Leguas. Von
den Vegas bei Motril, Lobras, Loja Alhama, Guadix
und Baza ist die von Granada die schönste. Sie gleicht
einem prachtvollen Fußteppich mit einem glänzenden Thron-
himmel, der Sierra Nevada. Der Boden ist fruchtbar
und belohnt reichlich die Mühe der Bearbeitung. Die
Einwohner sind fleißige Leute, und Trägheit, Faulheit
und Müssiggang, die man so häufig in fruchtbaren und
warmen Ländern findet, sind ihnen fremd. Den Mauren,
den Meistern in der Landwirthschaft, welchen man durch
ihre vortreffliche Benutzung der Bodenverhältnisse und durch
die Einführung der Bewässerungskunst vorzüglich die Fruchtbarkeit der Umgebungen Granada's verdankt, wissen sie
in Anlegung und Benutzung der Bewässerungscanäle nach-
zuahmen und so die an und für sich nicht geringe Ergiebigkeit zu vermehren. Im Allgemeinen ist jedoch seit
dem Aufhören der Herrschaft der Araber die Landwirthschaft zurückgegangen, nur der Lein- und Hanfbau hat an
Ausdehnung gewonnen. Es werden Getreide, Oel, Wein,
Früchte, Gemüse, Lein, Hanf, Haselnüsse reichlich gebaut
und auch ausgeführt, auch wird etwas Seidenbau getrieben, jedoch sind die Maulbeerplantagen, die zu den
Zeiten der Mauren eine so große Ausdehnung hatten, daß
der Seidenhandel mit Italien und der Levante lebhaft
betrieben werden konnte, sehr zurückgegangen und nur noch
auf kleine Flächen beschränkt. Die Lebensmittel sind in
Granada nicht theuer und das Fleisch gut, wenn auch in
der nächsten Umgebung weniger Viehzucht, als in den
gebirgigen Thälern der Sierra Nevada getrieben wird.
Die Ergiebigkeit des Bodens, der geringe Absatz und die
schwache Ausfuhr der landwirthschaftlichen Producte sind
die Ursachen der Wohlfeilheit derselben. Granada würde

durch gute Landstraßen sehr gewinnen. Diese fehlen fast
ganz und somit ist nur eine geringe Ausfuhr und in
Folge dieser auch ein geringer Umsatz, mithin keine Er=
höhung des Kaufpreises der Producte möglich. Der Fluß
Genil durchströmt die Vega von Granada und gibt die
hauptsächlichste Bewässerung für dieselbe ab. Er entspringt
in der Sierra Nevada, nimmt dicht bei Granada den
unweit des Dorfes Huetor entspringenden Darro oder
Dauro, sowie später den Dilar, Monachil Beiro auf,
durchströmt die Gefilde von Loja und ergießt sich später
in den Guadalquivir. In der Mitte der Vega liegt an
den Ufern des Genil eine fast eine Legua umfassende,
aus Ulmen, Eschen und Pappeln bestehende Besitzung,
welche el Soto de Roma genannt, früher ein Erholungs=
hain der arabischen Könige, jetzt dem Herzoge von Ciudad=
Rodrigo, dem Lord Wellington gehört, dem sie von
den Cortes von Cadix in Anerkennung seiner während
des Freiheitskrieges bewiesenen Dienste geschenkt wurde.

Die Industrie, die früher hinsichtlich der Seide, des
Leins, des Hanfes, der Wolle ꝛc. hier ihren Hauptsitz
hatte, ist sehr gesunken und zeigt nicht viel Erfreuliches.
Durch die Seidenfabrikation hatten die Araber sich große
Reichthümer erworben, allein von der Entdeckung von
Amerika schreibt sich auch hier, wie fast in allen andern
Verhältnissen Spaniens das Zurückgehen und der Ver=
fall her. Eine unglückselige Regierungs= und Handels=
politik, sowie mancherlei Unglücksfälle haben zu dieser
traurigen Erscheinung viel beigetragen. Es bestehen zwar
Leinewebereien, Spinnereien, Gerbereien, Papier=, Regen=
schirm=, Seifen= und Chocolatenfabriken und anderweite,
zum gewöhnlichen Leben nothwendige Gewerbe, allein es
wird geraume Zeit noch verstreichen, bevor Granada in
industrieller Beziehung sich mit andern Städten gleicher
Größe messen kann. Der Geist der Association ist hier
noch nicht eingedrungen. Ebenso liegt auch der Handel
darnieder. Trotz der vielen Bodenproducte und der Nähe

des Meeres kann derselbe wegen Mangel an Verbindungen, an Landstraßen und an Brücken keinen Aufschwung gewinnen. So lange keine fahrbaren Straßen nach Motril, nach Malaga und an die Küsten gebaut, so lange nicht die Gebirge der Alpujarras mit Fahrwegen und Straßen versehen werden, so lange kann an ein Aufblühen des Handels, insbesondere an eine bedeutende Ausfuhr nicht zu denken sein. Von Malaga, Almeria und Sevilla werden catalonische und fremde Tücher, von den baskischen Provinzen und von der Eisenfabrik des Herrn Heredia zu Malaga Eisen, von Antequera Wollenfabrikate und Colonialwaaren eingeführt. Die schwache Ausfuhr besteht in Weinen, Feigen, Orangen, Oel ꝛc. In der Straße Zacatin, Mesones, auf dem Platze Bibarrambla werden die meisten Geschäfte in Tüchern, Seidenwaaren, Rauchwaaren und Quincaillerie's gemacht. Die Messen oder Jahrmärkte von Granada sind lange nicht so berühmt, wie die von Mairena, Ronda oder Loja. — Das durch seine Lage so bevorzugte und durch seine Alterthümer so berühmte Granada geht auf diese Weise einem immer größeren Verfalle, einer immer mehr um sich greifenden Verarmung entgegen. Die Stadt nimmt an Umfang und Einwohnerzahl immer mehr ab, die Vorstädte verkleinern sich, die Nachbarschaft vermindert sich und viele Gebäude kommen in Verfall.

Andalusien bestand zur Zeit der Araber aus vier Königreichen. **El reino de Granada** war das letzte, welches durch die katholischen Könige 1492 erobert wurde. Am Ende des vierzehnten Jahrhunderts war es auf das Territorium beschränkt, welches heute die drei Provinzen Almeria, Granada und Malaga umfaßt, und grenzte im Norden mit Jaen und einem kleinen Theil von Toledo, im Osten mit Murcia, im Süden und Südosten mit dem mittelländischen Meere und im Westen mit den Königreichen Cordoba und Sevilla zusammen. Die neuen Provinzen Almeria und Malaga wurden von dem ehemaligen

Königreiche im Jahre 1822 durch einen Beschluß der Cortes und im Jahre 1833 durch eine königliche Verordnung getrennt.

Granada bildet eine von den acht Provinzen, in welche das Territorium von Andalusien eingetheilt ist. Die Nord= und Ostwinde sind hier vorherrschend, allein der aus Afrika wehende Solano, der meist sehr stürmisch, aber glücklicherweise selten auftritt, dem Wachsthum sehr verderblich. An Regen ist im Allgemeinen kein Mangel, und insbesondere ist die Stadt Granada damit gesegnet. Die Spitzen der Sierra Nevada sind fast das ganze Jahr mit Schnee bedeckt und in der Stadt gehört ein Schnee= fall nicht zu den Seltenheiten. Das Klima ist im Allge= meinen gesund; an der Küste natürlich wärmer, als im Gebirge. Der Flächeninhalt der gegenwärtigen Provinz beträgt 325 Quadratleguas mit ungefähr 427,250 Seelen. Die Stadt ist von Malaga 19, von Cordoba 24, und von Madrid 67½ Leguas entfernt. Die Küstenausdehnung beträgt von Osten nach Westen von Cerro=Redondo bis zum Thurm von Guarca 18 Leg. Mit Ausnahme der erwähnten Vegas und noch einiger weniger Punkte ist die ganze Provinz gebirgig. Bezüglich der Bodenbestand= theile ist der Thon vorherrschend, dem sich aber in gleichen Verhältnissen der Sand, Kalk und die vegetabilische Erde beimischt, so daß eine dem Frucht= und Pflanzenbau günstige Zusammensetzung entsteht. Von allen das Land durch= ziehenden Gebirgsketten ist die Sierra Nevada wegen ihrer Ausdehnung, Höhen, Eigenthümlichkeiten und Nähe bei der Hauptstadt die wichtigste. Es entspringen derselben viele Bäche und Flüsse und finden sich auf ihr Wald= ungen und Marmorbrüche verschiedener Art vor. Die Jagd ist ergiebig und die Viehzucht bedeutend. Die Ge= birge enthalten Minerale, Salze, Metalle, Fossilien, Arznei= kräuter, gute Jaspis=, Alabaster= und Marmorbrüche.

Bei der Erwähnung der Sierra Nevada halten wir es für zweckmäßig, dem Leser überhaupt einige allgemeine

Ansichten über die Gebirgszüge Spaniens mitzutheilen.
Wenn auch nicht neu, so ist diese Uebersicht doch wichtig
genug, um der Aufmerksamkeit des lesenden Publicums
an das Herz gelegt zu werden. Wir entlehnen sie zum
größten Theil Hausmanns trefflichen „Umrissen nach der
Natur", mit Berücksichtigung der in neuester Zeit erschie-
nenen geognostischen Uebersichtskarte von Spanien, mitgetheilt von Herrn Ezquerra del Bayo und erläutert von
Herrn **Dr.** Gustav Leonhard. Hausmann machte schon
vor geraumer Zeit auf den Irrthum aufmerksam, der
sich in mehren Geographien fortgepflanzt hat: die Haupt-
gebirge Spaniens seien Ausläufer der Pyrenäen. Außer
den eigentlichen Pyrenäen, welche die nördliche und na-
türliche Grenze gegen Frankreich bilden, hat Spanien mehre
Gebirgsketten aufzuweisen. Die nördlichste derselben, das
Samosierra- und Guadarrama-Gebirge fängt an Arago-
niens westlicher Grenze an, scheidet Alt-Castilien und Neu-
Castilien und zieht sich unter dem Namen Sierra del Pico,
Montaña de Griegos und Sierra de Gata nach Portugal.
In gleicher Richtung, von West, Süd-West nach Ost-
Nord-Ost, erstreckt sich eine andere Kette, die Montes de
Consuegra, Sierra de Yevenes, Montañas de Toledo,
Sierra de Guadelupe zwischen den Flüssen Guadiana und
Tajo nach Portugal. Weiter südlich liegt die Sierra Morena
(das „schwarze Gebirge"); sie zieht sich an der Ost-Grenze
von La Mancha beginnend zwischen dem Guadalquivir
und dem Guadiana hin. Ihr nördlicher Abfall beträgt
kaum **300 bis 400** Fuß, der südliche aber nach der Thal-
Ebene des Guadalquivir gegen **3000** Fuß. Eine Fort-
setzung der Sierra Morena ist die Sierra Monchique,
die bei dem Cap S. Vinzente in Portugal bis an das
Meer stößt; der Gipfel des erhabensten Punktes der Sierra
Morena, der Sagra Sierra, steigt bis zu **5568** Fuß empor.
Südlich und parallel mit diesem Gebirge zieht sich die
Sierra Nevada hin; sie erhebt sich zu den Gipfeln, welche
die Pyrenäen weit überragen. Als Fortsetzung derselben

ist im Westen die Sierra de Ronda zu betrachten, die mit
den Vorgebirgen Gibraltar, Trafalgar, Tarifa das Meer
erreicht; das südöstliche Ende der Sierra Nevada wird
gewöhnlich unter dem Namen Alpujarras oder Alpux=
arras begriffen; es endigt mit dem Cap de Gata. Die
Schneegrenze beginnt in der Sierra Nevada mit einer
Höhe von 8600 Fuß. Die erhabensten Punkte sind der
Cumbre de Mulhacen (16,105 P. F.) und La Veleta
(10,841 P. F.); die zu der Sierra Nevada gehörige, unter
dem allgemeinen Namen Alpujarras begriffene Küsten=Kette
besteht aus einer Reihe von durch Quer=Thäler getrennten
Gebirgsrücken; die bedeutendsten derselben sind: die Sierra
de Aljamilla, die Sierra de Gador (bis zu 6787 Fuß
ansteigend), die Sierra de Contraviesa (zu 4699 Fuß),
der Cerrajon de Murtas (4620 Fuß), die Sierra de Lujar
(5970 Fuß) und die Sierra de las Almijarras.

Die Hauptflüsse der Provinz entspringen in der Sierra
Nevada und ergießen sich theils in das mittelländische,
theils in das atlantische Meer. Der bedeutendste ist der
Genil, von dem wir schon gesprochen und auch bemerkt
haben, daß sich der Darro in denselben ergießt. Der
Guadalfeo, ebenfalls in der Sierra Nevada entspringend,
strömt durch die Alpujarras und fließt nach einem Laufe
von 12 Leguas bei Motril in das mittelländische Meer.
Der Fardes verbindet sich mit dem Guadix, und der
Rio=Grande oder Barbata Guardal entspringt auf der
Sierra Castril. Der Fluß Algar oder Cacin mit seinen
Nebenflüssen vereinigt sich mit dem Genil.

An Mineralquellen ist die Provinz reich. Hier sind
die warmen Bäder von Alhama, von Graena und die
eisenhaltigen von Lanjaron, die heilkräftigen Quellen von
Alicum, die schwefelhaltigen in der Umgegend von Baza,
von Galera und die salzhaltigen von Mala, Portubus
und Paterna zu erwähnen. Ferner müssen hier noch die
Quellen von Piojo, Alcolea, Mecina=Bombarron, Pera=
lejo ꝛc. angeführt werden. Die Producte bestehen in Waizen,

Gerste, Roggen, Mais, Hirse, Bohnen, Erbsen, Hanf, Lein, Oel, Wein und guten Baumfrüchten. Der Waizen und die Gerste gedeihen mit Ausnahme der Küstenstriche fast in dem ganzen Bezirke und insbesondere bei nassen Jahren vortrefflich, der Roggen gibt gute Ernten in der Sierra Nevada und der Mais wächst üppig in allen oben genannten Vegas. Am südlichen Abhange der Sierra Nevada kommen Gemüse, wie Bohnen, Erbsen ꝛc. gut fort. Von Früchten und Weinen zeigt besonders die Umgebung von Granada eine unendliche Mannichfaltigkeit. Die großen, schmackhaften Süßkirschen in den Gärten, die Wassermelonen von Sota de Roma, die Birnen von Guadix und die Orangen von Lanjaron sind berühmt, der Wein von den Dörfern der Sierra Contraviesa, von der Meeresküste und in der Nähe der Hauptstadt ist bekannt. Oel wird vorzüglich in Orgiva und den Dörfern im Thale von Lecrin gewonnen, jedoch kann sich die Oelgewinnung nicht mit der in den Provinzen von Jaen und Cordoba messen. In der Alpujarras und einigen Küstenorten wird Baumwolle und Zuckerrohr gebaut. Der Productenreichthum der Provinz ist im Allgemeinen sehr mannichfaltig zu nennen, da Zuckerrohr, Bataten, Platanen, Feldfrüchte aller Art, Eichen, Kastanien, Fichten und Pappeln wachsen. Die Viehzucht steht der im untern Andalusien, Estremadura und Castilien nach, und besonders ist die Pferdezucht von keinem Belang. Die Schaf-, Ziegen- und Schweinezucht wird in den Gebirgsgegenden getrieben. Die Jagd ist im Allgemeinen nicht reich, allein Kaninchen und Hasen gibt es viel. Ueber die Industrie haben wir schon bei der Stadt Granada das Nöthige bemerkt, dem wir noch hinzufügen wollen, daß außer den erwähnten Fabriken in der Hauptstadt auch in Castril und Alamedilla Glasfabriken, in Benamaurel eine Schwefelfabrik, und in mehren Orten Seifensiedereien, sowie Mühlenwerke bestehen. Der Tagelohn in den Fabriken beträgt durchschnittlich 5 bis 8 Reales; der bei der Landwirthschaft

ist geringer und zeigt auch nach den gegebenen Verhält=
nissen ein viel größeres Schwanken. An der Küste von
Motril und in den Alpujarras beträgt er höchstens fünf
Realen. Der Mineralreichthum der Provinz war früher,
als die Sierras Gador und Alhamilla noch nicht zu der
Provinz Almeria gehörten, sehr bedeutend. Die Sierras
de Baza und Nevada dürften übrigens noch genug Blei=,
Kupfer=, Eisen= und Silberschätze im Schooße verbergen,
die aber freilich ohne Anwendung von bedeutenden Capi=
talien und Arbeitskräften nicht gehoben werden können.
Am 30. April 1847 wurde die Anzahl der Minen in der
ganzen Provinz auf 125 angegeben, unter denen sich 31
eisen=, 77 blei=, 10 kupfer= und 2 antimonhaltige befinden
sollen. Auch gibt es noch eine Menge erschöpfter Berg=
werke. Es bestehen hier 8 Blei= und 4 Eisenfabriken mit
den nöthigen Gießereien. An bergmännischer Industrie
steht die Provinz Granada andern in Spanien nach. Der
ganze Werth des in den Minendistricten von Granada
und Almeria in dem Zeitraume von 1795 bis zum Ende
des Jahres 1841 gewonnenen Bleies und Antimoniums
beträgt 740,876,254 rs. vn.

Schließlich wollen wir noch bemerken, daß das öffent=
liche Schul= und Unterrichtswesen in dieser Provinz sehr
mangelhaft ist und einer ganz neuen Umgestaltung und
Organisation unterworfen werden möchte, wenn es den
Anforderungen der Zeit entsprechen soll. Die Volks=
bildung steht noch auf einer sehr niedrigen Stufe und
man trifft auf große Ortschaften, in denen kaum 50 oder
60 Einwohner lesen und schreiben können. So lange in
der Hauptstadt keine ordentliche Grundlage für die mora=
lische Bildung des Volkes gelegt wird, so lange ist auch
vom Lande nichts Erfolgreiches und Segenbringendes
in dieser Beziehung zu erwarten.

III. Cordoba. — Sevilla.

„Vaga V. (usted) con Dios, que V. lo pase bien (leben Sie wohl und bleiben Sie gesund)", riefen uns unsere granadinischen Freunde zu, als wir die vor unserer fonda haltende Carosse bestiegen, um über Jaen nach Bailen und später nach Cordoba zu gelangen. Die gewöhnlichste Begrüßungs= und Abschiedsformel der Spanier ist „agur" oder „abur," welches soviel, als „adieu" bedeutet, allein in keinem Wörterbuche zu finden und etymologisch erklärt ist. Sie scheint mir auch nur zwischen Vertrauten und Bekannten stattzufinden.

Man kann von Granada nach Cordoba verschiedene Wege verfolgen. Wir wählten den angegebenen, weil wir beabsichtigten, die Reise von Bailen nach Madrid fortzusetzen und später wieder nach Andalusien zurückzukehren. In solcher Weise haben wir auch unsere Reise ausgeführt, glauben jedoch zur besseren Verständigung des Lesers erst unsere Abhandlung über Andalusien schließen zu müssen, bevor wir den Leser über die Sierra Morena nach der Mancha und nach den Hochebenen von Castilien führen. Der Leser möge deshalb unsere Abschweifung entschuldigen; die Sache bleibt sich gleich, nur die Form erleidet eine kleine Veränderung.

Der nächste, aber nur zum Reiten dienliche Weg von Granada nach Cordoba führt über das Gebirge und berührt die Ortschaften Alcala la Real und Baena. Die Entfernung beträgt 22½ Leguas. Ein anderer geht über Jaen und Andajur nach Cordoba. Der directe Weg von Granada nach Sevilla führt über Loja, Alameda, Osuna und beträgt 36 Leguas.

Wir verließen Granada bei etwas bewölktem, jedoch zum Reisen günstigen Himmel. Bis zur ersten Station ist der Weg gut, die Gegend schön und die Rückblicke, insbesondere auf Granada und auf die Sierra Nevada, welche letztere sich in ihrer ganzen Pracht und Ausdehnung entfaltet, reizend. Bei Cartuja erblickt man einige Palmen, wohl die einzigen in Granada; überhaupt gibt es in Andalusien nicht sehr viele dergleichen und die Orangen sind auch nicht so gut, wie in Valencia. Dagegen sieht man viele Olivenbäume und gut bebaute, sowie großentheils zur Bewässerung eingerichtete Felder.

Auf der dritten Station wechselten wir die Pferde vor einer Venta, welche sich in einer der kahlen, wüsten und steinreichen Gegenden, wie wir sie öfter im **Gil Blas** beschrieben lesen, befand. Die Gegend nimmt einen immer großartigeren Gebirgscharakter an; die Gebirge sind nicht hoch, aber kahl und die Sierra de Jarana bildet

viele seltsame, zerklüftete Felsengruppen. Der Landbau
beschränkt sich, in Folge des immer mehr zunehmenden
unfruchtbaren Bodens, auf kleinere Landstrecken, jedoch
ist der culturfähige Boden so sorgfältig, als möglich, bebaut. Die Landstraße, bald in gutem, bald in schlechtem
Zustande, war wenig belebt.

Im Dorfe Campillo de Arenas aßen wir recht reinlich und gut, wenn auch theuer. Am Tische saß ein
Andalusier mit zwei Frauen und einem kleinen Kinde,
mit welch' letzterem sich aber der Vater weit mehr, als
die Mutter, beschäftigte, wie dies überhaupt in Spanien
öfter der Fall zu sein scheint. Der Mann war übrigens
ein wahrer Adonis vom Kopf bis zum Fuß und die
Frauen hatten beide die schöne Gestalt einer Aphrodite
oder Athene. Das in Andalusien sprichwörtlich gewordene „gracia" und „sal Andaluza" konnte hier, ersteres
bei'm Manne, letzteres bei'm Weibe, seine praktische Anwendung finden.

Campilla de Arenas liegt mitten in einem Kessel
kahler Felsen und besteht meist aus einfachen, steinernen
Häusern. Von hier führt die Straße durch eine gebirgige, unfruchtbare, aber hochromantische Gegend nach der
Puerta de Arenas, dem Thore von Granada, einem Fel-
sentunnel, der hier wegen der nahe an einander laufenden Gebirge unter der Leitung des S. Esteban durch die
Felsen gehauen ist. Wären die Berge mit Bäumen bewachsen, so dürfte die Gegend stellenweise mit der von
Genf nach Lyon zu vergleichen sein; das Ganze bildet
eine reizende, romantische Partie und weist die mannichfaltigsten Landschaftsbilder auf. Auch noch von der Puerta
de Arenas ab bis Jaen ist die Gegend, wenn auch nicht
hochromantisch, doch hübsch. Die Straße windet sich oft
in den seltsamsten Krümmungen und die Berge laufen
oft so eng aneinander, daß man den Entwickelungs-
proceß der Straße neugierig verfolgt. Die hohen Gebirge mit den eigenthümlichen Formationen, die von Esel-

und Maulthiercaravanen jetzt mehr belebte Straße, der blaue Himmel und die gute Beleuchtung der Gegend ge= währten ein Ensemble von Lieblichkeit und Heiterkeit.

Bevor wir auf der seit 1828 dem Verkehr übergebe= nen, nach Jaen führenden Landstraße dieses ehemalige, römische **Aurigi Giennium** erreichten, fuhren wir noch durch ein gut bewässertes und mit schönen Feigen=, Apri= kosen= und Granatbäumen bestandenes Thal und kamen gegen fünf Uhr Nachmittags in Jaen, dem ehemaligen **Jayyenu I-harir** der Araber, an. Die Lage dieser dicht am Gebirge liegenden Stadt ist romantisch und liefert wiederum den Beweis, wie hoch die Mauren landschaft= liche Schönheit zu schätzen wußten. Der mit einem Ca= stell gekrönte Hügel, an dessen Fuß die arme, meist von Landbebauern bewohnte Stadt sich anlehnt, die hohen Gipfel der im Hintergrunde sich emporthürmenden Sierra, die langen, maurischen, an den Hügeln sich hinziehenden Mauern und Thürme, die außerhalb der Stadt angebauten Fruchtgärten, sowie die in der Stadt liegende und weit sichtbare Kathedrale geben jener einen malerischen und eigenthümlichen Anstrich.

Jaen bildete zur Zeit der Mauren ein kleines, un= abhängiges Königreich, was aber später zu schwach war, um den siegreich, vorwärtsschreitenden Christen erfolg= reichen Widerstand entgegensetzen zu können. Deßhalb unterwarf es sich im Jahre 1246 unter **Ibnu-I-ahmar** freiwillig den Christen und erkannte St. Ferdinand als rechtmäßigen Herrscher an. Im Jahre 1312 starb hier Ferdinand **II.** eines plötzlichen Todes. —

Die von Pedro de Valdelvira im Jahre 1525 im griechisch=römischen Style erbaute Kathedrale ist ein regel= mäßig aufgeführtes Gebäude, welches im Innern ein freundliches Schiff im corinthischen Baustyle, eine reiche Sacristei und das bekannte, soviel angebetete **El Santa Rostro** — das in das Taschentuch der heiligen Veronica hineingedrückte Gesicht Jesu — aufweist. Sie erinnert

bezüglich des Baustyles an die Kathedrale von Cadix und
ist an die Stelle der im J. 1492 niedergerissenen Moschee
erbaut.

Im Monat Juli des Jahres 1808 wurde Jaen von
den Franzosen unter dem wilden Cassagne geplündert und
daselbst ein großes Blutbad angerichtet.

Hier wurde unsre Gesellschaft durch zwei junge Granadiner und einen Herrn aus Cordoba vermehrt. Erstere,
in ihrer nationalen Tracht und mit ellenlangen navajas
bewaffnet, waren kecke, fröhliche Burschen. Ihr reicher
Anzug, ihre Gewandtheit, ihre sprudelnden Witzeleien und
bombastischen, prahlerischen Redensarten ließen uns in
ihnen sogleich sogenannte Majos erkennen. Der Majo
ist nämlich der spanische Dandy; er übt ritterliche Galanterie gegen das schöne Geschlecht, wirft sich zum Be-
schützer der Verfolgten und Schwachen auf, ist ein guter
Redner, sucht gerne Händel, wechselt täglich öfter seinen
Anzug und ist der Prahlerei, Rauflust und Heiterkeit ergeben. Er liebt ein elegantes Kleid, gleich dem Figaro,
und einen heiteren Scherz, sowie einen guten Witz, gleich
dem Heraklitos. Martin Luthers Spruch bezüglich des
Weines, Weibes und Gesanges, paßt genau auf ihn und
es würde ihn beleidigen, wenn man ihn nicht auch für
großmüthig halten wollte. Der spanische Majo ist ein
verfeinerter commis voyageur, nur mit dem Unterschiede,
daß er mehr Muth und Poesie, als dieser, besitzt, obgleich
er in ersterer Beziehung trotz seines renommistischen Auf-
tretens auch öfter von der Natur stiefmütterlich bedacht
zu sein scheint. Als ich den einen nach der Einwohnerzahl von Jaen fragte, sagte er mir, daß er ein einseiti-
ger Statistiker sei, indem er sich nur um das weibliche,
nicht aber um das männliche Geschlecht dieser Stadt ge-
kümmert habe. Nach seinem Dafürhalten müsse sich aber die
Bevölkerung der Stadt in der letzten Zeit sehr vermehrt
haben. Der dritte Reisegefährte aus Cordoba war ein
Beamter dieser Stadt und ein sehr freundlicher, wohlbe-

leibter Herr, welcher sich alle mögliche Mühe gab, sein
französisches Sprachtalent glänzen zu lassen, was ihm ge=
wiß auch recht gut gelungen sein würde, wenn er eben
französisch gekonnt hätte.

Gegen 10 Uhr Abends kamen wir nach Bailen, wo=
selbst die Straße von Granada in die große Poststraße,
welche von Sevilla nach Madrid läuft, einmündet. Nach=
dem wir in Folge der einfältigen Aussagen des Majo=
rals eine halbe Stunde in der Dunkelheit herumgelaufen
und auf unsre Anfragen bald dahin, bald dorthin ge=
wiesen worden waren, gelangten wir endlich in eine Po=
sada, woselbst wir zu Abend aßen und uns, da die
Madrider Post erst gegen 1 Uhr ankommt, einige Stun=
den niederlegten. Bailen ist eine unansehnliche, schmutzige
und dennoch sehr berühmte Stadt, auf die der Spanier
mit Stolz blickt. Hier kämpfte Scipio und Hasdrubal,
hier standen sich im Jahre 1212 die Heere des Königs
D. Alonso **VIII.** und des maurischen Feldherrn Mira=
mamolin Jacob Aben Jucet gegenüber und im Jahre
1808 wurde hier, zwischen Bailen und **La Casa del Rey**
jene denkwürdige Schlacht von den Franzosen gegen die
Spanier geliefert, in Folge welcher der bis dahin noch
unbesiegte Napoleonide seinen hellen Glücksstern zum er=
sten Male erbleichen sah und seiner menschlichen Schwäche
sich bewußt wurde. Man mag die Schlacht bei Bailen
den verschiedenartigsten Beurtheilungen unterwerfen, soviel
steht fest, die Nachricht von der Niederlage der Franzosen
zuckte gleich einem elektrischen Funken durch das nieder=
gebeugte Europa, richtete den gesunkenen Muth der Völ=
ker wieder auf und fachte von Neuem das Ehrgefühl und
die Vaterlandsliebe so mächtig an, daß sie zur verheeren=
den, dem Vaterlandsfeinde Tod und Verderben sprühen=
den Flamme emporloderten. Europa war Spanien zum
Danke verpflichtet, daß es zuerst seine Stirne trotzig ge=
gen den Welteroberer erhob und dadurch den Völkern
mit gutem Beispiele vorangegangen war. Das spanische

Volk war bei seiner Erhebung gegen die Fremdherrschaft
von dem wahren Patriotismus mehr beseelt, als die ge=
bildete Claſſe und es erkannte in seinem Inſtinct sehr
richtig die Gefahr des Vaterlandes. Spanien nahm nach
der Schlacht bei Bailen wieder einen Rang unter den
Großmächten ein, wie es ihn vorher nicht beseſſen hatte
und würde denselben auch noch lange und mit Erfolg
haben behaupten können, wenn es seinen Sieg bei Bai=
len besser zu benutzen und die Guerillas = Eigenschaften
seiner Soldaten zweckmäßiger zu gebrauchen gewußt hätte.

Dem französischen General Dupont, welcher am 24.
Mai 1808 Toledo mit 10,000 Mann verließ, um auf
Befehl Murat's nach Andalusien zu marschiren, wird
von Seiten der Spanier und Engländer der Vorwurf
gemacht, daß nur durch seine fehlerhafte Aufstellung der
Truppen das Schicksal der Schlacht zu Ungunsten der
französischen Armee entschieden worden sei. Dem sei, wie
ihm wolle, das Factum besteht darin, daß die Macht
Dupont's durch Vedel, welcher mit 12,950 Mann zu ihm
stieß, verstärkt worden, und daß die französische Armee
ohne Unfall bis nach Andujar vorgedrungen war. Unter=
dessen war die aus 25,000 Mann bestehende und aus
Schweizern, Franzosen, Irländern und Wallonen zusam=
mengesetzte, spanische Armee unter Caſtaños von Algeci=
ras aufgebrochen und wußte bei Andujur eine so vor=
theilhafte Stellung einzunehmen, daß Dupont zwischen
Caſtaños und Reding, welcher letztere die aus Schwei=
zern bestehende erste Division befehligte, gerieth und so
am 19. Juli, nachdem er Andujar in der Nacht verlassen,
seiner unvermeidlichen Niederlage entgegen ging. Am 23.
Juli ergaben sich 17,635 Franzosen,*) die allerdings meist

---

*) Der General Caſtaños beabsichtigt dem Geschichtsschreiber Thiers
hinsichtlich seines Berichtes über die Schlacht von Bailen, eine Wider=
legung zukommen zu lassen. Zu diesem Behufe sind zwei Generalstabs=
officiere beordert, das Schlachtfeld von Bailen aufzunehmen. Der spa=
nische Stolz ist gegen Thiers erbittert.

noch junge Soldaten waren und sehr von der Hitze ge=
litten hatten. Die nächste Folge dieses für Spanien
glücklichen Ereignisses bestand darin, daß sich mehre an
der Madrider Hauptstraße postirte Detaschements freiwillig
ergaben und Joseph Bonaparte aus Madrid floh. Die
Folge aber lehrte, daß die Spanier ihren Sieg schlecht
benutzt hatten, und daß die Rache Bonaparte's nicht aus=
blieb.

Wenn man in der Nacht eine Gegend bereist, so macht
man gewöhnlich mehr innere Reflexionen, als äußere Be=
obachtungen. Ich will jedoch meine für die Mit= und
Nachwelt gewiß uninteressanten Gedanken ebenso für mich
behalten, als ich mich außer Stande fühle, dem Leser
von Andujar, der Heimath der thönernen Trinkgeschirre,
alcarrazas genannt, oder von dem ehemals berühmten
Gestüt La Regalada etwas zu erzählen, will mich viel=
mehr ruhig in eine Wagenecke drücken und mich die über
den Guadalquivir nach Cordoba führende Brücke hinüber
transportiren lassen.

Das mitten in Oliven= und Palmbäumen, in einer
großen Ebene gelegene Cordoba hat eine schöne Lage,
indem es von dem Flusse Guadalquivir bespült und im
Süden und Osten von den Gebirgen von Lucena und
Jaen, sowie gegen Nordosten von den Wellenbergen der
Sierra Murena in weiterer Ausdehnung begrenzt wird.
Als ich des Morgens über die über den Fluß führende
schöne Brücke fuhr und Cordoba von den ersten Strahlen
der aufgehenden Sonne beleuchtet vor mir ausgebreitet
sah, träumte ich das Damascus des Occidents zu erblicken.

Cordoba, unter den Carthagern der Edelstein des
Südens, unter den Gothen die heilige und gelehrte Stadt
und unter den Arabern das maurische Athen, ist jetzt eine
todte, stille Stadt und erinnert kaum mehr an seine glor=
reiche Vergangenheit. Wenn sich nicht das bewunderungs=
würdige Denkmal einer grauen, aber thatenreichen Vor=
zeit — ich meine **la Mezquita**, die Moschee — hier be=

fände, so würde der Fremdling theilnahmlos an dieser einst so mächtigen Stadt vorübergehen und nicht ahnen, welche gewaltige Geschichte von Jahrhunderten über dieselbe hinweggegangen. Die Moschee allein verkündet lauter, als Schrift und Sprache, die Größe und den Glanz der ehemaligen gewaltigen Chalifenstadt.

Cordoba ist die Geburtsstätte mehrer angesehenen Schriftsteller und berühmter Generale, und wird daher nicht mit Unrecht von Rasis die Mutter der Wissenschaft und die Wiege der Feldherren oder, wie Mena spricht, die Blume der Wissenschaft und Ritterschaft genannt. Es wurden hier geboren die beiden Seneca, Sextilius Herma, der Dichter Acilius Lucanus, die arabischen Philosophen Aben-Zovar und Averroez, der Lyriker Juan de Mena, Ambrosia Morales, Sanchez, Pablo de Cespedes, Luis de Gongora, die Dichterin Aischa und noch andere berühmte Personen, die durch ihre Schriften die allgemeine Aufmerksamkeit auf sich zogen. Die Feldherren Abdel Malek Jbn Zohr, Abu Abdallah Jbn Roshd erblickten zu Cordoba, sowie der große Feldherr Spaniens, Gonzalo de Cordoba zu Montilla, in der Nähe dieser Stadt zuerst das Licht der Welt. Auch die Kunst hatte hier ihre Vertreter und Juan Ruiz, El Vandolino, der Silberschmidt wird als der Cellini von Cordoba bezeichnet. Von Malern wurde hier Zambrano, Castillo und Anton Torrado geboren. Letzterer lebte im letzten, die andern im siebzehnten Jahrhunderte.

Die Gründung der Stadt geht in das graue Alterthum zurück. Nach einigen Schriftstellern sollen die Phönizier, nach Strabo dagegen Claudius Marcellus während des Krieges zwischen Pompejus und Cäsar die Erbauer gewesen sein. Unter den Carthaginensern wurde es von Cäsar mit Sturm genommen und theilweise zerstört, später jedoch von Marcellus wiederum aufgebaut und von den armen Patriciern Rom's bewohnt. Nachdem die Stadt unter Theodosius dem Großen bald von den Alanen, bald von den Vandalen beſetzt worden, gelangten 572 die Gothen in ihren Beſitz und behaupteten ſie, bis ſie 711 von den Arabern unter Mugueith el Rumi genommen wurde. Anfangs dem Chalifat von Damaskus unter=thänig, erklärte ſich Cordoba im Jahre 756 unabhängig und wurde unter dem weiſen Abderahman (**Abdu-r-rahman**) aus der Omaijaden-Dynaſtie, die Hauptſtadt des mauri=ſchen Reiches in Spanien. Wenn man die mauriſche Herrſchaft in Spanien in vier Perioden oder Zeiträume zerfallen laſſen will, ſo geht die erſte von der Eroberung Cordobas bis zur Unabhängigkeitserklärung, von 717 bis 756, die zweite von dem Antritte der Regierung Abde=rahman's bis zum Sturze der Omaijaden, von 756 bis 1036, die dritte umfaßt die Herrſchaft der Almoraviden und Almohaden bis zur Eroberung Cordobas durch St. Ferdinand, von 1036 bis 1236, und die letzte behandelt das Königreich Granada von 1238 bis 1492.

Zu keiner Zeit blühte Cordoba mehr, als unter dem Hauſe der Omaijaden, unter der weiſen Regierung des großen Abderahman, welcher ſich 912 den Chalifentitel beilegte und ſich Beherrſcher der Gläubigen nannte. Unter ihm erhob ſich Cordoba zu einer erſtaunlichen Größe und konnte als der Centralpunkt aller Macht und Cultur im Occident betrachtet werden. Kunſt, Wiſſenſchaft, Han=del und Gewerbe blühten und die neue Chalifenſtadt wurde eine Nebenbuhlerin des mächtigen Bagdad und Damaskus, und während Europa im Allgemeinen ein Bild der Schwäche, Zerriſſenheit und Unwiſſenheit darbot, erhob ſich die mau=riſche Herrſchaft mächtiger, als je.

Die Stadt Cordoba zählte im zehnten Jahrhunderte faſt eine Million Einwohner, 200,000 Häuſer, 300 Mo=ſcheen, 900 öffentliche Bäder und nahm einen Umfang von faſt 5 Stunden ein. Des Chalifen Leibgarde zu Pferde war 12,000 Mann ſtark und das Serail enthielt an 6300 Per=ſonen. Gegenwärtig, im neunzehnten Jahrhundert, iſt die Stadt klein und arm und zählt kaum 55,000 Einwohner und 4,858 Häuser. Das Bild der gesunkenen Größe erweckt Wehmuth *).

„Nachdem die sehnlichsten Wünsche des Königs Ab= derahman" — erzählt Conde in seiner Geschichte der Mauren in Spanien, Cap. 24 — „erfüllt waren, das heißt, Friede und Ruhe herrschte, bezeichnete er das erste Jahr dieser glücklichen Zeit, nämlich das Jahr d. H. 170 (786) damit, daß er in Cordoba nicht weit von dem dortigen Alcazar, die große Aljama und Hauptmoschee erbauen ließ, und man behauptet, er habe selbst den Plan zu die= sem Werke entworfen und sei dabei von der Ansicht aus= gegangen, diesen Tempel, dem in Damaskus ähnlich, aber größer und erhabener an Pracht und Aufwand, als die neue Moschee zu Bagdad, errichten zu lassen, damit er mit dem von Alaksa oder Jerusalem könne verglichen werden. Es wurde darin eine Menge marmorner Säulen angebracht, zum Eingange dienten neunzehn geräumige Thüren, und zu dem Alquibla (d. h. dem Theile gegen Mittag) führten ebensoviel Reihen Säulen, von verschie= denen Marmor wunderschön ausgehauen; diese Säulen= gänge waren von acht und dreißig anderen Reihen in der Richtung von Osten nach Westen durchkreuzt und auf

---

*) „Pendant l'espace de temps où Cordone fut la capital de l'Espagne arabe, l'enceinte de la ville renfermoit 200,000 habi- tants et sa banlieux 12,000 villages. Les revenus annuels du souverain s'elevoient à une somme equivalente à cent vingt mil- lions de notre monnaie, revenu enorme pour le temps." (Voyage pittoresque et historique par De Laborde).

„Ashshakandy relate in one of his works, that through Cor- doba, with the continuations of Azzahra and Azzahira, he had travelled ten miles by the light of lamps along an interrupted extend of buildings. It is, moreover, said that the buildings were continued to a length of eight parasangs and a breath of two; or twenty four miles one way and six de other; all this space being occupied by houses, palaces, mosques and gardens along the bank of the Guadalquivir." (The History of the Mahometan Empire in Spain by Murphy).

jeder dieser beiden Seiten neun Thüren angebracht. Abu Hayan berichtet, die Höhe des Alminars oder Thurmes dieses Tempels habe vierzig Brazen (jede zu sechs Fuß unseres Maßes) betragen.

La Mezquita (die Moschee) oder Kathedrale von Cordoba ist eines der bewunderungswürdigsten und eigenthümlichsten Bauwerke des Erdballes. Wenn auch das ganze viereckige, auf einer Terasse ruhende und 620 Fuß lange und 440 Fuß breite Gebäude bei'm ersten Anblicke auf den Zuschauer keinen überraschenden Eindruck macht, und wenn auch das ganze, mit fingerdickem Kalk von gelblich weißer Farbe übertünchte Außenwerk, welches früher mit dem prächtigsten Arabeskenstuck bekleidet war, in seiner jetzigen Verunstaltung nur geeignet ist, an die Zeiten des rohesten Barbarismus zu erinnern, so übertrifft doch die prächtige Moschee Abderhaman — nach Mekka der größte mohamedanische Tempel — trotz ihrer Verstümmelung die kühnsten Erwartungen. Sie erhebt sich an dem Orte, wo früher der dem Janus geweihte römische Tempel und später eine gothische Kirche stand, aus deren Trümmern sie theilweise erbaut ist. Das Portal, durch das man in den Orangenhof eintritt, ist von rohen Verunstaltungen verschont geblieben und zeigt noch den eigentlichen orientalischen Typus. Das kühn geschwungene Hufeisenthor, die Verzierungen, sowie der durch einen Sturm im Jahre 1593 zertrümmerte, allein in demselben Jahre von Fernan Ruiz wieder aufgebaute Thurm sind prächtig. Der von Said Ben Ayub im Jahre 937 erbaute Orangenhof — jardin de las Mes — ist 600 Fuß lang und 180 Fuß breit (nach Murray 430 feet by 210) und übertrifft den in Sevilla an Großartigkeit. Er ist mit Fontainen aus Marmor versehen, sowie mit Orangen und Citronenbäumen bepflanzt, hat einen mit Marmor getäfelten Fußboden und einen rings umherlaufenden Porticus, der von 72 Säulen getragen wird. Von hier aus führten früher 17 neben einander liegende Portale in die

Moschee; jetzt sind dieselben bis auf zwei zugemauert. Außerdem gab es noch 7 andere Thore, so daß zusammen 24 Eingänge vorhanden waren.

Der Eintritt in die Moschee selbst ist großartig. Man sieht sich plötzlich in einen Säulenwald versetzt, endlose Perspectiven öffnen sich dem Auge und graciöse Hufeisenbögen wölben sich kühn übereinander. Das Auge, welches in Folge der symmetrischen Stellung der Säulen überall Seitenlinien und Gänge erblickt, braucht längere Zeit, um den Plan der Moschee zu begreifen und die eigenthümliche Ausführung der Einzelheiten zu fassen. Von Westen nach Osten laufen 32 Säulenreihen, von denen jede 14 Fuß breit und 250 Fuß lang ist, die von Norden nach Süden sich hinziehenden 16 Säulenhallen haben eine noch größere Breite und wohl eine Länge von 600 Fuß. Von den zur Araberzeit vorhanden gewesenen 1200 runden und glatt polirten Säulen sind jetzt noch 850 übrig, welche das Gewölbe tragen. Die meisten derselben sind an Durchmesser und Farbenpracht verschieden, indem sie aus Jaspis, Porphyr und mehrerlei Marmor verfertigt sind. Ihre Höhe beträgt durchschnittlich 20 Fuß und die des ganzen Gewölbes an 30 bis 35 Fuß. Diese geringe Höhe, das von Lerchenholz verfertigte Gewölbe, das im Osten der Moschee hineingebaute katholische Chor und der, statt wie früher aus kleinen Thon- und Porcellanplatten, jetzt aus schlechten Backsteinen gepflasterte Boden müssen leider den ersten großartigen Eindruck schwächen. Der Marmor, welcher zu den Säulen verwendet wurde, stammt von Nimes aus Narbonne in Frankreich, von Sevilla und Tarragona in Spanien, von Carthago aus Afrika und von Constantinopel und der Levante.

Die Capelle des Gebets, el **Sagrario del Koran,** noch ganz im maurischen Style erhalten, übertrifft an Eleganz, Pracht und Zierlichkeit Alles, was man in dieser Beziehung sowohl in Granada, als in Sevilla sehen

kann. Auch hier ist wieder die Ausschmückung und die=
ses Verschmelzen, Verschwinden und Zusammenlaufen kunst=
voll entworfen und meisterhaft ausgeführt. Die Capelle
besteht aus drei Hallen, deren mit Marmor getäfelte
Fußböden und mit weißem Marmor bekleidete Wände,
in welch' letzteren schöne Arabesken und Blumengewinde
en basrelief vorgearbeitet sind, wirklich einen überra=
schenden Anblick gewähren. Die hier an den Kuppeln
und Eingangspforten angebrachten Stuccaturen, sowie
insbesondere die an den hinteren Wänden ausgeführte
Mosaikarbeit ist unübertrefflich und die Zartheit der Ar=
beit, die Feinheit der Arabesken und Schriftzüge, sowie
die Mannichfaltigkeit der Formen sind im höchsten Grade
bewunderungswerth. Von den guirlandenartigen Schlin=
gungen der Schriftzüge, von den mäandrischen Windun=
gen der Arabesken und von der lebhaften, durch den
Goldgrund hervorgebrachten Farbenpracht kann man un=
möglich eine der Wirklichkeit nahekommende Beschreibung
machen.

In der mittelsten Halle und in dem hinter dieser
liegenden kleineren, achteckigen, 15 Fuß großen Gemach
befindet sich das non plus ultra arabischer Architektur
und maurischen Schönheitssinnes. Dieses kleine Gemach,
Zancarron von den Arabern genannt, welches wegen
seiner Dunkelheit mit dem Lichte besichtigt werden muß
und welches statt der Kuppel eine reizend geformte, aus
einem einzigen großen Stück weißen Marmors gearbeitete
Muschel aufweist, zeigt einen solchen graciösen Baustyl,
eine solche reiche Arabesken= und Mosaikarbeit, eine solche
Fülle von Architektur=Phantasie, daß man staunend die=
ses „arabische Schmuckkästlein" betrachtet und unwill=
kührlich nach dem geschickten Baumeister und dem Volke
fragt, dem es angehört. Wo sind die Mohamedaner,
wo die Araber, welche dieses Allah geweihte Heiligthum
erbaut haben, wo das große, geistreiche Volk, welches
hier dem Islam huldigte? Es ist vertrieben von der

pyrenäischen Halbinsel und verschwunden von der Scala
der Civilisation —, allein die Werke zeugen noch von
dem Geiste, der dieses Volk beseelt, und von der großen
edlen Religion, welche es ausgeübt hat. Ein Volk, wel=
ches einen solchen Reichthum des Baustyles mit dieser Zart=
heit, Eleganz und mit so kunstsinnigem Geiste in seinen
großen und prachtvollen Gebäuden ausgeführt hat, in
denen es zu seinem Gott betet; ein solches Volk kann
nicht klein, und ein solcher Gott nicht ohnmächtig sein.
Hierher kann noch ein Araber aus Mekka pilgern und
zum Allah sein Gebet fromm und andächtig emporsen=
den, ohne von der Außenwelt gestört zu werden. In
den anstoßenden Hallen dagegen hat sich die Barbarei
der Christen durch Zerstörung der zierlichen Arabesken=
arbeiten, durch Anbringung von unpassenden Bekleidungen
und durch Aufstellung von Altären kundgethan. In der
linken Seitenhalle wird sogar die herrliche Mosaik des
Hintergrundes durch ein großes, daselbst auf die unge=
schickteste Weise aufgehängtes, an und für sich aber schö=
nes Gemälde von **Pablo Cespédes** aus Cordoba, das
Abendmahl darstellend, verdeckt und gerade das dem Auge
entzogen, was durch seine Schönheit und Eigenthümlich=
keit die allgemeine Aufmerksamkeit auf sich ziehen würde.
Eine eben so taktlose, ja vielleicht barbarische Anord=
nung, zeigt der in die Mitte der Moschee im Jahre 1523
vom Bischof Alonso Manrique hineingebaute katholische
Chor. Dieses christliche, in einen mohamedanischen Tem=
pel hineingebaute Gotteshaus ist ohnstreitig ein großes
architektonisches, im schönsten florentinischen Style erbau=
tes und insbesondere mit dem feinsten Schnitzwerke reich
ausgeschmücktes Kunstwerk, allein im Hinblick auf das
Ganze empfängt man dadurch einen die Harmonie stö=
renden, das Auge beleidigenden Anblick. Man sagt, daß
zur Zeit des Chorbaues die Einwohnerschaft von Cor=
doba gegen denselben Einspruch gethan habe, daß er aber
auf besonderen Befehl Carl **V.**, der den Tempel nie

besucht hatte, ausgeführt worden sei. Als nun der Kai=
ser im Jahre 1526 nach Cordoba kam und bei dem Be=
suche der Moschee den großen Fehler bemerkte, den man
dadurch begangen hatte, sagte er: „Ihr habt hier Etwas
gebaut, was Ihr oder andere Leute vorher anderswo
auch gebaut haben möget, aber Ihr habt hier Etwas
zerstört, was einzig in der Welt war. Ihr habt ein
vollendetes Werk zerstört und dafür ein neues begonnen,
was Ihr nie vollenden könnt."

Von den Capellen der Moschee wollen wir die von
San Pablo, in welcher der im Jahre 1608 verstorbene
San Pablo begraben ist und die Capilla de los Reyes,
in der die Gebeine Alonso **XI.**, des Helden von Tarifa
und Aljeciras, sowie die Capilla del Cardinal anführen,
in welcher letzteren sich das Grab des im Jahre 1706
gestorbenen Cardinals Pedro de Salazar befindet. Ueber
die anderen kleinen Merkwürdigkeiten wollen wir des be=
schränkten Raumes wegen nicht sprechen und auch dem
Leser offen gestehen, daß wir die unterirdische Kirche nicht
besucht haben und deshalb auch etwas Näheres darüber
nicht mittheilen können.

Außer dieser Moschee bietet Cordoba für den Frem=
den nichts Merkwürdiges, allein eben diese ist so groß=
artig, daß Jeder Cordoba befriedigt verlassen und ge=
stehen wird, daß dieses Bauwerk, in welchem die Welt=
geschichte der Römer, Araber und Christen eingehauen ist,
allein eine Reise nach Spanien werth sei.

Der unter dem Namen Alcazar viejo bekannte Platz
zeigt noch mehre alte Ueberreste von maurischer Baukunst,
die jedoch nicht hinreichend sind, um einen Begriff des
Ganzen zu verschaffen. Es soll auch hier der Garten der
maurischen Könige gelegen haben. In dem Thurme Pa=
loma waren noch bis zum Anfange des siebzehnten Jahr=
hunderts die maurischen Bäder vorhanden. Die römischen
Alterthümer sind meist durch die Mauren und Spanier
zerstört worden.

Der Theil der Sierra Morena, welcher zunächst Cor=
doba liegt, ist einer der schönsten und fruchtbarsten des
ganzen Gebirges. Die der Stadt zunächst gelegenen Ab=
hänge sind mit Orangen= und Citronenbäumen bepflanzt,
deren köstlicher Geruch sich weit verbreitet. Auch werden
gute Granaten, Feigen, Kirschen, Kastanien, Nüsse, Jo=
hannisbrod, Waizen, Gerste, Erbsen, Trauben, Melonen
gebaut und schönes Rindvieh, sowie auch besonders gute
Pferde gezogen. Im Allgemeinen hat sich jedoch die Vieh=
zucht verschlechtert und vermindert.

Die Industrie, früher hier so blühend, liegt sehr dar=
nieder und ist kaum der Erwähnung werth. Auch der früher
so lebhafte Handel Cordoba's ist verschwunden. Der Ex=
port besteht aus etwas Oel, der Import aus Tuch, Lein=
wand und Luxusartikeln. Zur Zeit der Mauren, als Cor=
doba noch eins der vier Königreiche Andalusiens bildete,
waren seine Grenzen fast dieselben, als die der heutigen
Provinz gleiches Namens, welche 348 Quadratleguas Flä=
cheninhalt zeigt und durch den Fluß Guadalquivir in zwei
Theile, den nördlichen gebirgigen und den südlichen ebenen
getheilt wird. In dem ersteren die Sierra Morena um=
fassenden findet man ein kälteres und gesünderes Klima,
als in letzterem, wo in Folge der großen Hitze häufig
Krankheiten, insbesondere Fieber vorkommen. Daß jedoch
das Klima im Allgemeinen gesund, die Luft rein und
mild, der Himmel klar und der Boden fruchtbar ist, fin=
det seine Bestätigung in der immerwährenden Einwander=
ung und Niederlassung fremder Völker in dieser Provinz.

Allerdings ist die Fruchtbarkeit im Süden größer, als
im Norden. Das Gebirgsland besteht etwa aus 228
Quadratleguas, das flache aus 120 Leguas, und den=
noch ist die Bevölkerung des letzteren Striches größer,
als die des ersteren, obschon sie wiederum im Allgemei=
nen, wie in ganz Spanien überhaupt, dünn genannt wer=
den muß. Die Marianischen Gebirge, von der Mancha
bis zum Cap San Vincente sich erstreckend, durchziehen

die Provinz am nördlichen Ufer des Guadalquivir. Bald in größerer, bald in geringerer Entfernung beginnen die Hügel der Sierra Morena sich zu erheben, die späterhin die Hochebene von Pedroches begrenzen. Die Abhänge dieses Gebirgszuges sind mit Steineichen, Rosmarin, Heidekraut, Erdbeeren u. s. w. bewachsen und reich an Mineralwasser, Früchten, Kräutern und Wild. In den Sierras selbst wachsen Fichten-, Kastanien-, Buchen-, Nuß-, Erl-, Kork-, Oliven- und Johannisbrodbäume. In dem Flachlande wird viel Wein und Oel gewonnen. Steinbrüche von Jaspis kommen ebenfalls hier vor.

Der Guadalquivir, einer der größten und wasserreichsten Flüsse Spaniens, war schon seit den ältesten Zeiten schiffbar. Zur Zeit Strabo's liefen schon große Schiffe bis Sevilla, kleinere bis Ilipa, und Kähne bis Cordoba und die Römer unterhielten die Schiffbarkeit des Flusses wegen ihres großen Handels mit Italien. Die übrigen Flüsse der Provinz z. B. el Guadalmellato, Guadalbarbo, Guadiato u. s. w. ergießen sich alle in den Guadalquivir.

Die Straßen sind nicht in gutem Zustande. Die Viehzucht und insbesondere die Schweinezucht wird eifrig betrieben. In dem Flachlande kann Waizen, Gerste, Gemüse, Wein, Oel reichlich gewonnen und eine ausgedehnte Viehzucht getrieben werden. Letztere und insbesondere die einst so berühmte Pferdezucht, ist wie schon bemerkt, sehr zurückgegangen. Die cordobanischen Pferde waren wegen ihres kleinen untersetzten Körpers, starken Halses, runden Hintertheils und reiner Knochen berühmt. Sie besaßen alle Schönheiten und guten Eigenschaften der arabischen Pferde aus dem Stamme Delmeski. Die Seidenzucht wurde früher sehr eifrig betrieben und der Cultur der Maulbeerbäume große Aufmerksamkeit geschenkt. Gegenwärtig werden nur an 4000 Libras Seide erzeugt.

Die Industrie in der Provinz Cordoba liegt sehr darnieder und die meisten Erzeugnisse sind zum großen

Theile arm, dürftig und grob gearbeitet. Die Tuchfabri=
kation liefert grobe und mittelfeine Tücher, die aber nicht
für den Verbrauch der Provinz ausreichend sind; das
Garn ist von besserer Güte und die Leinwand eine Mit=
telsorte. Die Verfertigung der Seife, Lohe, Boy und
Hüte läßt hinsichtlich der feinen, guten Arbeit noch viel
zu wünschen übrig. Die Töpferwaaren dagegen erfreuen
sich eines guten Rufes und werden in großer Menge ge=
liefert, da kein Mangel an gutem Thon ist. In Cor=
doba bestehen jetzt 21 Seifen=, 12 Wachs=, 4 Tuch=, 13
Leinewand=, 6 Seiden=, 11 Hutfabriken, 31 Spinnereien
(hilos de lino) u. s. w.

Die Provinz Cordoba ist reich an Mineralien und
hat schon in der frühesten Zeit eine Menge von Minen
in Betrieb gehabt. Schon Plinius und Strabo erzählen,
daß Cordoba ein Land reich an Minen, Früchten und
Thieren sei. Gold allein habe sich nicht in den Minen,
wohl aber in einigen Flüssen und Bächen gefunden.
Auch den Phöniziern war der Metallreichthum des Lan=
des recht gut bekannt und oft hielten sie sich zur Gewin=
nung desselben hier auf. Sie waren die ersten Entdecker
dieser unterirdischen Schätze und die Lehrer der Einwoh=
ner im Bergbau.

Der in Spanien in der neuesten Zeit ausgebrochene
Minenschwindel hat auch bei den Einwohnern der Pro=
vinz Cordoba Eingang gefunden. In dem Glauben, in
kurzer Zeit reich werden zu können, warf man sich mit
großem Eifer auf das Bergwesen, und entdeckte eine
Masse Gruben, doch nur um sie später mehr oder min=
der wieder liegen zu lassen. So kam es, daß besonders
in dem Zeitraume vom Februar 1844 bis zum März
1845 Entdeckungen auf Entdeckungen, und Schwindel auf
Schwindel folgten. In den der Länge nach laufenden
Thälern, welche die große Kette der Sierra Morena bei'm
Durchstreichen durch die Provinz Cordoba bilden, liegt
ein bedeutender Metall= und Kohlenreichthum verborgen,

welcher letztere insbesondere sehr wenig ausgebeutet und benutzt wird.

Bei dieser Gelegenheit dürfte es nicht unzweckmäßig sein, eine allgemeine Betrachtung über das spanische Berg= wesen einzuschalten, die uns von einem befreundeten Berg= werks=Ingenieur zugekommen ist. Zur besseren Ueber= sicht wollen wir uns folgender Eintheilung der Metalle bedienen.

Gold: Bekanntlich war zur Römerzeit Spanien we= gen seines Goldreichthums, der vorzüglich in Bätica, Galizien und Asturien gefunden wurde, sehr berühmt. Dessenungeachtet hat man bis vor Kurzem, trotzdem, daß in den letzten zwei Decennien der Bergbau in diesem Lande mit beispielloser Manie getrieben worden ist, nir= gends wirkliche Goldgänge auffinden können, was denn zu dem allgemeinen Glauben Veranlassung gegeben hat, daß in früherer Zeit in dieser Halbinsel auch wirklich kein Goldbergbau auf Gängen, sondern nur auf Seif= fen und eine Goldgewinnung in Flußbetten stattgefunden habe. Man hat nun auch wirklich seit einiger Zeit an verschiedenen Punkten Gold zu waschen begonnen und setzt dies noch heutigen Tages, wenn auch ohne glänzende Resultate, in Estremadura, bei Granada, in der Provinz Leon, in Galicien, in der Provinz Zamora bei Rodrigo und bei Salamanca fort. — Ueber die bei Culera kürzlich ent= deckten Goldgänge haben wir früher berichtet. (s. S. 16.)

Silber: Spanien hat lange für das reichste Land an Silber in der Welt gegolten. Schon die Phönizier fanden dort so viel Silber, daß ihre Schiffe nicht alles aufnehmen konnten und sie sogar ihre Anker von Silber machen ließen. Gewisser, als diese Sagen, sind die Nach= richten über die große Ausbeute von Silber, welche die Carthaginienser in Spanien machten. Hannibal ließ die Silbergruben in Andalusien kunstmäßig bauen und bestritt aus dem Gewinne die Kosten des Krieges gegen die Rö= mer. Als hierauf die Römer sich des Landes bemächtigt

hatten, fand namentlich bei Jlipa und Sisapon in An=
dalusien ein enormes Silberausbringen statt. — Auch
die Silbergruben bei Neu=Carthago, dem jetzigen **Cartagena**, waren von großer Wichtigkeit, indem nach Polybius
dabei täglich 30,000 Menschen beschäftigt wurden.

Ueber den Bergbau, den die Gothen und Sarazenen
nach den Römern betrieben haben mögen, ist nichts be=
kannt. Erst im Jahre 1571 wurde die alte Carthagi=
niensische Grube zu Guadalcanal auf der Grenze der Pro=
vinzen Sevilla und Cordoba durch die Grafen von
Fugger wieder aufgenommen, welche sie 36 Jahre lang
in Pacht besaßen und soviel Silber gewannen, daß das
Königliche Fünftheil in einzelnen Jahren über 1½ Mil=
lionen Thaler betrug. — Nach Ablauf der Pachtjahre
kam diese Grube zum Erliegen und Spanien hörte fast
gänzlich auf Silber zu produciren, bis man vor unge=
fähr 15 Jahren an der Küste von **Cartagena** wieder
anfing silberhaltige Bleierze auf Silber zu benutzen und
namentlich einige Jahre später den berühmten Silbergang
im Baranco del Jaroso in der Provinz Almeria entdeckte,
durch dessen Aufschließung in kurzer Zeit mehr, als 40
Hütten dort hervorgerufen wurden. Das Silberausbrin=
gen stieg dem zu Folge schon im J. 1842 auf 140,000
und im J. 1843 auf 230,000 Mark. Dieser berühmt
gewordene Gang am Baranco del Jaroso in der Sierra
Almagrera besteht aus einem Spatheisengange, auf dem
ein sehr silberreicher Bleiglanz, Chlorsilber und Fahl=
erz ꝛc. ꝛc. bricht. Leider hat indessen dieser Gang in
neuerer Zeit in seinem Reichthume wieder sehr nachge=
lassen, indem jetzt an die Stelle der reichen Silbererze
in großer Nebenmasse der Spatheisenstein getreten ist und
noch obendrein mehre der Gruben sehr mit Grubenwasser
zu kämpfen haben. Dieser Entdeckung in der Sierra
Almagrera folgte die höchst wichtige Aufschließung der
Silbergänge von Hien de la Encina in der Sierra de
Alton. — Es setzen hier in einem dem Freiberger Gneus

sehr ähnlichen Gneusgebirge eine Menge von Schwer-
spathgängen auf, die Chlorsilber, Rothgiltigerz, Spröd-
glaserz, sehr silberreichen Bleiglanz und auch eine Verbindung von Brom und Silber führen, und es findet auf diesen Gängen jetzt ein höchst lebhafter Bergbau
statt. Diese Erze wurden bisher in einem von einer
englischen Gesellschaft gebauten Amalgamirwerke durch die
Fässer-Amalgamation zu gute gemacht. Indessen hat
jetzt dort der Ingenieur H. Ortigosa auch die neue Au-
gustinische Entsilberungs-Methode eingeführt. Diesen
letzten Jahren verdankt auch der Silberbergbau bei Burgos sein Dasein, indem hier auf einem in Urgrauwacken-
gebirge aufsetzenden, mächtigen Gange sehr reiche Fahl-
erze brechen, welche, auf Kupferstein verschmolzen, durch
Fässer-Amalgamation entsilbert werden. Auch die bei
Farena in der Provinz Tarragona in der Grauwacke
brechenden Chlorsilbererze dürften noch hier zu erwähnen
sein. —

Blei: Auch an Blei besitzt Spanien einen größeren
Reichthum, als vielleicht irgend ein anderes Land der
Welt, obgleich die Gewinnung dieses Metalles erst seit
ungefähr 25 Jahren in Aufnahme gekommen ist. Ein
starker Bleibergbau findet heutigen Tages noch immer in
dem Alpujarrasgebirge (**Sierra de Gador, Sierra de
Contraviesa**) statt, obwohl das Ausbringen an Blei
in diesen Gebirgen bei weitem nicht mehr so bedeutend
ist, als in den Jahren 1828 bis 1833, wo es öfters an
500,000 Centner ausmachte. — Es kommt hier der Bleiglanz im Uebergangskalkgestein in sehr großartigen Butzen
vor und findet das Zugutemachen in Flammenöfen
statt. Auch Linares in der Provinz Cordoba liefert noch
ziemlich viel Blei. Auf gleiche Weise die Provinz
Catalonien, indem nicht nur aus den Königlichen Gruben bei Falset jährlich 20,000 Centner Bleiglanz als
Alquifoux in den Handel gebracht, sondern auch auf den
durch den Ingenieur von Beust gebauten Hütten zu Reus,

Bilaller und Angles eine nicht unbedeutende Menge Blei=
erze verhüttet werden.   Das stärkste Bleiausbringen fin=
det aber jetzt bei Cartagena statt, wo gegenwärtig über
130 Oefen im Gange sind, und nicht nur Bleiglanz und
in der Grauwacke auf großartigen Lagern mit Eisenstein
zusammenbrechende, kohlensaure Bleierze verschmolzen, son=
dern auch ungeheure Römerschlackenhalden zu gute gemacht
werden, und soll hier das Hüttenwesen schon zu einer
ziemlichen Vollkommenheit gediehen sein.   Nicht ganz un=
bedeutend sind auch die Bleimengen, welche Galizien,
die Sierra Almagrera und die Gruben bei der Stadt
Carolina, unweit Zinares, liefern. —

Kupfer hat Spanien eigentlich zu keiner Zeit in
großer Menge geliefert, und es lassen sich nächst dem
uralten Kupferbergbau bei Riotinto und Zinares nur
noch die Gruben bei Ribas und Monseny in Catalonien,
bei Molina in Aragonien und bei Monte Rubio unweit
Burgos nennen, die jedoch sämmtlich sehr wenig Kupfer
ausbringen. —

Zink: Ein ziemlich wichtiger Zinkbergbau findet
jetzt bei S. Juan de Alcaraz statt, wo Galmei in gro=
ßer Menge im Kohlengebirge bricht und auf Zink ver=
hüttet wird.   Mit dieser Zinkdarstellung ist eine nicht un=
bedeutende Messingfabrikation verbunden.   Vor einem
Jahre hat man auch in Pueblo nuevo bei Barcelona
angefangen, Zinkblende auf Zink zu benutzen. —

Antimon: Die einzigen Punkte, wo in Spanien
Antimon gewonnen wird, sind Zamora, wo dieses Me=
tall als Oxyd auf einem sehr mächtigen Gange bricht,
dessen Verhüttung aber im Großen bis jetzt noch nicht
recht hat gelingen wollen und Ribas, wo im Uebergangs=
schiefer vorkommende Grauspiesglanzerze in Flammenöfen
gesaigert werden. —

Eisen: Spanien stand schon in alten Zeiten we=
gen der vortrefflichen Beschaffenheit seines in den Pro=
vinzen Catalonien, Aragonien, Navarra, Biscaya und

Asturien in Reenheerden dargestellten Eisens in großem Rufe. Auch verschmelzt man seit einigen Jahren auf mehreren Punkten Eisenerze bereits in Hohöfen. So verhüttet man z. B. auf zwei Hütten in Malaga einen dort in der Nähe vorkommenden, guten Magneteisenstein in Hohöfen mit englischen Coaks und producirt ein Eisen von ausgezeichneter Güte. — Noch andere Hohöfenbetriebe finden in der Provinz Sevilla bei Petroso statt, in der Provinz Toledo bei Frubio, in der Provinz Asturien, in der Provinz Guipuzcoa und bei Palencia, in der Provinz Leon. — Die jährliche Eisenproduction Spaniens besteht in ungefähr 400,000 Centnern. —

Zinn: Die Production dieses Metalls ist ganz unbedeutend und werden nur in Galizien einige Zinnerzgänge, die im Granit aufsetzen, abgebaut. —

Quecksilber: Der Quecksilberbergbau Spaniens ist über 2500 Jahr alt. Die Carthaginenser und Römer bezogen ihr Quecksilber aus den reichen Gruben von Gisapo und diese sind dieselben, welche noch jetzt unter dem Namen der Quecksilberbergwerke von Almaden im Baue stehen. Die Größe der jährlichen Quecksilberproduction von Almaden ist sehr veränderlich und ganz von dem Absatze nach Amerika abhängig. — In einzelnen Jahren betrug dieselbe 25,000 Centner, öfters nur 6000 bis 8000 und in den letzten vier Jahren 20,000 Centner. —

Ein nicht ganz unbedeutender Bergbau auf Quecksilber ist in ganz neuerer Zeit in der Provinz Castellon de la Plana etablirt worden. Es setzen hier im bunten Sandstein eine Menge Quarzgänge mit einem Durchschnittsgehalte von 3 bis 4 % an Quecksilber auf, und werden diese Erze auf mehrern Hütten durch die in Idria übliche Methode zu gute gemacht. Auf gleiche Weise hat bei Mieres in Asturien ein sehr viel versprechender Bergbau begonnen.

Nikel: Es sind nur zwei Punkte, wo Nikelerze ge=
wonnen werden. — Bei Malaga kommt nämlich im
Serpentin ein schöner Kupfernikel unregelmäßig in Nestern
vor, wovon ungefähr 3000 Centner jährlich nach Eng=
land ausgeführt werden. Der andere Punkt ist Gistain
in Aragonien, wo der Nikel im Speisekobalt vorkommt,
wovon jedoch kaum 500 Centner jährlich abgebaut wer=
den. —

Kobalt: In den Jahren 1779 bis 1782 wurden
die Kobaltgruben in Gistain von einer deutschen Gesell=
schaft betrieben und die in diesen Gruben gewonnenen
Speisekobalte in Luchon de Bagneres (in Frankreich) auf
einem Blaufarbenwerke zu gute gemacht. Als aber im
Jahre 1782 von Seiten der spanischen Regierung die
Exportation dieser Erze wieder verboten wurde, kamen
auch diese Gruben zum Erliegen und wurden erst vor
ungefähr 10 Jahren wieder in Angriff genommen. Der
Speisekobalt bricht hier auf Kalkspathgängen, die im
Uebergangsschiefer aufsetzen. Im Jahre 1845 wurde durch
Herrn v. Beust in der Provinz Castellon de la Plana
ein kleines Blaufarbenwerk angelegt und in demselben
die schwarzen Erdkobalte, die in dieser Provinz in dem
bunten Sandsteine vorkommen, zu gute gemacht, aber auch
diese Gruben sind wieder zum Erliegen gekommen. In
der Sierra Nevada wurde vor 5 Jahren ebenfalls noch
schwarzer Erdkobalt, der dort in einem Lager im Ueber=
gangskalk auftritt, abgebaut. Der gesunkene Preis der
Kobaltproducte hat jedoch zur Folge gehabt, daß auch
diese Gruben sistirt wurden.

Steinkohlen: Daß in Spanien auch Steinkoh=
lenlager nicht fehlen, ist bekannt; ein ordentlicher, wenn
gleich nicht sehr bedeutender Abbau findet jedoch nur bei
S. Juan de los Abadessas in Catalonien, in Asturien,
bei Sevilla, bei Palencia und bei Orba in der Provinz
Santander statt. — — Soweit die Abhandlung über
das spanische Bergwesen.

Wir verließen die alte Chalifenstadt gegen Abend um
nach Sevilla zu gelangen. Die Nacht war reizend. Als
wir eben auf der alten Brücke über den Guadalquivir
hinrollten, spiegelte sich neckisch der Mond in den glitzernden Wellen und warf helle, leuchtende Strahlen — auf
das gesunkene Cordoba. Am anderen Abende trafen wir
in Sevilla ein. Die Reise selbst ist nicht angenehm. Mit
Ausnahme der Städte Ecija und Carmona, die man passirt, bieten sich nicht sehr viele Sehenswürdigkeiten dar.
Die Straße läßt viel zu wünschen übrig und die Gegend
ist oft so einförmig und eintönig, daß man an ameri-
kanische Prärien oder an die lüneburger Heide erinnert
wird. Man erblickt ungeheure Ebenen, meilenweit keinen
Baum und oft große Strecken unbebautes Land. Vor
den Postwagen waren acht bis zehn Maulthiere gespannt,
die oft alle Kräfte aufzubieten hatten, den durch tiefen
Sand fahrenden Wagen fortzuschleppen. Dazu gesellte
sich noch eine während der Tageszeit unausstehliche Hitze
und ein zu allen Stunden dicht hineinwirbelnder Staub.
Bei alledem machte sich besonders gegen Morgen eine
Nachtkühle bemerklich, die uns nöthigte, zu den Mänteln
unsere Zuflucht zu nehmen.

Die Reisegesellschaft war auch gerade nicht geeignet,
uns einigen Ersatz für diese Uebelstände zu verschaffen.
Es befand sich unter derselben ein junger lebenslustiger
Officier, der heitere Lieder recht nett zu singen wußte,
dabei aber mit schweißigen Füßen behaftet war, die ein
solches Parfüm verbreiteten, daß man leicht zu einem
Selbstmord hätte verleitet werden können. Ein anderer
unserer Reisegefährten hatte wie der vorsichtige Sancho
Panza, einen mit Eßwaaren aller Arten angefüllten Schnappsack bei sich und war bemüht, durch zeitweiliges Oeffnen
dieses seines sachet uns einen Vorgeschmack seines In-
haltes zu verschaffen, der schon allein geeignet gewesen
wäre, den ungestümsten Forderungen des pöbelhaften Be-
dürfnisses, welches man Hunger nennt, Schranken zu setzen.

Ein dritter unserer Begleiter war ein junger Franzose, mit dem wir schon in einer Stadt Spaniens an einer Wirthstafel zusammen gegessen hatten. In der Meinung, daß derselbe kein deutsch verstünde, hatten wir uns damals mehre Aeußerungen erlaubt und Privatgespräche geführt, die wir gewiß unterlassen hätten, wenn wir damals so klug, als heute gewesen wären und gewußt hätten, daß dieser junge Mann mehre Jahre in einem bedeutenden Handlungshause in Dresden conditionirt, daselbst die deutsche Sprache erlernt und dann sich bei einem Pariser Haus als Reisender für Spanien engagirt habe. Ich habe so oft die freudige Erfahrung gemacht, daß die deutsche Sprache eine der verbreitetsten in der Welt ist und habe kein Land und keine Insel bereist, woselbst ich nicht hätte deutsch reden hören. Aber daß die commis voyageurs, die aus Frankreich myriadenweise Spanien überschwemmen, auch unsere ehrliche deutsche Zunge an den Ufern des Ebro und Guadalquivir verstünden, war mir bis jetzt noch unbekannt.

Nachdem wir in der Nacht Carlota, eine der neubegründeten Städte in den deutschen Colonien passirt hatten, gelangten wir früh 3 Uhr nach Ecija, dem spanischen Heliopolis und mußten daselbst wegen einer nöthigen Wagenreparatur einige Stunden verweilen. Man benutzt jetzt die Nachtzeit viel zum Reisen und vermeidet dadurch die Tageshitze, und deshalb waren wir auch nicht verwundert, jetzt große Maulthier-Caravanen durch die Stadt ziehen zu sehen. Einem Bauer, den ich nach dem Namen dieser Stadt fragte, nannte sie in seiner wohltönenden Sprache la Ciudad del Sol, die heißeste Stadt in ganz Spanien, weil die Hitze hier wirklich einen sehr bedeutenden Grad erreicht. Deshalb ist auch Ecija unter dem Namen: „La Sartenilla" (die Bratpfanne) bekannt und führt, wahrhaftig nicht ohne Bedeutung, im Stadtwappen eine Sonne mit dem bescheidenen Motto: „Una sola sera llamada la Cindad del Sol" (nur eine wird die Sonnenstadt genannt werden).

Die Gründung der Stadt wird den Römern zuge= schrieben, die ihr auch den Namen Aſtigis beilegten. Damals war ſie ſehr bedeutend und hatte gleichen Rang mit Cordoba und Sevilla; gegenwärtig zählt ſie über **30,000** Einwohner und iſt eine an Korn und Oel reiche, ſowie auch im Ganzen gut gebaute Stadt, die an dem weſtlichen Ufer des mit einer Brücke überbauten Genil, zwiſchen zwei Hügeln liegt und außer ihren Kirchthürmen und ſchön gelegenen Alamedas keine weitere Sehenswür= digkeit enthält. Der Boden in der Umgebung der Stadt iſt ſehr gut und liefert reiche Ernten. Beſonders wird viel Viehzucht getrieben, wozu die ausgezeichneten Weiden eine ſehr gute Gelegenheit geben. Auch ſchenkt man der Maul= beerbaumzucht Aufmerkſamkeit.

Die Straße von hier nach Carmona iſt ſchlecht und die Gegend eintönig. Man ſieht viele Olivenbäume, jedoch wenig Grünes, weil Alles von der Sonnenhitze verbrannt iſt. Mitunter taucht hier förmlich das Bild einer hiero= ſolymitaniſchen Oede auf und gibt ein getreues Conterfei der menſchlichen Unthätigkeit, Nachläſſigkeit und Nichtigkeit.

Carmona mit ſeinem Schloß und orientaliſchen Mauern iſt bald erreicht. Die Lage dieſes Karmunah der Mauren iſt maleriſch — im Vordergrunde große Ebenen und im Hintergrunde die Gebirge von Ronda und Granada. Die Stadtthore ſind von römiſcher Bauart und gewähren einen eigenthümlichen Anblick. Der Thurm von San Pedro iſt eine Nachahmung der Giralda in Sevilla und die Kirche von dem Baumeiſter Anton Gallego im gothiſchen Styl aufgeführt. Von Cäſar befeſtigt, kam Carmona in den Beſitz der Gothen, ſpäter in den der Mauren und wurde endlich **1247** von St. Ferdinand erobert. Auf die von hier aus nach Sevilla hingehende, große Waſſerleitung (Caños de Carmona) kommen wir ſpäter zurück.

Ueber das wegen seines Pferdemarktes berühmte Mai=
rena gelangt man nach Alcalá de Guadaira, welches sei=
nes schönen Schlosses, Brodes und seiner Quellen wegen
bekannt ist. Von hier sind es nach Sevilla noch 2 Leguas.

Ich hatte soviel Schönes von Sevilla gehört und
gelesen, daß ich die Stadt mit großen Erwartungen be=
trat. Je schöner ich mir seine Lage, je mächtiger seine
Paläste, je eleganter seine Straßen, je großartiger ich mir
sein Aussehen vorgestellt hatte, desto mehr erstaunte ich,
von alledem nichts oder nur wenig zu finden. Statt einer
romantischen Gegend sah ich nichtssagende Ebenen, statt
tausende von Palästen viele kleine Häuser und statt ele=
ganter Straßen viele kleine, krumme, winkelige Gassen.
Was für einen Streich hatte mir wieder meine schwär=
merische Phantasie gespielt! Fast verdrießlich über den
langen Aufenthalt am Thore, wo das Gepäck durchaus
untersucht werden sollte, wanderte ich, vielleicht in Folge
des erst mit dem Gepäckträger und dann mit dem Douanier
gehabten Aergers, sowie auch in Folge der großen Hitze und
des zurückgelegten langen Weges immer mürrischer tiefer
in die Stadt hinein, bis ich endlich in der fonda de la
union ein kleines, schlechtes, dunkles Zimmer erhielt und
somit zum Culminationspunkte meiner körperlichen und
geistigen Verstimmung gelangte. Ich will deshalb von
den Betrachtungen, welche ich eben in Sevilla gemacht,
jetzt schweigen und mich fest in mein Musquitonetz hinein=
wickeln, um den zu Gewinnung einer freundlichen und
heiteren Auffassungsweise unbedingt nöthigen, festen Schlaf
zu thun. —

Wie gesagt, so geschehen. Alle und jede Anschauung
auf Reisen hängt mehr oder minder von dem Wohlbefinden
des Körpers, des Geistes, von der Witterung, von der
Laune, der Gesellschaft und Umgebung ab; dies ent=
scheidet sehr oft über Licht und Schatten, über Leben und
Tod. Gestern müde und mißvergnügt zu den Thoren von
Sevilla hereingekommen, bin ich heute schon am frühen

Morgen mit fröhlichem Muthe wieder durch die Stadt zum Thore hinausgewandert, habe mir das Innere und Aeußere besehen, gute Freunde aufgesucht und finde nun plötzlich Sevilla anmuthig, gesellig, heiter und poetisch. Es ist wahr, die Ansicht von Sevilla ist nichts weniger, als überraschend, insbesondere wenn man vom Flusse herauf= kommt, und man würde schwerlich auf eine so große und volkreiche Stadt schließen können, wenn nicht die weit sichtbare Kathedrale mit der Giralda das Wahrzeichen dafür abgäbe. Und dann muß man in Sevilla sich längere Zeit aufgehalten und mit den heiteren, lebenslustigen Menschen Umgang gepflogen, die Carnevalzeit kennen ge= lernt, die Tänze der Zigeuner gesehen, den glänzenden Stiergefechten beigewohnt und die großen Kunstschätze dieses spanischen Roms in Augenschein genommen haben, bevor man diejenige Vorliebe zu dieser Stadt fassen kann, die fast Alle beseelt, welche längere Zeit dort gelebt haben, und die der Grund zu dem berühmten Sprichworte ge= worden ist:

El que no ha visto Sevilla
No ha visto un maravilla.

Sevilla, die Hauptstadt der Provinz gleiches Namens und der Wohnort der höchsten Civil= und Militairbehörden in Andalusien, mitten in einer großen Ebene am linken Ufer des Guadalquivir, während sich die große Vorstadt Triana am jenseitigen Ufer des Flusses ausdehnt, liegt 322‘07 castilianische Fuß hoch über dem Meeresspiegel.

In den Fluß=Niederungen ist natürlich die Tempe= ratur ganz verschieden von der in den Sierras, und des= halb ist auch die Hitze in Sevilla wegen seiner ebenen Lage während des Sommers sehr bedeutend. Wir glauben die mittlere Sommerhitze auf 23 bis 25° Reaumur an= geben zu können, die sich jedoch während der Hundstage auf 28 und 29° Reaum. steigern dürfte. Während unserer dortigen Anwesenheit zeigte das Thermometer in den Nach= mittagsstunden in der Sonne fast immer 38—40° Reaum.

An den kältesten Wintertagen steigt das Quecksilber bei
Sonnenaufgang auf 3 oder 4°, in der übrigen Tageszeit
auf 10 bis 17° Reaum. Der heitere Himmel Sevilla's
ist bekannt und bewährt fast das ganze Jahr seinen nicht
unverdienten Schönheitsruf. Nebel= und Regentage kommen
außer im October, November und Februar wenig vor und
Sturm oder Hagelschlag sind seltene Erscheinungen. Schnee
fällt selten und dann auch wenig und auf kurze Zeit; Reif
ist dagegen häufig. Der Winter ist feucht. Obgleich
epidemische, gastrische und inflammirende Fieber und Krank=
heiten je nach den Jahreszeiten in einer so großen Stadt
wie Sevilla nicht fehlen, so dürfte doch der Gesundheits=
zustand im Allgemeinen ein befriedigender sein, wenn wir
erwägen, daß in dem Zeitraume von 1841 bis 1845
16,694 Geburten, 11,980 Todesfälle vorgekommen sind und
somit eine Vermehrung der Bevölkerung von 4,714 Köpfen
stattgefunden hat.

Im Jahre 1847 fanden statt in Sevilla

Geburten . . . . 1768 männliche, 1708 weibliche, Total 3476.
Todesfälle . . . 1513   „   1234   „   „   2747.
Summa Rest 255 männliche,   474 weibliche, Total 729.

Unter den oben angegebenen 3476 Geburten befanden sich
736 uneheliche, wovon 373 männlichen und 363 weiblichen
Geschlechts waren.

Der Umfang Sevilla's beträgt in einer Linie 3½ Leg.
Aus der eigentlichen Stadt und Vorstädten (arrabales)
bestehend, wird die erstere von einer großen Mauer ein=
geschlossen, die 15 Thore enthält und von den Römern,
Arabern und Spaniern je nach den Zeitverhältnissen her=
gestellt, vergrößert und ausgebessert worden ist. Das be=
deutendste, aus einem großen römischen Bogen bestehende
und mit Säulen und Ueberbau geschmückte, regelrecht ge=
baute Thor ist Puerta Real am Ende der schönen Straße
de las Armas. Von den übrigen Thoren wollen wir
noch: Puerta de Carmona und de Jerez erwähnen. In

der Nähe des ersteren hört der berühmte Aquaduct, ge=
nannt Caños de Carmona, auf und hier befindet sich das
im Jahre 1578 wieder hergestellte große Reservoir, von
welchem das Wasser in die Stadt vertheilt wird. Von
der Puerta de Jerez, die der König San Fernando be=
nutzte, um nach Sevilla zu gehen, dort vor dem Bild
de la Virgen de la Antigua zu beten, und das in der
neuern Zeit elegant aufgebaut wurde, ist noch folgende
Inschrift auf unsere Zeit gekommen:

Hercules me edificó
Julio César me cercó
De muros y torres altas
Y el rey Santo me ganó
Con Garci-Perez de Vargas.

(Hercules baute mich; Julius Cäsar umgab mich mit Mauern
und großen Thürmen, und ein heiliger König verbefferte mich
mit Hilfe von Garci=Perez de Vargas.)

Von den Vorstädten bestehen los Humeros aus 124,
San Roque y la Calzada aus 300, San Bernardo aus
157, la Carreteria y Resolana aus 318, el Baratillo und
la Cesteria aus 218 und Triana aus 1,214 Gebäuden.
Die letztere am rechten Ufer des Guadalquivir liegende
Vorstadt — das Trastevere von Rom — zählt außer obigen
Gebäuden 70 Straßen, mehre öffentliche Plätze, wird durch
eine Brücke mit Sevilla verbunden und ist die Residenz
der Schmuggler und Zigeuner, während in der Maca=
rena die ländlichen Arbeiter und das arme Volk wohnen.

Die Bauart der Stadt ist unregelmäßig. Daran
mag vorzüglich der lange Aufenthalt der Araber Schuld
sein, welche Alles aufboten, um den Zutritt der Sonne
zu den Straßen abzuhalten. Man hat noch kleine Gaf=
sen in Sevilla, in denen nicht mehr, als ein Mann zum
Gehen Platz hat, jedoch ist in den letzten 30 Jahren zur
Vergrößerung und Verschönerung der Stadt Vieles ge=
schehen. Man trifft in einigen Stadtvierteln schon auf

22*

große, schöne Straßen, geräumige Plätze und moderne Gebäude. Die Zahl der Straßen wird auf 477 und die der Plätze auf 111 angegeben. Erstere sind meist eben und nur so schief gelegt, als zum Ablaufen des Regenwassers nöthig. In den Straßen de la Sierpe und Francos befinden sich die größten Verkaufsgewölbe.

In dem unregelmäßig gebauten Stadttheile La Juderia, dem ehemaligen Judenviertel, in dem die Juden vor ihrer Vertreibung wohnten, liegt am Ende der jetzt benannten Calle de Lope de Rueda, Plaza de Alfaro, das Haus Murillo's, in welchem der große Meister wirkte und schaffte. Später wohnte hier Canon Cepero.

In dem Viertel La Moreria wohnten die Moriscos, in dem von St. Vicente die Ritter und Hidalgos, in der Macarena wie noch heute, die Armuth und in der Nähe der Kathedrale die reiche Geistlichkeit. Die frommen Väter, die vorzüglich in der Calle de los Abades ihre prachtvollen Wohnungen hatten und von reichen Renten und fetten Pfründen lebten, huldigten neben ihrem Beteifer auch den Freuden des Lebens und insbesondere den Freuden der Tafel und der Liebe. Sie besuchten regelmäßig die Messen und lebten mit ihren Concubinen (barraganas) in Eintracht friedlich beisammen. Die in obengenannter Straße geborenen Kinder hatten das Unglück, keine Väter zu besitzen, indem letztere erstere „Neffen" und erstere die letzteren „Onkel" (tios) nannten:

En la calle de los Abades
Todos han Tios; y ningunos Padres.

> „In der Straße Abades haben sie
> wohl Alle Onkel, doch Väter nie."

Der Reichthum, die Ueppigkeit und Genußsucht, der Egoismus und das Schlaraffenleben der damaligen Geistlichkeit wird in den folgenden Volksversen, scherzweise la Regla de Santiago genannt, witzig geschildert und wir bedauern nur, den strengen spanischen Reim ohne Verletzung des Sinnes im deutschen Versmaß nicht ge-

nau wieder geben zu können, jedoch möge man folgen=
den Versuch nachsichtig aufnehmen:

El primero — es amar á Don Dinero;
El segundo — es amolar á todo el mundo;
El tercero — buen vaca y carnero;
El cuarto — ayunar despues de harto;
El quinto — buen blanco y tinto;
Y estos cinco, se encierran en dos:
Todo para mi, y nada para vos.

> „Zum erften liebe den Ritter Geld,
> Zum zweiten beläftige alle Welt,
> Zum dritten das Fleifch nicht zu vergeffen,
> Zum vierten zu faften nach dem Effen,
> Zum fünften blanken und rothen Wein;
> Und diefe fünf Regeln in zweien zugleich
> Lauten: Alles für mich und nichts für Euch."

Die Bauart der Häufer Sevilla's ift höchft eigen=
thümlich und trägt gewiß kein geringes Scherflein zur
poetifchen Anfchauungsweife bei. Die Häufer find meift
zwei oder drei Stockwerke hoch, dauerhaft mit aus ge=
brannten Backfteinen beftehenden ftarken Mauern gebaut
und fchon durch ihre Façaden und Portale bemerkens=
werth. Man hat bei der Anlegung der Gebäude mehr
auf die Bequemlichkeit der Einwohner im Innern und
auf die Einflüffe des Klimas, als auf die äußere Schön=
heit Rückficht genommen. Die untern Räume des Hau=
fes dienen zum Sommer=, die obern zum Winteraufent=
halte, indem letztere mit fchließbaren Fenftern, warmen
Schilfmatten und Fußteppichen verfehen find, während
diefe Einrichtung dem Parterre abgeht, in welchem Alles
aufgeboten worden ift, um die frifche, kühle Luft zu ge=
nießen, und hier hat man namentlich durch die reizenden
Patios (Höfe), in welchen die Familie fich den Tag über
aufhält, einen höchft reizenden Aufenthalt gefchaffen. Bei'm
Eintritt in ein fevillanifches Haus gelangt man zuerft
in einen kleinen, ftets geöffneten Vorhof und von hier

durch ein Gitterthor in den vom Himmel beleuchteten,
mit kühlenden Marmorplatten belegten, mit plätschernden
Springbrunnen versehenen und mit wohlriechenden Blu=
men und Kostbarkeiten ausgeschmückten Patio — dem
Wohn= und Besuchzimmer der Familie. Wenn man in
Sevilla die Thürklingel zieht, ertönt gewöhnlich die Frage:
„Quien es" (wer ist da?). Die Antwort: „Gente de
paz" (Leute des Friedens) ist dann die Parole zum Oeff=
nen der Thüre. Ueber den Hof ist meist ein Sonnenzelt
ausgespannt und die mit wohlriechenden Blumen ange=
füllten Blumentöpfe sind in einem Kreise um die spru=
delnde Quelle herumgestellt. Durch die Gitterthüre kann
der auf der Straße Vorübergehende in das Innere die=
ses mit Wohlgerüchen angefüllten und des Abends mit
Lampen erleuchteten und oft mit den üppigsten Frauen=
gestalten angefüllten Hofraums blicken. Sevilla ist beson=
ders des Abends reizend und ein Spaziergang durch die
Hauptstraßen der Stadt sehr lohnend. Wenn man auf
der Plaza del Duque bei einer warmen Mondscheinnacht,
mitten unter gesprächigen und liebenswürdigen Menschen
bis zur Mitternacht gelustwandelt, dem Gemurmel und
Getöse derselben, sowie dem Flüstern und Rauschen der
Blätter gelauscht hat, an den hell erleuchteten Patios vor=
übergeht — und hier und da die von dem treuen Lieb=
haber unter den Fenstern seiner Geliebten tönende Man=
doline hört, dann sieht man sich von orientalischen Bil=
dern umgaukelt und möchte die Stadt in Liebe umarmen.
Erst bei längerem Aufenthalte wird man sich in Se=
villa heimisch fühlen. Gegen das Straßenpflaster aber
wird man nie eine Vorliebe gewinnen können, und wenn
man auch noch so lange dort bleibt, denn dieses ist zu
schlecht. Dagegen bilden die in der Stadt liegenden mit
Bäumen bepflanzten Plätze z. B. Plaza del Duque, de
la Madalena u. s. w., auf denen die Bevölkerung Se=
villa's bis tief in die Nacht lustwandelt, um frische Luft
zu schöpfen (tomar al fresco), herrliche Spaziergänge.

Der älteste derselben, genannt **Alameda de Hercules,**
liegt im Nordosten der Stadt, zeigt eine Ausdehnung von
500 Schritten und ist mit fünf Reihen Bäumen bepflanzt.
Am Eingange von der Straße de Trajano aus stehen
zwei sehr hohe Granitsäulen von großem Alter, wovon
die eine mit der Statue einer heidnischen Gottheit, die
andere mit der des Julius Cäsar geschmückt ist. Am
anderen Ende der Alameda stehen auch zwei Säulen, die
aber kleiner sind und der neuen Zeit angehören. Der
diesem im Alter nächste Spaziergang geht von dem
Triumphbogen de la Trinidad bis zum Goldthurme
(**Torre del Oro**) und wurde von Pablo de Olavide im
Jahre 1792 angelegt. In der Richtung von Norden nach
Süden laufen hier drei Baumreihen, wovon die in der
Mitte befindliche und mit Sitzen versehene Allee für die
Fußgänger und die übrigen zwei für die Wagen und
Pferde bestimmt sind. Derselbe Pablo de Olavide legte
auch den Spaziergang von San Telmo bis zur fuente
del **Abanico** an. Diese jetzt bis an die Ufer des Guadalquivir vergrößerte, eine schöne Aussicht auf den Fluß
und das gegenüberliegende Triana gewährende, längs
dem Garten von San Telmo sich hinziehende Alameda
ist die von der fashionablen Welt in der Sommerzeit
am meisten besuchte. Von hier laufen auch die Dampfschiffe nach Cadix aus. Der dicht dabeiliegende Salon
de Christina befindet sich zwischen dem Goldthurme und
dem Palaste von San Telmo, und die Nähe des Flusses,
die erfrischende Kühle des Wassers, der erquickende Schatten der Bäume und die Wohlgerüche der hier angepflanz-
ten Blumen machen diesen zu einen der angenehmsten
Aufenthaltsorte der Stadt. **Las Delicias de Arjona**
und **Paseo de la ronda** sind ebenfalls liebliche, von den
Einwohnern der Stadt gern besuchte Spaziergänge.

Der in der Nähe des Salon de Christina gelegene
Torre del Oro soll nach Einigen von den Mauren,
nach Anderen von den Römern zur Aufbewahrung ihrer

Schätze erbaut und später von Don Pedro dem Grau=
samen als Gefängniß benutzt worden sein. Auch will
man wissen, daß zu jener Zeit, in welcher noch goldbe=
ladene Schiffe aus Peru nach Spanien liefen, diese ihren
Inhalt hier gelöscht hätten. Vielleicht hat er auch zur
Vertheidigung des Flusses gedient, worauf auch die frühere
Verbindung mit dem Alcazar hinweisen dürfte. Das
unweit gelegene, von Fernando, Sohn des Columbus,
begründete **Collegio de San Telmo** diente früher als
Unterrichtsanstalt in der Schiffahrtskunde. Gegenwärtig
ist es von dem Herzog von Montpensier bewohnt.

Plaza de la Constitucion, auch wegen des frühern
in dessen Nähe liegenden Klosters San Francisco mit
eben demselben Namen oder auch Plaza del Rey genannt,
bildet ein längliches Viereck von bedeutender Ausdehnung,
und ist mit einem aus kleinen, würfelartig gearbeiteten
Steinen bestehenden Pflaster geziert. Mit Ausnahme des
sehr ansehnlichen Regierungsgebäudes ist keins der dort
befindlichen Häuser bemerkenswerth. Der Platz selbst,
auf dem mehre der hauptsächlichsten Straßen der Stadt
ausmünden, wurde früher zu Stiergefechten, Autos da Fé,
Maskeraden und religiösen, sowie kirchlichen Festen ver=
wendet, allein in der neuen Zeit dient er nur zum Spa=
ziergang, um im Winter die Sonne und im Sommer die
Kühle der Nächte zu genießen. Plaza del Duque oder
Barrio del Duque wurde im Jahre 1828 angelegt, als
noch die Alameda de Hercules der einzige Spaziergang
im Innern der Stadt war. Fünf Reihen von Eschen
und Akazien bilden vier Promenaden, in deren Mitte ein
Brunnen steht. Kühlender Schatten, Erfrischungsbuden
aller Arten, ringsum Ruhebänke zwischen den Bäumen,
machen ihn während der Sommerabende zu dem berühm=
testen und besuchtesten Platz der Stadt. Der schöne Palast
des Herzogs von Medina=Sidonia steht hier. Die übrigen
Plazas de la Feria, de la Encarnacion, del Museo, de
Abastos, del Triunfo ꝛc., sowie die dreißig Brunnen der

Stadt wollen wir hier nur der Vollständigkeit wegen erwähnen, und somit zur Beschreibung der Kathedrale und
ihres Thurmes, genannt la Giralda, übergehen.

Abu Jusuf Yacub, der große Verschönerer Sevilla's,
legte im Jahre 1171 den Grundstein zu der nach dem
Vorbilde der Moschee in Cordoba zu erbauenden in Sevilla, die mit Ausnahme des Thurmes später niedergerissen und an deren Stelle die jetzige Kathedrale erbaut
wurde. Sein Sohn gleichen Namens, der ihm in der
Regierung nachfolgte, vollendete den Bau und fügte im
Jahre 1196 den berühmten Thurm hinzu, als dessen Baumeister der Araber Jaber, Geber, Gever oder Huever
genannt wird, den Manche auch für den Erfinder der
Algebra halten. Der Name Giralda wird von der auf
der Spitze des Thurmes aufgestellten broncenen Figur des
Glaubens abgeleitet, welche sich als Wetterfahne bei dem
leichtesten Winde herumdreht. Sie ist 14 Fuß hoch und
wiegt 2800 Pfund. Der ursprüngliche maurische Thurm
hatte eine Höhe von 250 Fuß und endigte in einem Thurm,
der vier große vergoldete Kugeln enthielt, deren Schönheit und Glanz die damaligen Schriftsteller nicht genug
rühmen können. Durch einen heftigen Sturm oder ein
Erdbeben wurde derselbe im Jahre 1395 dieses Schmuckes
beraubt und blieb in diesem Zustande bis zum Jahre
1568, wo Fernando Ruiz jenen durchbrochenen, eleganten,
50 Fuß im Quadrat haltenden Glockenstuhl in einer Höhe
von 100 Fuß hinzufügte, der wegen seiner nicht zu be-
schreibenden Schönheit und Zierlichkeit die Aufmerksamkeit
und Bewunderung der Welt erregt. Die gegenwärtige
Höhe des gleich einem Schiffsmast emporragenden Thurmes
beträgt 350 Fuß. Die Stuckarbeiten der Araber, die Feinheit der sich bunt verschlingenden Arabesken, die Zierlichkeit der Bogen und Fensternischen sind im höchsten Grade
überraschend. Die Mauren hegten für diesen Thurm, der
einerseits zum Zusammenkommen der Gläubigen zum Gebet,
andrerseits zur Ausführung astronomischer Beobachtungen

bestimmt war, eine so große Verehrung, daß sie bei der
Capitulation der Stadt mit den Christen denselben nieder=
reißen wollten. Die daselbst aufgehängten, mit einem
geheiligten Oele getauften Glocken bilden einen schneidenden
Gegensatz zu dem daselbst sich befindenden spanischen Glocken=
spiel, welches nichts weniger, als harmonische Töne von
sich zu geben weiß. Die im Jahre 1400 hier angebrachte
Thurmuhr war die erste in Spanien. Die größte Glocke
Santa Maria oder la Gorda ließ der Erzbischof Gonzalo
de Mena für den Preis von 10,000 Ducados anfertigen
und im Jahre 1588 aufhängen. Die beiden Heiligen,
Justina und Rufina, Töchter eines ehemals in Triana
wohnenden Töpfermeisters, denen die Verscheuchung des
Teufels von der Kirche bei einem Gewittersturm zuge=
schrieben wird, gelten als die Schutzpatroninnen der Gi=
ralda und genießen in Sevilla einer großen Verehrung.
Es sind dieselben, die durch den Meistergriffel des großen
Murillo unsterblich gemacht worden sind, und deren Copien
man so oft erblickt. Mag nun das den Mädchen zuge=
schriebene Wunder Aberglaube und ihre auch jetzt noch
so große Verehrung Thorheit sein, so steht doch so viel
fest, daß Meister Murillo einen höchst glücklichen Griff
in das Leben gethan und uns durch seinen Pinsel zwei
Mädchen vor die Augen geführt hat, deren Lieblichkeit
und Schönheit Jeden entzücken muß. Zu solchen Heiligen
läßt sich freilich leichter beten, als zu einem alten, ver=
trockneten Sanctus Hieronymus oder Christophus. Dort
geht Einem das Herz auf, und selbst der hartgesottenste
Sünder, vor einer Heiligen Murillo's stehend, muß von
Staunen über die große Schönheit des Bildes ergriffen
und von der Allmacht der in demselben ausgeprägten kind=
lichen Natürlichkeit hingerissen werden. Ich will übrigens
damit nicht sagen, daß die Schönheit, welche dem Pinsel
Murillo's als Muster diente, in Spanien untergegangen
sei. Der große spanische Meister ist längst todt, allein
seine Heiligen und Bettelbuben laufen noch auf allen

Landstraßen umher; Kunst und Natur bleiben unsterblich, und so leben auch noch Justinas und Rusinas in Sevilla.

Auf die Giralda hinauf führt keine Treppe, sondern ein mit Backsteinen gepflasterter, so sanft ansteigender Weg, daß man auf demselben bequem bis an die oben hängenden 22 Glocken reiten könnte. Die Aussicht ist sehr weit, aber nicht reizend, da Sevilla, wie schon bemerkt, ohnedies in keiner schönen Gegend gelegen, wohl von allen großen Städten Spaniens die am wenigsten lohnende Aussicht darbietet. Nach Norden zu ist der Blick auf die Stadt und Gegend am mannichfaltigsten, und man sieht Alcala del Rio, das alte Osseth, Algaba, Italica und im Hintergrunde die Sierra Morena; im Westen liegt Castillega de la Cuesta mit den Gebeinen Ferdinand Cortez' und in dem Carthäuserkloster von Nuestra Señora de las Cuevas die Gebeine Columbus'. Die Ufer des Guadalquivir sind einförmig, ebenso die am linken Ufer liegende Gegend: große Ebene ohne Wald und Dörfer. Im Nordosten liegt Carmona, von wo noch jetzt durch den aus 410 Bogen bestehenden Aquaduct des Julius Cäsar, genannt Caños de Carmona das Trinkwasser nach Sevilla geleitet wird, welches mir aber nicht schmeckte. Je nach der Jahreszeit und je nach der grünenden Natur mag übrigens die Aussicht von der Giralda wohl mehr oder weniger lieblich und schön sein. Die Schönheit des Thurmes selbst hat vielen Schriftstellern und Dichtern zu poetischen Ergüssen und Schilderungen Veranlassung gegeben.

Unten am Fuße der Giralda liegt der Orangenhof mit dem arabischen Brunnen. In diesen tritt man durch die im Norden liegende reiche, einen arabischen Hufeisenbogen und maurische Thüren aufweisende Puerta del Perdon und von hier in das Innere der Kirche ein.

Der Baumeister der unter dem Namen Iglesia Major bekannten, im gothischen Baustyl ausgeführten Kathedrale von Sevilla ist unbekannt. Man weiß nur, daß es in einem alten Manuscript des Domcapitels vom 8. Juli

1401 bezüglich des Aufbaues der Kirche heißt: „erigir una, tal y tan buena, que no haya otra su igual" (eine so schöne [Kirche] zu erbauen, wie sie keines Gleichen hat), daß im Jahre 1461 die Hälfte derselben ausgeführt, im Jahr 1472 Juan Norman als der erste Architekt angegeben, und daß sie im Jahre 1519 für den Gottesdienst eingeweiht worden ist.

Der Grundriß der ehemaligen unter Jusuf Yacub erbauten Moschee zeigte ein längliches Viereck von 398 geometrischen Fuß (verhält sich zum castilianischen wie 1,000 : 923) Länge und 294 Fuß Breite mit 9 Thoren, von denen sich drei an der westlichen, eins an der südlichen, zwei an der östlichen und drei an der nördlichen Seite befinden. Im funfzehnten Jahrhundert wurde diese Moschee niedergerissen und dafür die jetzige Kathedrale erbaut, welche die Basilikaform der alten Moschee beibehaltend, ein längliches Viereck von 431 Fuß Länge und 315 Breite bildet. Sie hat 7 Schiffe, von denen jedoch 2 zum Aufbau der Seitencapellen benutzt sind, so daß das Auge demnach nur 5 Schiffe, gebildet durch 36 große Pfeiler, in der schönsten Vollendung und Entwickelung sieht, deren staunenerregender Anblick noch viel großartiger sein würde, wenn nicht hier, wie überall in Spanien, durch den Bau des Chors in der Mitte der Kirche eine störende Wirkung für das harmonische Ganze hervorgebracht würde. Das Hauptschiff ist an und für sich 145 Fuß lang und bis zur Kuppel 171 Fuß hoch. Der in dem Zeitraume von 1789 bis 1793 aus weißem und schwarzem Marmor belegte Fußboden trägt viel zur Verschönerung des ganzen Baues bei. —

Kein Mensch kann dieses Museum der Architektur betreten, ohne von Andacht und Bewunderung hingerissen zu werden. Der einfache und würdevolle Baustyl wirkt erhebend und großartig und das scheint mir eben der Zauber des kühnen Spitzbogens zu sein, daß er zur

Andacht stimmt und zum Gebet begeistert. Er ist das Symbol der Kühnheit und Wahrheit und in ihm spiegelt sich am klarsten das Bild des wahren starken Glaubens und der wärmsten Herzenserhebung ab. Die Kathedrale von Sevilla, die größte und schönste in ganz Spanien, besitzt in allen Verhältnissen eine „Grandeza", eine majestätische Großartigkeit und eine Reichhaltigkeit von Kunstschätzen, wie man sie bei Gebäuden dieser Art nicht leicht wieder auffinden dürfte. Architektur, Malerei und Sculptur reichen sich hier zur Verherrlichung des Tempels schwesterlich die Hände, und die großen Schöpfungen eines Murillo, Cano, Pacheco, Vargas, Valdes, de los Herreras und Campaña, so wie die Bildhauerarbeiten eines Montañez, Roldan und Delgado haben zum Theil einen ebenso gerechten Anspruch auf Unsterblichkeit, als die Kunst des Baumeisters selbst.

Es würde uns zu weit führen, wenn wir dem Leser die sämmtlichen in der Kathedrale aufbewahrten Kunstschätze, Denkmäler, Bilder und Kostbarkeiten, die glücklicherweise zum großen Theil vor den Furien des Krieges durch Bergung in den unterirdischen Gewölben gerettet worden sind, beschreiben sollten. Wir wollen es daher nur bei der Erwähnung der hauptsächlichsten bewenden lassen und sogleich bei dem im Westen des Mittelschiffs befindlichen Grabstein Fernando's, Sohnes von Columbus (Colon) beginnen, welches auch von vielen Reisenden als das Grab des Columbus selbst oder als das für ihn bestimmte bezeichnet wird. Auf den Marmorplatten sind die Bildnisse zweier Schiffe mit folgender kurzen Inschrift eingegraben:

„A Castilla y á Leon,
„Nuevo mundo dió Colon."

„Castilien und Leon
Eine neue Welt gab Colon."

In der Kirche befinden sich 93 Fenster, von denen manche gute Glasmalerei aufweisen. In den Capellen

und Seitennischen hängen über 80 Bilder aus der sevilla=
nischen Schule, von denen ein großer Theil sich leider
nicht der besten Beleuchtung zu erfreuen hat. Auch fin=
det man Gemälde von flamländischen Meistern z. B. die
Auferstehung in der **Capilla de los Doncelles** von Car=
los aus Brugge, Lazarus, Magdalena u. s. w. von Ar=
noa u. s. w., die sowohl wegen ihres Alters, als ihrer
Auffassung, der Beachtung werth sind.

Das im Mittelschiffe der Kathedrale angebrachte Chor
(coro), welches durch ein eisernes, mit dem größten Ge=
schmack von Sancho Muñoz im Jahre 1519 ausgear=
beitetes und mit den mannichfaltigsten Verzierungen ge=
schmücktes Gitterwerk von dem übrigen Raume der Kirche
abgesondert ist, enthält 127 im gothischen Styl geschnitzte
Chorstühle und ein schönes von Morel im Jahre 1570
verfertigtes, zur Auflegung der kunstvoll gebundenen Kir=
chenbücher bestimmtes Pult. Der Hochaltar, zu dem einige
Stufen hinaufführen, besitzt ein sehr schönes, angeblich
aus einer Art Lerchenbaum (alerca), welcher zu den Zei=
ten der Gothen in der Nähe von Sevilla gewachsen sein
soll, verfertigtes Retablo, dessen Schnitzwerk Scenen aus
dem alten und neuen Testamente darstellt und welches
in Hinsicht auf seine Ausführung ebenso zu loben ist,
wie die Rückseite des Altars, dann auch das hier aufge=
stellte Silberwerk. Von den beiden Orgeln wird die eine
zur Rechten des Hochaltars, el de la **Epistola**, im J.
1792 von Don Jorge Bosch gearbeitet, die größte der
Welt genannt. Sie soll 5300 Pfeifen und 110 Register
enthalten. Die andere ist in der neuesten Zeit von Don
Agustin Veroalonga erbaut. Beide werden wegen ihrer
Mannichfaltigkeit der Register, sowie wegen des in jeder
Beziehung ausgezeichneten Tones sehr gelobt. Von den
im **Coro** aufgehängten Gemälden sind die von Vidal
dem Aelteren, sowie die von Alejo Fernandez zu erwäh=
nen, welche letztere in demselben kleinen, dicht bei'm Hoch=
altare befindlichen Zimmer aufgehängt sind, wo früher

auch zwei sehr schöne Bilder von Murillo hingen, die
aber der zarten Aufmerksamkeit des Marschall Soult eine
Reise nach Paris verdanken, von welcher sie nie wieder
nach Spanien zurückkehren sollten. Rücksichtlich der kirch=
lichen Gebräuche sei bemerkt, daß, sowie über dem
Grabstein Fernando's, während der heiligen Woche das
Monumento, ein zur Aufbewahrung der Hostie bestimm=
ter, hölzerner Tempel errichtet wird, auch hier in der
Mitte der Chorstühle während der Osterwoche jener 25
Fuß hohe broncene, von Morel gearbeitete Leuchter, el
Tenebrario, aufgestellt wird, auf dem während des
Miserere dreizehn Lichter brennen, von denen zwölf er=
löschen, um die Untreue der Apostel an Jesus Christus
bildlich darzustellen.

In der **Sacristia major** steht die berühmte, aus Silber
im corinthischen Styl verfertigte, 12 Fuß hohe **Custodia**,
welche Juan de Arse im Jahre 1580 zu arbeiten anfing und
im Jahre 1587 vollendete. Außerdem sind hier so große
Kostbarkeiten und Merkwürdigkeiten als: Meßgewänder,
Edelsteine, Gefäße, Gemälde und Schlüssel der Stadt auf=
bewahrt, daß das Auge mit Staunen auf diesem Reich=
thume der Kirche verweilt. Die Pracht und Schönheit
z. B. der in Form einer Sonne ganz aus Gold gear=
beiteten Monstranz, deren Strahlen mit Edelsteinen und
Diamanten besetzt sind, schildern zu wollen, würde ver=
geblich und nutzlos sein, da sich eine solche Pracht und
Feinheit der Arbeit eben nicht schildern läßt. Das schöne,
auf dem Altar aufgestellte **Lignum crucis** und die den
König Ferdinand bei bei seinem Einzuge in Sevilla über=
reichten Schlüssel der Stadt verdienen, wegen ihres histo=
rischen Werthes, die Aufmerksamkeit der Besucher. Letz=
tere enthalten arabische Wörter, welche in der Uebersetzung
bedeuten sollen: „Gott wird öffnen und der König her=
eintreten" und „möge Allah die Herrschaft des Islam in
dieser Stadt ewig dauern lassen." Es befinden sich hier
auch zwei Gemälde von Murillo, von denen das eine

den heiligen Isidor, das andere den heiligen Leander, beide als Erzbischöfe, darstellt. Das Altargemälde, eine Kreuzesabnahme vorstellend, ist von Pedro Campaña im Jahre 1548 gemalt und wird als das gelungenste dieses in Brüssel geborenen Künstlers bezeichnet.

Der 50 Fuß lange und 24 Fuß breite, sehr schöne, in elliptischer Form und im dorischen und jonischen Baustyl von Diego Riaño erbaute **Sala Capitular** schließt die sehr gelungene **Concepcion** von Murillo, St. Ferdinand von Pacheco, sowie die vier Tugenden von Pablo de Cespedes, ein. Die von Martin de Gainza im J. 1541 erbaute **Capilla Real** bildet eine Kirche für sich, welche 81 Fuß lang, 59 breit und 130 Fuß hoch ist. Sie enthält zwölf aus Stein gearbeitete Figuren in Lebensgröße, die Könige des alten Testaments vorstellend, welche nach den Zeichnungen des Pedro Lampana von Lorenzo de Bao oder Campos in Stein gefertigt worden sind. Man tritt durch einen Bogen ein, welcher mit einem eisernen Gitter versehen ist. Es befinden sich hier die Grabmäler des Königs Alonso X. und der Königin Dona Beatrise. Auch ist der heilige Ferdinand hier begraben und das Schwert, welches er bei seinem Einzuge in Sevilla trug, ebendaselbst heilig aufbewahrt. Dieses dem Grafen von Castilien, Fernan Gonzalez, zugehörige Schwert war lange Zeit in dem Kloster von Cardeña aufbewahrt, von wo es der Eroberer erhielt. Die Ueberreste des heiligen Königs ruhen in einer aus Silber, Gold, Bronce und Krystall verfertigten Urne.

Von den übrigen zahlreichen Capellen und Altären wollen wir nur noch diejenigen erwähnen, in denen bekannte Gemälde berühmter Meister oder andere beachtungswerthe Kunstwerke aufgestellt sind. In der **Capilla de la Visitacion** befindet sich ein Altargemälde von Pedro Mormolejo de Villegas, eines Künstlers, der, geboren in Sevilla 1520, sich der Nachahmung des florentinischen

Styles befleißigte, in der **Capilla de N. S.** del Con-
suelo eine heilige Familie von Miguel de Tobar, eines
der besten Schüler Murillo's, und bei'm Eingange der
Kirche der Schutzengel, das berühmte Bild des Meisters Murillo, welches leider in sehr ungünstigem Lichte
aufgehängt ist. Ein anderes großes Bild Murillo's ist
der unweit davon in einer Capelle befindliche, heilige
Antonius, welches Bild allgemein für eins der besten
gilt, was der Künstler in seiner Blüthenzeit im Jahre
1656 gemalt haben soll. Man fabelt von ungeheuren
Summen, welche für dieses Gemälde geboten worden sein
sollen. Ein anderes Bild Murillo's ist die Nonne Doro-
thea. Von den übrigen Gemälden schienen mir besonders der heilige Lorenz von Valdes, die Jungfrau mit
dem Kinde von Alonso Cano und noch mehre Bilder
von Herrera beachtenswerth zu sein, denen man auch noch
die heilige Rufina und Justina von Goya, den Heiland
von Roelas, die Altargemälde von Juan Valdes Leal
(**1630—1691**), die Geburt Christi von Antolinez und die
Bilder von Zurbaran, Morales, Arellano und insbesondere den heiligen Christoph, La Generacion oder La
Gama von Luis de Vargas beifügen kann.

Von den Monumenten verdient die größte Aufmerksamkeit das prächtige, von Lorenzo de Mercandante verfertigte Grabmal des im Jahre **1453** gestorbenen Juan
de Cervantes, sowie das im Jahre **1509** von Miguel
Florentin errichtete Grabmal des Cardinals Mendoza.

Sevilla besaß in der alten Zeit über **140** Kirchen,
welche mit Kunstgegenständen, Seltenheiten und Merkwürdigkeiten angefüllt waren. In der neuen Zeit und
insbesondere nach den französischen Kriegen haben sich
Kirchen und Kunstschätze vermindert, indem viele der ersteren zerstört und niedergerissen, sowie ein großer Theil
der letzteren geplündert und geraubt worden sind. Die
hauptsächlichsten Kirchen, in denen noch Kunstwerke bedeutender Art aufbewahrt werden, dürften folgende sein.

In der aus fünf Schiffen bestehenden und mit einem Thurme, sowie mit drei Thoren versehenen Kirche **San Lorenzo** sieht man mehre Reliefs und einen gekreuzigten Christus von Montañez, die vier Evangelisten von D. Lucas Valdes, zwei Allegorien von Rubens, eine Concepcion von F. Pacheco und eine Annunciacion von Pedro de Villegas Marmolego. Letzterer, ein Schüler des großen Rafael Urbino, war gebürtig aus Sevilla, starb im Jahre 1587 in einem Alter von 87 Jahren und liegt in dieser Kirche begraben. Hier ruhen auch die Gebeine des sevillanischen Dichters Francisco de Medina und des Priesters D. Juan Ramirez Bustamente, welcher letztere, im Jahre 1557 geboren, im Jahre 1679, mithin in einem Alter von 121 Jahren, starb. Er hatte große Reisen in Amerika zurückgelegt, konnte sieben Sprachen reden, war fünf Mal verheirathet gewesen und Vater von 42 ehelichen und 9 unehelichen Söhnen. Im 99sten Jahre seines Lebens trat er in den Orden der Priester und hielt alle Tage bis an sein Lebensende die Messe ab. — In den Kirchen San Clemente, Miguel Andres, Alberto, sind Kunstwerke von Montañes, Valdes, Pacheco, Arteaga, Villegas und Roelas, in der Kirche San Juan de la Palma und San Isidore Gemälde von Campana. Das in der letztern Kirche unter dem Namen „El Transito" bekannte Gemälde ist ein Meisterstück des großen, allein nicht genug gekannten Roelas. Von ihm sind noch eine Concepcion in der Akademie, sowie in Olivares, unweit Sevilla, mehre bedeutende Schöpfungen zu sehen. In Santa Maria la Blanca, woselbst sich früher fünf Murillos befanden, ist jetzt nur noch das Abendmahl von diesem Meister, sowie ein Christus von Vargas zu finden. Die Collegiata San Salvador verdient wegen des heiligen Christoph von Montañez und wegen des verehrten Crucifix, el Christo de los Desamparados, sowie die Kirche San Vicente, wegen des hier befindlichen Christus von Morales und mehrer Gemälde

von Francisco de Varela einen Besuch. In San Julian
zieht ein Frescobild von Juan Sanctio de Castro, den
heiligen Christoph darstellend, sowie in der Kirche San
Martin, eine Kreuzesabnahme von Cano die Aufmerksamkeit der Besuchenden auf sich. Außer den oben erwähnten Kunstwerken, sind noch sehr bedeutende Gemälde in
der Kirche Caridad, im Museum und in der Universität
aufgestellt.

Hospital de la Caridad oder **Eremita de San
Jorge** liegt außerhalb der Mauern, in der Nähe des
Torre del Oro und des Guadalquivir. Dieses für arme,
alte Männer bestimmte, von D. Miguel Mañara, einem
Freunde Murillo's, wieder aufgebaute Hospital enthält
eine einfache, aus einem einzigen Schiffe bestehende Kirche,
in der sich fünf sehr schöne Gemälde von Murillo und
zwei von Don Juan de Valdes Leal befinden. Der
frühere Reichthum dieser Kirche ist durch den uneigen-
nützigen Kunstsinn des Marschall Soult, der sich nicht
entblödete fünf Kunstwerke von Murillo mit sich zu nehmen, sehr vermindert worden, allein immer noch groß
genug, daß man den Talenten des großen Meisters die
wohlverdiente Huldigung darzubringen vermag. Diese fünf
Schöpfungen stellen Moses in der Wüste, die Speisung
der Fünftausend durch Jesus, ein Christuskind, Johannes
den Täufer und einen San Juan de Dios vor, welcher
auf seinen Schultern einen Armen trägt. Das Gemälde,
welches Moses in der Wüste darstellt, als er mit seinem
Stabe an den Felsen schlägt und das Wasser hervorsprudelt, ist eine der großartigsten Schöpfungen Murillo's
und vielleicht sein Meisterwerk. Dieses unter dem Namen „el Cuadro de las Aguas" oder auch „La Sed"
bekannte Gemälde ist ein Riesenbild mit 28 Figuren in
Lebensgröße, welchem in seiner Auffassung und Ausführung
nichts Aehnliches an die Seite zu setzen sein dürfte. In
keinem Bilde hat der Meister den Charakter seines Pin-
sels so scharf auszuprägen, in keinem die tiefergreifende

Wahrheit so kühn wiederzugeben gewußt, als in diesem außerordentlichen Kunstwerke. Er wußte der Natur und dem Menschen ihre innerste Eigenthümlichkeit abzulauschen und sie auf die Leinewand hinzuzaubern; ein Blick auf dieses Bild ist ein Blick in das Leben der Menschen mit ihren Leidenschaften und geheimsten Empfindungen, in einen Spiegel, der die innersten Regungen der Seele und die verborgensten Gefühle des Herzens wiederzugeben weiß. Da ist Alles Fleisch und Blut und Alles trägt das schärfste und strengste Gepräge der sprechendsten Individualität. Glaubt man nicht das Wasser aus dem Felsen sprudeln und aus dem Munde der umstehenden Durstigen die Töne der Freude und Lust ausstoßen zu hören? Mit Hast sieht man Menschen und Thiere herbeistürzen, um ihren Durst zu befriedigen und ihren trockenen Gaumen zu erfrischen; welchen Ausdruck in den Mienen, welche Mannichfaltigkeit in der Stellung und den Bewegungen wird man gewahr! Das ist Natur, die reine unverhüllte Wahrheit, die nur ein Murillo in so großartigen Zügen zauberisch wieder zu geben wußte. Wo ist der Mensch, der bei'm Anblicke dieses Bildes nicht bewegt und entzückt die Größe und das Genie des Meisters anerkennen sollte? Man braucht so wenig, um die Schönheit eines Bildes zu erkennen; die Schöpfungen Murillo's beweisen das. Da bedarf es keiner gelehrten Streitigkeiten und Auseinandersetzungen der Maler und Künstler, die so oft gerne die richtige Beurtheilung eines Bildes für sich allein in Anspruch zu nehmen geneigt sind. Murillo malte für die Welt, deshalb erkannte auch die Welt was er schuf. Seine Bilder sind keine bloßen personificirten Eigenschaften, keine farblosen Abstractionen, sondern Abspiegelungen eines wahren, innern Lebens.

Dem genannten Bilde gegenüber hängt eine andere großartige Schöpfung desselben Meisters, die Speisung der Fünftausend durch Jesus darstellend, welche, wenn auch bewunderungswürdig, doch an correcter Zeichnung

und lebendiger Darstellung dem erstern nachstehen dürfte.
Ebenso zeugen die übrigen oben angeführten Gemälde
von der Größe Murillo's, allein die Krone von allen
bleibt das erst beschriebene Bild. Es hält schwer, das
Auge von den Schöpfungen Murillo's abzuwenden, weil
ihre Anziehungskraft zu mächtig ist. Ebenso schwierig dürfte
es sein, nach der Betrachtung dieser den Leistungen der
übrigen Künstler volle Gerechtigkeit widerfahren zu lassen.
Dies beweist die Thatsache, daß man die in der Caridad
aufgehängten Bilder von D. Juan de Valdes Leal noch
selten nach Verdienst gewürdigt hat. Allerdings erblickt
das Auge, welches sich vorher an Darstellungen wirk=
licher Schönheit geweidet hat, plötzlich einen Gegenstand
widriger Art, indem sich Valdes bemüht hat, durch sei=
nen „Triumph der Zeit" und den „todten Prälaten" die
Vergänglichkeit irdischer Macht und Größe nur allzuge=
treu zu schildern. Allein die Correctheit der Zeichnung
und hauptsächlich die wahrheitsgetreue Darstellung kann
niemals geleugnet werden, wenn auch die verfaulten, von
Würmern zerfressenen, offenen Leichname, bei deren An=
blick Murillo sagte, daß er sich die Nase zuhalten müßte,
einen widerlichen, ekelhaften Eindruck hervorbringen.

Das seit dem Jahre 1838 von Señor Bejarano ge=
gründete Museum ist der Centralpunkt der großartigen
Schöpfungen eines Zurbaran, Juan de Castillo, Herrera,
Cespedes u. s. w. und insbesondere des unsterblichen
Murillo. In der Kirche des Museums hängen vier Bil=
der von letzterem und hierunter die weltberühmte „Con=
cepcion," d. h. Himmelfahrt Maria's. Diese nennen die
Spanier „Concepcion," obgleich dies Wort eigentlich
Empfängniß heißt, und man darf daher nicht vergessen,
daß es eine doppelte Empfängniß Maria's (la concepcion de la Virgen madre de Dios) gibt. Die eine
bezeichnet das von der Kirche am 25. März als festum
conceptionis Mariae beatae Virginis begangene Fest,
also die Verkündigung Maria's (la annunciacion de la

Virgen Santissima), wo sie „esposa del Espiritu
Santo" empfing, die andere den von der Kirche am 8.
December gefeierten Tag, wo Maria von ihrer Mutter
Anna empfangen wurde, in eben dem Sinne, in welchem
Urkunden eine conceptio Joannis Baptistae für den
24. Septbr. kennen. Ferner nennt der Spanier Maria's
Himmelfahrt festum assumtionis beatae Virginis, wel=
ches Fest von der Kirche auf den 15. August festgesetzt
ist, la asuncion de nuestra Señora und unterscheidet
es aus dogmatischen Gründen von der ascension de
Christo nuestro redentor a los cielos. Der Ausdruck
concepcion ist daher nicht gleichbedeutend mit recepcion
und bezieht sich mehr auf bildliche Darstellungen desjeni=
gen Festes, welches von der Kirche am 8. Decbr. jeden
Jahres unter dem Namen „Maria's Sendung auf die
Erde" gefeiert wird. Der in Sevilla geborene und im
Jahre 1682 verstorbene Maler Murillo wird wegen der
vielen Himmelfahrten, die er malte, el pintor de las
Concepciones genannt. Ueber der erwähnten Concepcion in der Kirche des Museums hängt die Himmelfahrt
von Juan de Castillo, dem Lehrer Murillo's, von dem
außerdem noch eine Visitacion, eine Anunciacion u. s. w.
vorhanden sind. Ferner sieht man die Apotheose des
Thomas Aquinas, ein von Francisco Zurbaran, dem spa=
nischen Carravaggio, im Jahre 1625 verfertigtes Meister=
werk, sowie den heiligen Luis Bertran, Hugo, Bruno
u. s. w. Zurbaran nähert sich eigentlich in seiner Auf=
fassung und Ausführung mehr dem Titian, als dem Car=
ravaggio; seine Mönche und seine prächtig naturgetreu
gemalten Körpertheile, insbesondere des weiblichen Ge=
schlechtes, sind einzig in ihrer Art. Außer diesen Ge=
mälden dürften noch der heilige Hermenigildo und Basilio
von Herrera dem Aelteren, der heilige Andreas von Roelas,
mehre Gemälde von Pablo de Cespedes, ein Schlacht=
stück von Juan de Varela und das letzte Gericht von
Martin de Vos, sowie in plastischer Beziehung der aus

Thon (terra cotta) von dem Italiener Torrigiano ge=
arbeitete St. Geronimus zu erwähnen sein.

Im oberen Stock des Gebäudes befindet sich **La Sala
de Murillo**, in welcher sich 18 Meisterstücke dieses großen
Künstlers befinden. Das Auge wird hier wirklich geblendet
von der Schönheit der Gemälde und irrt lange unstät
umher, bevor es einen festen Anhaltepunkt ruhiger Be=
trachtung und wonnigen Genuß finden kann. Murillo,
ein Meister in der Nachbildung der weiblichen und kind=
lichen Anmuth ist stets wahr und treu, und entzückt
jederzeit durch seine Einfachheit und Natürlichkeit. Die
Werke selbst tragen je nach den Perioden ihrer Ausfüh=
rung mehr oder weniger den Stempel der Vollendung
an sich und die Spanier nehmen deshalb drei Perioden
an, wovon sie die eine wegen des scharfen, etwas strengen
Umrisses der Bilder **frio**, die andere wegen der leben=
digen Farbenpracht der Gemälde **calido** oder warm und
die dritte wegen des etwa mehr dunstigen, wolkenreichen
Colorits **vaporoso** nennen.

In dem Murillosaal hängen die schönsten Edelsteine
der damaligen Malerkunst, und hat dieser Meister hier
vor Allem seine große Fertigkeit in der Darstellung von
Mönchen, Heiligen und Bettlern bewährt. Dem Bild
des San Felix de Cantalicio, welchem Heiligen die Jung=
frau im Walde erscheint und dem sie das Christuskind
auf den Arm legt, scheint mir der Stempel der Vollen=
dung aufgeprägt zu sein. Welche Anmuth in den Zügen
des Kindes, welche Jugend, welche Zartheit, Weichheit
des Fleisches gegen das Alter und die Falten des Hei=
ligen! Und nun das Bild, welches den Bischof Thomas
de Villanueva vorstellt, wie er vor seinem Palast an die
Armen Almosen austheilt und welches Murillo „su **obra
maestra**" (Meisterwerk), „su **Cuadro**" (sein Gemälde)
genannt haben soll; welche Herzensgüte, welche Hoheit in
dem Gesicht des Gebers und welcher Ausdruck, welche
Freude und Dankbarkeit in den Mienen der Bettler!

Neben diesem Bilde hängen die Heiligen Justina und Ru=
fina, die Giralda zwischen sich haltend — welche liebenswür=
dige, anmuthige Figur, welch' reizende Gesichtsbildung!
Jenen beiden Bildern hängen mehre Concepcionen gegen=
über, die auf den Betrachtenden eine wunderbare Wirkung
äußern. Neben der Thüre, durch die man in den Saal hin=
eingetreten ist, sieht man den in einen braunen Mantel ge=
hüllten heiligen Joseph, wie er das Christuskind sorgen=
voll betrachtet, welches sich zum Schlafen an seine Brust
gelehnt. Nicht weit davon sieht man die Jungfrau mit
dem Kinde, welches Bild unter dem Namen „La Ser-
villeta" bekannt ist, indem man glaubt, daß Murillo eine
Serviette, die er von der Tafel eines Klostergeistlichen,
von dem er vortrefflich bewirthet wurde, mit nach Hause
genommen und später dem Kloster zum Dank für das
Gastmahl ein Madonnenbild auf diese gemalt habe.
Auf der andern Seite des Saales erblickt man die Vi=
sion des St. Francisco, San Leandro und San Buena=
ventura, den heiligen Johannes mit dem Lamm, den hei=
ligen Antonius Felix, Francis u. s. w., lauter Bilder
von großem Werth und vollendeter Kunst. Murillo ver=
stand in der individuellen Auffassung und Schilderung
der verschiedensten Charaktere auch die bewundernswertheste
Wahrheit an den Tag zu legen. Er idealisirte nicht und
stellte deshalb die Menschen dar, wie sie lebten. Im
Uebergang vom hellen Colorit zum dunkeln war er un=
übertrefflich. Die übrigen, in den andern Sälen des Mu=
seums aufbewahrten Gemälde stammen von verschiedenen
Meistern und Schulen, und stehen bezüglich künstlerischer
Auffassung und Ausführung den eben genannten nach.
Auch kann die Aufstellung und Anordnung derselben keines=
falls eine richtige und günstige genannt werden.

In der von den Jesuiten in dem Zeitraume von
1566—79 erbauten Universität ist ebenfalls noch eine
Sammlung guter Gemälde aufbewahrt. Das Altarblatt
von Alonso Matias, die Anunciacion von Pacheco und

Johannes der Evangelist, so wie Johannes der Täufer, beide von Alonso Cano, sind Kunstwerke ersten Ranges. Auch sind die Gemälde von Roelas, so wie die Gräber von Lorenzo Suarez de Figueroa, des im Jahre 1598 gestorbenen Benito Arias Montano und mehre Statuen der Beachtung werth.

Von Privatgemäldesammlungen sind die der Herren Bravo, Lopez Cepero, Pedro Garcia, Lerdo de Tejada, Diez Martinez, Larrazabal, Suarez de Urbina, Williams und Olmedo zu nennen, in denen man Gemälde der sevillianischen Schule von Murillo, Diego Velasquez, Alonso Cano, Zurbaran, Herrera el Viejo und el Mozo Valdes Leal, Campana, Cespedes, Pacheco, Gutierrez, der granadischen Schule von Bocanegra, der castilianischen von Morales (el Divino), Cerezo, Carduci, Moran, Menendez und der valencianischen von Rivera (Spagno-letto), Juanes, Orrente, Maella, Parra u. s. w. finden wird. Die Vertretung der römischen, florentinischen, niederländischen und deutschen Schule ist schwach.

Die sevillianische Malerschule war die erste, welche den Gemälden Wahrheit einzuprägen wußte. Juan San-chez de Castro, zu dessen Schülern der vortreffliche Gon-zalo Diaz gehörte, war der Gründer und Bartolomé Estaban Murillo der eigentliche Träger derselben. Die Namen der übrigen waren folgende: Bartolomé de Mesa, Alejo Fernandez, Diego de la Barreda und sein Schüler Luis de Vargas, Antonio Arfian, Juan de las Roelas, Francisco Zurbaran, Luis Fernandez, Andrés Ruiz Sa-rabia, Francisco Gonzalez, Francisco de Herrera der Aeltere, dessen Bruder Batolomé, Francisco Pacheco, Lehrer des berühmten D. Diego Velazquez de Silva, Augustin del Castillo und dessen Bruder Juan. Diesen gesellten sich noch die fremden Künstler: Pedro de Cam-pana, Frutet, sowie die Maler Pedro de Villegas Mar-molejo, Luis de Morales el divino u. s. w. hinzu. Im siebenzehnten Jahrhundert genossen auch Andrés de Medina,

Pedro de Moja, Alonso Cano, Velazquez, Herrera el
Mozo einen großen Ruf, aber Murillo übertraf sie Alle.
Juan Simon Gutierrez, José Lopez, Perez de Pineda,
Sebastian Gomez und viele andere waren Schüler von
ihm. In der damaligen Zeit der Blüthe der Malerei
nahmen auch Bildhauerei und Baukunst einen hohen Standpunkt ein. Die Werke von Alonso Martinez, Pedro Garcia,
Juan Norman und Alonso Rodriguez im fünfzehnten und
die von Lopez Martin, Luis de Vega, Torregiano im
sechszehnten liefern die Beweise dafür. Unter den Bau-
meistern waren Diego Riaño, Martin Gainza, Florentin
Pedro Valdivia, Juan de Arfe und der bekannte Juan
de Herrera die berühmtesten. Um das Jahr **1600** werden
Miguel Parrilla Bernardo Guijon, Alonso Cano, Juan
Martinez Montañez als die ersten Bildhauer und Luis
de Herrera, Miguel Zumarraga, Gaspar de la Vega als
tüchtige Baumeister genannt. Im siebenzehnten Jahrhundert begann der Verfall der Malerei und Baukunst.
Von guter alter Sculptur ist in Spanien nicht sehr viel
zu finden. Die römischen Werke dieser Art, an und für
sich von keiner großen Bedeutung, sind durch die Mauren
und Gothen, sowie später durch die katholische Geistlichkeit zerstört worden. Die neuere Bildhauerkunst in Spanien zeichnet sich durch Anfertigung von Grabmälern und
Heiligenbildern aus. Auch verdienen die Holzschnitzereien
an den Hochaltären Lob. Von Baustylen müssen zuerst
die gothischen (**Obras de las Godos**) in Asturien, dann
der Graeco-Romano, hierauf el Plateresco, el Churri-
gueresco (Rococo) und endlich der jetzt gebräuchliche, sogenannte „königlich" akademische Baustyl genannt werden.

Der am Plaza del Triunfo unweit der Kathedrale
gelegene **Alcázar** wurde von den Arabern zum Wohnsitz
für ihre Könige gebaut und soll von Abda-lasis angelegt sein. Später bauten daran die Almoraviden und
Almohaden, dann Peter **I.** von Castilien, genannt der
Grausame, und zuletzt Carl **V.** und Philipp. König

Pedro **I.**, welcher maurische Arbeitsleute, die unter Yusuf **I.**
die Alhambra verschönert hatten, zur Ausführung seines
Planes gewann, hat in dem Zeitraume von 1353 bis 1364
sehr viel zum Ausbau und zur Verschönerung dieses
Palastes beigetragen, was auch die an der Hauptfronte
des Gebäudes angebrachte Inschrift besagt, welche so lautet:
„El muy alto, é muy noble, é muy poderoso é muy
conquistador **D.** Pedro por la gracia de Dios,
rey de Castilla é de Leon, mandó facer estos al-
cazares, é estos palacios é estas portadas que fue
fecho en la era de mil è cuatrocientos y dos"
(d. ist a. d. 1364.) — Das von Don Pedo erbaute
Hauptthor zeigt maurische Architektur. Der 70 Fuß lange
und 54 Fuß breite patio principal ist ein viereckiger Hof,
in dessen Mitte Marmorfontainen stehen und um welchen
ein von 52 Marmorsäulen getragener, zierlich gearbeiteter
Porticus läuft. Von hier tritt man in den Saal der
Gesandten, der auch den Namen la sala de la media
Naranja führt, weil die aus Holz kunstvoll zusammen-
gefügte Kuppel die Gestalt einer halben Orange zeigt.
Dieser Saal erinnert an den Gesandtensaal auf der Alhambra und weist auch noch eine schon von uns bei der
frühern Beschreibung jenes maurischen Palastes erwähnte
Arabeskenbekleidung auf. Dieser im J. 1181 von dem
zweiten Almohadensultan Yusuf-Aben-Yacub-ben-Abdel-
mamen erbaute Theil ist reich an historischen Erinnerungen.
Im zweiten Stock sind die von Carl **V.** hergestellten Gemächer. In den Souterrains des Palastes sieht man noch
die Bäder der maurischen Könige und in dem großen, im
steifen altfranzösischen Geschmacke angelegten Garten außer
gewaltigen Orangen-, Myrten- und Rosenhecken eine Masse
kleinere künstliche Wasserwerke. Die kleine, 15 Fuß lange
und 12 breite Capelle Isabellens ist ein zierlicher Bau.

Der Alcazar in Sevilla erinnert sehr an die Alhambra
und ist ein merkwürdiges arabisches Bauwerk. Durch
die vielen Unterbrechungen des Baues und durch den

Wechsel seiner Baumeister hat er aber jetzt eine Gestalt
erhalten, welche den eigentlichen alten Grundriß der arabischen Königsburg schwer wieder erkennen läßt. Die
jetzt noch großen Höfe und Bäume lassen aber schließen,
daß es einst ein großes, mächtiges Bauwerk gewesen ist.
Sehr zu beklagen ist es, daß die meisten der Wände mit
fingerdickem Kalk übertüncht und so die schönen Arabesken-
bekleidungen unsichtbar gemacht worden sind. Die Regierung läßt jedoch den Kalk zum Theil wieder abnehmen,
neue Filigranverzierungen anbringen und frische Farben
auflegen. Während meiner Anwesenheit wurde daran rüstig
gearbeitet und es läßt sich die Hoffnung hegen, daß, wenn
auch kein arabischer Alcazar mit seiner ursprünglichen
Schönheit hergestellt, doch ein Bauwerk geliefert wird,
dessen Aufführung der spanischen Regierung zur Ehre
gereicht.

Von andern historischen Sehenswürdigkeiten und Bau-
denkmälern sind hier noch bemerkenswerth: die Casa de
Pilatos oder auch Palacio de San Andrés genannt,
Eigenthum des Herzogs Medinaceli, welche von Don
Fabrique Enriquez de Rivera, erstem Marquis von Tarifa,
im Jahre 1521 nach dem Riß des Palastes des Pontius
Pilatus in Jerusalem gebaut worden sein soll. Der Erbauer war Gesandter in Rom und hatte von hier eine
Reise nach den heiligen Stätten Jerusalems unternommen,
von wo er den Riß des Palastes von Pilatus mitgebracht
und ihn dann in Folge eines frommen Gelübdes ausgeführt haben soll. Der schöne große Hof (patio) mit
seiner Fontaine, colossalen Figuren der Pallas, Ceres
u. s. w. und Marmorstatuen, die elegante Treppe, die
geräumigen Corridors, die vielen Säle und der weitläufige
Garten lassen allerdings auf die einstige Größe und Pracht
dieses Gebäudes schließen, welches aber jetzt mit seinen
nackten Wänden, wüstem Garten und der sehr beschädig-
ten Antiken-Sammlung ein trauriges Bild des Verfalles gewährt.

Ueber die commerciellen, industriellen und geselligen Verhältnisse Sevilla's sei Folgendes bemerkt:

Die Börse, von Juan de Herrera, in dem Zeitraume von **1585** bis **1598** erbaut, ist ein viereckiges Gebäude von **200** Fuß Breite an jeder Fronte und von **63** Fuß Höhe bis zur Mauer, die den Sockel bildet. Der korinthische Baustyl, die Schönheit der Verhältnisse, die Eigenthümlichkeit der Ausführung und die Güte des Materials geben dem Gebäude den Charakter der Solidität, der Dauer und des Geschmackes. Auf dem eleganten Treppenhaus ohne Pfeiler gelangt man in das im oberen Stocke aufgestellte Archivo de Indias, in dem sich auch Briefe und Handschriften von Ferd. Cortez, Columbus ꝛc. vorfinden, die uns jedoch nicht gezeigt wurden. Die Anordnung und Aufstellung der Manuscripte und Verhandlungen über den ehemaligen Handel nach Indien ist eben so, wie die Anfertigung des mit Marmorplatten belegten Fußbodens lobenswerth.

Der zur Zeit der spanischen Colonisation in Amerika so bedeutende Handel Sevilla's hat eine gewaltige Abnahme erfahren und läßt kaum einen Vergleich zwischen jetzt und damals zu. Er ist nur noch ein Schatten, ein Gespenst gegen die frühere Blüthe desselben.

Der Seehandel Sevilla's hat jetzt mehr dem Küsten- und Landhandel Platz gemacht. Die Stadt, 18 Leguas von der Mündung des Guadalquivir und in der Nähe des bedeutenden Seehafens Cadix gelegen, hat keinen mit ihrer günstigen Lage in richtigem Verhältnisse stehenden commerciellen Betrieb und geräth in Folge der schlechten Fürsorge der Regierung immer mehr in's Stocken, trotzdem, daß Schiffe von **200** Tonnen mit Leichtigkeit auf dem Guadalquivir bis an die Thore Sevilla's gelangen können. In den Monaten October und December, wo der Export der Orangen nach England, Frankreich und Belgien beginnt und zur Zeit guter Oelernten liegen die meisten Schiffe im Hafen.

Der gegenwärtige Export steht aber in keinem Vergleich zu dem Import. Aus England werden Zwirn, Eisen, Blechplatten, Zinn, unechtes Porcellan, Tuch, Leinewand, Baumwollenwaaren u. s. w., aus Frankreich:
Leinewand, Quincaillerien, Wollengewebe, Droguerien
und Specereien, aus Schweden: Bauholz, Stockfisch, aus
Deutschland über Hamburg oder Triest: Butter, Käse,
Stahl, Glaswaaren u. s. w. eingeführt. Der Export beschränkt sich auf Quecksilber, Blei, Kupfer, Olivenöl,
Wolle, Orangen, Süßholz, Korkholz. Die Ausführung
des Quecksilbers dürfte einen Werth von 2,000,000 de
pesos, des Olivenöls bei guten Jahrgängen 24,000,000
Realen und des Korkes 4,000,000 Realen betragen. Der
Küstenhandel beschränkt sich auf Branntwein, Wein, Papier, Baumwolle, Tuch, chemische Producte aus Catalonien, Mandelöl, Seide und Reis von Valencia, Blei
von Almeria, Früchte von Malaga und Cadix, Marmor und Kohlen von Aljeciras, Mais und Bohnen von
Galicien u. s. w. In den Jahren 1844 und 1845 sind
vom Auslande im Hafen von Sevilla Waaren zusammen im Werthe zu 29,525502 Realen eingegangen, wovon die Steuer 7,296466 Realen betragen hat. Die Zahl
der Schiffe, welche in diesen beiden Jahren zum Behuf
des Handels mit dem Auslande und Amerika eingelaufen
sind, beträgt 379 und die der ausgelaufenen 357, von
welchen erstere 29,973 Tonnen und letztere 28,849 Tonnengehalt aufweisen. Zum Behuf des Küstenverkehrs liefen in derselben Zeit 2,394 Fahrzeuge mit 88,207 Tonnengehalt ein, aus aber 2,233 mit 76,076 Tonnengehalt.
Der Import beträgt in dieser Beziehung in dem genannten Zeitraume 171,903,797 und der Export 120,121,050
Realen. Der ganze Werth der vom Auslande und den
spanischen Colonien in den Jahren von 1843 bis 1847 eingeführten Waaren beläuft sich auf 85,803,609 und der vom
Königreiche und durch den Küstenverkehr auf 420,846,323
Realen. Der Werth der ausgeführten Waaren dagegen

nach dem Auslande und den spanischen Colonien wird auf 163,947,897 und der Export der Früchte und Waaren auf dem Wege des Küstenverkehrs in den Häfen der Halbinseln auf 296,611,247 R. angeschlagen. Die in Sevilla eingerichteten Messen und Märkte tragen zur Belebung des öffentlichen Geschäftsverkehrs bei, der allerdings, wie schon früher bemerkt, der günstigen Handelslage der Stadt gemäß weit größer und bedeutender sein könnte, als er es eben ist.

In industrieller Beziehung müssen die auf Staatskosten betriebene Gießerei und Werkstätte des Arsenals, die Gewehr- und Tabaksfabriken erwähnt, sowie der von Carlos Pickman aus London gegründeten Porcellanfabrik in der Cartuja und der dem Herrn Narciso Bonaplata zugehörigen Eisen- und Maschinenfabrik gedacht werden. Außerdem bestehen noch Baumwollen-, Wollen-, Seiden- und Leinenfabriken, sowie Anstalten, in denen Süßholz gewonnen und Seife verfertigt wird.

Die zwischen den Thoren San Fernando und Xerez gelegene und auf Staatskosten betriebene Tabaksfabrik ist eine der größten der Welt. Sie wurde auf Befehl Philipp **V.** von dem Architekten Wandember zu bauen angefangen und von dem Baumeister D. Juan Vicente Catalan und Bengoechea im Jahre 1757 vollendet.

Das ganze, im dorischen Baustyl aus Backstein und Marmor in Form eines länglichen Vierecks aufgeführte Gebäude hat einen Flächeninhalt von 662 Fuß Länge und 524 Fuß Breite, sowie eine mittlere Höhe von 60 Fuß. Die Räumlichkeiten dieser von einer Mauer umgebenen Gebäude sind von sehr bedeutendem Umfange.

Zur Zeit der Regierung Carl **IV.** wurden hier an 12,000 und noch im Jahre 1827 an 7,000 Personen beschäftigt. Gegenwärtig hat sich aber der Vertrieb der Fabrik vermindert und die Zahl der hier angestellten und beschäftigten Personen betrug im Jahre 1849 nicht mehr als 4,542, nämlich:

```
    4  Auffeher      ⎫
  347  Cigarrenmacher  ⎬  Para puros.
   32  Lehrerinnen   ⎬
3,054  Cigarrenmacherinnen ⎭
    6  Auffeher      ⎫
  130  Tagelöhner    ⎬  Para el picado.
  650  Weiber        ⎭
```

310 Weiber für die Anfertigung von Cigarrenblättern
  9 Pförtner.

In den oberen Räumen waren Mädchen beschäftigt aus virginischem, philippinischem und Habannahtabak Cigarren zu machen. Ihre Kleidung war einfach, aber reinlich; man bemerkt viele hübsche Gesichter und guten natürlichen Anstand und überhaupt fand ich hier den Menschenschlag im Allgemeinen schöner, als in Valencia.

Im Jahre 1847 wurden hier 2,736,446, im Jahre 1848 aber nur 1,972,586 Libras Tabak, mithin 763,860 Libras Tabak weniger, als im vorhergehenden Jahre verarbeitet.

Es ist diese die einzige Fabrik in Spanien, in welcher Schnupftabak gemacht wird, welchen man mit der bei Murcia beschriebenen Ochererde vermischt und zu dessen Anfertigung die unteren Räumlichkeiten bestimmt sind. Die Maschinen werden durch Maulthiere in Bewegung gesetzt, von welchen letzteren 39 Stück gehalten werden.

Der Director erhält einen Gehalt von 30,000, der Cassirer von 20,000, der erste Auffeher von 14,000, der zweite von 12,000 Realen u. s. w.

Das Unterrichtswesen in Sevilla läßt mit der Zeit auf eine kräftige geistige Entwickelung schließen. Die Universidad literaria, die vielen Privatschulen und zahlreichen Collegia bieten in Verbindung mit den Bibliotheken und der Academia de buenas letras, de nobles artes de St. Isabel, der Academia de Medicina und Cirugia, de Jurisprudencia y Legislacion, de ciencias

exactas, naturales y medicas mannichfache Gelegenheit zu
geistiger Anregung und Ausbildung dar. Auch die hier
bestehende ökonomische Gesellschaft (sociedad economica
de Amigos del Pais) wirkt nach Kräften zur Hebung
der landwirthschaftlichen Interessen. Außerdem bestehen
auch philharmonische und Lesegesellschaften, zu deren letz=
teren vorzüglich das an der Plaza del Duque gelegene,
mit Zeitungen, Billard und Restauration versehene Ca=
sino zu rechnen ist. Der Fremde, durch ein Mitglied ein=
geführt, hat hier auf einige Zeit freien Eintritt.

Die jetzige Schauspielkunst in Sevilla zehrt nur noch
von dem Ruhme der Vorzeit. Der Charakter der alten
spanischen Kunst verliert die ihm einst so eigenthümliche
Feinheit und Originalität immer mehr. Eine National=
Oper der Spanier gibt es nicht und das spanische lyri=
sche Theater ist trotz mancher Versuche bis jetzt ohne Auf=
schwung und Bedeutung geblieben. Die Haupttheater be=
finden sich in Madrid und Barcelona, jedoch werden auch
hier nur italienische Opern aufgeführt. Die Theater von
Sevilla, Malaga, Valencia, Granada und Cadix sind
untergeordneten Ranges. In dem Theater Fernando sah
ich Lucretia Borgia über die Bühne gehen. Die Titelrolle
wurde von einer Rossi=Cachio gut gegeben, alles Uebrige
war mangelhaft, namentlich die Besetzung der Chöre und
der Capelle, welche letztere an Takt und Harmonie nicht
im Uebermaaß gesegnet war. Die Musik nimmt über=
haupt in den mittleren Theatern eine niedrige Stufe ein
und insbesondere lassen die Saiten=Instrumente viel zu
wünschen übrig. Die Kunst, den Bogen zu führen, ist
hier noch lange nicht so bekannt, wie in Frankreich und
Deutschland. Den Blase=Instrumenten scheint man größere
Aufmerksamkeit zu schenken. Das Ballet entsprach meinen
Erwartungen ebenfalls nicht. Dieses seit zwei Jahren
eröffnete Theater ist hübsch gebaut und wird hoffentlich
nicht immer so schwach, wie gerade bei meiner Anwe=
senheit besucht sein. Die übrigen Theater: principal, de

San Pedro de la Misericordia, San Hermenegildo, de Hercules und de Guadalquivir habe ich nicht gesehen.

Die zufällige Bekanntschaft eines jungen Spaniers, welche ich und mein Reisegefährte auf der Plaza del Duque machten, verschaffte uns einmal zur Zeit des Johannisfestes eine eigenthümliche Abendunterhaltung. Der junge Mann lud uns nämlich ein, mit ihm und einigen seiner Freunde, die des Gesanges und des Guitarrenspieles mächtig wären, in einige der Wirthshäuser niedrigster Art zu gehen, um daselbst bei Wein und Gesang die Zeit fröhlich entfliehen zu lassen. Wir gingen auf diesen Vorschlag ein und die jungen Leute entfernten sich auf kurze Zeit, um sich in ihre andalusische Tracht zu werfen, weil sie meinten, sich nur in dieser frei und zwanglos unter den niederen Volksclassen bewegen zu können. Nach kurzer Zeit kamen sie, angethan mit dem andalusischen Hut, der Jacke und dem Gürtel, zurück und wir gingen mit ihnen auf die Alameda vieja, woselbst wir unter der dichten, des Johannisfestes wegen hier versammelten Menschenmenge bald da, bald dorthin streiften und Faseleien und Neckereien aller Art ausübten. Es währte lange, bis wir eine uns günstig gelegene Weinkneipe ausfindig machten. Die Becher, angefüllt mit schlechtem Landweine, machten jetzt die Runde und die Saiten der Guitarre ertönten unter Gesangbegleitung fröhlich und heiter. Unser Majo besaß eine kräftige schöne Stimme; er sang auf die anmuthigste Weise andalusische Lieder, wozu ihm die Uebrigen mit ihren Stimmen und Gesticulationen auf das lebendigste begleiteten. Je mehr die Leutchen sangen und tranken, je mehr wirkte der Wein, bis endlich die lauteste Fröhlichkeit und Ausgelassenheit ausbrach. Auf die vorübergehenden Personen wurden Spottlieder gesungen oder gar auch Wasser geschüttet, und so schon im Anfange manche bewegte Scene herbeigeführt. Endlich befriedigte den Gesang der Wein nicht mehr; der Tanz mußte zu Hilfe kommen. Es wurden Späher und

Botschafter ausgeschickt, um schöne Tänzerinnen aufzutreiben. Nach einiger Zeit traten auch mehre in das kleine finstere, räucherige Gemach und machten einige unglückselige Versuche, uns mit Gesang und Tanz zu ergötzen; aber der geneigte Leser möge mir nicht zürnen, wenn ich jetzt die Feder bei Seite lege und in tiefer Reue, seine Neugierde angeregt zu haben, mich in tiefes, tiefes Schweigen hülle, da ich ihn durch eine nähere Beschreibung dieser häßlichen und ungraciösen Tänzerinnen nicht seiner bisher für Spanien gehegten Neigung berauben möchte. Die Lascivität dieser Tänze bildet ein getreues Conterfei der im 16ten Jahrhundert in Spanien üblichen üppigen Tänze, z. B. der Zarabanda, von der der Pater Mariana in seinem Buche de spectaculis sagt, daß sie mehr Unheil angerichtet habe, als die Pest. Von den Volksgesängen sprachen mich bezüglich ihrer eigenthümlichen Melodien und des Textes am meisten an: „La flor de la canela", ferner „en todas partes cuecen habas" (allenthalben kocht man Bohnen, d. h. ein Jeder fasse sich an seine Nase) und endlich das bekannte Lied aus der andalusischen Operette Tio Caniyitas, welches folgendermaßen beginnt und von dem wir nur bedauern, unseren Lesern wegen der vielen andalusischen Provincialismen und Zigeunerausdrücke keine entsprechende Uebersetzung liefern zu können:

> Es una hembra morena
> Con unos ojos barbalos
> Que alumbran como sirialos
> Cuando se pone juncá u. s. w.

Während unserer Anwesenheit in Sevilla drängte sich Vergnügen auf Vergnügen und Lustbarkeit auf Lustbarkeit. Der berühmte Stierkämpfer Francisco Montes war angekommen und man sprach schon seit mehren Tagen auf den Alamedas und an der Mesa redonda von nichts Anderem, als von dem nächster Tage stattfindenden glänzenden Stiergefechte, welches unter jenes Anführung vor sich

gehen sollte. Endlich erschien der glorreiche Tag. Früh
bei guter Stunde durcheilte ein Ausrufer mit einer klei=
nen Glocke die Straßen der Stadt und verkündigte den
Einwohnern, daß am heutigen Nachmittage eine glänzende
„Corrida" stattfinden sollte, bei der auch Francisco Montes
auftreten würde. Diese Botschaft wirkte wie elektrisch auf
die ganze Bevölkerung. Der Ruf: „vamos á los Toros"
war die Parole des Tages.

Nachmittags 4 Uhr bot die Stadt Sevilla das Bild
einer förmlichen Auswanderung dar. Eine ungeheuere
Menschenanzahl wogte und drängte durch die Straßen
nach der Plaza de Toros. Je näher man dem für die
Stiergefechte bestimmten Platze kam, desto mehr schwoll
der Strom der dahin eilenden Menschenmasse an, die
Straßen waren kaum breit genug, um alle die Neugie=
rigen zu fassen und die mit fröhlichen Zuschauern ge=
füllten und sich durch die dichten Haufen langsam vor=
wärts bewegenden Wagen trugen nur noch dazu bei, das
Gedränge zu vermehren. Ueberall fröhliche, festlich geputzte
Menschen, überall heiteres buntes Leben. Den Vorüber=
gehenden wurden Erfrischungen aller Art angeboten und
die Aguadores schrieen unbarmherzig ihr „agua fresca",
sowie die Jungen, welche Fächer zum Verkaufe im Preise
zu einigen Quartos ausboten, ihr „abanicos, Caballeros"
den Vorübereilenden in die Ohren. Fußtritte, sowie ein
tüchtiges Quantum von Staub und Hitze waren Gratis=
Beigaben, so daß man sich glücklich schätzen mußte, wenn
man endlich das ersehnte Ziel erreicht hatte.

Wir hatten uns zwei Billets à 13 Realen auf der
4ten Grada cubierta (bedeckte Gallerie), 1. fila del centro
Tags zuvor besorgen lassen und traten somit unter der
Anführung eines Straßenjungen, der sich uns als Ci=
cerone aufdrängte, in die Plaza de Toros ein, woselbst
wir auch sogleich auf einen schlechten Sitz=, aber guten
Sehplatz en la sombra (im Schatten) uns niederließen.
Der außerhalb der Mauern in der Vorstadt del Baratillo

im Jahre **1760** zum Zwecke einer Reitschule erbaute Cir=
cus besitzt eine nach Osten liegende Hauptseite, die aus
zwei Reihen dorischer Säulen mit Sockel und Aufsatz
besteht, welche einen großen Balcon mit steinerner Ba=
lustrade zu tragen bestimmt sind. Diese Säulen bilden
auch das Thor, durch das die Stiere zum Kampfe in
die Arena hereinstürzen. Ueber demselben befindet sich die
Loge des königl. Hauses und des Stadtraths. Das In=
nere des Gebäudes zeigt ein Amphitheater. Der niedrige
Theil oder erste Stock ist von Stein gebaut. Der zweite
theilweise auch aus Stein gebaute Theil ist bedeckt mit
einem einfachen Dache, welches auf schönen Bögen und
Pfeilern ruht. Der andere Theil des zweiten Stockes
besteht aus Holz und hat auch viele Balcone. Der ganze
Circus ist leicht aufgeführt, faßt **14,000** Menschen und
bietet in architektonischer Beziehung nichts Merkwürdiges
dar. Die Aussicht von der einen Seite des Amphithea=
ters auf die Kathedrale und die Giralda ist reizend und
nicht leicht kann man sich einen lieblicheren Hintergrund
denken.

Unten im Mittelpunkt ist die Arena, der eigentliche
Kampf= und Turnierplatz, auf dem sich bei unserm Ein=
tritt statt der Stiere und Kämpfer eine Masse Jungen
mit Orangen und Fächern lärmend und springend herum=
trieben. Die Arena ist groß und mit Sand bedeckt. Rings
herum läuft eine fast sechs Fuß hohe breterne Wand und
dahinter ein schmaler Gang, in den sich während des
Kampfes oft die Kämpfer, aber auch, wie wir uns heute
überzeugten, mitunter die verwundeten Stiere in ihrer
Todesangst flüchten. Das Letztere würde sehr unwahr=
scheinlich klingen, wenn ich nicht selbst dem Leser ver=
sichern könnte, daß sich mir sechs bis achtmal der Anblick
bot, daß ein wüthender Stier mit Leichtigkeit die fast
sechs Fuß hohe Barrière blitzschnell übersprang und sich
wie ein **Deus ex machina**, im entgegengesetzten Sinne des
Wortes, in dem beschriebenen Gange befand, aus dem die

daselbst sich aufhaltenden Thürsteher, Polizeidiener, Was=
serverkäufer und Mäntelschwinger schleunigst nach der
Arena übersetzen und von hier, sobald die Stiere wieder
durch die Thore auf den Kampfplatz vorgelassen wurden,
pfeilschnell vice versa wieder dasselbe Manoeuvre ausführen
mußten. In Sevilla hatten die Kämpfer selbst den Vor=
theil, daß sie nicht so oft die Barrière zu überspringen
brauchten, sondern sich nach den in der Arena selbst
angebrachten Schlupfwinkeln zurückziehen konnten. In
Madrid fallen aber diese breternen Barricaden weg und
die in der Arena beschäftigten Personen sind bei dem
wilden Anrennen des Stieres sehr häufig gezwungen, über
die breterne Einfassung hinweg in dem hinter derselben sich
befindenden Gange Sicherheit zu suchen. Dieser Gang
wird auf den Seiten der Zuschauer von einer hohen
Barrière geschützt, deren Ueberspringung nicht möglich ist.
Dahinter erheben sich die steinernen Sitze stufenweise, wie
in den römischen Amphitheatern und münden zuletzt in
bedeckte Gallerien mit hölzernen Bänken aus. Die Ein=
laßpreise richten sich nach der Lage des Platzes, nach
Sonne und Schatten und nach der Jahreszeit. Die
nächsten am Kampfplatze, die Logen und die in den be=
deckten Gallerien auf der Schattenseite liegenden Plätze
sind gewöhnlich die theuersten. Für die sogenannten Ba=
randillas de piedra (Steingitter) werden in den Monaten
April und Mai durchschnittlich 28, für die Barandillas
de madera (von Holz) 20, für die Mittelplätze 12, für
einen niedrigen Platz im Schatten 9, für einen hohen
Platz in der Sonne 8 und für einen niedrigen ebendaselbst
6 Realen bezahlt.

Gegen fünf Uhr, die Zeit der Eröffnung des Stier=
gefechtes, hatte sich eine sehr große Menschenmasse rau=
chend, schwatzend und essend im Circus versammelt. Die
Schatten= und Sonnenplätze waren alle besetzt, denn „Bank
an Bank gedränget" sitzen der Spanier Völker wartend
da. — Die ausgespannten Schirme, die sich bewegenden

bunten Fächer, das Schreien der Fruchtverkäufer, die
Toilette der Damen, die Mannichfaltigkeit der Trachten,
das Gemurmel der Masse und die sichtbare Spannung
des Publicums gaben dem nationalen Feste ein eigen=
thümliches Colorit. Endlich verkünden Trompetenstöße
den Anfang des Schauspieles. Die Arena wird von dem
darin sich herumtreibenden Volke geräumt und zwei al=
guaciles (Gerichtspersonen) in schwarzer Kleidung galop=
piren zur Arena hinein, um den Schlüssel zum Stier=
zwinger (toril) zu holen. Für diese Mühe werden diese
schwarzen Ritter mit Hohngelächter, Zischen und Pfeifen
von den unruhigen Zuschauern belohnt. Sie entfernen sich
so schleunig, als möglich. Ein anderes Thor öffnet sich und
herein marschirt in festlicher glänzender Kleidung das bei
dem Stiergefecht betheiligte Personal, um sich dem ver=
sammelten Volke zu zeigen. Die Picadores (die Kämpfer
zu Pferde) mit ihren gelben, starkgefütterten Hosen, kurzen
Jacken, breitem Hut und einem Spieß mit einen Zoll
langer Eisenspitze, die sie dem wild heransprengenden Stiere
in den Nacken zu stoßen suchen, die Espadas (Kämpfer
zu Fuß), mit ihren kurzen seidenen Hosen, seidenen
weißen Strümpfen, mit Silber gestickten Jacken und dem
am Genick befestigten Haarbusch, der fast aussieht, als
wenn die Haare zusammengebunden wären, die Maulthiere
mit dem bunten Geschirr und flatternden Fahnen, und
der dazu gehörige Train und Troß bilden die heiterste
Staffage des ernsten Spieles.

Die Espadas zerfallen wieder in Capeadores (Män=
telschwinger), Banderilleros (Lanzenwerfer) und wirkliche
Espadas, d. h. solche, welche den Stier mit dem Schwert
tödten. Unter Matador wird öfter derjenige Espada ver=
standen, der den Stier sticht; jedoch ist dieses Wort in
Spanien selbst nicht sehr gebräuchlich und man versteht
meist denjenigen darunter, der den gestürzten Stier knick=
fängt, was denn mit dem Worte cachetero gleichbedeutend
sein dürfte. Der vorderste der Espadas war heute der

berühmte Francisco Montes aus Chiclana bei Cadix, mit dem Beinamen „el divino", der jetzt wieder, nachdem er sein früher „erstochenes" großes Vermögen durchgebracht hat, als erster Stierfechter Spaniens unter dem rauschenden Beifall und großen Jubel des Volkes auftritt. Er ist ein ältlicher Mann von schlanker Figur und ausgeprägten starken, regelmäßigen Gesichtszügen, der sich in glänzender Tracht, in rothen mit Silber besetzten Hosen und gold= gestickter Jacke zeigt. Dem wilden Stier gegenüber zeigt er stets den sichern Meister und mit einer überraschenden Geschicklichkeit und Festigkeit weiß er den Todesstoß zu führen *). Nach Montes sind die besten Stierkämpfer José Redondo el Chiclanero und Cayetano Sanz.

Nachdem der Umzug beendigt und die Picadores mit ihren schlechten Pferden kampfgerüstet sich aufgestellt ha= ben, stürzt aus dem geöffneten Stierzwinger ein starker Stier mit wilden Sätzen auf den Kampfplatz. In dem ersten Momente scheint er die ihm zujubelnde Menschen= masse und fremde Umgebung verblüfft zu betrachten, dann aber reckt er hoch den Schweif, wirft den starken Kopf mit den spitzigen langen Hörnern wuthentbrannt stolz empor und stürzt mit wildem Sprunge auf einen der in der Arena haltenden Reiter los. Ist der Reiter geschickt und entschlossen, und hat er es mit einem sogenannten weichen Stier zu thun, so gelingt es ihm mitunter, den ersten Angriff durch die ihm in den Nacken gut aufge= setzte Lanze zurückzuschlagen, allein oft und wohl in den meisten Fällen geschieht es, daß der Stier seine Hörner tief in die Brust oder Eingeweide des armen Pferdes bohrt und dieses sammt dem Reiter in die Höhe schleudert und so zu Boden wirft. Dies Letztere war heute der Fall. Kaum war der Stier in die Arena gesprengt, als er sich wüthend auf den Reiter stürzte und Roß und Mann zu

---

*) Nach einer Nachricht aus Madrid vom 10. April 1851 ist dieser berühmte Stierkämpfer zu Anfang jenes Monates gestorben.

Boden warf. In diesem fürchterlichen Momente springen
die Mäntelschwinger herbei und suchen die Aufmerksam=
keit des Stieres durch den ihm hingeworfenen Mantel
abzulenken. Dies gelingt fast immer; der Stier wendet
sich wuthentbrannt seinen neuen Feinden zu, die aber bei
seinem Vordringen gewandt zu flüchten und sich hin und
her zu wenden wissen, bis er einen neuen Angriff auf
den zweiten, bis jetzt noch unthätig gewesenen Picador
unternimmt. Während dieser Zeit wird dem ersten
gefallenen Picador von den herbeispringenden Pferde=
knechten aufgeholfen und derselbe wieder auf das Pferd
gesetzt, wenn dasselbe nicht zu schwer oder tödtlich ver=
wundet ist. Ist Letzteres der Fall, so bleibt das Pferd
in der Arena liegen, ein frisches Pferd mit Sattel wird
hereingebracht und der gefallene Picador besteigt zum neuen
Kampfe wieder das Roß, dem aber jedesmal die Augen
mit einem Tuche verbunden sind. Der Picador, sobald
er stürzt, ist in doppelter Lebensgefahr, weil er einmal
leicht Hals oder Beine brechen, andererseits aber auch
leicht von dem wüthenden Stiere gestochen und aufgespießt
werden kann. Es ist unbegreiflich, daß bei dem Stürzen
der Reiter nicht mehr Menschenleben zu Grunde gehen.
Ich hielt im Anfange allemal den Reiter für verloren und
glaubte, daß man ihn todt unter dem Pferde hervorziehen
würde. Allein nichts von alledem; in den meisten Fällen
setzte er sich wieder frisch und munter zu Pferde und forderte
den Stier keck zum neuen Kampfe heraus. Manchmal aber
war auch das Spiel ernst und der Reiter mußte in Folge
eines schweren Falles hinausgetragen werden. Die Pferde
selbst sind von keinem großen Werthe, spielen aber bei
dem ganzen Stiergefechte die beklagenswertheste Rolle. Das
arme wehrlose Thier, nur selten geschützt durch die Lanze
seines Reiters, ist meist den fürchterlichen Hornstößen des
aufgebrachten Stieres schutzlos preisgegeben. Der Stier
bohrt dann seine langen Hörner mit gewaltigem Anlauf
in die Brust des Pferdes, aus der entweder augenblicklich

ein mächtiger Blutstrom hervorsprudelt und das unglück=
liche Opfer todt zu Boden wirft, oder er schlitzt demselben
von unten den Leib auf, daß die blutenden Eingeweide
ellenlang heraushängen und das arme Thier in seinem
Todesschmerz mit rauchenden Gedärmen noch wild in der
Arena herumsprengt. Dies ist ein grausiger, entsetzlicher
Anblick. Das Pferd tritt auf seine heraushängenden Ein=
geweide, reißt sich dieselben stückweise ab, allein weder
Reiter noch Publicum haben Erbarmen und Mitleid;
der Reiter besteigt es wieder und kämpft so lange ge=
gen den Stier, bis es nun endlich den Todesstoß er=
hält, zusammenbricht und unter den fürchterlichsten Todes=
qualen und Todesröcheln vor den Augen des Publicums
langsam dahinstirbt. Dies ist jedenfalls eine Thierquälerei
erster Art, die übrigens in Andalusien nicht den hohen
Grad, wie in Madrid erreicht hat, an welchem letzteren
Orte gewiß das grausamste Spiel in dieser Beziehung
getrieben wird, indem weder die schwerverwundeten Pferde
herausgelassen, noch die zusammengestürzten auf dem Kampf=
platze todt gestochen werden dürfen. Zum Lobe des sevil=
lanischen Publicums muß ich gestehen, daß es öfter das
Fortschaffen eines sehr schwer verwundeten Pferdes ge=
fordert und sich überhaupt, soweit es das blutige Spiel
erlaubt, gemäßigt und vernünftig gezeigt hat.

Nachdem der erste Stier vier Pferde getödtet und
muthig gekämpft hatte, begann der zweite Act des Schau=
spieles, nämlich der Kampf des Stieres mit den Bande=
rilleros. Auf ein Zeichen der Trompete zogen sich die
Picadores zurück und die leichtfüßigen Fußkämpfer (Ban=
derilleros), von denen jeder zwei Banderillas d. h. schlanke
Stäbchen mit Widerhaken und mit buntem Papier um=
wickelt in den Händen hat, treten in die Arena. Der
Stier, kaum seiner neuen Gegner ansichtig, stürzt in wil=
der Hast, den Kopf zur Erde gesenkt, auf dieselben los.
Diese aber springen dicht bis an die Hörner des wüthen=
den Thieres, das überdies immer durch die Capeadores

in Bewegung und Wuth erhalten wird, graciös heran
und suchen demselben mit eleganter Leichtigkeit die Ban=
derillas in den Nacken zu setzen, wo sie, wenn sie ein=
mal gefaßt haben, durch das Schütteln des Thieres, sich
immer fester in das Fleisch eingraben und dieses, in
Folge des dadurch verursachten Schmerzes, zur größten
Wuth aufreizen. Dieser Kampf, in dem das höchste
Stadium der Wildheit bei'm Stiere eintritt, verlangt von
Seiten der Banderilleros eine außerordentliche Geschicklich=
keit und Kunstfertigkeit, und gewährt an und für sich kei=
nen unangenehmen Anblick. Ja dieser wird sogar groß=
artig, wenn der Stier in seinem Schmerze, gleich den
Ochsen vor Troja, den Boden mit doppelt gespaltenem
Hufe stampft und wirbelnde Staubsäulen die Gestalt des
brüllenden Thieres einen Augenblick verbergen.

Nachdem der Stier sechs bis acht Banderillas em=
pfangen und in ohnmächtiger Wuth die Arena mit Blitzes=
schnelle umkreist, sowie vielleicht noch manchem von den
todtliegenden Pferden den Bauch aufgeschlitzt hat, tritt
endlich der Espada mit dem Schwerte und rothem Tuche
auf. Es beginnt jetzt der dritte und letzte Act. Der
Espada tritt zur Loge des Magistrates heran, bittet um
die Erlaubniß den Stier stechen zu dürfen, empfiehlt, im
Falle seines Todes, seine Familie der allgemeinen Ob=
hut, schwenkt seine Mütze in der Luft und macht sich zum
Kampfe bereit. Der jetzt schon ermüdete Stier wird von
den Capeadores von Neuem gereizt und nach und nach
in eine für den Espada günstige Stellung gebracht. Die=
ser, in der einen Hand das rothe Tuch und in der an=
deren das lange Schwert, nähert sich vorsichtig dem Stiere
und stößt, sobald dieser einen Anlauf zu nehmen und
auf ihn loszustürzen scheint, ihm die Klinge in das Wi=
derriß, wo möglich bis zum Griff hinein. Ist der Stoß
gut geführt, so stürzt das Thier sogleich oder nach kur=
zer Zeit zusammen, ist er aber schlecht gethan, so ist ein
zweiter Stoß oder vielleicht auch noch mehre nöthig. Ist

der Stier gestürzt, so springt der Matador heran und
gibt ihm mit einem kurzen Messer den Todesstoß in das
Genick. Hierauf ertönt die Musik, drei bunt angeschirrte
Maulthiere sprengen heran, schleppen die Pferde und den
todten Stier im Galopp hinaus und kaum hat sich das
eine Thor geschlossen, als sich schon wieder von Neuem
der Stierzwinger öffnet und ein frischer, vierfüßiger Käm=
pfer auf den Kampfplatz herausstürzt.

Es erschienen heute sechs starke Stiere in der Arena,
von denen der erste, zweite und letzte am muthigsten
kämpften. Den ersten, dritten und fünften tödtete Montes
sehr geschickt auf den ersten Stoß und „viva el currito
Montes el mas sandunguero de los la Tierra de Dios"
(es lebe der geliebte Montes, der anmuthigste aus dem
Lande Gottes, d. h. Andalusien), hörte man enthusiastisch
ausrufen. Die Espadas arbeiteten weniger glücklich und
insbesondere wollte der Todesstoß bei dem letzten Stiere
nicht gelingen. Im Ganzen wurden von den sechs
Stieren fünfzehn Pferde getödtet, wovon der erste 4,
der zweite 5, der vierte 3 Pferde u. s. w. erlegte. Der
letzte Stier kämpfte am lebendigsten, starb aber eines lang=
samen Todes; der Kampf mit dem ersten Stiere, den
Montes sehr graciös stach, sah sich am besten mit an;
der zweite Stier dagegen tödtete die meisten Pferde und
starb als der Held des Tages. —

Unter dem zahlreich versammelten Publicum befanden
sich im Allgemeinen, im Verhältniß zu den vielen Män=
nern, wenige Frauen der höheren Stände, doch diejeni=
gen, die in prachtvoller Toilette erschienen, schenkten dem
Stiergefechte eine überraschende Aufmerksamkeit. Vielleicht
war es bei mir der umgekehrte Fall und ich habe wahr=
scheinlich meiner schönen, reizenden Nachbarin mehr
Aufmerksamkeit, als den kämpfenden Stieren gewidmet,
denn sonst hätte ich wohl nicht die Erfahrung machen
können, daß dieselbe, ein ganz junges Mädchen, einen

unendlichen Wohlgefallen an dem blutigen Stiergefechte
gefunden und die größte Kaltblütigkeit gegen die armen,
mit heraushängenden Eingeweiden herumgaloppirenden
Pferde an den Tag gelegt hätte. Es wäre für mich gewiß besser und angenehmer gewesen, wenn ich mit grö-
ßerem Interesse die Operationen in der Arena, als die
Bewegung und den Eindruck in meiner Nachbarschaft
verfolgt hätte. Ein deutsches Mädchen würde gewiß nicht
an dem Platze ruhig sitzen geblieben, sondern, wenn auch
nicht wegen ihres Nachbars, so doch wegen der gehetzten
Stiere, davon geeilt sein.

Das spanische Stiergefecht vom Standpunkte deutscher Sitten und Gebräuche aus beurtheilen zu wollen,
dürfte nicht nur eine Thorheit, sondern vielleicht auch ein
Unrecht sein, da man nationale Spiele der Art nach dem
Standpunkte der Heimath nur mit Vorurtheil betrachten
und abschätzen würde. Ich würde deshalb ungerecht und
kindisch handeln, wenn ich, auf den dieses erste Stiergefecht, welchem ich beiwohnte, im Ganzen einen peinlichen
und widerlichen Eindruck gemacht hat, im Andrange meiner persönlichen Gefühle und individuellen Ansichten über
das Stiergefecht der Spanier den Stab brechen und es
barbarisch, grausam und roh nennen wollte. Der Stier-
kampf ist in Spanien seit den ältesten Zeiten so einheimisch geworden, daß er sich mit dem Charakter des Volks
innig verwebt hat und zur Volkssitte, und somit zu einem
nationalen Bedürfniß geworden ist, dem von Seiten der
Regierung jederzeit Genüge gethan werden muß. Wenn
auch das Stiergefecht ebenso, wie die Spiele der Römer
und Griechen manche widerliche und blutige Schattenseite
aufweist, so ist es doch im Ganzen ein ritterliches Spiel,
zu dem Muth, Entschlossenheit, Geistesgegenwart und Gewandtheit gehört. Ich glaube deshalb darin den Spiegel des spanischen Nationalcharakters zu erblicken und
habe die Ueberzeugung gewonnen, daß mit der Abschaf-
fung der Stiergefechte, wenn sie möglich wäre, auch ein

gewaltiger Umschlag in dem spanischen Nationalcharakter
erfolgen würde. Von dieser Seite her, aber auch nur
von dieser, möchte ich deshalb diese Schauspiele gerecht=
fertigt und sowohl dem Lande, als auch dem Volke für
die Zukunft erhalten wissen. Ueber die Besoldungen der
Stierfechter erfuhr ich Folgendes: Francisco Montes er=
hält, wenn er Alles arrangirt, z. B. Picadores stellt
u. s. w., bei jedem Toro 10,000 Realen, wovon ihm nach
Abzug der Kosten ungefähr 600 — 700 Thaler Gewinn
bleibt. Tritt er nur als erster Espada auf, so erhält
er ungefähr 3500 Reales. Die Picadores erhalten,
wenn Montes auftritt, 50 — 70 Duros; die Bande=
rilleros 24 und die Capeadores 16 Duros, der erste
Espada oder Matador aber 200 Duros. Der mitt=
lere Preis eines Stieres ist 120 Duros; ein Pferd
kostet 10 — 20 Duros.

Es dürfte hier am rechten Orte sein, ein schönes
sevillanisches, an die Geliebte gerichtetes Gedicht auf das
Stiergefecht mitzutheilen, welches Herr Ed. Groepke
nach meiner Uebersetzung dem spanischen Rhythmus mög=
lichst getreu nachzubilden versucht hat. Es lautet so:

Venta conmigo á los toros
Vente á los toros, chiquilla
que ni en cristianos ni en moros
has de encontrar mas tesoros
que en los toros de Sevilla.

Komm mit mir zum Stiergefechte,
Kleine Schöne, komm mit mir!
Schön'res bieten, als das echte
Sevillan'sche Stiergefechte
Christen nicht, noch Mauren dir.

Te aguarda aqui una calesa
que en diciéndole, á correr,
lo hace con tal lijereza,
que el que á su lado atraviesa
ni puede llegarla á ver.

Hier erwartet dich ein Wagen,
Der, wenn du gebietest „zu!"
Dich so rasch davon wird tragen,
Daß All', die begegnen, sagen,
Unbekannt sei'st ihnen du.

Vente á la plaza, y alli
sentirás tu corazon
cual baila dentro de ti,
al contemplar junto á mi
tan hermosa diversion.

Zur Arena komm und da
Wird sich heben deine Brust
Freudig, wenn dein Auge sah
Aufmerksam und mir so nah'
Solches hohen Schauspiels Lust.

Que sin pena, ni carcoma,
solo hay allì franca broma
envuelta en placeres mil,
desde que en la plaza asoma
el mal montado alguacil.

El que con paso bien grave
y orgulloso continente,
que apenas finjir bien sabe,
se dirije al presidente
para recojer la llave.

Van detras los lidiadores
marchando con gran decoro,
y ostentando mil primores
con relucientes colores
en trajes de plata y oro.

Sigue despues *Chavarrias*
que haciendo mil cortesias,
y dando sus vueltas mil,
dirije sus largos dias
á la puerta del toril.

Sale el furioso animal
y al picador le arremente,
pero con esfuerzo tal,
que en tierra dan por su mal
caballo, y lanza y ginete.

Prosigue con su altivez,
y con el segundo cierra,
con el tercero despues,
dejando sobre la tierra
tendidos á todos tres.

Y la tierra en derredor
de roja sangre se empapa
del caballo ó picador,
á quien salva un lidiador,
que tiene al toro la capa.

Toca las palmas ufano
el que libertado ha sido,
la pica empuña su mano,
y sobre un troton lozano
se lanza al toro atrevido.

Ohne Sorgen, ohne Schmerzen
Sproßt dort ungebundnes Scherzen,
Lust in tausendfacher Hüll',
Schon wenn zu der Kampfbahn
    Herzen
Schwankend trabt der Alguacil.

Wenn er mit gewicht'gen Schritten,
Einem Wesen stolz gebläht,
Das Verbergen nie gelitten,
Zu dem Präsidenten geht,
Um den Schlüssel zu erbitten.

Hinter ihm die Libiadoren
Zeigend unter großem Prangen
Schönheit, tausendfach erkoren,
Helle, funkelnde Coloren
Und Gewänder goldbehangen.

Folgt der Chavarrias ihnen,
Der mit tausend art'gen Mienen
Und geschmeid'ger Wendung Spiel,
Noch im Alter weiß zu dienen
Und nun öffnet den Toril.

Wüthend stürzt das Thier hervor,
Um mit solcher Kraft zu prallen
Auf den nächsten Picador,
Daß zur Erd' mit dumpfem Hallen
Lanze, Roß und Reiter fallen.

Wieder greift er trotzig an
Und besiegt den zweiten wieder;
Wirft sogleich den dritten Mann —
In den Sand geworfen nieder
Liegen alle drei alsbann.

Mächtig quillt das Blut hervor,
Das die Erde roth durchbringt,
So vom Roß, vom Picador,
Dem zum Schutz ein Libiador
Nach dem Thier den Mantel schwingt.

Jener, welcher nun befreit,
Klatschet freudig mit den Händen,
Nimmt den Speer zu neuem Streit,
Frisch beritten und bereit
Zu dem Stier sich keck zu wenden.

Mirólo el toro llegar,
y en frente de él se detiene,
quieren ambos empezar,
mas cada cual se mantiene
contemplandose á la par.

Hácia adelante inclinado
el toro escarva en la arena,
mueve la cola obstinado,
brama con siniestro enfado,
y mal su furor refrena.

Echado sobre el arzon
el buen picador le espera,
latiéndole el corazon,
y llamando en conclusion,
con ronca voz á la fiera.

Y la fiera se prepara
cuando él acorta la brida,
sin distinguirse su cara
la barba en el pecho hundida
y bajo el brazo la vara.

El toro por fin le enviste
y al sentir la férrea pica,
que bien tenaz le resiste,
de sus proyectos desiste,
y el circo en sangre salpica.

Muchos, que del picador
en el encuentro anterior
fueron fieles detractores,
pagan ahora su valor
con aplausos y clamores.

Suena el clarin, los toreros
arrojan las monterillas,
poniendo al toro certeros
los diestros banderilleros
cien pares de banderillas.

Y dando horribles busidos
corre y se para y se pierde,
y piérdense sus sentidos,
á los violentos tronidos
del aguijon que le muerde.

Dieſer glotzt ihn tückiſch an
Vor ihm ſtehend ſonder Regen,
Kampfbereit ſind Thier und Mann,
Aber ohne ein Bewegen
Starr'n ſich beide furchtlos an.

Vorwärts wild das Horn geneigt
Sieh den Stier im Sande wühlen,
Während Brüllen Grimm erzeugt,
Seine Wuth und Wildheit zeigt,
Läßt den Schweif er grimmig ſpielen.

Ob das Herz auch höher ſchlägt,
Harret ſein der Picador
Auf den Sattelknopf gelegt,
Ruft ihn, da er ſich nicht regt,
Rauhen Tones dann hervor.

Und das Thier verſaget nicht —
Jener faßt den Zügel feſt
Und verbirgt nun ſein Geſicht,
Auf die Bruſt das Kinn gepreßt
Und den Speer zur Seite dicht.

An ſtürzt nun der Stier mit Wuth,
Doch er fühlt der Lanze Eiſen,
Das ihm feſt im Nacken ruht:
Rückwärts ſpringt er und ſein Blut
Malt den Platz in rothen Kreiſen.

Viele, die dem Picador
Bei dem Gange kurz zuvor
Spott nur und Verleumdung gaben,
Laſſen jetzt ſein Herz und Ohr
Sich an Beifallsjubel laben.

Tubaſchall, und die Toreros
Werfen hin die leichten Mützen
Auf den Stier, als flinke Schützen
Schleudern die Banderilleros
Ihrer Banderillas Spitzen.

Er erhebt ein wüthend Brüllen,
Bleibt jetzt ſtehen, durchſtürmt die
　　　　　Runde,
Um den heftigen Schmerz zu ſtillen,
Der die Sinne will verhüllen
Durch des Widerhakens Wunde.

Suena de nuevo el clamor
del clarin porque se rinda
el toro al fuerte dolor,
y el apuesto matador
ante el presidente brinda.

Su diestra el hierro sujeta
y el capote la inmediata,
dos veces al toro reta,
y al tercero de muleta
de un solo golpe le mata.

La Fiera cae cuando siente
el golpe del hierro agudo,
y el matador diligente
se dirije al presidente
á hacer de nuevo el saludo.

Y al par que mil maravillas
está la orquesta entonando,
las enjaezadas mulillas
cubiertas de campanillas
llevan al toro arrastrando.

Este es, hermosa, el placer
que odian los estrangeros,
aunque es fuerza conocer,
que son ellos los primeros
que aqui lo vienen á ver.

Ay! vente tu hermosa mia!
vente conmigo á gozar
del placer y la alegria
con que nos sabe brindar
la reina de Andalucia.

Vente, pues, vente á los toros,
vente conmigo chiquilla,
que ni en cristianos ni en moros
has de encontrar mas tesoros
que en los toros de Sevilla.

Doch von Neuem dröhnt der Klang
Der Trompete, daß der Stier
Sich ergibt zum letzten Gang;
Und der Matador ruft lang
Hoch dem Präsidenten hier.

In der Rechten hoch den Stahl
Und den Mantel in der Linken
Täuschet er den Stier zweimal,
Schwingt zum dritten Kleid und Stahl,
Und durchbohret ihn zum Sinken.

Nieder stürzt das Thier, am Ohr
Wühlet tief des Eisens Spitze.
Der gewandte Matador
Geht nun grüßend wie zuvor
Zu des Präsidenten Sitze.

Während tausend Wunder führet
Das Orchester lieblich aus,
Zieh'n Maulthiere schön geschirret
Und mit Glöckchen reich verzieret
Zuckend noch den Stier hinaus.

Was die Fremden also schmähen
Ist, o Liebchen, dies Vergnügen,
Wenn man gleich muß zugestehen,
Daß sie mit den ersten fliegen,
Die da kommen es zu sehen.

Komm, o du mein Liebchen hin,
Um mit mir dort zu genießen
Heiterkeit und frohen Sinn,
Welche üppig läßt entsprießen
Andalusiens Königin.

Komm also zum Stiergefechte
Holdes Liebchen, komm mit mir,
Schön'res bieten, als das echte
Sevillan'sche Stiergefechte
Christen nicht, noch Mauren dir.

Der Aufenthalt in Sevilla war für uns so ange=
nehm und reizend, daß uns die Abschiedsstunde über=
raschte. Abgesehen von den großen anziehenden Kunst=
schätzen des spanischen Roms hatte besonders unser in
Sevilla wohnender wackerer Landsmann, Herr Ludwig aus
dem Thüringischen, uns so viele Aufmerksamkeiten erzeigt,
daß wir stets mit der freundlichsten Erinnerung an unser
Dortsein denken werden. Herr Ludwig lebt schon seit
36 Jahren in Spanien und dürfte der Nestor der Deut=
schen wegen seiner Gastfreundschaft und Vaterlandsliebe
genannt werden. Auch wollen wir hier noch gern un=
seres lieben spanischen Freundes, des Officiers Felipe de
Salis y Campuzano gedenken, der uns mit seiner herz=
gewinnenden Freundlichkeit und Gutmüthigkeit so viele
genußreiche Stunden verschaffte.

Der Charakter der Sevillaner, sowie der Andalusier
ist in vielen Beziehungen so verschieden von dem der
übrigen Spanier, daß wir ein tieferes Zergliedern des=
selben für nöthig erachten. Wir haben schon früher er=
wähnt, daß die spanische Nation wegen ihrer unendlichen
Verschiedenheit nicht nach einem Maßstabe beurtheilt werden
kann. Da Spanien der Tummelplatz der Phönizier, Car=
thager, Römer, Vandalen, Sueven, Alanen, Westgothen,
Mauren und Juden gewesen ist, so läßt sich auch die
große Verschiedenheit der Sitten, Tugenden und Laster der
verschiedenen Völkerschaften je nach ihrer Abstammung
und Zusammensetzung wohl erklären. Wenn sich daher
auch die früher erwähnten allgemeinen, charakteristischen
Eigenschaften der Spanier als: Vaterlandsliebe, kühnes
Freiheitsgefühl, feuriger Unabhängigkeitssinn, leichte Er=
regbarkeit und herzliche Gastfreundschaft hier mehr oder
minder vorfinden, so müssen doch bei Beurtheilung des
andalusischen Volkscharakters ähnliche physiologische und
ethnographische Unterscheidungen aufgestellt und beobachtet
werden, wie wir sie auch in ähnlicher Weise bei der Ab=
schätzung des catalonischen Charakters befolgt haben. Die

spanische Nation als ein Ganzes betrachtet ist höchst acht=
bar und ehrenwerth und dürfte wohl eines der wenigen
civilisirten Völker sein, welches bezüglich seiner Nationa=
lität mit Bescheidenheit und ohne große Ansprüche auf=
tritt. Gegen den äußeren Feind oder auch gegen den
Fremden zeigt sich aber der Spanier von einer anderen
Seite, indem das ihn beseelende Ehrgefühl und der ihm
angeborne Ehrgeiz dann stärker erwacht und oft zur Flamme
emporschlägt. Zu den obenangeführten mehr oder min=
der allen Spaniern eigenthümlichen Eigenschaften muß auch
noch eine gute natürliche Auffassung und ein gefälliger
Anstand gerechnet werden, durch welch' letztere der Spa=
nier des linkischen Benehmens oder lächerlicher Verlegen=
heit überhoben wird. Bezüglich der allgemeinen Bildung
und Moral glauben wir nach unserer individuellen An=
sicht den gemeinen Spanier höher, als den gemeinen Eng=
länder schätzen zu dürfen, welch' letzterer öfter keine Ma=
nieren hat, viel säuft und sich selten anständig beneh=
men kann.

Unter den Bewohnern Andalusiens zeigen die Se=
villaner am meisten denjenigen Charakter und Typus,
der unter dem Namen „El andaluz retador“ bekannt ist
und womit man das herausfordernde, streitsüchtige, prah=
lerische Benehmen des Andalusiers bezeichnen will. Der=
selbe ist ein Freund des Messers und man wird insbe=
sondere auf dem Lande selten einen Mann finden, der
nicht mit einem jener gefürchteten langen Messer (navajas)
versehen ist, dessen Gebrauch oft die fürchterlichsten Wun=
den und schrecklichsten Todesfälle herbeiführt. In den
letztern Jahren ist zwar das Führen dieser Messer von
der Regierung streng verboten, allein gerade diejenigen,
die das Verbot am meisten angehen soll, scheinen am
wenigsten auf dessen Befolgung bedacht zu sein. Am
meisten sind die kleineren Navajas im Gebrauch, jedoch
gibt es auch Messer, die wegen ihrer Größe und Länge
und wegen ihrer fürchterlichen Wirkungen navajas del

25 *

santo-oleo genannt werden. Es ist keine Frage, daß
in Andalusien in Folge des Tragens dieser Messer mehr
Stichwunden und Todesfälle vorkommen, als in einer
anderen spanischen Provinz, allein die Zahl der Opfer
ist bei weitem geringer, als man zu glauben sich für be=
rechtigt halten dürfte. Der Andalusier ist öfter ein her=
ausfordernder prahlerischer Zungenheld, der nur dann seine
Drohungen und Schimpfreden wahr zu machen sucht,
wenn er berauscht ist. Wenn die Streitenden nicht be=
trunken sind, so wird es selten zum Kampf und zu Anwen=
dung der Waffen kommen, und man sieht daher die mei=
sten Streitigkeiten weit mehr ruhig, als blutig ablaufen.
Durch ein unbedeutendes Wort, durch eine geringfügige
Beleidigung kann der Andalusier in die größte Wuth
gerathen, sobald er betrunken ist und dann ist er oft
des größten Verbrechens fähig, weil er sich nicht beherr=
schen kann. Ist er aber nüchtern, so weiß er vortreff=
lich, wie weit er zu gehen hat und nichts ist dann lächer=
licher und komischer, als das Schimpfen, Aufbrausen,
Schreien und Toben zweier andalusischer Renommisten mit
anzuhören, sie die Messerklingen ziehen und gesticuliren
zu sehen, schließlich aber wahrzunehmen, daß der Streit
statt mit Blutvergießen, meist mit Freundschafts=Versiche=
rungen, ja dem Schlusse neuer Freundschaftsbündnisse
endigt. Der Andalusier ist aber ebenso leicht zur Wuth,
als zur Versöhnung geneigt, und ich glaube, es hegt
kein Mensch weniger Groll, keiner brütet weniger Rache,
als jener. **Muerto el perro, muerta la rabia;** ist
der Hund todt, so ist auch die Wuth todt, d. h. deutsch:
todte Hunde beißen nicht. Obschon er ferner auch nichts
weniger, als dem Trunke ergeben ist, so werden doch
feuriger Wein und heißes Klima der „**Tierra de Dios**"
selbst für den kaltblütigsten Menschen gefährlich. Der
Andalusier besitzt nichts weniger, als einen kriegerischen,
militairischen Geist, ist aber ein geschickter Reiter.

Er ist wegen seiner sich zur Uebertreibung hinnei=

genden Ausdrucksweise, wegen seiner leicht erregbaren
Phantasie und Empfindlichkeit, wegen seiner gascogni-
schen Prahlerei, wegen seiner Leichtgläubigkeit, sowie wegen seines munteren und witzigen Charakters bekannt,
weniger aber durch praktische und industrielle Eigenschaften ausgezeichnet. Das andalusische Salz, wenn
auch kein attisches, ist doch ein classisches; man nennt
es sal **Andaluza** und versteht darunter ebenso gut den
Witz und die Grazie, als die Schönheit, weshalb auch
der Ausdruck „salero" (eigentlich Salzfaß) von den dortigen Damen als eine Schmeichelei aufgenommen wird.
Andalusien ist außerdem die Heimath des Contrabandista,
Ladron (Räuber), Torero (Stierfechter), Bailarin (Tänzer)
und Majo. Die bilderreiche Phantasie und Galanterie
der dortigen Bewohner dürfte daher in folgender Volks-
dichtung den besten Ausdruck finden.

> Eran antes, compadrito,
> Dulces las aguas del mar,
> Pero escupio una andaluza
> y se golvieron salar.

> Sonst, Nachbar, war die Woge süß,
> Bis eine Andalusierin
> Hinein den Schaum der Lippe blies,
> Seitdem entstand das Salz darin.

Die poetische und blumenreiche Ausdrucksweise der
Andalusier erinnert an den Orient und man dürfte wohl
den Grund hiervon theils in dem langen Aufenthalte
der Araber in diesem Lande, theils aber auch in der
Lage des Landes, in der Beschaffenheit des Bodens und
des Himmels, sowie in dem üppigen Wachsthum der
Natur zu suchen haben. Da die Araber im Königreich
von Granada bis zum Jahre 1492 und in Sevilla bis
1249 die Herrschaft führten, so dürfte die obige Annahme
keine ganz falsche sein, und man könnte sich wenigstens
zum Theil den Sinn der Andalusier für Poesie, Malerei
und überhaupt für alle schönen Künste und Wissenschaften

daraus erklären. Die sevillanischen Dichter: Rioja, Ar-
guijo, Herrera, Lista, Reynoso u. s. w., die Maler: Murillo, Zurbaran, Herrera, Roelas, Cespedes u. s. w., die
vielen in der Baukunst, Sculptur und andern Wissenschaften bekannten Erscheinungen sind für die Empfäng-
lichkeit des Gemüthes, für die Bildung der Sevillaner
Beweise genug.

Dem Studium der abstracten Wissenschaften ist der
Andalusier im Allgemeinen abgeneigt. Er vermeidet, wie
die meisten Südländer, das ernste und tiefere Eindringen
in die Wissenschaften und besitzt auch nicht die Ruhe und
Geduld, um ihnen mit Erfolg obliegen zu können. Leicht
an Sinn und Geist, lebt er um zu genießen, nicht aber
um als trockner Gelehrter sein Leben im stillen Kämmer-
lein zuzubringen. Die Philosophie, in der insbesondere
die Deutschen eine Höhe erreicht haben, wie kein anderes
Volk der gebildeten Welt, ist ihm fremd und die Namen
der großen deutschen Denker wie Kant, Fichte, Herbart,
Schelling und Hegel unbekannt. Zum principiellen Denken,
zur Systemmacherei und überhaupt zu solchen Anschauungs-
weisen, die rein ästhetischen Principien folgen, hat er keine
Neigung und Vorliebe. Die physischen, mathematischen
und Naturwissenschaften werden noch am eifrigsten betrieben.
Zur Erlernung fremder Sprachen hat der Spanier im
Allgemeinen so wenig Talent und Geschick, wie der Franzose.

Die andalusische Sprache ist im Vergleich zu der
castilianischen nicht so rein und volltönend und die Aussprache der einzelnen Wörter oft mangelhaft. Ich erinnere
mich in Andalusien selten eine schöne volle spanische Aussprache gehört zu haben und muß überhaupt gestehen,
daß dies in ganz Spanien nicht so oft der Fall war.
Die castilianische Sprache, die wohlklingendste oder wenigstens volltönendste der Welt, wird nur in sehr wenigen
Gegenden der pyrenäischen Halbinsel gut und rein gesprochen. Die andalusische Sprache klingt übrigens angenehm und würde noch besser lauten, wenn sie nicht so

schnell gesprochen würde. Der Andalusier weiß sich leicht
und gewandt auszudrücken und ist als geschickter Redner
vor Gericht und im Parlament bekannt. Die Aussprache
des „c und d" ist eben so eigenthümlich, als die hier
gebräuchlichen Constructionen.

Der Andalusier wird der Müssiggänger der pyrenäi=
schen Halbinsel genannt. Diese Behauptung bedarf einer
Modification dahin,. daß allerdings derselbe im Vergleich
zu dem Fleiße und der Ausdauer der Bewohner des nörd=
lichen Spaniens einen untergeordneten Rang einnimmt,
daß aber auch von ihm im Hinblick auf die topographi=
schen, physischen und klimatischen Verhältnisse des Landes
und auf die eigenthümliche Lebensweise unmöglich dieselbe
Energie und Thätigkeit beansprucht und erwartet werden
kann, wie bei Einwohnern nördlicher, kälterer und weniger
fruchtbarer Gegenden. Der Boden Andalusiens ist dankbar
und belohnt die geringste Mühe und leichteste Bearbeitung
mit reichlicher Ernte. Dessenungeachtet haben die Feld=
arbeiter wegen der brennenden Hitze, dichten Staubes,
geringen Schattens und nicht sehr hohen Tagelohnes eine
sehr angreifende Arbeit, zumal in der Erntezeit zu ver=
richten, die wegen der nicht selten auftretenden Fieber um
so schwieriger und gefährlicher werden kann. Das reicht
aber nicht hin, den Frohsinn der Arbeiter zu ersticken.
Wenn sie des Abends vom Felde nach Hause zurückkehren,
sieht man sie nicht selten tanzen und Guitarre spielen;
dabei wird gescherzt und gelacht, getrunken und gesungen.
Dieser heitere Gemüthszustand ist ein Hauptcharakterzeichen
der Andalusier, weshalb auch die meisten Bilder derselben
tanzende oder singende Personen darstellen. Die beiden
großen Factoren, die beiden gewaltigen Stachel zur Thätig=
keit, ich meine die Unfruchtbarkeit des Bodens und die über=
große Bevölkerung im Verhältniß zu der Production,
fehlen in Andalusien und insbesondere in der Provinz
Sevilla fast gänzlich. Deshalb vertrauen die Einwohner
der gütigen Natur und lassen den lieben Gott für den

morgenden Tag sorgen. In allen Bedrängnissen z. B.
bei'm Mangel an Regen wenden sie sich an den Himmel
und flehen um Hülfe. Vielleicht liegt in dieser Inbrunst
oder Gewohnheit des Gebetes, in den häufigen Aufzügen,
Processionen und Wallfahrten ein Grund mehr für die
Religiösität der abergläubischen Einwohner, welche von
einer großen Verehrung für die Jungfrau Maria beseelt
sind. Noch beschuldigt man die Einwohner dieser Provinz
auch der Verschwendungssucht, besser gesagt, übertriebenen
Gastfreundschaft. Geht man in Gesellschaft eines Spaniers
in ein Gast= und Kaffeehaus um etwas zu genießen, so
läßt sich der Spanier, wie wir schon bei der Beschreibung von Tarragona erwähnt, nie die Ehre des Bezahlens
nehmen. Kommt man in ein Erfrischungshaus allein und
setzt sich neben einen Andalusier und läßt, während man
etwas verzehrt, sich mit demselben in ein Gespräch ein,
so wird jederzeit der Andalusier bezahlen. Ja, die gesellige Bereitwilligkeit in dieser Beziehung geht, wie ebenfalls schon erwähnt, so weit, daß meist derjenige, der zuerst
an einem Tische Platz genommen, für alle später Hinzu-
gekommenen bezahlt oder daß auch der Fremde, wenn er
seine Rechnung bezahlen will, dieselbe von einem gänzlich
Unbekannten schon getilgt findet. Ferner braucht man
sich über einen Gegenstand, den ein Andalusier besitzt,
nur im geringsten wohlgefällig auszusprechen, so wird der
Letztere jederzeit sich ein Vergnügen daraus machen, ihn
zum Geschenk anzubieten. Die Redensart: „a la dispo-
sicion de V." hört man nirgend mehr, als in Andalusien; ob es mehr, als eine Redensart ist, kann dem Er-
messen jedes Einzelnen anheimgestellt werden. Veremos.

Eine andere, aber lobenswerthe Eigenschaft des An-
dalusiers ist die der Wohlthätigkeit. Bereitwillig gibt er
Almosen und freundlich steht er den Nothleidenden und
Bedrängten bei. Dies geht so weit, daß sehr oft der
Müssiggang auf Kosten der Armuth unterstützt wird und
deshalb findet man wohl auch in keiner Provinz so viele

Armenanstalten und dessenungeachtet so viele Bettler, als
in Andalusien und insbesondere in Sevilla. Der spani=
sche Bettler ist wegen seiner angeborenen „Grandezza"
eine eigenthümliche und selten eine unverschämt und zu=
dringlich auftretende Persönlichkeit. Das Betteln in Spa=
nien ist eine Schule der Erfahrung, die an der Gut=
müthigkeit, Nachsicht und Geduld des Spaniers den besten
Lehrer hat. Geber und Nehmer behandeln sich fast im=
mer mit Anstand und gegenseitiger complimentenreicher
Nachsicht. Der Spanier, von einem Bettler angesprochen,
reicht meist ein Almosen (limosna) hin, wo nicht, so läßt
er anfangs sein „perdone hermano por dios", später sein
„No tengo suelto" (ich habe keine kleine Münze) und
nur zuletzt, wenn seine zähe Geduld durch die sich im=
mer steigende Aufmerksamkeit des Bettlers zerrissen wird,
sein „Vaya V. al diablo" (geh' zum Teufel) ertönen. Als
mich einst auch ein alter Bettler auf der Alameda in
Granada Tag für Tag um ein Almosen ansprach und
ich ihm endlich, nachdem ich ihm öfter gegeben, sagte,
daß er zum Teufel gehen sollte, sagte er lachend: daß
ich während meines kurzen Aufenthaltes in Granada tüch=
tige Fortschritte in der spanischen Sprache, allein nicht
gerade zu seinem Nutzen, gemacht hätte.

Der Andalusier besitzt persönliche Eigenliebe, ist ein
gefälliger, koketter, galanter Mann und ein hombre de
mucho bigote (Mann von viel Schnurrbart), ohne des=
halb jedoch im geringsten „bigott" zu sein. Spanien
überhaupt ist das Land der Schnurrbärte und nirgends
verwendet man mehr Sorgfalt auf Haltung derselben, als
hier. Früher mag deren Geltung noch mächtiger gewesen
sein, als jetzt und wir wollen zur Bekräftigung dieser
Ansicht nicht unterlassen, folgende hübsche Anekdote hier
einzuflechten. Als einst der eben so berühmte, als be=
rüchtigte Herzog Alba in Geldverlegenheit war, bot er
einen seiner bigotes zum Pfande für ein Anlehen, und
die Macht und das Ansehen dieser bigotes war so außer=

ordentlich, daß man sich mit dieser Bürgschaft begnügte und ohne weiteres das Geld herbeischaffte.

Zum Schlusse unserer Charakteristik wollen wir noch erwähnen, daß der Andalusier ein großer Verehrer des weiblichen Geschlechtes und ein feuriger Liebhaber ist. In Anbetracht der schönen Frauen und Mädchen hat er allerdings hinreichende Ursache dazu, denn wer sollte den schön gewachsenen, gewandten und liebenswürdigen Andalusierinnen nicht geneigt sein? Wo sieht man mehr schöne Hände und Füße, wo schwärzeres, schöneres Haar, wo blitzendere schwarze Augen, wo malerischere Frauengestalten, wo mehr Grazie, wo mehr Biegsamkeit der wohlgestalteten Taille, als in Andalusien? Wo hört man mehr süßes Geplauder, wo mehr Galanterien und Artigkeiten, wo gewahrt man mehr schmachtende Augen, eine geheimnißvolle Fächersprache? Wo klingt das „ito“, wo das „beso a V la mano, Caballero“, wo das „niña Señorita, chica“, wo „hija de mi alma (Tochter meiner Seele), luz de mi ojos“ (Licht meiner Augen), schöner und reizender, als in Andalusien? Die Frauen von Malaga, Cadix und Sevilla verdienen wegen ihrer Schönheit die wirkliche Ausführung des gewöhnlichen Grußes „A los pies de V.“ (ich stürze mich zu Ihren Füßen) und es ist nicht zu verwundern, wenn hier die Liebe, um mit Cervantes zu reden, zur Wohlanständigkeit des Lebens gehört. Man trifft hier noch die eigenthümliche Sitte, daß die jungen Männer vor den Fenstern ihrer Geliebten bis spät in die Nacht oder bis gegen frühen Morgen verweilen und ihre Gefühle und Empfindungen durch das Spielen der Guitarre oder durch leises Geflüster mit der hinter den Jalousien, sei es auch im zweiten oder dritten Stock verweilenden Geliebten in Worte zu kleiden suchen. Regelmäßig, wie die Sterne am Himmelsdome, erscheint auch jeden Abend der Liebhaber am Hause der Geliebten, ohne jemals dessen Inneres betreten, ohne jemals von dem Mädchen andere Gunstbezeugungen, als

höchstens einen Händedruck erlangt zu haben. Die Ael=
tern wissen jederzeit um das Verhältniß ihrer Tochter
und lassen sie ohne Widerspruch einen großen Theil der
Nacht an den Jalousien zubringen. Der Liebhaber darf
nur auf eine besondere Einladung der Aeltern das Haus
betreten und dann aber auch der Erhaltung des Jaworts
gewiß sein. Dieses Wachestehen, pelar la pava, d. h.
„die Truthenne rupfen" genannt, wird öfter durch das Hin=
zukommen von drei oder vier Personen gestört, welche den
liebebürftigen Wachtposten entweder zwingen, mit ihnen
in ein benachbartes Wirthshaus zu gehen und die Rech=
nung für sie zu bezahlen oder Gewalt mit Gewalt zu
vertreiben. Gewöhnlich ist Ersteres der Fall, der Liebha=
ber zahlt und hat ungestört das Recht de pelar la pava.
Der Stolz des Andalusiers auf die Schönheit seines Lan=
des und seiner Frauen findet sich prägnant in den Wor=
ten ausgedrückt: „ellas son el alma de nuestra so-
siedad y el mejor adorno que la Providencia ha
puesto en estas afortunadas provincias". (sie sind die
Seele unserer Gesellschaft und der größte Schmuck, den die
Vorsehung unseren glücklichen Provinzen geschenkt hat.)

Einige Proben andalusischer Liebespoesie mögen hier
Platz finden:

Es verdad que te quisi
que siempre te estoy quisiendo
y el amor que te tuvi,
siempre te lo estoy tuviendo.
No llores, paloma mia,
si hoy no he volado a tu nido,
bien sabes que te he querido
mas que el sol a Andalucia.

Quien me dará remedio
para una niña,
que cuanto mas la quiero
es mas esquiva.

Daß ich dich liebte ist so wahr,
Als daß ich dich immer noch lieb'
Und meine Liebe treu und klar
Von gleichem Feuer für dich blieb.
Gib, Täubchen, nicht den Thränen
Raum,
Daß ich zu deinem Nest nicht flog;
Du weißt, ich liebte dich wie kaum
Die Sonne Andalusien noch.

Wer ist, der mir ein Mittel schriebe
Für mein Lieb' geschwind,
Das, je heißer ich es liebe,
Stolzer nur gesinnt;

Niña del alma,
que me hace arder de amores
sin esperanza.

Meiner Seele Kind,
Das mich brennen läßt in Liebe
Ohne Hoffnung lind.

Toma, niña, esa naranja
Que la cogi de mi huerto,
No la partas con cuchillo
Que vá mi corazon dentro.

Nimm diese Orange, süßes Kind,
Hab' sie im Garten mein gepflückt,
Doch ritze sie mit dem Messer nicht,
Es ist mein Herz darein gedrückt.

Der Boden im Bezirke der Stadt Sevilla ist flach. Die Weideplätze liegen auf niedrigen trockenen Anhöhen und Hügeln. Die Niederungen am Flusse Guadalquivir sind der Ueberschwemmung ausgesetzt, allein sehr fruchtbar; das Austreten desselben steht mit der Ebbe und Fluth in Verbindung, welche bis hierher zu noch viel weiter sich erstreckt.

Die Provinz Sevilla, eine der drei Provinzen des Königreiches umfassend, ist 299 spanische Quadratmeilen groß. Die Fruchtbarkeit des ganzen Territoriums ist schon früher von uns gerühmt worden und wir wollen hier nur noch bemerken, daß in der Provinz von Sevilla vor Allem Cerealien, Oel, Wein u. s. w. gedeihen, Rindvieh= und Schafzucht fortkommen und ein großer Reichthum von Metallen im Schooße der Erde verborgen ist. Sevilla könnte eins der glücklichsten Länder der Welt sein, wenn eben hier nicht die zwei nothwendigsten Factoren dieser Zukunft, ich meine eine tüchtige, väterliche Regierung und ein recht arbeitsames Volk — fehlten. Der Metallreichthum des Landes ist sehr groß. Eisen, Silber, Blei, Kupfer und Kohlen finden sich in der Sierra Morena und Kalk und Thon in den Niederungen des Guadalquivir, sowie in den Thälern der Sierra Ronda.

Die hauptsächlichsten Flüsse in der Provinz Sevilla sind der Guadalquivir, Genil, Corbones, Guadaira. Der erstere, in den sich der Genil bei Palma del Rio ergießt, theilt die ganze Provinz in zwei Theile und ist für Schiffahrt und Handel sehr wichtig. Unterhalb Sevilla, bei dem Dorfe la Puebla, bildet er die beiden Inseln: Isla

Major und Menor. Es ist zu bedauern, daß die Schiff=
barmachung dieses herrlichen Flusses nicht mehr ausge=
dehnt und vervollkommnet wird. Die Natur wird in Spa=
nien nirgends genug unterstützt und benutzt. Auch die
Cultur des Bodens läßt noch viel zu wünschen übrig.
Die landwirthschaftlichen Producte dieses schönen Land=
striches bestehen in allen Sorten von Getreidearten, Ge=
müsen, Orangen, Früchten, Gartengewächsen, Wein, Oel,
Süßholz u. s. w. Auch wird Tabak, Mais, Hanf, sowie
Baumwolle auf der Isla Major und zwar letztere im
trockenen Boden gebaut. Die Viehzucht in dieser Pro=
vinz nimmt an Bedeutung zu. Die früher so hochbe=
rühmte Pferdezucht Andalusiens ist zurückgegangen. Im
Jahre 1849 betrug in der Provinz Sevilla die Anzahl
der Stuten 18,306, die der Hengste (caballos padres)
608, die der Füllen 3,016 und und die der Stutfüllen
3,557. Die reichsten Pferdebesitzer wohnen in Sevilla,
Ecija und Utrera, wovon die am ersteren Orte wohnen=
den 3,206 Stuten und 116 Hengste, am zweiten 1,085
Stuten und 47 Hengste, am letzten Orte 1,050 Stuten
und 46 Hengste auf den Weiden haben. Dann folgen
die Stutereibesitzer in Carmona mit 963 Stuten und 26
Hengsten, in Osuna mit 891 Stuten und 33 Hengsten,
in Marchena mit 797 Stuten und 24 Hengsten, in Ca=
bezas de San Juan, Algaba u. s. w. Der Territorial=
Reichthum der Provinz Sevilla wurde im Jahre 1849
bezüglich des Pflanzenreiches und Thierreiches zusammen
auf 71,911,339 Realen angegeben, wozu noch 17,372,731
Realen an gelieferten Fabrikaten gerechnet werden können.

Schließlich wollen wir noch einen kurzen historischen
Abriß der Provinz und Stadt Sevilla beifügen. Die
Geschichte Sevilla's zerfällt in vier Perioden. Die erste
umfaßt die Herrschaft der Römer, die zweite die der Van=
dalen, Sueven und Gothen, die dritte die der Musel=
männer und die vierte die von der Eroberung durch San
Fernando bis auf die neueste Zeit.

Ueber den Ursprung und die Gründung Sevilla's herrschen verschiedene Meinungen, bald will man die Phönizier und Scythen, bald die Iberier und Celten, bald die Paluden, bald Hannibal, bald Cäsar als die Gründer genannt wissen. Dem sei wie ihm wolle, soviel steht fest, daß Sevilla, als eine der ältesten Städte in Spanien, früher den Namen Hispalis, unter den Mauren Johbiliah und später Sevilla geführt hat. Durch Cäsar wurde Sevilla, früher die Hauptstadt von Bätica, eine römische Colonie, erhielt den Namen Romula und die noch jetzt bestehenden römischen Stadtmauern, Cloaken zur Reinigung der Stadt und den unter dem Namen **Caños de Carmona** bekannten Aquaduct. Noch viele andere Ueberreste bezeugen die damalige Größe der mit vielen Tempeln und Palästen versehenen Stadt.

Die nordischen Barbaren folgten den Römern in dem Besitze von Sevilla oder Hispalis. Im Jahre 411 wurde es die Residenz der vandalischen und im Jahre 419 die der gothischen Könige, wovon der erste sich Amalarich nannte. Als später der König Leovigildus die Herrschaft Spaniens mit seinem Sohne San Hermenegildo theilte und ersterer die Residenz nach Toledo legte, stellte sich letzterer an die Spitze einer in Sevilla gegen seinen Vater ausgebrochenen Empörung, wurde jedoch in Cordoba gefangen, seines Thrones entsetzt und nach Valencia verbannt.

Durch den Prior Opas, Onkel von Witiza, wurden die Sarazenen nach Sevilla gerufen. Im Jahre 712 wurde diese Stadt von Muza belagert und bald darauf erobert. Als Muza von dem Chalifen abgerufen worden war, wurde Abd el Aziz der erste Befehlshaber in Spanien und legte seinen Hof nach Sevilla. Diesem folgte im Jahre 715 Ayub, der die Residenz nach Cordoba verlegte. Cordoba blieb dem Chalif von Damascus unterthänig bis zum Jahre 756, in dem, wie bemerkt,

Abderahman das westliche Chalifat der Omaijaden=Fa=
milie begründete, in deren Besitz Sevilla auch bis 1031
blieb. Von diesem Zeitpunkte beginnt der Verfall der
maurischen Herrschaft; die Uneinigkeit und inneren Streitig=
keiten unter den Arabern nahmen zu, jede Provinz wählte
sich ihren König und am Ende konnten diese zersplitter=
ten Kräfte der vereinigten Macht der Christen nicht mehr
widerstehen. Das muselmännische Königreich in Sevilla
wurde im Jahre 1021 von Mohamed I., Sohn des Is=
mayl, gegründet. Diesem folgte 1042 sein Sohn Abed
und diesem wieder der Sohn Mohamed II., genannt el
Mohamed Alay Alà (Abu el Kasem). Die Herrschaft der
Mauren dauerte 536 Jahre und endigte durch San Fer=
nando, welchem am 23. November 1248 Sevilla sich er=
gab. Sevilla war 227 Jahre lang ein unabhängiges
Königreich, 157 Jahre unter den Regenten von Yusuf
bis zum letzten Könige gewesen und 102 Jahre den Al=
mohaden unterworfen.

San Fernando starb in Sevilla am 31. Mai 1252.
Ihm folgte Alfonso der Weise und diesem wieder eine
ganze Reihe anderer Könige. Im Jahre 1392 war ein
großer Aufstand in Sevilla und Alvar Perez de Guz=
man und Pedro Ponce bemächtigten sich der Stadt. D.
Enrique dämpfte den Aufruhr und ließ über 1000 der
Rebellen hinrichten. Die Aufstände wiederholten sich spä=
ter und viele Unglücksfälle trafen die Stadt. Carl V.
verlegte die Residenz von Sevilla nach Valladolid. Durch
die Entdeckung von Amerika gewann Sevilla an Reich=
thum und Ausdehnung und wurde der Markt der Colo=
nien und der Wohnort fremder reicher Kaufleute. Spä=
ter, als die transatlantischen Besitzungen verloren gingen
und der französische Krieg begann, sank auch Sevilla
immer mehr. Nach der Schlacht bei Ocaña übergab sich
dasselbe am 2. Februar 1810 den Franzosen, ohne Ge=
genwehr geleistet zu haben. Im Jahre 1813 mußte Soult

fliehen und die Engländer beſetzten die Stadt. Die im
Jahre 1823 von Madrid fliehenden Cortes blieben nur
kurze Zeit in Sevilla, verließen aber die Stadt, ſobald
ſich Angoulême zeigte. Im Juli des Jahres 1843 belagerte Espartero neun Tage lang Sevilla, allein auch
hier war der Widerſtand im Verhältniß zu der großen
Stadt und Volksmenge von keiner großen Bedeutung.

IV. Cadix. — Xerez. — Gibraltar.

Fahrt nach Cadix. — Deutsches Element. — Die Mordthat. — Lage
von Cadix. — Handel. — Sanitätsverhältnisse. — Die Damen. —
Abendunterhaltungen. — Kathedrale. — Gemälde von Murillo. —
Wohlthätigkeitsanstalten. — Gefängnisse. — Unterrichtsanstalten. —
Geschichte. — Ausflüge. — Puerto de Santa Maria. — Xerez. —
Wein. — Boden. — Pferdezucht. — Schlacht am Guadalete. — Be-
kanntschaft mit einem ehemaligen Räuber des José Maria. — Tienda
de Aleman. — Sturm. — Meerenge und Bai von Gibraltar. —
Bauart der Stadt. — Strategische Wichtigkeit. — Geschichte. —
Bodencultur. — Gibraltarfelsen. — Signalhaus. — Die Affen.

Das einen Tag um den andern von Sevilla nach Cadix
laufende Dampfschiff legt den Weg in sieben Stunden
zurück. Der Fahrpreis, welcher damals 3 Duros =
60 Realen auf dem ersten Platze betrug, war für die kurze
Fahrzeit hoch zu nennen, um so mehr, weil außerdem noch
das Ueberfahrtsgeld auf dem Kahne nach dem Lande und
die Auslagen für den Gepäcktransport hinzukamen. Die
Fahrt selbst ist langweilig und die Gegend bietet nicht
viel Sehenswerthes. Der an und für sich einförmige
Fluß Guadalquivir wird nach seiner Mündung zu immer
eintöniger und die Ufer zeigen nichts Grünes und Ge-
birgiges. Man erblickt große Flächen Landes mit starken
Ochsen- und Pferdeheerden. Die Stiere sind wild und
weiden in großen Schaaren auf den im Flusse liegenden

Inseln mayor und menor. Die Mündung des Guadal=
quivir erinnert mich fast an die des Mississippi, überall
große Ebenen und Sümpfe. Von Bonanza, unweit St.
Lucar, bis Cadix fährt man an zwei Stunden auf dem
Ocean. Bald taucht die Stadt von Azur, Smaragd und
Gold silhouettenartig aus den Fluthen Neptun's empor
und der schwere Anker rollt rasselnd in den Hafen von
Cadix nieder. Der Anblick des aus den Fluthen empor=
steigenden Cadix ist lieblich und überraschend. Das Schiff
war übrigens stark besetzt und insbesondere hatte eine
Menge Frauen mit schreienden kleinen Kindern sich an
Bord eingefunden, ohne welche letztere überhaupt in Spa=
nien gar kein Reisen denkbar ist. Wir trafen hier wieder
mehre Passagiere, mit denen wir schon früher zusammen
gereist waren. Auch befand sich am Bord ein anständig
gekleideter Mann, an dem wir eine sonderbare Erfahrung
machen mußten. Derselbe stand sehr oft in unserer Nähe
und schien unsere deutsche Unterhaltung mit großer Aufmerk=
samkeit zu verfolgen, ohne sich uns jedoch in irgend einer
Beziehung zu nähern. In Cadix kamen wir zufällig bei
Tische in seiner Nähe zu sitzen. Da noch mehre Deutsche
hier hinzugekommen, so war unsere Unterhaltung lebhaft.
Der Fremde legte offenbar eine große Aufmerksamkeit an
den Tag und sein fortwährend auf uns geheftetes Auge
schien zu sagen, daß er auch deutsch verstehe, allein sein
Mund war stumm wie das Grab. Gegen Ende der Tafel
hört er jedoch zufällig, daß Herr X...., sein Nachbar,
ein Engländer, der aber längere Zeit in Deutschland ge=
lebt hat und der deutschen Sprache mächtig war, derjenige
Herr wäre, an den er von einem bekannten Manne in
Berlin empfohlen sei. Sogleich fällt er aus seiner Rolle,
redet denselben deutsch an und stellt sich ihm als ein
Herr vor, der von einer Reise aus dem Orient komme.
Auf unsere spätere Frage, ob er ein Deutscher wäre,
bejahte er dies und meinte, daß er aus Berlin sei. Ich
erwähne diesen Vorfall nicht etwa aus dem Grunde, damit

unsere Heuler Gelegenheit erhalten, ihr bekanntes Weh=
geheul über die deutsche Vaterlandsliebe in der Fremde
auszustoßen, sondern, daß sie, so wie ich, ihr Verdam=
mungs=Urtheil über diesen Germanen zurückhalten, und
sein Benehmen der Befangenheit und Schüchternheit dieses
Berliner's zu Gute halten.

Desto erfreulicher ist das deutsche Element in Cadix ver=
treten. Zwar ist das Häufchen der dort lebenden Deut=
schen gering, allein die Gastfreundschaft und Zuvorkommen=
heit derselben um so größer. Die Herren Hektor Staud,
Napp und der sächsische Consul Uthoff wetteifern in
Erzeigung von Artigkeiten und Gefälligkeiten gegen ihre
Landsleute und tragen viel zur Annehmlichkeit des Aufent=
haltes derselben in Cadix bei. Mit wahrem Vergnügen
und großer Freude erinnere ich mich der bei den erst=
genannten Herren und ihren Collegen zugebrachten genuß=
reichen Abende. Nirgends in ganz Spanien habe ich solche
gemüthliche Stunden zugebracht, nirgends mich so heimisch
gefühlt, als im Kreise dieser achtungswerthen biederen
Männer, die sich eine Ehre daraus machen, echte Deutsche
zu sein und zu bleiben.

Als wir von dem Hafenplatz in die Stadt gingen,
begegneten wir mehren Soldaten, die einen jungen Men=
schen mit sich schleppten, der stark aus einer Kopfwunde
blutete und wie wir hörten, durch einen Dolchstoß so übel
hergerichtet worden war. Auch war Tags zuvor ein Soldat
erstochen gefunden worden.

Cadix ist ein venetianisches Miniaturbild. Eine kleine
felsige Halbinsel von allen Seiten von den brausenden
Wogen des Oceans umrauscht und nur durch einen schmalen
Isthmus im Osten mit dem Festlande verbunden, ist die
Grundlage, auf welcher die Stadt keck und heiter gebaut
ist. Gleich einer Wassernixe taucht sie aus dem Meere
auf und verdient die Stadt der Reinlichkeit und Sauber=
keit genannt zu werden. Die weiß angestrichenen Häuser,
die „Miradors" d. h. kleine Umschauthürmchen, die flachen

Dächer, die engen aber reinlichen Straßen, die vielen
grünen Balcons und Altane (azoteas) und die freund=
lichen, schönen Menschen, die hier wohnen, gewähren ein
Bild der Nettigkeit und Freundlichkeit, wie mir es bei
keiner anderen Stadt der pyrenäischen Halbinsel erschienen
ist. Cadix mit seinem unterirdischen und überirdischen
Leben — man geht, man liebt, man lebt auf den Dächern —
ist ein poetisches Blumenbeet mit duftenden Pflanzen und
Gewächsen, oder wie der Spanier sich ausdrückt „una
taza de plata." Vom Torre de Vigia, dem Signalthurm,
überblickt man das stark befestigte Cadix mit seinem Kriegs=
hafen am besten. Die Straßen ziehen sich gleich Linien
oder Wallgräben zum Meere hin, welches man überall
schäumend, brausend oder kräuselnd und murmelnd die
Stadtmauer belecken sieht. Die Bai von Cadix ist reizend.
Dort auf der Spitze der in die Bucht hervorspringenden
Landzunge liegt das Fort Puntales, diesem gegenüber
auf der äußersten Spitze des Festlandes das Fort Mata=
gorda und dicht dabei die Insel San Luis mit dem stark
befestigten Trocadero. Im Hintergrunde erblickt man die
Stadt Fernando und im äußersten Winkel der Bai das
Arsenal der Carraca. Der Stadt, resp. der Alameda
gegenüber liegt jenseits die Stadt Puerto de St. Maria
mit den Gebirgen von Xerez im Hintergrund. Dort im
Westen Puerto Real und im Norden und Osten die
fernen Gebirge von Grazamela, de los Gazules und die
Pinienwälder von Chiclana.

Cadix, obgleich eine der ältesten Städte Europas,
übertrifft an Reinlichkeit viele der modernen. Die Bau=
art, das Straßenpflaster, die Beleuchtung, die freien
Plätze, die Spaziergänge sind rühmenswerth. Die Stadt
selbst, einst eine Einwohnerzahl von 100,000, jetzt kaum
von 58,000 Seelen zählend, hatte früher einen sehr aus=
gedehnten Handel, der aber in der neuen Zeit sehr nach=
gelassen hat. Dessenungeachtet ist sie immer noch eine
derjenigen Städte, in denen bedeutende Exportgeschäfte

gemacht und überſeeiſche Verbindungen unterhalten werden.
Die Induſtrie iſt nicht ſehr bedeutend, doch ſind die hier
gefertigten Guitarren, Schilfmatten, candirten Früchte,
Damenſchuhe und Mantillen berühmt, welche letztere von
3 bis 250 Piaſter zu haben ſind. An Kunſtſchätzen bietet
Cadix nicht viel. Der Hafen hat eine für den Handel
ſehr günſtige Lage. Es kann von hier die leichteſte Verbindung mit Europa, Afrika und Amerika unterhalten
werden. Cadix war früher ein Hauptſtapelplatz der indi-
ſchen Colonien und noch jetzt findet von hier die meiſte
Verbindung mit den ſpaniſchen transatlantiſchen Colonien
ſtatt. In den Jahren 1843 bis 1844 ſind hier von dem
Auslande, von Amerika und Aſien 1,280 Fahrzeuge von
230,343 Tonnen ein und 870 Schiffe von 159,632 Tonnen
ausgelaufen. Bezüglich der Küſtenſchiffahrt betrug in demſelben Zeitraume die Zahl der eingelaufenen Schiffe 2,799
von 124,189 Tonnen und der ausgelaufenen 2,166 von
115,125 Tonnengehalt. Der Import beſteht vorzüglich
aus Zucker, Cacao, Kaffee, Anis, Pfeffer, Stockfiſch, Thierhäuten, feinen Bauhölzern u. ſ. w., der Export aus:
Wein, Oel, Cacao, Kaffee, Butter, Käſe, Cochenille, Granaten, Salz, Tabak, Getreide u. ſ. w. Der Hafen gibt
gegenwärtig kein Bild ſeiner frühern Bedeutung, wo noch
z. B. im Jahre 1789 die ſpaniſche Flotte aus 76 Linienſchiffen und 52 Fregatten beſtand.

Das Klima der Stadt wird als ein mildes gerühmt
und das Queckſilber der Thermometer-Scala ſoll ſelten
bis auf ſechs Grad über Null herabfallen, noch über
zwei und zwanzig Grad hinaufſteigen. Der Frühling iſt
hier die ſchönſte Jahreszeit, weil ſchon Ende Februar das
Wachsthum der Natur üppig erwacht. Die Sommerhitze
wird durch die Seeluft abgekühlt und der Herbſt weder
durch große Sonnenhitze, noch durch heftige Winde unangenehm. Die Wintermonate December und Januar
aber ſind windig, feucht und regneriſch. Der Nordwind
und der Solano, d. h. Sirocco ſind nicht die freund-

lichſten Botſchafter des Aeolus. Das Trinkwaſſer iſt im
Allgemeinen ſchlecht, indem ſolches entweder aus Ciſternen
genommen oder von Puerto de St. Maria herüberge-
ſchafft wird, jedoch der Geſundheitszuſtand iſt befriedigend.
Das gelbe Fieber (el vomito negro), was früher öfter
durch die aus Weſtindien hier ankommenden Schiffe verbreitet wurde, iſt in den letzten Jahren nicht mehr auf-
getreten.

Der Hauptſchmuck, den Cadix beſitzt, ſind die Damen.
Die Figur, die Grazie und der Fuß der Gaditanerinnen
ſind bekannt und bedürfen keiner weiteren Erwähnung
und Empfehlung. Man kann ſich davon am beſten überzeugen, wenn man die Alameda und die Plaza de San
Antonio zu rechter Zeit beſucht, wo man das weibliche
Geſchlecht in großer Anzahl und Auswahl vertreten finden
wird, indem die Bewohnerinnen dieſer Stadt auch leiden-
ſchaftliche Spaziergängerinnen ſind. Die dicht am Meere
gelegene Alameda iſt ein reizender Spaziergang, geſchmückt
mit Gärten, herrlichen Bäumen und Ruhebänken, und
verſehen mit reizender Ausſicht. **Plaza de San Antonio**
iſt faſt ein vollkommenes Viereck, auf das acht Straßen
ausmünden. Von hübſchen Häuſern umgeben, iſt der Platz
ſelbſt mit ſchattenſpendenden Bäumen eingefaßt und mit
bequemen Bänken verſehen. In den ſchönen Wintertagen
und in den warmen Sommernächten iſt er der beſuchteſte
Spaziergang. In das an dieſem Platze liegende Caſino
kann jeder Fremde durch ein Mitglied der Geſellſchaft
auf einen Monat entréefrei eingeführt werden. Will er
der Geſellſchaft beitreten, ſo muß er monatlich 3 Duros
bezahlen. Die Localität iſt ſehr ſchön und das Leſezimmer
mit vielen ſpaniſchen, engliſchen und franzöſiſchen Zeitungen verſehen. Von den übrigen Plätzen der Stadt
müſſen Plazas del General Mina, de San Juan de Dios,
de Abaſtos, de Candelaria, de Bintas, de Frangela, de
San Fernando und de la Cruz de la Verdad genannt
werden.

Außer den Alamedas dienen noch die Theater, Stier=
gefechte und Tertulias zu geselligen Zusammenkünften.
Während meines Aufenthaltes fanden hier unter Montes
glänzende Stiergefechte statt, und der Ruf: „vamos á los
Toros, vamos á los Toros" ist oft ergangen. Die
Beschreibung dieser Stiergefechte wird mir aber der Leser
erlassen, da die früher gelieferte im Wesentlichen auch für
Cadix paßt. Von dem Theater ist auch nicht viel Er=
sprießliches zu melden, indem das Cadixer zu denen dritten
Ranges gehört. Die kleine Operette Tio Caniyitas, aus
der ich früher etwas angeführt habe, wurde mit großem
Beifall gegeben und mehre Melodien aus derselben häufig
in Gesellschaft gesungen. Die Darstellung war mittel=
mäßig. Die Operette war eine Gattung von Singspiel,
ähnlich den französischen komischen Opern. In Madrid
besteht ein diesen Singspielen ausschließlich gewidmetes
Theater. Darauf dürfte sich das gegenwärtige spanische
lyrische Theater beschränken und wird auch nicht leicht
einen höheren Aufschwung gewinnen, wenn nicht der Ge=
schmack des Publicums für nationale Musik sich steigert.
Eine Herbeiziehung tüchtiger musikalischer Talente aus
Deutschland und Frankreich läßt leider der Patriotismus
der Spanier nicht leicht zu, indem er nicht gern Fremde
in vom Staate besoldeten Stellen sieht.

Als unter Ferdinand **VI.** (1746—1759) durch den
berühmten Sänger Farinelli die italienische Oper in Spa=
nien eingeführt wurde, versuchten die Componisten Pon=
ciana und später Remacho vergeblich die Gründung eines
spanischen lyrischen Theaters. Letzterer schrieb „La Con-
quista del Peru." Im Jahre 1813 componirte Garcia
die komische Oper „El Preso" und „Poeta calculista"
und brachte sie auch mit Erfolg zur Aufführung. Ebenso
wurden 1817 die romantische Oper „l'Aldeana" und später
mit entschiedenem Glücke mehre Opern von Ramon Car=
nices auf die Bühne gebracht. Dessenungeachtet gelangte
das lyrische Theater zu keinem dauerhaften Erfolge und

keiner entschiedenen Geltung. Die später, nach der Auf=
hebung der Mönchsorden von der Königin Maria Christine
beabsichtigte Schöpfung eines Conservatoriums sank eben=
falls zur reinen Elementarschule herab und verfehlte den
Zweck, zur Veredelung der Musik in den Provinzen bei=
zutragen, fast ganz. Im Jahre 1846 hat man in Madrid
ein Nationaltheater begründet, von dem wir später etwas
Näheres mittheilen werden. In den Tertulias, d. h.
Abendgesellschaften, wo Freunde und Bekannte zusammen
kommen, ohne etwas zu genießen, wird durch Musik,
Gesang und Unterhaltung die Zeit zu kürzen gesucht.
Die jungen Mädchen bilden in dieser das belebende Ele=
ment, und deshalb sind sie auch wohl der einzige Mag=
net, der die jungen Männer herbeilockt.

Die Kathedrale oder **Santa Cruz sobre las aguas**,
das ehemalige Capuzinerkloster (Capuchinos), und das Hos=
picio oder Casa de Misericordia sind die größten Sehens=
würdigkeiten der Stadt. Der Bau der alten Kathedrale
war im Jahre 1597, der der neuen (la Nueva) im Jahre
1722 nach einem Plane von Vicento Acero angefangen
worden. Letztere ist bis jetzt noch nicht vollendet und
zeigt in der äußeren Bauart ein Conglomerat verschie=
denartiger Baustyle. Die Lage ist wegen der Nähe des
Meeres sehr schlecht gewählt, indem sie nicht nur den
Stürmen, sondern auch dem durch die Brandung hervor=
gebrachten Staubregen ausgesetzt ist, was weder für das
Baumaterial, noch für das Wachsthum der umstehenden
Bäume förderlich ist. Die Perspective der Säulen und
Bogenwölbungen, sowie die Formen der über dem Hoch=
altar angebrachten Kuppel sind schön. Die Länge der
Kirche beträgt 305, ihre Breite 216 und die höchste
Höhe 189 Fuß. Es befinden sich hier 14 Capellen
und 151 corinthische aus Jaspis von Moniloa, Arcos
und Aljeciras verfertigte Säulen. Unter der Kirche be=
finden sich Souterrains mit feuerfesten Gewölben, welche
mit den oberen Räumen correspondiren. Die Mauern

sind bombenfest und haben dies öfter bewährt. Mit ei=
ner Fackel stiegen wir in diese unterirdische Kirche hinab
und sahen auch den einzigen, gerade unter dem Hochal=
tar befindlichen Brunnen von Cadix. In den oberen Sei=
tenräumen der Kirche wurde uns eine Maria Magdalena
von Murillo, sowie eine Copie der Mutter dieses Künst=
lers gezeigt, welche beide Bilder uns aber auf den ersten
Anblick den großen Meister nicht errathen ließen. Vom
Dache der Kathedrale genießt man eine umfassende Aus=
sicht. Der Bischof Don Frey Domingo de Silos Mo=
renos ist als derjenige zu nennen, der auf seine Kosten
den Bau seiner Vollendung am nahesten brachte. Die
Katakomben, die Regelmäßigkeit der drei in römischer
Bauart ausgeführten Schiffe, die große Marmorpracht,
die Schönheit des Hochaltars und die Eleganz des Fuß=
bodens sind Eigenthümlichkeiten dieser Kirche, wie man
sie in einer anderen auf der pyrenäischen Halbinsel selten
wieder finden dürfte.

In der einfachen Kirche des Capuzinerklosters befin=
det sich in artistischer Beziehung der Hauptschmuck von
Cadix. Derselbe besteht aus drei Gemälden von Murillo,
wovon das eine den heiligen Franciscus, das zweite eine
Maria und das dritte die Vermählung der heiligen Ka=
tharina darstellt. Das letztere Bild war auch die letzte
Schöpfung des großen Meisters, welcher während dieser
Arbeit das Unglück hatte, durch einen Fehltritt von dem
Gerüste auf den Marmorboden der Kirche herabzustürzen,
in Folge dessen er fünf Monate später in Sevilla sei=
nen Geist aufgab. Sein Schüler Meneses vollendete das
Bild. Der heilige Francisco stammt aus der Blüthenzeit
des unsterblichen Malers und zeigt jenes bezaubernde warme
Seelenleben, jene gottbegeisternde Wahrheit und jene poe=
tische Gluth, die auf alle Schöpfungen des großen Mei=
sters gehaucht zur Entzückung und Bewunderung hinreißen
müssen.

In dem anstoßenden ehemaligen Mönchskloster sind

seit 1841 ein Asyl und eine Correctionsanstalt (**una casa de asilo y correccion**) errichtet, in der verwahrloste Kinder beiderlei Geschlechts erzogen, unterrichtet und zweckmäßig beschäftigt werden. Die frühere Anzahl der Mönche betrug 50. Der wüste und von einer großen Mauer umgebene Garten ist wegen der hier wachsenden ansehnlichen Dattelpalmen eines Besuches werth. Cadix besaß ehemals 7 Mönchs- und 3 Nonnenklöster. Erstere sind eingegangen, letztere bestehen noch. Das Kloster de Santa Maria zählt heutigen Tages 10, das de la Piedad oder Descalzas 31 und das de Candelaria 23 Nonnen.

Von den Wohlthätigkeitsanstalten ist außer dem Hospital de San Juan de Dios, Casa de Expósitos, Hospital de mujeres, Casa de Refugio, u. s. w. vorzüglich des Hospicio, oder der Casa de Misericordia zu gedenken. Diese Anstalt ist wegen der großen Anzahl der Besuchenden, wegen der vortrefflichen Behandlung, wegen der außerordentlichen Aufmerksamkeit, welche insbesondere der Erziehung der Jugend geschenkt wird, eine der bedeutendsten in Spanien. Der Eintritt ist Jedermann gestattet und man macht sich hier, wie in ähnlichen spanischen Anstalten der Art eine heilige Pflicht daraus, den Fremden mit großer Bereitwilligkeit entgegenzukommen. Die innere Einrichtung dieses im großartigen Maßstabe angelegten Waisen-Spitals und Irrenhauses ist höchst zweckmäßig und die überall in die Augen springende Ordnungsliebe und Reinlichkeit lobenswerth. Das auf dem Campo de la Caleta liegende Gebäude ist von einem colossalen Umfange; es hat eine Fronte von 100, eine Tiefe von 80 und eine Höhe von 26 Varas. Der Hof bildet ein großes Parallelogramm, ist mit Säulen umgeben und, wie die Gänge, mit Marmorplatten gepflastert. Ueberall herrscht Luft, Licht und Reinlichkeit. Die Zahl der Waisenkinder wurde uns auf 780 angegeben. Wir betraten mit großer Befriedigung die Arbeits-, Speise- und Schlafsäle und besuchten zuletzt die Irrenanstalt der

Weiber und Männer. Die Zimmer gehen meist nach einem mit Bäumen bepflanzten Hof hinaus und möchten wohl einer Verbesserung insofern bedürfen, als darin etwas Feuchtigkeit und Dumpfheit zu herrschen schienen. Die Unglücklichen hielten sich größtentheils im Hofe auf, als wir eintraten. Sie verhielten sich meist ruhig und ich konnte nur zwei Wüthende bemerken, wovon der eine an beiden Händen mit Eisen gefesselt, im Hemde herumrutschte und der andere oft niederkauerte und sich einen Gott nannte. In einem solch' heißen Lande, wie Spanien, scheint mir im Allgemeinen der Wahnsinn nicht in solchen scharfen Conturen aufzutreten, als ich erwartete. — Die Gefängnisse können sich übrigens, was die innere Einrichtung betrifft, mit englischen und amerikanischen nicht vergleichen. Im Allgemeinen ist jedoch das auf dem Campo del Matadero gelegene öffentliche Gefängniß der Stadt ein ansehnliches, zweckmäßig eingerichtetes Gebäude, in das vom 1. December 1844 bis 30. November 1845: 866 Männer und 30 Weiber eingebracht, wovon 702 Männer und 22 Weiber wieder entlassen wurden, so daß also 164 Männer und 8 Weiber zurückblieben.

Für das Unterrichtswesen bestehen außer den Freischulen, verschiedenen Collegien, auch noch el Seminario conciliar de San Bartolome, eine medicinische Facultät, una Academia de Nobles Artes, una Sociedad economica de Amigos del Pais und verschiedene kleinere oder größere Bibliotheken. Im Verhältniß zu der Einwohnerzahl ist die Anzahl der Schulen und Lehranstalten keine geringe zu nennen. — Cadix, von den Phöniziern im Jahre **1100** vor Christus gegründet, wurde von den Römern Gades genannt und stand zur Blüthezeit Roms auch auf dem Gipfel seiner Macht und seines Luxus. Die Gothen zerstörten die Stadt und später setzten sich die Mauren in Besitz derselben, bis sie ihnen von Alonso el Sabio 1262 wieder entrissen wurde. Die Entdeckung

Amerikas machte die Stadt wieder zu einem Centralisa=
tionspunkte des europäischen Handels; mit dem Verluste
der transatlantischen Colonien verlor aber der Handels=
glanz der Stadt. Die Engländer unternahmen in den J.
1596, 1628 und 1702 Angriffe auf dieselbe und erober=
ten sie mehre Male. Von 1810 bis 1812 dauerte die
französische Blokade und 1823 fand das Bombardement
der Stadt von den Franzosen unter Angoulême statt.
Bei der ersten Blokade blieb Cadix unerobert, bei der
letzten mußte es aber capituliren.

Die gewöhnlichen Ausflüge von Cadix bestehen in
einem Besuche der Cadixer Bucht, der Insel Leon oder
Ciudad de San Fernando, des Arsenals Carraca, des
im Jahre 1488 von Isabella gegründeten Puerto Real,
des Centralpunktes des Weinhandels Puerto de Santa
Maria und der durch das blutgetränkte Schlachtfeld und
feurigen Wein bekannten Stadt Xerez de la Frontera.

Die jetzt öde Insel Leon ist wegen ihrer Belagerung
durch die Franzosen, wegen der hier im Jahre 1810 ta=
genden constituirenden Cortes und wegen der Tausende
von Gräben, in denen Seesalz gewonnen wird, berühmt.
Die beiden Canäle von Santi Petri und Rio Arillo durch=
schneiden die Landenge hinter der Insel Leon und machen
sie zu dem, was der Name sagt. Die Stadt hat gegen=
wärtig außer dem Salzhandel nur geringe merkantilische
Bedeutung und zählt 18,000 Einwohner. Hier brach im
Jahre 1820 der Aufstand unter dem Oberstlieutnant von
Riego aus, welcher später zur allgemeinen Revolution
wurde.

Auf dem zwischen Cadix und Puerto de Santa Maria
täglich mehrmals laufenden Dampfschiffe setzten wir in
Gesellschaft mehrer deutscher Landsleute nach letzterer Stadt
über und nahmen auf einige Tage unser Quartier bei ei=
nem dortigen Landsmanne, der eine große Spiritusfabrik
betreibt. Herr Schleusinger ist mit einer liebenswürdigen
Spanierin verheirathet und Besitzer mehrer Fabriken in

Puerto real und Chiclana. Seine Wohnung in Santa Maria ist bequem und geräumig und die von ihm seit 4 Jahren betriebene, mit großartigen Spiritusapparaten versehene Fabrik von bedeutender Ausdehnung.

Puerto de Santa Maria ist nur durch seine bedeutende Weinausfuhr von commercieller Wichtigkeit. Alle übrigen Geschäfte liegen still und gleichen in der Physiognomie den an und für sich leeren öden Straßen, von denen die Calle ancha übrigens keinen schlechten Eindruck macht. Von Fabriken sind hier nur einige Brennereien und eine Bierbrauerei zu nennen, deren Besitzer aber, aus Rheinbayern gebürtig, während meiner Anwesenheit starb. Der durch die Mündung des Guadalete gebildete Hafen der Stadt läßt wegen seiner Seichtheit und Sandbänke das Einfahren größerer Schiffe nicht zu. Außer den reizenden, mit den edelsten und prachvollsten Fruchtbäumen geschmückten Spaziergängen sind weiter keine Sehens= würdigkeiten zu erwähnen. Der Weinexport betrug in den Jahren 1844 und 1845 zusammen 910,792 Arrobas nach dem Auslande und 15,590 Arrobas nach dem In= lande. Die Zahl der für den Küstenhandel hier im oben angegebenen Zeitraume eingelaufenen Schiffe betrug 350 mit 6,414 und der ausgelaufenen 340 mit 5,789 Tonnengehalt. Der ganze Werth der Ausfuhrartikel in derselben Zeit für das Inland betrug 2,151,826 und der Einfuhrartikel 4,570,947 rs. vn.

Von Producten werden Wein, Weizen, Gerste, Oel, Gemüse und Gartengewächse gebaut. Der Boden ist eben, sandig und daher zum Weinbau geeignet. Die niedrige Sierra de Buena vista, welche den District von Santa Maria durchzieht, bildet die einzigen Berge.

Den Weg von Puerto de Santa Maria nach Xerez de la Frontera legten wir in 1½ Stunde zu Pferde zurück. Der Weg ist schlecht und bietet mit Ausnahme des reizenden Rückblickes auf die Bai von Cadix nichts Besonderes. Die Lage von Xerez ist nicht schön, allein

die Stadt groß und freundlich. Die beiden im gothischen
Styl gebauten Kirchen Parroquia de San Miguel und
de Santo Domingo sind mit ihren schönen Thürmen
dem Auge weithin sichtbar. Eine andere schöne Kirche
heißt Colegiata und ist im römischen Baustyl aufgeführt.
Wir besuchten daselbst einen uns bekannten Engländer,
mit dem wir schon in Spanien zusammengereist waren
und der sich jetzt hier befand, um mit den ersten hiesigen
Häusern Weingeschäfte zu machen. Durch die bedeutenden
Connexionen dieses uns sehr freundlich gesinnten Mannes
sind wir in die ersten Familien von Xerez eingeführt
worden und hatten Gelegenheit, die Sehenswürdigkeiten
der Stadt und insbesondere die hier sehr großen **bodegas**
(Weinkeller) kennen zu lernen.

Die bedeutendsten Weinhäuser in Xerez sind Petro
Domecq Juan Lopez, Gordon, Capdebon, Lecosta, Garvez,
John Charles Haurie u. s. w. Diese Häuser sind mit
allem möglichen Comfort ausgestattet und manche derselben
gleichen mehr Palästen, als Privatwohnungen. Der
Reichthum in Xerez ist sehr bedeutend und die Gastfreundschaft der dortigen Weinhändler sehr groß. Als
wir die Wohnung des Herrn Haurie besuchten, um die
innere glanzvolle Einrichtung dieses Palastes und dessen
nicht unansehnliche Gemäldegallerien kennen zu lernen,
erklärte uns der zufällig hinzugekommene Besitzer für
Gefangene und zwang uns auf die liebenswürdigste Weise,
auf einige Tage von seiner Gastfreundschaft Gebrauch zu
machen. Eine schönere elegantere Wohnung, eine besser
besetzte Tafel und einen freundlicheren Wirth hatten wir
in Spanien noch nicht getroffen. Und bei alledem war
unsere liebenswürdige Wirthin, gebürtig aus Tarifa,
eine der schönsten Frauen Spaniens, die ich je gesehen.

Der Xeres oder Cherrywein ist wegen seiner Güte,
Stärke und hohen Preises in der ganzen Welt bekannt.
Er hat ein feines Aroma und eine mit Schmackhaftigkeit
und Lieblichkeit verbundene Stärke, Geistigkeit und Halt-

barkeit. Der Zusatz von Spiritus ist nicht unbedeu=
tend und beträgt 20—26 pro Cent. Die reiche braune
Farbe ist ein Beweis eines alten reinen Weines, indem
die neuern Weine heller und blässer aussehen. Diese
Farbe wird jedoch auch auf Kosten des Aroma auf
chemischem Wege, sowie durch Zusatz von altem Weine
hervorgebracht. Die Keller sind oberirdisch und gleichen
an der Bauart unsern Bahnhofsschuppen. Die Fässer
lagern dreifach aufgeschichtet in lang ausgedehnten Reihen.
Es wurden uns in einem der Keller 15—20 Sorten
Xerezwein vorgesetzt, von dem angeblich auch welcher
von 70—80 Jahren dabei war. Je älter der Wein, je
dunkler die Farbe. Mit dem ältesten (Madre vino)
wird der zu versendende versetzt und dann wird wieder
zu dem alten neuer hinzugefüllt, so daß immer die
Mutter bleibt. Die Vermischung geschieht ungefähr auf
folgende Weise. Wenn man z. B. 40 Jarros (3 gal=
lones = 18 Flaschen) zurecht machen will, so nimmt
man vom fünfjährigen Xerezwein 20 Jarros, vom sieben=
jährigen 10, vom fünfundzwanzigjährigen 6 und vom
süßen 4 Jarros. In solcher Mischung wird er nach
England versendet. Es soll Leute in Xerez geben, welche
hundertjährigen Wein oder noch ältern besitzen, allein
das Alter läßt sich eigentlich schwer bestimmen, da immer
der alte aus dem Fasse, wenigstens zum großen Theil,
genommen wird.

Der jährliche Export von Xerezwein ist sehr bedeutend
und vorzüglich wird viel davon nach England eingeführt,
wo er, zur Regierung Heinrich **VII.** zuerst bekannt
geworden, jetzt sehr beliebt worden ist. Der Spanier
trinkt wenig Xerezwein (seco), was seinen Grund in
dem heißen Klima, in der Stärke und dem hohem Preise
desselben hat. Der **Vino** seco, fino, oloroso und ge-
neroso — so nennt man die feinste Sorte — kostet
per Arroba 100 Duros. Einen guten Xerezwein kauft
man per Arroba für 8—12 Duros (1 Bota = 112-

115 Gallonen = 30 Arrobas; die Bota hält etwa
600 Flaschen). Der Export von Puerto San Maria
und Xeres im Jahre 1849 wurde mir auf ungefähr
35,000 Botas à 600 Flaschen angegeben. Die Bota
dürfte durchschnittlich mit 20 Pfund Sterling zu berechnen
sein. Der Export von Xerez de la Frontera allein
stellt sich jedoch nach officiellen Vorlagen in dem Zeit=
raum vom 1. Januar 1827 bis 31. December 1846 wie
folgt heraus:

1837 botas von 30 arrobas			13,179 $\frac{1}{2}$
1838	=	=	=	16,075 $\frac{3}{4}$
1839	=	=	=	18,847 $\frac{1}{4}$
1840	=	=	=	17,001 $\frac{3}{4}$
1841	=	=	=	14,778 $\frac{3}{4}$
1842	=	=	=	12,413 $\frac{3}{4}$
1843	=	=	=	14,296 $\frac{3}{4}$
1844	=	=	=	17,508
1845	=	=	=	18,135
1846	=	=	=	17,641 $\frac{1}{2}$

in dem Zeitraume von 10 Jahren 159,878 botas =
4,796,340 arrobas.

Der durchschnittliche jährl. Export beträgt 15,987 $^{24}/_{30}$
botas = 479,634 arrobas.

Das Land um Xerez ist sehr reich an Wein, Oel,
Getreide und Vieh. Auch wird hier bedeutende Pferde=
zucht getrieben und es gibt Grundbesitzer, welche an
500 Pferde haben. Dünger kennt man nicht viel. Man
sagte uns von mehreren Seiten, daß man in der Nähe
der Stadt das 18.—24. Korn baute und daß man eine
Dreifelderwirthschaft in der Art betriebe, daß man das
erste Jahr Weizen baut, das zweite Jahr Weide und
das dritte Jahr Brache hält. Die Ausfuhr von Cerealien ist
bedeutend und betrug von 1842—1846: 400,040 Fanegas.
Die jährliche Ernte kann an Weizen durchschnittlich von
400—600,000 Fanegas, an Gerste von 60—70,000 ꝛc.

angeschlagen werden. Der Boden in der nächsten Um=
gebung der Stadt ist sandig und zum Weinbau sehr
geeignet, der Wein jedoch nicht von der Güte, als der
etwas entfernter wachsende, welcher Afuera genannt wird.
Die in Sandboden gezogenen Weintrauben dienen meist
zum Verbrauch oder Verkauf in die nächste Umgebung;
der aus denselben gewonnene Wein wird wegen seiner
Wohlfeilheit meist von den arbeitenden Ständen consumirt
oder zur Fabrikation von Liqueur und Branntwein benutzt.
Die Zahl der Weinberge in dem Bezirk von Xerez beträgt
an **16,000 aranzadas**, wovon jeder zu **1600—1800** Wein=
stöcken angenommen werden kann. In der früheren Zeit
soll auch ein bedeutender Baumwuchs hier stattgefunden
haben; gegenwärtig ist derselbe jedoch so gering, daß
kaum das nöthige Bauholz gewonnen wird.

Das zwei Meilen von Xerez gelegene, im Jahre 1477
gegründete und in großartigem Baustyl ausgeführte Car=
tuja=Kloster, einst berühmt wegen seiner Weinberge, Bilder=
gallerie und Pferdegestüte, ist jetzt im Verfall und steht
öde und traurig da. Seit Aufhebung der Klöster im
Jahre **1831** sind hier mit den Mönchen auch die Bilder
und Pferde verschwunden, und die berühmte Pferdezucht
in Andalusien hat dadurch, wie wir schon früher bemerkt,
sehr verloren. In den letzten Jahren sind jedoch königliche
Verordnungen erlassen worden, in denen die jeses politicos
aufgefordert werden, in jeder Provinz Spaniens berathende
Commissionen zur Veredelung der Pferdezucht zu begründen.

Bei Cartuja fließt der Guadalete, der das Territorium
Xerez in zwei Theile scheidet. Von den Römern wurde
er Chrysos und von den Mauren **Wada-lekah** genannt.
An den Ufern dieses Flusses wurde im Jahre 711
jene berühmte zehntägige Schlacht zwischen den Gothen
und Arabern geschlagen, in deren Folge ganz Spanien
dem Islam unterworfen ward. Seit jener Zeit war
die Macht der Gothen gebrochen und der Halbmond
herrschte auf der ganzen pyrenäischen Halbinsel. Wenn

man weiß, daß das Gothenheer unter dem Könige Roderich
noch einmal so stark war, als das der Sarazenen, und
daß überhaupt die Gothen durch Terrainbeschaffenheit,
Nahrung u. s. w. begünstigt wurden, so läßt sich dieses
unerwartete Ereigniß nur durch die in jenem ausge=
brochenen Uneinigkeiten und Spaltungen, durch Verrätherei
der Söhne Witizas, denen das Commando über einen
Theil des Heeres übergeben war, und durch die von den
Juden, welche durch die Gothen hart bedrängt worden
waren, dem Feinde geleistete Hilfe erklären.

Der Marktplatz von Xerez ist eine Musterkarte anda=
lusischer Nationaltrachten. Da ist noch die Heimath des
sombrero und **chaleco,** da ist noch das Vaterland der
Majos Xerezanos. Wir lernten einen freundlichen, schön
gewachsenen Andalusier kennen, der früher Mitglied der
berüchtigten Bande von José Maria gewesen war. Später
war er Anhänger Narvaez' und zeichnete sich in mehren
Gefechten vortheilhaft aus, weshalb er begnadigt wurde
und jetzt als geachteter Pferdehändler in Xerez lebt. Seine
Figur ist groß und stark, seine Gesichtsbildung männlich
schön, sein Anstand leicht und ungezwungen, und eine
Perlenreihe Zähne zeigt sich bei'm Oeffnen seines Mundes.

Damit der Leser nicht etwa glaubt, daß in Xerez
kein Deutscher lebt, wollen wir auch anführen, daß wir
hier einen solchen Namens Stolle gesprochen haben, der
in einer der Hauptstraßen einen Verkaufsladen besitzt. Auf
dem Schilde über der Thüre stand mit großen Buchstaben
geschrieben: **Tienda de Aleman.**

Das englische Dampfschiff Montrose lag im Hafen
von Cadix bereit, um nach Gibraltar zu fahren. Wir
zahlten unsere mittelmäßige Cuenta (Rechnung) in der
noch mittelmäßigeren **Fonda de las cuatro naciones,**
entrichteten für jedes Paßvisum bei'm Consul 10 und bei'm
Gefe politico 8 Realen und lösten ein Fahrbillet nach
Gibraltar mit 7½ Duros. Als wir, begleitet von unseren
deutschen Landsleuten an den Hafen kamen, um in einem

Kahne nach dem nahegelegenen Dampfschiffe überzusetzen, erhob sich ein gewaltiger Wind aus Nordost, der von Minute zu Minute an Wuth und Gewalt zunahm. Je heftiger er wurde, desto mehr steigerte sich auch die Forderung der Kahnführer, welche als Fahrpreis nach dem Schiffe zwei Duros verlangten. Die kurze Ueberfahrt war aber auch gefährlich und der Wind peitschte die Wellen so heftig, daß wir beinahe gegen mehre uns entgegenkommende Schiffe geworfen worden wären. Das Wasser stürzte zischend in unsern Kahn und durch und durch naß kletterten wir endlich mit vieler Mühe auf der Schiffstreppe zum Verdecke des Schiffes hinauf, welches gegen fünf Uhr Abends in den bewegten Ocean hinauslief. Das Meer wurde immer unruhiger, der Wind immer heftiger und gegen sieben Uhr hatten wir vollen Sturm. Die zürnenden Meereswogen stürzten mit entsetzlichem Donnergebrüll ungestüm an die Schiffswand heran und wild zerschellend rauschten sie dumpf und schaurig über das Verdeck hinweg. Wasserwoge auf Wasserwoge, Fluth auf Fluth brauste zischend und schäumend immer mächtiger heran und das Schiff war ein Spielball der riesigen Wellengebirge. Bald wurde dasselbe mit Blitzesschnelle auf die hohen Gipfel derselben geworfen, bald ohnmächtig in den gähnenden Abgrund hinabgeschleudert. Die Schaufelräder streiften oft kaum das Wasser und wirbelten hoch in die Luft hinein. Der Wind pfiff heulend durch das Takelwerk und die Wellen mit ihren weißen Mähnen brüllten wie wüthende Löwen. Es war ein gräßliches Nachtbild, bei welchem das Knarren, Aechzen und Krachen des kämpfenden Schiffes, das dumpfe Keuchen, Stoßen der arbeitenden Maschinen, das grelle Schreien der hin- und hereilenden Mannschaft und das Gewimmer der Seekranken gerade nicht die feinsten Conturen abgaben.

Als der Tag anbrach und die leuchtende Sonne gleich flüssiger Lava am fernen Horizont auftauchte und mit ihrem blendenden Lichte die schroffen Küsten Afrika's

-und Europa's beleuchtete, da war der Anblick des auf=
geregten Meeres schöner, als je. Da war wildes Wogen
und Rauschen, da war Steigen und Fallen, da war
Glänzen und Leuchten! Die Sonne schien mit ihren zau=
berischen Flammen nur die obersten Spitzen der gekräu=
selten Wellenberge zu beleuchten und blitzend und funkelnd
von Höhe zu Höhe zu tanzen. Da ergoß sich elektrisch der
volle Lichtstrahl auf das kochende Meer und die düstern Ge=
birge der Küste strahlten hell aus der schäumenden Fluth.

Wir befanden uns auf der Höhe von Tarifa, der
wahren Südspitze Europa's (36° 0′ 50″ nördl. Breite) und
erblickten die Säulen des Herkules. Der Sturm ließ nach
und wir gewannen zwischen den Küsten zweier Welttheile
eine ruhigere, sichere Fahrt. Das Einlaufen in die Straße
von Gibraltar ist jederzeit großartig; die Längenausdeh=
nung derselben von Westen nach Osten wird auf $8\frac{1}{12}$ deutsche
Meilen, die zwischen Ceuta und der Spitze von Europa
in das Mittelmeer einlaufende Mündung auf $3\frac{1}{24}$ und
die breite Oeffnung derselben nach dem Ocean zu, zwischen
Espartel und Trafalgar, auf $5\frac{19}{24}$ deutsche Meilen an=
gegeben. Die eigentliche Enge mit ihren gewaltigen Strö=
mungen und Westwinden befindet sich jedoch zwischen dem
zwei deutsche Meilen von Tarifa gelegenen Cap Alcazas
und den Linien zwischen Punta de Europa und Punta
de la Almina bei Ceuta in Afrika. Die Städte Tanger
und Ceuta im Kaiserthum Marocco, die Städte Tarifa
und Algeciras in Spanien und endlich das stark befestigte
Gibraltar zeigten sich unsern Blicken. Die geringste Ent=
fernung zwischen Europa und Afrika findet zwischen Punta
de Canales und Punta Cires statt; sie beträgt 7′ 20″ =
$1\frac{5}{6}$ deutsche Meilen, die von Gibraltar nach Ceuta wird
in gerader Linie auf $7\frac{1}{2}$ Stunden angegeben. Die Nord=
spitze von Afrika unweit Tunis liegt übrigens 37° 20′ 0″,
mithin 1° 2′ = 20 deutsche Meilen nördlicher, als die süd=
liche Spitze Europa's bei Tarifa.

Gegen 9 Uhr Vormittags liefen wir in die Bai von

Gibraltar ein. Vor uns lag der in drei Kuppen ge=
spaltene Gibraltarfelsen mit der Punta de Europa und
seiner Felsenstadt, zur Linken leuchtete die spanische Stadt
Algeciras mit den Gebirgen von Ronda und der Sierra
Nevada im Hintergrund, und zur Rechten tauchte von den
Flammen der strahlenden Sonne beleuchtet die gebirgige,
steile, kahle Küste Afrika's und der schneebedeckte Atlas
hervor. Die von den beiden Spitzen Punta de Europa
am Felsen und Cabrita in Spanien gebildete Bai hat
in der größten Längenausdehnung von Norden zum Süden
ungefähr acht und in der größten Breite fünf englische
Meilen. Die Tiefe wird in der Mitte zu 100 Faden be=
rechnet. Die Bai bietet keinen sicheren Hafen, indem die
Schiffe hier wenig Schutz vor den Südwestwinden finden.
Auch fehlt es an Hafendämmen, Quais, Wharfs und
Dockyards, und einer Flotte können hier nicht die Mittel
geboten werden ihre Havarien gründlich auszubessern, wie
dies z. B. in la Veletta auf Malta der Fall ist. Endlich
sind hier keine großen Kohlendepots und keine bomben=
festen Trinkwasser=Reservoirs angelegt, aus denen sich eine
Flotte im gehörigen Maße versehen könnte.

Wir fuhren in einem kleinen Kahne am Molo der
Waterport an und betraten, nachdem wir den Paß=
formalitäten genügt, die kleine, zwischen dem Meere und
dem nördlichen Ende der Westseite des Felsens (Rock)
liegende Stadt Gibraltar. Früher wurde dem Fremden
der Eintritt in die Stadt durch einige Umständlichkeiten
erschwert, indem ein Bürger oder Consul in Gibraltar
für denselben Bürgschaft leisten mußte. Gegenwärtig ist
das Paßwesen sehr vereinfacht; der Fremde gibt bei seiner
Ankunft am Waterport den Paß ab und erhält gratis
einen von dem Polizei=Inspector unterschriebenen Permit,
mittelst dessen er bis zum ersten Kanonenschuß Abends
(until first Evening Gun-Fire) in die Stadt gelangen
kann. Die Thore der Festung werden bei Sonnenunter=
gang geschlossen und bei Sonnenaufgang geöffnet.

Die kleine mit Einschluß des Militairs 15 — 20,000
Einwohner zählende Stadt Gibraltar gewährt für den=
jenigen, der von Spanien kommt, einen eigenthümlichen
Anblick. Wo sind die blumenreichen Balcons, wo die
Patios, wo die poetischen Mantillas Spaniens? Die
kleinen, mit bunten Farben angestrichenen, alten Häuser
und die an einer Stange zur Straße hinaushängenden
Schilde der Wirthshäuser lassen bei'm ersten Anblick in
der Erinnerung das Bild einer deutschen Landstadt hervor=
tauchen, aber das Quodlibet der sich hier herumtreibenden
Völkerschaften, der Engländer, Schotten, Spanier, Ita=
liener, Juden, Mauren, Maroccaner, Neger und Mulatten
belehren einen bald, daß man gar fern von der lieben
Heimath weilt.

Die Häuser sind meist von Backstein oder Holz gebaut
und im Wesentlichen nicht mit jenem Comfort eingerichtet,
namentlich nicht gegen die Hitze und das Ungeziefer so
geschützt, als die spanischen. Der Engländer, der so fest
an seinen Gewohnheiten hängt und sich eben so schwer
von seiner Theekanne, als von seinen Teppichen (Carpets)
trennt, hat auch letztere hier womöglich in allen Zimmern
ausgebreitet, wodurch das Ungeziefer nur vermehrt und
die Erzeugung der Fieber begünstigt wird. Bei der großen
hier herrschenden Hitze sind natürlich Musquitos, Wanzen
und Scorpionen in zahlreichen Schaaren vorhanden und
die Carpets die gesuchtesten Zufluchtsstätten derselben.
Eben so können dieselben bei dem hier in gewissen Zeit=
räumen ausbrechenden Gibraltarfieber für die Lüftung der
Zimmer nicht vortheilhaft sein. Schmutz, Unreinlichkeit,
Mangel an frischer Luft, Herbstnebel und Ausdünstungen
des bei der Ebbe zurückgebliebenen Wassers sollen überdies
Beförderer und Erzeuger dieses Fiebers sein. Um dessen
weitere Verbreitung möglichst zu verhüten, werden auch die
aus Habannah und Aegypten kommenden Schiffe einer
strengen Quarantaine unterworfen.

Die Bauart der Stadt ist unregelmäßig. Die Main

oder Waterport Street ist die Hauptstraße der Stadt, welche dieselbe in ihrer ganzen Länge durchschneidet. Die übrigen Straßen sind meist eng, winklig und schmutzig. Der Hauptplatz ist „the Commercial", an dem die besten Hotels und die Börse liegen, in welcher letztern sich ein Lesecabinet und eine Bibliothek befindet. In einem schönen, im Jahre 1815 gegründeten Hospital werden Protestanten, Katholiken und Juden aufgenommen und verpflegt. Von den übrigen Gebäuden ist die neue im maurischen Styl aufgeführte protestantische Kirche, die Synagoge, Mrs. Crosby Club-House und die in dem ehemaligen Franciscanerkloster befindliche Wohnung des Gouverneurs zu nennen. Die Alameda ist reizend.

Gibraltars Schutzheilige heißen Mammon und Mars. Ein anderer Patron wird nicht geduldet. Die hier Alles belebende und beherrschende Aorta ist der Handel und die Kanone. Gibraltar ist der Mikrokosmus aller handeltreibenden Völker, aller Glaubensbekenntnisse, aller Sprachen. Der dumme Neger, der plattnäsige Mulatte, der verschmitzte, schmutzige Jude mit seinem ledernen Käppchen und schwarzen Pantoffeln, der stolze bärtige Maure mit dem umfangreichen Turban und weißen faltenreichen Burnus, der olivenbraune Maroccaner mit rothem Kleide und grünem Turban, der langgewachsene Sohn Albions mit dem unvermeidlichen Regenschirme, der kecke Matrose mit seinem unverwüstlichen Gintalent und die mit einem rothen Mantel und mit schwarzem Sammet besetzter Kappe versehenen Frauen der Stadt drängen sich alltäglich durcheinander, um ihrem einzigen Lebenszwecke, dem Gelderwerb hastig nachzugehen. So erscheint die Stadt als ein geschäftiges Babylon den Tag über; zur Nachtzeit aber ist es überall still und ruhig, weil Matrosen, Juden und außerhalb der Festung wohnende Spanier sie bei'm Thorschluß verlassen. Man sieht in Gibraltar mehr Reiter und Wagen, als in Cadix oder Granada; auch wird hier mehr Gin, Rum, Wein und Gingerbier consumirt, als irgendwo. An die Stelle der

spanischen Ruhe, Mäßigkeit und Poesie tritt hier rastlose
Bewegung, Unmäßigkeit und nackte Prosa.

Gibraltar, die wichtigste Colonie Englands in mili=
tairischer Hinsicht, ist wegen seiner außerordentlichen Be=
festigung berühmt. Nur durch Verrath ist die Eroberung
dieses Pulverfelsens möglich. Den Kanonencharakter einer
Festung habe ich nie imponirender gefunden als hier, wo
das Auge nur Felsen und Kanonen, Kanonen und Felsen,
Militair und Militair sieht und Dudelsack, Pfeife und
Trommel hört. Es liegen hier fünf Regimenter in Gar=
nison, zusammen 4000 Mann, unter denen aber inflam=
mirende Fieber, erzeugt durch den plötzlichen Uebergang
aus dem kalten nebeligen England nach diesem dürren
und heißen „rock" nicht selten sind. Die Anzahl der hier
befindlichen Kanonen, Haubitzen und Mörser wird auf
1000 angegeben. Der Felsen von Gibraltar, früher von
den Phöniziern Alube, von den Griechen Kalpe (Καλυβη,
Καλπη) und von dem hier am 28. April 711 gelandeten
arabischen Emir Tarik=ben=Zeyad, wie schon früher be=
merkt, Gebel=Tarik (Berg des Tarik) genannt, ward im
Jahre 1309 unter Guzman el Bueno von den Mauren
erobert, späterhin von denselben wieder gewonnen und
endlich 1502 der spanischen Krone einverleibt. Im
Jahre 1704 besetzten die Engländer Gibraltar im Namen
des Erzherzogs von Oestreich und erhielten diese Besitz=
nahme im Frieden von Utrecht bestätigt. Alle spätern
Angriffe der Franzosen und Spanier waren vergeblich
und selbst die berühmten schwimmenden Batterien Arcon's
nahmen am 30. September 1783 einen traurigen Unter=
gang. Eine derselben stand unter dem Befehl des Herzogs
von Nassau=Siegen. In der Festung befanden sich 5 Ba=
taillone Hannoveraner. Den Spaniern ist natürlich diese
englische Colonie ein Dorn im Auge; die Engländer aber
behaupten in ihrer bekannten Uneigennützigkeit, daß Spa=
nien jetzt keine französische Provinz mehr werden könne.

Durch den Besitz von Gibraltar hat sich England

die Oberherrſchaft im mittelländiſchen Meere geſichert und
kann jede Vereinigung der beiden großen Flotten Frankreichs
verhindern. Die hier angelegten großen Magazine für
Lebensmittel, die aufgeſtapelten Kriegsvorräthe aller Art
und die von engliſchen Kanonen zu beſtreichende Bai
dienen der Flotte im Falle eines Krieges zum ſichern
Zufluchtsort und zum ſtrategiſchen Centraliſationspunkte
aller Kriegsoperationen. Die Wichtigkeit dieſes Platzes
wird durch eine Vermehrung der engliſchen Dampfflotte
und durch die zur Unterhaltung derſelben im Mittelmeere
angelegten großartigen Kohlendepots unendlich gewinnen.
Dann erſt wird die Straße von Gibraltar der Exercier-
und Tummelplatz der Dampfflotten Brittanniens werden.
Die in den J. 1704, 1780, 1782, 1801 hier gelieferten See-
ſchlachten, ſowie jene berühmte Schlacht von St. Vincent
und Trafalgar haben die Wichtigkeit Gibraltars in ſtra-
tegiſcher Beziehung für Englands See-Operationen hinreichend und blutig genug bewieſen. Durch die Einführung
der Dampfmaſchinen und Archimedesſchrauben auf den
Linienſchiffen wird eine neue Aera in der Seekriegskunſt
beginnen. Außer in militäriſcher, iſt Gibraltar aber auch
in commercieller Beziehung von großer Wichtigkeit. Es
iſt ein Freihafen und es können hier mit Ausnahme
einer Abgabe auf Spirituoſa und Rauchwaaren, alle
Waaren frei ein und ausgeführt werden. Für die engliſchen Waaren, insbeſondere für die baumwollenen, iſt
die Stadt ein Hauptdepot und von hier aus wurde der
großartigſte Schmuggelhandel durch Spanien betrieben.
Der Fels ſelbſt erzeugt nichts und der geringe, am Fuße
deſſelben verſuchte Anbau iſt nur durch die größten Opfer
bewerkſtelligt worden. Man hat zu dieſem Zwecke öfter
Erde importirt und vermittelſt dieſer die auf der Alameda
und in einigen Gärten ſichtbare üppige Fruchtbarkeit hervorgebracht. Grünen Raſen aber wird das Auge vergeblich ſuchen; die große Hitze ſcheint dem grünenden
Raſenteppich nicht günſtig und man hat ſich deshalb

einer Art von Sauerklee statt des Rasens bedient. Von
den Baum= und Straucharten sind nur Akazien, Oliven,
Cypressen, Johannisbrodbäume, Silberpappeln, Zwerg=
palmen, Aloes und Oleander die am meisten vorkommenden.

Mit dieser geringen Bodencultur am Gibraltarfelsen
ist natürlich eine Theuerung der Lebensmittel, der Woh=
nungen und der Arbeitslöhne verknüpft, so daß im All=
gemeinen der Aufenthalt mit nicht geringen Kosten ver=
bunden ist. Die Stadt selbst wird übrigens mit Gemüsen
und Früchten von Spanien und mit Fleisch von Marocco
aus hinreichend versehen, mit welch' letzterem in dieser
Beziehung ein Contract abgeschlossen ist. Eine regelmäßige
Verbindung von kleinen Segelbooten zwischen Gibraltar
und Tanger erleichtert diesen Verkehr. An Fischen ist die
Bai sehr reich.

Durch die Güte des Herrn R. Gardner, Comman=
danten von Gibraltar, und des Herrn Schott, preußischen
Consuls wurde uns eine nähere Besichtigung des Felsens
und seiner Gallerien möglich. Dieser meist aus Kalkstein
und Marmor bestehend, hat einen Umkreis von etwa
sieben englischen Meilen. Die Länge desselben von Norden
nach Süden beträgt etwa drei Meilen und die höchste
Höhe 1500 Fuß. An der Nordwestseite hinter der Stadt
steigt man auf einem steilen Wege zu einer alten, noch
von den Mauren herstammenden Ruine hinauf und gelangt
an einen alten Thurm, genannt Torre Mocha oder Torre
de Omenaje, vorbei in einen engen, in Felsen gehauenen
Hohlweg, der auf ein Plateau und später nach den Gallerien
führt. Diese an der Nordseite in langen Reihen im Innern
des Felsens angebrachten Gallerien sind mit schweren
Kanonen besetzt, deren Mündungen nach der Bai und
nach dem Campo de San Roque finster hinausschauen.
Die Gallerien selbst sollen ihrer eigentlichen Bestimmung
nicht entsprechen, indem sie erstlich zu hoch vom Meeres=
spiegel angebracht sind und zweitens bei'm Feuer so mit
Pulverdampf angefüllt werden, daß ein ruhiges Arbeiten

der Mannschaften nicht möglich ist. Aus den Felsen=
sälen: Hall of St. George und of Lord Cornwallis
genießt man eine reizende Aussicht. Wir besuchten jetzt
die „Willis Vatery" und klimmten dann zu der soge=
nannten „Rockgun" hinan, mit welcher Kanone regel=
mäßig bei Sonnenaufgang und Niedergang geschossen wird.
Das unweit hiervon liegende „Signal=house", wo das
Signalisiren der heransegelnden Schiffe und das Regaliren
der Gäste von ein und demselben Manne ausgeführt wird, ist
ein europäisches Bellevue, wie man kein zweites finden wird.
Die Aussicht ist reizend und umfassend und die dem Süden
so eigenthümliche Durchsichtigkeit der Luft überraschend.
Zu Füßen, im Norden, die Stadt mit der Bai und dem
gegenüber liegenden Spanien, im Süden die schroffe Felsen=
wand, bespült von den brausenden Wogen des Mittelmee=
res, und im Südosten die nördliche Küste Afrika's mit dem
schneebedeckten Atlas und dem wogenden atlantischen Meere.
Von dem Signalhause steigt man auf einem wohl=
angelegten Pfade zur St. Michaels=Höhle, einer schönen
Stalaktitengrotte am Westabhange und von da zur Punta
de Europa (Europa Point), am Ende des Felsens herab.
Auf dem Wege dorthin sahen wir mehre Affen, die hier
noch in ihrer Wildheit leben. Dieser Punkt ist der einzige
in Europa, auf dem sich Affen aufhalten. Die vielfachen
im Felsen befindlichen Höhlen, Schluchten und Klüfte
dienen ihnen zum Aufenthalte und die auf dem Felsen
wachsenden Schößlinge und Früchte der Zwergpalme zur
Nahrung. Sie bewohnen die höchsten Punkte und ins=
besondere die Ostseite des Felsens, von wo sie nur nach
der Westseite herüberkommen, wenn die Levante oder
der Ostwind weht, den sie nicht lieben. Man erblickt
sie dann in großen Schaaren munter und katzenartig
gewöhnlich unter der Leitung eines größeren älteren Affen
herumspringen. Im Allgemeinen sind sie gutmüthig und
werden mit Schonung und Duldung von den Engländern
gepflegt, werden aber bei Neckereien oft zornig und unartig.

Die Affen von Gibraltar sind geschickte Steinschleuderer
und Obstdiebe und scheuen sich nicht bis in die Gärten
herabzukommen und von den Bäumen die Früchte zu
plündern. Sie gehören sämmtlich der Race der gelb-
braunen ungeschwänzten Affen an.

Die Höhle St. Michael ist ein mit den merkwürdigsten
und eigenthümlichsten Steingebilden versehenes Tropfstein-
gewölbe, in welchem man mehre dunkle Gänge und Zer-
klüftungen gewahr wird, die vielleicht später noch zu
weiteren Entdeckungen führen werden, denn bis jetzt sind
sie noch nicht mit dem Erfolge durchforscht worden, als
sie es wirklich verdienen. Der ganze Felsen ist reich an
derartigen Höhlen und Vertiefungen und dürfte in seinem
Schooße noch manche interessante geologische Entdeckungen
verbergen. Als wir die Höhle besuchten, fanden wir die
Luft in derselben frisch und kühl. Unweit derselben befindet
sich der sogenannte O'Haras-Thurm, welcher zum Theil
aus der maurischen Zeit stammt, zum Theil aber auch
zur Beobachtung der Schiffe im Mittelmeere von einem
Offizier Tolly gebaut worden ist.

Von hier steigt man hinunter zu der felsigen Landzunge **Punta de Europa** und steht plötzlich am Ultima
Thule der gebildeten Welt. Der hier errichtete Leucht-
thurm ist der Grenzstein Europa's, der äußerste Wachtposten europäischer Civilisation und Cultur. Dort, jenseits
der schmalen Meeresenge, erhebt sich der Gebel-Mo-osa
und am Fuße desselben steht der Barbar mit dem flatternden
weißen Burnus, dem rothen Fez und dem wehenden Roß-
schweif. Gibraltar bildet die Grenzmauer zwischen zwei
Welttheilen, zwei Meeren und zwei Religionen. Hier ist
die Scheidewand zwischen Christenthum und Mohamedanis-
mus, hier das Kreuz der Gläubigen — dort der Halbmond des Islam.

(Ende des ersten Bandes.)

Neustadt-Dresden, Druck von C. Heinrich.

CPSIA information can be obtained
at www.ICGtesting.com
Printed in the USA
LVHW032003171022
730904LV00007B/301

9 783368 276263